KB113459

쿠오 바디스 1

Quo Vadis

일러두기

이 책에 실린 그림들은 『쿠오 바디스의 작가와 화가(L'Écrivain et le Peintre de Quo Vadis)』(1912)에 실린 얀 스티카(Jan Styka, 1858~1925)의 「쿠오 바디스 연작」에서 선별하여 수록하였다.

리기아와 비니키우스

아피아 가도에서의 만남

카타콤베의 베드로 사도

우르수스와 크로톤

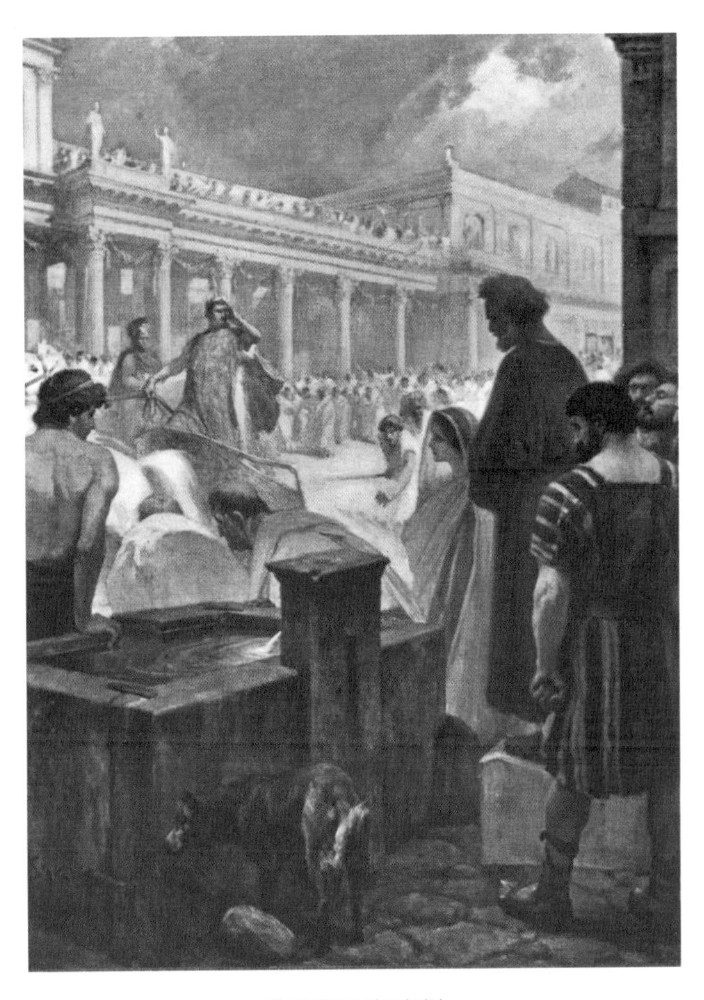

네로와 베드로 사도의 만남

불타는 로마를 향해 말 달리는 비니키우스

세계문학전집 128

쿠오 바디스 1

Quo Vadis

헨릭 시엔키에비츠

최성은 옮김

민음사

역자 서문

『쿠오 바디스』를 번역하는 작업은 그야말로 스스로에게 '쿠오 바디스?'라고 묻고 싶을 정도로 길고도 험난한 대장정이었다.

텍스트는 폴란드어로 씌어졌지만 작품의 배경은 AD 1세기의 로마라는 점을 감안하여 의미 전달에 있어 오류가 발생하지 않도록 로마인의 정치, 역사, 문화, 생활, 풍습 등을 다룬 관련 서적이나 연구 논문 등을 찾아 읽는 작업이 선행되어야만 했고, 작품에 빈번하게 등장하는 외국어(주로 라틴어)의 우리말 표기 문제, 로마의 풍습이나 역사에 관한 부연 설명 등도 풀어야 할 어려운 숙제였다. 게다가 『쿠오 바디스』는 다양한 문체와 서술 기법이 동원된, 시엔키에비츠의 예술적 역량이 총집결된 걸작이기에 더욱 조심스러울 수밖에 없었다.

일찍이 프랑스의 라틴 어문학자 A. 메이에는 "근본적으로 체계가 전혀 다른 언어를 정확하게 번역하는 것은 불가능하다."고 말했다. 그의 말처럼 폴란드어 원전에서 느껴지는 살아 있는 감동을 언어 체계가 완전히 다른 한국어로 옮기는 작업은 분명 녹록치 않은 일이었지만, 한편으로는 폴란드 문학 전공자로서 행복한 도전이기도 했다.

번역하는 과정에서 가장 고심했던 부분은 지명이나 인명 등의 고유명사를 한국어로 어떻게 표기하는가 하는 문제였다. 폴란드어 텍스트에 나오는 외국어 단어, 즉 라틴어나 이탈리아어, 그리스어 등을 소리 나는 그대로 본문에 옮길 수는 없는 노릇이었고, 이미 한국어에서 외래어로 굳어진 단어나 독자들에게 익숙하게 통용되는 어휘들도 고려할 필요가 있으므로 나름대로 세부적인 원칙을 정했다.

먼저 작품 속에 자주 등장하는 그리스·로마 신화의 다양한 신(神)들의 명칭은 원문의 흐름과 전체적인 톤을 일관되게 유지할 수 있도록 라틴어 발음 체계에 최대한 충실하게 표기하는 것을 원칙으로 했다. 키프루스, 올림푸스 등 그리스어 지명이나 인명의 경우 '키프로스', '올림포스' 등으로 표기해야 맞지만, 『쿠오 바디스』의 배경은 AD 1세기 로마이므로 라틴어 발음을 좇아 '오'를 '우'로 표기했다. 또 라틴어 중모음 'æ'의 경우는 우리말의 '에'와 '애'의 중간 발음에 해당하므로 '케사르', '포페아', '에네아스' 등으로 표기했다. 다만 한국의 독자들에게 친숙한 신들의 이름은 혼란을 피하기 위해 관용적인 표기를 따르기로 했다. 예컨대 '유피테르'는 '주피터'로, '아킬레우스'는 '아킬레스'로 표기했다.

지명의 경우에는 AD 1세기의 시대상과 역사성을 살리는 데 초점을 맞추어 고대 로마에서 통용되던 명칭을 적용하되, 한국에서 일반적으로 사용되는 어휘와 차이가 있을 경우에는 역주를 달아 독자들의 이해를 도모하고자 했다. 예를 들어 AD 1세기에는 지금의 '테베레(Tevere) 강'이 '티베리스 강'이라고 불렸으므로, 당시의 명칭대로 '티베리스 강'으로 표기하고, '오늘날의 테베레 강'이라는 부연 설명을 달았다. 마찬가지로 '시실리'는 '시칠리아'로, '스페인'은 '에스파니아'로 표기했다.

당대의 역사와 풍습, 문화에 대한 기본 상식 없이 작품의 내용이나 의미를 파악하기 힘들다고 판단되는 경우에도 간단한 역주를 달았다. 본래 시나 소설과 같은 순수문학 장르를 번역할 때는 역주를 최소화하는 것이 바람직하지만, 『쿠오 바디스』처럼 작품을 독파하는 데 역사적, 문화적 배경에 관한 방대한 지식이 요구될 경우에는 부연 설명이 불가피하다고 생각했기 때문이다. 폴란드어 원전에는 저자의 주석이 작품을 통틀어 다섯 번밖에 나오지 않으며(본문 각주에 원주임을 표시했다.), 본문에서 각주로 표시된 설명들은 모두 옮긴이의 역주임을 밝힌다.

시엔키에비츠는 『쿠오 바디스』에서 고대 로마 귀족 사회의 관습과 정서를 생생하게 묘사하기 위해 라틴어나 그리스어 단어 및 관용구를 빈번하게 인용하고 있다. 폴란드의 독자들조차도 『쿠오 바디스』를 읽을 때는 별도로 외국어 사전을 뒤져보아야 할 정도이니, 역자로서의 고충도 다른 작품을 번역할 때보다 훨씬 클 수밖에 없었다. 문제는 라틴 문화권인 폴란드와는 달리 한국의 독자들은 라틴어에 익숙하지 않다는 점이다. 라틴어를 과감히 생략하고 한국어 번역문으로 대체할 경우 원전이 가지고 있는 묘미가 감소될 우려가 있고, 그렇다고 라틴어 문장을 일일이 한글로 옮겨 본문에 적어놓을 수도 없었다. 결국 그때그때 문맥의 흐름에 따라 상황에 맞추어 유연하게 대처하기로 결정했다. 원전의 분위기 전달에 지장이 있을 경우에는 라틴 어구를 한국어로 쓴 뒤 필요한 경우 원어를 병기한 후, 그 의미를 별도로 설명하는 방법을 택했고, 또 굳이 라틴어를 사용하지 않아도 의미 전달에 무리가 없다고 판단되는 경우에는 대치된 개념의 우리말 단어를 바로 사용하기도 했다.

번역 텍스트로는 폴란드 국립 출판 연구소(Państwowy Instytut Wydawniczy)에서 1954년부터 1955년까지 총 60권으로 출판된 『시엔키에비츠 작품 전집』 제9권 『헨릭 시엔키에비츠 — 쿠오 바디스(Henryk Sienkiewicz — Quo Vadis)』를 사용했다. 이 전집은 오늘날까지도 시엔키에비츠의 문학 세계를 체계적으로 집대성한 정전으로 손꼽히고 있다.

『쿠오 바디스』의 원작이 가지고 있는 위대한 문학성, 국경을 초월한 보편적인 감동이 바벨탑쯤은 거뜬히 허물어뜨릴 수 있으리라는 든든한 믿음이 있기에, 부족한 번역이지만 용기와 위안을 얻는다.

2005년 겨울

최성은

차례

2권 차례

제1장

페트로니우스는 한낮이 되어서야 간신히 잠에서 깨어났다. 그러나 언제나 그렇듯이 몹시 피곤했다. 간밤에 네로가 베푼 연회에 참석했다가 거의 밤을 새우다시피 했기 때문이다. 얼마 전부터 그의 건강은 눈에 띄게 나빠지기 시작했다. 페트로니우스는 아침에 잠에서 깨어날 때마다 몸에 힘이 없고, 정신이 몽롱하여 생각이 제대로 정리되지 않는다며 혼자 불평하곤 했다. 그래도 아침마다 목욕 후에 솜씨 좋은 노예로부터 정성어린 마사지를 받는 덕분에 점차 혈액순환이 순조로워지고 머리가 맑아지면서 원기를 회복하곤 했다. 그런 다음 마지막 단계인 도유실[1]을 나올 때면, 싱싱한 젊은 기운이 되살아나 두 눈은 재기와 생기로 반짝였으며, 온몸에 활기가 넘쳤다. 그 우아하고 세련된 풍채는 오토[2]마저도 따라오지 못할 정도였

1) '에라에오테시움'이라고 불렸으며, 목욕 후에 기름을 바르는 방.

다. 그야말로 '고상한 판관'이라는 명성에 손색없는 단아한 모습이었다.

페트로니우스는 공중목욕탕에는 좀처럼 가지 않았다. 어쩌다가 로마 시내에 이름난 웅변가가 오거나, 체육관에서 흥미로운 격투 시합이 벌어질 때만 들렀다. 자기 집에 남부럽지 않은 목욕탕을 가지고 있었기 때문이다. 그 목욕탕은 당시 세베루스와 함께 양대 건축가로 이름을 날리던 켈레르가 페트로니우스를 위해 특별히 개축한 것이었다. 뛰어난 미적 감각을 발휘하여 호화롭게 장식한 그 목욕탕은 네로조차도 황실의 욕실보다 더 낫다고 감탄할 정도였다. 물론 황궁의 목욕탕은 그보다 훨씬 규모가 크고, 비교도 할 수 없을 만큼 온갖 사치스러운 시설을 갖추고 있었다.

페트로니우스는 전날 밤 연회에서 바티니우스[3]의 바보스러운 익살을 참느라고 따분하고 지루한 시간을 보내야만 했다. 향연이 끝난 뒤에는 네로와 루카누스[4], 세네카[5]와 함께 '여자들도 영혼을 가지고 있는가.'라는 주제로 밤새도록 토론했다. 그래서 오늘은 유난히 늦잠을 잤고, 아침나절의 일과인 목욕을 이제야 겨우 끝마친 것이다. 두 명의 건장한 욕실 담당 노예가 눈처럼 새하얀 이집트 산(産) 아마포를 씌운 사이프러스 평상 위에 페트로니우스를 눕히고, 향기 좋은 올리브유를 발라가며 균형 잡힌 그의 몸을 문지르기 시작했다. 페트로니우

2) 네로 시대의 유명한 한량이자 네로의 두 번째 부인인 포페아의 전남편. AD 69년 로마의 황제가 됨.

3) 원로원 의원.

4) 세네카의 조카. 시인.

5) 로마의 철학자이자 정치가. 네로의 스승.

스는 눈을 감고, 한증탕의 열기와 노예의 손에서 전해 오는 따뜻한 기운이 온몸에 스며들어 피로가 풀릴 때까지 기다렸다.

얼마 후에 눈을 뜬 페트로니우스는 날씨가 어떤지 물었다. 아울러 보석상 이도메네우스에게 감정을 의뢰한 보석이 도착했는지도 물었다. 노예들은 알바누스 산에서 미풍이 불어와 날씨가 아주 좋으며, 보석은 아직 도착하지 않았다고 대답했다. 페트로니우스는 다시 눈을 지그시 감고 온탕(溫湯)[6]으로 옮기겠다고 말했다. 바로 그때였다. 손님 안내 임무를 맡은 노예가 휘장 뒤에서 고개를 내밀고, 소아시아에서 막 돌아온 소(小) 마르쿠스 비니키우스의 방문을 알렸다.

페트로니우스는 손님을 온탕으로 안내하라고 이르고, 자리에서 일어나 그곳으로 갔다. 비니키우스는 선황인 티베리우스 황제[7] 시절부터 집정관을 지낸 마르쿠스 비니키우스에게 출가한, 페트로니우스의 누이가 낳은 아들이었다. 이 청년은 코르불로 장군[8] 휘하에 있던 파르티아[9] 원정군에 파견되었다가, 전쟁이 끝나 로마로 돌아왔다. 페트로니우스는 예전부터 비니키우스를 아꼈으며, 그에게 남다른 애착을 가지고 있었다. 준수한 용모에 늠름한 체격을 갖추었을 뿐만 아니라 아무리 황홀한 쾌락에 빠져 있을 때에도 절도를 지킬 줄 알았기에, 페트로니우스는 조카의 그런 점을 특히 기특하게 여겼다.

"삼촌, 안녕하셨습니까!"

---

6) '테피다리움'이라 불렸으며, 미지근한 물이 들어 있는 탕으로 열탕인 '칼다리움' 다음에 들어가는 곳.

7) 로마의 제2대 황제. AD 14-37년 재위.

8) 클라우디우스 및 네로 시대의 유명한 장군.

9) 카스피 해 동남쪽에 있는 왕국. 넓은 의미의 페르시아 제국.

청년은 힘찬 발걸음으로 온탕으로 들어서며 말했다.

"모든 신들로부터 가호가 있으시기를, 그중에서도 아스클레피오스[10]와 키프루스[11] 여신이 축복을 내리시기를 기원합니다. 두 신으로부터 가호를 받으면 절대 재앙 따위는 당하지 않으실 테니까요."

"로마에 돌아온 것을 환영한다! 전쟁터에서 귀환했으니 달콤한 휴식을 마음껏 누리려무나." 페트로니우스는 몸에 걸친 부드러운 옷자락 사이에서 손을 내밀었다. "아르메니아[12]는 어떻더냐? 소아시아에 머무는 동안 비티니아[13]에는 가보지 않았니?"

페트로니우스는 한때 비티니아의 총독을 역임한 적이 있었다. 놀라운 것은 그가 공정하면서도 탁월한 통치력을 발휘했다는 사실이다. 여성적 취향에 향락을 즐기는 그의 성향과는 상반되는 일이었지만, 그렇기에 페트로니우스는 더욱더 그 시절을 되새기며 이야기하기를 좋아했다. 그 추억담은 자기가 마음만 먹으면 어떤 유형의 사람이든지 될 수 있고, 또 그럴 만한 능력이 있음을 입증해 주기 때문이었다.

"네, 지원병을 모집하라는 코르불로 장군의 명령으로 헤라클레이아에 간 적이 있습니다." 비니키우스가 대답했다.

"아, 헤라클레이아! 난 그곳에서 콜키스[14] 태생의 한 처녀와 사귄 적이 있었단다. 그 처녀라면 포페아[15]는 물론 이곳 로마

10) 죽은 사람도 살린다는 그리스 의학의 신.
11) 로마 신화의 비너스.
12) 파르티아 북쪽에 접경한 왕국.
13) 흑해 남단에 있는 로마의 속주.
14) 흑해 동남부에 있는 지방.

의 미망인들 전부를 다 내주어도 아깝지 않을 정도였지. 그러나 그건 벌써 오래전의 일이다. 그보다는 파르티아 국경의 전황이나 좀 들려다오. 단, 볼로가세스[16]나 티리다테스, 티그라네스[17]에 관한 얘기는 사양하마. 소(小) 아눌라누스의 말로는 그 야만인들은 자기들 소굴에서는 네 발로 기어 다니다가 우리 앞에 나설 때만 사람 행세를 한다는구나. 요즘 로마에서는 온통 그놈들 이야기로 떠들썩하단다. 물론 섣불리 다른 이야기를 하다가는 위험에 말려들까 봐 다들 조심하느라 그러는 것도 있지만 말이다."

"전세가 아무래도 신통치 않아요. 만일 코르불로 장군이 없다면 우리가 패할지도 모릅니다."

"흠, 코르불로라고? 바쿠스[18]에게 맹세컨대 그 사람이야말로 살아 있는 마르스[19]요, 훌륭한 지휘관임에는 틀림없지만, 성미가 급하고 고지식한 데다가 어리석은 면이 있는 것 같더구나. 하지만 나는 그를 좋아해. 특히 네로가 그를 두려워한다는 점에서 더욱 그렇지."

"코르불로는 바보가 아닙니다."

"글쎄, 네 말이 맞을지도 모르겠구나. 그러나 어느 쪽이든 마찬가지야. 철학자 피론[20]이 말한 대로 어리석음이란 지혜에

---

15) 네로의 두 번째 부인. AD 58년 네로의 정부가 되었다가 62년 정식으로 결혼함.

16) 파르티아의 왕.

17) 둘 다 아르메니아의 왕.

18) 술의 신.

19) 전쟁과 군대를 수호하는 신.

20) 아리스토텔레스 시대의 회의론자.

견주어 조금도 모자람이 없는 법. 둘은 결국 마찬가지나 다름 없다.”

비니키우스가 전쟁 이야기를 시작했으나, 페트로니우스는 눈을 감았다. 비니키우스는 문득 삼촌의 야위고 지친 얼굴을 보고는 화제를 바꿔 걱정스럽게 삼촌의 건강에 대해 언급했다. 그러자 페트로니우스는 다시 눈을 떴다.

건강이라……. 페트로니우스는 스스로 건강하다고는 생각지 않았으나, 아직은 자신의 상태가 소(小) 시세나[21]만큼 형편없는 것은 아니라고 생각했다. 소 시세나는 시종들이 아침에 그를 목욕탕으로 데리고 가면, “내가 지금 서 있는 거냐, 앉아 있는 거냐?” 하고 물을 정도로 신체 기능이 마비되어 있었다. 방금 비니키우스가 아스클레피오스와 키프루스의 여신으로부터 은총이 내리기를 빌었으나, 페트로니우스는 아스클레피오스의 권능을 믿지 않았다. 아스클레피오스가 누구의 자식인지, 아르시노에[22]의 아들인지 코로니스[23]의 아들인지 누가 알겠는가. 어머니도 확실치 않은 판국에 아버지에 대해서는 말해 무엇 하며, 요즘 같은 세상에 자신의 진짜 아버지가 누구인지 명예를 걸고 말할 수 있는 사람이 과연 몇이나 되겠는가.

페트로니우스는 한바탕 웃으며 이야기를 계속했다.

“실은 나도 이 년 전에 에피다우루스[24]에 가서 서른여섯 마리의 살아 있는 지빠귀와 황금 술잔을 바쳤단다. 무엇 때문인지 알겠니? 설사 별 효험이 없더라도 최소한 해가 되지는 않

---

21) 로마의 유명한 역사가이자 웅변가인 대(大) 시세나의 아들.

22) 그리스에서 흔한 여자 이름.

23) 그리스 북부 지방인 테살리아의 공주.

24) 아스클레피오스의 신전이 있는 곳.

으리라는 마음에서였다. 세상 사람들이 여전히 신들에게 제물을 바치는 것은, 따지고 보면 다들 나와 같은 생각에서일 것이다. 모든 사람들이 다 그래! 카페나 성문[25] 앞에서 여행객들을 상대로 노새를 모는 마부들만 빼고 말이야. 나는 아스클레피오스뿐만 아니라 그의 후계자들[26]도 여러 차례 만났지. 작년에 방광에 이상이 생겼을 때의 일이다. 그들은 꿈에서 신을 불러내는 주술 요법으로 나를 치료했는데, 난 그들이 속임수를 쓴다는 것을 알고 있었다. 그렇지만 나 자신을 이렇게 위로했단다. 그렇다고 특별히 해가 될 건 없잖아, 라고. 어차피 이 세상은 '기만'이라는 토대 위에 세워져 있고, 인생이란 한낱 환상에 불과한 것, 영혼 또한 순간의 환영에 지나지 않다고 생각하고 있으니까. 하지만 우리는 이로운 환상과 해로운 환상을 구별할 만한 이성을 가져야 한다. 나는 난방을 할 때는 용연향을 뿌린 삼나무를 사용하여 불을 피우게 한다. 적어도 살아 있는 동안에는 악취에 숨이 막혀 답답하게 지내느니 좋은 향기를 맡으며 살고 싶기 때문이지. 키프루스 여신의 경우에는 너도 좀 전에 축복을 빌어주었지만, 나 또한 오른쪽 다리에 쥐가 날 만큼 참배하러 다녔으니 그 은총에 대해서는 잘 알고 있단다. 어쨌든 키프루스는 친절한 여신이야. 짐작컨대 너도 머지않아 신전에 가서 그 여신의 제단에 흰 비둘기를 바치려고 마음먹고 있을걸."

"네, 맞아요." 비니키우스가 대답했다.

"파르티아 인의 화살은 저를 맞히지 못했지만, 저는 아모르[27]

---

25) 로마에서 남쪽으로 통하는 아피아 가도에 있는 거대한 출입문.

26) 의사들을 가리킴.

가 쏜 사랑의 화살에 맞았습니다……. 뜻밖에도 성문에서 불과 얼마 안 되는 곳에서 말입니다."

"카리스 여신들[28]의 흰 무릎에 맹세코, 언제 한가할 때 그 이야기를 꼭 들려주지 않겠니?" 페트로니우스가 말했다.

"사실 오늘 여기 온 것도 바로 그 일을 상의드리고 싶어서입니다." 비니키우스가 대답했다.

마침 그때 페트로니우스의 전용 제모사[29] 몇 명이 들어와서 털 손질을 시작했으므로, 비니키우스는 튜닉[30]을 벗고 페트로니우스가 권하는 대로 온탕 안으로 들어갔다.

"그래, 뭐, 더 이상 물어볼 필요도 없겠지만, 상대방 또한 네 사랑을 기꺼이 받아들였겠지?"

대리석을 다듬어놓은 듯한 비니키우스의 젊고 건장한 육체를 보면서 페트로니우스가 말했다.

"만일 리시푸스[31]가 너를 보았더라면 너는 헤라클레스의 조각상이 되어 팔라티움 궁전[32]의 대문을 당당히 장식하고 있을 것이다."

비니키우스는 자못 만족스러운 미소를 지으며, 더운물이 솟아나오는 욕조 안으로 깊숙이 몸을 담갔다. 바닥에는 헤라가 잠의 신에게 남편 제우스를 잠들게 해달라고 부탁하는 장면이

---

27) 사랑의 신 큐피드.

28) 광채, 개화, 기쁨을 상징하는 세 여신.

29) '에필라토르'라고 불리는, 몸의 잔털을 면도하는 사람.

30) 고대 그리스와 로마의 남녀가 입던 무릎까지 내려오는 넉넉한 가운 형태의 의복.

31) BC 4세기, 알렉산드로스 대왕 시대의 그리스 조각가.

32) 아우구스투스 이래 역대 황제의 거처.

아름답게 모자이크되어 있었다.

페트로니우스는 마음에 드는 작품을 대할 때의 예술가처럼 비니키우스를 흐뭇하게 바라보았다.

목욕을 마친 뒤 비니키우스가 제모사에게 몸을 맡겼을 때, 낭송 시인이 파피루스 두루마리가 담긴 청동으로 된 통을 들고 들어왔다.

"자, 이제 시를 한번 들어보겠니?" 페트로니우스가 물었다.

"삼촌 작품이라면 기꺼이 듣고말고요." 비니키우스가 대답했다. "하지만 삼촌이 쓰신 작품이 아니라면 대화나 나누는 편이 좋겠습니다. 그렇지 않아도 요즘은 거리마다, 골목마다 온통 시인들이 넘쳐나니까요."

"그래, 맞다. 공회당이나 목욕탕, 도서관이나 서점 근처, 어디를 가도 원숭이처럼 손발을 내젓고 있는 시인들과 마주치게 되니 말이야. 아그리파[33]는 동방에서 돌아왔을 때, 그들을 보고 미치광이인 줄 알았다는구나. 하지만 지금은 시대가 그런 것을 어쩌겠니. 황제가 시를 지으니까 모두들 따라 하는 거지. 그러나 황제보다 뛰어난 시를 짓는 것은 금기시되어 있으니, 요즘은 루카누스가 좀 걱정스럽구나……. 나는 산문이나 쓰고, 그나마도 혼자 있을 때나, 누구와 함께 있을 때나 내 작품은 절대로 낭독하지 않는단다. 조금 전 낭송 시인에게 읽게 하려던 것은 불쌍한 파브리키우스 베이엔토[34]가 남긴 『비망록』이다."

"그가 왜 불쌍하다는 건가요?"

---

33) BC 1세기 로마의 장군. 초대 황제 아우구스투스의 사위.

34) 당시 원로원 의원으로 『비망록』을 써서 귀족들을 비방한 죄로 추방되었음.

"오데소스[35]에 머물면서 황제의 새로운 명이 있을 때까지는 집으로 돌아가서는 안 된다는 선고를 받았기 때문이지. 뭐, 하지만 그의 귀양살이는 오디세우스보다는 덜 괴로울 거다. 베이엔토의 아내는 페넬로페[36] 같은 절세미인은 아니니까. 다 쓸데없는 이야기지만, 어쨌든 베이엔토는 바보짓을 한 거란다. 문제는 독자들이야. 글의 내용이나 수준은 제쳐두고, 겉으로 드러난 면만 보고 모든 것을 평가해 버리거든. 사실 그 책은 시시하고 따분하기 짝이 없는데, 저자가 추방당했다니까 새삼스럽게 그 책을 읽느라고 난리란 말이다. 요즘 사방에서 온통 '중상모략이다! 중상모략이라고!' 하고 떠들어대는 소리들로 시끌벅적하단다. 짐작컨대 그 책의 어떤 대목은 베이엔토가 날조한 것임에 틀림없다. 이 도시의 실정을 잘 알고 있는 내가 보기엔 귀족들과 그 주위 여자들의 실상은 책 내용보다 훨씬 더 끔찍하거든. 그것만은 단언할 수 있지. 다들 그 책에 자기 이야기가 써 있을까 봐 두려워하기도 하고, 아는 사람에 관한 추문을 발견하고 충격을 받기도 하는 모양이야. 아비라누스 서점에서는 100명이나 되는 필생(筆生)들이 그 책을 필사하고 있다니, 그 책이 얼마나 잘 팔리는지 짐작할 수 있지 않니?"

"삼촌에 관한 내용은 없나요?"

"물론 있지. 그러나 저자가 뭔가 착각하고 있더구나. 나는 책에 씌어 있는 것보다 훨씬 더 나쁜 인간이지만, 그렇게 평범하고 싱거운 인간은 아닌데 말이다. 우리는 다들 이미 오래

35) 흑해 서안에 있는 도시.

36) 오디세우스의 아내.

전에 악덕과 미덕을 구별하는 판단력을 잃어버리고 말았다. 그런 구별은 다 쓸데없는 짓이지. 세네카나 무소니우스[37], 트라세아스[38]는 자신들이 분별력이 뛰어난 것처럼 행세하고 있지만, 그들도 결국 우리와 같은 부류의 인간들에 불과하다는 사실을 깨닫지 못하고 있는 것 같다. 하지만 헤라클레스에게 맹세컨대 내게는 그들과는 다른 미덕이 있다. 그것은 바로 무엇이 아름답고, 무엇이 추한지를 분명히 구분할 줄 안다는 사실이지. 그런데 시인이자, 전차 경주의 달인이고, 가수에다 무용수이며, 배우인 우리의 '붉은 수염'[39]은 그런 점에서는 완전히 문외한이거든."

"어쨌든 베이엔토는 참 안됐군요. 좋은 분이었는데."

"자만심 때문에 망했지. 모두들 베이엔토가 그 책을 썼을 것이라고 추측하면서도 저자의 정체를 정확하게 아는 사람은 없었는데, 베이엔토 자신이 비밀이라고 하면서 사방에 지껄이고 다녔단다. 그런데 루피누스 사건에 대해서는 들었느냐?"

"아니요."

"그럼, 냉탕실(冷湯室)[40]로 가서 말해 주마."

그들은 냉탕실로 자리를 옮겼다. 방 한가운데 있는 연분홍빛 분수에서 제비꽃 향기를 은은히 풍기며 물줄기가 뿜어져 나오고 있었다. 두 사람은 비단을 바른 벽감(壁龕)[41]에 자리 잡고 앉아 몸을 식히기 시작했다. 잠시 침묵이 흘렀다. 비니

---

37) 네로 황제 시대의 스토아학파 철학자.

38) 당시의 스토아학파 철학자. 집정관을 역임하기도 했음.

39) 네로의 별명.

40) '프리기다리움'이라고 불리던, 몸을 식히는 방.

41) 벽면을 파내어 움푹 들어간 공간으로 주로 조각품이나 장식품을 놓음.

키우스는 님프를 품에 안고 그 입술에 열렬히 입 맞추는 파우누스[42]의 청동상을 묵묵히 바라보고 있었다. 이윽고 비니키우스가 입을 열었다.

"바로 이겁니다! 인생에서 최고의 즐거움이란 이런 것이 아닐까요?"

"뭐, 그렇다고도 할 수 있겠지! 하지만 너는 이런 삶 말고도 전쟁을 사랑하잖니. 나는 전쟁이라면 딱 질색이다. 천막에서 생활하다 보면 손톱이 부러지거나 지저분해지니까 말이다. 하기는 사람마다 제각기 좋아하는 분야가 다른 법이지. 붉은 수염은 노래 부르기를 즐기는데, 그중에서도 자기가 직접 만든 노래를 부르는 것을 제일 좋아한단다. 대(大) 스카우루스[43]는 코린투스[44] 도자기를 좋아해서 잘 때도 침대 머리맡에 놓아두고, 잠이 오지 않을 때는 거기에다 입을 맞추곤 한다는구나. 그래서 그 도자기의 가장자리가 둥그렇게 닳아버렸다지……. 그건 그렇고, 너는 시를 쓸 줄 아니?"

"아니요. 단 한 편도 써본 적이 없어요."

"류트[45]를 연주한다든지 노래 부르는 것은?"

"별로요."

"전차 경주는 어떠냐?"

"안티오크에서 딱 한 번 시합에 나간 적이 있었는데, 별로 신통치 못했어요."

---

42) 반은 사람, 반은 양[羊]의 모습을 한 주색을 밝히는 숲의 신. '사티루스'라고도 함.

43) 당시의 유명한 변호사로 집정관까지 지냈음. 후에 반역자로 몰려 자살함.

44) 고대 그리스의 도시로, 상업과 예술의 중심지.

45) 기타와 비슷한 모양의 현악기.

"그럼 네 신상에 관해서는 안심해도 되겠구나. 그때 시합에서는 무슨 조에 속했지?"

"녹색 조[46]였어요."

"그렇다면 더욱 마음을 놓을 수 있겠구나. 너는 부자지만 팔라스[47]나 세네카만큼은 아니지. 너도 알다시피 이곳에서는 시를 쓰거나, 류트를 연주하거나, 노래를 부르거나, 전차 경주에 참가할 수 있지만, 보다 안전한 것은 시도 쓰지 않고, 류트 연주도 하지 않고, 노래도 부르지 않고, 전차 경주에도 나가지 않는 거란다. 제일 좋은 것은 붉은 수염이 그런 일들을 할 때 옆에서 찬사를 늘어놓는 거지. 너는 젊은 데다가 용모가 출중하니 포페아의 마음을 사로잡을 위험이 있다. 하지만 포페아는 그 방면으로는 경험이 풍부한 여자라서 너 같은 풋내기에게는 관심이 전혀 없을 수도 있겠구나. 연애는 두 명의 전남편들[48]과 질리도록 했으니, 세 번째 남편에게서는 뭔가 다른 것을 추구하려고 할지도 모르겠다. 저 어리석은 오토는 아직까지도 포페아에 대한 미련을 버리지 못해 거의 실성한 채 지내고 있다는구나. 에스파니아의 산꼭대기를 헤매고 다니며 한숨으로 세월을 보낸다는 거야. 예전의 습관들은 까맣게 잊은 듯 몸단장도 하지 않고, 이제는 매일 아침 머리 손질하는 데 고작 세 시간이면 충분하다니 말 다했지. 오토가 그렇게까지 변할 줄 누가 상상이나 했겠니?"

---

46) 선황인 칼리굴라가 녹색 조를 열렬히 응원했으므로 네로 시대에도 그런 풍조가 이어졌음.

47) 그리스 태생의 해방노예로 클라우디우스 황제의 회계 담당 비서관. 로마의 재정과 모든 세금을 관리하여 대부호가 되었음.

48) 크리스피누스와 오토를 가리킴.

"저는 그의 심정을 이해할 수 있을 것 같아요." 비니키우스가 말했다. "하지만 만약 제가 오토라면, 적어도 그렇게 행동하지는 않을 것입니다."

"그럼 어떻게 하겠느냐?"

"만일 제가 그의 입장이라면 그곳 산지(山地)에서 주민들을 모아 충성스러운 군단을 몇 개 만들 겁니다. 이베리아 인은 군인으로서는 훌륭한 재목이니까요."

"비니키우스! 네가 그런 일을 어떻게 하겠다는 거니? 솔직하게 말하면 너는 그럴 능력이 없을 것 같구나. 왜냐고? 그런 일을 실행에 옮기려면 말보다 행동이 앞서야 하는 법인데, 넌 벌써 이렇게 큰소리로 떠벌리고 있지 않니? 아무리 '만약'이라는 단서가 붙어 있다 해도 말이다. 내가 만일 오토라면 포페아와 붉은 수염을 실컷 비웃어주고는, 이베리아 남자들이 아니라 이베리아 여자들을 모집해서 군단을 만들 것이다……. 뭐, 여하튼 간에 앞으로 내가 쓰는 풍자시들은 그 누구에게도 들려주지 않을 작정이란다. 루피누스와 같은 불쌍한 처지가 되면 곤란하니까."

"참, 루피누스 사건에 대해 말해 주신다고 하셨죠?"

"그래, 향유실[49]로 가서 들려주마."

하지만 향유실에서 비니키우스의 시선과 관심은 엉뚱한 쪽에 집중되었다. 그곳에는 목욕을 마친 사람들의 마지막 시중을 들어주는 매우 예쁜 여자 노예들이 있었던 것이다. 그중에 흑단(黑檀)으로 빚은 조각상처럼 늘씬한 몸매를 지닌 두 아프리카 여인이 페트로니우스와 비니키우스의 몸에 아라비아 산

49) '운크토리움'이라 불리는 방으로 목욕 후 향유를 바르는 곳.

향유를 바르기 시작했다. 그러자 프리기아[50] 태생의 여자 노예들은 뱀처럼 유연한 두 손에 반짝반짝 윤이 나는 쇠로 만든 거울과 빗을 들고 능숙한 솜씨로 빗질을 했다. 여신을 고스란히 빼닮은 코스[51] 태생의 그리스 처녀들은 몸단장을 끝낸 주인들이 토가[52]를 입을 때, 주름을 매만지기 위해 얌전히 서서 기다리고 있었다.

"구름을 다스리는 제우스 신의 이름을 걸고 하는 말입니다만, 정말 기가 막히게 뽑아다 놓으셨군요." 마르쿠스 비니키우스가 말했다.

"그래, 양보다는 질이 중요하지." 페트로니우스가 대답했다. "로마에 있는 내 가솔은 모두 400명쯤 된다. 시중드는 노예가 무조건 많아야 한다고 여기는 건 졸부들이나 하는 생각이야."

"붉은 수염의 궁전에 가도 이런 아름다운 몸매는 찾아볼 수 없을 겁니다."

비니키우스가 콧김을 내뿜으며 말했다.

그러자 페트로니우스는 허물없는 태도와 애정 어린 목소리로 대답했다.

"네가 내 조카니까 하는 말인데, 나는 바르수스처럼 품행이 방종한 인간도 아니지만, 아울루스 플라우티우스[53] 장군처럼 깐깐한 사람도 아니란다."

비니키우스는 플라우티우스의 이름을 듣는 순간, 코스 태생

50) 소아시아 중앙 및 서북부 지방.
51) 에게 해에 있는 작은 섬.
52) 로마 시민의 겉옷, 정복.
53) 클라우디우스 황제 시대의 장군. 브리타니아를 정복했음.

의 아리따운 처녀들을 금세 잊어버리고 고개를 번쩍 들며 물었다.

"어째서 갑자기 아울루스 플라우티우스 장군이 생각나신 겁니까? 제가 성문 밖에서 팔을 삐어 그분 댁에서 보름 동안이나 신세를 진 일을 아시는지요? 팔이 아파서 괴로워하고 있는데 플라우티우스 장군이 마침 그곳을 지나가다가 저를 자기 집으로 데려가, 노예이자 의사인 메리온이라는 사람으로부터 치료받을 수 있게 해주었습니다. 실은 삼촌께 그 이야기를 하려던 참이었어요."

"정말이냐? 설마 폼포니아에게 반한 건 아닐 테지? 그렇다면 정말 딱한 일이구나. 그녀는 나이도 많은 데다가 지조가 대단한 여자인데! 너와 그 여자가 짝을 이룬다는 것은 상상도 못할 일이다!"

"무슨 말씀하시는 거예요? 폼포니아라니요?"

"그럼 대체 누구란 말이냐?"

"아, 저도 그녀가 누구인지 제발 좀 알았으면 좋겠어요……. 심지어 그녀의 진짜 이름이 리기아인지 칼리나인지도 모른답니다. 그 댁에서는 그녀가 리기 족 출신이기 때문에 다들 리기아라고 부르지만, 원래 고국에서 불리던 이름은 칼리나라고 해요. 플라우티우스의 집은 참 기묘한 곳이었어요. 식구는 많은데 마치 공동묘지가 들어서 있는 외딴 숲처럼 고요하더군요. 저는 열흘이 넘도록 그 집에 머물렀지만 그처럼 아름다운 여신이 살고 있다는 것은 몰랐답니다. 그런데 어느 날 새벽, 정원의 샘터에서 목욕하는 그 처녀를 보게 되었지요. 아프로디테가 탄생했다는 물거품에 대고 맹세하지만, 그 순간 저는 새벽녘의 서광이 그녀의 몸에 투명하게 스며드는 것을 보았습니다. 새벽 별이 여명과 함께 자취를 감추듯 그녀도 햇살 속으로 사라져버릴까 봐 걱정하며 숨을 죽이고 있었지요. 그 후로 그녀를 볼 기회가 두 번 더 있었는데, 그때마다 저는 마음의 평정을 잃어버리곤 했습니다. 모든 욕망이 순식간에 자취를 감추고, 로마에 가면 무슨 좋은 일이 기다리고 있을까 하던 기대도 감쪽같이 사라져버렸죠. 여자도, 황금도, 코린투스의 청동도, 호박도, 진주도, 포도주도, 향연도 아랑곳하지 않게 된 겁니다. 제가 원하는 건 오로지 리기아뿐입니다. 페트로니우스 삼촌, 솔직히 말씀드리면, 저는 그녀가 미칠 듯이 보고 싶어요. 삼촌 댁 온탕 바닥에 모자이크되어 있는 장면, 파시테아[54] 때문에 애태우는 솜누스[55]처럼 밤낮으로 그녀를 갈망하고 있습니다."

"그녀가 노예라면 사들이려무나."

"노예가 아닙니다."

"그럼 뭐냐? 플라우티우스가 해방시켜 주었단 말이냐?"

"그녀는 애당초 노예가 아니었으니까 해방될 리도 없습니다."

"그렇다면?"

"뭐라고 말해야 할지 모르겠군요. 왕의 딸이든지, 그에 버금가는 신분이라고 해두죠."

"그래? 그것 참 흥미로운 얘기구나, 비니키우스!"

"만약 궁금하시다면 당장 그 호기심을 만족시켜 드리겠습니다. 그렇게 긴 얘기도 아니거든요. 삼촌께서도 이미 들으셨겠지만 수에비 족[56]의 왕인 반니우스는 고국에서 추방당해, 오랫

54) 그리스 신화 속 미의 세 여신 중 하나.
55) 잠과 꿈의 신.

동안 로마에서 살았습니다. 전차를 잘 몰고, 주사위를 던질 때마다 용케 행운이 따르는 것으로 유명한 바로 그 사람 말입니다. 나중에 케사르 드루수스[57]께서 그를 왕위에 복위시켰지요. 반니우스 왕은 처음에는 나라를 잘 다스리고, 전쟁터에 나가서도 승리를 거두곤 했습니다. 그러다 차츰 사악해져서 이웃 나라는 말할 것 없고, 자기가 다스리는 수에비 족의 재산까지도 빼앗기 시작했습니다. 그러자 헤르문두리[58]의 왕 비빌리우스의 두 아들이자, 반니우스 왕에게는 조카뻘이 되는 반기오와 시도가 반니우스를 다시 로마로 강제 추방했습니다. 그리하여 반니우스는 또 한 번 주사위에 운명을 걸게 되었던 것입니다."

"그래, 기억이 난다! 클라우디우스[59] 황제 때 일이었으니 그리 오래된 얘기도 아니지."

"그렇습니다. 결국 전쟁이 일어나고 말았죠. 그러자 반니우스는 야지기 족[60]에게, 그의 조카들은 리기 족[61]에게 도움을 청했습니다. 반니우스가 부자란 소문을 들은 리기 족은 전리품에 대한 욕심으로 엄청난 병력을 동원하고 전장으로 출동했습니다. 그 수가 어찌나 많았던지 클라우디우스 황제께서도 국경의 안전을 염려할 정도였지요. 클라우디우스 황제는 야만

---

56) 게르만 족의 한 갈래. 세력이 컸으며 발틱 해 서쪽과 남쪽에 근거를 두었음.

57) 티베리우스 황제의 아들. 장군이자 집정관.

58) 게르만의 한 부족. 지금의 라인 강 상류에 거주.

59) AD 41-51년 재위.

60) 다뉴브 강 하류에 살던 사르마티아 족.

61) 지금의 폴란드 영토인 비스와 강과 오드라 강 유역에 거주했던 슬라브 족.

족들의 전쟁에 관여하기를 원치 않았지만, 어쩔 수 없이 다뉴브 군단을 지휘하고 있던 아텔리우스 히스테르 장군에게 친서를 보내 로마의 평화가 위협받지 않도록 전세를 각별히 주시하라고 명했습니다. 히스테르 장군은 리기 족에게 국경을 침범하지 않겠다는 서약을 요구하기에 이르렀고, 리기 족은 이에 동의했을 뿐 아니라 인질들까지 보냈습니다. 그 인질들 가운데 족장의 부인과 딸도 끼어 있었던 것이죠. 야만족들은 전쟁에 나갈 때 아내와 자식들을 데리고 다니니까요. 제가 말한 리기아는 바로 그 족장의 딸입니다."

"그걸 어떻게 알았니?"

"아울루스 플라우티우스께서 직접 얘기해 주더군요. 리기인들은 약속을 충실히 지켜 그 후로는 국경을 침범하지 않았지요. 야만족이란 원래 태풍처럼 몰려왔다 천둥처럼 사라지지 않습니까. 머리에 들소 뿔을 장식하고 다니던 리기 인들 역시 그렇게 자취를 감추었습니다. 반니우스가 지휘하던 수에비 인과 야지기 인을 쳐부쉈지만, 그 와중에 리기 족의 왕이 전사해 버렸기 때문이지요. 리기 인들은 인질들을 그대로 히스테르 장군 휘하에 남겨둔 채, 전리품을 챙겨가지고 떠나 버렸습니다. 얼마 후 리기아의 어머니가 죽자, 히스테르 장군은 어린 소녀를 어떻게 해야 좋을지 망설이다가 게르마니아의 통치자인 폼포니우스에게 보내기로 결심했습니다. 카티 족[62]과의 전쟁이 끝나자 폼포니우스는 로마로 돌아오게 되었습니다. 그 무렵 외삼촌께서도 아시다시피 클라우디우스 황제께서 성대한 개선식을 베풀도록 지시했습니다. 그때 리기아도 개선 행렬을

---

62) 지금의 라인 강 중류에 거주하던 게르만의 한 부족.

따라 로마로 들어오게 된 것이죠. 개선식이 끝난 뒤 폼포니우스는 그녀의 거취 문제를 놓고 고민에 빠졌습니다. 인질을 포로로 취급할 수는 없었기 때문이죠. 결국 자기 누이이자 플라우티우스의 부인인 폼포니아 그레키나에게 소녀를 맡기기로 했습니다. 그 집 사람들은 주인 내외는 물론이고, 우리에 있는 새끼 오리까지도 정숙하기 이를 데 없었으므로, 리기아 또한 폼포니아 그레키나 못지않은 고결하고 정숙한 처녀로 성장하게 된 것이죠. 아, 리기아의 미모 앞에서는 저 유명한 포페아 황후도 마치 헤스페리데스[63]에서 따온 능금 옆에다 가을의 무화과를 갖다놓은 것처럼 광채를 잃고 말 것입니다."

"그래서?"

"다시 한 번 말씀드리지만, 샘터에서 햇살이 그녀의 몸에 투명하게 스며드는 것을 본 그 순간부터 저는 열렬히 사랑에 빠지고 말았답니다."

"그러면 그 처녀는 뱀장어나 새끼 정어리처럼 속이 훤히 들여다보인단 말이냐?"

"페트로니우스 삼촌, 제발 저를 놀리지 마세요. 제가 한낱 욕정 따위를 못 참아서 그런다고 오해하실까 봐 말씀드리는데요. 화려한 의상 밑에는 대부분 깊은 흉터가 감추어져 있는 법이지요. 한 가지 더 드릴 말씀이 있습니다. 소아시아에서 돌아오는 길에 저는 꿈의 계시를 받기 위해 모프수스[64]의 신전에서 하룻밤을 묵었습니다. 그때 예언자 모프수스가 제 꿈에 나타나서 앞으로 사랑으로 인해 제 삶이 큰 변화를 맞게 될

---

63) 황금 사과가 열리고 용이 지키고 있다는 신의 낙원.
64) 그리스 신화 속 꿈의 예언자.

거라고 예언했습니다."

"언젠가 플리니우스[65]가 '신은 믿지 않으나 꿈은 믿는다.' 고 했었는데, 어쩌면 그의 말이 맞는지도 모르겠구나. 사실 나는 농담을 하면서도 네 말에 대해 진지하게 생각하고 있었단다. 이 세상에 신이란 오로지 하나뿐이니, 그것은 바로 전능하고 영원한 만물의 어머니 비너스라고 생각한다. 영혼과 육체, 사물을 한데 결합시킨 것도 비너스이지. 에로스[66]야말로 세상을 카오스[67]에서 건져낸 장본인이다. 그게 잘한 일인지 아닌지는 모르겠다만, 아무튼 그 창조적인 힘만은 인정해야 해. 물론 축복을 내리느냐, 아니냐는 그녀의 마음에 달렸지만 말이야."

"페트로니우스 삼촌, 현명한 충고보다는 철학적인 수사가 훨씬 쉬운 법이죠."

"그럼, 도대체 네가 원하는 게 무엇이냐?"

"리기아를 갖고 싶습니다. 지금 이렇게 허공을 휘젓고 있는 이 두 팔로 그녀를 품에 안고 싶고, 그녀의 숨결을 들이마시고 싶습니다. 만약 그녀가 노예라면, 저는 그녀의 몸값으로 무엇이든 지불할 각오가 되어 있습니다. 노예시장에 처음 팔려왔다는 표시로 발에 석회를 하얗게 칠한 싱싱한 처녀 100명이라도 아울루스 장군에게 바치겠습니다. 제 머리카락이 한겨울 소락테 산[68] 정상에 덮인 눈처럼 하얗게 셀 때까지 그녀를 제 곁에 두고 싶습니다."

"그 여자는 노예는 아니지만, 그래도 결국은 플라우티우스

65) 당시의 박물학자.

66) 비너스의 아들로 사랑의 신.

67) 혼돈.

68) 로마 북쪽에 있는 높은 산.

의 가슴이 아니냐? 게다가 자기 민족으로부터 버려진 아이니까 플라우티우스의 양녀로 생각해도 좋겠지. 그러니까 플라우티우스가 마음만 먹으면, 그녀를 네게 인계할 수도 있지 않겠니?"

"그건 폼포니아 그레키나를 모르셔서 하시는 말씀이에요. 그 댁에서는 리기아를 마치 친딸처럼 귀하게 여기고 있습니다."

"폼포니아라면 내가 잘 알지. 살아 있는 사이프러스 나무[69]라고나 할까. 그녀가 아울루스의 아내만 아니었다면, 아마 초상집에서 곡하는 여자로 고용되었을걸. 율리아[70]가 죽은 뒤로 한번도 상복을 벗은 적이 없다니까. 그녀는 언제 봐도 마치 아스포델[71]로 덮여 있는 초원을 하염없이 걷고 있는 것처럼 우수에 차 있지. 게다가 폼포니아는 '우니비라'[72]란다. 보통은 너덧 번씩 남편을 바꾸는 로마의 부인네들 틈에서 불사조와 같은 특이한 존재이지. 그건 그렇고 얘야, 최근에 이집트 북부 지역에서 불사조가 알을 깠다는 소문 들었니? 500년에 한 번 있을까 말까 한 희귀한 사건이다!"

"삼촌! 페트로니우스 삼촌! 불사조 얘기는 나중에 합시다."

"얘야, 그럼 무슨 말을 할 수 있겠니? 난 아울루스 플라우티우스를 잘 알아. 그 사람은 비록 내 생활 방식에는 불만이 있겠지만, 그래도 내게 어느 정도는 호감을 갖고 있는 게 틀림없다. 어쩌면 다른 사람들보다 나를 더 좋게 평가하고 있을

---

69) 싸리버들의 일종으로 주택가뿐만 아니라 묘지 근처에도 많이 심었으며 애도의 상징으로 여겨지기도 했음.

70) 아우구스투스 황제의 손녀.

71) 저승에 핀다는 백합을 닮은 꽃.

72) 한 남자만을 남편으로 섬기는 여자.

지도 모르지. 그건 내가 도미티우스 아페르[73]나 티겔리누스[74], 그 밖의 다른 붉은 수염의 아첨꾼들처럼 고자질이나 일삼는 자가 아니란 걸 잘 알기 때문일 게다. 스토아학파를 흉내 내려는 건 아니지만, 나는 세네카나 브루스[75]도 못 본 척하는 네로의 난잡한 행동에 대해서 눈살을 찌푸린 적이 한두 번이 아니었거든. 그러니 만일 내가 너를 위해 아울루스를 설득해야 한다면, 한번 힘을 써보마."

"삼촌이라면 분명 설득하실 수 있으리라고 확신합니다. 어디 설득뿐이겠어요? 삼촌의 지혜는 무궁무진하시잖아요? 사정을 자세히 알아봐 주시고, 제발 플라우티우스에게 말 좀 잘해 주세요."

"넌 내 세력과 기지를 과대평가하고 있구나. 하지만 네가 원하는 게 바로 그것이라면, 플라우티우스와 그의 식구들이 로마로 돌아오는 대로 그와 얘기해 보마."

"벌써 이틀 전에 다들 돌아왔습니다."

"그럼, 이제 식당으로 가자꾸나. 조찬이 기다리고 있다. 배불리 먹고, 기운을 차리고 나서 플라우티우스의 집으로 가보도록 하자."

"삼촌께선 언제나 제게 잘해 주시는군요." 비니키우스가 생기에 넘쳐 말했다. "이번에야말로 삼촌의 상을 조각하여 우리 집 수호신들 가운데 세워놓겠습니다. 여기 있는 이 조각처럼 훌륭하게 만들어서 그 앞에 제물을 바치겠습니다."

---

73) 네로의 충신이자 유명한 웅변가.

74) 네로의 근위대 사령관.

75) 네로의 무술 교사. 근위대장을 지냄.

그렇게 말하며 비니키우스는 접견실의 은은한 향기 속에서 한쪽 벽을 가득 메우고 있는 조각상들 쪽으로 돌아섰다. 그러고는 손에 지팡이를 든 헤르메스[76]를 본떠 만든 페트로니우스의 조각상을 가리키며 덧붙였다.

"헬리오스[77]의 빛에 걸고, 만일 저 유명한 파리스[78]가 조금이라도 삼촌과 닮았다면, 그와 사랑에 빠져 어리석은 짓을 저지른 헬레네의 심정도 얼마든지 이해할 수 있을 것 같습니다."

비니키우스의 외침 속에는 아첨보다는 진심이 더 많이 담겨 있었다. 페트로니우스는 비니키우스보다 나이도 훨씬 많고, 체격도 덜 건장했지만, 외모는 더 수려했다. 로마의 여인들이 그를 '고상한 판관'이라 부르며 찬양하는 것은 그의 넘치는 지혜와 재치 때문이기도 하지만, 실은 매력적인 외모가 한몫을 했던 것이다. 지금 페트로니우스의 토가 주름을 매만지고 있는 코스 태생의 두 처녀들도 그에게 애틋한 동경의 마음을 품고 있었다. 특히 남몰래 페트로니우스를 사모해 온 에우니케는 수줍어하면서도 황홀한 듯 그에게서 눈을 떼지 못하고 있었다. 그러나 페트로니우스는 그런 뜨거운 시선 따위에는 무관심한 듯 예의 그 냉소적인 표정으로 여자에 관한 세네카의 경구를 인용하기 시작했다.

"여자란 염치를 모르는 뻔뻔스런 동물……."

그러면서 비니키우스의 어깨에 팔을 얹고 식당으로 안내했다.

향유실에서는 두 명의 그리스 처녀와 프리기아 처녀들, 그

76) 신들의 심부름을 담당하는 신. 상업과 도둑, 도로의 수호신.

77) 그리스 신화의 태양신.

78) 트로이의 왕자.

리고 흑인 처녀들이 향유가 든 그릇들을 정리하고 있었다. 갑자기 냉탕실의 커튼 뒤에서 욕실 시중을 담당하는 남자 노예들이 머리를 내밀고 "휘-익!" 하는 소리를 냈다. 그 소리를 신호로 그리스 처녀들이 프리기아 처녀들과 흑인 처녀들을 데리고 커튼 너머로 눈 깜짝할 사이에 사라졌다. 욕실은 늘 그랬듯이 음란한 소란으로 가득 찼다. 노예 감독이 그들을 말리지 않는 것은, 자신도 가끔 그런 방탕한 유희에 끼어들기 때문이었다. 사실 페트로니우스도 진작 눈치 채고 있었지만, 처벌을 싫어하는 관대한 천성 탓에 모르는 척하고 있었다.

향유실에는 에우니케만 남았다. 그녀는 멀어져가는 말소리와 웃음소리에 한동안 귀를 기울이다가 페트로니우스가 조금 전까지 누워 있던, 호박과 상아로 장식된 평상을 끌어당겨 조심스럽게 주인의 조각상 앞에 놓았다. 향유실은 창을 통해 들어오는 햇살과 벽면을 장식한 무지갯빛 대리석에서 반사된 형형색색의 빛깔들로 아름답게 빛나고 있었다.

에우니케는 평상 위로 올라섰다. 그러자 그녀는 페트로니우스의 조각상과 같은 높이가 되었다. 순간 에우니케는 두 팔로 조각상의 목을 끌어안았다. 그러고는 장밋빛의 눈부신 육체를 하얀 대리석에 밀착시키면서 정신없이 페트로니우스 동상의 차가운 입술에 자기 입술을 갖다 대었다.

제2장

보통 사람들 같으면 벌써 점심 식사를 끝냈을 시간에 페트로니우스와 비니키우스는 아침 상을 받았다. 식사를 마치고 나서 페트로니우스는 조카에게 잠시 낮잠을 즐기자고 권유했다. 지금은 남의 집을 방문하기에 너무 이른 시간이라는 것이었다. 물론 해 뜨면서부터 방문을 시작하는 것을 로마의 오랜 관습이라고 여기는 사람들도 있지만, 페트로니우스는 그런 행위를 무례하고 야만적이라고 생각했다.

"남의 집을 방문하기에는 오후가 적당하지. 태양이 카피톨리움 언덕[1]에 있는 주피터 신전 쪽으로 옮겨가서 대광장을 비스듬히 비추기 시작할 때까지는 느긋하게 기다리는 게 좋아."

가을이긴 했지만 아직도 날이 더워 사람들은 점심 식사 후에 낮잠을 자곤 했다. 아트리움[2]에서 솟아오르는 분수 소리에

1) 로마 시내에 있는 일곱 개의 언덕 중 하나.

귀를 기울이면서 건강을 위해 1000걸음 정도 걷고 난 뒤에, 반쯤 드리운 장밋빛 차양을 통해 스며드는 햇볕을 받으며 나른하게 낮잠에 빠지는 것은 상쾌한 일이었다.

비니키우스는 페트로니우스의 말이 옳다고 생각했다. 두 사람은 팔라티움 궁전이나 로마에서 일어나는 일들, 그리고 인생 문제에 관해 이런저런 얘기를 나누며 한가로이 정원을 거닐었다. 그들은 페트로니우스의 침실로 갔으나, 그리 오래 자지는 않았다. 반시간쯤 지났을까. 침실에서 나온 페트로니우스는 베르베나[3]를 가져오게 하여 그 향을 맡기도 하고, 팔과 관자놀이에 문지르기도 했다.

"넌 아마 모를 게다. 이렇게 하면 얼마나 기운이 나고, 정신이 맑아지는지. 자, 난 갈 준비가 다 되었다."

가마는 진작부터 대기 중이었다. 그들은 파트리키우스 거리[4]에 있는 아울루스의 저택으로 가자고 명했다. 페트로니우스의 저택은 카리내 구역[5]에서 가까운 팔라티움 언덕의 남쪽 기슭에 있었다. 시내의 광장을 가로질러 가는 것이 제일 빨랐으나, 페트로니우스는 도중에 이도메네우스의 보석상에 잠시 들러야 했으므로 아폴리니스 거리를 통과하여 스켈레라투스 거리로 가자고 분부했다. 그 모퉁이에 온갖 상점들이 죽 늘어서 있었다.

몸집이 큰 흑인들이 가마를 메고, 수행하는 노예들을 앞세

---

2) 저택의 중앙에 위치한 안뜰이 딸린 넓은 공간. 채광과 환기를 위해 천장이 뚫려 있음. 손님 접대를 비롯한 여러 용도로 쓰였음.

3) 마편초.

4) 시내 북동쪽에 있는 거리.

5) 에스퀼리누스 언덕과 캘리우스 언덕 사이에 위치한 로마 부호들의 주택지.

워 길을 떠났다. 페트로니우스는 한동안 침묵에 잠겨 손바닥에서 풍기는 베르베나 향내를 맡으며 뭔가를 골똘히 생각하더니 마침내 입을 열었다.

"이제 막 생각났는데 말이다, 만일 네가 사랑하는 숲의 요정이 노예가 아니라면, 그녀에겐 플라우티우스의 집을 나와 네게로 올 수 있는 권리가 있다. 얼마든지 그녀를 사랑으로 감싸주고, 호사시켜 줄 수 있단 말이지. 여신과 같이 고귀한 나의 크리소테미스에게 내가 하는 것처럼 말이다. 하긴 우리끼리 얘기지만, 조금씩 크리소테미스에게 싫증이 나는 건 어쩔 수가 없구나. 필경 그녀도 나에 대해 같은 생각을 하겠지만."

비니키우스는 고개를 저었다.

"그렇지 않다고?" 페트로니우스가 물었다. "최악의 경우엔 황제에게 해결해 달라고 부탁할 수도 있다. 내 말 한마디면 붉은 수염이 네 편이 되어줄 테니 안심하려무나."

"리기아를 모르셔서 하는 말씀이에요." 비니키우스가 대답했다.

"그렇다면 묻겠는데, 너는 그녀를 잘 안다고 말할 수 있니? 너 역시 그녀를 멀리서 보았을 뿐이잖아? 그녀와 이야기는 나눠봤느냐? 네 마음을 고백해 본 적은 있어?"

"샘터에서 처음으로 그녀와 마주친 뒤, 겨우 두 번 더 보았을 뿐입니다. 아울루스의 집에 머무는 동안, 저는 외딴 곳에 떨어져 있는 손님용 별채에서 지냈고, 게다가 팔을 삐어 그 댁 식구들과 식사도 함께할 수 없었으니까요. 그 집을 떠나기 전날 밤에야 간신히 만찬 석상에서 리기아를 만날 수 있었지만, 그때는 말 한마디 나눌 기회가 없었어요. 아울루스가 자랑삼아 장황하게 늘어놓는 브리타니아에서의 승전과 업적에 귀 기울여야 했고, 그 다음에는 리키니우스 스톨로[6] 때부터 아무리 애를 써도 이탈리아 소지주의 몰락을 막을 수 없다는 분노에 찬 탄식을 들어야만 했습니다. 아울루스라는 사람에게는 도무지 다른 얘깃거리도 없을 뿐 아니라 이야기에 적당히 살을 붙이고 각색하는 말재주 같은 것은 더더욱 없는 것 같았어요. 입만 열었다 하면 변해 가는 요즘 세상을 한탄하는 내용들이나 회고담이 전부였으니까요. 그 집에선 우리에서 꿩을 키우고 있는데, 한번도 잡아먹은 일이 없다고 합니다. 왜냐하면 꿩을 한 마리씩 잡아먹을 때마다 로마 제국이 그만큼 종말에 가까워진다고 믿고 있거든요.

두 번째로 그녀를 만난 건 정원의 연못가에서였어요. 그녀는 갈대를 뽑아 들고 그 끝에 물을 적셔서 주위에 핀 아이리스 꽃에 흩뿌리고 있었습니다. 제 무릎을 좀 보십시오. 헤라클레스의 방패를 걸고 맹세하는데, 파르티아 군이 괴성을 지르며 아군의 진영으로 구름처럼 몰려왔을 때에도 꿈쩍도 않던 제 무릎이 그날, 그 연못가에서는 주체할 수 없이 벌벌 떨렸단 말입니다. 목에 불라[7]를 매단 어린아이처럼 눈빛으로만 연민을 구했을 뿐, 한동안 아무 말도 하지 못했습니다."

페트로니우스는 부러운 얼굴로 비니키우스를 바라보았다.

"넌 참으로 행복한 녀석이로구나! 세상이나 인생이 아무리 타락해도 유일하게 영원히 변치 않을 아름다운 것이 있으니, 그것은 바로 청춘일지어다!"

잠시 후 페트로니우스가 말했다.

---

6) BC 4세기 로마의 호민관으로 정치 및 경제 개혁 법안을 제정함.
7) 귀족 가문의 아이들이 목에 걸던, 부적이 들어 있는 작은 금패.

"그녀에게 말은 붙여봤느냐?"

"네. 정신을 가다듬고 나서 용기를 내어 그녀에게 말했죠. 소아시아에서 돌아오던 길에 교외에서 팔을 삐어 아픔을 겪었지만, 막상 신세를 진 이 집을 떠나려니까 그 고통이 다른 곳에서 누리는 기쁨보다 더 소중하며, 차라리 이곳에서 앓고 있는 것이 다른 곳에서 건강하게 지내는 것보다 더 좋다는 걸 새삼스레 깨닫게 되었노라고 말이죠. 그녀는 고개를 숙인 채 심각하게 제 말을 듣고 있더니 황금빛 모래 위에 갈대로 뭔가를 끼적거리더군요. 그리고 잠시 눈을 들어 저를 쳐다보다가 다시 자기가 그려놓은 기호를 내려다보며, 묻고 싶은 말이 있는 듯 머뭇거리더니 순식간에 달아나 버리고 말았습니다. 마치 숲 속의 님프가 사티루스라도 만난 듯이 말입니다."

"그녀는 틀림없이 아름다운 눈을 가졌겠구나."

"네, 바다와 같은 푸른 눈이었어요. 저는 마치 바다에 빠진 것처럼 그녀의 눈 속에 풍덩 빠져버렸죠. 믿어주세요, 삼촌! 에게 해도 그렇게 푸를 수는 없을 거예요. 바로 그때 플라우티우스의 어린 아들이 달려와 제게 무엇인가를 물었지만, 저는 그 애가 무슨 말을 하는지조차 알아들을 수 없었어요."

"오, 아테네[8]여!" 페트로니우스가 외쳤다. "이 젊은이로부터 에로스가 씌워놓은 눈가리개를 떼어내 주소서. 그렇지 않으면 이 젊은이는 비너스 신전의 기둥에 머리를 부딪치고 말 것입니다."

그러고 나서 비니키우스에게로 돌아섰다.

"너는 생명의 나무에 피어난 새봄의 꽃봉오리이고, 포도 덩

---

8) 지혜의 여신.

굴에서 돋아난 연초록빛 새순이다! 너를 플라우티우스의 집이 아니라 겔로키우스[9]의 집으로 데려가야 할 것 같구나. 그곳에는 인생에 대해 아무것도 모르는 젊은이들을 가르치는 학당이 있으니 말이다."

"그래서 뭘 어쩌시려고요?"

"그녀가 모래 위에 뭘 그렸더냐? 아모르의 이름이더냐, 아니면 그의 화살에 맞은 심장이더냐? 아니면 사티루스들이 님프의 귀에 대고 속삭였듯이 인생의 비밀을 깨닫게 해주는 무슨 징표가 아니었느냐? 설마 그녀가 그려놓은 기호를 주의 깊게 살펴보지 않은 것은 아니겠지?"

"저는 삼촌께서 생각하시는 것보다 훨씬 일찍부터 토가를 입기 시작했어요.[10]" 비니키우스가 대답했다. "실은 아울루스의 아들이 달려오기 전에 재빨리 그 표시를 보아두었지요. 그리스에서 그랬듯이 로마의 처녀들도 차마 말로 하기 어려운 고백을 할 때는 모래 위에다 그려서 대신한다는 것쯤은 저도 잘 알고 있으니까요. 그런데 그녀가 무엇을 그렸을 것 같습니까?"

"글쎄다, 좀 전에 말한 것들이 다 아니라면, 나도 잘 모르겠구나."

"물고기였습니다."

"뭐라고?"

"물고기였단 말씀입니다. 무슨 뜻이었을까요? 자기 혈관 속에는 물고기처럼 차가운 피가 흐르고 있다는 의미였을까요?

---

9) 당시의 철학자, 교육자.
10) 어른이 되어 철이 들었다는 의미.

정말 모르겠습니다! 하지만 저를 생명의 나무에 피어난 새봄의 꽃봉오리라고 칭하신 외삼촌이라면 그 표시가 무엇을 뜻하는지 쉽게 아실 거라고 생각합니다."

"친애하는 비니키우스! 그런 것은 플리니우스에게 물어보려무나. 그 사람은 물고기에 대해서라면 모르는 것이 없으니까. 아피키우스[11] 노인이 아직까지 살아 있다면 아마 뭔가 해줄 말이 있을 텐데. 평생 동안 네아폴리스[12] 만(灣)에 있는 물고기보다 더 많은 물고기를 먹었다니 말이다."

대화는 도중에 끊기고 말았다. 가마가 번화가로 들어섰기 때문에 소음이 방해되어 얘기를 계속할 수가 없었던 것이다. 일행은 아폴리니스 거리를 지나 로마 광장으로 접어들었다. 화창한 날이면, 한가한 사람들은 해가 지기 전에 이곳에 모여 기둥 사이를 유유히 산책하면서 새로운 소식을 주고받기도 하고, 명사를 태운 가마가 지나가는 것을 구경하기도 했다. 그러다 지치면 금은방이나 서점을 기웃거리기도 하고, 아니면 카피톨리움 언덕의 주피터 신전과 마주하고 있는 광장의 모퉁이에 줄지어 서 있는 가게들을 기웃거리기도 했다. 그곳에는 동전을 바꿔주는 환전소는 물론, 비단과 청동, 그 밖에 여러 가지 다양한 물건들을 파는 가게들이 늘어서 있었다.

광장은 절벽 위에 우뚝 솟은 성의 초석(礎石) 아래 있었는데, 해가 기울어 반쯤은 벌써 그늘져 있었다. 언덕 위에 있는 신전의 원주들은 푸른 하늘 아래 석양을 받아 금빛으로 반짝이고, 그보다 낮은 곳에 자리 잡은 기둥은 대리석 디딤돌이

11) 아우구스투스 황제 시대의 대부호이자 유명한 식도락가.

12) 지금의 나폴리.

깔린 한길 위에 기다란 그림자를 드리우고 있었다. 사방이 온통 원주들로 가득 차, 그곳에 들어가면 마치 울창한 밀림에서처럼 길을 잃어버릴 것만 같았다. 건물과 원주는 서로 빽빽하게 뒤엉켜 마치 앞뒤로, 좌우로 서로 팽팽하게 겨루고 있는 것 같아 보였다. 언덕에 닿을 만큼 높이 솟은 것도 있고, 성벽을 에워싸고 길게 뻗어 있거나, 아니면 서로 기대어 있는 것도 있었다. 큰 것이 있는가 하면 작은 것도 있고, 굵직한 것이 있는가 하면 가느다란 것도 있으며, 황금색도 있고 흰색도 있었다. 처마를 떠받치는 기둥머리에는 아칸투스[13] 잎사귀 무늬를 새기거나, 이오니아식으로 돌려 감아 소용돌이처럼 만든 것도 있고, 또는 도리아식으로 단순한 네모꼴로 마감한 것도 있었다. 원주들로 이루어진 그 거대한 숲 위로 선명한 빛깔의 트리글리프[14]가 광채를 발하고 있었다. 팀파눔[15]에는 여러 신들의 조각상이 늘어서 있고, 원주의 꼭대기에는 네 필의 날개 달린 말을 나란히 앞세운 이륜 전차가 창공을 향해 막 날아가려는 형상이 조각되어 있었다.

사람들은 광장의 한가운데로, 또는 가장자리 쪽으로 물결처럼 밀려다니고 있었다. 아니면 율리우스 케사르의 이름을 딴 공회당의 아치 밑을 이리저리 거닐거나, 카스토르와 폴룩스[16]의 이름을 딴 층계에 앉아 이야기꽃을 피우기도 했으며, 베스

---

13) 가시 달린 상록수. 그 잎사귀는 고대 건축 장식의 도안이 됨.

14) 도리아식 건축 양식. 지붕 밑의 소벽(小壁)을 세 줄기의 세로로 된 홈으로 장식함.

15) 고대 건축에서 지붕 바로 아래 삼각형 또는 반원 모양의 움푹 들어간 벽.

16) 그리스 신화에서 스파르타의 왕 틴다레우스의 쌍둥이 아들로 나란히 쌍둥이자리가 되었음.

타[17] 신전의 주위를 이리저리 배회하기도 했다. 하얀 대리석을 등지고 있는 그들의 모습이 마치 형형색색의 나비와 풍뎅이들이 떼 지어 몰려다니는 것처럼 보였다. 로마의 신 가운데 가장 존엄한 주피터를 모신 카피톨리움 신전의 웅장한 계단 주위에도 새로운 인파가 끊임없이 밀려들었다. 연단 주위에는 운 좋게 연설의 기회를 잡은 즉석 연사들의 연설을 들으려는 사람들로 붐볐다.

여기저기에서 과일과 술과 무화과즙을 넣은 음료수를 파는 장사꾼들의 외침과 만병통치약을 선전하는 약장수들, 점쟁이들, 숨겨진 보물이 있는 곳을 알려주겠다는 사기꾼들, 해몽가들이 떠들어대는 소리가 시끄럽게 들려왔다. 이야기 소리와 고함 소리에 시스트룸[18]과 이집트의 삼각 하프, 그리스의 피리 소리까지 뒤섞여 더욱 소란스러웠다. 제신에 대한 믿음이 깊은 사람들, 병자, 그리고 고민에 빠진 이들이 신전에 제물을 바치는 모습도 보였다. 제물로 바쳐진 곡식의 낟알을 쪼아 먹기 위해 새하얀 디딤돌 위를 서성이는 비둘기 떼가 마치 검은 얼룩처럼 보였다. 비둘기들은 사람들 틈에서 푸드덕거리며 날아올랐다가 금세 다시 내려앉기를 되풀이하곤 했다. 가마가 지날 때는 모두 비켜서서 길을 터주었다. 세련되게 단장한 여인이 탄 가마도 있었고, 삶에 지쳐 경직된 표정을 짓고 있는 원로원 의원과 기사들이 탄 가마도 지나갔다. 군중은 저마다 자기 나라 말로 찬미인지 조롱인지 알 수 없는 별명을 덧붙여

17) 화덕과 횃불의 여신.

18) 고대 이집트 사람들이 이시스 여신의 제사를 지낼 때 사용하던 금속 악기로, 흔들어서 소리를 냄.

그들의 이름을 불러댔다. 이따금 떠들썩한 군중을 헤치고 군인과 순찰대가 거리의 질서를 위해 발맞추어 순찰을 돌았다. 여기저기서 라틴어 못지않게 많이 들리는 언어는 그리스어였다.

오랫동안 로마를 떠나 있었던 비니키우스에겐 이 모든 것이 흥미로운 광경이었다. 세계를 지배하고 있는 로마인의 광장은 바로 그 때문에 여러 나라에서 온 다양한 인종들의 무리로 홍수를 이루고 있었다. 페트로니우스는 젊은 동행인의 마음을 읽고, 이 광장을 가리켜 '퀴리테스'[19]가 사라진 '퀴리테스의 둥지'라고 말해 주었다. 온갖 인종과 민족이 뒤섞여 있는 이 거대한 무리 속에서 로마의 고유한 요소들은 거의 사라져가고 있었다. 이곳에는 에티오피아 인도 있고, 먼 북방에서 온 금발에 커다란 몸집을 지닌 브리타니아 인, 갈리아 인, 게르마니아 인도 있었다. 동방에서 온 가늘게 찢어진 눈을 가진 민족도 있었고, 인더스 강과 유프라테스 강 유역에서 온 벽돌색 수염을 기른 사람들, 오론테스[20] 강변에서 온 감정이 풍부한 검은 눈동자의 시리아 인, 뼈만 앙상한 아라비아 사막의 부족, 가슴이 납작한 유대인, 언제나 미소 짓고 있는 이집트 인, 그 밖에 누미디아[21] 사람들과 아프리카 인들도 있었다. 로마인들과 더불어 이 도시를 지배하고 있는 토박이 그리스인들은 지식과 예술, 이성과 함께 그럴듯한 사기술까지 갖추고 있었다. 그들과 더불어 여러 섬과 소아시아, 이집트, 이탈리아와

---

19) 순수한 로마 혈통을 가진 로마 시민. 로마 건국 초기 타티우스 통치하의 사비니 족을 일컫는 말이었으나 타티우스와 로물루스의 동맹으로 두 나라가 통합된 후 로마인이란 뜻으로 쓰이게 되었음.

20) 시리아에 있는 큰 강.

21) 현재 알제리 영토에 위치했던 북부 아프리카의 옛 왕국.

갈리아 나르보넨시스[22]에서 온 타지 출신의 그리스인도 있었다. 귓불에 구멍을 뚫은 노예들 가운데는, 먹고, 마시고, 입고, 즐길 것을 황제로부터 공짜로 얻어내고는 할 일 없이 빈둥거리는 해방노예들도 있었다. 안락한 생활과 돈벌이를 꿈꾸며 이 거대한 도시로 찾아든 이주민도 있고, 떠돌이 장사치들도 많았다. 야자수 가지를 손에 쥔 세라피스[23]의 제사(祭司)도 있고, 카피톨리움의 주피터 신전보다 더 많은 제물을 받고 좋아하는 이시스[24] 신전의 제사들도 있었다. 또한 황금빛 벼 이삭을 양손에 든 키벨레[25]의 제사들도 있었고, 나그네를 보호하는 유랑의 신을 모시는 제사들도 눈에 띄었다. 원색의 화려한 관을 쓴 동방의 무희들, 부적을 파는 상인들, 뱀을 다루는 자들, 칼데아[26]의 점성술사도 있었다. 또한 별다른 일에 종사하지 않고, 놀고먹는 평민들도 있었다. 그들은 매주 티베리스 강[27] 기슭에 있는 곳간으로 양식을 얻으러 가거나, 경기장에서 복권을 가지고 서로 치고받고 다투기도 했다. 밤에는 티베리스 강 건너에 있는 폐가에서 자고, 따뜻하고 화창한 날에는 밀비우스 다리 위나 지하 납골당 근처를 서성이곤 했다. 그것도 아니면 노예들이 먹다 남은 음식 찌꺼기를 얻을 수 있는 부호들의 대저택 문 앞이나 수부라[28] 거리에 있는 지저분한 음

22) 지금의 남프랑스 지역.
23) 고대 이집트의 풍요와 태양의 신. 그리스와 로마에까지 전파됨.
24) 이집트의 풍요의 여신.
25) 소아시아 지방 프리기아 인들이 섬기던 여신으로서 신들의 어머니라고 여겨졌으며 BC 3세기부터 로마인들도 공경하였음.
26) 바빌로니아에서 아라비아 사막에 이르는 지역.
27) 로마 시내를 흐르는 강. 지금의 테베레 강.
28) 로마 시내에 있는 빈민가.

식점 주위를 기웃거렸다.

페트로니우스는 그 사람들에게도 널리 알려져 있었다. 비니키우스의 귀에는 "그분이야!", "그분이 온다!" 하는 소리가 끊임없이 들려왔다. 사람들이 페트로니우스를 좋아하는 것은 그의 너그러운 성품 때문이기도 했지만, 인기가 급상승하게 된 이유는 따로 있었다. 학대를 견디다 못한 한 노예가 포악한 주인 페다니우스 세쿤두스[29]를 살해했을 때 황제의 명령으로 그 집의 노예들이 남녀노소 구별 없이 모두 사형당하게 되자, 황제 앞에서 당당하게 그 판결이 부당하다고 말한 사람이 바로 페트로니우스였던 것이다. 뿐만 아니라 페트로니우스는 자신의 행동을 찬양하는 사람들에게 대수롭지 않게 말했다. 그 노예들의 처형은 페트로니우스 자신과는 직접 상관이 없지만, 남다른 미적 감각을 가진 '고상한 판관'의 입장에서 볼 때, 그런 야만적인 학살이 스키타이 인[30]이라면 몰라도 선민인 로마인에게는 어울리지 않는다고 판단했기에 황제에게 사적으로 권고한 것뿐이라고.[31] 그때부터 대량 학살을 명령한 황제의 판결에 분개했던 많은 사람들이 페트로니우스를 한층 더 존경하게 되었던 것이다.

그러나 페트로니우스는 그런 인기 따위에는 연연하지 않았다. 그는 똑똑히 기억하고 있었던 것이다. 네로에게 독살당한 브리타니쿠스[32]나, 네로의 명으로 살해된 아그리피나[33], 정맥

29) 로마의 수도경찰청장.

30) 이란 북쪽에 거주하던 고대 유목 민족.

31) 기록에 의하면 실제로는 약 400명에 달하는 노예들이 모두 처형당했다고 함.

32) 클라우디우스 황제의 외아들.

을 절단당한 뒤 판다타리아 섬[34]에서 뜨거운 증기로 질식사당한 옥타비아[35]도, 멀리 추방된 루벨리우스 플라우투스[36]도, 그리고 당장이라도 사형당할지 모르는 위기에 놓인 트라세아스도 모두 불과 얼마 전까지만 해도 민중의 사랑을 받았던 것이다. 그렇기에 페트로니우스에게는 대중의 사랑은 오히려 불길한 징조로 여겨지기도 했다. 게다가 그는 매사에 회의적이었고, 미신을 신봉하는 사람이었다. 귀족에다 탐미주의자인 그는 민중에 대해 이중적인 감정을 품고 있었는데, 한편으로는 측은하게 여기면서도 한편으로는 경멸하고 있었던 것이다. 주머니에 볶은 콩을 가지고 다니며 냄새를 풍기거나, 고함을 하도 질러 늘 목이 쉬어 있는 사람들, 그도 아니면 길모퉁이나 주랑(柱廊)[37]에서 모라 놀이[38]나 하면서 땀에 절어 있는 그들이 사람으로 보이지 않았던 것이다.

페트로니우스는 자기를 향해 군중이 보내는 입맞춤의 손짓이나 박수갈채 따위는 거들떠보지도 않고, 비니키우스에게 페다니우스에 관한 이야기를 들려주는 데만 열중했다. 페트로니우스는 금방 폭동을 일으킬 듯 사납게 굴다가도, 다음 날이면 주피터 신전으로 참배하러 가는 네로에게 환호를 보내는 군중

33) 네로의 생모.

34) 중부 이탈리아에 위치한 캄파니아 앞바다의 섬.

35) 네로의 첫 아내. AD 53년 네로와 결혼하여 62년에 이혼당한 후 암살됨.

36) 티베리우스 황제의 증손.

37) 여러 개의 기둥만 나란히 서 있고 벽이 없는 복도.

38) 두 사람이 마주 보고 열 이하의 숫자를 차례로 부르면서 동시에 한 손의 손가락을 펴서 두 사람의 손가락 수를 합한 수에 가장 근접한 숫자를 부른 사람이 이기는 놀이.

의 변덕을 비웃었다. 아비라누스 서점 앞에 이르자, 페트로니우스는 가마를 세우고 호화롭게 장정한 필사본 한 권을 사서 비니키우스에게 내밀었다.

"네게 주는 선물이다."

"감사합니다!" 비니키우스가 책의 제목을 들여다보고 물었다.

"『사티리콘』[39]? 저자가 누굽니까?"

"바로 나란다. 그러나 나는 아까 말한 루피누스나 파브리키우스 베이엔토의 전철을 밟고 싶지는 않다. 그래서 아무에게도 알리지 않았으니 너도 절대로 발설하지 말아다오."

"외삼촌께서는 시는 안 쓰겠다고 말씀하지 않으셨습니까?"

책을 훑어보던 비니키우스가 물었다.

"그런데 이 책에는 산문 가운데 시가 많이 섞여 있는데요."

"이 책에서 특히 「트리말키온[40]의 향연」이라는 장을 주의 깊게 읽어보려무나. 그리고 시 얘기가 나와서 말인데, 내가 시를 싫어하게 된 것은 네로가 시를 쓰기 시작하면서부터란다. 비텔리우스[41]는 과식해서 음식물을 토해 내고 뱃속을 비워야 할 때는 상아로 만든 막대기를 목구멍에 쑤셔 넣는다는구나. 올리브유에 적신 홍학의 깃털을 쓰는 사람도 있고, 백리향 잎사귀를 달여서 즙을 내어 마시는 사람도 있다지만, 나는 그런 경우에 네로의 시를 읽곤 하지. 구역질이 나서 효과 만점이거든. 물론 그렇게 해서 양심의 가책이 사라지지는 않지만, 최

---

39) 풍자적인 혼합 시문. 페트로니우스가 썼음.

40) 『사티리콘』의 주인공. 노예에서 해방노예가 되어 막대한 재산을 모아 쾌락을 추구하는 가상의 인물. 당시의 황금만능주의와 경박한 향락주의를 풍자함.

41) 로마의 장군. 후에 황제가 됨.

소한 뱃속은 깨끗해지지. 그런 다음에는 얼마든지 네로의 시를 칭송할 수 있다는 말이다."

페트로니우스는 이도메네우스의 보석상 앞에 가마를 멈추게 하고, 보석과 관련한 볼일을 마친 다음, 바로 아울루스 플라우티우스 장군의 저택으로 가자고 명했다.

"가는 동안 루피누스의 이야기를 해주마. 책을 쓴 사람이 자기 글에 대해 자부심이 너무 강하면 어떤 일이 생기는지 좋은 본보기가 될 테니까."

하지만 페트로니우스가 미처 말을 꺼내기도 전에 가마가 파트리키우스 거리로 접어들어, 아울루스 플라우티우스 장군의 저택에 도착했다. 젊고 건장한 문지기가 오스티움[42]으로 들어가는 문을 열자, 새장에 들어 있는 까치가 "살베, 살베![43]"라고 인사하는 듯 큰 소리로 지저귀었다.

오스티움을 통과하여 아트리움으로 향하는 길에 비니키우스가 입을 열었다.

"조금 전에 문지기가 쇠사슬에 묶여 있지 않고 자유롭게 서 있는 것을 보셨지요?"

"그래. 이상한 집이로구나." 페트로니우스가 나지막한 목소리로 대답했다.

"폼포니아 그레키나가 그리스도인지 뭔지 하는 사람을 숭배하는 동방의 미신에 빠져 있다고 수군대는 얘기를 너도 들었겠지? 폼포니아가 평생 한 남자만 섬기고 사는 꼴이 보기 싫어서 크리스피닐라가 퍼뜨린 헛소문일 게다. 폼포니아야말로

42) 아트리움으로 연결되는 현관.
43) 라틴어로 '안녕하세요.'란 뜻.

진정한 우니비라이지! 오늘날 로마에서 그런 부인을 만나는 건 노리쿰[44]에서 따온 싱싱한 버섯을 반접시나 구하는 것보다 더 희귀한 일이야. 예전에 그녀는 미신 숭배 문제로 문중 회의에서 심문을 받은 일이 있었다……."

"삼촌께서 말씀하신 대로 이 집에는 정말 이상한 점이 많습니다. 제가 이곳에서 보고들은 이야기는 나중에 해드리지요."

이윽고 그들은 아트리움에 도착했다. 그곳을 관장하는 선임 노예가 방문한 손님의 이름을 알리는 노예를 안으로 들여보내고, 페트로니우스 일행에게 의자를 권하며 발 받침대를 내놓았다. 이 집에 한번도 와본 적이 없는 페트로니우스는 이 엄숙한 가정에는 수심이 가득할 것이라고 생각하고 있었다. 그런데 막상 와서 둘러보니 뜻밖에도 집안 분위기가 밝고 산뜻해서 놀라움과 더불어 묘한 실망감을 느꼈다. 천장에 뚫린 거대한 창으로 밝은 빛이 쏟아져 들어와 장방형의 인플루비움[45]에서 뿜어져 나오는 분수에 끊임없이 햇살을 흩뿌리고 있었다. 수조의 둘레에는 아네모네와 백합이 피어 있었다. 이 집 사람들은 특히 백합을 좋아하는 듯, 곳곳에 희고 붉은 백합이 풍성하게 피어 있었다. 청록색 아이리스의 부드러운 꽃잎은 분수의 물기를 살짝 머금고 있어 마치 은도금을 한 듯 반짝거렸다. 백합 화분에는 물에 젖은 푸른 이끼가 뒤덮여 있었고, 우거진 잎사귀 틈으로 어린애와 물새 모양의 청동 조각상이 보였다. 한쪽 구석에는 청동으로 만든 수사슴이 물을 마시려는 듯 고개를 숙이고 있었는데 습기 때문인지 녹청이 끼어 있

44) 다뉴브 강과 알프스 산 사이에 있는 산간 지방.
45) 아트리움 중앙에 위치한, 빗물을 받는 큰 수조.

었다. 아트리움 바닥은 모자이크로 되어 있고, 벽은 붉은 대리석과 프레스코로 장식되어 있었다. 그 프레스코에는 나무와 물고기, 새, 그리핀[46] 등이 그려져 있어 보는 이의 눈길을 끌었다. 옆방으로 들어가는 문은 거북이의 등껍질과 상아로 장식되어 있고, 문과 문 사이에는 아울루스 가문의 조상(祖上)들을 본떠 만든 조각상들이 세워져 있었다. 어느 곳을 둘러보아도 사치와는 거리가 멀었고, 고상하면서도 차분하게 정돈된 분위기를 연출하고 있었다.

페트로니우스는 이 집과는 비교도 안 될 만큼 웅장하고, 화려한 저택에서 살고 있었지만, 이 집에서 자신의 취향에 거슬리는 것은 단 하나도 찾아볼 수 없었다. 그가 비니키우스에게 막 그 말을 하려는 순간, 휘장을 여닫는 임무를 맡은 노예가 아트리움과 타블리눔[47] 사이에 쳐 있는 두터운 휘장을 열어젖혔다. 그 사이로 안채에서 서둘러 걸어 나오는 아울루스 플라우티우스 장군이 보였다.

그는 인생의 황혼기에 접어든 노인이었다. 머리는 서리가 내려앉은 듯한 백발이었으나 여전히 늠름해 보였고, 독수리를 연상시키는 다소 짤막한 그의 얼굴에는 강인함이 배어 있었다. 플라우티우스의 얼굴에는 놀라움과 더불어 약간의 불안감마저 서려 있었다. 예기치 않은 방문객이 다름 아닌 네로의 측근이자, 말동무이며, 조언자인 페트로니우스였기 때문이다.

페트로니우스는 세상 물정에 밝고 예리한 판단력을 가졌기

46) 그리스 신화에서 몸은 사자이고, 머리와 날개는 독수리인 괴물.
47) 가장이 기거하는 방. 이 방을 통해 주랑으로 둘러싸인 정원, 즉 페리스트리움으로 나가게 되어 있음.

에 플라우티우스의 심중을 금세 눈치 챘다. 그래서 우선 인사를 나눈 다음, 임기응변의 기지를 발휘하여, 자기가 이곳에 온 것은 이 댁에서 조카가 받은 보살핌에 감사드리기 위해서라고 자연스러운 어조로 말했다. 방문의 목적은 호의에 대해 감사 인사를 드리기 위해서이지만, 이렇게 용기를 낼 수 있었던 것은 아울루스와 안면이 있었기 때문이라는 말도 빠뜨리지 않았다. 그러자 아울루스는 찾아주어 고맙다고 하면서, 감사해야 할 사람은 오히려 자신인데, 아마 페트로니우스는 그 이유를 잘 모를 것이라고 덧붙였다.

페트로니우스는 전혀 짐작이 가지 않았다. 그는 담갈색 눈썹을 치켜 올리면서 아울루스나 그 친지들에게 도움을 베푼 적이 있는지 생각해 내려고 애썼으나 헛수고였다. 지금은 비니키우스를 도우려는 일 외에는 아무것도 머릿속에 떠오르지 않았던 것이다. 혹시 자신의 의지와는 별도로 그런 일이 있었는지는 몰라도, 그것은 우연이었을 것이다.

"저는 베스파시아누스[48]를 몹시 존경하고 있습니다. 그런데 당신이 그의 목숨을 구해 주셨습니다. 언젠가 황제가 자신이 쓴 시를 낭송하고 있을 때, 베스파시아누스가 불행하게도 깜빡 잠들었던 바로 그날 말입니다."

"아, 그 일 말입니까. 오히려 베스파시아누스에겐 행운이었지요. 그 끔찍한 네로의 낭송을 듣지 않을 수 있었으니 말입니다. 하긴 그 사건으로 인해 엄청난 비극이 초래될 수도 있었다는 걸 부인하진 않겠습니다. 붉은 수염은 백인대장에게 베스파시아누스의 정맥을 끊으라는 아주 친절하고 호의적인

48) 네로 시대의 장군이며 유대 총독. 후에 황제가 됨.

명령을 내리려 했으니까요."

"그런데 제가 알기로는 페트로니우스 당신이 황제를 비웃었다면서요?"

"네. 아니, 어쩌면 그 반대의 방법을 썼다고 하는 것이 맞을지도 모르겠군요. 저는 황제께 이렇게 말했죠. 오르페우스[49]는 노래로 맹수를 잠들게 했다지만, 베스파시아누스를 잠들게 한 폐하의 실력 또한 그에 못지않다고 말입니다. 여러 마디 아첨에다 비난을 살짝 섞기만 하면, 붉은 수염을 상대하는 건 별로 어려운 일이 아니랍니다. 포페아 황후는 그 방면에 아주 도통한 사람이죠."

"정말 세상이 어떻게 되려고 이 모양인지……." 아울루스가 말을 계속했다. "저는 브리타니아 인이 던진 돌에 맞아 앞니가 두 개나 부러졌어요. 그 때문에 말을 할 때마다 이빨 새로 바람이 새 나가곤 하지요. 하지만 브리타니아에서 보낸 그때가 제 인생에서 가장 행복한 시절이었던 것 같습니다."

"전투마다 승승장구하셨던 때이니까요." 비니키우스가 끼어들었다.

페트로니우스는 이 노장군이 옛날의 전승담을 장황하게 늘어놓을까 봐 얼른 화제를 바꾸어 프레네스테[50] 근처에서 시골 농부들이 머리가 둘 달린 새끼 늑대의 사체를 발견했다는 이야기를 했다. 지난번 폭풍우 때 루나[51]의 신전에 벼락이 쳐서 신전의 한 귀퉁이가 무너졌는데, 늦가을에 일어난 이 사건은

49) 하프를 연주하여 동물이나 초목까지도 매혹시켰다는 음악의 달인.

50) 지금의 팔레스타인 지방.

51) 달의 여신.

뭔가 불길한 징조가 아니겠냐는 말도 했다. 그 사실을 들려준 코타의 말로는 그 신전의 제사들은 이 사건을 로마가 몰락하든지 아니면 최소한 어떤 거대한 건물이 붕괴될 조짐으로 보았는데, 아마도 그로 인해 엄청난 희생이 따르게 될 것 같다고 덧붙였다.

아울루스는 그런 조짐들을 대수롭지 않게 넘겨버려서는 안 된다고 자신의 소견을 말했다. 신들이 인간의 오만방자한 죄악에 분노를 터뜨리는 일이 종종 있으니, 그것은 결코 놀랄 일이 아니며, 만약에 그렇다면 당장 속죄의 제물을 바쳐야 한다는 것이었다.

그러자 페트로니우스가 말을 받았다.

"플라우티우스 장군이시여, 당신의 저택은 당신의 고매한 인품에 비하면 너무도 작고 초라합니다. 제 집은 보잘것없는 주인에게는 과한 편이지만, 시야를 넓혀보면 결국 당신의 집과 마찬가지로 작은 건물에 지나지 않습니다. 그러니 어떤 거대한 건물, 예를 들어 도무스 트란시토리아[52]가 무너지는 것을 막기 위해 우리가 열심히 제물을 바친다 한들 무슨 소용이 있겠습니까?"

플라우티우스는 이 질문에 대답을 하지 않았다. 그런 신중함이 페트로니우스에게는 다소 거북하게 느껴졌다. 비록 자신이 선악의 구분을 명확히 하지 않는다고 해도, 고자질이나 하는 사람은 아닌데 왜 자기에게 마음을 털어놓지 못할까 하는 생각이 들었기 때문이다. 잠시 후 페트로니우스는 화제를 바

---

52) 네로가 로마의 중심부에 건설하려 했던 도무스 아울레아(황금 궁전)로 들어가는 출입문이 있는 거대한 건축물. 궁전으로도 사용되었음.

꿔 플라우티우스의 저택과 집 전체에 흐르는 고상한 분위기에 대해 찬사를 늘어놓았다.

"집이 많이 낡았지요." 아울루스 플라우티우스가 대답했다. "제가 상속받은 뒤로, 전혀 수리를 하지 않았거든요."

아트리움과 타블리눔 사이를 가로막는 커튼이 열려 있었기에 집안이 구석구석까지 훤히 보였다. 타블리눔과 거기에 딸린 주랑, 그 너머에 안채가 있었고, 짙은 색 액자들에 들어 있는 밝은 색조의 그림처럼 선명하게 정원이 눈에 들어왔다. 바로 그곳에서 아이들의 즐겁고 천진난만한 웃음소리가 아트리움까지 들려왔다.

페트로니우스가 말했다. "장군! 저 유쾌한 웃음소리를 가까이 가서 들을 수 있을까요? 요즘엔 저런 해맑은 웃음소리를 좀처럼 듣지 못했거든요."

"물론입니다." 플라우티우스가 일어서며 말했다.

"제 아들 아울루스와 리기아가 공놀이를 하고 있군요. 그런데 웃음 이야기가 나왔으니 말인데, 페트로니우스여, 당신은 언제나 웃음 속에서 지내시는 분 아닌가요?"

"인생이란 그 자체가 웃음거리니까요. 그래서 저는 늘 웃고 삽니다." 페트로니우스가 대답했다. "하지만 이곳의 웃음소리는 무언가 다른 것 같군요."

비니키우스가 덧붙였다. "삼촌께서는 낮에는 잘 웃지 않으시는 편이죠. 대개 밤에만 웃으신답니다."

이런저런 이야기를 나누면서 세 사람은 집안을 통과하여 정원으로 갔다. 그곳에서 리기아와 어린 아울루스가 공놀이를 하고 있었는데, 이 놀이를 위해 특별히 고용된 노예들이 땅에 떨어진 공을 주워 두 사람에게 건네주고 있었다. 어린 아울루스가 비니키우스를 보고 인사하러 달려왔다. 그러자 페트로니우스는 예리한 시선으로 리기아의 아래위를 재빨리 훑어보았다. 비니키우스는 어린 처녀 앞으로 다가가 머리를 숙였다. 리기아는 손에 공을 든 채 가쁜 숨을 몰아쉬고 있었는데, 흘러내린 머리카락에 살짝 가려진 두 뺨이 붉게 상기되어 있었다.

정원에는 포도와 담쟁이덩굴, 인동덩굴이 뒤엉킨 등나무 그늘 아래 마련된 식탁 앞에 폼포니아 그레키나가 앉아 있었다. 손님들은 그녀의 앞으로 다가가 인사를 했다. 페트로니우스는 이 집을 방문한 적이 없었으나 그녀와는 잘 아는 사이였다. 루벨리우스 플라우투스의 딸인 안티스티아의 저택에서도 만났고, 세네카와 폴리오의 집에서도 마주친 적이 있었다. 그때마다 그녀의 우수에 잠긴 단아한 얼굴, 품위 있는 자태와 거동, 점잖은 말씨를 보면서 감탄하곤 했다. 여성에 대한 자신의 고정관념을 뒤바꿔놓은 폼포니아 앞에서는 로마의 어느 누구보다 자부심이 강한 페트로니우스도 존경심을 품게 되고, 심지어는 얼마쯤 자신감을 잃어버린 적도 있었다. 페트로니우스는 비니키우스를 보살펴 준 것에 감사한다는 인사를 하다가, 자신도 모르게 '도미나'[53]라는 표현을 썼는데, 이런 극존칭은 칼비아 크리스피닐라, 스크리보니아, 발레리아, 솔리나와 같은 상류 계급의 부인들에게도 사용한 적이 없었다. 환영과 감사의 인사를 마치고 난 뒤 페트로니우스는 폼포니아에게 극장이나 원형경기장에서 좀처럼 만날 수 없어 유감스럽다는 말을 덧붙였다. 그러자 그녀는 한 손을 남편의 손에 얹으며 조용히 말했다.

---

53) '마나님' 이란 뜻.

"우리 둘 다 이제는 나이가 들어서 그런지, 집에서 조용히 지내는 것이 편하답니다."

페트로니우스가 이 말에 반대 의견을 말하려고 하자, 아울루스 플라우티우스는 이빨 사이로 바람이 새는 특유의 말투로 말했다.

"게다가 우리 부부는 로마의 신들까지도 그리스 이름으로 부르는 사람들에게 점점 더 소외감을 느끼고 있어요."

"언제부터인가 신들은 단순히 수사학의 장난거리가 되고 말았습니다." 페트로니우스가 무심한 듯 말했다. "우리는 수사학을 그리스인에게서 배우고 있죠. 저 자신도 '주노'[54]라고 하는 것보다 '헤라'[55]라고 부르는 편이 더 편하거든요."

페트로니우스는 이 말을 하면서, 폼포니아 앞에서는 '주노' 말고 다른 여신을 떠올리는 것은 있을 수 없는 일이라는 듯, 폼포니아를 향해 그윽한 시선을 던졌다. 그러고는 스스로를 늙었다고 한 폼포니아의 말에 반박하기 시작했다.

"사람은 눈 깜짝할 사이에 늙어버리는 법이지요. 하지만 생활 방식에 따라 외양은 천지 차이가 납니다. 때로는 사투르누스[56]가 잠시 잊어버린 게 아닌가 싶을 정도로 젊어 보이는 얼굴도 있지 않습니까?"

페트로니우스의 말에는 진심이 담겨 있었다. 폼포니아 그레키나는 이미 중년을 넘어섰지만, 안색에 놀랄 만큼 싱싱한 기운이 감돌고 있었기 때문이다. 게다가 그녀의 얼굴은 작고 갸

---

54) 로마 신화에서 제우스의 아내이며 천계의 여왕.

55) 그리스 신화에서 '주노'에 해당하는 여신.

56) 농경과 계절의 신. 사람들에게 농경과 포도 재배 방법을 알려주어 풍요로운 시대를 이루었다고 함.

름했기 때문에, 검은 옷을 입고 숙연한 표정을 짓고 있어도, 젊은 여자처럼 보였다.

비니키우스가 그 집에 묵고 있는 동안 정이 든 어린 아울루스는 비니키우스의 옆에 바짝 붙어서서 함께 공놀이를 하자고 졸랐다. 소년의 뒤를 따라 리기아도 식탁 근처로 다가왔다. 담쟁이덩굴 사이로 햇빛이 비쳐서 그 아래 서 있는 리기아의 얼굴에 덩굴 잎사귀의 그림자가 어른어른 드리웠다. 그 순간 페트로니우스의 눈에는 그녀가 처음 보았을 때보다 더욱 아름답게 보였으며, 마치 숲의 요정 같다는 생각이 들었다. 페트로니우스는 리기아와 정식으로 인사를 나눈 적이 없었기에, 자리에서 일어나 정중하게 머리를 숙이면서, 흔히 하는 인사말 대신 오디세우스가 나우시카[57]를 만났을 때 했던 대사를 인용했다.

나는 모르겠네, 그대가 여신인지, 속세의 인간인지.
만일 그대가 이 땅에 사는 사람이라면,
그대의 부모에게 한없는 축복이 있으라,
그대의 형제에게 또한…….

세상 물정에 밝은 이 달변가의 공손하면서도 재치 넘치는 찬사는 폼포니아의 마음에도 들 정도였다. 리기아는 어쩔 줄 몰라 얼굴을 붉힌 채, 고개도 들지 못하고 잠자코 듣고 있었다. 그러면서도 그녀는 입가에 장난스러운 미소를 머금고, 처

57) 오디세우스가 트로이에서 돌아오는 길에 조난당해 표류한 페아키아 섬의 공주.

녀다운 수줍음과 뭔가를 대답하고 싶은 마음 사이에서 갈등하며 머뭇거리고 있었다. 이윽고 결심한 듯 고개를 들고 페트로니우스를 쳐다보더니, 나우시카의 말로 응수했다. 마치 수업 시간에 암송이라도 하듯 그녀의 입에서는 단숨에 시구가 흘러나왔다.

당신은 평범한 사람도 아니고, 어리석은 사람도 아닌 듯하군요.

그러고는 몸을 돌려 놀란 새처럼 재빨리 달아나 버렸다.

이번에는 페트로니우스가 놀랄 차례였다. 비니키우스로부터 야만족 출신이라는 말을 들은 처녀의 입에서 호메로스[58]의 한 대목을 듣게 되리라고는 전혀 예상치 못했기 때문이다. 그는 신기하다는 듯 폼포니아를 바라보았으나, 그녀는 자기 남편의 얼굴에 떠오른 흡족한 기색을 보면서 살며시 미소 짓고 있을 뿐이었다.

아울루스 장군은 친딸처럼 리기아를 사랑하고 있었기에 자랑스러운 마음을 감추지 못했다. 비록 로마의 오랜 관습과 편견에 젖어서 그리스어와 그리스 문화의 확산에는 반대하고 있었지만, 그리스어가 사교계에서 매우 중요하고, 교양 있는 언어라는 생각에는 변함이 없었기 때문이다. 평소 아울루스는 자신의 그리스어 실력이 신통치 못한 데 대해 남몰래 고민하고 있었다. 그렇기에 자기네 일가를 변변치 않게 볼지도 모르는 이 당대 최고의 풍류객이자 글재주가 뛰어난 고관에게, 리

58) BC 9세기경의 고대 그리스 시인. 『일리아스』와 『오디세우스』의 작가.

기아가 호메로스의 시구로 응답한 것이 무척 대견스러웠다.

"우리 집에는 그리스어 가정교사가 있습니다." 아울루스는 페트로니우스를 보며 말했다.

"아들놈이 수업할 때, 저 애도 함께 배우고 있지요. 아직 작은 새처럼 어리고 연약하지만, 마음씨가 곱고 사랑스런 아이라서 저희 내외가 애지중지하고 있습니다."

페트로니우스는 담쟁이와 인동덩굴 너머로 세 사람이 함께 어울려 놀고 있는 광경을 바라보았다. 비니키우스가 토가를 벗어 던지고 튜닉 바람으로 공을 막 던지려는데, 리기아가 그 앞에 서서 두 팔을 활짝 벌리고, 공을 받으려 하고 있었다. 처음엔 너무 말랐다는 느낌이 들어 그다지 강한 인상을 받지 못했는데, 가까이 보니 그녀는 밝아오는 먼동처럼 환히 빛나고 있었다. 사람 보는 눈이 날카로운 페트로니우스는 그녀에게 남다른 매력이 있다는 것을 금세 알아보았다. 그는 그녀의 모든 것을 빠짐없이 살펴보고 하나하나 세밀하게 평가했다.

장밋빛의 투명한 얼굴, 입맞춤을 위해 만들어진 것 같은 앵두같이 도톰한 입술, 담청색 바닷물처럼 깊고 푸른 눈동자, 설화석고(雪花石膏)처럼 새하얀 이마, 코린투스 청동의 푸른 기운과 짙은 갈색이 적절히 뒤섞인 머리카락, 가늘고 긴 목덜미, 부드러운 곡선을 이루는 동그란 어깨, 날씬하게 쭉 뻗은 청초하고 유연한 몸매는 신록의 계절 5월에 봉오리에서 막 피어난 꽃처럼 풋풋한 자태를 뽐내고 있었다. '봄'이라는 제목을 붙여주면 너무도 잘 어울릴 것 같은 이 처녀의 생기발랄한 아름다움을 보면서 페트로니우스는 문득 마음속에 잠자고 있던 예술적이고 탐미적인 본능이 깨어나는 걸 느꼈다. 불현듯 페트로니우스는 연인인 크리소테미스를 떠올리며 씁쓸한 미소를 지었다. 머리에 금가루를 뿌리고, 눈썹을 검정색으로 짙게 칠한 크리소테미스는 누렇게 바래어 떨어지기 직전의 시든 장미 꽃잎처럼 생기를 잃어가고 있었다. 하지만 그녀로 인해 온 로마가 페트로니우스를 부러워하고 있었다. 이어서 포페아 황후의 모습이 머리에 떠올랐다. 절세의 미녀로 온 로마에 명성이 자자한 포페아도 그가 보기에는 혼이 없는 밀랍 인형에 지나지 않았다. 그러나 깃털 고운 작은 새를 닮은 이 처녀에게서는 싱그러운 봄의 기운이 뿜어져 나왔고, 프시케[59]와 같은 해맑은 영혼이 마치 등불처럼 그녀의 장밋빛 육체 안에서 광채를 발하고 있었다.

'비니키우스 녀석, 제법인걸. 나의 크리소테미스는 이제 늙어서 마치 트로이 전쟁만큼이나 오래된 것처럼[60] 느껴지는데 말이야.'

그는 폼포니아 그레키나를 돌아보며 정원을 가리켰다.

"도미나, 이제 저도 알겠습니다. 저 두 사람이 있기에 두 분께서는 대경기장이나 팔라티움 궁전의 향연보다 이 집이 더 좋다고 하시는군요."

"네, 맞아요."

폼포니아가 아들과 리기아를 번갈아 쳐다보며 말했다.

이윽고 노장군이 리기아의 내력과 아텔리우스 히스테르로부터 들은 리기 족에 대한 이야기, 춥고 어두운 북쪽 지방에 사는 그 부족에 관해 말하기 시작했다.

그동안 세 사람은 공놀이를 끝내고, 뜰에 뿌려놓은 모래를

---

59) 에로스에게 사랑받은 미소녀. 영혼을 감화시키는 능력을 뜻하기도 함.

60) 트로이 전쟁 당시 같은 이름의 여자가 있었음을 빗대어 한 말.

밟으며 산책하고 있었다. 그 모습이 마치 도금양(桃金孃)과 사이프러스 숲을 배경으로 서 있는 세 개의 흰 조각상처럼 보였다. 리기아는 어린 아울루스의 손을 꼭 잡고 있었다. 일행은 잠시 이리저리 거닐다가 정원의 한가운데 있는 연못가의 벤치에 앉았다. 어린 아울루스가 맑은 물속에서 헤엄치고 있는 물고기를 놀라게 하려고 벌떡 일어서서 물가로 다가갔다. 비니키우스와 리기아는 산책하는 동안 주고받던 이야기를 계속했다.

"그렇습니다." 비니키우스가 떨리는 음성으로 목소리를 낮추어 말했다.

"나는 프레텍스타[61]를 벗자마자, 소아시아 군단으로 파견되었습니다. 로마도, 인생도, 사랑도 미처 경험할 겨를이 없었지요. 아나크레온[62]과 호라티우스[63]의 시구는 어느 정도 암송하고 있지만, 페트로니우스 삼촌처럼 상대에 대한 찬사의 마음을 표현할 적절한 말이 생각나지 않을 때, 곧바로 온갖 시구를 인용할 수 있는 경지에 이르려면 아직 멀었습니다. 소년 시절 무소니우스의 학당에 다녔는데, 스승께서는 행복이란 인간의 의지에 달린 것이 아니라 신들의 뜻에 순종할 때 얻을 수 있다고 했습니다. 하지만 나는 그와는 본질적으로 다른, 좀 더 크고, 좀 더 소중한 행복, 다시 말해 인간의 의지나 신의 뜻에 좌우되는 것이 아니라 오직 사랑만이 가져다줄 수 있는 그런 행복이 존재한다고 생각해 왔습니다. 오, 리기아, 지금까지 사랑이란 것을 모르고 살아왔지만, 이제는 내게 충만

61) 가장자리에 빨간 테두리를 두른 토가. 로마에서 귀족 태생의 미성년자들이 입는 옷. 성년이 되어서도 축제 때는 입었음.

62) BC 6세기 서정시인.

63) BC 1세기 로마의 서정시인.

한 행복을 안겨줄 사랑의 대상을 발견하고 싶습니다."

이 말을 끝으로 비니키우스는 입을 다물었다. 어린 아울루스가 물고기 가까이 돌을 던질 때마다 물 튀기는 소리가 이따금씩 들려올 뿐 정적이 온통 사방을 에워싸고 있었다. 잠시 후 비니키우스는 더욱 은근하고 부드러운 목소리로 이야기를 계속했다.

"베스파시아누스의 아들 티투스[64]에 대해서 들어보셨겠지요? 그는 청년이 되자마자 베레니케[65]를 사랑하게 되었고, 그녀를 향한 순정 때문에 거의 목숨까지 잃을 뻔했습니다. 저도 그런 사랑을 할 수 있습니다. 리기아! 부와 명성, 권력은 모두 연기처럼 허망한 것입니다. 부자는 언제나 더 큰 부자와 마주치게 되고, 명성이 높은 사람은 더 큰 명성에 가려지게 마련이며, 권력자는 더 큰 권력자에게 정복당하고 마는 법입니다. 황제인들 신인들 평범한 인간이 사랑하는 사람의 입술에 입을 맞추거나, 사랑하는 이의 가슴에 가슴을 마주 댈 때보다 더 큰 환희와 행복을 맛볼 수는 없을 것입니다. 그러니 사랑이야말로 우리를 그들보다 월등하게 만들어주는 고귀한 감정이라고 할 수 있습니다."

리기아는 소스라치듯 놀라서 몸을 떨면서도, 그리스의 피리나 하프 소리를 듣는 것처럼 그의 말에 넋을 잃고 귀를 기울였다. 그녀에겐 마치 비니키우스가 불가사의한 노래를 부르고 있는 것만 같았다. 그 멜로디가 그녀의 귀에 스며들어 피를 끓게 하고, 가슴속을 두려움과 감동, 그리고 알 수 없는 환희

64) 로마의 장군. 후에 아버지의 뒤를 이어 황제가 됨.
65) 유대의 공주. 티투스는 결혼을 원했으나 로마 시민들의 반대로 헤어짐.

로 채우고 있었다. 그가 말하는 내용이 실은 이미 자신의 마음에서도 싹트고 있었는데, 다만 그것을 미처 깨닫지 못했던 것이 아닌가 하는 생각이 들 정도였다. 그녀는 비니키우스가 자신의 내부에서 뭔가를 일깨웠다는 것, 그리하여 어렴풋하고 막연하기만 했던 꿈이 지금 이 순간 선명한 실체로 탈바꿈하고 있음을 느꼈다.

태양은 벌써 티베리스 강 저편으로 넘어가 야니쿨룸 언덕[66] 위에 나지막이 걸려 있었다. 죽은 듯 고요하게 서 있는 사이프러스 나무숲 위로 석양이 비쳐 사방이 온통 붉게 물들었다. 리기아는 잠에서 막 깨어난 사람처럼 자신의 푸른 눈동자를 들어 비니키우스를 바라보았다. 노을을 등지고, 간절한 애원을 담은 눈으로 자신을 향해 몸을 굽히고 있는 이 젊은이가, 이 세상 그 어떤 사람보다도, 아니 신전의 정면에 새겨진 그리스와 로마의 모든 신들보다도 더 황홀하게 보였다. 비니키우스는 리기아의 손목을 가볍게 잡고서 물었다.

"리기아, 내가 왜 이런 말을 당신에게 하고 있는지 모르시겠습니까?"

"네, 모르겠어요." 리기아는 속삭이듯이 말했다. 하지만 그녀의 목소리가 너무도 가냘파서 비니키우스에게는 거의 들리지 않았다.

비니키우스는 리기아의 대답을 믿지 않았다. 그의 심장은 그녀의 눈부신 아름다움으로 인해 막 눈뜨게 된 열망으로, 망치질을 하듯 세차게 두근거리고 있었다. 그는 리기아의 손목을 잡은 손에 더욱 힘을 주어, 자신의 심장에 그녀의 손을 갖

---

66) 로마 서쪽에 있는 언덕.

다 대고 정열적인 고백을 하려고 했다. 바로 그 순간 도금양에 덮인 오솔길 저편에서 아울루스 장군이 나타나 그들을 향해 다가오며 말했다.

"해가 저물고 있소. 저녁에는 한기를 조심해야 하는 법이오. 리비티나[67]를 우습게보면 안 되지."

"그렇습니다만," 비니키우스가 대답했다. "토가를 벗었어도 전혀 춥지 않습니다."

노장군이 말을 받았다. "하지만 해가 벌써 절반이나 언덕 저편으로 넘어갔소이다. 시칠리아는 이곳보다 기후가 훨씬 포근한 편이지요. 그곳에서는 저녁마다 사람들이 광장에 모여 푀부스[68]를 떠나보내는 노래를 합창하곤 합니다."

아울루스 장군은 조금 전에 리비티나에 대해 경고한 것을 금방 잊어버리고, 시칠리아 얘기를 꺼냈다. 자신의 영토와 넓은 농원이 있는 그곳을 매우 소중하게 생각하고 있으며, 시칠리아로 이주하여 평화롭게 여생을 보내는 것도 고려하는 중이라고 말했다.

"머리가 하얗게 센 노인에겐 겨울의 찬 서리가 지긋지긋하게 느껴지는 법이라오. 아직 나뭇잎이 떨어지지 않았고 로마의 하늘은 활짝 개어 온화한 미소를 짓고 있지만, 머지않아 포도 덩굴이 누렇게 변하고 알바누스 산에 눈이 내리기 시작하면, 신들이 캄파니아 지방으로 사나운 바람을 보낼 거요. 그때가 되면 온 식구가 외딴 시골 마을로 옮겨 갈지도 모르겠소."

"그 말씀은 로마를 아주 떠나신다는 뜻인가요, 플라우티우

67) 장례와 죽음의 여신.

68) 태양신.

스 장군님?"

비니키우스가 걱정스러운 어조로 물었다.

아울루스가 대답했다.

"그렇소. 오래전부터 그런 생각을 갖고 있었다오. 그곳이 여기보다는 훨씬 조용하고, 안전할 테니까."

장군은 이어서 자신이 소유한 과수원과 가축들, 녹음에 싸인 별장, 백리향과 박하 사이를 벌들이 윙윙대며 날아다니는 푸른 언덕에 관해 장황하게 이야기하기 시작했다. 그러나 비니키우스의 귀에는 그런 목가적인 이야기는 한 마디도 들어오지 않았다. 그저 자칫하면 리기아를 놓치게 될지도 모른다는 생각에 불안해져서 자기를 도와줄 사람은 페트로니우스밖에 없다는 듯 삼촌을 자꾸만 쳐다보았다.

그동안 페트로니우스는 폼포니아 곁에 앉아 낙조와 정원이 빚어내는 아름다운 풍경, 연못가에 서 있는 사람들의 다정한 모습에 한껏 도취되어 있었다. 사이프러스의 어두운 숲을 등지고 있어 그들이 입고 있는 하얀 옷들이 저녁노을 속에 황금빛으로 물들어 있었다. 석양은 자줏빛과 보랏빛으로 물들었다가 서서히 옆으로 넓게 퍼져갔다. 사이프러스 숲이 만들어내는 음영은 갈수록 짙어져서 밝은 대낮보다 한층 더 선명한 윤곽을 드러냈다. 마침내 밤의 평화가 사람과 나무와 온 마당을 뒤덮었다.

페트로니우스는 이 집의 고즈넉함에, 특히 이 집 사람들의 조용한 성품에 깊은 인상을 받았다. 폼포니아와 아울루스 장군, 그의 어린 아들과 리기아의 얼굴에는, 그가 밤낮으로 마주하는 주변 사람들의 얼굴에서는 찾아볼 수 없는 특이한 점이 있었다. 그것은 일종의 광채, 안식, 평화의 기운 같은 것으로, 이 집 사람들이 영위하고 있는 일상의 삶에서 저절로 우러나는 것처럼 느껴졌다. 페트로니우스는 끊임없이 미와 쾌락을 추구해 온 자신이 아직까지 접하지 못했던 또 다른 아름다움과 즐거움이 존재한다는 사실에 새삼 놀랐다. 그는 자신의 그런 심경을 감추지 못하고, 폼포니아에게 털어놓았다.

"곰곰이 생각해 보니, 당신들이 살고 있는 세상은 우리의 네로 황제가 지배하는 속세와는 아주 딴판이군요."

폼포니아는 석양을 향해 고개를 들면서 솔직하고도 분명하게 말했다.

"세상을 지배하시는 분은 네로가 아닙니다……. 하느님이십니다."

순간 침묵이 흘렀다. 식탁 근처의 오솔길에서 노장군, 비니키우스, 리기아, 어린 아울루스의 발소리가 들려왔다. 그들이 더 가까이 오기 전에 페트로니우스는 다시 한 번 물었다.

"그러니까 폼포니아. 당신은 신들을 믿고 있군요?"

"저는 정의로우시며 전능하신 단 한 분의 신을 믿습니다."

아울루스 플라우티우스의 아내가 대답했다.

제3장

"정의로우시며 전능하신 단 한 분의 신을 믿습니다……."

페트로니우스는 돌아가는 길, 가마 속에 비니키우스와 단둘이 있게 되자 폼포니아의 말을 되풀이했다.

"만일 그녀가 믿는 신이 정말 전능하다면, 삶과 죽음을 관장하는 것은 바로 그 신이다. 만약 그 신이 정의롭다면 합당하게 죽음을 선고할 것이다. 그렇다면 폼포니아는 무엇 때문에 계속 상복을 입고 율리아의 죽음을 슬퍼하는 걸까? 그녀의 죽음을 슬퍼하는 것은 자신의 신을 원망하는 태도가 아닌가? 이 논제를 우리의 붉은 수염 원숭이에게 들려줘야겠구나. 어쨌든 나는 변증법에 있어서는 소크라테스에 뒤지지 않을 정도로 자신이 있으니까 말이야. 모든 여자들은 영혼을 서너 개씩 가지고 있으나, 그중 이성적인 영혼은 하나도 없다는 말에 전적으로 동의한다. 폼포니아도 세네카나 코르누투스[1]와 함께 그들이 주장하는 위대한 로고스가 무엇인지 깊이 생각해 볼 필요가 있을 것 같구나. 어디 한번 그들에게 크세노파네스[2]나 파르메니데스, 혹은 제논[3]이나 플라톤의 망령을 불러내라고 해보자. 그 망령들은 킴메리의 나라[4]에서 조롱 속에 갇힌 방울새처럼 한없이 지루해하고 있을 테니 말이다.

물론 내가 플라우티우스와 폼포니아와 함께 얘기하고 싶었던 것은 다른 문제였다는 것을 잘 알고 있단다. 하지만 이집트 인이 섬기는 이시스 신의 성스러운 복부에 대고 맹세하건대, 만일 우리가 별안간 왜 자기들을 방문했는지 사실대로 털어놓았다면, 워낙 고지식한 사람들이라 마치 누군가가 청동으로 만든 방패를 몽둥이로 두드린 것처럼 소스라치게 놀랐을 것이다. 그래서 일부러 담판을 짓지 않았지. 마르쿠스, 내 말을 믿어다오. 나는 정말 아무 말도 할 수가 없었단다. 공작새는 아름다운 새임에 틀림없지만, 그 울음소리가 지나치게 날카롭거든. 나는 바로 그 울음소리가 두려웠단다.

그건 그렇고, 네 여자 보는 안목은 칭찬을 안 할 수가 없구나. 그녀는 그야말로 살아 있는 '장밋빛 오로라[5]' 더구나……. 그녀를 보자마자 내가 무엇을 연상했는지 알겠니? '봄' 이란다! 사과나무 꽃이 들쭉날쭉 아무렇게나 피고, 새봄에도 올리브 나무가 우중충한 잿빛을 띠고 있는 이탈리아의 봄이 아니라, 언젠가 내가 헬베티아[6]에서 보았던 싱그러운 푸르름으로

1) 당시 로마의 철학자, 수사학자.
2) BC 6세기의 그리스 철학자. 엘레아 철학의 창시자.
3) BC 5세기 엘레아의 철학자들.
4) 그리스 신화 속의 대지의 동쪽 끝. 저승의 바로 옆에 있으며 해가 비치지 않는 곳.
5) 여명의 여신.

가득 찬 진짜 새봄 말이다……. 저 창백한 셀레네[7]를 두고 맹세하건대, 마르쿠스, 나는 네 심정을 충분히 이해한다. 하지만 네가 사랑하는 여자는 디아나[8]라는 것을 명심해야 한다. 마치 사냥개들이 악테온[9]을 물어뜯어 죽인 것처럼 아울루스와 폼포니아가 너를 해치려 할지도 모르는 일이거든."

비니키우스는 잠시 고개를 숙인 채 잠자코 듣고 있다가, 북받쳐 오르는 열정을 억누르지 못하고, 띄엄띄엄 말을 꺼냈다.

"전부터 리기아를 원하고 있었지만, 지금은 더욱더 그녀를 갖고 싶습니다. 그녀의 손목을 잡았을 때 제 온몸이 마치 불덩이처럼 달아올랐습니다. 그녀를 꼭 손에 넣고 싶습니다. 제가 만약 제우스라면, 그가 이오[10]에게 했듯이 저도 그녀를 구름으로 꽁꽁 둘러싸 버리겠습니다. 아니면 제우스가 다나에[11]를 만날 때처럼 한줄기 소나기가 되어 그녀의 머리 위로 쏟아지겠습니다. 그리고 입술이 짓물러 고통스러울 때까지 그녀에게 입을 맞추겠습니다. 리기아가 제 품 안에서 외치는 환희의 탄성을 듣고 싶습니다. 아울루스도 폼포니아도 다 죽여버리고 그녀를 빼앗아 이 팔에 안고, 제 집으로 데려오고 싶습니다. 오늘 밤에는 도저히 잠을 이루지 못할 것 같으니 하인을 시켜 노예를 채찍질하게 해서, 그 신음 소리라도 들으며 밤을 지새

---

6) 지금의 스위스 지방.

7) '달'을 의인화한 것.

8) 달의 여신으로 처녀성과 사냥의 수호신.

9) 목욕하는 디아나를 훔쳐 본 죄로 개에게 찢겨 죽은 사냥꾼.

10) 아르고스의 왕녀. 제우스의 사랑을 받다가 헤라의 눈을 피하기 위해 제우스에 의해 암소로 변함.

11) 아르고스의 왕녀. 제우스가 황금의 빗줄기가 되어 연인인 그녀를 찾아갔음.

워야 할까 봅니다."

"진정해라!" 페트로니우스가 말했다. "네 꼴이 여자에게 미친 수부라 거리의 천한 목수와 다를 바가 없구나."

"아무래도 좋아요. 전 기어이 그녀를 수중에 넣고 말 겁니다. 도움을 청하고자 삼촌을 찾아왔는데, 만일 도와주시지 않으면, 제 스스로 방법을 찾아보는 수밖에요……. 아울루스는 리기아를 자신의 친딸처럼 생각하고 있습니다. 그러니 저 역시 그녀를 노예로 취급할 수가 없어요. 달리 방법이 없으니 그녀를 데려와 털실로 문고리를 동여매고, 문지방에 늑대 기름을 칠하게 한 뒤[12], 내 정식 아내로 맞아 우리 집 화롯가에 앉혀놓는 수밖에요."

"진정하고 제발 흥분을 가라앉히렴. 명색이 집정관의 자손이 그게 무슨 짓이냐! 우리가 야만족들의 목을 밧줄로 묶어 전차 뒤에 매달아 로마로 끌고 오는 것은 그들의 딸과 결혼하기 위해서가 아니야. 일을 너무 극단적으로 몰고 가지 마라. 중요한 건 단순하면서도 정직한 방법을 택해야 한다는 것이다. 좀 더 시간을 두고 함께 궁리해 보기로 하자. 나도 한때는 크리소테미스를 주피터의 딸처럼 신성하게 생각했지만, 그래도 결혼만은 하지 않았단다. 네로 역시 악테와는 결혼하지 않았어. 더구나 그녀는 아탈로스 왕[13]의 딸이라는 소문까지 있었는데 말이야……. 침착해라! 그리고 신중하게 생각해 보렴. 만일 리기아가 너를 위해 아울루스 장군 일가를 버린다면, 그들도 그녀를 막을 수는 없을 것이다. 게다가 사랑의 불꽃에

12) 신부가 신랑 집에 가서 처음으로 하는 의식.

13) 소아시아 서안에 있는 베르가몬의 왕.

휩싸인 것은 너뿐만이 아니란다. 에로스는 그녀의 마음속에도 불길을 당겨놓았어. 나는 분명히 느꼈단다. 제발 나를 믿고 인내심을 가지려무나. 모든 일에는 다 방법이 있게 마련이다. 하지만 솔직히 말하면, 오늘은 생각을 너무 많이 해서 그런지 피곤하구나. 내 약속하마. 네 사랑에 관해서는 내일 충분히 생각해 보겠다. 묘안을 찾아내지 못하면 페트로니우스가 아니지."

두 사람 모두 입을 다물었다. 잠시 후 비니키우스가 안정을 되찾고 말했다.

"고맙습니다. 포르투나[14]께서 삼촌께 부디 은총을 내려주시기를 빕니다."

"참을성을 갖고 기다리거라."

"이제 어디로 가실 겁니까?"

"크리소테미스에게 가려는 참이다."

"삼촌은 행복하시군요. 사랑하는 사람을 곁에 두고 계시니 말입니다."

"내가 행복하다고? 크리소테미스가 아직도 나를 즐겁게 해주는 이유가 뭔지 아니? 그녀는 지금 류트 악사인 테오클레스와 은밀한 관계를 맺고 있지. 그런데 그놈은 내가 해방시켜 준 노예거든. 크리소테미스는 내가 그 사실을 까맣게 모르는 줄 알고 있단다. 한때는 그녀를 사랑했지만 지금은 거짓말과 어리석음이 그녀의 유일한 매력이다. 나와 함께 가겠니? 그녀가 너를 유혹하기 위해 교태를 부리며 손가락에 포도주를 살짝 묻혀 테이블 위에 글씨를 쓴다 해도, 나는 조금도 질투하

14) 행운의 여신.

지 않을 테니까."

마침내 크리소테미스의 집 앞에 다다랐을 때 페트로니우스는 비니키우스의 어깨에 손을 얹으며 말했다.

"잠깐만 기다려라. 좋은 생각이 떠올랐어."

"모든 신들이 삼촌께 상을 내려주시길……."

"그래, 이 방법이라면 틀림없을 것 같구나. 뭔지 알겠니, 마르쿠스?"

"삼촌은 아테네처럼 지혜의 보고입니다. 어서 말씀해 주십시오."

"그래, 앞으로 며칠 안에 저 여신과도 같은 리기아가 네 집에서 데메테르[15]가 축복한 식사를 너와 함께 들게 될 거야."

"삼촌은 황제보다 더 위대한 분이십니다!"

비니키우스가 흥분을 감추지 못하고 소리쳤다.

---

15) 곡물 또는 대지의 여신.

제4장

페트로니우스는 과연 약속을 지켰다. 크리소테미스의 집을 방문한 다음 날, 평상시처럼 늦게까지 잠에 빠져 있었으나, 저녁 무렵이 되자 가마를 타고 팔라티움 궁으로 가서 네로와 밀담을 나누었던 것이다. 그 결과 다음 날 백인대장이 열 명이 넘는 근위대를 대동하고 플라우티우스의 저택에 나타났다.

매사가 불안하고 공포에 차 있던 시대였다. 이런 때 군대를 동반한 전령은 사형 선고에 관한 소식을 전하는 죽음의 사자를 뜻하는 경우가 대부분이었다. 그래서 백인대장이 망치로 대문을 두드리고, 문지기가 그 사실을 보고하자마자, 아울루스의 집안은 온통 두려움에 휩싸였다. 가족들은 노장군에게 위험이 닥쳤다고 믿고, 모두들 그의 주위로 몰려들었다. 폼포니아는 남편의 목에 팔을 감고 매달려 파랗게 질린 입술로 무엇인가를 재빠르게 속삭였다. 리기아는 새하얀 침대보처럼 얼굴이 창백해져서 장군의 손에 입을 맞추었으며, 어린 아울루스는 아버지의 토가를 잡고 놓지 않았다. 복도에서, 층마다 위치한 하인들의 방에서, 욕실에서, 다락방에서, 집안 곳곳에서 남녀노소 할 것 없이 노예들이 떼 지어 몰려나왔다. 여기저기서 "아아, 큰일이군!" 하며 탄식하는 소리가 들려왔다. 여자들은 울음을 터뜨렸고, 그중에는 얼굴을 쥐어뜯거나 수건으로 가리는 노예들도 있었다.

이런 소란 중에도 노장군만은 평정을 잃지 않았다. 그는 이미 오래전부터 죽음을 담담하게 받아들일 마음의 준비를 하고 있었기 때문이었다. 독수리를 닮은 그의 단단하고 짤막한 얼굴은 마치 돌에 새겨진 듯 무표정해 보였다. 잠시 후 그는 소동을 진정시키고, 종들에게 각자의 위치로 돌아가라는 명령을 내린 뒤, 입을 열었다.

"자, 나를 놓아주오, 폼포니아! 설사 내 최후의 순간이 왔다 해도, 서로 작별 인사를 나눌 시간이야 있겠지."

아울루스는 살며시 폼포니아를 밀쳐냈다.

"오, 하느님, 저로 하여금 남편과 운명을 같이하게 해주소서. 아아, 아울루스!"

폼포니아는 무릎을 꿇고, 사랑하는 사람에게 닥친 위험을 거두어주십사고 기도하기 시작했다.

아울루스는 백인대장이 기다리고 있는 아트리움으로 나갔다. 백인대장은 브리타니아 원정 당시 플라우티우스 휘하에 있던 노병 가이우스 하스타였다.

"안녕하십니까, 장군님!" 그가 입을 열었다. "황제 폐하의 어명과 인사를 전하러 왔습니다. 여기에 황제께서 보내신 서찰과 인증이 있습니다."

"환영하네, 하스타! 황제 폐하께 대신 답례를 드려주게나.

명령에는 무조건 따르겠네. 자, 무슨 전갈을 가지고 왔는지 말해 주게나.”

하스타가 말했다. “아울루스 플라우티우스 장군님! 황제께서는 장군님 댁에 리기 족 족장의 딸이 있다는 걸 알고 계십니다. 클라우디우스 황제께서 아직 살아 계실 때, 리기 족이 로마 제국의 국경을 절대로 침범하지 않겠다는 보증으로 직접 로마군에 넘긴 인질 말입니다. 폐하께서는 장군님께서 수년 동안 그 처녀에게 베푸신 환대에 감사하고 계십니다만, 더 이상 장군님 댁에 폐를 끼칠 수도 없는 노릇이고, 게다가 그 처녀가 볼모로 잡혀온 이상 황제 폐하와 원로원의 보호 아래 두어야 마땅하므로, 제게 그 처녀를 데려오라는 명령을 내리셨습니다.”

아울루스는 군인으로서 오랫동안 훈련을 받은 사람이기에 황제의 명령에 섣불리 항의하거나 불평을 늘어놓지는 않았다. 그러나 그의 이마에는 분노와 고뇌의 주름이 잡혔다. 그 옛날, 그가 이렇게 눈살을 찌푸리면 브리타니아의 군단이 벌벌 떨었다. 지금도 하스타의 얼굴에는 두려움의 기색이 역력했다. 그러나 황제의 명령 앞에서 아울루스 플라우티우스는 자신의 무력함을 절감할 수밖에 없었다. 잠시 서찰과 인증을 물끄러미 들여다보던 그는 눈을 들어 어느덧 나이를 먹은 백인대장을 보며 조용히 말했다.

“하스타! 아트리움에서 잠시만 기다려주게나. 인질을 데려오겠네.”

그렇게 말하고 나서 그는 저택의 반대편 끝에 있는 안채로 갔다. 그곳에서는 폼포니아와 리기아, 어린 아울루스가 불안과 공포에 떨며 그를 기다리고 있었다.

“누가 죽게 되거나, 섬으로 추방을 당하게 된 것은 아니다.

하지만 황제의 사자가 온 이상, 불행한 소식임에는 틀림없다. 리기아, 너에 관한 일이란다."

"리기아라고요?" 폼포니아가 경악했다.

"그렇소." 아울루스가 대답했다.

그는 처녀를 향해 몸을 돌렸다.

"리기아, 넌 이 집에서 내 자식과 똑같이 자랐고, 나도 폼포니아도 너를 혈육처럼 사랑해 왔다. 그러나 너도 알다시피, 너는 우리의 친딸은 아니질 않니……. 너는 네 동족이 로마에 맡긴 인질이기 때문에 너를 보살피는 일은 사실 황제의 소관이란다. 그래서 이제 황제께서 너를 데려가시겠다는구나."

장군은 침착하게 말을 이어갔으나, 그의 목소리에는 어쩔 수 없이 평소와는 다른 떨림이 깃들어 있었다. 리기아는 영문을 모르겠다는 표정으로 두 눈만 깜빡이고 있었다. 폼포니아의 얼굴은 하얗게 변했고, 복도에서 안채로 통하는 문에는 여자 노예들이 겁에 질린 얼굴로 기웃거리고 있었다.

"황제의 뜻을 거역할 수는 없단다." 아울루스가 말했다.

"아울루스!" 폼포니아가 리기아를 보호하려는 듯이 두 팔로 안으며 외쳤다. "황궁으로 가느니 차라리 죽는 편이 나을 거예요."

리기아는 폼포니아의 품에 안겨서 "어머니! 어머니!" 하고 흐느낄 뿐, 아무 말도 하지 못했다.

아울루스의 얼굴에는 또다시 분노와 고통의 빛이 떠올랐다.

"만일 내가 이 세상에 혼자였다면, 내 목숨이 붙어 있는 한 이렇게 무기력하게 이 아이를 내주진 않을 텐데. 하지만 오늘이라도 당장 일가친척들이 우리 가족을 살려달라고 해방의 신 주피터에게 제물을 바치는 사태가 발생할 수도 있으니 어찌하면 좋단 말이냐. 리기아, 나는 이 일로 인해 너는 물론이고, 이제 막 피어오르는 꽃봉오리 같은 어린 자식을 죽게 할 수는 없다……. 황제를 찾아가서 명령을 거두어주십사고 탄원해 보도록 하마. 내 말에 귀 기울여주실는지는 잘 모르겠다만……. 어쨌든 건강해라, 리기아! 그리고 잊지 말아다오. 나와 폼포니아는 네가 처음 우리 집 화롯가에 머물게 된 그날을, 항상 축복으로 여기고 있다는 것을……."

아울루스는 리기아의 머리에 한 손을 얹었다. 냉정을 잃지 않으려고 안간힘을 썼으나, 리기아가 눈물 젖은 눈으로 자신을 바라보며 그의 손을 그녀의 입술에 갖다 대자, 아울루스의 음성도 아버지로서의 깊은 슬픔과 회한에 떨리기 시작했다.

"잘 가거라, 우리의 기쁨, 우리의 눈을 밝혀주던 빛이여!"

그러고는 로마인으로서, 또 장군으로서의 위엄에 좀처럼 어울리지 않을 것 같은 북받치는 감정을 자신에게 허용하지 않겠다는 듯 서둘러 아트리움으로 돌아갔다.

그동안 폼포니아는 리기아를 침실로 데려가 그녀를 달래고, 위로하며, 격려의 말을 해주었다. 그러나 폼포니아가 하는 이야기는 이 집과는 어울리지 않았다. 바로 옆방에는 전통을 중요하게 여기는 아울루스 장군의 지시로 가문의 수호신을 모셔 놓고 제물을 바치는 제단과 화덕을 마련해 놓았던 것이다.

"자아, 드디어 시련의 때가 닥친 거란다. 먼 옛날 비르기니우스는 아피우스[1]의 손에서 딸을 구하기 위해 자기 손으로 직접 딸의 가슴에 칼을 꽂았고, 루크레티아[2]는 스스로 목숨을

---

1) BC 5세기 로마의 정치가.

2) BC 6세기 로마 왕정 시대 최후의 왕 타르퀴니우스의 아들인 섹스투스에게 능욕을 받고 자살함. 이후 '정숙한 여자'의 대명사가 되었음.

끊음으로써 치욕을 씻었지. 황제의 궁전은 분명 타락과 죄악의 소굴이다. 하지만 리기아, 우리에게는 자신의 목숨을 함부로 끊을 권리가 없다……. 그래, 우리가 받들고 있는 율법은 다른 율법들과는 다른, 훨씬 위대하고 신성한 것이지. 그렇지만 스스로 고통을 감내하고 목숨을 바치면서 치욕과 죄악으로부터 자신을 지킨다면, 그것까지 금하지는 않는단다. 타락의 소굴에서 깨끗한 몸으로 나오는 사람은 그만큼 큰 공덕을 쌓게 되는 것이지. 이 땅이 바로 그런 타락의 소굴이지만 다행히 인생은 한순간에 지나지 않으며, 무덤 저편에는 영생의 기쁨이 기다리고 있어. 그곳을 지배하는 것은 네로 황제가 아니라 무한한 자비란다. 그곳에는 고통 대신 환희가 있고, 눈물 대신 웃음이 있지."

이렇게 말하고 나서, 그녀는 리기아에게 자신의 속마음을 털어놓았다. 겉으로는 태연하고 침착해 보였지만, 그녀의 마음속에는 깊은 상처가 숨어 있었다. 그녀의 남편 아울루스는 아직 하느님의 부르심에 눈을 뜨지 못했고, 진리와 빛의 샘은 아직 그에게 스며들지 않았던 것이다. 또한 자신의 아들인 어린 아울루스 역시 참다운 진리의 품 안에서 키우지 못하고 있다는 사실이 늘 그녀를 괴롭혔다. 그녀는 죽을 때까지 지금의 이런 상태가 계속될지도 모른다는 불안감에 마음 편할 날이 없었다. 또한 지금 그녀가 겪고 있는 순간적인 슬픔보다 수백 배는 더 크고, 무서운 이별이 언젠가 찾아오리라는 생각을 하면, 아무리 천국에 간다 해도 행복을 느낄 수 없을 것만 같았다. 가족이 곁에 없으면 어떻게 살아야 할지 폼포니아에게는 막막하게만 느껴졌다. 그녀는 헤아릴 수 없이 많은 밤을 눈물로 지새우며 남편과 아들에게 부르심의 은총과 자비를 내려달라고 기도하곤 했다. 하지만 폼포니아는 자신의 모든 고통을 신께 온전히 봉헌하면서, 믿고 기다리고 있었다. 지금도 새로운 시련이 닥쳐와서 아울루스가 '눈을 밝히는 빛'이라 불렀던 사랑하는 딸을 빼앗길 지경에 이르렀으나, 폼포니아는 믿음을 저버리지 않았다. 그녀는 리기아의 머리를 쓰다듬으면서 네로의 권능보다 더 큰 힘이 존재하고, 네로의 노여움보다 더 강한 자비가 있다는 것을 굳게 믿으며 주님께 의탁하자고 리기아를 격려했다.

말을 마친 뒤 폼포니아는 리기아를 한층 더 강하게 끌어안았다. 리기아는 폼포니아의 무릎에 몸을 던지고는 그녀의 옷자락에 얼굴을 파묻은 채 한동안 아무 말도 하지 않고 그대로 있었다. 얼마나 시간이 흘렀을까. 고개를 들고 자리에 앉은 리기아의 얼굴에는 어느 정도 안정된 기색이 엿보였다.

"어머니와 아버지, 동생을 생각하면 너무나 마음이 아파요! 하지만 아무리 저항해 봐도 소용이 없고, 오히려 식구들을 한꺼번에 파멸로 이끌 뿐이라는 걸 잘 알고 있어요. 황제의 궁전에 가더라도 어머니의 말씀은 맹세코 잊지 않겠어요."

그녀는 폼포니아의 목을 다시 한 번 끌어안고는, 함께 안채를 나와 동생 아울루스를 위시하여 자신의 스승이었던 늙은 그리스인 가정교사, 유모이자 옷시중을 들어주던 늙은 여자 노예를 비롯하여 다른 여러 노예들과 정중하게 작별을 했다.

이 집에는 장대같이 키가 크고 어깨가 떡 벌어진 리기 태생의 하인이 있었는데, 모두들 그를 '우르수스'[3]라고 불렀다. 이 사내는 오래전에 리기아 모녀를 따라 다른 시종들과 함께

---

3) '곰'이라는 뜻.

로마군에 끌려왔던 것이다. 그는 폼포니아 앞에 무릎 꿇고 엎드려 말했다.

"마님! 제발 이놈을 아가씨와 함께 보내주시어 황제의 궁전에서 아가씨를 섬기고, 지켜드릴 수 있게 해주십시오."

폼포니아가 대답했다. "너는 우리의 종이 아니라 리기아의 하인이지만, 궁전에서 너를 받아줄지 모르겠구나. 그리고 네가 어떻게 리기아를 지킨단 말이냐?"

"저도 잘 모르겠습니다, 마님! 하지만 제가 자신 있게 말씀드릴 수 있는 건 무쇠라도 제 손아귀에 들어오면 마치 썩은 나뭇가지처럼 부서진다는 사실입니다."

때마침 안채로 돌아와 이야기를 들은 아울루스가 우르수스의 간청을 수락하면서, 자기들에게는 우르수스를 붙잡아 둘 권리가 없다고 말했다. 황제의 명에 따라 인질을 궁으로 보내는 것이므로, 리기아와 함께 왔던 일행도 함께 황제의 보호 아래 두는 것은 지극히 당연한 일이라는 것이 그의 판단이었다. 일행이라는 명목을 붙이면 리기아에게 필요한 만큼의 노예들을 딸려 보낼 수 있을 것이며, 백인대장도 거절할 수 없을 것이라고 아울루스는 폼포니아에게 속삭였다.

그 결정이 리기아에게 다소 위안이 되었다. 폼포니아도 흐뭇해했다. 그리하여 우르수스 외에도 의상을 전담하는 늙은 여자 노예와 머리를 매만지는 키프루스 태생의 두 여자, 목욕 시중을 들어주는 게르마니아의 두 처녀를 딸려 보내기로 했다. 선택된 사람들은 모두 새로운 종교를 믿는 신자들이었고, 우르수스 또한 몇 해 전부터 그리스도교를 믿고 있었으므로, 폼포니아는 그들의 충성심을 믿어 의심치 않았다. 황제의 궁전에도 진리의 씨앗이 뿌려질 날이 멀지 않았다는 생각에 기쁜 마음까지 들었다.

폼포니아는 네로의 해방노예인 악테에게 리기아를 잘 부탁한다는 편지를 썼다. 폼포니아는 새로운 종교를 믿는 신자들의 모임에서 실제로 악테를 만난 적은 없었으나, 그리스도교 신자들로부터 그녀에 대해 들은 적이 있었다. 악테는 신자들이 도움을 청하면 절대로 거절하는 법이 없으며, 특히 타르수스[4] 출신인 사도 바오로의 서한을 열심히 읽고 있다고 했다. 폼포니아는 또한 그 젊은 해방노예가 언제나 쓸쓸한 표정을 짓고 있으며, 궁 안에 있는 네로의 다른 여자들과는 인품이 전혀 다르다는 것, 요컨대 황궁 안에서 선량한 사람으로 소문이 자자하다는 것을 익히 들어 알고 있었다.

하스타는 폼포니아의 편지를 자신이 직접 악테에게 전해 주겠노라고 약속했다. 족장의 딸에게 하인이 동행하는 것은 당연한 일이므로 그들을 모두 궁전으로 데려가는 것에 전혀 이의가 없었을 뿐 아니라, 오히려 그 숫자가 적은 데 놀라는 눈치였다. 다만 황제의 명령을 신속하게 수행하지 않았다는 질책이 두려우니 서둘러달라고 간청했다. 작별의 시간이 왔다. 폼포니아와 리기아의 눈에는 또다시 눈물이 가득 고였다. 아울루스는 다시 한 번 리기아의 머리에 손을 얹었다. 아울루스의 어린 아들은 누나를 못 가게 하려는 듯 조그만 주먹을 불끈 쥐고, 백인대장을 향해 열심히 휘둘렀다. 병사들은 어린 아울루스의 울음소리를 뒤로 한 채, 리기아와 그 일행을 데리고 황제의 궁전을 향해 떠났다.

노장군은 가마를 대기시키라고 명하고는, 기다리는 동안 폼

4) 소아시아 남단에 위치한 킬리키아의 도시. 바오로 사도의 고향.

포니아와 함께 응접실 옆에 있는 화랑으로 들어갔다.

"들어봐요, 폼포니아. 헛수고가 될지도 모르겠지만, 나는 지금 황제에게 갈 거요. 세네카의 말이 황제에게 영향을 미칠 수 있을지는 모르겠지만, 어쨌든 세네카도 찾아가 보겠소. 요즈음 황제를 움직일 수 있는 사람은 소프로니우스, 티겔리누스, 페트로니우스, 바티니우스 같은 사람들이오……. 황제 자신은 분명 리기 족 이야기를 들어본 적이 없을 텐데 리기아를 궁정으로 데려오라고 명령한 것을 보면, 누군가가 황제에게 귀띔을 한 것이 틀림없소. 뭐, 누가 그런 짓을 했는지 대충 짐작은 가오만……."

폼포니아의 눈동자가 아울루스에게 고정되었다.

"페트로니우스인가요?"

"그렇소."

한동안 침묵이 흘렀다. 이윽고 장군이 말을 이었다.

"양심도, 염치도 없는 인간에게 우리 집 문지방을 넘게 하니까 이런 일이 생기고 말았소. 비니키우스가 이 집에 발을 들여놓은 순간부터 저주가 시작된 거지! 페트로니우스를 데리고 온 게 바로 그 녀석이었으니까 말이오. 불쌍한 리기아, 그들은 그 애를 인질이 아니라 정부로 삼으려는 것이오."

이 말을 하면서 아울루스의 입에서는 수양딸의 운명에 대한 격노와 회한 때문에 여느 때보다 훨씬 더 많은 바람이 새어 나오고 있었다. 감정을 자제하느라고 애썼지만, 움켜쥔 두 주먹이 그의 내부에서 얼마나 힘겨운 싸움이 벌어지고 있는지를 역력히 드러내주고 있었다.

"나는 오늘까지 신들을 열심히 공경해 왔소. 하지만 지금 이 순간, 이 세상에는 신 따위는 없다는 걸 알게 되었소. 세상을 다스리는 건 오직 하나, 사악한 데다가 미치기까지 한 괴물뿐이니 그의 이름은 바로 '네로'요."

"아울루스!" 폼포니아가 말했다. "네로 따위는 하느님 앞에서는 한 줌의 썩은 먼지에 지나지 않는답니다."

장군은 화랑의 모자이크 바닥 위를 성큼성큼 걷기 시작했다. 평생 동안 위험을 무릅쓰고 위대한 공적을 많이 쌓았으나 큰 불행은 별로 겪지 않았기에, 아울루스는 이런 상황에 익숙하지 않았다. 이 늙은 군인이 리기아에게 느끼고 있는 애정은 자신이 생각하는 것보다 훨씬 깊어서 지금 이렇게 어이없이 리기아를 잃게 된 것을 도저히 참을 수가 없었다. 뿐만 아니라 그는 심한 모멸감마저 느꼈다. 멸시하던 자의 손길이 자신을 덮쳤는데도, 자신에겐 그에 맞설 아무런 힘도 남아 있지 않다는 것을 뼈아프게 실감하기 때문이었다.

아울루스는 혼란과 분노를 가까스로 억제하면서 애써 침착하게 말했다.

"페트로니우스가 그 애를 우리에게서 빼앗아간 것은 어쩌면 황제를 위해서가 아닌 것 같소. 그도 포페아 황후의 비위를 건드리고 싶지는 않을 테니까 말이오. 아마도 자기 자신을 위해서가 아니면, 비니키우스를 위해서 일을 꾸민 것일 게요……. 내 오늘 당장 확인해 보리다."

잠시 후 그는 가마를 타고 팔라티움 궁전으로 달려갔다. 혼자 남은 폼포니아가 어린 아울루스에게 가보니, 소년은 끌려간 누나를 생각하며 아직도 울음을 그치지 않고, 황제에 대한 증오의 말을 퍼붓고 있었다.

제5장

황제를 알현하기가 어려울 것이라는 아울루스의 예상은 짐작대로였다. 황제는 류트 악사인 테르프노스와 함께 노래 연습을 하는 중이며, 자기가 부른 자 외에는 아무도 만나지 않겠다는 대답이 돌아왔다. 이 말은 결국 앞으로 황제가 부르기 전에는 아울루스가 먼저 알현을 청해서는 안 된다는 의미였다. 반면에 세네카는 고열에 시달리면서도 합당한 격식을 차려 노장군을 만나주었다. 그러나 용건을 듣고는 쓴웃음을 지으며 말했다.

"플라우티우스여, 내가 당신을 위해 할 수 있는 일은 단 한 가지밖에 없는 것 같소. 그건 내가 당신의 아픔에 공감하여 당신을 돕고 싶어 한다는 사실을 황제에게 절대로 눈치 채지 못하게 조심하는 것이오. 황제가 내 의중을 알아차리면, 아무런 명분이나 이유가 없어도 그저 내게 화풀이를 하기 위해 리기아를 붙잡아 두고, 당신께 절대로 돌려보내지 않을 테니 말이오."

세네카는 또한 티겔리누스나 바티니우스나 비텔리우스를 방문할 필요가 없다고 단언했다. 돈을 쓰면 그들이 나서서 도와줄지도 모른다. 아니면 페트로니우스를 못마땅하게 여기는 자들이라 그를 해코지하려고 영향력을 행사하려 들 수도 있을 것이다. 하지만 그보다는 플라우티우스 장군이 리기아를 얼마나 애지중지하는지 고자질하여, 황제가 리기아를 돌려보낼 가능성을 더욱 희박하게 만들기 십상이라는 게 그의 견해였다. 그 늙은 철학자는 통렬한 역설을 사용하여 플라우티우스를 비난하는 척하면서 자기 자신에게 야유를 던졌다.

"플라우티우스, 당신은 너무 오랫동안 침묵을 지키고 있었소. 황제는 말을 아끼는 사람을 좋아하지 않습니다. 당신은 왜 황제의 미와 덕, 그의 시와 노래, 웅변과 승리에 열광하지 않는 겁니까? 브리타니쿠스[1]를 독살한 것을 찬미하고, 생모의 살해에 찬사를 보내며, 옥타비아를 목 졸라 죽인 행위에 왜 박수를 보내지 않았소? 아울루스, 당신에겐 앞을 내다보는 선견지명이 부족합니다. 궁궐에 빌붙어 사는 우리 같은 사람들이 아무 탈 없이 지내려면 적절한 판단력과 조심성이 필요하단 말이오."

세네카는 허리에 차고 있던 술잔으로 임플루비움에 고인 맑은 물을 떠서 마른 입술을 적신 다음 말을 이었다.

"네로에게도 고마움을 아는 마음은 있습니다. 그는 당신이 과거에 로마를 위해 헌신하고, 로마의 이름을 세상 끝까지 드

---

1) 네로의 선임인 클라우디우스 황제의 외아들로 네로와 이복형제. AD 55년 살해됨.

높였기에 당신을 존중하고 있소. 청년 시절 스승이라는 이유로 내게도 호의를 가지고 있어요. 보십시오, 그래서 이 물에 독이 들어 있지 않다고 믿으며 마음 놓고 물을 마실 수 있는 거요. 하지만 우리 집에 있는 것이라 해도 포도주는 위험하지요.[2] 하지만 혹시 목이 마르시면 이 물만큼은 안심하고 드셔도 되오. 알바누스 산에서 수도로 직접 끌어온 물이라, 여기에 독을 타려면 로마의 모든 우물에 독이 퍼질 테니까요. 보시는 바와 같이 이 혼탁한 세상에서도 이렇게 조용하게 말년을 보낼 수도 있소이다. 하지만 나는 지금 병을 앓고 있어요. 육신의 병보다 더 심각한 마음의 병에 걸렸지요."

이 말은 사실이었다. 세네카에게는 코르누투스나 트라세아스와 같은 강인한 정신력이 부족했기에, 살아오면서 줄곧 네로의 폭정을 묵과하는 우유부단한 태도를 취해 왔던 것이다. 적어도 키티움[3]의 제논이 주장한 학설을 따르는 자라면 그런 길을 걸어서는 안 된다는 것쯤은 잘 알고 있었기에, 세네카는 죽음에 대한 두려움보다 더 심한 자책감으로 괴로움을 겪고 있었다.

장군이 그의 신랄한 자성(自省)의 말을 가로막았다.

"친애하는 안네우스[4], 황제가 젊었을 때 당신이 갖은 정성을 다하여 가르친 것에 대해서 황제가 지금 어떤 보답을 하고 있는지는 나도 잘 알고 있습니다. 하지만 우리 딸 리기아를 빼앗아간 것은 페트로니우스입니다. 그 사람을 상대하려면 어

---

2) 네로가 술에 독을 타서 브리타니쿠스를 죽인 것을 풍자한 말.

3) 키프루스의 도시. 제논의 출생지.

4) 세네카의 성(姓).

떤 대책을 세워야 할지, 어떤 수단을 동원하면 그를 승복시킬 수 있을지 가르쳐주십시오. 아니, 그보다 나와의 오랜 우정을 생각해서 모든 지략을 발휘하여 당신께서 직접 그를 설득해 주실 수는 없겠소?"

세네카가 대답했다. "페트로니우스와 나는 서로 반목하는 관계에 있습니다. 어떤 수단을 써야 할지 솔직히 잘 모르겠군요. 그는 남의 말에 쉽사리 넘어갈 사람이 아니오. 타락하긴 했지만, 지금 네로를 둘러싸고 있는 다른 간신들보다는 그래도 나은 편이죠. 페트로니우스에게 잘못을 일깨우는 것은 시간 낭비일 뿐이오. 이미 오래전에 선악을 구분하는 분별력을 잃어버리고 말았으니까요. 하지만 혹시라도 그의 행동이 잘못된 것이라고 지적해 주면, 그 순간만이라도 부끄러움을 느낄지도 모르니, 시도는 해보겠소. 다음에 내가 그를 만나게 되면 '당신이 하는 짓은 해방노예에게나 어울리는 짓이오.'라고 한마디 하겠소. 그래도 아무런 효과가 없다면 하는 수 없지요."

"그래 주시면 고맙겠습니다." 장군이 말했다.

아울루스는 다시 가마를 타고 비니키우스의 집으로 갔다. 마침 비니키우스는 집에 따로 고용한 개인 사범과 검술 연습을 하고 있었다. 리기아를 빼앗아가게 해놓고 태연하게 검술 연습에 몰두하고 있는 젊은 군인을 보자 아울루스는 분노가 치밀어 올랐다. 그리하여 장군은 검술 사범이 휘장 너머로 사라지기도 전에 감정이 폭발하여 비니키우스를 비난하기 시작했다. 비니키우스는 리기아가 네로에게 불려갔다는 말을 듣자마자 얼굴이 창백해졌다. 그것을 본 아울루스는 비니키우스가 이 음모에 가담하지 않았다는 사실을 직감할 수 있었다. 젊은이의 이마에는 구슬 같은 진땀이 맺혔고, 심장으로 쏠렸던 피는 한꺼번에 역류하여 뜨거운 파도처럼 얼굴로 몰려들었으며, 눈에서는 불꽃이 튀고, 입술은 허겁지겁 앞뒤가 맞지 않는 질문을 던지고 있었다. 질투심과 분노가 마치 강풍처럼 그를 뒤흔들고 있었다. 한번 궁전의 문턱을 넘은 이상, 이제 다시는 자기에게 올 수 없을 것이라고 비니키우스는 생각했다. 아울루스가 페트로니우스의 이름을 들먹이자, 이번에는 페트로니우스에 대한 의심이 번개처럼 청년의 머리를 스치고 지나갔다. 페트로니우스가 자신을 바보 취급하여 리기아를 황제에게 제물로 바쳐 새로운 환심을 사려는 것이 아니면, 페트로니우스 자신이 그녀를 차지하려는 속셈이 틀림없다고 생각했다. 누구든지 리기아를 한번 본 사람이면, 그녀를 욕심내지 않을 수 없으리라는 생각이 들었기 때문이다.

흥분하면 물불을 가리지 않는 급한 성질은 비니키우스 가문의 유전이었다. 그는 마치 고삐 풀린 사나운 말처럼 이성을 잃고 날뛰었다.

"장군님." 비니키우스가 더듬거리며 말했다. "댁으로 돌아가셔서 저를 기다려주십시오. 페트로니우스가 제 삼촌이 아니라 아버지라 해도, 리기아에게 한 짓에 대한 복수는 반드시 하고 말겠습니다. 그러니 돌아가셔서 기다려주십시오. 페트로니우스 삼촌이나 황제에게 그녀를 넘겨줄 수는 없습니다."

그러고는 아트리움의 한구석에 진열해 놓은 밀랍으로 만든 조상들의 가면을 향해 주먹을 휘두르며 외쳤다.

"돌아가신 조상들의 저 가면에 대고 맹세합니다! 리기아를 그들에게 빼앗기느니 제 손으로 그녀를 죽이고, 저도 따라 죽겠습니다."

자기를 꼭 기다려달라는 말을 남긴 채 아울루스를 뒤로 하고, 비니키우스는 미친 사람처럼 아트리움을 뛰쳐나갔다. 그는 행인들을 거칠게 밀어제치면서 페트로니우스의 저택으로 달음질쳐 갔다.

아울루스는 다소 안심이 되어 집으로 돌아왔다. 만약 페트로니우스가 비니키우스에게 넘겨주기 위해 황제를 부추겨 리기아를 데려간 것이라면, 비니키우스는 틀림없이 리기아를 자기 집으로 돌려보내 줄 것이라고 생각되었기 때문이다. 설령 리기아를 구해 내지 못한다 해도 죽음으로써 모욕을 막아주겠다는 말이 아울루스에게는 다소 위안이 되었다. 그는 비니키우스가 온 힘을 다해 약속을 지킬 것이라고 믿었다. 젊은이의 분노를 두 눈으로 직접 확인했을 뿐만 아니라, 비니키우스 일가의 내력인 불같은 성미를 오래전부터 잘 알고 있었기 때문이었다. 아울루스 자신도 리기아를 친딸처럼 사랑하지만, 황제에게 바치느니 차라리 죽여버리는 것이 낫겠다고 생각하고 있었다. 플라우티우스 가문의 마지막 후손인 어린 아들만 아니었어도 그는 틀림없이 리기아를 죽이고 말았을 것이다. 군인인 아울루스는 스토아학파에 대해서는 거의 아는 바가 없었지만, 그의 성격은 스토아학파에 가까웠다. 치욕을 당하느니 차라리 죽음을 택하겠다는 결심은 평소 그의 신조이자, 자존심이었다.

집에 도착하자마자 아울루스는 희망을 가지고 기다리자며, 폼포니아를 위로했다. 노부부는 비니키우스에게서 소식이 오기만을 눈이 빠지도록 기다렸다. 이따금 아트리움에서 노예들의 발소리가 들려오면, 혹시 비니키우스가 사랑하는 딸을 데려온 것이 아닌가 싶어 가슴이 두근거렸다. 만일 그런 일이 일어난다면 진심으로 그 젊은 한 쌍의 미래를 축복해 주고 싶은 마음이 들기도 했다. 그러나 헛되이 시간만 흘러갈 뿐, 아무 소식이 없었다. 저녁때가 되어서야 겨우 망치로 대문을 두드리는 소리가 들렸다.

잠시 후 노예가 들어와 아울루스에게 편지 한 통을 전했다. 노장군은 평정을 유지하면서 침착하게 행동하려 했으나, 이 순간만큼은 떨리는 손을 어찌할 수가 없었다. 그는 편지를 받아들고, 마치 일가의 흥망성쇠가 걸린 일인 듯 황급히 읽어내려 갔다.

갑자기 먹구름이 낀 것처럼 장군의 얼굴이 어두워졌다.

"읽어보구려." 그는 폼포니아를 돌아보며 말했다.

폼포니아가 받아든 편지에는 이렇게 적혀 있었다.

마르쿠스 비니키우스가 아울루스 플라우티우스 장군님께 삼가 인사드립니다.

모든 일은 황제의 뜻에 따라 이루어진 것입니다. 그러니 부디 황제의 뜻에 따라주십시오. 저와 페트로니우스 삼촌도 그렇게 하겠습니다.

한동안 침묵이 흘렀다.

제6장

페트로니우스는 마침 집에 있었다. 문지기가 미처 말릴 틈도 없이 비니키우스는 번개처럼 아트리움으로 뛰어들었다. 주인이 서재에 있다는 문지기의 말에 서둘러 그곳으로 향한 비니키우스는 무엇인가를 열심히 쓰고 있는 페트로니우스를 발견했다. 비니키우스는 그의 손에서 갈대로 만든 펜을 빼앗아 두 동강으로 부러뜨려 바닥에 내동댕이쳤다. 그리고 삼촌의 어깨를 손가락이 살을 파고들 정도로 거칠게 움켜쥐고는 바로 코앞에다 얼굴을 바짝 들이대면서 갈라진 목소리로 다급하게 외쳤다.

"리기아에게 무슨 짓을 한 겁니까? 지금 어디에 있지요?"

비니키우스의 말이 떨어지기가 무섭게 놀라운 일이 벌어졌다. 호리호리하고 나약해 보이는 페트로니우스가 자신의 어깨를 누르고 있는 젊은 조카의 억센 두 손을 밀쳐내고는 무서운 힘으로 그의 두 손목을 한 손으로 꽉 움켜쥐면서 말했다.

"내가 기운이 없는 것은 아침나절뿐이야. 저녁때가 되면 예전의 기력이 되살아나지. 어디 한번 손을 빼보아라. 너는 직공한테서 운동을 배우고, 대장장이로부터 예절을 배운 모양이로구나."

그의 얼굴에 노한 기색은 보이지 않았다. 다만 눈동자만이 힘과 용기를 상징하듯 광채를 뿜고 있었다. 잠시 후 그는 비니키우스의 손을 놓아주었다. 비니키우스는 굴욕과 분노, 모멸감에 휩싸여 페트로니우스 앞에 서 있었다.

"삼촌께서는 강철 같은 손을 가지셨군요. 그러나 지옥의 모든 신들께 맹세컨대, 만일 삼촌께서 저를 배신하셨다면, 저는 황제의 연회실이건, 어디에서건 삼촌의 목을 칼로 찌를 겁니다."

"우리 조용히 얘기하자꾸나." 페트로니우스가 말했다. "강철이 무쇠보다 강하다는 사실을 알았겠지. 네 한쪽 손이 내 두 손을 합친 것보다 크다 해도 나는 결코 너를 두려워하지 않을 것이다. 내가 속상한 건 바로 너의 그 난폭함이다. 만일 내가 배은망덕이란 것이 무엇인지를 알게 되었다면, 그건 바로 너로 인한 것일 게다."

"리기아는 어디에 있습니까?"

"사창굴, 그러니까 황제의 궁전에 있지."

"페트로니우스 삼촌!"

"자, 마음을 가라앉히고 좀 앉으려무나. 나는 황제에게 두 가지를 청했단다. 하나는 리기아를 아울루스의 집에서 빼내오는 것, 또 하나는 그녀를 네게 넘겨주는 것이야. 너는 아직도 토가 자락 속에 단검을 감추고 있는 모양인데, 나를 찌를 셈인가 보구나. 충고해 두겠는데, 며칠 더 기다리는 것이 좋을 게다. 만일 네가 감옥에 갇히게 되면, 리기아가 네 빈집에서 혼자 얼마나 쓸쓸하겠니?"

침묵이 흘렀다. 비니키우스는 놀란 눈으로 페트로니우스의 얼굴을 쳐다보다가 입을 열었다.

"저를 용서해 주십시오. 저는 그녀를 사랑합니다. 사랑 때문에 잠시 제 눈이 멀었나 봅니다."

"마르쿠스야. 내 말을 듣고 나면 너는 틀림없이 감탄할 게다. 엇그제 나는 황제에게 이렇게 말했단다. '제 조카인 비니키우스가 아울루스 부부가 기르고 있는, 비쩍 마른 계집애에게 홀딱 반했습니다. 그 녀석이 짓는 한숨 때문에 그의 집에서는 마치 목욕물이 끓듯이 김이 피어오르고 있습니다. 폐하, 폐하와 저는 참다운 아름다움이 어떤 것인지 잘 알고 있는 사람들입니다. 그런 계집애에게는 1000세스테르티우스[1]도 아깝다고 생각하지만, 그 애송이는 세 발 달린 솥단지처럼 어리석기 짝이 없어 도무지 정신을 못 차리고 있습니다.'라고 말이다."

"아니, 삼촌!"

"리기아를 보호하기 위해 일부러 그렇게 말한 거란다. 내 말이 마음에 들지 않더라도, 최소한 너를 위하고자 하는 진심이 담겨 있다는 것만은 알아주려무나. 나는 붉은 수염의 머릿속에다 진정한 미적 감각의 소유자는 그런 처녀를 미인으로 볼 리가 없다는 생각을 주입시켰다. 네로는 지금까지 내 눈을 통해서만 사물을 보았을 뿐, 자신의 독자적인 관점으로 판단할 용기를 낸 적이 없는 인간이므로, 앞으로도 리기아를 절대

---

1) 로마에서 가장 널리 쓰인 화폐 단위. 처음에는 은화의 단위였으나 후에 청동 화폐의 단위로 쓰였음.

미인이라고 생각하지 않을 거야. 아름답다고 생각하지 않으면, 욕심을 내지도 않겠지. 원숭이 같은 놈에게서 그녀를 지키려면, 그놈에게 올가미를 씌워두는 수밖에……. 오히려 리기아의 진가를 알아볼 줄 아는 안목을 지닌 사람은 네로가 아니라 포페아일 게다. 당연히 포페아는 리기아를 어떻게든 빨리 궁전에서 쫓아내려 하겠지. 그래서 나는 붉은 수염에게 넌지시 일러두었단다. '리기아를 데려와 비니키우스에게 주십시오. 그 계집애는 인질이므로 폐하께서는 얼마든지 권리를 행사하실 수 있으십니다. 또한 그렇게 하시면 아울루스에게 고통을 주는 일도 됩니다.' 그러자 황제가 흔쾌히 승낙하더구나. 반대할 이유가 없지. 게다가 자기에게 호락호락 복종하지 않던 자를 괴롭힐 수 있는 절호의 기회를 얻게 되었으니 말이야. 이제 너는 리기 족의 보배를 손에 넣고, 정식으로 그녀의 관리인이 될 것이다. 너는 용감한 리기 족의 동맹자로서, 또한 황제의 충성스러운 심복으로서, 그 보배를 함부로 다루지 말고, 가치를 드높일 수 있도록 최선을 다해야 할 것이다. 황제는 관례적으로 그녀를 며칠간 황궁에 두었다가, 곧 네 집으로 보낼 거야. 비니키우스, 너는 행운아다!"

"정말입니까? 그런데 그녀를 황제의 궁전에 두어도 위험하지 않을까요?"

"만일 그녀가 황궁에 아주 상주하게 된다면, 포페아가 그녀를 제거하기 위해 로쿠스타[2]와 음모를 꾸미겠지만, 그저 며칠 동안이라면 아무 염려 없단다. 궁전에는 10000명에 가까운 사람들이 살고 있으니, 네로가 리기아를 만날 기회는 거의 없을

2) 독약에 정통한 갈리아 태생의 여자.

거야. 게다가 리기아의 일에 관해서라면 모든 걸 다 내게 일임했으니 무슨 걱정이겠니. 조금 전에도 백인대장이 다녀갔는데, 리기아를 궁전으로 데려가 악테의 손에 맡겼다는구나. 악테는 착한 여자야. 그래서 내가 리기아를 악테에게 맡기라고 했지. 폼포니아 그레키나도 악테에게 편지를 보냈다니까 분명히 나와 같은 생각일 게다. 내일 궁전에서 네로가 베푸는 향연이 열리는데, 리기아 옆에 네 자리를 마련해 두라고 특별히 지시해 놓았지."

"삼촌, 제 무례함을 부디 용서해 주십시오. 저는 삼촌께서 그녀를 차지하시든지, 아니면 황제에게 바치기 위해 데려간 줄로만 알았습니다." 비니키우스가 말했다.

"네 성급함을 용서해 주마. 하지만 아까처럼 비천한 거동이나 상스러운 고함 소리, 길거리에서 모라 놀이나 하는 패거리들과 같은 거친 말투는 그냥 넘어갈 수가 없구나. 마르쿠스야, 나는 그런 행실을 좋아하지 않으니, 앞으로는 조심하도록 해라. 황제의 앞잡이 노릇을 하는 밀고자는 내가 아니라 티겔리누스란 말이다. 만일 내가 리기아를 탐냈더라면, 네 눈을 똑바로 쳐다보며 이렇게 말했을 거야. '비니키우스, 리기아는 내가 데려가 싫증날 때까지 곁에 두어야겠다.'라고."

페트로니우스는 이렇게 말하며 어두운 적갈색 눈동자에 냉정하고 도도한 기색을 담아 비니키우스를 응시했다. 젊은이는 당황해서 쩔쩔맸다.

"제 잘못입니다. 삼촌은 자애롭고, 고결한 분이십니다. 진심으로 감사드립니다. 다만 딱 한 가지만 더 질문을 드릴 테니 용서해 주십시오. 삼촌께서는 리기아를 왜 곧장 제 집으로 보내주시지 않았습니까?"

"왜냐하면 황제가 겉치레를 중시하기 때문이지. 인질을 잡아왔다는 소문은 온 로마에 퍼질 거야. 리기아는 볼모로 붙잡혀 온 것이니, 소문이 가라앉을 때까지 황제의 궁전에 잡아두었다가 슬그머니 네 집으로 보내면, 만사가 순조롭게 되는 거지. 붉은 수염은 겁 많은 강아지야. 자신의 권력이 무한한 데도 불구하고, 모든 행동에 명분을 만들고 합법적으로 보이게 하고 싶어 하지. 자, 이제 철학적인 사색을 할 수 있을 만큼 마음이 진정되었느냐? 나는 이런 생각을 수없이 해봤다. 왜 무엇 때문에 모든 범죄자들은 자신의 죄를 법률이나 정의, 덕의 이름으로 포장하고, 미화시키려 하는가? 심지어 황제의 경우처럼 막강한 권력을 지녔고, 또 무슨 짓을 해도 절대 처벌받지 않을 유력한 위치에 있는 사람들조차 구실을 만들어내기 위해 연연하는 것은 왜일까? 도대체 그런 절차가 무슨 소용이란 말인가? 자기의 어머니나 아내를 죽이는 것은 아시아의 어느 미개한 나라에서나 하는 짓이지, 대 로마 제국의 황제가 할 짓은 아니라고 생각한다. 만일 내가 그런 일을 저질렀다면, 나는 원로원에 변명의 서신 따위는 보내지 않을 것이다. 하지만 네로는 즉시 편지를 보냈다. 그가 체면치레에 안간힘을 쓰는 건 겁쟁이이기 때문이야. 티베리우스 황제의 경우에는 겁쟁이는 아니었는데도 자기가 저지른 모든 잘못에 대해 일일이 변명을 했지. 왜 그랬을까?

어째서 악은 덕을 향해 무의식적으로 경의를 표하는 걸까? 들어보렴, 그 이유는 간단하단다. 악행은 추한 것이고, 덕행은 아름다운 것이기 때문이지. 그러므로 진정한 탐미주의자는 동시에 진정한 도덕주의자라는 결론이 성립되는 것이며, 고로 나는 덕망 높은 인자(仁者)가 되는 셈이지. 오늘이야말로 지하의 프로타고라스, 프로디쿠스, 고르기아스[3]의 망령들에게 포도주라도 따라주어야 할까 보다. 소피스트들의 궤변도 제법 쓸모가 있으니 말이다.

아직 내 이야기가 끝나지 않았으니 더 들어봐라. 내가 아울루스 집에서 리기아를 끌어낸 것은 리기아를 네게 주기 위해서다. 위대한 조각가 리시푸스가 너희 둘을 보았다면, 두 사람의 모습을 본떠 훌륭한 군상(群像)을 빚어냈을 것이다. 그만큼 너희 두 젊은이는 아름답다. 그러니 내 행동 또한 미를 추구하는 아름다운 것이며, 아름답기에 덕이 되는 것이다. 자, 보아라, 마르쿠스, 지금 네 눈앞에 있는 것은 가이우스 페트로니우스의 모습을 하고 있는 '덕' 그 자체이다. 만일 아리스티데스[4]가 살아 있다면, 내게 와서 덕에 관한 이 짤막한 강의를 듣고 100무나[5]도 아깝지 않다고 했을걸?"

비니키우스는 페트로니우스의 덕에 대한 강의보다는 현실적인 문제에 더 관심을 쏟고 있었다.

"그럼 내일이면 리기아를 만날 수 있고, 이제 앞으로는 매일매일, 언제나, 죽을 때까지 그녀를 제 집에 둘 수 있단 말씀이군요."

"너는 리기아를 손에 넣게 되고, 아울루스에 대한 책임은 내가 지게 되는 거지. 그는 아마 모든 지옥의 신들한테 나에게 저주를 내려 복수해 달라고 할 것이다. 만일 그 우둔한 사람이 조리 있게 말하는 훈련이라도 받았다면 어땠을까…….

---

3) BC 5세기에 활약하던 그리스의 소피스트 철학자들.
4) BC 5세기 아테네의 장군이자 정치가.
5) 그리스의 금화.

그랬다면 그는 방문객을 무례하게 대하다가 시골 감옥으로 쫓겨난 우리 집의 파수꾼 노예처럼, 무턱대고 욕이나 하는 게 고작이었겠지."

"아울루스가 저를 찾아왔었습니다. 제가 리기아의 소식을 알려주기로 약속했죠."

"그에게 이렇게 편지를 써라. '신성한' 황제의 뜻은 최고의 법률이니, 너희들의 첫 아들에게 아울루스란 이름을 붙여주겠노라고. 상심한 노인에게 조금은 위안을 주어야 할 테니 말이다. 나는 붉은 수염에게 청하여 그를 내일 연회에 초대해 볼까 한다. 너와 리기아가 나란히 트리클리니움[6]에 누워 있는 모습을 그 노인에게 보여주면 좋을 텐데."

"그러지 마십시오." 비니키우스가 말했다. "장군 내외분께, 특히 폼포니아에게 너무 가혹한 처사입니다."

그리하여 비니키우스는 의자에 앉아 편지를 썼다. 그 편지로 인해 노장군의 마지막 희망은 완전히 사라지고 말았다.

6) 옆으로 누워 식사할 수 있게 고안된 긴 의자.

제7장

악테는 과거에 네로의 총애를 받았던 여자로서, 한때 로마의 고관들이 그녀 앞에서 머리를 조아린 적도 있었다. 하지만 그녀는 정치적인 문제에 관여할 생각은 꿈에도 하지 않았다. 간혹 자신의 영향력을 행사하여 황제의 마음을 움직인 적도 있었지만, 단지 누군가를 불쌍히 여기거나 돕고 싶은 생각으로 그랬을 따름이었다. 그녀는 얌전하고 겸손한 성품으로 주위 사람들이 모두 좋아했기에, 단 한 사람의 적도 없었다. 심지어는 네로의 전부인이었던 옥타비아도 그녀를 미워하지 않았다. 악테를 시기하고 질투할 입장에 있는 사람들조차 그녀가 남에게 해를 끼칠 인물이 아니라는 것을 잘 알고 있었다. 그러나 이제 그녀는 가망 없는 애절하고 서글픈 연정으로 지조를 지키며, 돌아선 네로의 사랑을 그리워하며 슬픔에 잠겨 살아가고 있었다. 그녀의 삶을 지탱해 주는 것은, 한때 지금보다는 나은 인간이었던 네로가 자신을 열렬히 사랑해 주었던 젊은 시절의 추억뿐이었다. 그녀는 과거의 추억 속에서 여전히 헤어나지 못하고 있었지만, 그렇다고 이제 와서 어떤 변화를 기대할 수는 없다는 것을 너무나 잘 알고 있었다. 황제가 그녀에게 되돌아갈 가능성은 전혀 없다는 것은 누구나 다 아는 사실이었기에 사람들은 그녀를 있으나 마나 한 존재로 여기고, 조용히 내버려 두었다. 황후 포페아도 악테를 얌전한 시녀쯤으로 여기고, 어느 면으로 보나 위협적인 존재가 아닌 그 여자를 굳이 궁중에서 추방하려고 하지 않았다.

하지만 네로는 한때 악테를 사랑했고, 오래전 그녀를 버릴 때에도 나쁜 감정 없이 담담하게 헤어졌으므로 아직까지 그녀에게 약간의 호의를 품고 있었다. 네로는 그녀를 노예 신분에서 해방시키고 궁전에 기거하게 하면서 별도의 침실을 내어주고, 몇 명의 하인들까지 붙여주었다. 예전에는 팔라스와 나르키소스가 해방노예 신분으로 클라우디우스 황제가 베푸는 연회에 참석했을 뿐만 아니라 유력한 고관 대접을 받으며 황제의 곁에 마련된 상석을 배정받았듯이, 악테도 황제가 연회를 베풀 때면 그의 식탁에 초대되곤 했다. 그녀가 그런 대우를 받는 것은 아마도 아름다운 자태가 향연을 돋보이게 하는 살아 있는 장식이 되었기 때문일 것이다.

황제는 이미 오래전부터 함께 식사할 상대를 선정할 때 격식에 얽매이지 않았다. 그의 식탁에는 각양각색, 천차만별의 사람들이 모여들었다. 원로원 의원들은 아첨과 익살을 늘어놓는 어릿광대의 역할을 기꺼이 맡으려고 줄을 섰다. 사치와 향락, 방탕한 생활에 중독된 남녀노소 귀족들도 끼어 있었다. 밤이면 기분 전환을 한다며 '샛노란 가발'[1]을 뒤집어쓰고 어두운 거리로 모험을 찾아나서는 여류 명사들도 초대되었다.

지체 높은 관리들은 물론이고, 가득 채운 술잔을 높이 쳐들고 자기가 섬기는 신들을 비방하는 제사들도 함께했다. 그 옆에는 가수와 배우, 악사, 남녀 무용수들이 있었고, 황제를 찬양하는 시를 읊으면 하사금을 얼마나 받게 될까 이리저리 궁리하고 있는 시인들, 요리가 나올 때마다 탐욕스러운 시선을 던지는 배고픈 철학자들도 있었다. 뿐만 아니라 유명한 전차 경주 선수들, 검투사들, 마법사들, 재담꾼들, 익살꾼들, 유행에 앞장서는 난봉꾼들, 하룻밤의 명성을 영원한 것으로 착각하는 어리석은 자들, 게으름뱅이 건달과 부랑자, 뿐만 아니라 노예의 표지인 귀에 뚫린 구멍을 긴 머리로 가리고 있는 사람들도 있었다.

처음부터 식탁에 바로 앉을 수 있는 사람은 고위층 명사들뿐이었으므로, 신분이 낮은 사람들은 그들이 식사하는 동안 여흥으로 좌중을 웃기면서, 남은 술과 음식을 하인들이 가져다주기만을 기다렸다. 그렇게 여러 종류의 손님들을 끌어 모으는 일은 티겔리누스와 바티니우스, 비텔리우스가 담당했는데, 때로는 황제의 연회장에 어울리는 의복까지 갖추어 입히는 뒤치다꺼리까지 감수해야 했다. 황제는 그런 사람들과 어울릴 때면, 격식이나 절차를 따지지 않고 흉허물 없이 대할 수 있어 좋아했다.

황제의 사치스러운 궁전에서는 모든 것이 황금으로 뒤덮여 휘황찬란하게 빛나고 있었다. 지체 높은 양반들, 초라한 신분의 평민들, 명문가의 자손, 거리의 천민, 위대한 예술가, 재능은 있지만 인정을 받지 못해 낙오된 사람들이 뒤섞여 황제의

---

1) 당시 창녀들의 차림새.

궁전으로 모여들었다. 그들은 상상도 못했던 호화로운 광경에 눈이 휘둥그레져서 부귀와 풍요의 수여자인 황제에게 가까이 다가가려고 갖은 애를 썼다. 황제의 변덕스러운 눈빛 하나에 사람들은 하루아침에 완전히 신세를 망치기도 하고, 엄청난 부귀영화를 누리게도 되었던 것이다.

오늘은 리기아도 그런 향연에 참석해야 했다. 그녀의 마음속에서는 갑작스러운 환경의 변화로 인한 불안과 더불어 혼란스러움, 그리고 이 모든 상황에 저항하고자 하는 충동이 함께 솟아올랐다. 그녀는 황제가 두려웠고, 이곳에 있는 사람들과 정신을 차릴 수 없을 만큼 소란스러운 궁전의 위용에 무작정 겁이 났다. 또한 아울루스와 폼포니아로부터 들었던 궁중의 연회가 무서웠다. 리기아는 아직 어렸지만 아무것도 모르는 철부지는 아니었다. 이 시대가 뭔가 잘못되었다는 부정적인 얘기는 아이들도 들어서 알고 있는 사실이었다. 그러므로 리기아는 양어머니인 폼포니아가 작별의 순간에 말했듯이 이 궁전에서 최후를 맞게 될지도 모른다는 각오를 하고 있었다. 향락에·물들지 않은 순수한 영혼을 간직하고 있는 데다가 양어머니로부터 물려받은 고귀한 신앙을 가지고 있는 리기아는 피치 못할 순간, 죽음으로써 자신의 몸을 지키리라 다짐했다. 그녀는 양어머니와 자기 자신에게, 그리고 마음을 다 바쳐 믿고 사랑하게 된 그리스도, 고통스러운 죽음과 영광스러운 부활에 대한 가르침을 주신 주님께 그렇게 맹세했다.

리기아는 이제 와서 자신이 어떤 행동을 저질러도 아울루스와 폼포니아가 책임을 질 이유가 없다고 판단했다. 그러자 문득 연회에 참석하지 않는 편이 낫지 않을까 하는 갈등에 빠졌다. 그녀의 마음속에서는 공포와 불안이 아우성치는가 하면,

한편으로는 고통과 죽음에 의연하게 몸을 맡겨 자신의 용기와 인내심을 증명해 보이고 싶은 욕망이 새롭게 일어났다. 주님이 그렇게 명하셨고, 손수 모범을 보여주시지 않았던가. 폼포니아가 말했었다. 그리스도교 신자 중에서 특별히 신앙심이 깊은 사람들은 그런 수난을 갈구하는 기도를 한다고. 리기아 자신도 아울루스의 집에 있을 때 이따금 그런 소망을 가슴속에 품은 적이 있었다. 그녀는 손과 발에 상처를 입고 눈처럼 깨끗하고 신성한 순교자가 되어, 새하얀 천사들에게 둘러싸여 푸른 하늘로 올라가는 자신의 모습을 그려보곤 했다. 물론 그 속에는 철없는 공상과 함께 폼포니아가 경계하는 일종의 자기만족이 들어 있기도 했다. 그러나 황제의 뜻을 거역하면 무서운 벌이 내려 지금까지 마음속으로만 그려온 순교의 꿈이 현실이 될지도 모르는 지금, 리기아에게는 오랫동안 꿈꿔 왔던 환상이 실현될지도 모른다는 기대감과 더불어 과연 자기에게 어떤 벌이 내려질 것이며, 어떤 종류의 고통이 닥치게 될 것인가 하는, 호기심과 공포가 뒤섞인 묘한 감정이 고개를 들었다.

순진하기만 한 리기아는 갈피를 잡지 못하고 주저하고 있었다. 악테는 연회에 참석하는 것이 망설여진다는 리기아의 말을 듣고, 이 아이가 지금 열에 들떠 헛소리를 하는 것이 아닌가 하는 의아한 눈으로 그녀를 쳐다보았다. 황궁에 오자마자 황제의 명을 거역하고, 그의 노여움을 사려 하다니? 자기가 무슨 말을 하는지도 모르는 어린애가 아니고서야 어떻게 이런 한심한 발상을 할 수 있단 말인가? 리기아의 말에 따르면 그녀는 단순한 인질이 아니라 자기 민족으로부터도 잊혀진 존재였다. 그렇다면 만민법에 의해서도 보호를 받지 못하며, 설령 보호를 받는다고 해도 세계를 통치하는 황제는 기분에 따라 그까짓 법률쯤 얼마든지 짓밟아 버릴 수 있을 것이다. 마음대로 그녀를 궁중으로 데려왔으니 하고 싶은 대로 처리할 것은 분명한 일이다. 리기아의 운명은 오로지 황제의 손에 달렸고, 황제의 뜻을 거스를 수 있는 자는 이 세상에 아무도 없다.

"그래요." 악테는 말을 이었다. "나도 바오로 사도의 서한을 읽었답니다. 이 세상 너머 저 높은 곳에 하느님과 부활하신 그분의 아드님이 계시다는 것도 알고 있어요. 그렇지만 리기아, 지상을 지배하는 분은 오직 황제 폐하 한 분뿐이라는 것을 잊어서는 안 됩니다. 당신이 믿고 있는 교리는 나처럼 누군가의 정부로 지내는 것을 허용하지 않고, 그 교리가 스토아학파의 금욕주의와 비슷하다는 것도 알고 있어요. 금욕주의에 관해서는 에픽테투스에게서 들었는데, 죽음과 치욕 중에 반드시 어느 하나만을 선택해야 한다면 죽음을 택해야만 한다고 하더군요. 하지만 과연 당신에게 죽음만 기다리고 있고, 치욕은 없을 것이라고 단언할 수 있나요? 혹시 세야누스[2]의 딸에 대한 이야기를 들어본 적이 있어요? 그녀는 아직 어린 소녀였는데, 처녀를 사형시키지 못한다는 법률을 지키기 위해서 티베리우스 황제는 사형을 집행하기 전에 능욕을 가하고 죽이라는 명령을 내렸다고 해요. 리기아, 리기아! 제발 황제의 노여움을 사지 마세요! 최후의 순간 죽음이냐, 치욕이냐를 놓고 선택할 수밖에 없는 상황에 이르게 되면, 그때는 당신이 믿고 있는 진리에 따라 행동해도 좋아요. 그러나 스스로 미리 파멸의 구덩이를 파는 짓은 제발 하지 마세요. 하찮은 일로

2) 티베리우스 황제의 근위대장이자 집정관. 후에 처형됨.

이승을 지배하는 저 잔악한 신을 노하게 해서는 안 된답니다."
악테의 말에는 연민과 열정이 담겨 있었다. 악테는 태어날 때부터 근시였기 때문에 자기의 말에 리기아가 어떤 반응을 보이는지 확인하기 위해 리기아의 얼굴에 자신의 얼굴을 가까이 가져갔다.
리기아는 악테의 목을 두 팔로 끌어안고 어린아이처럼 의지하는 투로 말했다.
"악테, 당신은 정말 다정하시군요!"
악테는 리기아의 찬사와 신뢰에 감동되어 그녀를 와락 끌어안고 다독거려 주었다. 얼마 후 악테는 가만히 리기아의 손을 풀어내면서 말했다.
"내 생애에서 기쁨과 행복은 이미 다 사라졌어요. 하지만 나는 악한 사람은 아니랍니다."
그러고 나서 방안을 왔다 갔다 하면서 슬픔에 잠겨 혼잣말을 했다.
"아니야! 그분은 절대로 나쁜 사람이 아니었어. 그분은 자신을 선한 사람이라고 믿었고, 또 착한 사람이 되려고 애썼지. 누구보다 내가 잘 알고 있는걸. 하지만 모든 것이 변해 버렸어…… 날 사랑하지 않게 되면서부터……. 그분이 그렇게 변해 버린 것은 주변의 다른 사람들…… 그래, 다른 사람들…… 특히 포페아 때문이야!"
악테의 속눈썹이 눈물로 젖었다. 리기아는 푸른 눈으로 그런 악테의 모습을 물끄러미 바라보다가 입을 열었다.
"악테, 당신은 황제의 타락을 안타까워하고 계시는군요, 그렇죠?"
"네, 그래요." 그리스 여인이 목소리를 낮추어 대답했다.

악테는 두 손을 꽉 움켜쥐고는 아픈 가슴을 달래려는 듯 방안을 이리저리 서성이고 있었다. 리기아가 용기를 내어 물었다.

"악테, 당신은 아직도 황제 폐하를 사랑하고 있나요?"

"네, 그렇답니다……."

잠시 후 이렇게 덧붙였다.

"이 세상에 나 말고는 진심으로 그분을 사랑하는 사람이 없으니까요……."

침묵이 흘렀다. 그동안 악테는 심란해진 마음을 가라앉히기 위해 노력하고 있었다. 간신히 여느 때와 같은 슬픈 표정을 되찾고 차분한 어조로 말하기 시작했다.

"리기아, 이제 당신 문제에 대해 이야기합시다. 황제의 뜻을 거역하다니, 그런 생각은 꿈에도 하면 안 돼요. 그건 정신 나간 짓이에요. 어떻게든 마음을 가라앉히도록 하세요. 나는 이 궁전의 일은 낱낱이 알고 있어요. 우선 황제는 두려워하지 않아도 되겠어요. 황제가 자신을 위해 당신을 불러들였다면, 분명 이 팔라티움 궁전에 두지는 않았을 테니까요. 지금 황궁에서 매사를 좌지우지하는 사람은 포페아예요. 딸을 낳은 뒤에 황후의 세력은 더욱 커져서 황제조차 그녀의 손아귀에 쥐여살지요. 그래요, 네로 황제가 당신을 연회에 나오게 한 것은 분명하지만, 한번도 당신을 본 적이 없고 당신에 대해서 물어본 적도 없으니까 당신을 알 턱이 없죠. 그러니 틀림없이 당신과 관계된 일은 아닐 거예요. 어쩌면 아울루스와 폼포니아가 못마땅해서 당신을 빼앗아온 것인지도 모르겠군요. 페트로니우스가 당신을 잘 부탁한다는 편지를 보내왔고, 폼포니아 역시 내게 편지를 썼으니, 두 분 사이에 무슨 얘기가 오고 간 것은 아닐까요? 어쩌면 페트로니우스가 폼포니아의 부탁을 받고 내게 편지를 보낸 건지도 모르겠군요. 만일 페트로니우스가 폼포니아의 요청으로 이 일에 관여하고 있다면, 조금도 걱정할 것이 없어요. 그분이 말만 잘하면, 황제가 당신을 아울루스 장군 댁으로 돌려보낼 수도 있으니까요. 황제가 페트로니우스를 얼마나 좋아하는지는 모르겠지만, 그분의 의견에 반대하는 일은 거의 없거든요."

"하지만 악테!" 리기아가 대답했다. "내가 끌려오기 전에 페트로니우스가 우리 집에 오셨었어요. 어머니는 네로가 그분의 말을 듣고 나를 데려오라는 명령을 내렸다고 믿고 계시는 걸요."

"그렇다면 일이 어렵게 되었군요." 악테가 말했다.

그녀는 잠시 생각에 잠기더니 말을 이었다.

"어쩌면 페트로니우스가 황제와 만찬을 함께하면서 아울루스 장군의 집에 있는 리기 족의 인질을 봤다는 말을 했을지도 몰라요. 네로는 명예와 권위에 집착하는 사람이니까 인질은 자기에게 속해 있어야 한다고 생각해서 당신을 데려온 것 같네요. 게다가 황제는 아울루스와 폼포니아를 싫어하니까요……. 그래요, 틀림없어요! 만일 페트로니우스가 자신을 위해서 아울루스 장군으로부터 당신을 빼앗아온 것이라면, 그런 식으로 일을 처리하지는 않았을 거예요. 페트로니우스가 다른 조신(朝臣)들보다 더 선한 사람인지 아닌지는 모르겠지만, 최소한 그들과는 다른 점이 있는 분이지요. 어쩌면 그분 말고도 당신을 위해 힘써 줄 사람이 있을지도 모르겠군요. 아울루스 장군 댁에서 황제의 측근 중 누구를 만난 적은 없나요?"

"베스파시아누스와 티투스를 본 적이 있어요."

"하지만 황제는 그분들을 싫어하시는데……."

"세네카도요."

"세네카가 뭔가 권고하면, 황제는 꼭 그 반대로 일을 처리하곤 하죠."

"비니키우스도 만났어요."

리기아의 하얀 얼굴이 금세 붉게 물들었다.

"내가 모르는 분이군요."

"페트로니우스의 친척인데, 얼마 전에 아르메니아에서 돌아왔다고 하더군요."

"황제가 그분을 마음에 들어 할까요?"

"비니키우스라면 누구든지 좋아할 거예요."

"그분이 당신에게 도움이 될까요?"

"네, 틀림없이 그럴 거예요."

악테는 다행이라는 듯이 웃으며 말했다.

"당신은 오늘 밤 연회에서 그분을 만날 수 있을 거예요. 그러니 연회에 꼭 참석해야 해요. 무엇보다 그것은 황제의 명령을 따라야 하는 당신의 의무이기도 하니까요……. 의무를 등한시하는 건, 철부지 어린애들이나 하는 짓이죠. 당신이 아울루스 장군의 집으로 돌아가고 싶다면, 오늘 밤 연회에서 페트로니우스와 비니키우스에게 부탁할 기회를 꼭 잡아야 해요. 그 두 사람이 황제께 간청하면 당신은 반드시 집으로 돌아갈 수 있을 거예요. 만일 그들이 지금 여기 있다면, 황제의 초대에 응하지 않는 것은 정신 나간 짓이며, 죽음을 부르는 일이라고 말할 거예요. 물론 황제는 당신이 연회에 참석하지 않아도 눈치 채지 못할 수도 있지만, 무엄하게도 자신의 명령을 거역했다는 것을 알게 되는 날엔 당신은 살아남지 못할 거예요. 그러니 서둘러요, 리기아! 벌써부터 궁전 안이 소란스럽군요. 해가 지고 있어요. 곧 손님들이 몰려들 거예요."

"악테, 당신의 말이 옳군요." 리기아가 말했다. "당신의 충고에 따라 연회에 나가겠어요."

리기아가 연회에 참석하기로 결심한 데에는 비니키우스와 페트로니우스를 만나고 싶은 열망도 있었지만, 한편으로는 일생에 한 번쯤은 그런 연회에 가서 황제와 조신들, 저 유명한 포페아와 그 밖의 다른 미녀들, 그리고 온 로마에 소문이 자자한, 호화로운 궁궐 잔치를 구경하고 싶은 여자다운 호기심이 어느 정도 섞여 있었다. 리기아 자신도 자기 내면에 감추어진 본심을 제대로 파악하지는 못했다. 하지만 악테의 말이 구구절절 옳다는 것만큼은 명확하게 깨달았다. 연회에 참석해야 할 이유가 분명해졌고, 이성적인 판단이 마음속에 감추어진 바람을 부채질했기 때문에, 그녀는 더 이상 망설이지 않고, 연회에 참석하기로 결심했다.

악테는 리기아를 화장시키고 옷을 차려 입히기 위해 자신이 몸단장하는 향유실로 데리고 갔다. 궁전에는 수많은 여자 노예들이 있고, 악테에게 시중드는 노예도 여럿 있었지만, 악테는 이 처녀의 순진함과 아름다움에 감동을 받았으므로 직접 자기 손으로 몸단장을 해주고 싶은 마음이 들었다. 이 젊은 그리스 여인은 언제나 침울한 얼굴로 바오로의 서간문을 읽고 있음에도 불구하고, 세상 그 무엇보다 육체의 아름다움을 소중히 여기던 고대 헬레니즘의 정신이 아직도 자신의 내면에 고스란히 간직되어 있음을 문득 깨달았다. 리기아의 옷을 벗긴 악테는 마치 진주와 장미꽃으로 빚어낸 듯 날씬하면서도 완벽한 굴곡을 이룬 리기아의 눈부신 몸매를 보고 찬탄을 금치 못했다. 그녀는 몇 발자국 뒤로 물러서서 봄과 같이 싱그러운 리기아의 자태를 넋을 잃고 바라보았다.

"세상에, 리기아!" 그녀가 외쳤다. "당신은 포페아보다 백배는 더 아름답군요!"

리기아는 엄격한 폼포니아의 가정에서, 여자들만 있는 곳에서도 조신하게 행동해야 한다는 가르침을 받고 자란 처녀였다. 그래서 꿈결처럼 황홀한 아름다움과, 프락시테레스[3]의 작품처럼 조화로운 몸매를 지닌 이 처녀는 당황하여 얼굴을 붉히고는, 두 손으로 얼른 가슴을 가리고 두 무릎을 꼭 붙인 채 시선을 바닥으로 살며시 내리깔았다. 잠시 후 리기아가 재빨리 팔을 올려 머리에 꽂고 있던 핀을 빼면서 가볍게 고개를 흔들자, 풍성한 머리카락이 흘러내려 마치 외투처럼 그녀의 몸을 덮었다.

악테가 리기아에게 다가가 그녀의 윤기 있는 검은 머리카락을 매만지며 말했다.

"아, 머릿결이 비단같이 매끄럽군요. 이 위에 금가루는 뿌릴 필요가 없겠어요. 물결처럼 굽이치는 부분에는 이미 눈부신 광채가 흐르고 있으니까요. 여기 몇 군데만 살짝, 아주 조금만 뿌리면 완벽할 것 같네요. 윤기를 좀 더 밝게 강조하기 위해서 말이죠……. 이렇게 예쁜 처녀가 태어난 것을 보니, 리기 족의 나라는 분명 아름다운 곳이겠군요."

"저는 기억이 잘 나질 않아요." 리기아가 대답했다. "우르수스가 말하기를 그곳에는 온통 숲밖에 없대요."

"하지만 숲에는 꽃이 피는 법이죠."

악테는 향수 그릇에 두 손을 담가 리기아의 머리카락을 살

3) BC 4세기 아테네의 조각가.

며시 적셨다.

그런 다음 악테는 아라비아 산 향유를 리기아의 온몸에 마사지하듯 정성껏 바르고, 소매 없는 황금빛 튜닉을 입혔다. 그 위에다 눈처럼 흰 페플루스[4]를 입히기 전에 리기아를 잠시 헐렁한 실내용 가운 차림으로 의자에 앉혀놓고, 노예들을 시켜 그녀의 머리를 매만지게 했다. 그리고 멀찌감치 앉아서 노예들이 머리 손질을 제대로 하는지 꼼꼼히 지켜보았다. 두 명의 노예가 리기아의 발에 자줏빛 수가 놓인 하얀 구두를 신기고, 황금색 끈을 십자형으로 만들어 그녀의 발목에 묶어주었다. 머리 손질이 끝나자 악테는 리기아에게 우아한 주름이 잡힌 페플루스를 입히고, 진주 목걸이를 걸어주었다. 마지막으로 리기아의 머리카락에 금가루를 살짝 뿌린 다음, 악테는 노예들에게 자기에게도 옷을 입히라고 명했다. 옷을 입는 동안에도 악테는 감탄의 눈길로 리기아를 바라보고 있었다.

마침내 악테도 치장을 끝냈다. 정문 앞에 첫 번째 가마가 도착했을 무렵 두 여인은 측면의 지하 주랑으로 들어갔다. 그곳에서는 정문도, 안쪽 회랑도, 누미디아 산 대리석 기둥으로 둘러싸인 넓은 홀도 훤히 보였다.

우뚝 솟은 아치형의 문으로 들어오는 사람들이 점점 늘어나기 시작했다. 그 꼭대기에는 아폴로와 디아나를 태우고 하늘로 날아오르는 듯한 라드리가[5]의 웅장한 조상(彫像)이 있었는데, 그것은 리시푸스의 작품이었다. 리기아는 황홀한 광경에

---

4) 고대 그리스와 로마의 여성들이 어깨에 걸쳐 입던 주름을 잡아 길게 늘어뜨린 모직 상의.

5) 말 네 마리가 끄는 전차.

넋을 잃고서 아울루스의 검소한 저택은 까맣게 잊어버렸다. 때는 해가 서산으로 기울 무렵, 마지막 석양빛이 황색의 누미디아 대리석을 비추자, 바닥의 색조는 황금빛으로, 또 장밋빛으로 시시각각 바뀌었다. 다나이데스[6]를 비롯하여 다른 신이나 영웅들의 조상들 사이로 사람들의 무리가 마치 파도처럼 밀려왔다가 파도처럼 흩어졌다. 부드러운 주름을 발목까지 기다랗게 늘어뜨린 토가와 페플루스, 스톨라[7]를 차려입은 남녀노소의 모습은 노을빛에 물든 조각상들을 그대로 빼닮은 듯했다. 저 멀리 아직은 햇살을 받고 있으나, 가슴 아랫부분이 이미 원주의 그늘에 잠겨버린 거대한 헤라클레스의 조상이 손님들을 내려다보고 있었다. 악테는 폭이 넓은 토가에 색깔이 선명한 튜닉을 걸치고 반달 모양의 표지가 달린 신발을 신은 원로원 의원들과 기사들, 유명한 예술가들의 이름을 차근차근 알려주었다. 또한 로마의 전통 의상뿐만 아니라 그리스식이나 동양풍의 환상적인 의복을 차려입고, 머리를 탑 모양, 또는 피라미드 모양으로 틀어 올리거나, 아니면 여신의 조각상을 본떠 아래쪽에 붙잡아 매기도 하고, 꽃 장식을 달기도 한 로마 귀부인들의 이름도 가르쳐주었다. 악테가 수많은 남녀들의 이름을 일일이 말해 주고, 그들의 간단한 경력과 함께 간간이 숨겨진 무서운 과거까지 들려줄 때마다 리기아는 놀라움과 두려움으로 머리가 터질 것만 같았다. 그녀에게 그곳은 불가사의한 세계였다. 그 화려함은 눈을 즐겁게 해주었으나 그곳에 감춰진 갖가지 모순된 진실들은 아직 세상을 잘 모르는 어린

6) 이집트 왕자로 아르고스의 왕이 된 다나오스의 딸들로 모두 쉰 명.
7) 고대 로마에서 여성들이 입던 길고 헐거운 웃옷.

처녀에게 큰 충격이었다. 하늘을 뒤덮고 있는 노을이나, 멀리 아득하게 줄지어 서 있는 끝없는 원주의 행렬에서, 또한 조각상들을 닮은 사람들의 모습에서 언뜻 거대한 평화의 기운이 느껴졌다. 직선으로 높이 솟은 이 거대한 대리석 숲에서는 거룩한 신처럼 보이는 조신들이 근심 걱정 없이 태평스럽고 행복하게 살고 있다고 생각했었다. 그러나 악테의 나지막한 목소리는 그런 분위기와는 사뭇 다른, 궁전과 그곳에 살고 있는 사람들에 얽힌 놀라운 비밀을 하나하나 들추어내고 있었다.

"저 멀리 보이는 지하 주랑의 둥근 기둥과 돌바닥에는 아직도 시뻘건 핏자국이 남아 있답니다. 카시우스[8]의 단검에 찔려 쓰러진 칼리굴라 황제[9]가 흰 대리석 위에 쏟은 거지요. 그곳에서 그의 아내도 처참하게 살해당했고, 아들 또한 돌에 맞아 죽었답니다. 그리고 궁전 옆으로 날개처럼 이어진 성벽 아래 지하실에서는 소(小) 드루수스[10]가 배고픔에 못 이겨 자신의 손가락을 씹어 먹었다고 해요. 저쪽에서는 대(大) 드루수스[11]가 독살당했고요. 저곳은 게멜루스[12]가 공포로 몸부림치던 장소이고, 저기서는 클라우디우스[13]가 경련을 일으켰다고 전해지

---

8) 칼리굴라 황제 때 근위대장으로 황제 암살의 주모자.

9) AD 37-41년에 재위한 로마의 황제. 팔라티움 궁에서 암살당함.

10) 초대 황제 아우구스투스의 외손자인 게르마니쿠스의 아들. 황제는 티베리우스를 후계자로 정하면서 게르마니쿠스를 그 다음 후계자로 정했는데, 게르마니쿠스가 일찍 죽자 그의 아내인 아그리피나가 자기 아들을 황제로 즉위시키고자 음모를 꾸몄다가 티베리우스에 의해 가족 모두가 유배를 당했음. 특히 둘째 아들 드루수스 케사르는 황궁 지하실에 감금당했음.

11) 티베리우스의 아들. 장군이며 집정관. AD 23년에 급사함. 자기 아내인 리비아에게 독살당했다는 설도 있으나 기록에는 없음.

12) 티베리우스의 직계 손자. 3대 황제인 칼리굴라가 살해함.

며, 이쪽에서는 게르마니쿠스[14]가 울부짖었다고 합니다. 한마디로 벽이란 벽은 모조리 죽음의 비명과 신음 소리로 가득 찬 셈이죠. 오늘 값비싼 토가와 화려한 튜닉 차림에 꽃과 보석을 휘감고 부지런히 연회장에 몰려드는 저 사람들도 내일이면 당장 사형 선고를 받게 될지도 모르는 운명이죠. 지금은 웃고 있지만 그 속에 공포와 불안과 초조를 감추고 있는 사람이 한둘이 아닐 거예요. 겉으로는 월계관을 쓰고 한가하게 신선놀음하는 것 같지만, 실은 공포와 탐욕과 질투가 그 마음을 할퀴고 있을지도 모른답니다."

리기아는 너무 놀라서 악테의 이야기를 더 이상 듣고 있을 수가 없었다. 눈앞에 펼쳐진 휘황찬란한 세계는 점점 더 강하게 그녀의 눈길을 끌었지만, 마음은 겁에 질려 질식할 것만 같았다. 그녀의 가슴속에서는 불현듯 아울루스의 집과 사랑하는 폼포니아 그레키나에 대한 그리움이 솟아올랐다. 그곳에는 오직 사랑만 넘쳐흐를 뿐, 죄악의 어두운 그림자는 찾아볼 수 없었다.

그동안 아폴리니스 거리에서 손님들의 물결이 계속 밀려들었다. 문 밖에서는 주인을 따라온 노예들이 끼리끼리 모여 떠드는 소리가 들려왔다. 넓은 홀과 주랑에는 황제를 수행하는 남녀 노예들과 어린 종들, 궁전의 경호를 맡고 있는 근위대 병사들이 떼 지어 몰려 있었다. 흰 얼굴과 구릿빛 얼굴들 사이로 깃 달린 투구를 쓰고, 커다란 황금 귀걸이를 한 누미디

---

13) 로마의 4대 황제. 게르마니쿠스의 친동생.

14) 티베리우스의 양자. 로마의 장군으로 게르마니아를 정복했음. AD 19년에 사망.

아 인의 까만 얼굴도 눈에 띄었다. 하인들은 류트와 키타라[15]를 비롯하여 금과 은, 청동으로 만든 수제 등잔과, 늦가을이어서 야외에서 기른 꽃 대신 온실에서 재배한 꽃들을 부지런히 나르고 있었다. 사람들이 주고받는 이야기 소리가 점점 요란해지면서, 노을빛에 붉은 장미처럼 발그레하게 물들어 흐느끼듯 대리석 바닥을 향해 곤두박질치는 분수의 물소리와 뒤섞였다.

악테는 더 이상 아무 말도 하지 않았다. 그러나 리기아는 수많은 사람들 속에서 만나고 싶은 얼굴을 찾아 끊임없이 눈동자를 굴리고 있었다. 갑자기 그녀의 두 뺨이 붉게 상기되었다. 원주 사이로 비니키우스와 페트로니우스가 모습을 드러냈던 것이다. 토가 차림으로 대연회장을 향해 걸어가는 그들의 모습은 신들에게 흰옷을 입혀놓은 듯 아름답고 당당해 보였다. 낯선 사람들 틈에서 비니키우스를 발견한 순간, 리기아의 마음은 무거운 짐을 덜어낸 듯 가벼워졌으며, 외로움이 어느 정도 사라지는 것을 느꼈다. 조금 전까지만 해도 그녀를 사로잡았던 폼포니아와 아울루스에 대한 사무치는 그리움도 훨씬 수그러들었다. 비니키우스와 마주하고 이야기를 나누고 싶은 바람으로 리기아의 귀에 다른 소리는 더 이상 들어오지 않았다. 황제에 대한 온갖 끔찍한 이야기와 악테가 들려준 비화들, 폼포니아의 경고를 떠올려보려고 애썼으나 다 헛일이었다. 온갖 소문과 부정적인 이야기에도 불구하고, 그녀는 어느덧 자기가 이 연회에 참석하지 않으면 안 된다는 것, 실은 진심으로 참석하고 싶어 한다는 것을 깨달았다. 고귀한 신들에

---

15) 고대 그리스의 하프와 비슷한 악기.

게나 어울릴 것 같은 사랑과 행복에 대해 속삭여 주던 비니키우스의 다정하고 감미로운 이야기들, 아직도 노랫소리처럼 귓가에 맴도는 그 달콤한 목소리를 이제 곧 들을 수 있다는 생각에 리기아는 말할 수 없이 기뻤다.

한편으로 리기아는 그 기쁨이 두렵기도 했다. 어쩐지 자신에게 깨달음을 주었던 저 고결한 가르침과 폼포니아, 그리고 자기 자신을 배반하는 것 같은 생각이 들었기 때문이었다. 강제로 연회에 참석하는 것과 그 필연을 반기는 것은 엄연히 다르다는 자각과 함께, 갑자기 자신이 죄에 물든, 타락한 여자가 된 것만 같은 생각이 들어 깊은 절망감으로 울고 싶어졌다. 만약 그녀가 혼자였다면 그 자리에 주저앉아 가슴을 치면서 "내 탓이오, 내 탓이오!"[16]를 되풀이했을 것이다.

악테가 리기아의 손을 잡고 안채의 방들을 지나 거대한 연회장 안으로 안내했다. 그곳에 들어서자마자 리기아는 눈이 가물거리고, 귀가 먹먹해지면서 가슴이 두근거려 숨이 막힐 지경이었다. 그녀는 마치 꿈을 꾸듯 수많은 식탁과 벽에서 깜빡이고 있는 수천 개의 등불을 보았다. 멀리서 황제를 맞이하는 환호성이 아득하게 울려 퍼지자, 안개 속에 가려진 것처럼 희미하게 황제의 모습이 보였다. 박수갈채가 그녀의 귀를 마비시키고, 불빛은 그녀의 눈을 멀게 했으며, 자극적인 향기는 그녀를 취하게 했다. 악테가 자기를 식탁 앞에 앉히고, 곁에 앉았는데도 알지 못했을 정도였다.

얼마 후 어디선가 귀에 익은 나지막한 목소리가 들려왔다.

"안녕하십니까, 지상의 모든 처녀들과 천상의 모든 별들 중

---

16) 그리스도교인들이 미사 도중에 자신의 죄를 통회하는 문구.

에서 가장 아름다운 여인, 성스러운 칼리나여……."

리기아가 정신을 차리고 보니 자기 옆에 비니키우스가 서 있었다.

연회장에서는 편의상 토가를 입지 않는 관습 때문에 비니키우스는 토가를 벗고, 은실로 종려나무를 수놓은 소매 없는 진홍색 튜닉만 걸치고 있었다. 훤히 드러난 팔뚝의 윗부분에는 동양풍의 금팔찌 두 개를 끼고 있었고, 그 아래로는 정성을 기울여 털을 깎아낸 듯 매끄러운 피부에 윤기가 흐르고 있었다. 그러면서도 그 팔은 오로지 검과 방패를 위해서 만들어진 것인 양, 군인 특유의 잘 발달된 근육을 자랑하고 있었다. 머리에는 장밋빛 화관을 쓰고 있었으며, 코 위로 굴곡을 그리며 뻗은 눈썹과 매혹적인 눈빛, 햇볕에 적당히 그을린 얼굴은 청춘의 활력을 고스란히 드러내고 있었다. 처음의 놀라움은 어느 정도 진정되었으나, 비니키우스의 모습이 눈부신 나머지 리기아는 그가 건넨 인사에 간신히 한마디로 대답했다.

"안녕하세요, 마르쿠스……!"

비니키우스가 말했다.

"당신을 바라보고 있는 내 눈은 행복하도다! 피리나 키타라의 선율보다 더 낭랑한 당신의 음성을 듣고 있는 내 귀 역시 행복하도다! 만일 비너스와 당신 중에 한쪽을 택해야 한다면, 리기아, 나는 단연코 당신을 선택하겠나이다. 신성한 그대여!"

비니키우스는 리기아의 모습을 후회 없이 실컷 봐두겠다는 듯, 이글거리는 눈으로 뚫어지게 그녀를 응시했다. 그의 시선은 그녀의 얼굴에서 목으로, 다시 훤히 드러난 어깨로 미끄러져 내려가면서 그녀의 아름다운 자태를 부드럽게 어루만지고, 포옹하고, 탐미하였다. 그의 마음속에는 끓어오르는 정열과 행복, 한없는 경탄의 감정이 솟아올랐다.

"황제의 궁전에 오면 당신을 만나리라는 걸 알고 있었습니다." 비니키우스가 말했다. "그러나 막상 당신을 보니 예기치 않은 행운을 만난 것처럼 너무 기뻐서 내 영혼이 전율하고 있습니다."

정신을 가다듬은 리기아는 궁전에 있는 수많은 사람들 중에서 오로지 비니키우스만이 자기와 가까운 유일한 사람이라는 생각이 들어, 조금씩 마음을 열기 시작했다. 그녀는 지금 자기에게 일어나고 있는 이해할 수 없는 일들, 자기를 공포에 떨게 했던 갑작스러운 사건들에 대해 비니키우스에게 조목조목 물었다. 이 궁전에서 자기를 만나게 되리라는 걸 어떻게 알았으며, 도대체 자기가 왜 이곳으로 끌려오게 되었는지? 무엇 때문에 황제는 폼포니아의 품에서 자기를 빼앗아왔는지? 그러고는 이곳에 있으니 모든 것이 낯설고 무서워서 빨리 어머니의 품으로 돌아가고 싶다고 말했다. 만일 페트로니우스나 비니키우스가 자신의 귀가 문제를 황제에게 청해 주지 않는다면, 두려움과 가족에 대한 향수 때문에 죽을 것만 같다고 덧붙였다.

리기아가 궁전으로 끌려갔다는 소식은 아울루스에게서 들었다고 비니키우스가 대답했다. "당신이 왜 궁전에 와 있는지는 나도 모릅니다. 황제께서는 자기가 취한 조치나 명령에 대해서 일체 설명하는 법이 없으니까요. 그러나 두려워하지 마십시오. 나, 비니키우스가 이렇게 당신 곁에 있고, 언제나 당신을 지켜줄 테니까요. 당신을 볼 수 없다면 차라리 장님이 되기를 원하며, 당신을 잃느니 목숨을 버리는 것이 낫습니다. 당신은 내 영혼이니, 내 넋을 다 바쳐 당신을 지키렵니다. 내 집에 당신을 위한 제단을 만들어 신들을 찬양하듯 몰약과 알로에를 바치고, 봄이 되면 아네모네와 능금 꽃을 헌화하겠습니다."

비니키우스는 만일 궁전이 싫으면 더 이상 이곳에 머물지 않아도 되도록 힘써 주겠노라고 리기아에게 굳게 맹세했다. 비록 가끔씩 말을 얼버무리면서 적당히 둘러대기도 했지만, 리기아에 대한 비니키우스의 마음만은 진실했기에 그의 목소리에는 진심이 담겨 있었다. 비니키우스는 리기아에 대해 순수한 애정을 품고 있었다. 그래서 리기아가 감사를 표하며, 비니키우스의 선의를 폼포니아도 틀림없이 고맙게 생각할 것이고, 그녀 또한 평생토록 은혜를 잊지 않겠다고 말할 때는 영혼이 전율하는 듯한 벅찬 감동을 느꼈다. 비니키우스는 감격한 나머지, 이제부터 리기아의 바람을 거절하는 일은 절대 없을 것이라고 속으로 다짐했다. 그의 심장은 환희로 인해 녹아내리는 것 같았다. 리기아의 눈부신 미모가 모든 감각을 취하게 하면서, 비니키우스는 점점 더 강렬하게 그녀를 원하는 자신을 느꼈다. 그러나 한편으로 더할 나위 없이 고귀한 존재인 리기아를 신을 대하듯이 찬양하고 싶은 마음이 솟아올랐다. 비니키우스는 리기아의 어여쁜 모습에 도취된 자신의 심정을 더 이상 마음속에만 간직해 둘 수가 없었다. 연회가 점점 무르익어 가자 그는 리기아에게 더욱 가까이 다가앉으며, 마음 깊은 곳에서 우러나오는 찬미의 말들을 달콤하게 속삭였다. 그의 목소리는 마치 잔잔한 노랫소리처럼 부드러웠고, 포도주처럼 감미로웠다.

리기아는 황홀해졌다. 전부 낯선 사람들로 둘러싸인 이곳에서 리기아는 비니키우스가 전보다 더욱 가깝고 믿음직스럽게 생각되었고, 자신을 극진하게 대하는 그를 완전히 신뢰하게 되었다. 비니키우스는 리기아를 안심시켜 주었고, 황제의 궁에서 구출해 주겠다고 약속했다. 앞으로 무슨 일이 있어도 절대로 그녀를 놓치지 않을 것이며, 그녀를 지켜주겠다고 다짐했다. 며칠 전 아울루스의 집에서 일반적인 남녀 간의 사랑에 대해, 그리고 그 사랑이 가져다주는 행복에 대해 이야기한 적이 있었지만, 자기가 사랑하는 사람은 바로 리기아이며 자기에게 가장 소중한 존재 또한 그녀라는 사실을 지금 비로소 고백한 것이다. 리기아가 남자의 입에서 그런 말을 듣는 것은 처음이었다. 비니키우스의 말을 듣는 순간 리기아는 자신의 내부에서 꿈에서 깨어난 듯 뭔가 새로운 감정이 눈을 뜨고, 한없는 기쁨과 정체 모를 불안이 뒤섞인 짜릿한 행복감이 자신을 사로잡는 것을 느꼈다. 볼이 달아오르고, 가슴이 두근거렸으며, 경이로움으로 입술이 반쯤 벌어졌다. 그녀는 그런 사랑의 밀어들이 두려우면서도 어쩐지 한 마디도 놓치고 싶지 않았다. 시선을 아래로 떨어뜨리고 조용히 비니키우스의 말에 귀 기울이던 리기아는 가끔씩 '말씀을 계속하세요.' 라는 듯 부끄러워하면서, 해맑은 눈동자로 비니키우스를 바라보았다.

떠들썩한 이야기 소리, 울려 퍼지는 음악 소리와 꽃향기, 아라비아 산 향내에 취해 리기아의 정신은 점점 아득해졌다. 아울루스의 집에 있을 때 리기아는 식탁에서 언제나 폼포니아와 어린 아울루스 사이에 앉았다. 그런데 지금은 젊고, 건장하며, 빼어난 용모에 정열적인 비니키우스가 바로 곁에 앉아 있다. 그녀는 자기를 향해 용솟음치는 젊은이의 열정을 생생하게 느끼며 수줍음과 환희를 동시에 맛보았다. 마치 졸음처럼 밀려드는 나른한 무력감, 꿈속을 헤매는 듯한 황홀한 환각이 그녀를 엄습해 왔다.

리기아가 바로 옆에 있다는 사실은 비니키우스에게도 자극이 되었다. 얼굴빛이 갈수록 창백해지고, 동방에서 데려온 말처럼 콧방울이 부풀어올랐다. 심장은 튜닉 속에서 격렬하게 고동쳤고, 호흡이 점점 가빠져 말을 더듬기 시작했다. 그도 그럴 것이 그녀의 곁에 이렇게 가까이 앉아보는 것은 처음이었기 때문이다. 머리가 혼란해지고, 혈관이 불에 타는 듯 뜨거웠다. 그는 포도주로 그 열기를 식혀보려고 했으나 헛일이었다. 리기아의 아름다운 얼굴, 드러난 팔, 황금빛 튜닉 아래에서 물결치는 처녀의 가슴, 새하얀 페플루스 자락에 감싸인 그녀의 우아한 자태가 포도주보다 훨씬 강하게 그를 취하게 했다. 비니키우스는 지난번 아울루스의 집에서 그랬듯이 리기아의 손목을 잡아 쥐고 가까이 끌어당기면서 떨리는 입술로 속삭였다.

"당신을 사랑합니다, 칼리나……. 나의 여신이여!"

"이 손 놓으세요, 마르쿠스!" 리기아가 말했다.

그는 안개가 낀 듯 몽롱한 눈으로 다시 한 번 말했다.

"나의 여신이여! 부디 나를 사랑해 주오!"

바로 그때 리기아의 다른 쪽 옆에 앉아 있던 악테의 목소리가 들려왔다.

"황제께서 당신들을 보고 계십니다."

비니키우스는 황제와 악테에게 화가 났다. 그녀가 갑자기 끼어들었기 때문에 한껏 무르익은 분위기가 무참히 깨져 버렸던 것이다. 사랑에 취한 젊은이에게는 아무리 호의적인 충고라 해도 결정적인 순간에 끼어들면 쓸데없는 참견이라고 생각될 수밖에 없었다. 더구나 비니키우스는 자기와 리기아의 대화를 악테가 고의로 방해했다고 오해하고 있었다.

비니키우스는 머리를 들고 리기아의 어깨 너머로 여전히 미모와 젊음을 유지하고 있는 아름다운 해방노예를 노려보며 퉁명스럽게 말했다.

"악테, 당신이 연회에서 황제 곁에 앉았던 것은 이미 옛날 일입니다. 당신은 시력이 매우 좋지 못하다고 하던데, 어떻게 황제의 얼굴을 볼 수 있다는 거요?"

악테가 서글픈 목소리로 대답했다.

"그래도 저는 황제를 볼 수 있답니다. 황제도 저와 마찬가지로 근시입니다만, 에메랄드 구슬을 통해 당신들을 보고 계십니다."

네로의 일거수일투족은 그의 측근들에게까지 경계심을 품게 했으므로 비니키우스 또한 신경이 쓰였다. 그는 정신을 차리고 황제가 있는 쪽을 슬쩍 바라보았다. 리기아는 연회가 시작될 무렵에 안개 저편의 먼 곳을 바라보듯이 어렴풋이 황제를 보았을 뿐, 그 후로는 곁에서 속삭이는 비니키우스의 말에 열중해서 황제나 다른 사람들에게 관심을 가질 겨를이 없었다. 그러나 지금은 호기심과 두려움이 되살아나서 황제가 있는 쪽으로 눈길을 던지지 않을 수 없었다.

악테의 말은 사실이었다. 황제는 식탁 옆에 비스듬히 누워서 한쪽 눈을 가늘게 뜨고, 다른 쪽 눈에는 평소에 애용하는, 동그란 에메랄드 구슬을 갖다 대고 자기들 쪽을 보고 있었다. 순간적으로 황제와 리기아의 시선이 마주쳤다. 그러자 처녀의 가슴이 덜컥 내려앉았다. 어렸을 때 시칠리아에 있는 아울루스의 별장에 가면 늙은 이집트 여종이 깊은 산속에 살고 있다는 무시무시한 용의 이야기를 들려주곤 했는데, 지금 그 용이 초록빛 눈으로 자신을 노려보고 있는 것만 같았다. 리기아는 겁에 질린 아이처럼 자기도 모르게 비니키우스의 손을 꼭 쥐었다. 머릿속이 갑자기 혼란스러워졌다. 저 사람이 황제란 말인가! 무섭고도 전능하다는 바로 그 사람이란 말인가! 리기아는 지금껏 그를 본 적이 없었으나 지금 보고 있는 사람과는 다른 얼굴을 상상하고 있었다. 예컨대 전형적인 폭군이나 악당의 심술궂은 얼굴을 생각하고 있었는데, 굵은 목 위에 다부지게 얹혀 있는 커다란 두상은 다소 엽기적이기는 했지만, 그녀의 예상과는 영 딴판이었던 것이다. 멀리서 본 황제의 얼굴은 어린아이 같기도 하고, 익살스러운 느낌도 자아냈다. 황제를 제외한 보통 사람들에게는 금지되어 있는 자수정 빛깔의 튜닉이 그의 짤막하고 넓적한 얼굴에 푸르스름한 광채를 드리우고 있었다. 검은 머리카락은 오토가 유행시킨 스타일을 좇아 네 가닥으로 나누어 곱슬곱슬하게 다듬어져 있었다. 얼마 전 주피터 신에게 봉헌했기 때문에 네로의 턱에는 수염이 없었다. 로마 사람들은 그 헌납에 대해 겉으로는 황제에게 감사를 표했으나, 뒤에서는 가문의 혈통 때문에 수염이 붉어서 아까워할 이유가 없으므로 기꺼이 바친 것이라고 몰래 수군거렸다. 눈썹 위로 불룩하게 튀어나온 이마는 어떻게 보면 당당한 위엄이 느껴지기도 했다. 유난히 좁은 미간에는 자신의 지배력을 과시하는 듯한 자신감이 역력히 드러나 있고, 이마 아래로는 원숭이 같기도 하고, 주정뱅이나 광대처럼 보이기도 하는 기묘한 얼굴이 있었다. 신처럼 추앙받는 그 사내의 얼굴에는 변덕스럽고 허황된 탐욕의 빛이 가득했고, 아직 젊은 나이임에도 불구하고 기름기가 흐르고 있어 병적이고 불결해 보이기까지 했다. 그런 황제의 모습은 두려움과 함께 혐오감을 자아냈다.

잠시 후 황제는 에메랄드 구슬을 내려놓고, 리기아에게서 시선을 거두었다. 바로 그때 리기아는 황제의 튀어나온 푸르스름한 눈동자를 똑똑히 볼 수 있었다. 죽은 사람의 눈처럼 총기가 없고, 흐리멍덩한 그 눈은 사방에서 쏟아지는 밝은 빛이 눈에 부신 듯 어쩔 줄 몰라 하며 껌뻑거리고 있었다.

황제는 페트로니우스 쪽을 돌아보며 말했다.

"저 여자가 바로 비니키우스가 반했다는 그 인질인가?"

"네, 그렇습니다." 페트로니우스가 대답했다.

"어느 인종이지?"

"리기 족이옵니다."

"비니키우스는 저 여자를 미인이라고 생각한단 말이지?"

"썩은 올리브 나무줄기에 여자의 페플루스만 걸쳐놓아도 아름답다고 생각할 위인이 바로 비니키우스입니다. 그러나 남다른 미적 감각을 소유하고 계신 폐하의 용안을 뵈오니, 이미 폐하께서 어떤 평가를 내리셨는지 너무나 잘 알 것 같습니다. 굳이 말씀하실 필요도 없으십니다. 네, 그렇습니다! 저 여자는 너무 말랐습니다. 그녀의 얼굴은 마치 바싹 마른 줄기에 붙어 있는 양귀비꽃 같지 않습니까? 신과 같은 탁월한 심미안을 지니신 폐하께서는 여자의 균형 잡힌 몸매를 중요하게 여기신다는 것을 알고 있습니다. 그것은 천만 번 옳은 생각이십니다. 육체를 뺀 얼굴만으로는 아무 의미가 없는 법이니까요. 폐하를 모시면서 늘 여러 가지 가르침을 받고 있지만, 아직은 폐하처럼 한눈에 만사를 꿰뚫어 보는 탁월한 안목은 가지지 못했습니다. 이 자리에 있는 툴리우스 세네키오와 그의 연인을 걸고 드리는 말씀이지만, 비록 지금은 향연이 한창이라 모두들 자리에 앉아 있어 전신(全身)이 어떤지 평가하기는 곤란하다 해도, 아마 폐하께서는 첫눈에 이렇게 생각하셨을 겁니다. '저 계집애는 엉덩이가 너무 작구나.'라고요."

"그래, 엉덩이가 너무 작구나." 네로는 눈을 지그시 감으며 맞장구를 쳤다.

페트로니우스의 입가에 희미한 미소가 번졌다. 그러자 툴리우스 세네키오가 갑자기 페트로니우스를 돌아보았다. 세네키오는 아직까지도 무조건 꿈을 신봉하는 베스티누스를 비웃으며, 한창 이야기에 열중하던 중이었다. 그래서 황제와 페트로니우스가 무슨 말을 하고 있는지도 모르면서 무턱대고 이렇게 말했다.

"당신 말은 틀렸소. 나는 폐하의 말씀이 옳다고 생각하오."

"어허, 그런가!" 페트로니우스가 대답했다. "방금 폐하께 당신에게는 그래도 최소한의 이성은 있는 것 같다고 말씀드렸더니, 폐하께서 당신이야말로 어리석은 당나귀 그 자체라고 말씀하셨소."

"페트로니우스의 승리다!" 네로는 웃음을 터뜨리면서 엄지손가락을 아래로 내렸다. 이것은 경기장에서 검투사가 쓰러졌을 때, 그를 죽여 끝을 내라는 신호로 사용하는 동작이었다.

베스티누스는 아직도 꿈 이야기가 계속되고 있는 것으로 착각하고, 큰 소리로 말했다.

"난 꿈을 믿고 있소. 세네카도 언젠가 꿈을 신봉하고 있다고 내게 말한 적이 있어요."

그러자 칼비아 크리스피닐라가 식탁으로 몸을 기울이며 말했다.

"그래요? 간밤에 나는 베스타[17]의 제사[18]가 된 꿈을 꾸었는걸요.”

이 말에 네로가 손뼉을 치자 모두들 따라 했다. 그러자 장내에는 잠시 동안 박수 소리가 울려 퍼졌다. 크리스피닐라는 남편을 여러 차례 바꾼 여자로 그녀의 난잡한 품행은 온 로마 시내에 소문이 자자했기 때문이다.

그러나 그녀는 조금도 부끄러워하지 않고 말했다.

“아니, 그게 뭐가 어때서들 그러시나요? 베스타의 여제사들은 하나같이 늙고 못생겼는걸요. 그나마 사람 꼴을 갖춘 건 제사장인 루브리아뿐이니, 저까지 합해서 겨우 둘밖에 안 되는 셈이군요. 하긴 루브리아도 여름철에는 얼굴이 온통 여드름투성이지만 말예요.”

그 말을 듣고 페트로니우스가 말했다.

“실례인 줄 아옵니다만, 더없이 순결한 칼비아여! 당신이 베스타의 여제사가 된 것은 현실이 아니라 꿈속에서였다는 걸 잊어서는 안 되오.”

“하지만 폐하께서 저더러 제사가 되라고 명하신다면?”

“그렇다면 얼토당토않은 꿈도 현실이 될 수 있다는 말을 믿을 수 있을 것 같소.”

페트로니우스가 대답했다.

“꿈은 반드시 이루어지는 법. 신을 믿지 않는 사람들은 이해할 수 있어도, 어떻게 꿈을 믿지 않을 수 있단 말이오?”

베스티누스가 끼어들었다.

네로가 물었다. “예언은 어떤가? 언젠가 짐은 로마가 멸망

---

17) 불과 화덕의 여신.

18) 베스타에게 몸을 바친 처녀들로 평생 정절을 맹세하고 불을 지켰음.

한다느니, 내가 동방까지 지배하게 된다느니 하는 예언을 들은 적이 있거든."

베스티누스가 대답했다. "예언과 꿈은 관계가 깊습니다. 예전에 의심이 많기로 유명한 어떤 지방 총독이 있었는데, 어느 날 그가 노예에게 밀봉한 서신을 들려서 모프수스의 신전으로 참배를 보냈습니다. 그러고는 편지에 적힌 질문에 신이 답할 수 있는지 없는지를 시험하기 위해, 노예에게 절대로 편지를 개봉하지 말라는 명령을 내렸습니다. 꿈의 계시를 듣기 위해 신전에 갔던 종은 하룻밤을 묵고 돌아와서 이렇게 말했습니다. '꿈속에 태양처럼 빛나는 한 젊은이가 나타나서 '검은색' 이라는 한마디의 말만 남기고 사라졌습니다.' 총독은 이 말을 듣더니 얼굴이 하얗게 질려서 자기와 마찬가지로 회의론자인 손님들을 향해 이렇게 물었습니다. '여러분, 그 편지에 뭐라고 써 있는지 아십니까?'"

이 대목에서 베스티누스는 잠시 말을 멈추고 잔을 들어 포도주로 목을 축였다.

"뭐라고 씌어 있었습니까?" 세네키오가 물었다.

"그 편지에는 이렇게 적혀 있었습니다. '제물로 바칠 소는 흰 소로 할까요, 검은 소로 할까요?'"

베스티누스의 이야기로 분위기가 한창 무르익으려는 찰나, 이미 어디선가 거나하게 취한 상태로 좌중에 끼어든 비텔리우스가 경박하게 큰 소리로 웃음을 터뜨려 흥을 깨고 말았다.

"뭐야, 저 뚱보는 왜 저렇게 웃는 거지?" 네로가 물었다.

"웃음은 인간과 짐승을 구별시켜 주거든요." 페트로니우스가 말했다.

"비텔리우스는 자기가 돼지가 아니란 것을 달리 증명할 방법이 없기 때문에 저렇게 웃는 거랍니다."

비텔리우스는 웃음을 멈추고 소스와 기름으로 번들거리는 입술을 핥으며, 낯선 사람들을 보듯 새삼스럽다는 표정으로 좌중을 둘러보았다. 그러고는 방석처럼 포동포동 살진 손을 들어 올려 보이며, 귀에 거슬리는 쉬어터진 목소리로 말했다.

"아버지께서 물려주신 기사의 반지가 손가락에서 빠져버렸습니다."

"네 아비는 제화공이었지." 네로가 빈정댔다.

그의 말이 끝나기 무섭게 비텔리우스가 또다시 뜬금없이 웃음을 터뜨리며 칼비아 크리스피닐라의 페플루스에 손을 넣어 반지를 찾기 시작했다.

그러자 옆에 있던 바티니우스가 겁에 질린 아낙네의 비명을 흉내 내며 신음 소리를 냈다. 칼비아의 친구이자 어린애 같은 얼굴에 음탕한 눈빛을 지닌 니기디아라는 과부가 큰 소리로 말했다.

"잃어버리지도 않은 걸 찾고 있구먼 그래."

"설사 찾아낸다 해도 아무 짝에도 쓸모가 없을 텐데 말이야."

시인인 루카누스가 결론을 내렸다.

연회는 점점 흥이 올랐다. 노예들은 줄을 지어 새로운 요리들을 쉴 새 없이 날랐다. 눈[雪]에 묻어놓고, 담쟁이덩굴을 감아놓은 여러 개의 술독에서 갖가지 종류의 술을 끊임없이 퍼왔다. 모두들 실컷 마시고 마음껏 즐겼다. 이따금 천장에서 손님들의 머리 위로 장미 꽃잎이 흩날려 떨어졌다.

페트로니우스는 네로에게 사람들이 더 취하기 전에 시를 낭송하여 연회의 품격을 높여주십사고 청했다. 수많은 목소리가 이 말에 동의를 표했으나, 네로는 뜻밖에도 정중히 사양했다.

용기와 기백은 네로에게 언제나 부족했으므로 페트로니우스의 제안을 거절한 것은 용기가 없어서가 아니었다. 네로는 변명을 늘어놓기 시작했다. 자신이 시 낭송을 할 때마다 고민이 이만저만이 아니라는 것은, 신들도 잘 아실 것이다. 자신은 예술을 위해 헌신하는 것이야말로 자기에게 부여된 가장 중요한 사명이라고 여겨왔고, 지금껏 주어진 기회를 회피한 적은 한번도 없다. 아폴로[19]가 자기에게 아름다운 목소리를 내려준 이상, 그 선물을 보람 있게 써야 마땅하며, 시 낭송이야말로 국가를 위한 자신의 신성한 의무라고 여기고 있다는 말도 했다. 그러나 지금은 정말로 목이 쉬어 있었다. 전날 밤 내내 납덩이에 눌린 듯 체증이 있었는데 아직까지 가시지 않았던 것이다. 그래서 시원한 바다 공기를 마시기 위해 안티움[20] 해변에라도 가볼까 생각하던 중이었다.

그러자 루카누스가 예술과 인류의 이름을 들먹이며 황제에게 간청을 하기 시작했다. 위대한 시인이며 성악가인 폐하께서 이번에 새로 「비너스 찬가」를 지으셨다는 것을 모르는 사람이 없으며, 그에 비하면 루크레티우스[21]의 시 따위는 한낱 새끼 늑대의 흐느낌에 지나지 않는다는 것이었다. 이 연회가 진정한 의미를 갖기 위해서는 인자하신 폐하께서 조신들에게 이렇게 큰 실망감을 안겨줘서는 안 된다고 간언했다.

"폐하, 가혹한 처사를 거두어주십시오."

그러자 가까이 있던 모든 사람들이 일제히 "가혹한 처사를

---

19) 제우스와 레토의 아들로 시와 음악, 젊음과 태양의 신.

20) 로마에서 남쪽으로 50킬로미터 떨어진 해안 도시.

21) BC 1세기 로마의 최고 시인.

거두어주십시오!"라고 소리쳤다.

네로는 어쩔 수 없다는 듯 승낙의 표시로 양손을 벌렸다. 그러자 모두의 얼굴에 감사의 빛이 떠올랐고, 모든 시선이 일제히 황제에게로 집중되었다. 네로는 낭송을 시작하기 전에 자기가 낭송을 한다는 것을 포페아에게 알리라고 명했다. 그러고는 손님들에게 포페아는 몸이 좋지 못해 연회에 나오지 못했는데, 자기의 노래만큼 좋은 묘약이 없으므로 그녀가 이 자리에 참석치 못해 그 기회를 놓치게 된다면 심히 유감스러울 것이라고 말했다.

잠시 후 포페아가 서둘러 나타났다. 그녀는 네로를 마치 부하처럼 쥐고 흔들어왔으나, 가수로서, 전차 경주 선수로서, 또 시인으로서의 자존심만큼은 건드려서는 안 된다는 사실을 명심하고 있었다. 연회장에 들어선 포페아는 네로와 똑같은 자수정빛 가운을 입고, 마시니사[22]로부터 빼앗아온 커다란 진주 목걸이를 하고 있었는데, 마치 여신처럼 아름다운 모습이었다. 밝은 금발에 매력적인 몸매를 유지하고 있는 그녀는 두 번이나 이혼한 경력이 있음에도 불구하고, 얼굴이나 눈빛이 마치 처녀 같았다.

사람들은 환호로 그녀를 반기면서 "성스러운 황후!"라고 외쳤다. 리기아는 지금껏 이렇게 어여쁜 여인을 본 적이 없었다. 포페아 사비나라면 세상에서 가장 사악한 여자로 알려져 있지 않은가. 그런데 저렇게 눈부시게 아름답다니. 리기아는 자신의 두 눈을 믿을 수가 없었다. 폼포니아로부터, 그리고 아울루스 가문을 찾아오는 여러 손님들과 군인들로부터, 포페

22) 누미디아 족의 왕.

아가 네로를 충동질하여 그의 어머니와 아내를 살해하도록 했다는 이야기를 수없이 들었던 것이다. 밤마다 사람들이 그녀의 조각상을 깨부수고, 발각당하는 날엔 엄벌에 처해지는 데도 불구하고 매일 아침 도시의 성벽에서는 그녀를 비방하는 낙서가 발견된다는 말도 들었다. 그리스도교인들에게는 죄와 악의 화신으로 불리는 악명 높은 포페아도 가까이에서 보니 마치 하늘의 천사나 천상의 영혼처럼 아름답기 그지없었다.

"아, 마르쿠스! 진짜로 저분이 포페아인가요?"

비니키우스는 리기아가 여기저기 정신이 팔려 자기가 아닌 다른 것에 신경 쓰는 것이 싫어서, 술잔을 들어 올리며 퉁명스럽게 말했다.

"네, 맞아요. 그녀가 미인인 것은 틀림없지만, 당신은 그녀보다 백배는 더 아름답습니다. 당신은 자신을 너무 모르고 있어요. 스스로의 가치를 알게 되면 필경 나르시스처럼 자신의 모습에 도취될 것이오……. 포페아는 당나귀 젖으로 목욕을 한다지만, 당신은 아마도 비너스가 손수 자신의 젖으로 목욕을 시켜주는 게 틀림없소. 당신은 자신의 진가를 제대로 모르는군요. 내 사랑스러운 눈동자여! 저 여인을 보지 말고, 나를 봐요. 내 사랑스런 눈동자여! 이 술잔에 당신의 입술을 대십시오. 그러면 나 역시 거기에 내 입술을 갖다 댈 테니……."

비니키우스가 점점 가까이 다가오자 그녀는 악테가 앉아 있는 쪽으로 물러났다. 마침 그때 황제가 일어섰으므로 조용히 하라는 소리가 들려왔다. 가수인 디오도르가 델타[23]를 황제에게 건네주었다. 그러자 가수 테르프노스가 반주를 하기 위해 나블리움[24]을 들고 황제 곁으로 다가갔다. 네로는 식탁 위에 델타를 내려놓더니 묵묵히 천장을 쳐다보았다. 연회장은 잠시 동안 물을 끼얹은 듯 조용해졌다. 이따금씩 천장에서 꽃잎이 살랑대며 떨어지는 소리만 들릴 따름이었다.

황제는 「비너스 찬가」를 부르기 시작했다. 그것은 노래라기보다는 두 가지 악기의 선율에 맞춰 운율에 따라 노래하듯 시를 낭송한다는 표현이 더 적절했다. 목소리가 다소 탁하긴 했지만 듣기 싫을 정도는 아니었고, 시의 내용도 그런 대로 괜찮았기에 가엾은 리기아는 또다시 양심의 가책에 시달려야만 했다. 비록 그 찬가는 방탕한 사교의 여신인 비너스를 찬미하고 있었지만, 리기아의 귀에는 꽤 그럴듯하게 들렸던 것이다. 게다가 월계관을 쓴 황제의 모습도 연회가 시작되었을 때보다는 덜 무섭고, 덜 흉하게 느껴졌고, 오히려 위엄 있고 당당해 보이기까지 했다.

청중들은 우레와 같은 박수를 보냈다. “오, 천상의 목소리여!”라는 외침이 여기저기서 들려왔다. 몇몇 여인들은 감격의 표시로 두 손을 높이 쳐들기도 하고, 눈물을 흘리는 사람도 있었다. 연회장은 벌집을 쑤셔놓은 듯 들끓고 있었다. 포페아는 금발의 머리를 숙여 네로의 손에 입을 맞춘 자세로 한동안 꼼짝도 하지 않았고, 그리스 태생의 절세의 미소년인 피타고라스는 네로의 발 앞에 무릎을 꿇었다. 이 소년은 훗날 네로가 거의 실성한 상태에서 그와 정식으로 예를 갖추어 결혼식을 올리게 된다.

하지만 정작 황제가 열심히 바라보는 건 페트로니우스였다. 네로는 페트로니우스의 찬사를 무엇보다 고대하고 있었다. 드

23) 삼각형의 공명판으로 된 류트.

24) 10 또는 12현금.

디어 페트로니우스가 입을 열었다.

"곡에 대해서 말씀드리자면, 오르페우스도 이 순간에는 여기 있는 루카누스처럼 질투심에 사로잡혀 얼굴이 누레질 정도이며, 시 또한 조금이라도 서툴렀으면 좋았으리라는 생각이 듭니다. 만약 그랬다면 감히 제가 이 뛰어난 시에 걸맞은 적당한 찬사의 말을 찾을 수 있었을 테니까요."

루카누스는 질투의 본보기로 자신을 부정적으로 언급했음에도 불구하고, 페트로니우스에게 감사의 눈짓을 보냈다. 그러고는 짐짓 낭패스럽다는 시늉을 해 보이며 말했다.

"이런 뛰어난 시인과 같은 시대에 태어났으니, 이 무슨 저주받은 운명이란 말인가. 그렇지 않았으면 나도 세상 사람들의 기억 속에 살아남아 파르나수스 산[25]에 모셔질 수 있을 텐데……. 지금의 내 처지는 밝은 태양 앞의 희미한 촛불처럼 초라하기 짝이 없구나."

놀랄 만큼 기억력이 좋은 페트로니우스는 「비너스 찬가」를 군데군데 되풀이하기도 하고, 시구를 하나씩 인용해 가며 훌륭한 표현에는 적절한 찬사를 늘어놓기도 했다. 루카누스는 한술 더 떠서 마치 그 시의 출중함 때문에 조금 전의 질투심 따위는 다 잊었다는 듯이 페트로니우스의 말이 끝날 때마다 자신의 감흥을 덧붙이곤 했다. 순간 네로의 얼굴에는 만족스러우면서도 허영심에 가득 찬 기색이 역력했는데, 그 멍청한 얼굴은 우매한 인간의 표본같이 보였다. 네로는 페트로니우스와 루카누스에게 두 사람이 찬사를 보낸 구절은 자신도 가장

25) 그리스 본토에 있는 산. 아폴로와 시의 여신들이 살던 곳으로 알려져 있음.

만족스럽게 생각하는 대목이라고 말하고는 루카누스를 위로하려 들었다. 사람의 재능은 타고나는 것이라 어쩔 수 없으니 용기를 잃지 말라면서, 사람들이 주피터를 숭배한다고 다른 신들에게 경의를 표하지 않는 것은 아니라고 말했다.

이윽고 네로는 포페아를 배웅하기 위해 자리에서 일어났다. 황후가 몸이 불편하여 연회장을 떠나고 싶어 했던 것이다. 황제는 다른 손님들에게 자리에 앉으라고 명하고, 곧 돌아오겠다고 말하며 황후와 함께 사라졌다. 그리고 잠시 후에 연회장으로 돌아왔다. 향을 피우고 그 향내를 음미하면서 페트로니우스와 티겔리누스가 연회를 위해 마련한 구경거리를 감상하기 위해서였다.

또다시 시가 낭송되고 대화가 이어졌으나 재치와 해학은 찾아볼 수 없고, 엉뚱하고 저속한 내용들이 줄을 이었다. 무언극의 달인인 파리스가 등장하여 이나쿠스의 딸 이오의 연애담을 무용으로 보여주었다. 손님들 가운데 유일하게 그런 구경을 처음 하는 리기아에게는 동작 하나하나가 마치 기적이나 마술을 부리는 것같이 보였다. 파리스는 손과 몸을 움직여 춤으로는 도저히 묘사할 수 없을 것만 같은 내용을 섬세하게 표현해 내고 있었다. 그의 두 손이 공기를 휘저으며 마치 농염한 여인의 몸이 황홀경에 전율하듯, 노골적으로 달아오른 분위기를 연출해 냈다. 그것은 춤이 아니라 그대로 그림이었다. 은밀한 사랑의 행위를 고스란히 펼쳐 보이는 선명하고, 신비스러우며, 적나라한 한 폭의 그림이었다. 파리스의 차례가 끝나자 이번에는 가무단이 등장했다. 그들은 시리아의 무희들과 함께 키타라와 피리, 북과 징의 연주에 맞춰 괴성을 지르며 음탕한 동작으로 주신(酒神)의 춤을 추기 시작했다. 리기아는 타오르는 불꽃이 자신의 몸을 삼킬 것만 같았고, 심지어는 궁전에 벼락이 떨어지거나, 연회장에 있는 사람들의 머리 위로 천장이 무너져 내리지 않을까 하는 불안감에 사로잡혔다. 하지만 바닥으로 떨어지는 것은 천장에 쳐놓은 황금빛 그물 장식 사이로 이따금씩 쏟아져 내리는 장미 꽃잎밖에는 아무것도 없었다.

어느덧 거나하게 취한 비니키우스가 리기아에게 말했다.

"아울루스 장군 댁 샘터에서 당신을 처음 본 순간부터 나는 당신을 사랑하게 되었소. 새벽녘이라 당신은 아무도 보고 있지 않을 것이라고 생각했겠지만, 나는 당신을 똑똑히 바라보고 있었소. 비록 지금은 페플루스 자락에 감추어져 있지만, 나는 지금 이 순간에도 그때와 똑같이 아름다운 당신의 몸매를 보고 있소. 자, 크리스피닐라처럼 예복을 벗어요. 보시오! 신들도 인간도 모두 사랑을 구하고 있잖소? 지금 이 순간 세상에 사랑 외에는 아무것도 없어요! 자, 내 가슴에 머리를 기대고 눈을 감아요."

손목과 관자놀이에서 맥박이 거세게 뛰면서 리기아는 불현듯 자신의 몸이 수렁 속으로 빨려 들어가는 것 같은 느낌이 들었다. 조금 전까지만 해도 그처럼 다정하고 믿음직스럽게 여겨지던 비니키우스가 자기를 구해 주기는커녕 오히려 그 깊숙한 수렁으로 자기를 끌고 들어가려 하고 있었다. 그러자 리기아는 비니키우스가 원망스러워졌다. 그녀는 이 연회와 비니키우스, 그리고 자기 자신에 대해서 점차 회의를 느끼기 시작했다. 폼포니아의 목소리와 비슷한 어떤 목소리가 자기의 영혼 안에서 "리기아, 조심해!"라고 속삭이는 것 같았다. 그와 동시에 "이제는 너무 늦었다."는 또 다른 소리가 그녀의 내부에서 울려 퍼졌다. 이미 정염을 맛보았고, 이 향연에서 모든 것을 낱낱이 본 데다가, 비니키우스가 속삭일 때마다 이렇듯 가슴이 뛰는 것을 어쩔 수 없으니 더 이상 구원받을 가망은 없을 것 같았다. 그녀는 점점 맥이 빠졌다. 정신이 혼미해지면서 무엇인가 끔찍한 일이 일어날 것만 같아 마냥 두려운 생각이 들었다. 황제로부터 노여움을 사지 않으려면 그가 나가기 전에 아무도 자리에서 일어나서는 안 되었다. 설령 그렇지 않다 해도, 리기아는 이미 일어설 기운을 잃고 있었다.

연회가 끝나려면 아직도 멀었다. 노예들은 여전히 새로운 요리들을 내오고, 손님들의 술잔에 끊임없이 술을 부었다. 이윽고 한쪽 문이 열리고 식탁 앞에 설치된 반원형의 단상에 검투사 두 사람이 나타났다. 손님들에게 격투기를 보여주기 위해서였다.

곧 시합이 시작되었다. 올리브유를 발라 번들거리는 건장한 두 몸뚱이가 한 덩어리가 되어 꿈틀거리더니 이윽고 서로 얽히고설킨 탄탄한 어깨 밑에서 뼈가 으스러지는 소리가 들려왔다. 꽉 다문 입 안에서는 적개심에 이를 가는 소리도 새어 나왔다. 샤프란 꽃잎을 뿌려놓은 무대 위에서 두 몸뚱이는 퍼덕거리면서 바쁘게 발을 구르고 뒹굴더니 불현듯 조용해졌다. 마치 바윗덩어리처럼 두 사람은 뒤엉킨 채 꼼짝도 하지 않았다. 손님들은 모두 숨을 죽이고 검투사들의 팽팽하게 휘어진 등과 넓적다리, 우람한 어깨의 근육을 바라보고 있었다. 그러나 격투는 그리 오래 끌지 않았다. 크로톤은 자신이 직접 검투사 양성소를 운영하는 유명한 검투사였다. 로마 제국에서 최고로 힘센 장사라는 명성은 결코 헛소문이 아니었다. 그와 겨루었던 상대 검투사는 차츰 호흡이 거칠어지면서 목에서 그

르렁거리는 소리를 내기 시작했다. 곧이어 얼굴이 시퍼렇게 질리더니 끝내는 입에서 피를 토해 내며 온몸이 축 늘어졌다. 크로톤이 상대의 등을 밟고 서서 건장한 두 팔로 팔짱을 낀 채 의기양양하게 연회장을 둘러보자 손님들은 승자에게 열광적인 갈채를 보냈다.

이윽고 맹수의 탈을 쓰고 그 울음소리를 흉내 내는 익살꾼과 어릿광대들이 들어왔다. 손님들은 이미 술에 취해 눈이 흐릿해져 있었기 때문에 그들을 반기는 이들은 별로 없었다. 연회는 바야흐로 술주정과 방탕한 행위들이 스스럼없이 자행되는 난장판으로 변해 갔다. 조금 전에 주신의 춤을 추던 시리아 처녀들이 손님들 사이에 끼어 앉았다. 키타라와 류트, 아르메니아의 심벌즈, 이집트의 시스트룸[26], 나팔과 뿔피리 소리는 어느덧 무질서하고 요란스러운 굉음으로 변했다. 손님들 중에는 대화에 방해된다며 악사들에게 나가라고 소리치는 자도 더러 있었다. 귀여운 미소년들이 연회가 벌어지는 동안 손님들의 다리에 뿌리고 다니는 향유 냄새에 샤프란 꽃향기와 사람들이 내뿜는 술 냄새까지 더해져서 리기아는 질식할 것만 같았다. 등불의 불꽃은 깜빡깜빡 희미해졌고, 손님들이 쓰고 있던 화관은 시들었으며, 다들 창백해진 얼굴에 구슬땀을 흘리고 있었다.

비텔리우스는 식탁 아래로 굴러 떨어졌고, 니기디아는 상체를 모두 벗어 던진 채 술에 취해서 자신의 소녀 같은 얼굴을 루카누스의 품에 파묻고 있었다. 루카누스 역시 흠뻑 취해서 그녀의 머리 위에 뿌려진 금가루를 훅훅 불면서 그 날아가는

---

26) 고대 이집트에서 이시스 신의 제사에 사용하던 타악기의 일종.

모양을 보고 혼자 키득거리고 있었다. 술에 취하면 항상 같은 말을 반복하는 베스티누스는 지방 총독이 보낸 밀봉 편지에 대한 모프수스의 답을 열 번도 더 되풀이했고, 신들을 비웃던 툴리우스는 딸꾹질을 하면서 맥 빠진 목소리로 말했다.

"크세노파네스[27]가 말한 대로 스페로스[28]가 둥글다면, 사람들이 발길로 걷어차서 술통처럼 굴릴 수 있을 텐데……."

이 말에 약탈과 밀고를 일삼는 늙은 도미티우스 아페르[29]가 크게 분개하였다. 화를 참지 못해 흥분한 그는 자신의 튜닉에다 팔레르노 산 포도주를 흠뻑 쏟고 말았다.

"나는 언제나 신을 믿어왔다. 사람들 중에는 로마가 멸망할 것이라고 하는 자들도 있고, 심지어는 벌써 패망의 징조가 시작되었다고 하는 자들도 있다. 그래, 언젠가는 그렇게 되겠지! 하지만 그런 일이 닥치는 것은 오늘날의 젊은이들이 신앙심을 갖고 있지 않기 때문이다. 신앙이 없으면 덕이 존재할 수 없는 법. 사람들은 과거의 엄격한 관습을 버렸다. 향락주의자들에게는 야만인들을 막아낼 힘이 없으므로 재앙은 피할 도리가 없다는 것을 아무도 생각조차 하지 않는다. 다 소용없는 짓이다! 나는 죽지 않고 지금 이 시대까지 살아온 자신이 원망스럽다. 내가 쾌락에 탐닉하는 것은 나 자신을 괴롭히는 근심 걱정들을 떨쳐버리기 위한 방편인 것이다."

말을 마치자마자 도미티우스 아페르는 시리아의 무희를 껴안고 이가 빠져 쪼그라든 입으로 그녀의 목덜미와 등에 입을

---

27) 일원론(一元論)을 주장하는 엘레아학파의 창시자.

28) 둥근 물체, 지구를 뜻함.

29) 당시의 유명한 변론가.

맞추기 시작했다. 그 모습을 본 집정관 멤미우스 레굴루스가 웃음을 터뜨리고는 화관을 비스듬히 쓴 대머리를 쳐들며 말했다.

"누구냐, 로마가 멸망한다고 말하는 자가! 무슨 바보 같은 소리! 집정관인 내가 누구보다 잘 알고 있는데……. 집정관은 국가를 돌볼지어다![30] 서른 개의 군단이 '팍스 로마나'[31]를 수호하고 있건만!"

그는 주먹을 관자놀이에 갖다 대고 다시 한 번 고래고래 소리를 질렀다.

"서른 개 군단! 무려 서른 개 군단이란 말이다! 그래, 브리타니아에서 파르티아의 국경에 이르기까지……."

갑자기 그는 고민에 빠진 듯 손가락 하나를 이마에 대었다.

"아니, 어쩌면 서른두 개 군단인지도……."

이렇게 말하면서 식탁 밑으로 굴러 들어가서 홍학의 혓바닥과 볶은 야생 버섯, 얼린 송이버섯, 꿀에 절인 메뚜기, 생선과 고기 등등 지금까지 먹고 마신 것을 모조리 토해 냈다.

하지만 도미티우스는 로마의 평화를 지켜줄 군대의 숫자만 가지고는 안심이 되지 않았다.

"아니야, 아니야! 로마는 망할 것이다. 신에 대한 믿음도, 엄격한 관습도 모두 사라져버렸으니 말이야! 그래, 언젠가는 반드시 망하고 말 거야. 아, 유감스럽도다! 인생은 즐겁고, 황제는 자비로우며, 포도주는 달콤하건만. 이 얼마나 안타까운

---

30) 국가가 위급한 상황에 처했을 때 원로원이 집정관에게 독재권을 부여하면서 하는 말.

31) '로마의 평화'라는 뜻.

노릇이란 말인가?"

이렇게 중얼거리면서 도미티우스는 시리아 무희의 어깨에 얼굴을 파묻고 흐느끼기 시작했다.

"죽은 후에 우리는 어떻게 될까? 아킬레스의 말이 옳다. 킴메리의 나라에 가서 왕이 되느니 차라리 태양이 비치는 이곳에서 농노가 되는 것이 낫다고 했지. 문제는 과연 세상에 신이 존재하느냐 하는 것이다. 어쨌든 신앙을 잃어버린 젊은이들은 방황하고 있지 않은가?"

그동안 루카누스는 술에 취해 잠들어 버린 니기디아의 머리카락에 뿌려져 있던 금가루를 전부 불어버렸다. 그는 자기 옆에 놓여 있는 화분에서 담쟁이덩굴을 뜯어 자고 있는 여자의 머리 위에 화환처럼 칭칭 감아놓고 혼자 즐거워하며 주위 사람들을 둘러보았다. 또한 자기 몸도 담쟁이덩굴로 장식하더니 의기양양하게 말했다.

"나는 인간이 아니다! 나는 파우누스다!"

페트로니우스는 취하지 않았지만 네로는 달랐다. 황제는 처음에는 자신의 '신성한' 목소리를 보호한다며 자제하다가, 차츰 한 잔, 또 한 잔씩 계속 술잔을 기울이더니 결국 취하고 말았다. 그는 자신의 자작시를 그리스어로 낭송하려다 그만 가사를 잊어버리고는 대신 아나크레온의 찬가를 큰 소리로 부르기 시작했다. 피타고라스와 디오도르, 테르프노스가 반주를 했다. 그러나 박자가 제대로 맞지 않아 중단하고 말았다. 네로는 미(美)의 애호가이자 감식가를 자처하고는 피타고라스의 아름다움을 찬미하며, 정신없이 그의 양손에 입을 맞추기 시작했다. 언젠가 이렇게 고운 손을 본 적이 있었노라고 중얼거리면서……. 누구였더라?

그는 한 손으로 땀에 젖은 이마를 짚고 기억을 되살려 보려고 애썼다. 잠시 후 갑자기 그의 얼굴빛이 어두워졌다. '그래, 어머니의 손이었어! 내 어머니 아그리피나의 손!'

과거의 어두운 환영(幻影)이 갑작스레 그를 덮쳤다. 네로가 입을 열었다.

"사람들의 말로는 달 밝은 밤이면 짐의 어머니가 밤마다 바이에와 바울라[32] 해변에 나타나 하염없이 걸어 다닌다는군……. 그런데 그냥 걷기만 하는 것이 아니라 마치 무엇인가를 열심히 찾아 헤매는 것 같다는 거야. 어쩌다가 배가 있으면 다가가서 들여다보고는 사라진다지. 하지만 어머니와 눈이 마주친 어부들은 모두 죽어버렸다고 하더군."

"꽤 괜찮은 시재(詩材)인 것 같습니다." 페트로니우스가 말했다.

그러자 베스티누스는 학처럼 목을 길게 내밀며 비밀스럽게 속삭였다.

"나는 신은 믿지 않지만 유령은 믿고 있지……. 유령 말일세!"

네로는 그들의 말에는 귀도 기울이지 않고 계속해서 말을 이어갔다.

"레무리아[33]는 격식대로 지냈는데 왜 그럴까. 다시는 어머니를 만나고 싶지 않다! 어느덧 오 년이란 세월이 흘렀구나……. 어쩔 수 없었지, 정말 어쩔 수 없었어. 어머니가 내게 자객을 보냈으니 사형 선고를 내리지 않을 수 없었던 것이야.

---

32) 두 곳 모두 현재의 나폴리 근교에 있는 휴양지.

33) 망령들에게 지내는 제사. 5월에 치름.

만일 그때 짐이 먼저 조치를 취하지 않았다면 그대들은 오늘 내 노래를 듣지 못했을 것이다."

"폐하! 로마와 온 세계의 이름으로 감사를 드립니다."

도미티우스 아페르가 외쳤다.

"술을 가져와라! 북을 울려라!"

온 장내가 또다시 흥청거렸다. 담쟁이덩굴을 온몸에 감고 있던 루카누스가 벌떡 일어나 악을 썼다.

"나는 사람이 아니다! 나는 숲의 정령으로 숲에서 살고 있다. 야호!"

황제도 취했고, 남녀를 막론하고 모두 취했다. 비니키우스도 다른 사람들 못지않게 취했다. 취하면 으레 그렇듯이 불타는 욕정과 함께 난폭해지고 싶은 충동이 불현듯 끓어올랐다. 검게 그을린 그의 얼굴이 창백해졌고 혀가 꼬이면서 한껏 높아진 목소리는 마치 무슨 명령을 내리듯 딱딱하게 들렸다.

"내게 입술을 주시오! 오늘이나 내일이나 다 마찬가지 아닙니까! 이러지 말아요. 황제께서 당신을 아울루스 집안에서 데려온 것은 당신을 내게 선사하기 위해서였소. 알겠소? 내일 해가 진 뒤에 당신에게 사람을 보내겠소. 황제께서 당신을 내게 준다고 약속하셨다고요……. 당신은 이제 내 사람이 되는 겁니다. 자, 어서 입술을 내봐요! 내일까지 어떻게 기다리란 말이오! 지금 당장 어서 입술을 주시오, 어서!"

비니키우스는 리기아를 껴안았다. 악테가 옆에서 그를 말렸고, 리기아 또한 필사적으로 몸부림쳤다. 그의 매끈한 팔을 자신의 몸에서 떼어내려고 온 힘을 다해 바동거리며 뿌리쳐 보았지만, 소용이 없었다. 리기아는 실망과 두려움에 휩싸여서 떨리는 목소리로 제발 자기를 불쌍히 여겨 놓아달라고 애원했으나 비니키우스는 듣지 않았다. 숨을 내쉴 때마다 술 냄새를 잔뜩 풍기며 그의 얼굴이 그녀의 얼굴을 향해 점점 다가왔다. 이제 그는 더 이상 과거의 다정하고 고상한 비니키우스가 아니었다. 단지 그녀를 공포와 충격에 몰아넣는 술 취한 사티루스에 불과했다.

리기아의 몸에서 점점 힘이 빠져나갔다. 비니키우스의 입술을 피하기 위해 몸을 뒤로 젖히고, 고개를 돌려도 소용이 없었다. 그가 벌떡 일어서더니 그녀를 팔에 안고, 얼굴을 자기 가슴으로 끌어당겨 거친 숨을 몰아쉬며 그녀의 창백한 입술에 자기 입술을 비벼대기 시작했다.

바로 그 순간 어떤 무시무시한 힘이 리기아의 목을 감고 있던 비니키우스의 팔을 마치 어린애 손처럼 가볍게 풀고는 마른 나뭇가지나 시든 잎사귀를 치우듯이 비니키우스를 한옆으로 밀쳐냈다. 어떻게 된 것일까? 비니키우스가 깜짝 놀라 눈을 비비고 보니, 눈앞에 아울루스의 집에서 본 적이 있는 몸집이 큰 리기 인, 우르수스가 떡 버티고 서 있었다.

리기 인은 가만히 서 있었다. 우르수스가 푸른 눈으로 쏘아보자 비니키우스는 혈관 속의 피가 얼어붙는 듯했다. 잠시 후 우르수스는 자신의 주인을 한 팔로 번쩍 안더니 침착하고 당당하게 연회장을 빠져나갔다. 악테가 그 뒤를 따랐다.

비니키우스는 망연자실하여 잠시 화석처럼 앉아 있다가 간신히 일어나서 입구를 향해 뛰어갔다.

"리기아! 리기아!"

하지만 욕정과 경악, 분노, 게다가 취기까지 뒤섞여 비니키우스의 걸음을 주춤거리게 했다. 그는 몸을 가누지 못하고 비틀거리더니 시리아 인 무희의 팔을 잡고 두 눈을 껌뻑거리며 물었다.

"어떻게 된 일이지?"

무희는 안개가 낀 듯 몽롱한 시선으로 얼굴에 미소를 머금고 그에게 포도주를 권했다.

"자, 이거나 드세요!"

비니키우스는 그 술을 들이켜고는 그 자리에 푹 고꾸라졌다.

대부분의 손님들은 식탁 아래에서 뒹굴었으나, 비틀거리면서 연회장 안을 걸어 다니는 사람도 있었다. 식탁 옆에 마련된 긴 의자 위에 드러누워 코를 고는 사람이 있는가 하면, 잠이 든 채로 과음한 포도주를 토해 내는 사람도 있었다. 술에 취해 정신을 잃은 집정관과 원로원 의원들, 기사들과 시인, 철학자, 무희와 귀부인들, 권력은 쥐고 있으나 난잡하고 부도덕하며, 썩어빠진 무리들을 향해 천장의 황금빛 그물 사이에서 장미 꽃잎이 덧없이 떨어져 내리고 있었다.

밖에서는 희미하게 동이 트기 시작했다.

제8장

아무도 우르수스를 말리지 않았으며 무슨 짓이냐고 탓하는 사람도 없었다. 식탁 밑에 드러눕지 않은 손님들도 모두 자기 자리를 지키지 않았으므로 하인들은 이 거대한 사내가 여자를 안고 나가는 것을 보면서도 시종이 술에 취한 여주인을 데려가는 것쯤으로 대수롭지 않게 여겼던 것이다. 더구나 악테가 그들의 뒤를 따라갔으므로 수상하게 생각할 이유가 전혀 없었다. 세 사람은 그 누구의 제지도 받지 않고 연회장에서 빠져나가 악테의 방으로 이어지는 넓은 복도로 나갔다. 리기아는 탈진하여 우르수스의 품에서 송장처럼 축 늘어져 있었다. 하지만 차고 깨끗한 새벽 공기를 마시고는 곧 눈을 떴다. 주위가 조금씩 밝아오고 있었다. 세 사람은 잠시 주랑을 따라 걷다가 현관에서 옆으로 꺾어져서 안채로 가지 않고, 궁전의 넓은 정원으로 향했다. 소나무와 사이프러스 나무의 윗부분이 아침 햇살을 받아 붉게 물들어 있었다. 궁전 안에서도 이 부근은 한적하여 음악 소리나 향연의 소음이 조금도 들리지 않았다. 리기아는 지옥에서 구출되어 밝은 신의 세계로 돌아온 느낌이었다. 이곳에는 저 지저분한 향연장과는 다른 신선한 기운이 있었다. 하늘이 있고, 여명이 있고, 빛과 평화가 있었다. 그녀는 별안간 울음을 터뜨렸다. 우르수스의 가슴에 얼굴을 묻은 채로 리기아는 흐느끼듯 같은 말을 되풀이했다.

"집으로 가자, 우르수스! 집으로, 아울루스 장군 댁으로!"

"네, 가고말고요." 우르수스가 대답했다. 그들 일행은 악테가 거처하는 조그만 안채에 도달했다. 우르수스는 분수대 옆의 대리석 벤치 위에 리기아를 내려놓았다. 악테는 그녀를 위로하면서 잔치가 끝났으니 술 취한 손님들은 틀림없이 저녁까지 잠에 빠져 있을 테고, 따라서 그동안은 위험한 일은 없을 것이라고 안심시켜 주었다. 그러고는 리기아를 달래면서 쉬라고 권했다. 하지만 리기아는 좀처럼 마음을 진정시키지 못하고 관자놀이를 양손으로 누르면서 어린애처럼 같은 말만을 반복했다.

"집으로 가자, 우르수스, 집으로!"

우르수스도 그럴 생각이었다. 궁전 성문에는 근위병들이 지키고 있을 테지만 자기 힘으로 충분히 빠져나갈 자신이 있었다. 병사들은 밖으로 나가는 사람들은 막지 않는다. 게다가 아치형의 정문은 언제나 가마로 북적거렸다. 손님들은 얼마 안 있어 떼를 지어 나갈 것이며, 아무도 그들을 제지하지 않을 것이다. 그들 틈에 섞여 밖으로 나가면 쉽게 집으로 갈 수 있다. 만약의 경우에는 완력을 쓸 수도 있다. 아가씨의 명령이니 그는 무조건 따라야 했다. 그가 이곳에 온 이유도 리기아의 명령을 받들기 위해서였다.

리기아는 같은 말만 되뇌고 있었다.

"응? 우르수스, 우리 돌아가자."

악테는 두 사람이 납득할 수 있게 설명을 해주어야만 했다. 그렇다. 마음만 먹으면 나갈 수는 있다. 아무도 그들을 말리지는 않을 것이다. 그러나 궁에서 도망치는 것은 금지된 일이고, 황제의 권위를 모독하는 것이 된다. 그들이 밖으로 빠져나가면 바로 그날로 군사를 거느린 백인대장이 아울루스와 폼포니아 그레키나에게 사형 선고의 명을 전할 것이다. 그렇게 되면 리기아는 다시 궁중으로 끌려오게 될 것이고, 살길이 없어진다. 만약 아울루스 부부가 그녀를 한 발자국이라도 집에 들여놓으면 그들 역시 죽음에서 벗어날 수 없으리라.

리기아의 두 팔이 절망으로 축 늘어졌다. 이젠 방법이 없었다. 플라우티우스 가문의 파멸이냐, 아니면 자신의 파멸이냐, 둘 중 하나를 선택해야만 했다. 연회장에 갈 때만 해도 비니키우스와 페트로니우스가 자신의 귀가를 황제에게 청해 줄 것이라는 한 가닥 희망이 있었으나, 이제 그녀는 황제를 부추겨 자신을 아울루스의 집에서 끌어낸 장본인이 바로 그들이라는 것을 알게 되었다. 모든 가능성은 사라졌다. 리기아를 이 난관에서 구해 줄 수 있는 것은 오로지 기적과 신의 권능뿐이었다.

"악테!" 리기아가 근심스럽게 입을 열었다. "당신도 들으셨겠죠? 황제께서 자기에게 나를 주었으니, 오늘 밤 노예를 시켜 데려가겠다고 한 비니키우스의 말을……."

"네, 들었어요." 악테가 말했다.

악테는 양손을 가지런히 포갠 채 아무 말도 하지 않았다. 리기아가 말하는 절망은 악테의 마음에 별로 공감을 불러일으키지 못했다. 마음씨가 곱고 순하기로 소문난 그녀도 결국에는 네로의 정부였기에 그런 식의 관계를 별로 수치스럽게 생각하지 않았던 것이다. 자신이 노예였던 만큼 노예 신분에 익숙해져 있었으며, 무엇보다 지금도 여전히 네로를 사랑하고 있었다. 만일 네로가 그녀에게 다시 돌아온다면, 그녀는 두 팔을 활짝 벌려 네로를 받아들일 것이다. 악테는 리기아의 태도를 도저히 이해할 수 없었다. 리기아 자신이 젊은 미남 비니키우스의 정부가 되지 않으면, 본인은 물론이고 아울루스 가문을 파멸로 몰아넣게 된다는 것을 너무도 잘 알면서 무엇을 망설인단 말인가.

"황제의 궁전이나 비니키우스의 집이나 위험하기는 마찬가지일 거예요."

악테가 말했다. 물론 그 말이 사실이긴 했지만, 그 속에 '운명을 순순히 받아들이고 비니키우스의 정부가 되라.'는 의미가 담겨 있다는 것은 미처 깨닫지 못했던 것이다. 리기아는 불같이 뜨겁고, 야수처럼 욕망에 가득 찬 비니키우스의 입맞춤을 아직도 생생하게 입술에 느끼고 있었다. 그것은 생각만 해도 낯 뜨거운 일이었다.

"싫어요!" 리기아가 악을 썼다. "여기에 남아 있는 것도, 비니키우스의 집으로 가는 것도 다 싫습니다. 절대로 가지 않겠어요. 절대로요!"

리기아의 격앙된 태도를 보고 악테는 소스라치듯 놀랐다.

"그럼 당신은 비니키우스가 그렇게도 싫은가요?"

순간 리기아는 또다시 울음이 터질 것 같아 아무 대답도 하지 못했다. 악테는 그녀를 가슴에 꼭 끌어안고 진정시키려고 애썼다. 우르수스는 한숨을 내쉬며 그 커다란 주먹을 불끈 쥐었다. 충견이 주인을 지키듯 리기아를 섬기는 그로서는 아가씨의 눈물을 차마 볼 수가 없었던 것이다. 다소 야만스러운 구석이 있는 이 리기 인의 마음속에 비니키우스를 목 졸라 질식시키고, 필요하다면 황제마저도 죽이고 싶다는 생각이 불현듯 솟구쳐 올랐다. 하지만 그런 짓을 했다가는 자기의 주인이 희생될 염려가 있기에, 선뜻 실행에 옮길 수가 없었다. 게다가 그에게는 대수롭지 않은 그런 행동이 '십자가에 못 박히신 어린양'을 모시는 신자로서 합당한 것인지 확신이 서지 않았다.

악테는 리기아를 품에 안고 달래면서 다시 한 번 물었다.

"그분이 그렇게까지 미운가요?"

"아니에요." 리기아가 대답했다. "그분을 미워할 수는 없어요. 저는 그리스도교 신자이니까요."

"알고 있어요, 리기아. 사도 바오로의 서한을 통해 당신들은 치욕에 굴복하거나 죄짓는 것을 죽음보다 더 두려워한다는 것도 알아요. 하지만 리기아, 당신들의 교리는 살인을 허락하나요?"

"아니에요."

"그렇다면 당신은 왜 아울루스 가문에 황제의 분노가 내리게 하려는 거죠?"

잠시 침묵이 찾아왔다. 절망의 나락이 또다시 새롭게 리기아 앞에 펼쳐졌다.

젊은 해방노예가 말을 이었다.

"이런 말을 하는 것은 당신과 어진 폼포니아, 아울루스와 그분의 어린 아들이 불쌍해서예요. 저는 이곳에서 오래 살아서 황제의 노여움이 어떤 결과를 가져온다는 것을 잘 알고 있어요. 절대 안 돼요! 당신들은 이곳에서 도망칠 수 없어요. 남은 방법은 단 하나, 폼포니아한테로 돌려보내 달라고 비니키우스에게 애원하는 수밖에 없어요."

순간 리기아는 비니키우스가 아닌 다른 누구에게 간청하듯이 무릎을 꿇었다. 우르수스도 그녀를 따라 무릎을 꿇었다. 두 사람은 황제의 궁전에서 아침 햇살을 받으며 기도하기 시작했다.

그처럼 숙연하게 기도하는 모습은 난생 처음 보았기에 악테는 리기아에게서 눈을 뗄 수 없었다. 자신에게 옆모습을 보이며 두 손을 높이 쳐들고 하늘을 우러러보고 있는 이 순결한 처녀는 바로 그곳에서 구원의 손길이 내려오리라고 굳게 믿고 있는 것 같았다. 햇빛은 리기아의 머리카락과 하얀 페플루스, 그리고 그녀의 눈동자에 비쳐들어 광채를 더해 주었다. 찬란한 태양 아래에서 리기아는 빛의 화신처럼 보였다. 그녀의 창백한 두 뺨에도, 반쯤 벌어진 입술에도, 하늘을 향해 쳐든 손과 두 눈에도, 이 세상의 것이 아닌 천상의 광휘가 깃들어 있었다. 악테는 리기아가 비니키우스의 정부가 되는 것을 거부하는 이유를 비로소 알 것 같았다. 네로의 옛 애인은 자신의 눈앞을 가리고 있던 장막이 걷히면서, 지금까지 익숙해 있던 세상과는 전혀 다른 새로운 세계를 목격하는 경험을 했다. 죄악과 치욕으로 가득 찬 궁전 안에서도 이렇게 열렬하게 기도를 할 수 있다는 사실이 놀랍기만 했다. 조금 전까지만 해도 리기아를 구할 방법은 전혀 없다고 생각했으나, 황제조차 거부할 수 없는 어떤 신성한 힘이 그녀를 구원해 줄지도 모른다는 믿음이 악테의 마음속에 싹트기 시작했다. 날개 달린 천상의 군대가 하늘에서 내려와 구해 주든지, 아니면 태양이 이 처녀의 발밑에 빛을 비추어 그녀를 하늘로 들어 올릴 것만 같았다. 그리스도교인들 사이에서 많은 기적이 일어난다는 소문은 익히 들어왔지만, 간절히 기도하는 리기아의 모습을 보니 그것이 모두 사실일지도 모른다는 생각이 들었다.

마침내 리기아가 자리에서 벌떡 일어섰다. 그녀의 얼굴에는 단호한 결단의 빛이 서려 있었다. 우르수스는 벤치 옆에 쭈그리고 앉아 여주인의 명령을 기다리고 있었다. 안개처럼 뽀얗게 흐려진 리기아의 눈에서 이윽고 두 줄기의 굵은 눈물이 볼을 타고 흘러내렸다.

"주님, 폼포니아와 아울루스에게 자비를 베푸소서! 저로 인해 그분들을 파멸의 길로 가게 해서는 안 되겠기에 이제 저는 두 번 다시 그분들을 만나지 않겠나이다."

그런 다음 리기아는 우르수스에게 이 세상에 자기 곁에 남은 사람은 오직 우르수스뿐이니, 앞으로는 그가 아버지도 되고 보호자도 되어주어야 한다고 말했다. 아울루스의 집에 몸을 숨긴다면 즉시 황제의 노여움을 사게 될 테니 아울루스의 집으로 돌아갈 수는 없다. 그렇다고 궁전에 남아 있을 수도, 비니키우스의 집으로 갈 수도 없다. 그러니 우르수스, 네가 나를 어디로든 다른 곳으로 데려가 주었으면 한다. 비니키우스와 그의 하인들이 찾을 수 없는 먼 곳으로. 나는 그곳이 설사 산 너머이든, 바다 저편이든, 아니면 로마라는 도시의 이름도 모르고, 황제의 권력도 미치지 않는 야만인들의 영토라 할지라도 어디든 따라갈 각오가 되어 있다. 우르수스여, 어서 나를 데려가 다오. 나를 구할 수 있는 건 오직 너뿐이다.

리기아의 말에 복종할 준비가 되어 있다는 뜻으로 우르수스는 엎드려 그녀의 발에 입을 맞추었다. 기적을 고대하고 있던 악테의 얼굴에는 실망의 빛이 감돌았다. 기도의 효능이 고작

이 정도란 말인가? 궁중에서 도망치면 황제의 명을 거역한 죄로 누구든지 엄벌을 받게 된다. 비록 리기아가 용케 몸을 숨긴다 해도 황제는 아울루스 가문에 보복할 것이다. 기왕 도망갈 생각이라면 비니키우스의 집에서 도망치는 편이 좋을 것이다. 남의 일에 참견하기 싫어하는 황제는 비니키우스가 리기아를 추적하는 일을 구태여 도우려 하지는 않을 것이고, 어쨌든 황제를 모독했다는 죄만은 면할 수 있게 된다.

리기아의 계획은 달랐다. 자기가 어디 숨어 있는지 아울루스는 물론, 폼포니아에게조차도 절대 알리지 않으리라. 도망은 비니키우스의 저택에 간 다음에 하는 것이 아니라, 그 집으로 가는 도중에 할 것이다. 비니키우스가 술에 취해 분명히 선언하지 않았던가. 오늘 밤 노예들을 보내겠다고. 이 말만은 진심이 틀림없다. 만일 그때 비니키우스의 정신이 멀쩡했더라면 그런 계획은 입 밖에 내지 않았을 것이다. 비니키우스 혼자서, 아니면 페트로니우스와 함께 향연 전날 황제를 만나, 다음 날 나를 데려가겠다는 허락을 받아냈을 수도 있다. 비니키우스가 설사 오늘은 그냥 넘긴다고 해도 내일은 틀림없이 나를 데려가기 위해 사람을 보낼 것이다. 우르수스에게 미리 도움을 청하자. 그러면 비니키우스의 집으로 가는 도중에 우르수스가 나타나서 어제 향연장에서 나를 구해 주었듯이 가마에서 나를 끌어내어 어디론가 데리고 갈 것이다. 그 누구도 우르수스를 당할 수는 없다. 어젯밤 연회장에서 승리한 그 무서운 검투사도 우르수스를 꺾진 못할 것이다. 하지만 비니키우스가 노예를 많이 보내면 어쩌지? 우르수스를 리누스 장로님께 보내 도움을 청하게 하는 편이 좋을 것 같다. 장로님은 나를 가엾게 여겨 비니키우스의 집으로 가지 않게 도와줄 것이다. 우르수스와 같이 가서 나를 구하라고 신자들에게 말씀해 주실 것이다. 그러면 신자들은 나를 구출해 줄 것이고, 나는 우르수스와 함께 이 도시를 빠져나가 로마의 권력이 미치지 않는 곳에 몸을 숨길 수 있으리라.

그런 생각을 하자 구원의 희망이 벌써 실현되기라도 한 것처럼 리기아의 얼굴에 다시 핏기가 돌면서 미소가 떠오르고, 안도감이 솟아났다. 그녀는 악테의 목에 매달려 예쁜 입술을 악테의 뺨에 갖다 대면서 속삭였다.

"악테, 설마 우리를 고자질하지는 않겠죠?"

"천만에요. 돌아가신 우리 어머니의 그림자에 걸고 맹세하건대, 결코 당신들을 배신하지 않겠어요. 우르수스가 당신을 데리고 도망칠 수 있도록 당신의 신께 기도할게요."

어린아이처럼 순수한 거인의 푸른 눈이 흡족함으로 빛났다. 자기는 아무리 머리를 써봐도 그런 묘안은 짜낼 수 없을 것이다. 하지만 아가씨가 명령한 일 정도는 얼마든지 할 수 있다. 밤이든, 낮이든 상관없다! 하늘의 계시를 받고 있는 장로님께 가서 해야 할 일과 해서는 안 될 일을 가르쳐 달라고 하리라. 그분이라면 신자들을 쉽게 모을 수 있다. 노예와 검투사, 자유 시민을 비롯하여 수부라 지역과 티베리스 강 건너편에도 아는 사람이 많이 있으니, 그중에서 1000명, 2000명쯤 모으는 것은 어렵지 않을 것이다. 그러면 나는 아가씨를 빼내어 도시 밖으로 모시고 나갈 수 있으리라. 이 세상 끝까지, 아니 로마의 소식이 전혀 들리지 않는 리기 족의 영토에까지 갈 수 있을지도 모른다.

'우리의 숲으로! 아, 그 숲으로, 그 푸른 숲으로!'

하지만 그는 얼른 환상을 떨쳐버렸다.

그렇다. 곧장 장로님께 가자. 그러고는 밤에 가마를 덮칠 100명 정도의 인원을 모아달라고 부탁드리자. 비니키우스의 노예들이 아니라 근위대가 온다 해도 아가씨를 그 로마 귀족의 집으로 데려가진 못하리라. 어떤 놈이든 이 강철 같은 주먹에는 당하지 못하리라. 무쇠인들 내 주먹처럼 강하랴. 이 주먹으로 한번 내리치면 철모를 쓴 머리라도 박살이 날 것이다.

리기아는 진지하면서도 천진난만한 얼굴로 손가락 하나를 세워 보였다.

"우르수스, 살인은 절대 안 된다."

리기 인은 몽둥이처럼 단단한 팔을 머리 뒤로 가져가서는 자못 난처하다는 듯이 목덜미를 툭툭 쳤다. 아무튼 '나의 빛' 인 아가씨를 구해야만 한다. 아가씨께서도 내가 자기를 위해 뭔가를 해야 할 때가 왔다고 말씀하시지 않았는가. 될 수 있는 한, 조심하고 또 주의하자. 하지만 무슨 변고가 생기면 어떻게 하지? 무슨 일이 있어도 아가씨는 꼭 구해 내야만 한다! 만약 어떤 불행한 사태가 발생하게 되면 죄 없이 돌아가신 '하느님의 어린양'께 자비를 구하리라. 그러면 십자가에 못 박히신 어린양께서 불쌍한 나를 도와주시겠지. '하느님의 어린양'을 노하게 하고 싶지는 않지만, 이 두 손의 힘이 너무 강해서 걱정이다.

우르수스의 얼굴에는 커다란 감동의 빛이 떠올랐다. 그는 그런 기색을 감추려고 머리를 숙이며 말했다.

"그럼 저는 장로님께 다녀오겠습니다."

악테가 리기아의 목을 끌어안고 흐느끼기 시작했다.

악테는 분명 이 세상과는 다른 어떤 세계가 있으며, 거기에는 고통 중에도 궁중의 부귀영화와 쾌락에 비할 수 없는 행복이 깃들어 있다는 것을 다시 한 번 깨달았다. 그녀 앞에 광명으로 향하는 문이 열린 듯싶었다. 하지만 악테는 자신이 그 문으로 들어갈 자격이 없는 것 같아 걱정스러웠다.

제9장

리기아는 사랑하는 폼포니아 그레키나, 그리고 정든 가족들과 헤어지는 것이 너무나 괴로웠다. 그러나 더 이상 절망하지는 않았다. 자신이 믿는 진리를 위해 풍요롭고 안락한 생활을 버리고, 지금껏 겪어보지 못한 유랑 생활을 할 생각을 하면서 일종의 희열을 느꼈던 것이다. 그러한 감정에는 야만족과 야수들로 둘러싸인 먼 이국땅에서의 생활은 어떤 것일까 하는 철없는 호기심이 섞여 있기도 했지만, 그보다는 주님의 뜻을 따르겠다는 깊고 견실한 신앙심이 더욱 강하게 그녀를 휘어잡고 있었다. 그렇게 하면 믿음이 강하고 순종적인 자녀들을 어여삐 여기시는 주님께서 틀림없이 자기를 지켜주시리라고 굳게 신뢰하고 있었다. 그렇다면 무엇을 두려워하겠는가? 그 어떤 어려움도 주님의 이름으로 인내하리라. 갑자기 죽음이 찾아온다고 해도 그것은 주님의 나라에 들어가는 것이기에, 언젠가는 죽게 될 폼포니아를 그곳에서 만나 영원히 함께할 수 있으리라.

아울루스의 집에 있을 때 리기아의 어린 마음을 괴롭혔던 것은 자신이 그리스도교인임에도 불구하고, 우르수스가 그처럼 감동적으로 이야기해 주었던 십자가에 못 박히신 그분을 위해 아무것도 할 수 없다는 사실이었다. 하지만 지금 바야흐로 때가 왔다. 리기아는 자신이 행운아라고 생각했으며 그 행복을 악테에게 설명하려고 애썼다. 하지만 악테는 리기아의 말을 이해하지 못했다. 리기아는 모든 것을 버리겠다고 한다. 집도, 부귀영화도, 도시도, 정원도, 사원도, 그 밖의 모든 풍요와, 햇볕이 찬란히 내리쬐는 이 나라도, 가까운 사람들도 모두 버리겠다고 한다. 도대체 무엇 때문일까? 그 젊고 잘생긴 귀공자에 대한 사모의 마음을 감추기 위해서일까? 악테는 도무지 이해할 수가 없었다. 물론 리기아의 결정이 옳은 일이며, 거기에는 무한하고 신비스러운 행복이 담겨 있을 수도 있겠지만, 반드시 그렇다고 낙관할 수만은 없었다. 리기아의 앞날에 목숨까지 앗아갈 무서운 종말이 도사리고 있을지 누가 알겠는가. 더구나 악테는 천성적으로 겁이 많았기 때문에 당장 오늘 밤 무슨 일이 일어날지 두려워서 견딜 수가 없었다. 그렇지만 자신의 걱정을 어린 리기아에게 털어놓을 수는 없는 노릇이었다.

그동안 완전히 날이 밝아서 아트리움에도 햇빛이 환히 비쳐 들었다. 악테는 리기아에게 꼬박 뜬눈으로 밤을 샜으니 휴식을 좀 취하자고 했다. 리기아가 굳이 반대하지 않았기에 두 사람은 악테의 침실로 들어갔다. 한때 황제의 사랑을 듬뿍 받던 여인의 방답게 그곳은 넓고 호화로웠다. 악테와 리기아는 나란히 누웠다. 악테는 피로에도 불구하고 잠을 이룰 수가 없었다. 슬픔과 불행에는 이미 익숙해졌건만, 지금은 예전에 느껴보지 못한 새로운 불안감이 밀려들었다. 여태까지는 자신의 삶을 내일이 없는 불행한 나날로만 여겨왔는데, 지금은 갑자기 그 삶이 떳떳치 못하고 부끄럽다는 생각이 들었던 것이다.

악테의 머리는 점점 혼란에 빠져 뒤죽박죽이 되었다. 광명의 세계로 향하는 문이 열리고 닫히기를 반복했다. 그 문이 열릴 때는 너무 눈이 부셔서 무엇 하나 제대로 볼 수가 없었다. 그녀가 막연하게 짐작할 수 있는 것은 그 밝은 세상에는 이루 말할 수 없는 행복이 있고, 그에 비하면 다른 모든 행복은 아무것도 아니라는 것이었다. 가령 황제가 포페아를 버리고 자기를 다시 사랑하게 된다 해도 그 행복에 견주면 공허하기만 할 것 같았다. 문득 자기가 그처럼 사랑하고, 거의 신처럼 숭배하고 있는 황제도 여느 노예들과 다름없는 가엾은 존재이고, 누미디아 대리석으로 만든 기둥들로 둘러싸인 화려한 황궁도 한낱 돌무더기에 지나지 않는다는 생각이 들었다. 하지만 그녀는 이 불가사의한 느낌을 어떻게 받아들여야 좋을지 몰라 고민하기 시작했다. 잠을 청했지만 가슴 깊이 파고드는 정체 모를 두려움 때문에 도저히 잠을 잘 수가 없었다. 악테는 리기아 또한 불안과 공포로 인해 잠을 이루지 못하리라고 생각하고, 그녀를 향해 돌아누웠다. 오늘 밤의 탈주 계획에 대해 이야기를 나누고 싶었던 것이다.

그러나 리기아는 곤히 잠들어 있었다. 꽉 여미지 않은 휘장 틈새로 한 줄기 밝은 햇살이 어두운 침실로 비쳐들면서 그 햇살 속에 황금빛 먼지들이 유영하고 있었다. 빛줄기 사이로 리기아가 맨살을 훤히 드러낸 팔 위에 고운 얼굴을 대고, 입술을 살짝 벌리고 잠들어 있는 모습을 볼 수 있었다. 새근새근

잠에 빠진 리기아의 숨결은 고르고 평온했다.

'자고 있잖아……. 어쩌면 저렇게 평화스럽게 잘 수 있지? 역시 어린아이로구나!'

악테는 생각했다. 이 어린아이는 비니키우스의 정부가 되기보다는 탈주를 원하고 있으며, 치욕보다는 가난을 택하려 하고, 카리내의 호화로운 저택과 아름다운 옷, 보석과 연회, 키타라와 류트의 선율보다는 고된 유랑 생활을 바라고 있다.

'그 이유가 무엇일까?'

악테는 리기아의 잠든 얼굴에서 그 해답을 찾으려는 듯 뚫어지게 바라보았다. 깨끗한 이마, 우아하게 곡선을 그리고 있는 눈썹과 인형처럼 짙은 속눈썹, 살짝 벌어진 입술, 숨쉴 때마다 규칙적으로 오르내리는 봉긋 솟은 가슴을 보며 악테는 또다시 생각에 잠겼다.

'이 아이와 나는 얼마나 다른가!'

악테의 눈에 리기아는 기적이나 신성한 환상이었고, 선택받은 신의 딸이었으며, 황제의 정원에 피어 있는 온갖 꽃들보다 곱고, 황제의 궁전에 늘어서 있는 그 어떤 조각보다 아름답게 보였다. 하지만 이 젊은 그리스 여인의 가슴속에 질투의 감정은 조금도 없었다. 오히려 리기아 앞에 닥친 위험을 생각하며 깊은 동정심에 사로잡혔다. 어느새 악테는 리기아에게 어머니와 같은 모성애를 품고 있었던 것이다. 악테는 리기아가 황홀한 꿈처럼 신비스러울 뿐만 아니라 매우 사랑스러운 존재로 여겨졌다. 그녀는 리기아의 검은 머리카락에 입을 맞추었다.

리기아는 마치 폼포니아 그레키나의 보살핌을 받던 자신의 집에서처럼 평온하게 곤히 잠들어 있었다. 그녀가 푸른 눈을 뜨고 어리둥절하여 침실을 둘러볼 때는 이미 한낮이 지나 있었다.

리기아는 이곳이 아울루스 장군의 집이 아니라는 사실에 놀라는 듯했다.

"아, 악테, 당신이었군요."

리기아가 어두컴컴한 침실에서 그리스 여인의 얼굴을 바라보며 말했다.

"네, 나예요, 리기아!"

"벌써 저녁때가 되었나요?"

"아니요, 하지만 어느새 오후가 되었답니다."

"우르수스는 아직 돌아오지 않았어요?"

"돌아온다는 말은 없었어요. 밤이 되면 그리스도교인들과 함께 잠복하면서 가마가 나타나기를 기다린다고 했었지요."

"아참, 그랬죠!"

두 사람은 침실을 나와 함께 목욕탕으로 갔다. 거기서 악테는 리기아를 목욕시키고 아침 식사를 한 다음, 궁전의 정원으로 데려갔다. 황제와 어제 연회에 참석했던 황제의 측근들은 아직 자고 있을 시간이기에 위험인물들을 만날 염려는 없었다. 리기아는 그렇게 웅장하고 눈부신 정원은 난생 처음 보았다. 사이프러스와 참나무, 소나무, 올리브 나무, 도금양이 울창하게 우거져 있고, 그 사이사이로 하얀 조상들이 보였다. 작은 연못은 거울처럼 잔잔하게 빛나고 있었고, 활짝 핀 장미 송이들은 분수의 물줄기에서 튀는 물방울을 머금어 한결 싱그럽게 보였다. 신비스럽기 짝이 없는 인조 석굴의 입구는 등나무와 포도 덩굴로 뒤덮여 있었고, 물 위에는 은빛 백조가 한가로이 헤엄치고 있었다. 아프리카 사막에서 가져온 영양(羚羊)들과 세계 방방곡곡에서 수집한 갖가지 진귀한 새들이 조각상과 나무들 사이에서 노닐고 있었다.

정원에는 오가는 사람이 별로 없었다. 단지 삽을 든 노예들이 여기저기서 콧노래를 부르며 일하고 있을 뿐이었다. 그들 중에는 참나무 그늘이나 연못가에 앉아 잠시 쉬거나 흔들리는 나뭇잎 사이로 스며드는 햇볕을 쪼이는 이들도 있었고, 장미와 샤프란 꽃에 물을 주고 있는 사람들도 있었다. 악테와 리기아는 아름다운 정원을 둘러보면서 오랫동안 산책했다. 마음이 편치는 않았지만 그래도 리기아는 아직 어린 처녀였기에 솟아나는 관심과 호기심, 경이로움을 억누를 수가 없었다. 뿐만 아니라 황제가 선한 사람이라면 이런 정원이 있는 이 궁전에 사는 사람들은 얼마나 행복하겠는가 하는 생각까지 들었다.

마침내 피로를 느낀 두 사람은 사이프러스 숲으로 가려진 벤치에 앉아 그들의 마음을 가장 무겁게 짓누르는 일, 바로 오늘 밤에 있을 리기아의 탈주에 대해 이야기하기 시작했다. 그 계획에 대해서 악테는 부정적인 견해를 가지고 있었다. 그녀에게는 그 계획이 도저히 성공할 가망이 없는 황당한 짓으로 여겨지기도 했다. 그러자 리기아에 대해 점점 더 깊은 연민의 정이 끓어올랐다. 어쩌면 리기아의 안전을 위해서는 비니키우스와 화해를 하는 편이 훨씬 낫지 않을까. 악테는 리기아에게 비니키우스와 언제부터 알게 되었는지, 혹시라도 비니키우스가 그녀를 가엾게 여겨 폼포니아에게 돌려보낼 가능성은 없는지 물어보았다.

리기아는 슬픈 듯 그 짙은 머리카락을 가만히 흔들면서 대답했다.

"아울루스 댁에 있을 때 비니키우스는 전혀 딴 사람 같았어요……. 성발 진절한 분이었죠. 하지만 어젯밤 연회에 참석하고 난 뒤부터 나는 그가 무서워졌어요. 차라리 리기 족의 땅으로 도망치는 편이 낫겠다는 생각이 들 정도였답니다."

악테가 계속해서 물었다.

"그래도 아울루스 장군 댁에서는 그분을 좋아했잖아요?"

"네, 그래요." 리기아가 고개를 숙이며 대답했다.

"리기아, 당신은 예전의 나하고는 달리 노예가 아니에요." 잠시 생각에 잠기더니 악테가 입을 열었다. "비니키우스는 당신과 정식으로 혼인할 수도 있을 거예요. 당신은 인질이고 리기 족의 공주예요. 아울루스와 폼포니아도 당신을 친딸처럼 사랑하니까 언제든지 양녀로 삼을 수 있어요. 당신은 비니키우스와 정식으로 결혼할 수도 있어요, 리기아."

하지만 리기아는 아까보다도 더 슬픈 표정으로 힘없이 말했다.

"아무리 그렇다 해도 리기 족의 땅으로 도망가는 편이 나을 것 같아요."

"리기아, 내가 직접 비니키우스의 집으로 찾아가 볼게요. 만약 그가 잠들어 있으면 흔들어 깨워서라도 방금 내가 한 말을 그에게 할게요. 그래요, 그에게 가서 이렇게 말하겠어요. '비니키우스, 그분은 왕의 딸이자, 저 유명한 아울루스 장군의 사랑하는 딸입니다. 만일 그녀를 원한다면 일단 아울루스 가문으로 돌려보냈다가 나중에 정정당당하게 아내로 맞아 데려가세요.'"

리기아는 악테에게 들릴까 말까 하는 작은 목소리로 말했다.

"그래도 리기 족의 땅으로 가겠어요……."

아래로 떨군 리기아의 속눈썹에 눈물방울이 그렁그렁 맺혔다.

그 순간 가까이 다가오는 발자국 소리에 대화는 중단되고 말았다. 누구인지 미처 살펴볼 새도 없이 시녀 몇 명을 거느린 포페아 사비나가 벤치 앞에 나타났다. 두 명의 여자 노예가 타조의 깃털을 황금 막대에 묶어 만든 부채를 포페아의 머리 위로 펼쳐 들고는 뜨거운 가을 햇볕을 가리기도 하고, 가볍게 부채질을 하기도 했다. 포페아의 앞에는 흑단처럼 검은 피부에 모유가 철철 넘치는 풍만한 가슴을 지닌 에티오피아 여자가 가장자리에 금술을 단 자줏빛 강보에 싸인 갓난아기를 안고 서 있었다. 악테와 리기아는 벤치에서 급히 일어났다. 자기들 따위는 거들떠보지도 않고 지나갈 것이라고 생각했는데, 의외로 포페아는 두 사람 앞에서 걸음을 멈추고 말을 건넸다.

"악테, 네가 지난번에 인형에 달아준 방울은 바느질이 시원찮아서, 아기가 잡아 뜯어 입으로 가져갔다. 릴리트가 미리 보았기에 천만다행이지만……."

"용서하십시오, 황후 마마." 악테가 두 손을 가슴 앞에서 모아 쥐고 머리를 숙이며 말했다.

순간 포페아가 리기아를 유심히 훑어보았다.

"이 노예는 누구냐?"

"노예가 아닙니다, 거룩하신 황후 마마. 폼포니아 그레키나의 양녀인데 리기 족의 공주입니다. 인질로 로마에 끌려오게 되었죠."

"너를 만나러 온 건가?"

"그건 아닙니다. 황후 마마. 그제부터 궁전에 와 있었습니다."

"어젯밤 연회에는 참석했었나?"

"네, 황후 마마."

"누구의 명령으로?"

"폐하의 어명으로……."

이 말에 포페아는 더욱 주의 깊게 리기아를 살펴보았다. 리기아는 고개를 숙이고 있다가 호기심에 빛나는 눈을 들어 포페아를 쳐다보다가 얼른 다시 눈을 내리깔았다. 갑자기 황후의 양미간에 주름이 잡혔다. 자신의 미모와 권력에 몹시 민감한 포페아는 언젠가 자기를 능가할 만한 경쟁자가 나타나서 자신이 옥타비아를 짓밟은 것처럼 그렇게 자기를 파멸시키지 않을까 끊임없이 불안해하고 있었다. 그래서 궁전에 아름다운 얼굴만 나타나면 즉시 경계의 눈초리를 번뜩이곤 했다. 포페아는 여인의 미모를 평가하는 데 있어 전문가다운 눈길로 재빨리 리기아의 외모를 구석구석 훑어보고는 부르르 몸을 떨었다.

'이 여자는 님프다. 비너스가 낳은 여자가 틀림없어!' 포페아는 속으로 중얼거렸다. 순간 포페아의 머릿속에 지금까지 그 어떤 미녀 앞에서도 개의치 않았던 사실이 스쳐 지나갔는데, 바로 자기가 이 여자보다 훨씬 나이가 많다는 점이었다. 포페아의 마음은 상처받은 자존심 때문에 들볶이기 시작했고, 머릿속은 불안과 질투심으로 혼란스러워졌다. '네로는 어쩌면 아직 이 계집을 보지 못했을지도 몰라. 아니면 에메랄드 구슬을 통해서 봤기 때문에 제대로 보지 못했을 수도 있지. 하지만 만일 네로가 밝은 대낮에, 햇빛 아래서 이렇게 예쁜 계집을 보았다면 어떻게 됐을까? 게다가 이 계집애는 노예도 아니고 공주라고 하질 않는가? 야만족 출신이긴 하지만 어쨌든 공주는 공주다……. 아아, 불멸의 신들이여! 이 계집애는 나만큼 예쁜 데다가, 나보다 더 젊구나.'

포페아의 눈가에 주름이 깊어졌으며, 황금색 속눈썹에 감싸인 눈동자에는 냉혹한 기운이 감돌았다. 애써 태연함을 가장하면서 포페아는 리기아에게 질문을 던졌다.

"폐하와 이야기를 나누어보았느냐?"

"아닙니다, 황후 마마."

"너는 무엇 때문에 아울루스의 집을 떠나 이곳에 오기를 원했느냐?"

"황후 마마, 제가 원한 것이 아니옵니다. 저를 폼포니아의 슬하에서 데려오도록 폐하께 간청한 사람은 페트로니우스입니다. 저는 여기에 오고 싶어 한 적이 없습니다. 황후 마마!"

"그렇다면 폼포니아에게로 돌아가고 싶단 말인가?"

포페아는 한결 부드럽고 온화한 음성으로 마지막 질문을 던졌다.

리기아의 마음속에 희망이 솟아올랐다.

"폐하께서는 저를 노예처럼 비니키우스에게 주기로 약속을 하셨답니다. 마마, 부디 그렇게 되지 않도록 도와주세요. 폼포니아에게 저를 돌려보내 주세요."

"그러니까 페트로니우스가 너를 아울루스에게서 빼앗아 비니키우스에게 주십사고 폐하께 부탁드렸단 말이지?"

"네, 그렇습니다. 비니키우스가 오늘 밤 저를 데려갈 사람을 보내겠다고 했어요. 자애로우신 황후 마마, 제발 저를 불쌍히 여겨주십시오."

리기아는 말을 마치고 머리를 숙인 채 포페아의 옷자락을 잡고 두근거리는 가슴으로 대답을 기다리고 있었다. 포페아는 표독스런 미소를 띄우고 잠시 리기아를 쳐다보다가 입을 열었다.

"그럼 내 약속하마. 자, 오늘부터 너는 비니키우스의 노예가 되는 거야."

그러고는 아름답지만 불길하기 짝이 없는 환영처럼 사라져 버렸다. 바로 그 순간 리기아와 악테의 귀에 갓난아기의 갑작스러운 울음소리가 들려왔다. 다들 아기가 왜 갑자기 우는지 이유를 알 수 없었다.

리기아의 눈에도 눈물이 고였다. 그녀는 악테의 손을 잡고 말했다.

"돌아가요. 도움이란 역시 얻을 만한 곳에서 구해야 하는 법인가 봐요."

두 사람은 안채로 돌아가, 밤이 될 때까지 꼼짝도 하지 않았다. 마침내 날이 어두워졌다. 노예들이 커다란 호롱불을 들고 왔을 때 두 여자의 얼굴은 몹시 창백해져 있었다. 그들의 대화는 자꾸 끊겼다. 두 사람 모두 행여 누가 오지 않나 신경을 곤두세우고 있었다. 리기아는 악테와 헤어지는 것은 정말 슬픈 일이지만 우르수스가 어둠 속에서 기다리고 있을 테니, 오늘 밤에 모든 일을 끝내는 것이 좋겠다는 말을 여러 차례 반복했다. 리기아의 심장은 흥분으로 인해 점점 더 빨리, 점점 더 강하게 뛰었다. 악테는 자기가 가지고 있는 보석을 있는 대로 황급히 모아 리기아의 페플루스 단에 꿰매어 주면서, 도주할 때 필요할지 모르니 가져가라고 했다. 사방이 적막한 가운데, 두 사람의 귓가에 간간이 환청같이 여러 가지 소리가 들려왔다. 휘장 너머에서 누군가 속삭이는 소리 같기도 하고, 멀리서 어린애가 울고 있는 것 같기도 했으며, 어떤 때는 개 짖는 것 같은 소리가 들리기도 했다.

별안간 현관 쪽 휘장이 소리 없이 젖혀지더니 마마 자국이 있는 거무튀튀한 얼굴에 키가 큰 사내가 망령처럼 아트리움으로 들어왔다. 리기아는 첫눈에 그가 아타키누스란 걸 알았다. 아타키누스는 비니키우스의 해방노예로 전에 한 번 아울루스의 집에 온 적이 있었던 것이다.

악테가 깜짝 놀라 소리를 질렀다. 아타키누스는 공손하게 몸을 굽히며 말했다.

"마르쿠스 비니키우스 님께서 신성한 리기아 아가씨께 인사를 전하라고 하셨습니다. 비니키우스 님은 지금 집을 온통 초록색으로 장식하고, 연회 준비를 마친 채 아가씨를 기다리고 계십니다."

처녀의 입술이 파랗게 질렸다.

"네, 가겠습니다." 리기아가 대답했다. 그러고는 작별의 표시로 악테의 목을 껴안았다.

제10장

비니키우스의 집은 벽과 문이 도금양과 담쟁이덩굴로 뒤덮여 온통 녹색으로 장식되어 있었다. 원주에는 포도 덩굴이 휘감겨 있었다. 아트리움의 천장에는 차가운 밤공기를 막기 위해 자줏빛의 거대한 모직 휘장을 쳐놓았으며, 실내는 마치 대낮처럼 밝았다. 여덟 개 또는 열두 개의 촛불을 한꺼번에 밝힐 수 있게 만들어진 형형색색의 촛대는 나무와 짐승, 새, 또는 조각상을 본떠 만든 것으로 그 안에는 향기로운 올리브기름을 가득 채워놓았다. 네로가 쓰고 있는 아폴로 사원에서 발굴된 저 유명한 촛대만큼 값비싼 것은 아니었지만, 유명한 대가들이 설화석고와 대리석, 또는 금도금을 한 코린투스 청동을 사용하여 만든 훌륭한 예술품이었다. 그중에는 알렉산드리아의 유리로 장식한 것도 있고, 인도에서 가져온 붉은색, 푸른색, 노란색, 연보라색의 투명한 비단으로 덮여 있는 것도 있었다. 그리하여 아트리움 전체가 오색의 광채로 눈부시게 빛나고 있었다. 비니키우스가 동방에 머무르는 동안 심취하게 된 나아드[1] 향유가 곳곳에서 은은히 풍겼으며, 집안 구석구석, 남녀 노예들이 서성대는 곳까지 불빛이 환했다. 식당에는 네 사람을 위한 자리가 마련되어 있었다. 비니키우스와 리기아 외에 페트로니우스와 크리소테미스도 만찬에 참석하게 되어 있었기 때문이다.

비니키우스는 모든 것을 페트로니우스가 시키는 대로 했다. 페트로니우스는 비니키우스에게 리기아를 직접 맞으러 가지 말고, 아타키누스에게 황제의 허가장을 들려서 보내고, 집에서 리기아를 맞이하라고 일러두었다. 아울러 리기아를 맞을 때는 정중한 태도와 충분한 경의를 표하며 반기라는 충고도 잊지 않았다.

"어젯밤엔 많이 취했더구나." 페트로니우스가 말을 꺼냈다. "내가 다 보고 있었다. 넌 마치 알바누스 산에서 일하는 석공처럼 굴더구나. 그렇게 대놓고 치근대서는 안 되는 법이야. 좋은 포도주는 향을 음미하며 천천히 마셔야지. 여자를 탐하는 것도 즐거운 일이지만, 여자를 달뜨게 하는 짜릿한 쾌감도 그에 못지않다는 것을 알아두어라."

크리소테미스는 페트로니우스의 의견에 반대했다. 하지만 페트로니우스는 그녀를 '베스타의 여제사', '사랑하는 비둘기'라고 부르며, 노련한 전차 경주 선수와 처음 전차를 타는 풋내기 사이에는 차이가 나는 것이 당연하다고 설명했다. 그리고 비니키우스를 쳐다보며 말을 이었다.

"리기아로 하여금 너를 믿도록 하는 것이 중요하다. 그녀를

1) 히말라야 산 방향 식물인 감송(甘松)에서 추출한 향유.

즐겁게 해주고 너그럽게 대해 주어라. 나는 우울한 만찬은 싫다. 필요하다면 폼포니아에게 돌려보내 주겠노라고 하데스[2] 앞에 맹세를 해도 좋다. 오늘 밤이 지나고 내일 아침이 밝았을 때 그녀가 아무 데도 가지 않고 네 곁에 머물겠다고 말하게 될지, 아닐지는 모두 네게 달려 있다."

페트로니우스는 이렇게 말한 뒤 크리소테미스를 가리키며 말했다.

"지난 오 년 동안 나는 매일 이런 식으로 이 겁 많은 산비둘기를 길들여 왔지. 그동안 이 여인은 내가 하자는 일에 싫다고 반대한 적이 단 한번도 없었단다."

크리소테미스가 공작의 깃털로 만든 부채로 그를 가볍게 치면서 말했다.

"제가 싫다고 한 적이 한번도 없다고요? 이 사티루스 같은 양반아!"

"전남편에게는 그랬겠지."

"내 발아래 무릎 꿇은 적도 없으신가요?"

"그야 당신 발가락에 반지를 끼워주기 위해서 그랬지."

크리소테미스가 무의식중에 자기 발로 눈길을 던지자, 정말로 발가락 사이에서 보석이 반짝이고 있었다. 두 사람은 함께 웃음을 터뜨렸다. 하지만 비니키우스에게는 두 사람의 말장난이 한 마디도 귀에 들어오지 않았다. 리기아를 맞기 위해 특별히 차려입은, 시리아의 제의를 본떠 만든 기다란 겉옷 안에서 그의 가슴은 요란하게 고동치고 있었다.

"지금쯤은 궁전에서 나왔을 시간이군." 비니키우스가 혼잣

---

2) 지옥의 신.

말처럼 중얼거렸다.

"그렇겠구나." 페트로니우스가 대답했다. "기다리는 동안 티아나[3]에서 온 아폴로니우스[4]의 예언 이야기나 할까. 아니면 루피누스에 관한 이야기는 어떠니? 어찌된 일인지, 그 이야기는 한번도 제대로 끝마친 기억이 없으니 말이다."

하지만 비니키우스에게는 티아나에서 온 아폴로니우스의 예언도, 루피누스 이야기도 아무 흥미가 없었다. 그의 마음은 오직 리기아에게로만 향하고 있었던 것이다. 마치 체포라도 하려는 것처럼 궁전으로 직접 데리러 가는 것보다는 집에서 맞이하는 편이 훨씬 나을 것이라고 생각하면서도, 자기가 직접 갔더라면 좀 더 빨리 리기아를 만나서, 어두운 가마 안에 나란히 앉을 수 있었을 텐데 하면서 후회하는 중이었다.

그때 노예 몇 명이 숫양의 머리 모양이 장식된 청동 사발과 숯이 담긴 삼각 화로를 들고 와서 그 위에 나아드 잎과 몰약 부스러기를 던져넣었다.

"지금쯤 모퉁이를 돌아 카리내에 거의 들어섰겠지……." 비니키우스가 말했다.

"어머, 조급하시기도 해라. 지금은 마중을 나간다 해도 아마 길이 엇갈리고 말 거예요." 크리소테미스가 외쳤다.

"원, 천만의 말씀입니다. 끝까지 기다리겠습니다."

비니키우스가 수줍은 미소를 머금고 말했다. 하지만 그는 콧방울을 부풀리면서 거칠게 숨을 쉬고 있었다. 그것을 본 페

3) 흑해 남쪽의 카파도키아의 한 도시.

4) AD 1세기 그리스의 철학자이자 예언가. 기적을 행하는 사람으로 알려져 있었음.

트로니우스가 어깨를 으쓱하면서 말했다.

"이 아이한텐 철학적인 소양이 전혀 없다니까. 군신(軍神) 마르스의 아들을 사람으로 만든다는 것 자체가 정말 힘든 일이군."

비니키우스에게는 그 말이 들리지도 않았다.

"이제 카리내에 도착했겠구나!"

그 시각 리기아를 태운 가마는 정말로 카리내 거리를 통과하고 있었다. 횃불을 든 노예들이 앞장서고, '수행 시종'이라 불리는 노예들이 가마의 양 옆에서 따라왔으며, 아타키누스가 뒤에서 행렬을 감독하고 있었다.

가마는 천천히 나아가고 있었다. 불빛이 전혀 없는 곳이라, 횃불만 가지고는 길이 잘 보이지 않았던 것이다. 더구나 궁전 근처에는 인기척이 드물어서 횃불을 든 사람이 어쩌다 하나씩 지나갈 뿐이었다. 그러나 조금 더 앞으로 나아가자 이상하게도 거리가 북적거리기 시작했다. 골목마다 서너 사람씩 모여 있었는데, 그들은 손에 횃불도 없이 검은 외투를 걸치고 있었다. 가마의 행렬을 따라 걸으면서 노예들 틈으로 비집고 들어오는 사람들이 있는가 하면, 반대편에서는 더욱 많은 사람들이 무리 지어 다가오고 있었다. 더러는 술에 취한 것처럼 비틀거리는 자들도 있어서 행렬에 이따금씩 지장을 주었다. 횃불을 든 노예들이 소리쳤다.

"물렀거라! 호민관 마르쿠스 비니키우스 님의 행차이시다!"

리기아는 휘장을 걷어 젖히고 밖을 내다보았다. 검은 외투를 입은 많은 사람들을 보자 그녀는 흥분으로 몸이 떨렸다. 희망과 공포가 교차하는 순간이었다. '그가 왔구나! 우르수스와 형제님들이야! 이제 곧 시작되겠지.' 그녀는 입술을 떨면

서 기도하기 시작했다. '오, 예수님, 도와주소서! 오, 그리스도님, 구해 주소서!'

처음에는 거리가 평소와는 달리 붐비는 것에 별로 신경 쓰지 않던 아타키누스도 차츰 긴장했다. 아무래도 수상한 일이 었기 때문이다.

"물렀거라! 호민관님의 행차시다!"

앞에서 횃불을 들고 가는 노예들의 목소리가 점점 커졌다. 사방에서 정체를 알 수 없는 사람들이 자꾸만 가마를 향해 다가왔기 때문에, 아타키누스는 노예들에게 몽둥이로 쫓으라고 명령했다.

별안간 행렬의 선두에서 비명 소리가 나더니, 모든 횃불이 한꺼번에 꺼져버렸다. 이윽고 가마 주변에서 밀고 당기면서 싸움이 시작되었다.

아타키누스는 비로소 누군가에게 습격당했음을 알았다. 그 사실을 깨닫는 순간 갑자기 두려움이 밀려왔다. 황제가 이따금씩 장난삼아서 부하들을 거느리고 수부라 거리나 그 밖의 시내 곳곳에 출몰한다는 것은 공공연한 사실이었기 때문이다. 밤거리에서 짓궂은 장난을 하다가 황제의 얼굴에 타박상과 검푸른 멍이 생겨 달아난 적도 있다고 했다. 그런 경우 방어하거나 저항하면 그 사람이 원로원 의원이라고 해도 살아남지 못했다. 거리의 경비를 맡고 있는 순찰대가 멀지 않은 곳에 있었지만, 그런 경우에는 짐짓 귀머거리나 장님인 척할 따름이었다. 마침내 가마를 둘러싸고 쟁탈전이 벌어졌다. 사람들이 서로 얽혀 버둥대면서, 치고받고 짓밟기 시작했다. 아타키누스는 이 북새통에서 자신과 리기아만은 무슨 일이 있어도 도망쳐야 하며, 나머지는 운명에 맡길 수밖에 없다고 판단했다. 그는 가마에서 리기아를 강제로 끌어내려 팔을 잡고 어둠 속으로 끌고 가려 했다.

"우르수스! 우르수스!" 리기아가 소리를 질렀다.

리기아는 흰옷을 입고 있었으므로 쉽게 눈에 띄었다. 아타키누스는 리기아에게 강제로 자신의 검은 외투를 입히려고 했다. 순간 강한 손길이 그의 목덜미를 잡더니, 돌덩이처럼 단단하여 무엇이든지 때려 부술 것 같은 거대한 주먹이 그의 머리를 내리쳤다. 아타키누스는 마치 주피터의 제단 앞에서 망치로 머리를 맞은 황소처럼 그 자리에 그대로 고꾸라지고 말았다.

비니키우스의 노예들은 대부분 바닥에 너부러져 있거나 그나마 살아남은 자들은 어둠 속으로 뿔뿔이 흩어져 성벽을 따라 후미진 곳으로 달아났다. 남은 것은 난리 통에 부서진 가마뿐이었다. 우르수스는 리기아를 업고 수부라 거리로 갔다. 그리스도교 신자들은 뒤따라가다가 도중에 흩어졌다.

노예들은 비니키우스의 집 앞에 모여 어떻게 할까 의논했다. 차마 집으로 들어갈 용기가 나지 않았던 것이다. 그들은 잠시 쑥덕대다가 사건 현장으로 다시 돌아갔다. 그곳에는 시체 몇 구가 뒹굴고 있었는데, 그중에는 아타키누스도 있었다. 그때까지 아타키누스는 숨이 멎지 않은 듯 몸을 떨고 있었다. 그러다가 어느 순간 갑자기 심한 경련과 함께 몸이 축 늘어지더니 다시는 움직이지 않았다.

노예들은 아타키누스의 시체를 짊어지고 돌아와서 비니키우스의 집 대문 앞에서 망설였다. 어쨌든 이 사고를 주인에게 알리지 않으면 안 되었다.

"굴로가 말씀드리는 게 어때?" 몇 사람이 속삭였다.

"굴로도 우리와 마찬가지로 부상을 입어 얼굴에서 피가 흐르고 있고, 또 주인님이 그를 특별하게 생각하시니, 다른 사람보다는 무사할 수 있겠지."

굴로는 게르마니아 태생의 늙은 노예로 비니키우스가 어렸을 때부터 시중을 들어왔다. 비니키우스는 그 노예를 페트로니우스의 누이인 자신의 어머니로부터 물려받아 지금까지 부려왔던 것이다.

"그래, 내가 말씀드리겠다. 하지만 모두들 함께 들어가자. 나리의 분풀이를 나 혼자만 당할 수는 없지 않겠나."

비니키우스는 이제 더 이상 참을 수가 없었다. 페트로니우스와 크리소테미스가 그를 놀렸으나 그는 아트리움을 이리저리 서성거리면서 같은 말만 되풀이하고 있었다.

"벌써 도착할 시간이 지났는데……! 벌써 도착했어야 한다고!"

비니키우스는 일행을 마중 나가려 했지만 그때마다 페트로니우스와 크리소테미스가 말렸다.

순간 갑자기 현관에서 인기척이 나는가 싶더니 노예들이 아트리움으로 우르르 쏟아져 들어왔다. 그들은 벽을 등지고 나란히 서서 두 팔을 위로 번쩍 들고 신음 소리를 내기 시작했다.

"어이구, 어이구!"

비니키우스는 그들을 향해 달려갔다.

"리기아는 어디 있지?" 여느 때에는 들어보지 못한 무서운 목소리였다.

"아아, 주인님!"

굴로가 피투성이가 된 얼굴로 앞으로 나와 입을 열었다.

"주인님, 이 피를 좀 보십시오. 저희들은 열심히 싸웠습니다! 제발 이 피를 좀 보아주세요. 이 피를……."

그러나 그는 말을 끝맺지 못했다. 비니키우스가 청동 촛대를 집어 들고 노예의 머리를 일격에 박살내 버렸기 때문이다. 그러고 나서 비니키우스는 두 손으로 자기의 머리를 움켜쥐고 손가락을 머리카락 속에 파묻고는 쉰 목소리로 외쳤다.

"비참한 내 신세여!"

얼굴은 새파랗게 변했고, 눈은 이마까지 치켜 올라갔으며, 입에서는 거품이 나오고 있었다.

"매를 가져와라!" 그는 야수처럼 사나운 목소리로 고함을 질렀다.

"어이구…… 나리! 제발 자비를 베풀어주십시오!" 노예들이 울먹이며 신음했다.

그러자 페트로니우스는 불쾌한 표정을 지으며 일어섰다.

"갑시다, 크리소테미스! 당신이 날고기를 구경하고 싶다면, 카리내 거리에 있는 도살장으로 안내하리다."

페트로니우스는 이렇게 말하며 아트리움을 박차고 나갔다.

초록빛 담쟁이덩굴로 우아하게 꾸며놓고, 연회를 준비했던 비니키우스 집에서는 신음 소리와 채찍 소리가 끊임없이 울려 퍼졌다. 그 소리는 새벽녘까지 계속되었다.

제11장

그날 밤 비니키우스는 한숨도 자지 못했다. 채찍으로 매를 맞는 노예들의 신음 소리를 들으면서도 고통과 분노를 삭일 수 없어 페트로니우스가 떠난 다음 다른 노예들을 집합시켜 밤새도록 리기아를 찾아 헤맸다. 에스퀼리누스 언덕에서 시작하여 수부라와 스켈레라투스 거리, 그리고 그 일대를 샅샅이 뒤졌다. 그 다음 카피톨리움을 한 바퀴 돌아서 파브리키우스 다리를 지나 건너편 섬까지 갔다가 티베리스 강 유역에까지 이르렀다. 리기아를 찾으리라는 희망이 있어서라기보다는 그렇게라도 하면서 그 참담한 밤을 넘기려고 무작정 찾아 나선 것이다. 하지만 결국 헛수고로 끝나고 말았다. 비니키우스가 귀가했을 때는 이미 동이 튼 뒤여서 노새가 끄는 채소 장수의 마차가 거리에 나와 있었으며, 빵 장수는 가게 문을 열고 있었다.

집에 들어서자마자 비니키우스는 그때까지 아무도 손을 못

대고 있던 굴로의 시체를 치우라고 지시했다. 그러고는 리기아를 빼앗긴 노예들을 모조리 시골의 노역장으로 보내라고 명령했는데, 그것은 사형보다 더 무서운 형벌이었다. 모든 지시가 끝나자 그는 아트리움의 의자에 몸을 던지고는 리기아를 찾아내어 데려올 방법을 이리저리 모색하기 시작했다.

리기아를 포기하는 것, 그녀를 잃는다는 것, 두 번 다시 만날 수 없다는 것…… 이것은 그에겐 도저히 있을 수 없는 일이었다. 그런 생각만으로도 그는 미칠 듯한 분노에 휩싸였다. 안하무인에다 매사에 자신만만하게 살아온 이 젊은 군인이 태어나서 처음으로 자기의 뜻을 거스르는 강렬한 저항에 부딪친 것이었다. 도대체 자신의 욕구에 감히 대항하려는 자가 어떻게 이 세상에 존재할 수 있는지 도저히 용납할 수가 없었다. 비니키우스로서는 바라는 것을 손에 넣지 못하는 것보다는 차라리 로마와 세상의 멸망을 보는 편이 나았다. 달콤한 술잔을 막 입에 대려는 순간 빼앗겨버리다니. 그것은 도저히 있을 수 없는 사건이었으며, 신과 인간의 법에 호소해서라도 반드시 앙갚음을 해야만 직성이 풀릴 것 같았다.

비니키우스는 무슨 일이 있어도 운명에 순응할 수는 없다고 생각했다. 지금껏 살면서 리기아를 원한 만큼 절실하게 무엇을 갈망해 본 적이 없었다. 리기아가 곁에 없다면 살아가는 보람도 없을 것만 같았다. 그녀 없이 당장 내일을 어떻게 지낼까, 앞으로 어떻게 살아갈까를 생각하니 곧장 눈앞이 캄캄해졌다. 때로는 리기아에 대해 광기에 가까운 분노에 사로잡히기도 했다. 리기아를 때리고, 머리채를 잡고 침실 안에서 질질 끌고 다니며 잔인하게 굴기 위해서라도 그녀를 찾아내고 말겠다고 큰소리치다가도, 그녀의 목소리, 자태, 눈동자 등에 대한 강렬한 그리움이 밀려오면, 당장 그녀의 발아래 무릎 꿇고 엎드려도 좋겠다는 마음이 들었다. 그는 리기아의 이름을 부르며 손가락을 깨물어 보기도 하고, 두 손으로 머리를 움켜쥐기도 했다. 그는 전력을 다해 냉정하고 침착하게 그녀를 되찾아 올 궁리를 하려고 했지만, 뾰족한 수가 떠오르지 않았다. 셀 수 없이 많은 수단과 방법이 머릿속에 오갔지만, 하나같이 모두 터무니없는 것들뿐이었다. 최종적으로 비니키우스는 아울루스밖에는 리기아를 빼앗아갈 만한 사람이 없으며, 만약 그렇지 않더라도 최소한 아울루스는 그녀가 어디에 숨어 있는지는 알고 있으리라는 결론을 내렸다.

비니키우스는 아울루스의 집으로 달려가기 위해 벌떡 일어섰다. 만일 아울루스 장군이 그녀를 순순히 내주지 않고 자기의 위협에도 굴복하지 않는다면, 곧장 황제에게로 달려가 그 늙은 장군을 황제의 명에 거역했다는 죄목으로 고발하여 사형 선고를 받게 하리라. 하지만 그에 앞서 리기아가 어디에 있는지 자백시키지 않으면 안 된다. 설사 아울루스 내외가 순순히 리기아를 내어준다 해도 아울루스 장군에게는 반드시 복수하리라. 아무리 그들이 흔쾌히 나를 자기들의 집에 데려가 극진히 보살펴 주었더라도, 그게 다 무슨 소용이란 말인가. 그들이 저지른 단 한 번의 잘못으로 인해 그동안 신세진 데 대한 마음의 빚에서 완전히 벗어났는데. 복수의 일념에 사로잡힌 비니키우스는 백인대장이 아울루스 장군에게 사형 선고를 통보하는 순간, 절망에 사로잡힐 폼포니아 그레키나의 표정을 상상하며 잔인한 쾌감을 느끼고 있었다. 아울루스의 사형은 기정사실이라고 비니키우스는 확신했다. 페트로니우스 또한 자기를 도와주리라. 황제는 웬만하면 측근들의 조언은 그대로 수용하는 편이었다. 그러나 개인적으로 탐탁지 않게 여길 만한 특별한 이유가 있든지, 아니면 그것을 거절할 때 쾌감을 느끼는 경우는 예외였다. 그런데 다음 순간 갑자기 떠오른 섬뜩한 추측에 비니키우스의 심장은 멎어버릴 것 같았다. 만일 리기아를 빼앗아간 것이 황제라면?

네로가 심심풀이로 이따금 밤에 사람들을 습격하는 장난을 친다는 건 모두가 알고 있었다. 페트로니우스까지도 그런 장난에 가담한 적이 있었다. 주로 여자들을 붙잡아서 병사의 외투에 둘둘 말아 기절할 때까지 몇 번이든 공중으로 던져 올리는 장난이었다. 네로는 그 장난을 일컬어 '진주잡이'라고 불렀다. 가난한 사람들이 떼 지어 모여 사는 빈민굴에서 가끔 젊고 매력적인 진짜 진주를 발견하는 일이 종종 있었기 때문이다. 그들은 그렇게 여자들을 군인의 외투에 싸서 집어던지는 짓거리를 '사가티오'[1]라 불렀는데, 나중에는 그 장난이 진짜 납치 행위로 변질되었고, 그렇게 캐낸 '진주'는 팔라티움 궁전이나 황제의 별장으로 보내지든지, 아니면 가까운 신하에게 선물로 하사되곤 하였다. 어쩌면 리기아도 그런 꼴을 당했을지 모른다. 연회 때 황제가 리기아를 보았으니, 지금까지 본 그 어떤 여자들보다 아름답다고 생각했을 것이 틀림없다. 비니키우스는 이 사실만큼은 추호도 의심하지 않았다. 그렇다. 분명하다. 리기아는 틀림없이 팔라티움 궁전 안에 있는 네로의 방에 있을 것이다. 물론 네로는 그녀를 공식적으로 궁전에 붙잡아 둘 수도 있었으리라. 하지만 페트로니우스가 지적했듯이 황제는 잘못을 저지를 때마다 늘 용기가 부족하여,

1) 라틴어로 군용 외투.

공공연히 해도 될 일을 남몰래 비밀리에 처리하곤 한다. 특히 이번에는 포페아에 대한 두려움 때문에 그런 짓을 저질렀는지도 모른다. 그러자 비니키우스의 머릿속에는, 황제가 자기에게 하사한 여인을 설마 아울루스 내외가 강제로 빼앗아갈 수 있겠는가 하는 의구심이 들었다. 그렇다면 감히 누가 그런 짓을 하겠는가? 대담하게도 연회장으로 들어와서 리기아를 두 팔로 안고 갔던, 그 푸른 눈의 리기 족 거인이라면 그렇게 할 수 있을까? 그러나 그 거인이 과연 어디에 리기아를 숨겨둘 수 있단 말인가? 어디로 그녀를 데려가겠는가? 한낱 종의 신분으로 그런 엄청난 일을 할 수 있을 것 같지는 않았다. 아무리 생각해도 황제 말고는 그런 짓을 할 수 있는 사람이 없다.

여기까지 생각하자 비니키우스의 이마에는 구슬땀이 흘러내리고 눈앞이 캄캄해졌다. 정녕 나는 리기아를 영원히 잃어버렸단 말인가. 다른 사람이라면 몰라도 황제의 손아귀에 들어간 여자는 빼앗아올 수가 없다. "이 무슨 기구한 운명이란 말인가!" 비니키우스는 조금 전보다 더욱 절망적인 확신에 몸부림치며 탄식을 되풀이했다. 네로의 두 팔에 안겨 있는 리기아를 상상하면서 비니키우스는 난생 처음 세상에는 인간으로서 절대 참을 수 없는 일이 있다는 것을 절감했다. 순간 그는 자신이 리기아를 진심으로 사랑하고 있다는 사실을 깨달았다. 물에 빠진 사람의 눈앞에 지나간 삶이 번개처럼 스쳐 지나가듯이, 그의 머릿속에 리기아에 대한 짧은 추억이 떠올랐다. 비니키우스는 그녀의 모습을 낱낱이 기억하고 있었고, 그녀가 한 말도 한 마디 한 마디 다 외울 수 있었다. 연못에서 그녀를 처음 보았던 일, 아울루스의 집에 찾아가서 그녀를 만났던 기억, 궁중 연회장에서 마지막으로 그녀와 함께했던 시간. 비니키우스에게는 마치 리기아가 바로 곁에 있는 듯 생생하기만 했다. 머리카락의 향기, 따사로운 체온, 그녀의 순결한 입술을 탐했던 첫 키스의 달콤함까지 모든 것이 고스란히 되살아났다. 비니키우스에게는 리기아가 지금까지 알고 있던 것보다 훨씬 더 아름답고, 훨씬 더 완벽한 사람으로, 모든 인간과 모든 신들 가운데서 선택된 가장 빼어난 존재로 여겨졌다. 자신의 심장에 뚜렷이 각인되어 피가 되고, 생명이 되어버린 리기아가 네로의 소유가 되어버렸을지도 모른다는 생각에 비니키우스의 온몸에는 심한 신체적 고통까지 몰려왔다. 그 고통이 어찌나 심한지 머리가 산산조각 날 때까지 벽에 들이받고 싶을 정도였다. 비니키우스는 자기가 아마 미쳤는지도 모른다고 생각했다. 만일 그에게 복수심이라도 없으면 정말로 실성해 버릴 것 같았다. 조금 전까지만 해도 리기아를 되찾지 못하면 더 이상 살 수 없을 것이라고 생각했지만, 지금은 그녀를 위해 복수할 때까지는 죽을 수 없다는 생각이 들었다. 그렇게 생각하자 조금은 힘이 솟았다.

"내가 그대의 카시우스 캐레아[2]가 되어주리라."

비니키우스는 네로를 떠올리며 소리쳤다. 그는 빗물을 받는 임플루비움의 가장자리에 놓인 화분에서 흙을 한 움큼 집어 들고는, 헤카테[3]와 에레보스[4]와 자기 집안의 수호신에게 철저한 복수를 맹세했다.

그러고 나니 마음이 다소 가라앉았다. 적어도 살아야 할 목

---

2) 근위대장. 칼리굴라 황제를 암살한 자.
3) 디아나, 루나와 동일시되는 달, 사냥, 낚시, 마법, 도로의 여신.
4) 혼돈의 신 카오스의 아들로 어둠의 신.

적과 밤낮을 보낼 수 있는 목표가 생긴 것이다. 비니키우스는 아울루스 장군을 만나겠다는 생각을 버리고, 팔라티움 궁으로 가자고 가마꾼들에게 명령했다. 가는 도중 비니키우스는 만일 황제가 알현을 거부하든지, 또는 무기를 찾기 위해 몸수색을 한다면, 그것이야말로 황제가 리기아를 납치한 증거임에 틀림없다고 생각했다. 비니키우스는 무기를 소지하지 않았다. 지금 그의 정신 상태는 온전치 못했다. 한 가지 생각에 편집증적으로 몰두하는 사람이 그렇듯이 비니키우스의 머릿속에는 복수의 일념 외에는 아무런 생각도 없었다. 그는 복수를 시작하기도 전에 집념이 약해지는 것을 원치 않았다. 우선 악테를 꼭 만나보고 싶었다. 그녀를 통해서 사건의 진상을 파악할 수 있으리라고 생각했던 것이다. 혹시 궁전 어딘가에서 리기아를 볼 수 있을지도 모른다는 기대감에 몸이 떨려왔다. 만일 황제가 누구인지도 모르고 리기아를 납치했다면, 오늘 안으로 돌려보내 줄 수도 있지 않을까? 하지만 잠시 후 그런 기대를 떨쳐버렸다. 만일 리기아를 되돌려 줄 생각이 있었다면, 바로 어제 돌려보내지 무엇 때문에 아직까지 데리고 있겠는가? 아무튼 만사를 숨김없이 이야기해 줄 사람은 악테밖에는 없다. 그러니 그녀를 만나는 것이 급선무이다.

그런 확신이 들자 비니키우스는 노예들에게 서둘러 가마를 몰도록 지시하고는 가는 동안 내내 리기아와 복수에 대해 두서없이 생각에 잠겼다. 이집트의 여신 파스트[5]를 섬기는 제사들은 마음속으로 점찍은 사람은 누구든지 병에 걸리게 할 수 있는 비법을 터득하고 있다는 말을 들은 적이 있는데, 그들에

---

5) 고양이 또는 암사자 머리를 한 사랑의 여신.

게 그 방법을 전수해 달라고 부탁할 생각이었다. 또 동방에서는 유대인들 중에 적의 몸에 종기가 생기게 하는 주문을 알고 있는 사람이 있다고 들었다. 그의 노예들 가운데는 유대인이 몇 명 있었다. 그는 집으로 돌아가는 즉시, 그들이 방법을 털어놓을 때까지 채찍질을 해서라도 반드시 알아내고야 말겠다고 다짐했다. 하지만 뭐니 뭐니 해도 가장 통쾌한 상상은 자신의 단검으로 직접 황제를 찌르는 장면이었다. 예전에 가이우스 칼리굴라의 몸에서 흘러나온 핏줄기가 주랑의 기둥에 지금까지도 지워지지 않는 흔적을 남겼듯이 자신의 단검이 네로에게서 똑같은 핏줄기를 뿜어내게 할 것을 상상하면서 비니키우스는 짜릿한 쾌감을 느꼈다. 이제는 온 로마 시민을 다 학살한다 해도 상관없을 것 같았다. 만일 복수의 신들이 그와 리기아를 제외한 나머지 모든 사람들을 다 멸망시키겠다고 하면, 그는 그 제안을 서슴지 않고 받아들일 것이다.

아치형의 궁전 문 앞에 도달해서야 비니키우스는 제정신으로 돌아왔다. 경호병을 보자 '만일 저놈이 나의 출입에 대해서 조금이라도 난처한 기색을 보이면, 리기아는 황제의 뜻에 의해 궁전에 있는 것이 틀림없다.'고 생각했다. 하지만 고참 백인대장은 친절한 미소를 지으며 가까이 다가오고 있었다.

"안녕하십니까? 호민관 각하! 만일 폐하를 알현하실 생각이시라면, 때가 아주 좋지 않습니다. 만나 뵐 수 있을지 어떨지 지금으로선 잘 모르겠습니다."

"무슨 일이 있는가?" 비니키우스가 물었다.

"황녀께서 오늘 갑자기 병이 나셨답니다. 폐하도, 포페아 황후도 온 로마 시내에서 불러들인 의사들과 함께 공주님을 간호하고 계십니다."

예사로운 일이 아니었다. 황제는 딸이 태어났을 때 거의 미친 사람처럼 환호하면서 황녀의 탄생을 '인간이 누릴 수 있는 기쁨 이상'이라 치하하면서 경축했다. 원로원에서는 아기가 태어나기 전부터 성대한 의식을 갖추어 포페아의 태내에 신의 가호가 깃들기를 기원했다. 그녀가 해산한 안티움에서는 정성스러운 공물이 바쳐졌고, 황녀의 탄생을 기념하는 성대한 경기가 벌어졌으며, 그 밖에도 포르투나를 위해 두 개의 신전이 건립되었다. 무슨 일에나 절도를 지키지 못하고 극단에 치우치곤 하는 네로는 어린 공주를 끔찍이 사랑했다. 포페아에게도 그 딸은 자기의 지위를 튼튼히 하고, 세력을 확고부동한 것으로 만들어준다는 의미에서 더할 나위 없이 소중한 존재였다.

로마 제국 전체의 운명이 그 어린 황녀의 건강과 생명에 달려 있다고 해도 과언이 아니었다. 하지만 현재 비니키우스에게는 자신의 문제, 자신의 사랑밖에는 아무것도 안중에 없었기에 백인대장의 말에는 귀도 기울이지 않고, 이렇게 말했다.

"내가 만나려는 건 악테요."

그러나 악테도 황녀를 간호하러 갔기 때문에 비니키우스는 오랫동안 기다리지 않으면 안 되었다. 악테는 핼쑥하고 피로한 얼굴로, 정오가 다 되어서야 돌아왔는데, 비니키우스를 보더니 얼굴이 더욱더 창백해졌다.

"악테!" 비니키우스가 그녀의 손을 잡고 안채로 끌고 가며 소리쳤다.

"리기아는 어디에 있습니까?"

"그것은 제가 묻고 싶은 말입니다." 악테는 원망의 눈빛으로 비니키우스를 바라보았다.

그는 악테에게 침착하게 물어보려 했으나, 분노와 고통 때문에 얼굴을 찡그리며 또다시 양손으로 머리를 움켜쥐었다.

"없어졌습니다. 도중에 누군가가 납치해 갔어요."

잠시 후 비니키우스는 정신을 가다듬고 악테에게 자신의 얼굴을 바짝 들이대고 이를 갈면서 말했다.

"악테…… 목숨이 아깝다면, 그리고 당신이 상상조차 할 수 없는 불행한 꼴을 당하고 싶지 않다면, 사실대로 대답하시오. 폐하가 그녀를 납치한 거요?"

"폐하께서는 어제 궁전 밖에는 나가시지도 않았습니다."

"당신 어머니의 그림자와 모든 신들에 대고 맹세할 수 있소? 정말로 그녀가 궁전에 없단 말이오?"

"마르쿠스 님, 제 어머니의 그림자에 대고 맹세하지만 그녀는 궁 안에 없어요. 그녀를 데려간 건 황제가 아니에요. 황녀가 어제부터 병환 중이시라 폐하께서는 따님의 요람에서 한시도 떠나지 않고 계십니다."

비니키우스는 우선 안도의 숨을 쉬었다. 가장 두려웠던 위험이 사라졌기 때문이다.

"그렇다면 아울루스 부부가 납치해 간 거로군. 그들에게 재앙이 있으라!"

비니키우스가 벤치에 가 앉으면서 주먹을 불끈 쥐고 말했다.

"아울루스 플라우티우스 장군은 아침 일찍 여기에 오셨어요. 황녀의 간호 때문에 직접 만나 뵙지는 못했으나 에파프로디투스[6]와 또 다른 황제의 측근들에게 리기아에 대해 물어보시고, 나중에 다시 저를 만나러 오시겠다며 댁으로 돌아가셨

6) 네로의 해방노예.

답니다."

"자기에게 혐의가 돌아오지 않게 하려는 수작입니다. 만일 리기아의 신변에 무슨 일이 일어났는지 정말로 모른다면, 우리 집으로 리기아를 찾으러 와야지, 왜 황궁에 왔겠습니까?"

"그분이 밀랍판에다 제게 전할 말을 적어놓고 가셨습니다. 그것을 보면 자초지종을 아시게 될 거예요. 그분은 리기아가 궁중에 불려가게 된 것이 당신과 페트로니우스의 요청 때문이란 걸 알고, 아침에 당신을 찾아갔답니다. 거기서 무슨 일이 일어났는지 알게 된 거지요."

이렇게 말하고 악테는 침실로 들어가 아울루스가 전갈을 남긴 밀랍판을 들고 나왔다.

비니키우스는 그것을 읽고 나더니 아무 말도 하지 못했다. 악테는 비니키우스의 어두운 얼굴에서 그의 생각을 읽으려는 듯 물끄러미 바라보다가 마침내 입을 열었다.

"마르쿠스 님, 제 말 좀 들어보세요. 실은 모든 일이 리기아가 바라던 대로 된 거랍니다."

"그럼, 당신은 그녀가 떠나려는 것을 알고 있었단 말입니까?" 비니키우스가 버럭 소리를 질렀다.

"리기아가 당신의 정부가 되고 싶어 하지 않는다는 것은 알고 있었어요."

눈에는 눈물이 맺혔지만 애써 담담한 표정을 지으며 악테가 대답했다.

"그럼, 당신은요? 당신은 일생 동안 도대체 무엇이었단 말입니까?"

"저야 처음부터 노예의 처지였으니까요."

비니키우스의 분노는 가라앉을 줄 몰랐다. 황제가 그녀를 자기에게 준 이상 예전의 신분 따위는 따질 필요가 없었던 것이다. 설사 땅속으로 꺼졌다 해도 기어이 그녀를 찾아내어 앙갚음을 해주리라. 그래, 반드시 정부로 만들고 말겠어. 내 성에 찰 때까지 매질을 당하게 해야지. 그것도 싫증나면 가장 천한 노예에게 그녀를 주리라. 아니면 아프리카에 있는 내 영지로 보내 맷돌질이나 하게 하리라. 이제 비니키우스가 리기아를 찾으려는 것은 오직 그녀를 굴복시키고, 짓밟고, 정복하기 위해서였다.

비니키우스는 점점 더 흥분해서 자제력을 거의 잃어버렸다. 악테는 그가 실제로는 엄두도 내지 못할 일을 하겠다고 큰소리치는 것은 분노와 괴로움 때문이라고 이해하며, 그의 아픔에 동정심을 느꼈다. 그러나 그가 내뱉는 극단적인 말들이 그녀의 인내심을 바닥나게 했으므로, 악테는 더 이상 참지 못하고 도대체 왜 자기를 찾아왔느냐고 따졌다.

비니키우스는 그 질문에 곧바로 대답하지 못했다. 처음에는 그냥 오고 싶었기 때문이며, 이곳에 오면 무슨 소식이든 알게 될 것 같아서 왔다고 얼버무리다가, 결국 황제를 만나러 왔으나 알현할 수가 없어서 들르게 된 것이라고 둘러댔다. 리기아는 도주함으로써 황제의 뜻을 거역한 셈이 되었다. 황제에게 탄원하여 로마 시내는 물론이고, 로마 제국의 모든 영토에까지 그녀를 찾는 수색 명령을 내려달라고 하리라. 군단을 모조리 동원하여 제국 내의 모든 집들을 샅샅이 뒤지는 한이 있어도 반드시 그녀를 찾아내리라. 페트로니우스가 그의 탄원을 도와줄 것이다. 그럼 오늘 당장이라도 수색을 시작할 수 있다.

"조심하세요. 만일 폐하의 명령으로 그녀를 찾아낸다면, 그녀는 영원히 당신의 사랑이 되지 못할 거예요."

비니키우스가 눈살을 찌푸렸다.

"그게 무슨 뜻입니까?"

"비니키우스, 제 말 좀 들어보세요. 어제 저와 리기아는 정원에 나갔다가 포페아 황후와 어린 황녀를 만났어요. 황녀는 흑인 유모인 릴리트의 품에 안겨 있었지요. 황녀는 어젯밤부터 병이 났는데, 릴리트는 황녀가 마법에 걸렸다면서 정원에서 만난 외국 여자가 주문을 걸었기 때문이라고 우기고 있답니다. 다행히 아기가 병에서 회복되면 그런 일은 모두 잊혀지겠지만, 그렇지 않을 경우에는 포페아가 직접 나서서 리기아를 고발할 거예요. 만약 일이 그렇게 돌아가게 되면, 리기아는 발견되는 즉시, 목숨을 잃게 될 거예요."

잠시 침묵이 흘렀다. 이윽고 비니키우스가 입을 열었다.

"어쩌면 리기아가 황녀에게 마술을 부렸는지도 모르지요. 내게 그렇게 한 것처럼……."

"릴리트는 황녀를 안고 우리 곁을 지나갈 때, 황녀가 갑자기 울기 시작했다고 주장하고 있어요. 네, 사실입니다. 정말로 그 순간 황녀가 울음을 터뜨렸거든요. 아마 정원에 나오기 전부터 어딘가 몸이 좋지 않았을 거예요. 마르쿠스 님, 리기아를 찾는 건 당신 마음이지만, 제발 혼자서 그녀를 찾아보세요. 황녀가 완전히 나을 때까지는 황제 앞에서 리기아의 얘기는 꺼내지 않는 편이 좋을 것 같아요. 그랬다가는 그녀는 포페아에게 복수당하고 말 거예요. 그녀는 당신 때문에 너무 많은 눈물을 흘렸답니다. 모든 신들이여, 리기아의 가엾은 운명을 굽어 살피소서!"

"악테, 당신은 그녀를 좋아하고 있군요."

"네, 그녀가 좋아졌어요."

"당신이 리기아를 좋아하게 된 것은, 그녀가 적어도 당신에게만은 나한테 그랬듯이 증오로 대하지 않았기 때문이겠죠."

악테는 무엇인가를 망설이며 상대의 말이 진심인지를 확인하려는 듯 한동안 비니키우스를 빤히 쳐다보다가 마침내 입을 열었다.

"아아, 당신은 정말 성급하기 짝이 없고, 장님처럼 답답한 분이군요! 그녀는 당신을 사랑하고 있어요."

그 말을 듣자마자 비니키우스는 불에 덴 것처럼 화들짝 놀라며 벌떡 일어났다. 사실이 아니다! 그녀는 나를 증오한다. 도대체 당신이 무엇을 안단 말인가? 만난 지 하루 만에 리기아가 당신에게 무슨 고백을 했겠는가? 사랑하는 남자가 향연을 마련해 놓고 애타게 기다리고 있는 집을 버리고, 고생스러운 가난과 방랑의 생활, 불안한 미래를 선택하는 것이 어찌 사랑이란 말인가! 가뜩이나 미칠 지경인데 그런 허무맹랑한 말은 믿을 수가 없다. 궁전의 모든 보물을 다 준다 해도 바꾸지 않으려 했던 소중한 사람이 도망쳐 버린 것이다. 환희를 멀리하고 고통을 일깨우는 것이 무슨 사랑이란 말인가! 누가 그런 사랑을 이해해 주고, 누가 받아주겠는가! 만일 그녀를 찾으리라는 희망마저 없었다면 벌써 나는 스스로 목숨을 끊어 버렸으리라. 사랑은 주는 것이며, 거두어가는 것이 아니거늘. 아울루스 집에 있을 때는 행복이 가까운 곳에 있다고 느꼈다. 그러나 이제는 그녀가 과거에도 나를 미워했으며, 지금도 미워하고, 앞으로도 미워할 것이며, 그리하여 죽는 순간에도 나에 대한 증오심을 가슴에 품고 있으리라고 확신하게 되었다.

두서없이 쏟아내는 비니키우스의 말을 듣고 평소에는 그처럼 겁 많고 온순한 악테가 버럭 화를 냈다. 리기아를 손에 넣기 위해 진정으로 노력해 보았는가? 아울루스와 폼포니아에게 머리를 숙이고 리기아를 달라고 간청하는 대신, 계략을 써서 양친으로부터 딸을 빼앗아오지 않았던가. 양갓집 규수이자 왕가의 핏줄인 그녀를 정식 아내가 아니라 정부로 삼으려 하지 않았는가. 그녀를 죄악과 타락의 온상인 이 궁전으로 끌고 왔을 뿐만 아니라 추악한 연회를 보여주어 그 깨끗한 눈을 더럽혔고, 그녀를 마치 창녀 대하듯 하지 않았던가. 리기아를 기른 아울루스 가문이 어떤 집안이며, 폼포니아 그레키나가 어떤 여인이라는 것을 잊어버렸단 말인가. 얼마나 어리석기에 폼포니아나 리기아와 같은 여인들은 궁전에 널려 있는 니기디아나 칼비아 크리스피닐라, 포페아와 같은 여자들과는 근본적으로 다르다는 것을 알아보지 못했단 말인가. 리기아가 치욕보다는 죽음을 선택할 순결한 처녀라는 걸 왜 첫눈에 알아보지 못했단 말인가. 리기아가 어떤 신을 섬기고 있는지, 그리고 그 신은 로마의 방탕한 여자들이 숭배하는 음란한 비너스나 이시스와는 달리 티 없이 순수하고 고결하다는 걸 왜 몰랐단 말인가. 리기아가 악테에게 비니키우스에 대한 마음을 고백한 적은 없었다. 그러나 그녀는 비니키우스가 자기를 구해줄 것이라고 믿었다. 비니키우스가 황제에게 청하여 자기를 폼포니아에게 돌려보내 주리라는 희망을 품고 있었다. 그 말을 하면서 리기아는 사랑에 빠져 뭐든지 쉽게 믿는 처녀들이 그러하듯 얼굴을 붉혔던 것이다. 리기아의 가슴은 비니키우스를 위해 설레고, 그를 위해 고동치고 있었다. 그런데 정작 비니키우스는 그녀를 두려움에 떨게 하고, 실망시키고, 상처받게 한 것이다. 어디 한번 황제의 군대를 동원하여 그녀를 찾아보라. 하지만 포페아의 딸이 죽게 되면, 모든 혐의가 리기아에게 씌워질 것이며, 그녀는 파멸을 면할 수 없게 된다.

악테의 말을 듣자 분노와 고통으로 괴로워하던 비니키우스가 감동하기 시작했다. 리기아도 그를 사랑하고 있다는 말이 그의 영혼을 뒤흔들어 놓았던 것이다. 그는 아울루스의 집 정원에서 리기아를 처음 만났을 때를 떠올렸다. 그때 그녀는 얼굴을 붉히고 눈을 반짝이며, 그의 말에 다소곳이 귀를 기울였었지. 그렇다면 그녀는 그때부터 자기를 사랑하기 시작했던 것이 아닐까. 그렇게 생각하자 갑자기 지금껏 자기가 원했던 것보다 훨씬 더 큰 행복감이 밀려왔다. 일을 순리대로 진행시켰더라면, 아마도 그녀를 가질 수 있었을 뿐만 아니라, 나를 사랑해 주는 그녀를 품에 안을 수 있었을 텐데. 그랬다면 그녀는 대문에 털실을 매어놓고, 늑대 기름을 바르고는 화롯가에 양털로 만든 양탄자를 깔고 앉아 내 아내가 되어주었으리라. 그리고 그녀의 입에서 흘러나오는 "그대 가이우스가 있는 곳에 나 가이아도 함께 있으리다!"[7]라는 언약을 들을 수 있었을 것이며, 그녀는 영원히 내 것이 되었을 것이다. 왜 그렇게 하지 못했던가? 모든 준비가 다 되어 있었건만. 이제 그녀는 사라져버렸고, 영영 찾을 수 없을지도 모른다. 만일 찾아낸다 해도 그녀의 죽음을 초래할 뿐이며, 설사 용케 죽음을 면한다 해도 그녀와 아울루스 부부는 더 이상 나를 원하지 않을 것이다. 그런 생각이 들자 또다시 화가 머리끝까지 치밀어 올랐다. 그러나 이번에는 아울루스 부부나 리기아를 향해서가 아니라 페트로니우스를 향해서였다. 모든 것이 그의 탓이다. 페트로니우스만 아니었다면 소중한 그녀는 내 약혼녀가 되었을

7) 결혼식에서 신부가 하는 서약.

것이다. 뿐만 아니라 고생스러운 떠돌이 신세가 될 필요도 없었을 것이며, 그녀에게 아무 위험도 닥치지 않았을 것이다. 하지만 모든 것을 바로잡기엔 너무 때가 늦었다.

"이미 늦었소!"

비니키우스는 발밑에 깊은 수렁이 도사리고 있는 것 같은 절망감에 휩싸였다. 무엇부터 시작해야 할지, 어떻게 해야 할지, 어디로 가야 할지 도무지 판단이 서지 않았다. 악테 또한 그의 옆에서 "네, 늦었어요."라는 말을 되풀이할 뿐이었다. 다른 사람의 입에서 그런 말을 들으니 비니키우스에게는 마치 사형 선고처럼 들렸다. 단 한 가지, 그가 알고 있는 분명한 사실은 리기아를 어떻게든 찾아내야 한다는 것, 그렇지 않으면 자신이 어떻게 될지 장담할 수 없다는 것이었다.

비니키우스가 정신없이 토가를 걸치고 악테에게 작별 인사도 없이 그곳을 나가려 할 때, 현관과 안채 사이에 있는 휘장이 갑자기 열리더니, 수심에 가득 찬 폼포니아 그레키나가 나타났다.

폼포니아 역시 리기아가 실종되었다는 사실을 알고 있는 것이 분명했다. 악테를 만나기엔 아울루스보다 자기가 낫겠다 싶어 직접 왔으리라. 폼포니아는 비니키우스를 보자 조그맣고 창백한 얼굴을 그에게로 향하며 말했다.

"마르쿠스, 당신이 우리와 리기아에게 저지른 잘못을……신이여, 부디 용서하소서."

비니키우스는 불운함과 죄책감을 동시에 느끼며 고개를 숙이고 서 있었다. 폼포니아가 말하는 신이 어떤 신인지, 그리고 그 신이 어떻게 자기를 용서해 줄 수 있다는 것인지 비니키우스는 도무지 이해가 가지 않았다. 폼포니아의 입장에서는 복수라는 말을 해도 시원치 않을 판에 왜 용서라는 말을 하는지도 알 수 없었다. 그의 머릿속은 괴로운 상념과 불안, 놀라움이 뒤섞여 혼란스러웠다. 생각의 갈피를 잡을 수 없어 비니키우스는 밖으로 나왔다.

안뜰과 회랑에는 근심스러운 표정을 한 사람들이 떼를 지어서 있었다. 궁전의 노예들 사이에 섞여 있는 기사와 원로원 의원들의 얼굴도 보였다. 한편으로는 어린 황녀의 병세를 알아보기 위해서, 다른 한편으론 황궁에 모습을 드러냄으로써 황제의 노예들에게까지 자기들이 걱정하고 있다는 증거를 보여주기 위해 그곳에 모여 있었던 것이다. 신성한 황녀가 병이 났다는 소문이 어느새 널리 퍼져서, 정문으로 새로운 얼굴들이 계속 밀려들고, 아치형으로 만들어진 복도의 출입문에도 사람들이 몰려 있었다. 지금 막 도착한 문병객들은 비니키우스가 궁전에서 나오는 것을 보고 소식을 들을 수 있을까 해서 그를 붙잡고 황녀의 용태를 물었으나, 그는 대꾸도 하지 않고 서둘러 걸음을 옮겼다. 바로 그때 황녀를 문병하러 온 페트로니우스와 부딪칠 뻔했다.

평소의 비니키우스였다면 페트로니우스를 보자마자 분통을 터뜨리면서, 거기가 궁중이건 어디건 상관없이 불손한 행동을 서슴지 않았을 것이다. 그러나 악테의 방을 나올 때 이미 풀이 죽고, 기운이 빠져 있었으므로 화를 내지 않았다. 비니키우스는 페트로니우스를 밀치고 그대로 지나치려 했으나 페트로니우스가 그를 붙잡았다.

“황녀의 병세는 어떻더냐?” 페트로니우스가 말했다.

삼촌이 억지로 붙잡았기 때문에 비니키우스는 다시 화가 치밀어 올랐다. 그래서 모든 분노를 한꺼번에 터뜨렸다.

"황녀고 궁전이고 모조리 지옥으로 떨어져 버려라!" 그는 이를 갈면서 대답했다.

"닥쳐라! 이 바보 같은 녀석아!" 페트로니우스가 주위를 재빨리 둘러보더니 말을 이었다.

"리기아의 소식을 듣고 싶거든 나를 따라와라. 여기선 아무 말도 할 수가 없구나! 자, 어서 따라오려무나. 가마에 올라가서 이야기하자."

페트로니우스는 한 팔로 젊은이를 끌어안다시피 하며 서둘러 궁전을 빠져나왔다. 한시라도 빨리 궁궐 밖으로 데리고 나가기 위해 아무렇게나 둘러댔을 뿐, 사실 그에겐 별다른 소식이 없었다. 그러나 원체 지략이 풍부한 사람인 데다가 비니키우스의 심정을 십분 이해하고, 게다가 이 사건에 어느 정도 책임감을 느끼고 있었기에, 이미 리기아를 찾기 위한 방안을 세우고 있었다. 가마에 오르자마자 페트로니우스는 입을 열었다.

"내가 노예들을 시켜 성문을 하나도 빠짐없이 철저하게 감시하도록 해두었다. 그 처녀와, 그 처녀를 연회장에서 데리고 나갔던 거인에 대한 상세한 정보도 모두에게 나누어주었다. 그녀를 납치한 놈은 바로 그 거인이 틀림없다. 내 말을 잘 들어라! 어쩌면 아울루스 부부가 시골에 있는 영지에 그녀를 숨겨두려 할지도 모른다. 그렇다면 어느 쪽으로 데려갈 것인지 확실히 알아낼 수 있을 것이다. 만약 종들이 성문에서 그 여자를 보지 못하면, 그것은 그녀가 아직 시내에 있다는 증거이니 오늘이라도 당장 수색을 시작할 수 있다."

"아울루스 부부도 그녀가 어디에 있는지 모릅니다." 비니키우스가 대답했다.

"그게 확실하니?"

"폼포니아를 만났습니다. 그분도 리기아를 찾고 있습니다."

"밤에는 성문이 굳게 닫혀 있으니까 어제는 빠져나가지 못했을 거야. 각 성문마다 노예를 두 명씩 붙여 감시하도록 해놓았다. 한 명은 리기아와 거인의 뒤를 밟게 하고, 다른 노예는 내게 곧장 달려와 보고하도록 해두었다. 그녀가 성 안에 있다면, 반드시 찾을 수 있을 거야. 그 거인은 신장이나 체격이 유별나니까 금방 눈에 띌 거다. 그녀를 납치한 일당이 황제가 아닌 것만도 정말 다행이다. 황제가 한 짓이 아니라는 것은 내가 보증한다. 팔라티움 궁에서 일어나는 일 중 내 귀에 들어오지 않는 비밀이란 없으니까."

비니키우스는 화가 나기보다는 슬픔에 목이 메어 악테로부터 들은 말을 페트로니우스에게 더듬더듬 전했다. 새로운 위험이 리기아의 신변에 닥쳤는데, 그 위험이 워낙 무서운 것이라, 가령 우리가 리기아를 찾아낸다 해도 포페아의 눈에 띄지 않는 곳에 감춰야만 한다고 말했다. 그러고는 페트로니우스의 공연한 간섭과 쓸데없는 충고에 대해 거세게 항의했다. 페트로니우스만 아니었다면 모든 일이 순조롭게 풀렸으리라. 리기아는 아울루스의 집에 있었을 것이고, 매일 그녀와 만날 수 있기에 황제보다 행복했을 것이다. 이런저런 말을 하는 동안 비니키우스는 감정이 북받쳐 오르는 것을 참을 수 없었다. 어느덧 그의 눈에서는 슬픔과 분노의 눈물이 흘러내렸다.

페트로니우스는 이 젊은이가 그렇게까지 리기아를 사랑하고 그리워하리라고는 꿈에도 생각지 못했기 때문에, 그 비통한 눈물을 보고 속으로 매우 놀랐다.

'오, 전능한 키프루스의 여신이여! 그대야말로 신들과 인간을 지배하는 유일한 존재입니다.'

제12장

페트로니우스의 저택에 다다르자 두 사람은 가마에서 내렸다. 일행이 도착하자 아트리움의 선임 노예가 성문에 파견한 노예는 아직 한 명도 돌아오지 않았다고 보고했다. 그리고 노예들에게 식량을 보내면서, 성 밖으로 나가는 모든 사람들을 엄중히 감시하지 않으면 태형을 각오하라는 새로운 명령을 내렸다고 전했다.

페트로니우스가 입을 열었다.

"그것 보렴. 두 사람은 아직 로마 시내에 있는 것이 분명해. 그렇다면 그들을 찾아낼 수 있다. 네 노예들에게도 명을 내려 성문을 지키게 해라. 리기아를 데리러 갔던 녀석들을 보내는 것이 좋을 게다. 그놈들이라면 한눈에 리기아를 알아볼 수 있을 테니까."

"놈들을 시골 노역장에 보내라고 했는걸요. 하지만 곧 명령을 취소하고, 성문에다 배치시키겠습니다."

비니키우스가 밀랍판에다 몇 자 적어서 페트로니우스에게 건네자, 페트로니우스는 그것을 즉시 비니키우스의 집에 전하라고 하인에게 주었다. 그런 다음 두 사람은 주랑의 안쪽으로 들어가 대리석 의자에 앉아 이야기를 나누었다.

금발의 에우니케와 이라스가 그들의 발밑에 청동으로 만든 받침대를 놓고 나서, 뵈오티아[1] 지방의 케로니아에서 가져온 호리병에 담긴 포도주를 따라주었다.

"너희 집 노예 중에 그 거인을 아는 자가 있느냐?" 페트로니우스가 물었다.

"아타키누스와 굴로가 알고 있었는데, 아타키누스는 어제 가마 곁에서 목숨을 잃었고, 굴로는 제가 죽였습니다."

"굴로 일은 정말 안됐구나. 그는 너뿐만 아니라 나도 업어 키웠는데 말이다."

비니키우스가 대답했다.

"저도 그를 곧 해방시킬 작정이었답니다……. 하지만 지금은 그게 문제가 아니죠. 리기아에 대해 의논합시다. 어쨌든 로마는 바다처럼 넓은 곳이니……."

"바다니까 진주도 건질 수 있는 법이지. 물론 오늘내일 사이에 바로 찾아내긴 힘들겠지만, 조만간 반드시 찾게 될 거야. 너는 아까 그런 방법을 일러준 것이 잘못이라고 나를 비난했다만, 방법 자체가 나빴던 것이 아니라, 그 진행 과정이 잘못된 거야. 너도 아울루스에게서 직접 들었지. 온 가족이 시칠리아로 옮길 계획을 가지고 있다는 걸. 만일 아울루스 가족이 정말로 이사한다면, 너와 그 처녀는 어차피 헤어지지 않

---

1) 중부 그리스에 있던 나라로 테베가 그 수도임.

겠니?"

"만일 그렇다면 그녀를 뒤쫓아 가면 됩니다. 그랬다면 최소한 지금처럼 위험한 상황에 놓이지는 않을 겁니다." 비니키우스가 대답했다. "뿐만 아니라 만일 어린 황녀가 죽는 날이면 포페아는 리기아 탓이라고 우기고, 황제까지도 그렇게 믿도록 설득할 겁니다."

"그래. 나도 그게 걱정이구나. 하지만 그 인형처럼 작은 황녀의 병세가 곧 회복될지도 모르잖니. 만일 죽는다면 그때 가서 방법을 강구해 보자꾸나."

페트로니우스는 곰곰이 생각하더니 말을 이었다.

"포페아는 유대인의 종교도 믿고 또 악령도 믿는다고 들었다. 황제도 미신을 신봉하고 있지……. 리기아를 악령이 데려갔다고 소문을 내면 그들은 틀림없이 그 말을 믿을 거야. 게다가 황제나 아울루스 플라우티우스에게 납치당한 것도 아니고, 아무도 모르게 감쪽같이 자취를 감추었으니 더욱 그럴듯하게 들리지 않겠니? 이건 틀림없이 리기 족 거인 혼자 한 일이 아니야. 필경 도와준 자들이 있을 거다. 한낱 종의 신분으로 하룻밤 사이에 어떻게 그 많은 사람들을 동원할 수 있었을까?"

"로마에서 노예들은 서로 돕고 있습니다."

"그래, 노예들은 언젠가는 피로써 그 대가를 치르게 될 거다. 그건 그렇고, 네 말이 맞다. 노예들은 분명 서로 돕고 있지. 그런데 이번 경우에는 노예들끼리 싸움이 일어났다. 리기아를 납치하면, 그 책임과 징벌이 다른 노예들에게 돌아갈 것은 너무나 뻔한 일이야. 그런데 서로 치고받고 싸웠다? 자, 그러니 네가 노예들 앞에서 악령 이야기를 슬쩍 한번 흘리기만

하면, 그놈들은 분명 그 자리에서 저희들 눈으로 악령을 보았다고 할 게다. 우선은 당장 네 앞에서 죄를 모면해야 할 테니까. 시험 삼아 아무나 붙잡고 물어보렴. 리기아가 공중으로 들어 올려지는 것을 보지 못했느냐고. 그러면 그들은 제우스의 방패에 걸고 맹세한다면서, 두 눈으로 똑똑히 보았다고 대답할걸."

비니키우스 자신도 미신을 신봉하고 있었기에, 그는 갑자기 극심한 불안에 사로잡혀 페트로니우스를 보았다.

"만일 우르수스가 도와줄 사람들을 모을 형편이 안 되고, 혼자서 그녀를 납치할 수도 없다면, 도대체 누가 그녀를 데려갔단 말입니까?"

페트로니우스가 한바탕 크게 웃기 시작했다.

"그것 봐라! 너도 벌써 절반가량 그렇게 믿고 있으니, 다른 사람들이 어찌 의심하겠느냐? 지금 세상 돌아가는 꼴이 이 모양이란다. 신들을 비웃고 모욕하는 건 아무것도 아니지. 사람들은 우리의 이야기를 믿게 되고, 리기아를 찾지 않게 될 거야. 그동안 우리는 그 여자를 이 도시에서 멀리 떨어진 곳, 내 별장이나 네 별장에 숨겨두면 된다."

"도대체 누가 리기아를 빼돌렸을까요?"

"같은 종교를 가진 신자들이겠지." 페트로니우스가 대답했다.

"어떤 자들입니까? 그녀는 도대체 어떤 신을 숭배하고 있는 겁니까? 이 문제는 삼촌보다 제가 더 잘 알고 있어야 합니다."

"로마의 여자들은 제각기 다른 신을 숭배하고 있다. 폼포니아는 아마도 자기가 믿는 신을 섬기도록 리기아를 가르쳤을 게다. 그게 어떤 신인지 나도 알 도리가 없지만, 한 가지 명백한 사실은, 우리가 아는 그 어느 신전에서도, 우리가 아는 그 어느 신들에게도 폼포니아가 제물을 바치는 것을 본 사람이 아무도 없다는 것이야. 심지어 그리스도교인이라는 비난을 받은 적도 있지만, 그럴 리야 없지. 가문의 문중 회의에서 그녀의 무고함이 밝혀지기도 했으니까. 그리스도교인들은 당나귀 머리를 숭상할 뿐만 아니라, 온 인류의 적이며, 어떤 죄악도 서슴지 않고 저지른다더구나. 폼포니아가 덕망이 높은 여인이라는 건 누구나 다 아는 사실이니 그녀가 그리스도교도일 리가 없지. 게다가 그녀가 인류의 적이라면 자신이 부리는 종들에게 그처럼 친절을 베풀 수 있겠니?"

"아울루스 집안만큼 노예들에게 잘해 주는 집도 없지요." 비니키우스가 대답했다.

"그것 보렴. 참, 언젠가 폼포니아가 내게 어떤 신에 대해 이야기한 적이 있었다. 그 신은 유일하고 전능하며 자비로우시다는 거야. 뭐, 다른 신들에 대해선 전부 잊어버렸는지도 모르지만, 그건 어디까지나 그녀의 자유니까. 만일 그녀가 말하는 로고스를 받드는 신도가 단 두 명, 그러니까 폼포니아와 리기아뿐이라면, 또 그 밖의 다른 사람이 있다 해도 우르수스 정도라면, 그 신은 별로 전능하지도 않은 보잘것없는 신에 불과하겠지. 문제는 그 신을 믿는 신자들이 무척 많다는 거야. 그들이 리기아를 도와준 거지."

"그 종교는 무슨 일이든 용서하라고 가르치나 봅니다." 비니키우스가 말했다.

"악테의 방에서 폼포니아를 만났는데, 제게 이렇게 말하더군요. '당신이 우리와 리기아에게 저지른 잘못을…… 신이여, 부디 용서하소서.'라고."

"아마도 그들이 믿고 있는 신은 상당히 관대한 후견인인가

보구나. 그 신이 너를 너그럽게 용서하고, 그 증거로 그 처녀를 네게 돌려주었으면 좋겠구나."

"만일 그렇게만 된다면 저는 내일 그 신을 위해 헤카톰베[2]를 지내겠습니다. 저는 지금 먹을 수도, 씻을 수도, 잘 수도 없습니다. 검은 라케르나[3]를 입고 온 시내를 돌아다녀 보겠습니다. 변장하고 도시를 배회하다 보면 혹시 그녀를 찾아낼지도 모르니까요. 아마 저는 병이 난 것 같습니다."

페트로니우스가 비니키우스를 쳐다보니, 아닌 게 아니라 눈자위가 거무스름하게 그늘졌고, 눈동자는 열 때문에 벌겋게 빛나고 있었다. 이틀 동안 깎지 못한 수염은 야무진 턱 선에 시커먼 줄무늬를 그려놓았고, 머리카락도 마구 헝클어져 있어 영락없는 병자로 보였다. 이라스와 금발의 에우니케가 그를 향해 연민의 시선을 던졌으나, 비니키우스는 그녀들은 안중에도 없었다. 그와 페트로니우스는 마치 주인의 곁에서 맴돌고 있는 개를 거들떠보지도 않듯이 여자 노예들 따위에는 신경을 쓰지 않았다.

"열이 있는 모양이구나." 페트로니우스가 말했다.

"네."

"내 말 좀 들어보렴……. 의사가 어떤 처방을 내릴지는 잘 모르겠다만, 내가 지금 네 입장이라면 어떻게 하면 좋을지 알고 있다. 나 같으면 그녀를 찾을 때까지, 잠시 그녀의 빈자리를 대신할 다른 여자를 구해 볼 거야. 네 별장에도 쓸 만한 애들이 몇 명 있더구나. 제발 내 말대로 하려무나. 그래, 나도

---

2) 제물로 소 100마리를 신에게 바치는 제사.
3) 로마인들이 입던 외투의 일종. 비옷으로도 쓰임.

사랑이 어떤 것이라는 것쯤은 알지. 어떤 여자를 구체적으로 원할 때엔 그 누구도 대신할 수 없다는 것도 알아. 그러나 예쁜 여자 노예라면 일시적인 기분 전환은 될 수 있지 않겠니……."

"싫습니다!" 비니키우스가 대답했다.

하지만 페트로니우스는 비니키우스에게 진심으로 애정을 가지고 있고, 그의 괴로움을 어떻게 해서든지 덜어주고 싶었으므로 방법을 궁리하기 시작했다.

"아마 네 노예에게서는 새로운 매력을 느끼지 못할지도 모르지."

페트로니우스는 이라스와 에우니케를 번갈아 보더니 마침내 금발을 늘어뜨린 에우니케의 엉덩이에 손을 얹고 말했다.

"이 매력적인 여신을 좀 보렴. 며칠 전, 소(小) 폰테이우스 카피토[4]가 이 애를 클라조메네[5] 태생의 기막힌 미소년 세 명과 맞바꾸자고 제의해 왔었지. 이보다 아름다운 육체는 스코파스[6]도 만들지 못할 거라면서 말이야. 지금껏 내가 왜 이 애에게 무관심했는지 나도 모르겠구나. 크리소테미스에 대한 애정이 식은 지도 오래됐는데 말이야. 자, 이 애를 네게 주마. 데리고 가거라!"

금발의 에우니케는 그 말을 듣는 순간 얼굴이 백짓장처럼 하얘졌다. 그녀는 겁에 질린 눈으로 비니키우스를 보면서 숨을 죽이고 그의 대답을 기다렸다. 하지만 비니키우스는 벌떡 일어나더니 두 손으로 관자놀이를 누르면서 마치 병 때문에

4) 킬리키아 총독의 아들.

5) 이오니아 해안의 도시.

6) BC 4세기, 에게 해 남부 파로스 섬 출신의 유명한 그리스 조각가.

괴로워서 아무것도 들리지 않는다는 듯 서둘러 말했다.

"아닙니다. 아니에요! 이 여자도, 다른 어떤 여자도 필요 없습니다! 호의는 고맙습니다만, 정말 아무도 필요치 않아요! 어서 가서 로마 시내를 뒤져 리기아를 찾겠습니다. 라케르나를 가져오라고 얼른 분부해 주십시오. 티베리스 강 건너편으로 가보겠습니다. 하다못해 우르수스라도 찾을 수 있다면 좋으련만……."

이렇게 말하면서 비니키우스는 황급히 방에서 나갔다. 페트로니우스는 가만히 앉아서 무턱대고 기다릴 수만은 없는 비니키우스의 심정을 충분히 이해하기에 굳이 붙잡지는 않았다. 그는 리기아 이외의 모든 여자들을 거부하는 비니키우스의 마음이 일시적인 감정에 지나지 않는다고 속단하고, 이왕 선심 쓰기로 마음먹었으니 그 결심을 헛되이 하지 않기 위해 에우니케를 돌아보며 명령했다.

"에우니케! 어서 목욕하고, 향유를 바르고, 옷을 갈아입은 다음 비니키우스의 집으로 가거라."

에우니케는 주인 앞에 무릎 꿇고 두 손을 모으면서 이 집에서 자신을 내쫓지 말아달라고 애원했다. 그녀는 비니키우스의 집에는 가고 싶지 않다고 했다. 그 집에 가서 으뜸 시녀가 되는 것보다 이 집에서 목욕탕 아궁이에 장작을 나르는 편이 낫다고도 했다. 차라리 이 집에서 매일 채찍을 맞아도 좋으니 자비를 베푸시어 자기를 내보내지 말아달라고 간청했다. 그녀는 불안과 공포로 몸을 사시나무 떨듯 하면서 페트로니우스를 향해 두 팔을 벌리고 있었다.

페트로니우스는 뜻밖의 반응에 얼떨떨해졌다. 일찍이 이곳 로마에서 일개 노예가 항명을 하거나 "하고 싶지도 않고, 할 수도 없다."고 말하는 것을 들어본 적이 없었기 때문에 그는 자기 귀를 의심할 정도였다. 페트로니우스는 미간을 찌푸렸지만, 고상한 취향을 가진 사람이라서 난폭한 짓은 하지 않았다. 그의 노예들은 남녀 간의 쾌락을 즐기는 문제에 있어서만큼은 다른 집 노예들보다 더 많은 자유를 누리고 있었다. 다만 맡은 일을 완수하고, 주인의 뜻을 신의 뜻과 같이 존중하지 않으면 안 된다는 단서가 붙어 있었다. 만일 그 두 가지 의무를 게을리 한 경우에는 아무리 관대한 페트로니우스라도 일반적인 관례에 따라 벌을 내리지 않을 수 없었다. 게다가 그는 자신의 명령에 저항하거나 마음의 평정을 흐트러뜨리는 행동은 절대로 참지 못했다. 그래서 자기의 발 앞에 무릎 꿇고 있는 여자 노예를 잠시 내려다보다가 입을 열었다.

"가서 티레시아스를 불러오너라."

에우니케는 눈에 눈물을 머금고 방에서 나갔다가 잠시 후 아트리움의 선임인 크레타 태생의 티레시아스와 함께 돌아왔다.

페트로니우스가 명령했다.

"에우니케를 데리고 가서 채찍으로 스물다섯 대를 치도록 해라. 단 피부가 상하지 않도록 조심해야 한다."

그러고는 서재로 가서 장밋빛 대리석 테이블 앞에 앉아 「트리말키온의 향연」 원고를 계속해서 쓰기 시작했다.

하지만 리기아의 실종과 어린 황녀의 병세에 신경이 쓰여 제대로 집중할 수가 없었다. 특히 황녀가 위독하다는 것은 심상치 않은 일이었다. 만일 황제가 어린 황녀의 병이 리기아의 주술 때문이라고 믿게 되면, 그녀를 궁중으로 데려오게 해달라고 요청한 자기에게도 책임이 돌아올지 모르는 일이었다. 일단 황제를 만나 그런 추측이 얼마나 황당무계한 것인지 차근차근 설명해 주리라. 게다가 포페아가 자기에게 남몰래 품고 있는 호의에도 어느 정도 기대를 걸고 있었다. 황후는 자신의 감정을 감추려고 애쓰고 있지만, 그의 눈을 속일 정도로 완벽하지는 못했던 것이다. 잠시 후 페트로니우스는 쓸데없는 근심이라는 듯 어깨를 한 번 으쓱하고는 기운을 차리기 위해 식당으로 갔다. 일단 식사를 한 뒤에 궁전으로 가보자. 그 다음엔 마르스 광장을 통과하여 크리소테미스에게 가기로 마음먹고 시종에게 가마를 준비시켰다.

식당으로 향하던 중 페트로니우스는 노예들의 전용 복도로 통하는 입구에서 다른 노예들과 함께 벽에 기대어 서 있는 에우니케의 늘씬한 몸매를 보았다. 그는 티레시아스에게 에우니케를 때리라는 말만 했지, 그 뒤의 처분에 대해서는 별다른 명령을 내리지 않은 것이 생각나서 미간을 찌푸렸다. 그러고는 티레시아스를 찾았으나 그의 모습이 보이지 않았으므로 에우니케에게 물었다.

"벌은 받았느냐?"

에우니케는 또다시 페트로니우스의 발 앞에 엎드려 그의 토가 자락에 입맞춤하면서 말했다.

"네, 주인님! 벌을 받았습니다."

그녀의 목소리엔 기쁨과 감사의 기색이 역력했다. 그 집에서 다른 집으로 보내지는 대신 매를 맞은 것이니 계속해서 머물러도 된다고 생각하는 모양이었다. 에우니케의 마음을 알아챈 페트로니우스는 이 노예가 그처럼 필사적으로 주인의 뜻을 거역하려는 까닭이 무엇인지 의아한 생각이 들었다. 하지만 원래 인간의 천성을 훤히 꿰뚫고 있는 페트로니우스였기에 일개 노예에게 그런 정도의 용기를 불러일으킬 수 있는 감정은 사랑밖에 없다고 판단했다.

"이 집에 사랑하는 사람이 있느냐?" 페트로니우스가 물었다.

그녀는 눈물이 그렁그렁 맺힌 푸른 눈으로 그를 올려다보면서 조그만 목소리로 속삭이듯 간신히 대답했다.

"네, 주인님!"

빛나는 눈동자와 치렁치렁 늘어진 황금빛 머리카락, 얼굴 가득 떠오른 공포와 희망의 표정……. 애처롭게 자기를 응시하는 그녀의 자태가 너무나 아름다워서, 철학자로서 사랑의 힘을 주창하고, 풍류가로서 이 세상의 모든 미(美)를 존중하는 페트로니우스는 각별한 연민의 정을 느끼지 않을 수가 없었다.

"저들 중에 누구냐, 네가 사랑하는 대상은?"

페트로니우스는 몰려 있는 노예들을 턱으로 가리키며 물었다. 하지만 에우니케는 이 물음에 대답을 하지 않고, 그의 발에 머리가 닿을 정도로 몸을 숙인 채 꼼짝도 하지 않았다.

페트로니우스는 노예들을 둘러보았다. 그중에는 잘생기고 훤칠한 젊은이도 섞여 있었으나, 다들 야릇한 미소만 짓고 있을 뿐 어느 얼굴에서도 사랑의 표정은 읽어낼 수 없었다. 페트로니우스는 발 앞에 엎드려 있는 에우니케를 잠시 내려다보고는 잠자코 식당으로 갔다.

식사가 끝나자 페트로니우스는 가마를 타고 궁전으로 갔다가, 크리소테미스에게로 가서 밤이 깊도록 그곳에 머물렀다. 집으로 돌아온 그는 티레시아스를 불러오라고 명령했다.

"에우니케에게 태형을 주었는가?" 페트로니우스가 물었다.

"네, 주인님. 분부하신 대로 피부에 상처를 내지는 않았습니다."

"내가 그 애와 관련해 다른 명령을 내리진 않았었나?"

"네, 다른 명령은 없었습니다."

아트리움을 담당하는 선임 시종이 불안한 듯이 대답했다.

"잘했다. 그런데 그 애가 좋아하는 노예가 도대체 누구냐?"

"그런 자는 없습니다, 주인님."

"그 애에 대해서 뭐 아는 게 있느냐?"

티레시아스는 다소 자신 없는 어조로 입을 열었다.

"에우니케는 늙은 아크리시오네와 이피스와 함께 침실을 쓰고 있는데, 밤중에 침실을 빠져나간 적이 한번도 없답니다. 주인님께서 목욕을 마치고 나가셔도, 절대로 목욕탕에 남아 있는 법이 없습니다. 다른 여자 노예들이 에우니케를 '디아나'라고 놀릴 정도니까요."

"그래, 됐다. 오늘 아침 내 친척인 비니키우스에게 에우니케를 주었는데, 그가 필요 없다고 해서 그 애를 계속 집에 두기로 했다. 자, 이제 물러가거라."

"저, 에우니케에 관해 한마디 더 해도 될는지요?"

"알고 있는 건 모두 말하라고 하지 않았느냐?"

"그러니까 저희 모두가 비니키우스 님 댁에 계시기로 된 그 아가씨가 실종되었다는 이야기를 하고 있었는데 말입니다. 나리께서 외출하신 사이에 에우니케가 저에게 오더니, 그 아가씨를 찾아낼 수 있는 사람을 자기가 알고 있다고 하더군요."

"오, 그래! 대체 그 사람이 누구란 말이냐?"

"저는 모릅니다, 주인님. 그러나 이것만은 꼭 나리께 보고해야겠다고 생각했습니다."

"그래, 좋은 말을 해주었다. 내일 그자를 이 집에 불러들여서 비니키우스가 올 때까지 기다리게 해라. 그리고 비니키우스에게는 내 이름으로 내일 이곳에 오라는 전갈을 보내라."

티레시아스는 공손하게 절을 하고 물러갔다.

페트로니우스는 어느새 에우니케에 대해서 생각하기 시작했다. 그 젊은 여자 노예는 리기아 대신 비니키우스의 집에 가게 되는 것이 싫어서 비니키우스가 리기아를 찾아내기를 바라는 것이 분명했다. 그러나 다음 순간 페트로니우스의 머릿속에는 에우니케가 추천하려는 남자가 그녀의 숨겨진 애인일지도 모른다는 생각이 들었다. 그런 생각을 하니 갑자기 불쾌해졌다. 물론 그 진상을 밝히는 것은 간단한 일이다. 에우니케를 불러오기만 하면 모든 것이 분명해진다. 그러나 밤이 깊었고, 또 크리소테미스의 집에 너무 오래 머물러서 피곤했기 때문에 그냥 자기로 했다. 그날 낮에 페트로니우스는 크리소테미스의 눈꼬리에서 처음으로 잔주름을 발견했는데, 침실로 가는 도중 자기도 모르게 갑자기 그 주름살이 떠올랐다. 로마 사람들은 크리소테미스의 아름다움을 실제보다 과대평가하고 있다……. 폰테이우스 카피토가 클라조메네의 미소년 세 명과 에우니케를 맞바꾸자고 제의해 온 것은 에우니케의 가치를 지나치게 낮게 평가한 것이 아닐까 하는 생각이 문득 머리를 스치고 지나갔다.

제13장

다음 날 아침, 페트로니우스가 향유실에서 막 옷을 갈아입고 있을 때 티레시아스의 전갈을 받은 비니키우스가 도착했다. 비니키우스는 성문 쪽에서 아무 소식이 없다는 것을 벌써 알고 있었다. 그것은 리기아가 아직 시내에 있다는 증거였으나, 그를 기쁘게 하기는커녕 오히려 더 불안하게 만들었다. 우르수스가 그녀를 납치하자마자, 페트로니우스의 종들이 성문을 감시하기 전에 일찌감치 시외로 빠져나갔을 가능성도 간과할 수 없었기 때문이다. 가을에는 해가 짧아서 성문을 일찍 닫기는 했지만, 밖으로 나가는 사람들에게는 얼마든지 문을 열어주게 되어 있어서 밤늦게 나가는 사람도 적지 않았다. 게다가 성벽을 넘어가는 다른 방법들도 있는데, 성 밖으로 도주하려는 노예들은 훤히 알고 있었다.

비니키우스는 로마의 속주(屬州)로 통하는 모든 길목마다 노예들을 보내고, 조그만 촌락의 관할 초소에까지 노예 두 명이 도망쳤다고 통고했다. 물론 우르수스와 리기아의 상세한 인상착의와 함께, 그들을 체포하는 사람에게는 상금을 주겠다는 말도 함께 전했다. 이렇게 만반의 조치는 해놓았지만 과연 그들을 추적할 수 있을지, 설령 그들을 찾아낸다 해도 시골 관리들이 법무관의 승인 없이, 비니키우스의 사적인 요청을 받아들여 흔쾌히 그들을 체포해 줄 것인지도 의심스러웠다. 하지만 현재로서는 법무관의 인가를 얻을 경황이 없었다. 비니키우스는 전날 노예로 변장하고 온종일 로마 시내의 골목길 구석구석까지 리기아를 찾아 헤맸지만, 아무 단서도 찾지 못했다. 그 와중에 아울루스 가의 하인들과도 마주쳤는데, 그들도 누군가를 열심히 찾고 있었다. 이로써 리기아를 납치한 자는 아울루스 부부가 아니며, 그들도 리기아의 행방을 모르고 있다는 것을 확인할 수 있었다.

그러던 차에 티레시아스에게서 리기아를 찾아낼 수 있는 사람이 나타났다는 전갈을 받게 되자 비니키우스는 숨이 턱에 차서 페트로니우스의 집으로 달려왔다. 그는 삼촌에게 인사도 하는 둥 마는 둥 하고 그 사내에 대해서 묻기 시작했다.

"이제 곧 그 사람을 만날 수 있을 것이다." 페트로니우스가 말했다. "에우니케가 잘 아는 사람이라는구나. 이제 곧 에우니케가 내 토가의 주름을 매만지기 위해 이리로 올 테니까, 그 애한테서 자세한 것을 들어보자꾸나."

"어제 제게 주시려고 했던 바로 그 처녀 말입니까?"

"그래, 어제 네가 거절한 바로 그 아이 말이다. 어쨌든 거절해 주어서 고맙구나. 그 아이는 로마 전체에서 가장 뛰어난 베스티플리카[1]거든."

페트로니우스의 말이 채 끝나기도 전에 바로 그 베스티플리카가 들어와 상아로 만든 의자에 놓여 있는 페트로니우스의 토가를 펼쳐 들었다. 에우니케의 얼굴은 해맑고 깨끗했으며, 눈은 기쁨을 머금어 한결 빛나고 있었다.

페트로니우스는 그녀를 보며 정말 예쁘다고 생각했다. 페트로니우스가 토가를 걸치자 에우니케는 옷매무새를 가다듬기 시작했다. 그녀는 토가의 주름을 잡기 위해 때로 몸을 굽히기도 했는데, 그때마다 페트로니우스는 연분홍 장밋빛의 가늘고 긴 두 팔과 진주나 눈꽃처럼 투명한 광채를 지닌 새하얀 어깨와 앞가슴을 눈여겨보았다.

"에우니케. 어제 네가 티레시아스에게 말한 사람이 도착했느냐?"

"네, 벌써 와 있습니다, 주인님."

"그 사람 이름이 뭐지?"

"킬로 킬로니데스라고 합니다, 주인님."

"뭐 하는 사람이냐?"

"의사이면서 현자(賢者)이고, 사람의 운명을 읽고, 예언해 주는 점술가이기도 합니다."

"네 앞날도 예언해 주었느냐?"

에우니케의 얼굴이 금방 붉어졌으며, 귀에서 목덜미까지 새빨개졌다.

"네, 주인님."

"그래, 뭐라고 하더냐?"

"고통과 행복을 맛보게 될 거라고 했습니다."

"그래, 고통은 어제 티레시아스의 손에 맛보았으니, 이제

---

1) 옷을 챙기고 매만지는 일을 하는 여자.

행복이 찾아올 차례구나."

"행복은 벌써 왔습니다, 주인님."

"어떤 행복이냐?"

"이 댁에 계속 있을 수 있게 되었으니까요." 에우니케가 들릴 듯 말 듯 대답했다.

페트로니우스가 그녀의 금빛 머리카락 위에 손을 얹었다.

"오늘은 주름을 정말 잘 잡았다. 내 마음에 쏙 드는구나, 에우니케야."

그의 손길에 에우니케의 눈동자에는 아련한 행복의 빛이 떠올랐고, 가슴은 고동치기 시작했다.

페트로니우스와 비니키우스가 아트리움으로 가자, 그곳에서 기다리고 있던 킬로 킬로니데스가 공손히 인사했다. 페트로니우스는 전날 이 사내가 에우니케의 애인일지도 모른다고 짐작했던 일을 떠올리고는 혼자 미소를 지었다. 지금 자신의 앞에서 있는 남자는 아무리 보아도 누구의 애인이 될 만한 인물이 아니었다. 기묘한 행색은 어딘가 비열하기도 하고, 우스꽝스럽기도 한 면이 뒤섞여 있었다. 아주 늙었다고는 할 수 없으나, 지저분한 턱수염과 곱슬머리는 군데군데 하얗게 세었고, 배가 쑥 들어간 데다 등이 굽었기 때문에 흡사 곱사등이처럼 보였다. 그 툭 불거져 나온 등 위에는 원숭이 같기도 하고 여우 같기도 한 날카로운 눈매를 지닌 커다란 머리가 얹혀 있었다. 누런 피부에는 여드름이 많았는데, 특히 코끝에 잔뜩 몰려 있는 것으로 보아 술을 무척 좋아한다는 걸 알 수 있었다. 산양의 털로 만든 검은 튜닉과 구멍투성이의 외투를 아무렇게나 걸친 초라한 모습은, 그가 정말 가난한 것인지, 아니면 그런 척하는 것인지 알 수 없으나 남루하기 짝이 없었다. 그런 킬로를 보자 페트로니우스는 호메로스의 시에 나오는 테르시테스[2]를 떠올렸다. 그는 킬로의 인사에 손짓으로 답하며 말했다.

"잘 왔소. 귀하신 테르시테스! 트로이에서 율리시스에게 맞아서 생긴 등의 혹은 좀 어떻소? 율리시스 그 사람은 엘리시움의 들판[3]에서 무엇을 하고 있소?"

킬로 킬로니데스가 대답했다. "고명하신 귀족 나리, 죽은 자 중에서 가장 지혜로운 율리시스로부터, 살아 있는 자 가운데 가장 지혜로우신 페트로니우스 님께 안부 전해 달라는 말씀이 있었습니다. 그 밖에 이 혹에 새 외투를 덮어주십사는 부탁도 함께 드리라고 했습니다."

"머리 셋을 지닌 헤카테에게 맹세하노니, 그대의 답변은 새로운 외투를 얻어 입기에 충분한 명답이오."

비니키우스는 초조한 나머지 더 이상 참을 수 없다는 듯 대화를 가로막고 직설적으로 물었다.

"당신이 해야 할 일이 뭔지 알고는 있소?"

"두 명문 댁 가솔들이 온통 그 이야기뿐이며, 로마의 절반 이상이 그 소문으로 떠들썩한데, 제가 어찌 모르겠습니까?" 킬로가 대답했다.

"그저께 밤, 리기아, 아니 아울루스 플라우티우스 장군 댁에서 자란 칼리나란 아가씨가 나리의 노예들로부터 호위를 받으며 궁전에서 나리의 댁으로 가던 중에 수상한 사람들에 의

2) 트로이 전쟁 때의 그리스 추남. 험담과 독설로 유명하며 아킬레스에게 살해당함.

3) 신의 사랑을 받은 자가 간다는 천국의 벌판.

해 실종되었습니다. 따라서 제가 할 일이란, 그 아가씨가 이 도시 안에 숨어 있으면 찾아내고, 그럴 리는 없겠지만, 혹시 성 밖으로 나가버렸다면 어디로 갔는지, 어디에 있는지 알아내어 호민관님께 보고드리는 일이겠지요."

"바로 그거요!" 정확한 대답에 마음이 끌린 비니키우스가 물었다.

"그럼, 당신에게 무슨 뾰족한 방책이라도 있단 말이오?"

킬로는 능청맞게 웃었다.

"방책이야 나리께서 가지고 계시지요. 제가 가지고 있는 거라곤 지혜뿐입니다."

페트로니우스가 미소를 지었다. 그는 이 손님이 아주 마음에 들었다.

'이 사내라면 그녀를 찾아낼 수 있을지도 모르겠군.' 그는 이렇게 생각했다.

비니키우스가 양미간에 주름을 잡으며 말했다.

"만일 보수에 눈이 어두워 나를 속인다면, 몽둥이로 너를 때려죽일 것이다."

"나리, 저는 철학자입니다. 철학자는 재물에 욕심을 내서는 안 됩니다. 더욱이 나리께서 말씀하신 그런 굉장한 보수는 아예 바라지도 않습니다."

페트로니우스가 물었다.

"그래, 당신이 철학자라고? 에우니케는 당신이 의사요, 예언자라고 하던데……. 대체 에우니케와는 어떻게 알게 되었소?"

"제 명성을 듣고 상담하러 왔었지요."

"무슨 상담을 했소?"

"사랑에 관한 것이었죠. 짝사랑의 고통을 치료하고 싶다고 하더군요."

"그래 고쳐주었소?"

"고쳐준 정도가 아닙니다, 나리. 소원을 성취할 수 있는 부적까지 주었는걸요. 키프루스 섬의 파포스[4] 신전에는 비너스의 허리띠가 보존되어 있습죠. 그 허리띠에서 실오라기를 두 가닥 뽑아서 아몬드 껍질에 넣어서 주었답니다."

"사례금을 두둑이 챙겼겠군?"

"사랑의 응답을 얻기 위해서는 그 어떤 보상도 아깝지 않은 법이지요. 저는 오른손 손가락이 두 개나 없습니다. 그래서 제 사상을 대필해 줄 서기(書記)를 고용하기 위해 돈을 모으고 있습니다. 세상을 위해 제가 연구한 내용을 길이길이 남겨두어야 하니까요."

"귀하신 현자여, 당신은 대체 어느 학파요?"

"이 낡아빠진 외투에 너무나도 잘 어울리는 퀴닉학파[5]입니다. 그러나 인내심을 가지고 가난을 참아낸다는 점에서는 스토아학파이기도 합니다. 타고 다닐 가마가 없어 이 술집 저 술집 걸어서 돌아다니고, 포도주 한 병 사겠다는 사람이 있으면 강의도 마다하지 않으니 소요학파[6]라고도 할 수 있겠지요."

"그럼 술 한 병에 수사학자도 될 수 있겠군."

"헤라클레이투스는 '만물은 유동적이다.'라고 했습니다. 나리께서도 포도주가 유동적인 대상이란 걸 부정하지 않으실 겁

---

4) 비너스에게 봉헌된 도시.

5) 소크라테스의 제자인 안티스테네스가 창설한 냉소주의 학파. 견유학파라고도 함.

6) 아리스토텔레스 학파. 그가 라케이온 동산을 소요하면서 제자를 가르친 것에서 유래.

니다."

"그는 또한 '불은 신성한 것이다.'라고도 했지. 당신의 코가 빨간 것도 바로 그 신성함이 당신의 코에 깃들어 있기 때문이로군."

"아폴로니아 태생의 위대한 디오게네스는 만물의 본질은 공기이고, 공기가 뜨거워지면 뜨거워질수록 그 본질은 완전한 것이 되며, 가장 뜨거운 공기는 현자의 정신을 이룬다고 했습니다. 가을이면 추위가 다가오니 진정한 현자는 포도주로 정신을 따뜻하게 데워야만 합니다. 비록 카푸아[7]나 텔레시아[8]에서 생산된 싸구려 포도주라 해도 내일이면 죽을지 모를 덧없는 우리 인간의 몸뚱이를 뼛속까지 데워주는 데는 부족함이 없을 것입니다."

"킬로 킬로니데스, 당신의 고향은 어디요?"

"흑해 연안입니다. 메셈브리아[9]에서 왔습죠."

"킬로, 당신은 정말 대단한 사람이오."

"동시에 세상에서 인정받지 못한 사람이기도 하죠." 현자가 우울하게 덧붙였다.

비니키우스는 더 이상 참을 수 없었다. 실낱같은 희망이 보여서 킬로가 당장이라도 리기아를 찾으러 가기를 바라고 있는데, 이런 쓸데없는 대화로 시간을 낭비하고 있으니 페트로니우스에게 화가 나서 견딜 수 없었다.

"언제 찾기 시작할 거요?" 비니키우스가 능란하기 짝이 없

---

7) 이탈리아 남부 도시.
8) 카푸아 근처의 도시.
9) 흑해의 서쪽에 있는 트라키아 인의 도시.

는 그리스인을 향해 물었다.

"벌써 시작했습니다, 나리." 킬로가 대답했다.

"여기서 나리의 점잖으신 질문에 대답하고 있는 이 순간에도 저는 수색을 하고 있답니다. 호민관 나리, 저는 나리의 구두끈이 없어진다 해도 그 끈은 물론이고, 그것을 길에서 주운 사람까지도 찾아낼 수 있습니다."

페트로니우스가 물었다. "전에도 이런 임무를 부탁받은 적이 있는가?"

그리스인이 고개를 들었다.

"요즘 사람들은 덕이나 지혜를 별로 높이 평가해 주지 않습니다. 그러니 철학자도 생계를 꾸려가기 위해서는 다른 일도 마다할 수 없는 노릇이죠."

"어떤 일을 말하는가?"

"첫째, 뭐든지 다 알아야 하고, 둘째, 필요로 하는 사람들에게 그 지식을 적절히 제공하는 일이죠."

"사람들이 돈을 지불하지 않으면?"

"나리. 저는 제 사상을 대필해 줄 서기를 사기 위해 반드시 돈을 벌어야 합니다. 그렇지 않으면 제가 가진 모든 지혜는 저와 함께 사라져버릴 테니까요."

"아직도 외투 하나 살 돈이 없는 걸 보면, 당신의 솜씨가 신통치 않은가 보오."

"제가 너무 겸손해서 그렇답니다. 그리고 나리, 이 점도 알아두셔야 합니다. 옛날에는 그렇게 흔하던 인심 후한 독지가들이 요즘엔 다 없어졌습니다. 사람들이 푸테올리[10]에서 채취

10) 캄파니아의 항구 도시. 지금의 나폴리 근교.

한 굴을 꿀꺽 삼키듯 그렇게 선선히 황금을 뿌려주던 것도 다 옛말입니다. 제 공로가 부족해서가 아니라, 세상 사람들의 마음이 메말라 버려 감사할 줄도 모르고, 베풀 줄도 모르게 되어버린 겁니다. 예를 들어보죠. 쓸 만한 노예가 도망갔을 때 제 부친의 하나밖에 없는 아들[11]이 아니면 도대체 누가 찾아내겠습니까? 성벽에 그려진 포페아 황후를 비난하는 낙서를 보고, 그걸 그린 사람을 누가 적발하겠습니까? 책방에서 폐하를 풍자하는 시를 누가 발견해 낼 수 있으며, 원로원 의원이나 기사의 가정에서 일어나는 비밀스러운 사건들을 누가 고발하겠습니까? 또 종에게 맡길 수 없는 중요한 편지를 누가 전해 줄 것이며, 이발소 입구에서 귓속말로 쑥덕거리는 새 소식을 누가 엿들을 수 있겠습니까? 술집이나 빵집 사람들이 누구에게 비밀을 털어놓을까요? 노예들이 안심하고 신뢰하는 사람이 누구일까요? 집집마다 안채와 정원까지 샅샅이 들여다볼 수 있는 사람이 누구일까요? 모든 거리와 골목, 사람들이 몸을 숨길 만한 장소를 속속들이 알고 있는 사람이 누구일까요? 공중목욕탕과 경기장, 시장, 검투사의 훈련장과 노예시장은 물론, 투기장에서 들려오는 말들까지 다 알고 있는 사람이 누구이겠습니까?"

"신들 앞에 맹세하지만, 현자여, 이제 그만 하면 충분하오." 페트로니우스가 말했다. "이대로 계속하다가는 당신의 공로와 덕, 지혜와 웅변에 우리는 얼이 빠질 것만 같소. 당신이 어떤 사람인지 알고 싶었는데, 그것으로 충분하오."

비니키우스는 기뻤다. 이 사람이라면 한번 흔적을 발견하면

11) 자기 자신을 말함.

사냥개처럼 끈질기게 쫓아가서 반드시 숨어 있는 곳을 알아내리라.

"됐소. 그래 뭐 더 필요한 게 있소?"

"무기가 필요합니다."

"무기라고?" 비니키우스가 놀라서 물었다.

그리스인은 한 손을 벌리고, 다른 손으로는 돈을 세는 시늉을 해 보였다.

"세상이 워낙 흉흉해서요." 킬로가 한숨을 쉬며 말했다.

"그러니까 당신은 황금 보따리를 짊어지고 요새를 점령했다는 당나귀[12]처럼 되고 싶은 거로군." 페트로니우스가 말했다.

"저는 가난한 철학자일 뿐입니다. 돈은 나리들께서 가지고 계시죠."

킬로가 비굴하게 대답했다.

비니키우스가 돈주머니를 던져주자 킬로는 손가락이 세 개밖에 없는 오른손으로 공중에서 그것을 가뿐히 받았다. 그러고는 고개를 들면서 말했다.

"저는 나리들이 기대하고 계신 것 이상으로 이미 이 사건에 대해 많은 것을 알고 있습니다. 결코 빈손으로 돌아오지 않겠습니다. 아울루스는 절대로 그 아가씨를 빼돌리지 않았습니다. 그 집 노예들과 이야기해 보면 금방 알 수 있죠. 그 아가씨는 팔라티움 궁에도 없습니다. 지금 궁전 안에서는 모두들 어린 황녀를 간호하느라고 경황이 없으니까요. 나리들께서 순

---

12) 아풀레이우스의 전기 소설 『황금 당나귀』의 한 토막. 라틴어로 씌어진 가장 오래된 소설로 주인공 루키우스가 마법의 기름을 잘못 발라 당나귀로 변신하여 도둑의 손에 넘어가 온갖 고초를 겪으면서 인간들을 관찰한다는 풍자적인 작품.

찰대나 황제의 근위병이 아니라 제 힘을 빌려 아가씨를 찾으시려는 이유도 대강 짐작하고 있습니다. 아가씨를 도망치게 한 것은 아가씨와 같은 나라에서 온 시종이라는 것도 알고 있습니다. 그자를 도와준 것은 노예들이 아닙니다. 노예들끼리는 서로 돕고 있으니까 호민관님 댁의 노예들과 싸우면서까지 그를 도와주었을 리가 없습니다. 그렇다면 그를 도운 것은 같은 종교를 가진 신자들일 것입니다."

"들었니, 비니키우스?" 페트로니우스가 끼어들었다. "나도 똑같은 이야기를 하지 않았느냐?"

"영광입니다." 킬로가 대답했다. 그는 다시 비니키우스 쪽을 쳐다보며 말을 이었다. "실종된 그 아가씨는 로마의 모든 여성 중에서 가장 덕망이 높으시며, 정숙한 부인의 표본인 폼포니아와 동일한 신을 섬기고 있음에 틀림없습니다. 폼포니아가 낯선 신을 섬긴다고 가문에서 비난을 받았다는 사실도 알고 있습니다만, 그것이 어떤 신인지, 그 종교의 이름이 무엇인지는 그 집 하인들로부터 들어본 일이 없습니다. 먼저 그 신의 정체를 알아낸 뒤에, 그 교도들이 모이는 곳에 가서 가장 열렬한 신자가 되어 그들의 신용을 얻어내겠습니다. 그런데 나리, 제가 들은 바로는 나리께서는 아울루스 장군 댁에서 열흘이 넘게 묵으셨다는데, 무엇이든지 아는 것이 있으면 제게 말씀해 주시지 않겠습니까?"

"아무것도 없소." 비니키우스가 말했다.

"귀족 나리들께서 제게 여러 가지 질문을 하셨고, 또 저도 거기에 답해 드렸으니, 이번에는 제가 하나만 여쭤볼까 합니다. 호민관님, 혹시 폼포니아나 리기아 아가씨 주변에서 조각상이나 제물이라든지, 아니면 무슨 표지나 부적 같은 것을 보신 적이 없으십니까? 또는 그분들 사이에서만 통용되는 기호 같은 것을 본 적이 없으십니까?"

"기호라…… 잠깐 기다려봐요. 그래! 어느 날 리기아가 모래 위에 물고기를 그리는 것을 본 적이 있소."

"물고기라고요? 오, 이런! 그런 일이 한 번뿐이었습니까, 아니면 여러 번 있었습니까?"

"한 번뿐이었소."

"그런데 나리, 아가씨가 그린 것이 틀림없이 물고기였습니까?"

"틀림없어요." 비니키우스도 킬로의 말에 흥미가 생겼다. "그게 무슨 뜻인지 알아낼 수 있겠소?"

"알아내고말고요."

킬로는 큰 소리로 대답하고는 물러가겠다는 신호로 고개 숙여 절하면서 덧붙였다.

"행운의 여신이 고귀하신 두 분께 많은 은혜를 내려주시길 기원합니다."

"나가는 길에 노예에게 말해서 새 외투를 받아가시오!"

페트로니우스가 킬로의 뒤통수에 대고 소리쳤다.

"율리시스가 테르시테스를 대신하여 감사드립니다."

그리스인이 말했다. 그리고 다시 한 번 정중하게 인사하고 나갔다.

"저 현자 양반을 어떻게 생각하니?" 페트로니우스가 비니키우스에게 물었다.

"그는 틀림없이 리기아를 찾아낼 겁니다." 비니키우스가 기쁜 얼굴로 외쳤다. "이런 생각도 드는군요. 만일 이 세상 어딘가에 사기꾼들의 왕국이 있다면, 틀림없이 저 사람이 왕이 될 것 같습니다."

"그래, 네 말이 맞다. 앞으로는 저런 금욕주의 학파와도 친하게 지내야 할 것 같구나. 그건 그렇고 저자가 다녀가고 나니 냄새가 고약하구나. 이 방에 향수라도 뿌려야겠다."

새 외투를 걸친 킬로 킬로니데스는 외투 자락 안에 손을 넣고, 비니키우스로부터 받은 돈주머니를 흔들어보며 그 묵직한 느낌과 그 안에서 금화가 부딪치는 소리를 한껏 즐겼다. 혹시라도 페트로니우스의 집에서 누군가 내다보지 않을까 조심스러운 마음에 흘끗흘끗 뒤를 돌아다보면서 천천히 걸었다. 킬로는 리비아의 주랑을 통과하여 비르비우스 거리 귀퉁이를 돌아, 수부라 거리에 이르렀다.

'자, 지금부터 선술집에 가서 주인 스포루스를 만나보도록 하자.' 그는 생각했다. '행운의 여신에게 포도주를 좀 바쳐야겠군. 오랫동안 그토록 바라던 행운이 드디어 걸려든 거야. 그 자식은 젊고 성질이 급한 데다 키프루스의 금광 주인만큼이나 돈이 많으니, 그 방울새 같은 조그만 리기 족 처녀만 찾아내면, 내게 재산의 절반이라도 내놓을 거야. 바로 이런 행운을 오늘날까지 기다려왔던 거지. 하지만 가끔씩 미간을 찌푸리는 버릇은 호락호락한 성품이 아니라는 것을 나타내는 것이니 조심할 필요가 있겠어. 요즘엔 그런 늑대 새끼들이 가는 곳마다 우글거린다니까. 반면에 페트로니우스는 크게 경계하지 않아도 될 것 같더군. 오, 신들이여! 오늘날에는 어째서 덕행보다 속임수가 더 큰 대접을 받는 것입니까? 그 여자가 모래 위에 물고기를 그렸다고 했지. 그 의미가 무엇인지만 밝혀내면 앞으로 양젖으로 만든 값비싼 치즈를 질리도록 먹을 수 있을 거야. 반드시 알아내고 말 테다. 물고기는 물속에 살고 있으니 육지에서 찾는 것보다는 어렵겠지. 그러나 일단 찾아내기만 하면 더 많은 돈을 뜯어낼 수 있을 거야. 이런 돈주머니가 하나만 더 있으면, 조상 대대로 물려받은 이 거지 생활은 당장에 청산하고, 버젓이 노예를 사서 거느릴 수 있을 텐데. 아아, 킬로야, 만일 내가 너에게 사내종 말고 계집종을 사라고 권한다면 어떻게 하겠니? 오, 난 네놈을 잘 알고 있지. 너는 틀림없이 찬성할 거야……. 그 계집종이 에우니케와 같은 미인이라면, 너는 그녀의 곁에서 다시 젊어질 수 있겠지. 뿐만 아니라 그녀를 미끼로 상당한 수입을 올릴 수도 있을 거야. 순진한 에우니케에게 팔아먹은 실 두 가닥은 사실 내 낡은 외투에서 뽑아낸 것이었는데……. 어리석은 여자였지. 하지만 페트로니우스가 그녀를 내게 준다고 하면 못 이기는 척 받아들이도록 하자……. 그래, 그렇고말고! 킬로야, 킬로의 아들 킬로야……. 너는 네 아비와 어미를 잃었다! 너는 외로운 고아이니 위안이 된다면 여자 노예라도 사들이려무나. 물론 여자가 생기면 어딘가에 살 곳을 장만해 주어야겠지. 아마 비니키우스가 집 한 채쯤은 빌려줄 거야. 그러면 너도 거기에 머물면서 그녀와 함께 지낼 수 있으리라. 여자에겐 고운 옷을 입혀주어야 하지. 그래 비니키우스가 여자의 옷값도 대주고, 먹을 것도 마련해 주리라……. 아, 하지만 인생이란 얼마나 힘겨운 것인지! 옛날에는 일 오볼루스[13]만 있으면 돼지비계나 완두콩 따위를 양팔에 가득 안을 만큼 살 수 있었고, 염소 내장도 열두 살짜리 아이의 팔뚝만큼 길고, 피가 가득 찬 싱싱한 것으로 살 수 있었는데. 그 좋은 시절은 다 어디로 사라졌

13) 그리스의 화폐 단위. 여기서는 '한 푼'이라는 뜻.

단 말인가……. 아, 벌써 도둑놈 같은 스포루스의 술집에 다 왔구나. 뭔가 정보를 얻으려면 술집이 최고라니까!'

이렇게 속으로 중얼거리면서 킬로는 술집으로 들어가 최상품의 진한 포도주 한 병을 주문했다. 주인이 미심쩍다는 눈치를 보이자 그는 주머니에서 금화 한 닢을 꺼내어 테이블 위에 올려놓고 말했다.

"스포루스, 나는 오늘 새벽부터 정오까지 세네카와 함께 일을 했네. 이건 그 친구가 헤어질 때 내게 준 거야."

스포루스의 동그란 눈망울이 더욱 둥그레졌다. 주문한 포도주가 킬로의 앞에 놓였다. 킬로가 포도주에 손가락을 적셔 테이블 위에다 물고기를 그리며 물었다.

"이게 무슨 뜻인지 알겠나?"

"물고기 아냐? 물고기가 물고기지 뭐란 말인가?"

"이런 바보 같으니. 물고기가 헤엄쳐도 될 만큼 포도주에 물을 잔뜩 섞어 파는 놈이 이것도 모르나? 이것은 하나의 상징이야. 철학적인 용어로 말하자면 '행운의 미소'라는 거지. 만일 자네가 이 그림의 의미를 알아맞히면 자네에게는 당장에 행운이 찾아들 거야. 내 말을 잘 새겨듣게나. 이제부터라도 철학을 좀 공부하게. 그렇지 않으면 이제 자네 술집에는 오지 않겠네. 나의 막역한 친구인 페트로니우스도 이미 오래전부터 내게 단골 술집을 바꾸라고 충고했거든."

제14장

그 후 며칠 동안 킬로는 좀처럼 모습을 드러내지 않았다. 비니키우스는 리기아 역시 자기를 사랑하고 있다는 악테의 말을 들은 뒤부터, 그녀에 대한 갈망이 훨씬 강해져서 백방으로 찾아다녔다. 황제는 황녀의 용태 때문에 고뇌에 빠져 있어 도움을 기대하지도, 청할 수도 없는 상황이었다.

각 신전에 바친 제물도, 기도도, 서원도, 의술도, 마지막 희망으로 매달린 주술도 아무 효험이 없었는지, 일주일 후 황녀는 그만 세상을 떠났고, 궁전과 온 로마가 슬픔으로 뒤덮였다. 황녀가 탄생했을 때 너무나도 기쁜 나머지 미칠 지경이 되었던 황제는, 이번에는 너무도 절망한 나머지 또다시 미칠 지경이 되어 꼬박 이틀 동안 아무것도 먹지 않고, 방 안에만 틀어박혀 지냈다. 애도와 추모의 뜻을 표하기 위해 달려온 원로원 의원이나 조신들[1]로 궁전은 온통 혼란스러웠으나 황제는 아무도 만나려 하지 않았다. 원로원은 임시 회의를 열어 죽은 황녀를 여신으로 모시기로 결정했다. 또한 특별히 따로 신전을 세우고, 그 신전을 담당할 제사(祭司)를 임명하기로 결의했다. 죽은 아이를 받들기 위해 다른 신전에서도 새로운 제물이 봉헌되었고, 값비싼 금속으로 황녀의 조상(彫像)이 만들어졌다. 장례식은 더할 나위 없이 화려하고 성대하게 치러졌다. 장례식에 참석한 군중은 비탄에 잠겨 있는 황제의 모습에 감동되어, 황제와 더불어 눈물을 흘렸다. 하지만 그들의 관심은 온통 문상객들에게 황제가 내려줄 하사품에 쏠려 있었으며, 무엇보다도 좀처럼 보기 힘든 호화로운 장례식을 구경하는 재미에 흠뻑 빠져 있었다.

페트로니우스는 황녀의 죽음에 불길함을 느꼈다. 포페아가 어린 황녀의 죽음이 저주를 받았기 때문이라고 주장하는 것은 온 로마가 다 알고 있는 사실이었다. 의사들은 자기들의 노력이 허사로 돌아간 데 대한 변명으로 황후의 주장에 적극 동조했다. 제물의 효험을 보여주지 못했던 제사장들, 죽음을 당할까 봐 겁에 질린 주술사들, 그리고 보통 시민들까지 가세했다. 일이 이쯤 되자 페트로니우스는 오히려 리기아의 실종을 다행스럽게 여겼다. 그는 아울루스 가문에 재난이 닥치지 않기를 바랐고, 자기나 비니키우스의 신변도 걱정하지 않을 수 없었던 것이다. 상중(喪中)임을 알리기 위해 팔라티움 궁전 앞에 놓았던 사이프러스 나무가 치워지기 무섭게 페트로니우스는 원로원 의원이나 조신들을 위해 마련된 접견실로 향했다.

---

1) 원문에는 라틴어인 '아우구스티아니'라고 표기되어 있음. 직역하면 '황제단'이란 뜻으로 네로 주변의 신하들을 말함. 따라서 '조신' 또는 '정신'으로 의역함.

네로를 직접 만나, 황제가 리기아의 주술에 관한 소문을 얼마만큼 믿고 있는지를 알아내고, 그로 인해 야기될 수 있는 불행한 결과를 막아야겠다고 결심했던 것이다.

네로의 됨됨이를 잘 아는 페트로니우스는 본래 네로가 주술 따위는 믿지 않는 사람이란 것을 알고 있었다. 하지만 자기의 비통한 심정을 부풀려 드러내 보이기 위해서, 아무에게나 무작정 복수하기 위해서, 무엇보다 신들이 자신이 저지른 죄에 대해 벌을 내린 것이 아닌가 하는 공포심에서 벗어나기 위해서 주술을 믿는 척하고 있다는 생각이 들었다. 황녀를 끔찍이 사랑하는 듯했지만, 네로와 같은 인간이 아무리 자기 자식이라고 해도 진심으로 어린아이를 사랑했을 리가 없다고 페트로니우스는 믿고 있었다. 필경 자기의 슬픔을 과장하는 것에 지나지 않으리라. 과연 그의 추측은 틀리지 않았다. 네로는 돌덩이처럼 굳은 얼굴로 시선을 한군데에 고정시키고 원로원 의원들이나 기사들이 건네는 조문의 말을 묵묵히 듣고 있었다. 괴로움에 허덕이는 척하면서도, 고뇌하는 자신의 모습이 측근들에게 어떤 인상을 줄까 신경을 곤두세우고 있는 속셈이 뻔히 보였다. 니오베[2]를 흉내 내면서 마치 무대에 선 배우처럼 자식 잃은 어버이의 슬픔을 그럴듯하게 연기하고 있다는 것을 알아챌 수 있었다. 하지만 네로에겐 끈기가 부족했다. 화석이 된 듯 꼼짝 않고 말없이 앉아 있기가 힘들었는지 때때로 머리 위에 흙을 뿌리는 시늉을 하기도 하고, 이따금 땅이 꺼지게

---

2) 열네 명의 자식을 둔 것을 자랑하다가 레토 여신의 노여움을 사 아이들이 모두 살해당하고, 자신도 제우스에 의해 돌이 되었으며, 그 후에도 계속 눈물을 흘렸다고 함.

긴 한숨을 쉬기도 했다. 네로는 페트로니우스를 보자마자 벌떡 일어서서 비극의 주인공과도 같은 어조로 참석한 사람들 모두에게 들리도록 커다랗게 말했다.

"아……! 황녀의 죽음은 모두 네 탓이다! 네 권유에 따라 악령을 이 궁전 안으로 불러들였고, 그 악령이 한번 노려본 것만으로 아이의 가슴에서 생명을 빼앗아간 거야. 오 슬프도다! 내 어찌 헬리오스의 빛을 보겠는가! 아, 비통하도다, 아아! 아아!"

네로의 음성은 점점 높아져서 마침내 절망적인 절규로 변했다. 그 순간 페트로니우스는 모든 것을 걸고 주사위를 한번 던져보기로 결심했다. 그는 느닷없이 한 손을 들어 올려 네로가 늘 목에 감고 있는 비단 목도리를 잡고는, 그것으로 네로의 입을 덮었다.

"폐하!" 그가 엄숙하게 말했다. "폐하의 슬픔이 그렇게 크시다면, 로마도 세상도 모조리 불태워 버리셔도 상관없지만, 폐하의 목소리만큼은 저희를 위해 소중히 간직해 주시옵소서."

그 자리에 참석한 모든 사람들은 물론이고, 네로 또한 이 말에 놀라서 한동안 입을 다물지 못하고 있었다. 하지만 페트로니우스 한 사람만은 태연했다. 그는 지금 자기가 어떻게 하는 것이 좋을지 잘 알고 있었다. 일전에 황제가 목소리를 높이려고 했을 때 테르프노스와 디오도르[3]가 목에 무리가 간다며 만류했던 일이 떠올랐던 것이다.

"황제 폐하!" 페트로니우스는 애통하고도 숙연한 목소리로 말을 이었다.

---

3) 네로의 전용 반주자이며 가수들.

"폐하, 저희는 이루 헤아릴 수 없이 큰 손실을 입었습니다. 저희가 위안을 얻을 수 있도록 제발 폐하께서 가지신 그 소중한 보물만은 고이 아껴주시옵소서."

네로의 얼굴이 부르르 떨리더니 잠시 후 그의 눈에서 눈물이 흘러내렸다. 그는 갑자기 페트로니우스의 어깨에 손을 얹고, 그의 가슴에 머리를 묻은 채 흐느끼면서 같은 말을 되풀이하기 시작했다.

"이 많은 조신들 중에 그걸 알아주는 사람은 오직 그대뿐이로구나. 페트로니우스, 그대밖에 없도다! 오직 그대밖에 없도다!"

티겔리누스는 질투심에 얼굴색이 파랗게 변했다. 페트로니우스가 말을 이었다.

"폐하! 안티움으로 행차하시옵소서! 그곳은 황녀께서 태어나 폐하께 기쁨을 안겨드린 곳이므로 거기에 가시면 안정을 얻으실 수 있을 것입니다. 바다의 공기로 그 귀하신 음성을 깨끗이 하시옵고, 소금기가 있는 신선한 공기를 마음껏 호흡하십시오. 폐하의 영원한 충신들이 어디든지 모시고 가겠나이다. 저희들은 충심으로 폐하의 괴로움을 덜어드릴 테니, 아무쪼록 폐하께서는 그 고귀한 노래를 읊으시어 저희 마음을 달래주시옵소서."

"그렇게 하자꾸나. 죽은 내 딸을 위해 애도가를 쓰고, 곡을 지으리라."

네로가 구슬픈 목소리로 대답했다.

"그러고 나면 바이에로 가셔서 따뜻한 태양을 마음껏 즐기십시오."

"좋다. 그 다음에는 그리스로 가서 만사를 모두 잊어버리리라."

"그리스는 시와 노래의 발상지이지요!"

태양을 가리고 있던 구름이 차츰 걷히듯이 돌처럼 굳어져 있던 네로의 우울한 기분이 점차 풀리기 시작했다. 대화가 시작되면서 분위기는 조금씩 부드러워졌다. 아직 슬픔의 흔적은 남아 있었지만, 앞날의 여러 가지 계획들이 논의되기 시작했다. 황제의 여행과 예술 행사, 그리고 로마를 방문하기로 된 아르메니아의 왕 티리다테스[4]를 환영하는 예식 준비 등 앞으로의 여러 가지 행사에 관한 이야기가 화제에 올랐다. 티겔리누스가 다시 한 번 그 저주에 관한 이야기를 꺼내려고 했으나, 이미 승리를 확신한 페트로니우스는 자신 있게 그 도전을 받아들이고, 반격에 나섰다.

"티겔리누스, 당신은 주술이 신을 해칠 수 있다고 생각하시오?"

"폐하께서 그렇게 말씀하시지 않았소?" 아첨꾼 티겔리누스도 지지 않고 대꾸했다.

"폐하께서 말씀하신 게 아니라 폐하의 괴로움이 그런 말을 한 것이오. 당신의 의견은 어떻소?"

"그야 물론 전능하신 신들이 그까짓 주술 따위에 굴복할 까닭이 없다고 생각하오."

"그렇다면 당신은 폐하와 황실의 신성함을 부정하는 것이오?"

"페락툼 에스트(Peractum est)!"[5]

---

4) 파르티아의 왕 볼로가세스의 이복 동생. 로마의 코르불로 장군과의 전쟁 후에 협상을 거쳐 네로로부터 다시 왕관을 수여받았음.

5) 승부는 가려졌다! — 원주.

곁에 서 있던 에프리우스 마르켈루스가 중얼거렸다. 그 말은 검투사가 투기장에서 상대방을 쓰러뜨렸을 때, 죽이라고 고함을 치는 관중의 외침을 흉내 낸 것이었다.

티겔리누스는 속으로 분노를 삼켰다. 그와 페트로니우스는 전부터 네로의 총애를 놓고 신경전을 벌이고 있었다. 티겔리누스가 유리한 것은 네로가 그의 앞에서는 전혀 부끄러워하지 않고 허물없이 군다는 점이었다. 그러나 두 사람이 맞붙었을 때는 언제나 페트로니우스가 뛰어난 이성과 기지로 승리를 거두었다.

지금도 마찬가지였다. 티겔리누스는 입을 다물고, 아무 말도 하지 못했다. 다만 페트로니우스가 접견실 한구석으로 물러갈 때, 그를 따라간 원로원 의원과 기사들의 이름을 마음에 새겨두었다. 그들은 페트로니우스가 황제의 제일가는 총신이 될 거라고 생각하고 그의 주위로 몰려들고 있었다.

궁전에서 나온 페트로니우스는 비니키우스의 집으로 가서, 황제와 티겔리누스의 일을 들려주었다.

"이제 위기는 지나갔다. 아울루스와 폼포니아, 그리고 우리 두 사람뿐만 아니라 리기아도 위험에서 벗어나게 된 거지. 앞으로 황제의 부하들이 리기아를 찾는 일은 없을 거야. 내가 붉은 수염을 설득해서 안티움과 네아폴리스, 바이에에 가보라고 했으니까 아마 그렇게 할 게다. 아직 로마에서는 용기를 못 내고 있지만, 전부터 네아폴리스에 가서 무대에 올라 군중 앞에서 공연을 하고 싶어 한다는 것을 알고 있었거든. 뿐만 아니라 네로는 그리스에서의 공연도 꿈꾸고 있어. 그곳의 모든 유명한 도시에서 시를 낭송하고, 그리스인들이 바치는 월계관을 쓰고 개선장군처럼 의기양양하게 로마로 돌아오겠다는 속셈이지. 그동안에 우리는 남몰래 리기아를 찾아내서 안전한 곳에 숨겨두는 거야. 그건 그렇고, 그 고매하신 철학자께서는 아직 나타나지 않았느냐?"

"삼촌께서 존경해 마지않으시는 그 철학자는 사기꾼입니다. 그러니 그가 이곳에 올 리가 있겠습니까? 아마 두 번 다시 나타나지 않을걸요. 절대로요."

"나는 그를 좀 더 높게 평가하고 있단다. 그의 성실성은 믿을 수 없지만 지혜는 믿을 만하니까. 한 번 네 주머니를 털어 갔으니, 다시 한 번 단물을 빨아먹기 위해서 반드시 또 올게다."

"그놈더러 내가 그놈의 피를 빨아먹을 것이라고 경고하겠습니다."

"아니, 그런 짓은 하지 마라. 그가 사기꾼이라는 확실한 증거를 잡을 때까지는 경솔하게 굴어서는 안 된다. 이제 더 이상 돈은 주지 마라. 대신 확실한 소식을 가져오면 더 많은 포상을 하겠다고 약속하거라. 그런데 네게 무슨 뾰족한 수라도 있니?"

"님피디우스와 데마스라고 하는 해방노예 둘이 예순 명의 노예들을 데리고 리기아를 찾고 있습니다. 그녀를 발견하는 노예는 해방시켜 주겠다고 약속했지요. 그리고 로마로 통하는 모든 도로에 따로 노예들을 보내어, 여관과 주점을 샅샅이 뒤지고 있습니다. 저도 행여 길에서 만날지도 모른다는 생각에 밤낮으로 찾아다니고 있고요."

"무슨 소식이든지 알게 되면, 곧장 내게 알려다오. 나는 안티움에 가야 하니까."

"네, 알겠습니다."

"만약 어느 날 아침 눈을 떴을 때, 그깟 계집애 하나 때문에 이렇게 고통받으며 괴로워할 필요가 없다는 생각이 들거든 곧장 안티움으로 오너라. 그곳에는 여자나 향락거리가 얼마든지 있으니까."

비니키우스는 초조한 걸음으로 방 안을 서성거렸다. 페트로니우스가 잠시 그를 쳐다보더니 입을 열었다.

"솔직하게 말해 보렴. 정신 나간 사람처럼 흥분해서 혼자 중얼대지 말고, 분별 있는 자가 친구에게 털어놓듯 그렇게 차근차근 말해 보란 말이야. 아직도 시종일관 리기아를 사랑하느냐?"

비니키우스는 갑자기 발걸음을 멈추고, 생전 처음 보는 낯선 사람을 보듯 페트로니우스를 쳐다보았다. 그러고는 다시 걷기 시작했다. 무엇인가 가슴속에서 폭발하려는 것을 가까스로 꾹 참고 있는 듯했다. 자신의 무력감과 슬픔, 분노, 리기아에 대한 참을 수 없는 그리움이 그의 두 눈에 눈물을 맺히게 했다. 비니키우스의 눈물은 그 어떤 웅변보다 강하게 페트로니우스의 마음을 두드렸다. 페트로니우스는 골똘히 생각에 잠겼다가 입을 열었다.

"세상을 어깨에 짊어지고 있는 자는 아틀라스[6]가 아니라 여자로구나. 그들은 세상을 공처럼 가지고 논단 말이야."

"그렇습니다." 비니키우스가 대답했다.

두 사람이 막 작별 인사를 하려는데 한 노예가 와서 킬로 킬로니데스가 나리를 뵙기 위해 현관에서 기다리고 있다고 말했다. 비니키우스는 즉시 들어오게 하라고 명령했다.

---

6) 그리스 신화에서 하늘을 떠받치고 있는 거인.

"그것 보렴. 내 말이 맞았지? 헤라클레스에게 맹세하는데 침착하게 굴어야 한다. 그렇지 않으면 네가 녀석을 주무르는 게 아니라 거꾸로 녀석에게 말려들게 될 테니까."

"안녕하십니까, 호민관님! 그리고 페트로니우스 나리!" 킬로가 안으로 들어서며 말했다.

"두 분의 행복이 두 분의 명성과 함께하시기를 바랍니다. 그 명성이 '헤라클레스의 기둥'[7]에서부터 아루사키대[8]의 국경에 이르기까지 온 세상에 널리 떨치시옵기 바랍니다."

"어서 오시오, 덕과 지혜의 화신이여!" 페트로니우스가 대답했다.

비니키우스가 애써 냉정을 가장하며 물었다.

"무슨 소식이라도 가져왔소?"

"첫 번째 방문 때 저는 나리들께 희망이라는 선물을 가져왔습니다. 지금 저는 그 아가씨를 반드시 찾을 수 있다는 확증을 가지고 왔사옵니다."

"그러니까 아직 찾지는 못했단 말이오?"

"네, 나리. 하지만 저는 그 아가씨가 그렸다는 기호의 뜻을 알아냈습니다. 아가씨를 납치해 간 자들이 어떤 자들인지, 또 어떤 신을 믿고 있는 자들을 수소문하면 찾을 수 있는지도 알아가지고 왔습니다."

의자에서 벌떡 일어나려는 비니키우스를 페트로니우스가 어깨를 눌러 제지했다. 그러고는 킬로를 향해서 말했다.

"어디, 말해 보시오."

---

7) 현재의 지브롤타 해협.

8) 파르티아 최초의 왕인 아루사케스의 자손들, 즉 왕가.

"나리, 아가씨가 모래 위에 물고기 한 마리를 그렸다는 것은 정말 확실한 겁니까?"

"그렇소." 비니키우스가 토해 내듯이 대답했다.

"그렇다면 그 아가씨는 그리스도교 신자이고, 그녀를 데려간 사람들도 그리스도교 신자들입니다."

한순간 침묵이 흘렀다.

"킬로, 내 말을 잘 들으시오." 마침내 페트로니우스가 입을 열었다. "내 조카는 만일 당신이 그 처녀를 찾아주기만 하면 당신에게 상당한 액수의 돈을 줄 생각이오. 하지만 만일 당신이 속이려고 든다면 상당한 수의 채찍질을 준비하고 있소. 먼저의 경우라면 당신은 대필시킬 노예를 한 명이 아니라 세 명도 고용할 수 있겠지만, 나중의 경우라면 일곱 현인의 철학에다 당신의 철학을 합해도 상처에 바를 고약 값을 댈 수 없을 거요."

"나리, 그 아가씨는 틀림없이 그리스도교 신자입니다." 그리스인이 외쳤다.

"잘 생각해 보시오, 킬로. 당신은 어리석은 사람이 아니질 않소! 율리아 실라나와 칼비아 크리스피닐라가 폼포니아를 그리스도교 신자라면서 비난했다는 사실을 우리는 알고 있소이다. 또한 우리는 문중 회의에서 그 비난이 전혀 근거가 없다는 판정을 내렸다는 것도 알고 있소. 그런데 이제 와서 당신이 그 문제를 다시 들추어내서 말썽을 일으키겠다는 거요? 그 말은 폼포니아뿐 아니라 리기아까지 인류의 적이라는 이야기잖소. 그들이 당나귀 머리를 숭배하면서, 분수나 샘물에 독을 풀고 다니고, 어린아이들을 학살하며, 이 세상에서 가장 방탕한 짓을 하는 부랑자들과 한패라는 말을 우리보고 믿으라는 얘기요? 자, 잘 생각해 봐요, 킬로. 당신이 주장하는 논지가 반론이 되어 당신의 등에 비수처럼 꽂힐지도 모르잖소?"

킬로는 말도 안 된다는 듯이 두 손을 활짝 열어 보이며 이렇게 덧붙였다.

"나리, 다음 문장을 그리스어로 읽어보십시오. '예수 그리스도는 하느님의 아들이고 구세주이다.'"

"그래, 읽었소. 그게 뭐 어쨌단 말이오?"

"이번엔 그 말의 머리글자를 하나씩 떼어 한 단어를 만들어 보십시오."

"이크투스[9]!" 페트로니우스는 소스라치듯 놀랐다.

"그렇습니다. 그래서 물고기가 그리스도교 신자들의 암호가 된 것입니다."

킬로가 자신만만하게 말했다. 잠시 침묵이 흘렀다. 그리스인이 내린 결론이 너무나 뜻밖인지라, 두 사람은 놀라움을 금할 수가 없었다.

"비니키우스, 네가 잘못 본 게 아니냐? 리기아가 그린 게 정말 물고기가 틀림없니?"

페트로니우스가 물었다.

"지하에 있는 모든 신들을 걸고 맹세합니다만, 제 말이 사실이 아니라면 미친놈이라는 소리를 들어도 좋습니다. 만일 그녀가 새를 그렸다면 새라고 말했을 것입니다."

젊은이는 화를 내며 말했다.

"그러니까 그 아가씨는 그리스도교도입니다." 킬로가 되풀이했다.

---

9) ΙΧΘΓΣ. 그리스어로 '물고기'란 뜻.

페트로니우스가 입을 열었다.

“그렇다면 폼포니아와 리기아가 우물에 독을 타고, 거리에서 아이들을 잡아 죽이며, 방탕한 짓거리를 한단 말이냐? 말도 안 된다. 비니키우스, 너는 나보다 그 집에 오래 있지 않았니? 내 비록 그 집을 방문한 것은 잠시 동안이지만, 아울루스와 폼포니아를 비롯해서 리기아까지도 어떤 사람들인지 잘 알고 있단다. 그건 어리석은 추측이고 엉터리 중상모략이야. 만일 물고기가 그리스도교의 표지라면, 물론 그 사실을 부정하기는 어려운 노릇이지만, 정말 그렇다면, 프로세르피나[10]에 대고 맹세하건대 그리스도교도들은 지금까지 우리가 생각해 왔던 그런 나쁜 사람들이 아닌 게 분명하다.”

“나리, 나리께선 꼭 소크라테스 같은 말씀을 하시는군요.” 킬로가 대답했다. “도대체 누가 언제 그리스도교인들을 연구했단 말입니까? 그 교리를 제대로 알고 있는 사람이 누굽니까? 삼 년 전 네아폴리스에서 로마로 돌아오는 도중에, 그러니까 그때, 왜 네아폴리스에 더 머물지 않았는지 지금은 뼈저리게 후회하고 있지만, 아무튼 저는 글라우쿠스라고 하는 의사와 동행한 적이 있었습니다. 그 사람은 그리스도교 신자였지만, 저는 단번에 그가 선량하고 덕망 높은 사람이란 걸 알았습니다.”

“그럼 그 덕망 높은 사람한테서 물고기의 의미를 알아냈단 말이오?”

“유감스럽게도 그건 아닙니다, 나리! 그 선량한 노인은 로마로 오던 중에 한 숙소에서 도둑을 만나 단도에 찔려 죽고

---

10) 죽음의 여신.

말았습니다. 그의 부인과 자식들은 노예 상인에게 끌려갔지요. 그때 저는 그들을 도와주다가 손가락 둘을 잃고 말았습니다. 제가 들은 바에 의하면 그리스도교 신자에게는 기적이 일어나기도 한답니다. 그러니 제 손에 다시 손가락이 돋아나기를 바랄 뿐입니다."

"그게 무슨 말이오? 그럼 당신이 그리스도교 신자가 되었단 말이오?"

"네, 나리! 바로 어제부터입니다! 저를 그렇게 만든 것은 바로 물고기였습니다. 두고 보십시오, 그 물고기가 얼마나 큰 효험이 있는지! 며칠 안에 저는 그리스도교도들의 모든 비밀을 밝혀내기 위해서 가장 독실한 신자가 될 것입니다. 모든 비밀이 밝혀지고 나면, 아가씨가 계신 곳도 알게 되겠지요. 그렇게 되면 제가 지금 믿고 있는 그리스도교는 제가 오랫동안 신봉해 온 철학보다 훨씬 더 큰 돈벌이가 될 것입니다. 저는 메르쿠리우스 신[11]께 맹세했습니다. 만일 그 신이 아가씨를 찾도록 도와만 준다면, 크기도 나이도 같은 어린 암소 두 마리를 잡아 뿔에다 번쩍번쩍 금까지 입혀서 바치겠다고 말입니다."

"그렇다면 당신이 어제부터 믿게 된 그리스도교나 오래전부터 지켜온 철학은 메르쿠리우스 신을 믿는 걸 허용한단 말인가?"

"저는 언제든지 믿을 필요가 있는 것만 믿습니다. 이것이 제 철학이며, 이 철학은 메르쿠리우스 신의 마음에도 꼭 들 것입니다. 그런데 애석하게도, 두 분 나리께서도 잘 아시는

11) 신들의 전령, 심부름꾼.

바와 같이, 메르쿠리우스는 의심이 많은 신입니다. 저처럼 청렴한 철학자의 약속도 믿지 못하고, 어린 암소를 미리 바치라고 할지도 모릅니다. 그런데 그 비용이 굉장히 많이 들 것 같습니다. 누구나 세네카처럼 돈이 많은 것은 아니니, 제 처지로는 도저히 그 비용을 마련하기가 힘들군요. 만일 비니키우스 나리께서 약속하신 액수 중에…… 얼마쯤이라도 미리 지불해 주신다면 모를까요…….”

“한 푼도 안 되겠소, 킬로!” 페트로니우스가 말했다. “한 푼도 말이오! 비니키우스는 당신이 기대하는 것보다 더 많은 상금을 주겠지만, 그건 당신이 리기아를 찾았을 경우에 한해서요. 다시 말해 리기아가 숨어 있는 곳을 우리에게 알려주었을 때의 이야기란 말이오. 메르쿠리우스 신만 하더라도 어린 암소 두 마리쯤은 외상으로 해줄 것이오……. 하긴 그 신이 별로 그러고 싶어 하지 않는다 해도 어쩔 수 없는 일이겠지만 말이오. 내가 보기엔 바로 그 점 때문에 그 신이 현명한 거요.”

“고귀하신 나리, 제 말 좀 들어주십쇼. 제가 발견한 것은 매우 중요한 것입니다. 물론 아직까지 아가씨를 찾지는 못했습니다만, 찾을 수 있는 단서를 발견했거든요. 나리께서는 온 로마 시내와 지방에까지 해방노예와 노예들을 풀어놓으셨지만 누구 하나 단서를 가져온 자가 없지 않습니까? 하나도 없죠? 오직 저만 빼고 말입니다.

게다가 드릴 말씀이 더 있습니다. 나리들께서는 모르시겠지만, 두 분 댁의 노예들 가운데 그리스도교도가 있을지도 모릅니다. 이 미신은 지금 방방곡곡에 퍼져 있으니까요. 그놈들은 나리를 돕기는커녕 오히려 배신할 것입니다. 제가 지금 여기 있는 것을 그놈들이 볼까 봐 겁이 납니다. 그러니 페트로니우스 나리께서는 에우니케의 입을 막아주십시오. 그리고 비니키우스 나리께서도, 제가 여기 온 것은 말에다 바르면 전차 경주에서 이길 수 있는 고약을 팔러 왔다고 소문을 내주시기 바랍니다. 아가씨를 찾기 위해 애쓰는 사람도, 아가씨를 발견하게 될 사람도 오직 저뿐이란 걸 믿어주십시오. 얼마가 됐건 상관없습니다만, 미리 돈을 받으면 그것은 저로 하여금 기운을 낼 수 있게 해주는 촉진제가 될 것입니다. 물론 앞으로 더 많은 상금을 받게 될 것이라는 희망 또한 제게 커다란 힘이 될 것이며, 그 액수가 많아질수록 제 활약도 더욱 커질 것입니다.

오, 정말입니다! 철학자로서 저는 돈 따위는 경멸하고 있습니다. 세네카는 말할 것도 없고, 무소니우스나 코르누투스조차도 감히 돈을 무시하지는 않는데 말입니다. 하지만 적어도 그들은 남을 보호하느라고 손가락을 잃지는 않았기에, 자기 손으로 책을 써서 그 이름을 후세에 전할 수 있습니다. 어쨌든 제가 사고 싶은 서기라든지, 어린 암송아지를 바치겠다고 맹세한 메르쿠리우스 신은 다 그만두고라도, 뭐, 요즘 가축값이 얼마나 많이 올랐는지는 잘 아시겠지요……. 아무튼 수색하는 데만 해도 얼마나 많은 비용이 드는지는 잘 아실 것입니다.

제발 인내심을 갖고 제 얘기를 끝까지 들어주십시오. 지난 며칠 동안 저는 이른 아침부터 하도 많이 걸어 다녀서 다리가 아파 죽을 지경입니다. 이 사람, 저 사람하고 이야기를 나눠 보려고 술집에도 가고, 빵집이나 푸줏간, 심지어는 올리브유 상점과 생선 가게에까지 들렀습니다. 길이란 길, 골목이란 골목은 하나도 빼놓지 않고 쏘다녔지요. 도망간 노예들이 숨어 있다는 은신처에도 가봤습니다. 모라를 하느라 100아스[12]를 잃기도 했습니다. 세탁소, 건조실, 싸구려 음식점에도 가봤고, 마부나 조각가들도 만나보았습니다. 이를 뽑고, 방광을 치료하는 의사들도 만났고, 말린 무화과를 파는 행상들과도 이야기를 나누었으며, 공동묘지에도 가봤습니다. 왜 그렇게 돌아다닌 줄 아십니까? 물고기를 그려놓고 그들의 반응을 살펴보기 위해서, 그리고 뭐라고들 하는지 들어보기 위해서였습니다. 하지만 오랫동안 신통한 정보를 얻지 못했습니다.

그러다 하루는 샘터에서 한 늙은 노예가 양동이에 물을 길으면서 슬피 울고 있는 광경을 보았습니다. 곁으로 다가가서 왜 우느냐고 물었지요. 우리는 샘물가의 돌층계에 나란히 앉았습니다. 그가 말하기를 사랑하는 아들을 노예의 신분에서 해방시키기 위해 평생 동안 1세스테르티우스씩 한 푼 두 푼, 돈을 모았는데, '판사'라는 이름의 주인이 그 돈을 빼앗고는 아들을 해방시켜 주지 않았다는 것입니다. 그래서 그렇게 서럽게 울고 있다면서 그 노인이 말하더군요. '하느님의 뜻은 반드시 이루어질 것이라고 스스로에게 다짐하고는 있지만, 이 불쌍한 죄인은 눈물을 그칠 수가 없습니다.' 그 순간 저는 어떤 예감에 사로잡혀, 얼른 물통 속에서 물을 찍어 물고기를 그려 보였습니다. 그러자 그 착한 늙은이가 말하는 것이었습니다. '제 희망도 그리스도 안에 있습니다.' 그래서 제가 물었지요. '이 기호를 보니 제가 누군지 아시겠습니까?' 그러자 그가 대답하더군요. '네, 알고말고요. 당신께도 주님의 평화가 함께하기를 빕니다.' 그리하여 제가 이것저것 물어보자 선량

12) 로마의 구리 화폐 단위.

한 그 늙은이는 질문에 일일이 답을 해주었던 것입니다. 그의 주인인 '판사'라는 자는 널리 알려진 해방노예로 티베리스 강에 배를 띄워 로마로 석재를 운반하는 일을 하고 있다고 하더군요. 노예나 일꾼들을 고용하여 뗏목에 실어온 석재들을 육지에 내려놓고, 낮에는 교통에 방해가 되기 때문에 밤 시간을 이용하여 건축 현장으로 운반하고 있답니다. 그 일꾼들 중에는 그리스도교도들도 많이 섞여 있다더군요. 그 늙은이와 아들도 같은 무리에 속해 있었는데, 일이 너무 고되어서 돈을 주고 아들을 빼내려고 했다는 것입니다. 그러나 주인은 돈만 챙기고, 아들을 해방시켜 주지 않았다는 거죠. 그런 이야기를 하며 늙은이는 다시 울기 시작했습니다. 저도 함께 눈물을 흘렸지요. 저는 원래 인정이 많은 사람인 데다가 그날따라 너무 많이 걸어 다녀 다리가 아팠으므로 눈물이 쉽게 나오더군요. 제가 네아폴리스에서 온 지도 며칠 안 되고 해서 형제들을 전혀 모르고, 함께 모여 기도할 장소도 알지 못한다고 한탄하자, 그 늙은이는 네아폴리스에 있는 신도들이 로마의 형제들에게 보내는 편지를 써주지 않은 것을 이상하게 여기더군요. 그래서 저는 로마로 오는 도중 편지를 도둑맞았다고 거짓말했지요. 그러자 그 늙은이는 밤에 강가로 나오면 형제들을 소개시켜 주겠다고 하더군요. 그들이 나를 기도하는 곳으로 데려가서 교구를 관할하는 장로들을 만나게 해줄 것이라고 했습니다. 그 말을 듣고 어찌나 기뻤는지 저는 아들의 몸값을 치를 돈을 그 늙은이에게 주었습니다. 나중에 비니키우스 님께서 두 배로 갚아주시리라고 믿고 있었으니까요."

"킬로!" 페트로니우스가 말을 막았다. "마치 물 위에 기름이 겉돌듯이, 당신의 이야기에는 진실의 표면 위로 거짓이 떠다니고 있소. 당신은 분명 중요한 소식을 갖고 오긴 했소. 그건 인정하오. 리기아를 찾아내는 데 큰 단서가 된다는 것도 부정하지 않겠소. 하지만 속임수로 짜 맞춘 정보는 아무 소용이 없소. 그리스도교인들이 물고기의 암호로 서로를 알아본다는 걸 가르쳐준 그 늙은이의 이름이 무엇이오?"

"그의 이름은 에우리키우스라고 합니다. 가난하고 불쌍한 늙은이지요. 제가 도둑놈들로부터 구해 준 의사 글라우쿠스를 생각나게 하더군요. 그게 무엇보다 저를 감동시켰습니다."

"당신이 그 늙은이를 만나게 된 것도 믿고, 그 친분을 적절하게 이용하리라는 것도 믿소. 다만 당신이 그에게 돈을 주었다는 말은 믿을 수 없소. 당신은 필경 한 푼도 주지 않았소. 그렇지 않소?"

"네……. 하지만 그가 양동이에 물을 길어 올리는 것을 도와주고, 또 그의 아들에 대해 위로의 말도 해주었습니다. 네, 맞습니다! 아무튼 페트로니우스 나리의 날카로운 통찰력 앞에서는 절대로 속임수를 쓸 수가 없군요. 네, 말씀대로 돈은 주지 않았습니다. 하지만 마음속으로, 또 머릿속으로는 주었습니다. 그 노인네가 만약 철학자였다면 그 정도로 충분했을 것입니다……. 제가 그렇게라도 한 것은 한번 인연을 맺어놓으면 반드시 필요하고, 요긴하게 쓰이리라는 것을 알고 있었기 때문입니다. 나리, 생각해 보십시오! 제가 그렇게 했기 때문에 그리스도교 신자들을 한꺼번에 만날 기회를 얻게 되었고, 그 연줄 덕분에 그들의 신뢰를 얻게 되지 않았습니까."

"그 말은 맞소. 다만 실제로 그 노인에게 돈을 주었어야 했소."

페트로니우스가 대답했다.

"그래서 오늘 제가 여기 온 것입니다. 실제로 그에게 고마움을 표시할 돈을 마련하려고요."

페트로니우스가 비니키우스를 돌아보았다.

"이 사람에게 5000세스테르티우스를 주도록 해라. 단, 마음 속으로, 그리고 머릿속으로만……."

비니키우스가 대답했다.

"당신에게 하인을 한 명 붙여주리다. 그 하인이 필요한 돈을 당신에게 줄 것이오. 에우리키우스 노인에게는 그 하인을 당신의 노예라고 말하고, 그 노예가 보는 앞에서 노인에게 돈을 주시오. 중요한 소식을 가지고 왔으니, 당신에게는 이보다 두 배나 더 많은 보상을 하리다. 저녁때 하인과 돈을 가지러 다시 오시오."

"나리야말로 진정한 황제이십니다!" 킬로가 말했다. "제가 앞으로 철학책을 내게 되면 나리께 헌정할 수 있도록 허락해 주십시오. 하지만 오늘 밤에는 우선 돈만 주십시오. 에우리키우스의 말로는 지금은 뗏목에서 모든 짐을 다 내렸고, 다른 뗏목들이 오스티움에서 오기를 기다리고 있답니다. 그러니 며칠 기다려야 될 것 같습니다. 두 분께 주님의 평화가 있으시길! 이것은 그리스도교 신자들이 헤어질 때 주고받는 인사말입니다. 저도 이제 여자 노예를 …… 아니, 말을 잘못 했군요, 남자 노예를 한 명 살 수 있겠군요. 물고기는 미끼로 잡고, 그리스도교도들은 물고기로 낚느니라! 팍스 보비스쿰(Pax vobiscum)! 팍스!…… 팍스!…….[13]"

---

13) '두 분께 평화가 있으시길! 평화!…… 평화!…….'라는 뜻.

제15장

페트로니우스로부터 비니키우스에게 —

믿을 수 있는 노예를 시켜 안티움에서 이 편지를 보낸다. 네 손은 본래 펜보다는 창이나 칼에 익숙하겠지만, 즉시 답장을 써서 이 노예 편에 보내도록 해라. 내가 떠나올 때 너는 낙관적인 단서를 얻어 희망에 차 있었으니, 지금쯤은 리기아를 품에 안고, 그간의 근심 걱정을 다 털어버렸겠지. 설령 그렇게 되지 못했더라도 겨울바람이 소락테 산정에서 캄파니아 평원으로 불어올 때쯤이면 반드시 그리 될 것이라고 믿는다. 나의 비니키우스야! 바라건대 키프루스에서 온 '금발의 여신'이 네 안내자가 되고, 너 또한 사랑의 태양 앞에서 자취를 감춰버린 저 '리기아의 여명'의 진정한 주인이 되기를 기원한다. 늘 명심해야 할 것은, 대리석이 아무리 귀한 것이라 해도 그 자체로서는 아무런 가치가 없으며, 조각가의 손이 그것을 걸작으로 바꾸는 순간에 비로소 참된 가치를 지니게 된다는 것이다. 바로 그런 조각가가 되거라, 친애하는 비니키우스! 사랑은 그 자체만으로는 충분치 않으며, 어떻게 사랑해야 하는지를 알아야 하고, 어떻게 사랑을 표현해야 하는지도 알아야 한다. 쾌락이야 평민들도, 짐승들도 모두 느끼는 것이지만 참다운 인간이 그들과 다른 점은 사랑을 고귀한 예술로 승화시킨다는 점이다. 인간은 사랑의 신성한 가치를 분명히 인지하고, 그것을 통해 육체뿐 아니라 영혼의 만족까지도 추구하는 법이지. 이곳에서 나는 이따금씩 인간의 삶에 내재된 공허함이라든가 초조, 권태에 대해 생각하면서, 문득 네가 택한 길이 나의 인생보다 낫지 않을까 자문해 본단다. 나처럼 황제를 섬기는 것보다는 이 세상에 태어나 진정으로 보람 있는 두 가지 일, 바로 사랑과 전쟁을 택한 네 결정이 옳은 것이 아닐까 하는 생각이 든다.

전쟁 중에 너는 늘 운이 좋았다. 그러니 사랑에 있어서도 행운이 따르기를 빈다! 이곳에서 황제를 둘러싸고 무슨 일이 벌어지고 있는지 알고 싶다면, 이따금 서신을 써서 보내마. 우리들은 지금 안티움에 체류하면서 그 천상의 목소리를 열심히 돌보고 있단다. 하지만 로마에 대한 네로의 증오심은 좀처럼 사그라지지 않는구나. 겨울이 되면 모두들 바이에에 들렀다가 네아폴리스로 갈 거다. 그곳에서 황제는 공연을 할 예정인데, 네아폴리스의 시민들은 그리스인들이니 티베리스 강변에 살고 있는 늑대들의 종족[1]보다는 감상하는 수준이 훨씬 높을 것 같다. 바이에, 푸테올리, 쿠메, 스타비에 등지에서 구경꾼이 잔뜩 몰려들 테니 박수갈채나 월계관은 부족함이 없을 거야. 이 행사

1) 로마 시민을 가리킴.

는 이미 계획되어 있는 아카이아[2]에서의 공연을 크게 고무시킬 것이다.

황녀에 대한 애도는 어떻게 되었느냐고? 물론 우리는 아직도 황녀의 죽음을 애통해하고 있다. 우리들이 직접 쓴 애도가를 부르는데, 어찌나 훌륭한지 인어들도 질투가 나서 암피트리테[3]의 동굴로 숨어버릴 정도란다. 파도 소리가 훼방만 놓지 않았어도 돌고래들도 넋을 잃고 귀 기울였을 거야. 슬픈 분위기가 아직 가시지 않았으므로, 우리는 조각에서 본뜰 수 있는 온갖 자세와 표정을 흉내 내면서 사람들에게 그 슬픔을 표현하고 있단다. 비탄에 잠긴 우리들의 모습이 아름다운지, 그 아름다움을 사람들이 알아봐 줄지, 세심하게 신경을 쓰면서 말이야. 아, 친애하는 비니키우스야! 우리는 결국 광대로, 희극 배우로 죽어갈 것이 틀림없다.

조신들은 남녀를 막론하고, 빠짐없이 이곳에 와 있다. 그 밖에 10000명의 하인과, 포페아가 목욕할 때 사용할 젖을 짜기 위해 500마리가 넘는 암당나귀들도 함께 와 있지. 때로는 재미있는 일도 생기곤 한단다. 칼비아 크리스피닐라도 이제 늙어가는 모양이야. 들리는 소문으로는 포페아가 목욕한 직후에 자기도 그 목욕물을 사용하게 해달라고 간청했다는구나. 또 니기디아와 어떤 검투사의 사이를 의심한 루카누스가 니기디아의 뺨을 때린 사건도 있었지. 스포루스는 주사위 노름에 져서 세네키오에게 아내를 빼앗기고 말았다. 토르콰투스 실라누스가, 금년에 경주에서 우승할 것이 틀림없는 밤색 말 네 필과 에우니

2) 로마의 속주로 그리스 본토의 남부 지역과 펠로폰네소스를 포함하는 지역.
3) 바다의 여신. 포세이돈의 아내.

케를 바꾸자고 제의해 왔는데, 나는 단 한마디로 거절해 버렸다. 네가 그 애를 받아들이지 않은 데 대해 나는 진심으로 감사하고 있단다. 가엾게도 토르콰투스 실라누스는 자기가 인간이라기보다는 이미 망령에 가까운 존재라는 것을 모르고 있더구나. 그가 곧 죽게 될 거라는 것은 거의 확실하다. 그의 죄목이 뭔지 아니? 바로 아우구스투스 황제의 증손이란 것이지. 그를 구할 길은 없다. 우리가 사는 세상이 이 모양이니!

너도 알다시피 우리는 지금 이곳에서 티리다테스가 오기를 기다리고 있는데, 볼로가세스가 모욕적인 편지를 보내왔더구나. 아르메니아를 정복했으니 그 나라를 티리다테스에게 물려주어야 하며, 설사 그 뜻이 거절당하더라도 자기는 아르메니아를 내놓지 않겠다는 내용이었지. 이건 명백한 모욕이 아니겠니? 그래서 우리는 전쟁을 하기로 결정했단다. 코르불로는 위대한 폼페이우스가 해적을 소탕할 때 그랬던 것처럼 대군을 거느리고 막대한 권력을 휘두르게 될 거야. 네로는 조금 망설이기도 했는데, 그것은 승리할 경우 코르불로에게 돌아갈 영광이 두려웠기 때문이지. 아울루스 장군에게 최고 지휘권을 주자는 의견도 있었지만, 포페아가 반대했지. 분명 그녀는 폼포니아의 덕망이 눈엣가시처럼 걸리는 모양이었어.

바티니우스가 베네벤툼[4]에서 열릴 예정인 대대적인 격투 경기에 대해서 귀띔해 주더구나. "제화공은 신발에 대해서만 간섭하라!"라는 격언이 있지만, 요즘 세상에 그 제화공들이 얼마나 설치고 떠벌리고 다니는지 한번 보렴! 비텔리우스는 제화공의 자손이고, 바티니우스는 바로 제화공의 아들이지. 어쩌면

4) 네아폴리스에서 북동쪽으로 50킬로미터 떨어진 도시.

그도 구두를 꿰맨 일이 있었을 거야. 배우 알리투루스는 어제 오이디푸스 왕 역할을 훌륭하게 해냈단다. 마침 그가 유대인이어서 그리스도교 신자와 유대인이 같은 사람들인지 물어보았지. 그가 대답하길 유대인은 아득한 옛날부터 고유한 종교를 가지고 있으며, 그리스도교는 최근에 유대교에서 파생된 새로운 종교라는 거야. 티베리우스 황제 시대에 유대인들이 어떤 사내를 십자가에 못 박았는데, 현재 그를 따르는 자가 날로 증가하고 있으며, 그리스도교도들은 그를 신으로 숭배하고 있다는구나. 그들은 다른 신들, 특히 우리의 신들은 인정하지 않는 모양이다. 자기들에게 해가 되는 것도 아닌데, 왜 그러는지 모르겠구나.

티겔리누스는 요즘 내게 노골적으로 적의를 드러내고 있단다. 여태껏 내 적수가 되지 못했으면서도 정신을 차리지 못한 모양이다. 그가 나보다 우세한 건, 일단 나보다는 훨씬 더 몸을 사릴 줄 알고, 또 나보다 훨씬 더 악질이라는 점이지. 바로 그 점 때문에 앞으로 붉은 수염과 더욱 가까워질 수 있을 거야. 아마 머지않아 그 두 사람은 서로 혼연일체가 될 것이고, 그때가 되면 나는 끝장이지. 그때가 언제일지는 나도 모르지만, 언젠가는 반드시 올 것이다. 그래서 요즘 나는 '그때'를 개의치 않고 내게 주어진 현재의 삶을 실컷 즐기려 하고 있단다. 붉은 수염만 없다면 내 삶이 그리 지겨운 것도 아니니까. 그런 인간과 연관되어 있기에 사람들은 가끔 자기의 인생에 진저리를 치게 되는 것이지. 때로 사람들은 네로의 총애를 받기 위해 서로 다투는 것을 격투기나 경기, 시합과 혼동하곤 한단다. 승리를 통해 자부심을 만족시킬 수 있는 그런 승부와는 근본적으로 다르다는 것을 잊은 듯이 말이다. 이따금 나 자신이 킬로와 같은 인간보다 조금도 나을 게 없는 것처럼 생각되기도 한단다. 킬로가 필요 없게 되면 그를 내게 보내다오. 그의 기지에 넘치는 말솜씨가 마음에 들었거든. 네 여신인 그리스도교도에게도 안부 전해 다오. 아니, 그보다도 내가 부탁하건대, 너한테까지 물고기처럼 차갑게 굴지는 말라고 전해 주려무나. 건강은 어떤지, 사랑은 잘 되어가는지 꼭 소식 다오. 사랑하는 방법을 스스로 터득한 뒤 그녀에게도 그 방법을 가르쳐주도록 해라. 잘 있거라!

마르쿠스 비니키우스로부터 페트로니우스 삼촌께—

리기아는 아직도 찾지 못했습니다! 만일 그녀를 곧 찾을 수 있다는 희망이라도 없었다면 외삼촌께서는 이 답장을 받지 못하셨을 것입니다. 인생의 흥미를 완전히 잃어버리고 나면, 무엇을 쓰는 일조차 귀찮아지니까요. 저는 킬로가 저를 속이려는 게 아닌지 확인하고 싶었습니다. 그래서 그날 밤 킬로가 에우리키우스에게 줄 돈을 받으러 왔을 때, 군용 외투를 뒤집어쓰고, 그와 그에게 딸려준 젊은 노예의 뒤를 몰래 밟았습니다. 항구에 도착했을 때 저는 기둥 뒤에 서서 먼발치에서 지켜보았는데, 거기서 킬로가 에우리키우스에 대해서 한 말이 거짓이 아니라는 것을 확실히 알았습니다. 아래쪽 강기슭에서는 수십 명의 사내들이 횃불을 피워놓고 거대한 뗏목에서 돌덩이를 들어내어, 선창에 쌓아올리고 있었습니다. 킬로가 그들 곁으로 다가가 어떤 늙은이에게 말을 걸자, 그 늙은이는 잠시 후 킬로의 발 앞에 무릎을 꿇었습니다. 다른 사람들은 그들을 에워싸고 감탄사를 연방 외쳐대고 있더군요. 제 눈앞에서 젊은 노예가 돈주머니를 에우리키우스에게 건네주자, 그는 그것을 받아들고는 두 손을 높이 쳐들고 기도하기 시작했습니다. 그 옆에 또 한 사람이 무릎을 꿇었는데, 아마 그 늙은이의 아들인 것 같았습니다. 제 귀에는 들리지 않았지만, 킬로가 뭐라고 중얼거리면서 다른 사람들이 하듯 허공에 대고 십자가의 표시를 그리면서 두 사람을 축복하자, 모두가 무릎을 꿇었습니다. 저는 그들 가운데로 불쑥 뛰어 들어가서 리기아를 찾아주는 사람에게는 돈주머니를 세 개라도 주겠다고 말하고 싶어 견딜 수 없었으나, 킬로가 하는 일에 방해가 될까 겁이 나서 그만 집으로 돌아오고 말았습니다.

이 일은 삼촌께서 떠나신 지 열이틀째 되던 날 있었습니다. 그 뒤로 킬로는 몇 번이나 저를 찾아와서 자기가 그리스도교인들로부터 꽤 인정받게 되었다고 말했습니다. 킬로는 아직도 리기아를 찾지 못한 이유에 대해 로마에만도 그리스도교 신자들이 워낙 많아 모든 신자들이 서로를 다 아는 것도 아니고, 그 안에서 일어나는 모든 사건을 일일이 다 알고 있는 것도 아니기 때문이라고 했습니다. 게다가 그들은 신중하고 입이 무겁다고 합니다. 하지만 그들이 '장로'라고 부르는 노인들만 만나게 되면, 그들로부터 모든 비밀을 알아낼 수 있다고 장담했습니다. 이미 몇몇 장로와 친분을 맺고 조심스럽게 알아보고는 있으나, 너무 서두르다가 의심을 살 염려가 있기에 신중하게 행동하고 있다는 것이었습니다. 기다리는 것은 괴롭고 참기 힘든 일이지만, 마땅히 그래야 하므로 잘 참고 있습니다.

킬로는 그리스도교인들이 기도하기 위해서 모이는 장소가 따로 있다는 것도 알려주었습니다. 대개는 성문 밖에서 모이는

데, 빈집이나 해안의 모래 동굴에서 집회를 갖는 경우도 있다는군요. 거기서 그들은 그리스도를 찬미하고, 성가를 부르며, 여러 가지 행사를 거행한답니다. 그런 장소는 꽤 많은 모양입니다. 킬로의 짐작에 따르면 리기아는 일부러 폼포니아와는 다른 기도소에 다니는 것 같다고 합니다. 그 이유는 만일 폼포니아가 심문을 받게 될 경우, 리기아가 숨어 있는 곳을 모른다고 당당하게 진술할 수 있도록 하기 위해서라는 거죠. 아마 그들의 장로들이 특별히 주의를 시켰을지도 모르겠습니다. 그런 기도소가 어디 있는지 킬로가 알려주면, 저도 그와 함께 한번 가볼 생각입니다. 만일 신들께서 저로 하여금 리기아를 다시 한번 만날 수 있게 해주신다면, 주피터의 이름으로 삼촌께 맹세하는데, 다시는 그녀의 손을 놓지 않겠습니다.

저는 줄곧 그 기도소 생각만 하고 있지만, 킬로는 제가 따라나서는 것을 원치 않습니다. 아마도 두려워서 그렇겠지만, 저는 가만히 집에 처박혀서 기다릴 수만은 없습니다. 리기아가 변장을 하건, 베일로 얼굴을 가리고 있건 그녀를 바로 알아볼 수 있을 것이라고 확신합니다. 그리스도교 신자들이 모이는 것은 한밤중이지만, 저는 어두운 밤에도 그녀의 얼굴을 금세 알아볼 수 있습니다. 리기아의 음성, 그녀의 몸짓도 당장에 알아볼 수 있습니다. 앞으로는 저도 변장을 하고 킬로와 함께 가서 출입하는 사람들을 일일이 살펴볼 생각입니다. 언제나 리기아만 생각하고 있으니까 바로 찾아낼 수 있을 겁니다. 내일 킬로가 오기로 되어 있으니, 함께 가보겠습니다. 무기도 가지고 갈 겁니다. 지방으로 보낸 종들이 하나둘씩 돌아왔습니다만, 아무 소득도 없었습니다. 저는 리기아가 지금 성 안에, 그것도 그다지 멀지 않은 곳에 있다고 확신합니다. 그동안 집을 임차하겠다는 핑계를 대고 여러 집을 돌아다녀 보았습니다. 제가 갔던 곳들엔 가난뱅이들이 우글우글하더군요. 그녀가 그 속에서 사는 것보다는 제 집에 있는 것이 백배는 더 좋을 텐데 안타까울 뿐입니다. 그녀를 위해선 아무것도 아깝지 않다는 것이 제 생각입니다. 삼촌께서는 저더러 좋은 길을 선택했다고 말씀하셨지만, 제가 택한 것은 바로 근심과 고뇌인 것 같습니다. 킬로와 저는 먼저 시내에 있는 집들을 둘러보고, 그 다음엔 성 밖을 뒤질 생각입니다. 그나마 그런 계획이라도 있기에 아침이면 희망이 생깁니다. 그렇지 않으면 저는 아마 살아갈 수 없을 것입니다.

삼촌께서는 사랑하는 방법을 터득해야 한다고 말씀하셨죠. 그래도 예전에는 리기아와 사랑에 관해 이야기를 나눌 수도 있었습니다. 하지만 지금은 그녀에 대한 애절한 그리움만 남았을 뿐입니다. 집에서 아무것도 하지 않고, 킬로가 오기만을 기다리는 일은 정말 견딜 수 없이 힘이 드는군요. 그럼, 이만 안녕히 계십시오.

제16장

킬로는 며칠 동안 나타나지 않았다. 그가 오지 않는 것을 비니키우스는 어떻게 해석해야 좋을지 알 수 없었다. 일을 성공시키기 위해서는 서두르면 안 된다고 몇 번이고 자신을 타일러 보았지만 소용이 없었다. 그의 혈기왕성한 피와 급한 성미는 순순히 이성의 소리를 듣고 기다리는 것을 허락하지 않았다. 아무것도 하지 않고 잠자코 있는 것은 본성에 어긋나는 일이었으므로 비니키우스는 도저히 가만히 있을 수가 없었다. 비니키우스는 헛일이란 걸 잘 알면서도 노예들이 입는 외투를 걸치고 도시의 골목골목을 헤매고 다녔다. 그렇게라도 하지 않으면 자신의 답답한 마음을 달랠 길이 없었으나, 그렇다고 마음이 진정되는 것도 아니었다. 그는 똑똑한 해방노예들을 골라 따로 수색을 시켰지만, 모두가 킬로보다 훨씬 무능했다.

그러는 동안 비니키우스의 마음속에는 리기아에 대한 사랑 이외에 반드시 이겨야겠다는 승부사의 강한 집념이 싹트기 시작했다. 비니키우스는 어릴 때부터 하고 싶은 일은 꼭 해치우고 마는 고집과 함께 실패나 굴복을 모르는 추진력을 지니고 있었다. 군대의 엄격한 훈련은 한때 제멋대로인 그의 기질을 억누르기도 했으나, 동방에서 노예처럼 복종에 길들여진 온순한 사람들 사이에 오래 체류하는 동안, 그는 자신이 내린 명령은 무슨 일이 있어도 꼭 실행되어야 한다는 철칙을 갖고 있었다. 자기가 한번 '하겠다.' 고 마음먹으면 그 무엇도 감히 막을 수 없다는 신념이 생기게 된 것이다. 그런 비니키우스였기에 이번 일로 그의 자존심은 적지 않은 타격을 입었다. 더욱이 리기아의 저항과 도전, 탈주는 그가 도저히 이해할 수 없는 일종의 수수께끼와도 같아서 그 의미를 파악하기가 몹시 힘들었다. 악테의 말이 진실이며, 리기아에게 자신이 그렇게 하찮은 존재는 아니라고 확신하면서도 비니키우스의 마음은 괴롭기만 했다. 그렇다면 그녀는 도대체 무엇 때문에 그의 사랑과 보살핌, 이 호화로운 저택에서의 안락한 생활을 다 버리고, 떠돌이 생활과 가난의 길을 선택했을까? 비니키우스는 이러한 의문에 대해 해답을 얻을 수가 없었다. 그저 막연하게 자기와 리기아 사이에, 두 사람의 가치관 사이에, 그리고 자기와 페트로니우스가 살고 있는 세계와 리기아와 폼포니아가 살고 있는 세계 사이에는 그 무엇으로도 메울 수 없고, 넘을 수 없는 깊은 수렁 같은 것이 존재하여, 결국엔 서로 융합할 수 없는 것이 아닌가 하는 생각이 들 뿐이었다. 그럴 때면 리기아를 아주 잃어버린 것 같은 느낌에 사로잡혀, 페트로니우스가 절대로 놓치지 말라고 당부한 그 평정심을 잃어버리곤 했다.

때로 비니키우스는 도대체 자기가 리기아를 사랑하고 있는지 증오하고 있는지 구별할 수 없었다. 무슨 일이 있어도 리기아는 반드시 찾아야 한다. 그녀를 만날 수도 없고, 자기 사람으로 만들 수도 없을 바에는 차라리 땅속에 묻혀버리는 편이 낫다는 일념으로 하루하루를 견뎌낼 뿐이었다. 비니키우스는 가끔씩 공상의 나래를 펼쳐, 마치 눈앞에 있는 것처럼 생생하게 리기아의 자태를 떠올리곤 했다. 자기가 리기아에게 했던 말, 그녀로부터 들었던 말들을 하나하나 되씹어 보기도 했다. 리기아가 가까운 곳에, 아니 그의 가슴에, 두 팔에 안겨 있는 것 같았고, 그럴 때면 정열의 불꽃이 걷잡을 수 없이 온몸을 휩싸곤 했다. 그는 리기아가 못 견디게 보고 싶을 때면 그녀의 이름을 불러보았다. 자기가 신중하게 행동했더라면 그녀 또한 자기를 진심으로 사랑하고, 자기가 바라는 것은 무엇이든지 들어주었을지도 모른다는 생각을 하자, 견딜 수 없는 슬픔과 함께 거대한 애정의 물결이 그의 가슴에 파도쳤다. 그런가 하면 주체할 수 없는 분노 때문에 얼굴이 하얗게 변할 때도 있었다. 그럴 때마다 비니키우스는 그녀를 찾게 되면 모욕과 고통을 주리라는 다짐으로 스스로를 위로하곤 했다. 리기아를 손에 넣는 데 그치지 않고, 자신의 노예로 삼아 짓밟아 주리라. 그렇게 다짐하다가도 리기아의 노예가 되든지, 다시는 리기아를 보지 못한 채 평생을 살든지, 둘 중 하나를 택하라면, 기꺼이 그녀의 노예가 되는 쪽을 택하리라는 생각을 하기도 했다. 그런가 하면 리기아의 장밋빛 육체에 선명하게 찍힐 채찍 자국을 상상하는 동시에 그 상처에 입맞춤하게 될 날을 갈망하기도 했다. 심지어는 리기아를 죽여버릴 수 있으면 얼마나 행복할까 하는 생각이 들기도 했다.

번민과 초조함, 불안과 근심 속에서 비니키우스는 건강과 아름다움을 잃어갔다. 그는 인정이라고는 눈곱만큼도 없는 잔인한 주인이 되어버렸으며, 노예는 물론 해방노예들까지도 그의 곁에 갈 때는 몸을 사렸다. 노예들은 아무 이유도 없이 벌을 받았는데, 그 벌이 하도 부당하고 무자비해서, 그들은 뒤에서 수군대며 주인을 증오했다. 비니키우스는 그런 낌새를 눈치 채고, 고독한 심사를 달랠 길 없어 한층 심하게 앙갚음을 했다. 다만 수색 작업을 중지해 버릴까 봐 두려워서 킬로에게만은 함부로 대하지 않고 꾹 참았다. 그 간사한 그리스인은 비니키우스의 심중을 꿰뚫어 보고 그를 자기 마음대로 조종했으며, 점점 더 많은 요구를 하기에 이르렀다. 처음 얼마 동안은 적어도 찾아올 때마다 일이 순조롭고 신속하게 진행되고 있다는 믿음을 주었다. 하지만 요즘 들어 킬로는 이것저것 어렵고 곤란한 문제를 열거하면서, 틀림없이 성공은 하겠지만, 시일이 좀 걸릴 것 같다는 점을 강조하곤 하였다.

며칠이 지난 뒤, 몹시 침울한 표정으로 킬로가 찾아왔다. 그의 낯빛을 보고 아연실색한 비니키우스가 가까스로 기운을 내어 물었다.

"그렇다면 그리스도교인들 중에 그녀가 없다는 거요?"

"분명히 계십니다, 나리." 킬로가 대답했다. "문제는 그리스도교인들 가운데 의사 글라우쿠스가 있다는 겁니다."

"무슨 소리요? 그가 대체 누군데?"

"나리께서 잊으신 모양이군요. 네아폴리스에서 로마까지 저와 동행했던 노인 말입니다. 그를 도와주다가 제가 그만 이렇게 손가락을 둘이나 잃어버리지 않았겠습니까? 그 때문에 저는 제 손으로 글을 쓸 수 없게 되었습니다. 강도들이 그의 아내와 아이들을 납치하고, 그를 칼로 찔렀습니다. 저는 다 죽어가던 그를 민투르네[1] 근처의 여관에 두고 올 수밖에 없었고, 그 후로도 꽤 오랫동안 그의 죽음을 슬퍼했죠. 아, 그런데 그 사람이 멀쩡하게 살아서 로마에 있는 그리스도교인들의 모임에 나오고 있었던 겁니다."

비니키우스는 그 말이 제대로 납득이 가지는 않았지만 글라우쿠스라는 존재가 리기아를 찾는 데 걸림돌이 되고 있다는 것만은 짐작할 수 있었다. 치밀어 오르는 분노를 간신히 억누르면서 비니키우스가 말했다.

"당신이 그 사람을 도와주었다면, 그는 마땅히 당신에게 감사해야 하는 것 아니오?"

"오, 호민관님! 신들도 은혜를 저버리는데 인간이야 더 말해 무엇 하겠습니까? 그렇습니다! 그는 마땅히 제게 감사해야 합니다. 그런데 불행히도 그는 정신이 오락가락하는 늙은이인데다가 심한 고생으로 판단력이 흐려졌나 봅니다. 그리스도교도들에게 알아본 바로는 제게 감사하기는커녕 제가 그 강도들과 한패였다면서 자기가 불행한 신세가 된 것이 다 저 때문이라는 소문을 퍼뜨리고 다닌다고 합니다. 손가락을 두 개나 잃어버린 데 대한 보상이 고작 그것입니다!"

"듣고 보니 그 노인네의 말이 사실이라는 걸 알겠군." 비니키우스가 말했다.

"나리, 그렇다면 나리께서 그 늙은이보다 더 많은 걸 알고 계시는 셈이 되는군요." 킬로가 거드름을 피우며 말했다. "하지만 그 노인네는 다만 그렇다고 추측하고 있을 뿐입니다. 무엇보다 걱정되는 것은 그 늙은이가 그리스도교 신자들을 모아

---

1) 로마의 동남쪽에 있는 도시.

서 제게 잔인하게 복수할지도 모른다는 사실입니다. 그는 틀림없이 복수를 하려고 할 것이고, 그의 동지들도 도와줄 것입니다. 그러나 다행스럽게도 그는 제 본명을 모릅니다. 기도소에서 우연히 마주친 적도 있으나, 저를 알아보지 못하더군요. 저는 첫눈에 그를 알아보고, 반가움에 그의 목을 끌어안고 싶었지만, 워낙 제 성품이 신중한 데다가 무슨 일을 하기 전에 먼저 깊이 생각하는 조심성이 있어 그렇게 하지 않았습니다. 기도소에서 나와 다른 사람들에게 그가 누구냐고 물어보니까, 네아폴리스에서 로마로 오던 중 동행에게 사기를 당한 사람이라는 것입니다. 만일 제가 물어보지 않았더라면 그가 그렇게 말하고 다닌 줄도 전혀 몰랐을 것입니다."

"그것이 나와 무슨 상관이 있단 말이오? 기도소에서 뭐 본 거라도 있소?"

"나리, 나리하고는 아무 상관이 없지만, 제 목숨이 달린 문제입니다. 저는 제 지식을 후세에 길이 남기고 싶은 사람입니다. 그러므로 그까짓 돈 때문에 목숨을 위태롭게 하느니 차라리 모든 보상을 포기하는 편이 낫겠습니다. 저는 진정한 철학자이기에 돈 따위가 없어도 얼마든지 살아갈 수 있으며, 고귀한 진리를 탐구할 수 있습니다."

비니키우스는 험악한 얼굴을 킬로에게 들이밀면서 가까스로 화를 누르며 말했다.

"글라우쿠스보다 내 손이 먼저 네놈의 목숨을 끊을지도 모른다! 이 개 같은 놈아, 지금 당장 이 마당 한구석에 파묻힐 수도 있다는 걸 모르겠느냐?"

본래 겁쟁이인 킬로는 비니키우스의 기세를 보자 더 이상 지껄였다가는 끝장이 나리라는 것을 단번에 알아차렸다.

“아가씨를 찾아내겠습니다, 나리! 꼭 찾아내겠습니다.” 킬로가 황급히 말했다.

잠시 침묵이 흘렀다. 단지 비니키우스의 가쁜 숨소리와 정원에서 일하고 있는 노예들의 노랫소리만이 들려올 뿐이었다.

젊은 귀족의 흥분이 다소 가라앉은 것을 본 킬로가 다시 입을 열었다.

“방금 저는 죽음을 모면했군요. 하지만 저는 소크라테스처럼 그 죽음 앞에서 의연하게 굴었습니다. 나리! 제가 그런 말씀을 드린 것은, 아가씨의 수색을 중단하겠다는 뜻이 결코 아니었습니다. 이 수색 작업이 제게 큰 위험이 될지도 모른다는 말씀을 드리고 싶었을 뿐입니다. 일전에 나리께서는 에우리키우스란 자가 정말 존재하는지 의심하셨습니다만, 그 후로 제 아비의 아들이 한 말이 거짓이 아님을 직접 두 눈으로 확인하신 바 있습니다. 그런데 이제 또 제가 글라우쿠스라는 인물을 가상으로 만들어내지는 않았나 의심하고 계십니다. 아, 너무나 애통하군요! 만일 이것이 죄다 지어낸 이야기이고, 제가 전처럼 그리스도교도들 사이에서 마음 놓고 돌아다닐 수만 있다면, 나이 들고 불구가 된 제 뒷바라지를 위해서 사흘 전에 사들인 늙은 노예를 당장 갖다 버리겠습니다. 하지만 나리, 글라우쿠스는 정말로 살아 있습니다. 일단, 제가 그에게 들키는 날이면, 나리께서는 두 번 다시 제 얼굴을 못 보시게 될 겁니다. 그러면 대체 누가 아가씨를 찾아드리겠습니까?”

킬로는 잠시 숨을 고르고 눈물을 훔치더니 계속해서 말했다.

“글라우쿠스가 살아 있는 한 어떻게 아가씨를 찾아낼 수 있겠습니까? 언제라도 그를 만나게 될지 모르며, 만나면 저는 그 자리에서 죽고 말 텐데 말입니다. 그와 동시에 제 수색 작업도 중단되어 버리는 거죠."

"도대체 나보고 어떻게 해달라는 말이오? 무슨 대책이라도 있단 말이오? 내가 뭘 어떻게 하면 좋겠소?" 비니키우스가 물었다.

"아리스토텔레스께서 가르치시길, 큰일을 위해선 작은 일을 희생하라고 하셨습니다. 프리아무스 왕[2]은 노년이야말로 무거운 짐이라고 말씀하셨습니다. 글라우쿠스는 오랫동안 노령과 불행이라는 무거운 짐에 시달려왔습니다. 그 고통이란 이루 말할 수 없을 만큼 큰 것이라 차라리 그에게 죽음을 주는 편이 은혜를 베푸는 일일 것입니다. 세네카가 말하기를 죽음이야말로 해방 그 자체라고 했습니다만……."

"그런 말장난은 페트로니우스 삼촌하고나 하시오. 도대체 내게 원하는 게 뭐요?"

"만일 덕을 논하는 것이 말장난이라면 신들이여, 원컨대 영원히 말 장난꾼이 되게 해주소서! 제가 원하는 것은 글라우쿠스를 없애는 것입니다. 그가 살아 있는 한 제 목숨도, 나리를 위한 수색 작업도 모두 위태롭게 되니까요."

"사람을 사서 몽둥이로 쳐 죽이면 될 것 아니오? 돈은 내가 대겠소."

"나리, 사람을 사면 그들은 나리에게서 돈을 뜯어갈 뿐만 아니라, 나중에도 비밀을 지킨다는 구실로 협박을 일삼을 것입니다. 로마에는 불량배들이 원형경기장의 모래알만큼이나 많이 있지만, 정직한 사람이 그들의 힘을 빌리려고 하면, 얼마나 많은 돈을 요구하는지 모르실 것입니다. 존귀하신 호민

---

2) 트로이의 마지막 왕.

관 나리! 만일 순찰대에게 살인 현장을 들키게 되면 어떻게 되겠습니까? 악당들은 누가 자기들을 고용했는지 자백할 것이며, 그렇게 되면 나리께 문제가 생길 것입니다. 저는 그놈들에게 절대로 이름을 가르쳐주지 않을 테니, 그놈들이 제 이름을 불 염려는 없겠지요. 저를 믿지 못하시고, 제 진심을 믿지 못하시는 건 잘못하시는 것입니다. 이 일이 잘 되려면 우선 두 가지 문제가 해결되어야 합니다. 첫째, 제 목숨을 지켜주실 것, 둘째, 일전에 약속하신 보수를 주실 것, 이 두 가지를 유념해 주셨으면 합니다."

"돈이 얼마나 필요하오?"

"1000세스테르티우스는 있어야겠습니다. 그런데 이 점은 꼭 고려해 주셨으면 합니다. 정직한 불한당, 그러니까 착수금을 받고 슬그머니 도망쳐 버리지 않는, 믿을 만한 놈들을 찾아내야 하거든요. 좋은 일을 하는 데는 그만한 비용이 따르는 법이죠. 또한 제게도 글라우쿠스를 애도하며 흘리게 될 눈물을 닦을 수 있도록 얼마쯤은 주셔야 하겠습니다. 제가 얼마나 그를 사랑하는지는 신들께서 증명해 주실 것입니다. 만일 오늘 1000세스테르티우스를 받게 된다면, 이틀 안에 글라우쿠스의 넋은 저승으로 갈 것이고, 만일 그의 영혼에 기억과 사색의 힘이 남아 있다면, 제가 얼마나 자기를 사랑했는지 알게 될 것입니다. 오늘이라도 당장 사람을 사서 내일 밤부터 글라우쿠스가 살아 있으면 하루에 100세스테르티우스씩 제해 나가겠다고 일러놓겠습니다. 제게 다 생각이 있으니, 일은 잘 처리될 것입니다."

비니키우스는 또다시 킬로가 요구하는 돈을 주겠다고 약속하고는, 이제 더 이상 글라우쿠스 이야기는 꺼내지 말라고 못 박았다. 그러고는 그 밖의 새로운 소식이 없는지, 그동안 어디에 있었으며, 무엇을 발견하고, 무엇을 찾아냈는지 캐물었다. 하지만 킬로에게는 비니키우스에게 보고할 만한 새로운 이야깃거리가 없었다. 두 군데의 기도소에 더 들러 여신도들의 얼굴을 살펴보았으나 리기아와 비슷한 여자는 보지도 못했던 것이다. 그리스도교 신자들은 이제 그를 동지로 대하고 있으며, 더군다나 에우리키우스의 아들을 해방시키기 위한 몸값을 내준 뒤부터는 그리스도의 발자취를 따르는 사람이라며 모두들 그를 존경했다. 킬로는 '타르수스의 바오로'라고 하는 위대한 율법학자가 유대인들로부터 고소를 당해 로마에 와 있다는 말을 듣고, 그에게 접근하려고 했다. 그러나 무엇보다 킬로를 기쁘게 한 것은 그 종파의 최고 수장으로 그리스도의 제자이며, 그리스도로부터 전 세계 그리스도교 신자들에 대한 통치권을 위임받은 인물이 곧 로마에 올 것이라는 소식이었다. 그리스도교인들은 모두 그에게서 가르침을 받기를 열망하고 있다. 틀림없이 대규모 집회가 몇 차례 열릴 것이고, 그렇다면 군중 틈에 몸을 숨기기는 쉬운 일이므로, 그 집회에 비니키우스를 데리고 갈 수도 있을 것이다. 그러면 반드시 리기아를 만날 수 있으리라. 글라우쿠스만 처리해 버리면 큰 어려움은 없을 것이며, 그리스도교인들이라고 전혀 복수를 하지 않는 것은 아니지만, 원래 그들은 평화적인 사람들이니 별일은 없으리라고 킬로는 쉬지 않고 떠들어댔다.

그 대목에서 킬로는 정색을 하며 그리스도교인들이 악한 일을 행하는 것을 한번도 본 일이 없다고 말했다. 예를 들어 우물이나 샘에 독을 풀어 넣는다든지, 인류에게 해를 끼칠 나쁜 짓을 한다든지, 아니면 당나귀 머리에 절을 하고, 어린아이들을 잡아먹는다든지 하는 것을 본 적이 없다는 것이었다. 맹세코 그들은 그런 짓을 하지 않았다! 물론 그들 가운데 돈을 받고 글라우쿠스를 없애줄 사람이 있겠지만, 적어도 킬로가 알고 있는 한 그들의 종교는 절대로 죄악을 선동하는 일이 없으며, 오히려 반대로 죄악을 용서하는 데서 기쁨을 찾는 것 같다는 것이 킬로의 견해였다.

비니키우스는 악테의 방에서 폼포니아가 한 말을 기억해 내고는 킬로의 말에 기쁨을 느꼈다. 리기아에 대한 그의 감정은 때로는 증오에 가까운 데가 있었으나, 그래도 리기아나 폼포니아가 믿고 따르는 가르침이 사악하고, 방탕한 것이 아니라는 말을 들으니 마음이 한결 가벼워졌다. 하지만 바로 그 가르침, 그리스도에 대한 이해할 수 없는 저 신비스러운 신앙이 자기와 리기아를 갈라놓고 있다는 생각이 들자, 그 신앙이 두렵기도 하면서 한편으로는 증오스럽기도 했다.

제17장

사실 킬로에게는 글라우쿠스를 없애는 것이 가장 급선무였다. 글라우쿠스는 비록 나이는 많지만 기운이 정정한 늙은이였다. 킬로가 비니키우스에게 한 말에는 어느 정도 진실이 내포되어 있었다. 한때 글라우쿠스는 킬로와 알고 지내던 사이였는데, 킬로가 그를 배신하여 강도에게 팔아넘긴 뒤, 그의 아내와 재산을 빼앗고는 그를 죽음으로 몰아넣었던 것이다. 그러나 그동안 그런 기억들이 떠올라도 별다른 걱정을 하지 않았던 것은, 다 죽어가는 글라우쿠스를 버리고 온 곳이 여관이 아니라 민투르네 근처의 허허벌판이었기 때문이었다. 킬로는 글라우쿠스가 회복되어 로마에 나타나리라고는 상상조차 하지 못했다. 그래서 기도소에서 글라우쿠스를 보았을 때, 겁에 질려 리기아를 찾는 일을 당장 그만두려고까지 했던 것이다. 하지만 한편으로는 비니키우스가 더 두려웠다. 킬로는 글라우쿠스에 대한 공포와 젊은 귀족의 추궁과 복수, 이 두 가지 중 하나를 택하지 않으면 안 되는 기로에 서게 된 것이다. 게다가 비니키우스의 뒤에는 또 한 사람, 더욱 막강한 거물 페트로니우스가 있으니 필요하다면 자신에게 힘이 되어줄 것이다. 그렇게 생각하자 킬로는 마음을 정했다. 어차피 적을 만들어야 한다면, 큰 적보다는 작은 적이 나을 것이라고 생각한 것이다. 겁이 많은 성품 탓에 피비린내 나는 일은 질색이었지만, 어쨌든 남의 힘을 빌어서라도 글라우쿠스를 살해할 필요가 있다고 결론을 내렸다.

이제 사람을 구하는 일만 남았다. 그가 조금 전 비니키우스에게 방법이 있다고 말한 것은 바로 그 문제에 관한 일이었다. 킬로는 밤이 되면 술집에서 지내는 일이 잦았다. 그곳에는 집도 명예도 신앙도 없이 떠도는 부랑자들이 우글거렸기에 어떤 일이라도 맡아서 해줄 하수인을 찾는 것은 식은 죽 먹기였다. 그러나 그가 돈을 가지고 있다는 것을 눈치 채고는 일거리를 맡겠다고 자청하여 착수금을 챙긴 뒤에, 순찰대에게 넘기겠다고 협박하여 전액을 갈취해 갈 만한 자들은 더욱 많았다. 게다가 킬로는 수부라 거리나 티베리스 강 유역에 있는 음침한 집에서 기거하는 불결하고도 거칠기 짝이 없는 천민들을 혐오하고 있었다. 무슨 일이든지 자기중심적으로 생각하는 킬로는 그리스도교인이나 그 교리에 대해서 충분히 알지 못했기에, 그리스도교 신자들 중에서 적당한 사람을 찾을 수 있으리라고 단정하고 있었다. 적어도 그리스도교인들은 다른 사람들보다 고지식하므로 그들에게 가서 재물이 생길 뿐만 아니라 신앙을 위해서도 도움이 되는 일이라고 부추기면서 부탁해 보기로 결심했다.

그날 밤 킬로는 에우리키우스를 찾아갔다. 진심으로 자기를 믿고 존경하는 에우리키우스는 반드시 도와줄 것이라고 생각했기 때문이다. 하지만 킬로는 천성적으로 주의 깊은 사람이었기에, 자기의 덕성이나 신앙심에 대한 노인의 신뢰에 결정적으로 위배되는 숨겨진 의도를 털어놓을 마음은 조금도 없었다. 킬로가 바라는 건 단지 무슨 일이든지 믿고 맡길 수 있는 사람을 찾아내어 서로의 안위를 위해 그 일을 영원히 비밀로 하지 않으면 안 된다고 못을 박는 것뿐이었다.

에우리키우스 노인은 아들을 해방시킨 뒤, 대경기장 주위에 몰려 있는 작은 가게를 세내어 전차 경주 구경꾼들을 상대로 올리브와 무화과, 누룩을 넣지 않은 빵[1], 꿀물을 팔고 있었다. 킬로가 찾아갔을 때 그는 가게를 정리하고 있었다. 킬로는 그리스도의 이름으로 인사를 하고 나서, 찾아온 목적을 말하기 시작했다. 그들에게 은혜를 베풀었으니, 마땅히 자신에게 보답하리라 생각하고 킬로는 말을 꺼냈다. 지금 당장 힘이 세고, 용감한 두세 명의 장정이 필요한데, 그것은 킬로 자신뿐만 아니라 그리스도교 신자들 모두에게 닥쳐올 위험을 방지하기 위해서이다. 비록 가진 돈을 전부 에우리키우스에게 주어서 가난뱅이가 되었으나, 그 장정들이 자기를 믿고 충실하게 임무를 완수해 주면, 보수는 지불할 생각이라고 말했다.

에우리키우스와 그의 아들 콰르투스는 무릎을 꿇다시피 하면서 자기들의 은인인 킬로의 말에 귀를 기울였다. 그들은 성인(聖人)과 같은 분이 그리스도의 가르침에 어긋나는 부탁을 할 리가 없다는 것을 믿기에 킬로의 부탁이라면 무슨 일이든지 할 준비가 되어 있다고 강조하면서, 자기들이 기꺼이 그

---

1) 유대인들이 먹음.

일을 하겠노라고 말했다.

킬로는 하늘을 쳐다보며 기도하는 시늉을 하고는 그들의 제안을 받아들이면 1000세스테르티우스가 절약될 테니까 그렇게 하는 것이 낫지 않을까 곰곰이 따져 보았다. 하지만 잠시 망설인 뒤에 그들의 제의를 거절했다. 에우리키우스는 노인인 데다가, 근심과 지병 때문에 몸이 쇠약해져 있었고, 콰르투스는 이제 겨우 열여섯 살이었다. 킬로가 필요로 하는 사람은 민첩하고, 무엇보다 힘이 센 사람이었다. 1000세스테르티우스쯤은 여러 가지 잔꾀를 쓰면 얼마든지 다른 방법으로 벌어들일 수 있으리라.

두 사람은 한동안 자기들이 그 일을 맡게 해달라고 떼를 썼으나, 킬로가 단호하게 거절했기 때문에 단념하고 말았다. 그러자 콰르투스가 말했다.

"나리께서 정 그러시다면, 빵 굽는 일을 하는 데마스라는 사람을 소개해 드리고 싶습니다. 그의 방앗간에는 노예나 일꾼들이 많답니다. 그곳의 일꾼들 중에 두 사람, 아니 네 사람 몫을 거뜬히 해내는 굉장한 힘을 가진 장사가 있습니다. 며칠 전에는 네 사람이 들어도 꼼짝도 하지 않던 바윗덩어리를 혼자 들어올리는 걸 제 두 눈으로 똑똑히 보았답니다."

"만일 그가 진심으로 신을 믿고, 또 형제들을 위해서 자신을 기꺼이 희생할 수 있는 사람이라면 내게 소개해 다오."

"나리, 그 사람도 역시 그리스도교 신자입니다." 하고 콰르투스가 대답했다. "데마스의 방앗간에서 일하는 사람들은 거의 모두가 그리스도교 신자들입니다. 일꾼들은 낮 당번과 밤 당번으로 나누어 일하고 있는데, 그는 밤 당번입니다. 지금 가면 일꾼들이 저녁 식사를 하는 시간이니 아마 자유롭게 이야기할 수 있을 것입니다. 데마스의 집은 엠포리움[2] 근처에 있습니다."

킬로는 흔쾌히 승낙했다. 엠포리움은 아벤티누스 언덕[3] 어귀에 있었으므로 대경기장에서 그리 멀지 않았다. 언덕을 넘지 않더라도 강기슭을 따라 에밀리아 주랑을 끼고 가는 지름길이 있었다.

"나도 이제 나이가 들어서 말이야." 기둥 밑을 지나가며 킬로가 말했다. "기억이 오락가락할 때가 있으니, 원……. 그래! 우리 예수 그리스도께서 제자들 가운데 한 명에게 배반을 당하셨지! 그런데 그 배신자의 이름이 갑자기 생각나질 않는구나……."

"유다입니다, 나리. 그놈은 제 손으로 목을 매 죽었습죠."

콰르투스는 아무리 그래도 어떻게 유다의 이름을 잊어버릴 수 있을까 의아해하면서 대답했다.

"아, 그래, 유다였지! 고맙구나." 킬로가 대답했다.

두 사람은 말없이 길을 걸었다. 시장은 이미 닫혀 있었다. 그곳을 지나 시민들에게 식량을 배급해 주는 곳간을 끼고 왼쪽으로 돌았다. 오스티아 가도(街道)[4]를 따라 테스타키우스 언덕과 피스트리눔 광장[5]까지 집들이 죽 늘어서 있었다. 그곳의 한 낡은 목조 건물 앞에 서자, 그 안에서 맷돌 돌아가는 소리가 들려왔다. 콰르투스는 안으로 들어갔지만 킬로는 사람들이

---

2) 로마 시의 남서부 티베리스 강 연안에 위치한 시장.

3) 로마에 있는 일곱 개의 언덕 가운데 하나.

4) 아벤티누스 언덕의 남쪽에서부터 티베리스 강 하구에 있는 오스티아 항구에 이르는 국도.

5) 제분소와 빵집, 방앗간 등이 모여 있는 광장.

많은 곳에 얼굴을 내밀고 싶지 않았을 뿐 아니라 혹시라도 의사 글라우쿠스와 마주칠까 두려워서 밖에 서 있었다.

'그 헤라클레스 같은 일꾼이 가루를 빻고 있는 모습을 빨리 보고 싶구나.' 밝게 빛나는 달을 바라보며 킬로가 속으로 중얼거렸다. '그 녀석이 악질에다 머리가 비상한 놈이라면 돈이 좀 들겠지만, 성실한 그리스도교 신자라면 내가 원하는 일을 공짜로 해주겠지.'

콰르투스가 방앗간 안에서 한 사내를 데리고 나오는 바람에 킬로의 공상은 거기서 그쳤다. 그 사내는 오른쪽 어깨와 가슴이 다 드러난 '엑소미스'라고 하는 튜닉을 입고 있었다. 몸을 자유롭게 움직일 수 있는 간편한 복장이기에 특히 노동자들이 즐겨 입는 작업복이었다. 킬로는 그가 가까이 다가오는 것을 보면서 안도의 숨을 내쉬었다. 여태껏 살아오면서 그런 팔뚝과 가슴은 본 적이 없었던 것이다.

"나리, 이 사람이 바로 만나고 싶어 하시던 형제입니다." 콰르투스가 말했다.

"그대에게 그리스도의 평화가 함께하기를!" 킬로가 입을 열었다. "콰르투스, 내가 믿을 만한 사람인지 아닌지 이 형제에게 말해 다오. 그 다음에는 예수 그리스도의 이름으로 집으로 돌아가도 좋다. 늙은 아버지를 혼자 계시게 할 수는 없으니까."

"이분은 성인(聖人)이십니다." 콰르투스가 말했다. "자기의 재산을 모두 털어서 생면부지인 저를 종의 신분에서 해방시켜 주셨습니다. 우리의 구세주이신 예수 그리스도여, 이분께 하늘에 계신 주님의 은총을 내려주시옵소서!"

거대한 몸집의 일꾼이 이 말을 듣더니 몸을 숙여 킬로의 손에 입을 맞추었다.

"형제여, 그대 이름은?" 킬로가 물었다.

"거룩한 세례를 통해 우르바누스라는 이름을 받았습니다."

"우르바누스 형제여, 그대는 나와 조용히 얘기할 시간이 있는가?"

"저희들의 작업은 한밤중에 시작됩니다. 마침 지금은 저녁 식사 시간이고요."

"아, 그러면 시간은 충분하군. 저쪽 강변으로 가지. 거기서 이야기하세나."

그들은 강 쪽으로 걸어가 돌로 쌓아 올린 둑 위에 자리 잡고 앉았다. 멀리서 들려오는 맷돌 소리와 물살이 철벅대는 소리만이 주위의 정적을 깨뜨렸다. 킬로는 일꾼의 얼굴을 찬찬히 훑어보았다. 로마에 살고 있는 야만족에게서 흔히 볼 수 있는 강인하면서도 조금은 슬픈 듯하고 정직한 인상이었다.

'바로 이 사람이다!' 킬로가 속으로 중얼거렸다. '사람은 좋아 보이지만 우둔해 보이니, 돈 한 푼 안 받고 글라우쿠스를 죽여줄지도 몰라.'

마침내 킬로가 입을 열었다.

"우르바누스 자네는 그리스도를 사랑하는가?"

"네, 영혼을 다해 사랑합니다." 일꾼이 대답했다.

"당신의 형제자매, 또한 자네에게 그리스도의 진리와 믿음을 가르쳐준 사람들도 사랑하는가?"

"그들도 사랑합니다."

"그대에게 평화가 있기를!"

"사제님께도 평화가 있길 빕니다."

킬로는 밝은 달빛을 바라보면서 낮은 목소리로 천천히 그리스도의 죽음에 대해 이야기하기 시작했다. 마치 우르바누스에게 말하는 것이 아니라 자기 자신이 직접 죽음의 순간을 회상하는 듯, 혹은 잠들어 있는 도시를 향해 그 죽음의 비밀을 털어놓고 있는 듯했다. 그의 말 속에는 사람을 감동시키고 매혹시키는 무엇인가가 있었다. 일꾼의 눈에서 눈물이 흘러내렸다. 그러자 킬로는 신음 소리를 내면서, 구세주가 숨을 거둘 때 십자가의 고통을 덜어드리지는 못하더라도, 적어도 병사들과 유대인들로부터 모욕을 당하실 때 누구 한 사람도 저지하지 않았음을 한탄했다. 그러자 그 야만족 사내는 슬픔과 분노를 억누르며 거대한 주먹을 불끈 쥐었다. 그리스도의 죽음이 그를 감동시켰고, '십자가에 못 박힌 어린양'을 조롱하던 폭도들을 생각하자, 그 순진한 영혼은 복수심에 불타기 시작했다.

"우르바누스여, 자네는 유다가 누구인지 알고 있나?"

별안간 킬로가 물었다.

"알다마다요! 그놈은 스스로 자기의 목을 매달았습니다!" 우르바누스가 외쳤다.

그 음성에는 유다가 자살로 생을 마감했기 때문에 그 배신자를 자신의 손으로 처단하지 못한 것을 못내 원통해하는 기색이 담겨 있었다.

킬로가 말을 계속했다.

"만일 유다가 제 손으로 목을 매어 죽지 않았다면, 그리고 우리 그리스도교인들 가운데 누군가가 육지에서든 바다에서든 그자와 마주쳤다면, 그리스도의 수난과 피와 죽음에 대해서 마땅히 복수해야 할 게 아닌가?"

"만일 그런 기회가 주어진다면 앙갚음을 하지 않을 사람이 누가 있겠습니까, 사제시여!"

"어린양의 충실한 종이여, 평화가 그대와 함께하기를! 우리 자신이 당한 부당한 일들은 용서할 수 있어도, 신에게 저지른 잘못을 용서할 수 있는 권리는 그 누구에게도 없는 법. 뱀은 뱀을 낳고, 악은 악을 낳고, 배신자는 배신자를 낳듯이 유다의 독(毒)에서 또 다른 배신자가 태어났소이다. 유다가 구세주를 유대인과 로마의 병사들에게 팔아넘긴 것처럼, 우리들 가운데 버젓이 살아 있는 또 다른 유다가 구세주의 어린 양들을 늑대에게 팔아넘기려 하고 있소. 만일 누군가가 그 배신자를 막지 않는다면, 만일 누군가가 그 뱀 대가리를 쳐부수지 않는다면, 우리 모두는 멸망의 구렁텅이에 빠지고 말 것이오. 그렇게 되면 우리와 함께 어린양의 영광도 사라지게 되는 거지."

일꾼은 킬로의 이야기를 잘 알아들을 수 없다는 듯이 불안한 표정으로 킬로의 얼굴을 쳐다보았다. 그리스인은 외투 자락으로 얼굴을 가리고, 땅속에서 솟아나는 듯한 원통한 목소리로 되풀이해서 말했다.

"재난이 닥치리라, 참다운 신의 종들이여! 재난이 닥치리라, 그대, 그리스도교도들이여!"

다시 침묵이 흘렀다. 여전히 맷돌 돌아가는 소리와 일꾼들의 나지막한 노랫소리, 그리고 흐르는 강물 소리만이 들려왔다.

"사제님!" 마침내 일꾼이 물었다. "그 배신자가 누굽니까?"

킬로는 고개를 숙였다. "누구냐고? 유다의 아들, 독의 씨앗이오. 그리스도교 신자인 척하면서 기도소를 돌아다니고 있지만, 그건 오로지 그리스도교 신자들이 황제를 신으로 인정하기를 거부하고, 샘물에 독을 풀어 넣으며, 어린아이들을 죽이고, 수단 방법을 가리지 않고 이 도시를 완전히 멸망시키려 한다며, 형제들을 모함하기 위해서요. 며칠 내로 황제가 근위대에 명령을 내려 남녀노소 할 것 없이 그리스도교도들은 모조리 감옥에 가두고, 페다니우스 세쿤두스의 노예처럼 사형에 처할 것이오. 이 모든 것이 '또 하나의 유다'가 꾸민 수작이지. 하지만 아무도 첫 번째 유다를 벌하지 않았고, 단 한 사람도 그에게 복수하지 않았소. 예수께서 수난을 당하실 때도 누구 하나 지켜드린 사람이 없었는데, 이제 와서 '또 하나의 유다'를 벌할 사람이 누가 있겠는가! 황제에게 밀고하기 전에 누가 그 뱀을 쳐 죽일 것인가! 아아, 누가 그를 없애버릴 것인가! 누가 우리 형제들과 그리스도의 신앙을 멸망에서 구해 낼 것인가!"

여태껏 제방의 축대에 앉아 있던 우르바누스가 벌떡 일어서며 말했다.

"사제시여, 제가 하겠습니다!"

킬로도 자리에서 일어나 달빛에 비친 일꾼의 얼굴을 잠시 쳐다보더니, 한 손을 내밀어 천천히 그의 머리 위에 올려놓았다.

"그리스도교 신자들이 있는 곳으로 가시오!" 그는 엄숙한 어조로 말했다. "기도소로 가서 형제들에게 의사 글라우쿠스가 누구냐고 물으시오. 형제들이 가르쳐주면 주 예수 그리스도의 이름으로 그를 죽이시오!"

"글라우쿠스라고 하셨죠?" 일꾼이 그 이름을 정확히 외워두려는 듯이 다시 물었다.

"그대는 그자를 아는가?"

"아니, 모릅니다. 로마에는 그리스도교 신자들이 수천 명이나 있어서 전부 다 알 수는 없습니다. 그러나 내일 밤에는 형제자매들이 하나도 빠짐없이 오스트리아눔[b)]에 모일 것입니다.

그리스도의 대사도께서 오셔서 설교를 하시기로 되어 있으니까요. 그곳에 가면 형제들이 제게 글라우쿠스가 누군지 알려줄 것입니다."

"오스트리아눔에?" 킬로가 물었다. "그러니까 성문 밖이로구나. 형제자매들이 모두 모인단 말이지? 그것도 한밤중에? 성 밖에 있는 오스트리아눔에서?"

"그렇습니다, 사제님! 그곳은 사람들의 공동묘지로 사용되는 곳이죠. 살라리아 가도와 노멘타나 가도 사이에 있습니다. 거기서 대사도님의 설교 모임이 있는 걸 모르고 계셨습니까?"

"이틀 동안 집을 비웠기 때문에 그분의 편지를 받지 못했네. 게다가 코린투스에서 온 지 얼마 되지 않아 오스트리아눔이 어디 있는지도 잘 모른다네. 그곳에서는 내가 그리스도교 회합을 책임지고 있었네만……. 아무튼 잘됐네! 그리스도로부터 이 일을 위임받았으니 아들이여, 내일 밤 오스트리아눔으로 가서 형제들 가운데 글라우쿠스를 찾아내게나. 그리고 시내로 들어오는 길에 죽여버리도록 하게. 그렇게 함으로써 자네의 죄는 사해지고, 큰 축복을 받게 될 걸세. 그럼 그대에게 평화가 있기를……."

"사제님!"

"무슨 일인가, 어린양의 종이여?"

일꾼의 얼굴에 망설이는 표정이 떠올랐다. 바로 얼마 전에도 뜻하지 않게 사람을 두 명이나 죽였던 것이다. 그리스도교의 교리는 살인을 금하고 있다. 정당방위로 살인을 하는 것조차 금지되어 있는데, 하물며 자신을 지키려다가 피치 못해 죽

---

6) 지하 공동묘지.

인 것도 아니었다. 그렇다고 보수를 바라고 죽인 것은 더욱 아니었다. 비록 장로님께서 자기를 도와줄 형제들까지 보내주셨지만, 그래도 살인을 허락한 것은 아니었다. 그럼에도 불구하고 자기도 모르게 살인을 저지르게 된 것은, 하느님이 자기를 벌하기 위해 너무 강한 힘을 주셨기 때문이다. 지금 그는 진심으로 참회하고 있었다. 동료들은 맷돌을 돌리며 콧노래를 부르고 있지만, 불쌍한 우르바누스는 자기가 지은 죄, 어린양을 욕되게 한 잘못을 깊이 뉘우치고 있었다. 그 일로 인해 얼마나 많은 기도를 했으며, 또 얼마나 많이 울었던가! 아직까지 그는 죄책감에서 완전히 벗어나지 못한 상태였다. 그런데 지금 또 배신자를 죽이겠다고 약속하고 말았다. 하지만 어쩌랴! 인간이 용서를 베풀 수 있는 것은 자기가 가해자가 아닌 피해자가 되었을 때뿐인 걸. 내일 오스트리아눔에 모인 모든 형제자매들이 지켜보는 곳에서 나는 그 사내를 죽일 것이다. 하지만 그러기에 앞서 사제님들과 장로님, 그리고 사도님께 글라우쿠스가 죄인이라고 선언해 달라고 하리라. 누군가를 죽인다는 것, 그 자체는 별로 힘든 일이 아니며, 게다가 배신자를 죽이는 것은 늑대나 곰을 죽이는 것처럼 통쾌한 일일지도 모른다. 하지만 글라우쿠스에게 아무 죄도 없다면 어떻게 할 것인가? 양심을 걸고 어떻게 또다시 살인을 하고, 죄를 짓고, 어린양을 욕되게 한단 말인가?

"어린양의 아들이여, 재판을 할 시간적 여유가 없다네." 킬로가 입을 열었다. "그 배신자는 오스트리아눔에서 곧장 안티움으로 달려가 황제를 만날 거야. 아니면 그가 일하고 있는 어느 귀족의 집에 숨겠지. 내 자네에게 징표를 주겠네. 글라우쿠스를 죽인 다음, 그 표적을 보이면 장로님이나 대사도님께서도 자네가 한 일을 축복해 주실 걸세."

킬로는 주머니에서 조그만 1세스테르티우스짜리 동전을 한 닢 꺼내어 허리띠에 꽂고 있던 단도로 그 위에 십자가를 새긴 뒤 우르바누스에게 건네주었다.

"이것은 글라우쿠스에 대한 사형 선고인 동시에 자네에게 주는 징표이기도 하네. 글라우쿠스를 죽인 뒤에 이 동전을 장로님께 보이면, 자네가 어쩔 수 없이 살인을 저지른 죄를 용서해 주실 것이네."

일꾼은 내키지 않았지만 동전에 손을 뻗쳤다. 그러나 최초의 살인에 대한 기억이 생생하게 떠올라 온몸에 두려움이 밀려왔다.

"사제님!" 그는 거의 애원하다시피 말했다. "분명 양심을 걸고 이 일을 명하시는 거지요? 글라우쿠스가 형제들을 배반하는 것을 직접 들으셨습니까?"

우르바누스의 말에 킬로는 누군가의 이름을 들어 확실한 증거를 보여줄 필요가 있다고 생각했다. 그렇지 않으면 이 거인의 마음에 의혹이 생길지도 모를 일이었다. 때마침, 킬로의 머리에 기막힌 생각이 떠올랐다.

"들어보게, 우르바누스. 나는 코린투스에 살고 있었으나, 본래는 코스 태생이라네. 이곳 로마에서는 나와 같은 고향 사람인 에우니케라는 여자에게 그리스도의 진리를 가르치고 있지. 그 처녀는 황제의 친구인 페트로니우스인가 하는 사람 집에서 토가의 주름을 매만지는 일을 하고 있네. 마침 그 집에 있을 때에 글라우쿠스가 모든 그리스도교 신자들을 배반할 음모를 꾸미고 있는 것을 목격하게 되었지. 또한 글라우쿠스가 황제의 측근인 비니키우스라는 사람을 위해 그리스도교 신자들 중에서 어떤 처녀를 찾아주겠다고 약속하는 것을 들었어."

여기서 킬로는 말을 하다 말고, 깜짝 놀라 일꾼의 얼굴을 쳐다보았다. 그의 눈이 별안간 야수처럼 번뜩이면서, 얼굴에는 사나운 분노와 위협의 표정이 떠올랐기 때문이다.

"왜 그러나?" 킬로가 겁에 질려 물었다.

"아니, 아무것도 아닙니다. 제가 내일 당장 글라우쿠스를 해치우겠습니다."

그리스인은 아무 말도 하지 않았다. 잠시 후 그는 일꾼의 건장한 어깨를 붙잡아 자기 쪽으로 돌려세우고, 달빛이 훤히 내리비치는 그의 얼굴을 유심히 살폈다. 분명 속으로 갈등하고 있음이 틀림없었다. 그에게 더 캐물어서 그 이유를 알아내야 할지, 아니면 오늘은 이쯤에서 그만두고 찬찬히 추리해 보는 게 나을지 잠시 생각에 잠겼다.

결국 그의 타고난 신중함이 승리를 거두었다. 킬로는 두어 번 한숨을 내쉬고 나서, 일꾼의 머리에 손을 얹고는 엄숙하고, 또렷한 목소리로 물었다.

"우르바누스라는 이름은 세례성사 때 받은 이름이라고 했던가?"

"예, 그렇습니다. 사제님!"

"그럼 우르바누스, 자네에게 평화가 있기를!"

제18장

페트로니우스로부터 비니키우스에게—

친애하는 비니키우스야! 아무래도 뭔가가 잘 풀리지 않는 모양이구나. 비너스가 네 마음을 뒤흔들어 너의 이성이나 기억, 사고력을 마비시키고, 사랑 이외에는 아무 생각도 하지 못하도록 만들어버린 게 분명해. 내 편지에 대한 네 답장을 다시 읽어보렴. 그러면 네 마음이 리기아 이외의 다른 일에는 일체 무관심하고, 만사를 제쳐놓고 그녀의 일에만 매달리고 있으며, 마치 먹이를 노리는 독수리처럼 그녀의 주변에서만 빙빙 돌고 있음을 깨달을 수 있을 게다.

폴룩스에게 맹세한다! 한시라도 빨리 그녀를 찾지 않으면 너는 불꽃에 타버려 재만 남게 되든지 이집트의 스핑크스처럼 되고 말 거야. 스핑크스는 눈처럼 새하얀 이시스에게 반해서 세상일에는 귀를 막아 무심해졌고, 돌이 되어 굳어버린 눈으로 연인을 지켜보기 위해 밤이 오기만을 기다린다고 하지 않니.

저녁이 되면 변장을 하고 도시를 돌아다녀 보도록 해라. 네 친구인 철학자와 함께 그리스도교인들의 기도소를 방문해 보는 것도 좋겠지. 네게 조금이라도 희망을 줄 수 있고, 또 시간을 보낼 수 있는 일이라면 뭐든지 권하고 싶구나. 그렇지만 나와의 오랜 정을 생각해서 딱 한 가지만 지켜다오. 다름이 아니라 리기아의 노예인 그 우르수스의 힘이 보통이 아닌 것 같으니 반드시 검투사 크로톤을 고용해서 셋이 함께 돌아다니도록 해라. 그렇게 하는 것이 안전하고 또 분별 있는 행동일 게다. 폼포니아 그레키나와 리기아가 속한 것으로 보아, 그리스도교인들은 흔히들 말하는 것처럼 그렇게 흉악한 사람들은 아닌 것 같지만, 자기네 패거리가 위험에 처할 때는 구경만 하고 있지는 않는다는 것을 지난번 리기아의 납치 사건이 충분히 입증해 주지 않았니. 네가 리기아를 발견하게 되면, 참지 못하고 당장 그녀를 데려오려 할 것이 뻔한데, 너와 킬로 둘이서 어떻게 그 위험스러운 일을 해낼 수 있겠니? 크로톤이라면 우르수스 같은 리기 족 열 놈이 덤벼도 감당할 수 있을 거야. 킬로에게는 적당히 돈을 아껴도 좋지만, 크로톤에게는 인색하게 굴지 마라. 이것이 내가 너에게 해줄 수 있는 최선의 충고란다.

이곳에서는 이제 모두들 황녀에 관한 이야기는 하지 않게 되었다. 아울러 황녀가 마법에 걸려서 죽었다는 이야기도 물론 잠잠해졌지. 포페아가 가끔 황녀 이야기를 꺼내기도 하지만, 황제는 다른 일에 마음이 사로잡혀 별로 대꾸도 하지 않는단다. 하긴 황후가 또 임신했다는 말이 사실이라면, 황후 또한 언젠가는 잃어버린 아이를 깨끗이 잊어버리게 되겠지.

우리는 십여 일 전부터 네아폴리스에 와 있다. 아니 바이에에 와 있다고 하는 편이 정확하겠구나. 만일 네게 다른 일에 눈 돌릴 마음의 여유가 조금이라도 있다면, 우리가 여기서 어떻게 지내고 있는지 이미 들었으리라고 생각한다. 지금쯤 로마 전체에 소문이 자자할 테니 말이다. 황제는 이곳 바이에로 오자마자 어머니에 대한 기억과 양심의 가책으로 우리를 들볶기 시작했단다. 그런데 그것이 붉은 수염에게 어떤 영향을 미쳤는지 아니? 그에겐 자기 모친을 살해한 일조차 시의 주제가 되고, 유치한 비극의 한 장면을 연출하기 위한 소재에 지나지 않을 뿐이란다. 예전에 네로가 아직 겁쟁이였을 때에는 그래도 일말의 양심의 가책은 느꼈지. 그런데 지금은 온 세계가 자기의 발밑에 있고, 어떤 신도 감히 자기에게 벌을 내리지 못하리라는 자신감이 생기고 나니까, 오직 자신의 불우한 운명을 내세워 사람들을 감동시키기 위해 죄책감에 시달리는 척 가증스러운 연기를 할 뿐이란다. 때로는 한밤중에 일어나서 푸리에[1]가 쫓아오고 있다는 말을 지껄여서 우리를 깨우기도 한단다. 그럴 때면 오레스테스[2] 역을 맡은 엉터리 배우 흉내를 내면서 그리스어로 시를 낭송하고는 우리의 반응을 유심히 살펴보곤 하지. 물론 우리는 감탄과 찬사를 아끼지 않는다! "얼른 가서 잠이나 자라, 이 어릿광대야!" 이렇게 말할 수는 없는 노릇이니까. 다들 그 비극적인 분위기에 장단을 맞춰가며, 이 위대한 예술가를 복수의 여신으로부터 지켜주는 시늉을 하고 있다. 카스토르에게 맹세코 이 일은 사실이란다!

1) 살인과 범죄에 대해 처벌을 내리는 지하의 여신. 복수를 충동질하기도 함.
2) 아가멤논과 클리타임네스트라의 아들로 아버지를 살해한 어머니를 죽여 원수를 갚지만 복수의 여신 푸리에에게 쫓겨 다님.

너도 아마 네로가 네아폴리스에서 무대에 섰다는 소문은 들었겠지? 네아폴리스와 인근 도시에서 그리스의 부랑자들을 모조리 끌어 모았기 때문에 불쾌한 마늘 냄새와 땀 냄새가 검투장에 가득 찼었지. 나는 조신들의 무리에 끼어 맨 앞줄에 앉지 않고, 붉은 수염과 함께 무대 뒤에 있었기 때문에 그나마 얼마나 다행이었는지 모른단다. 그런데 말이야, 그가 겁이 나서 벌벌 떨었다면 믿겠니? 정말로 두려워했단다! 그가 내 손을 끌어당겨 자기 가슴에 대었는데 심장이 어찌나 심하게 고동치던지. 게다가 호흡은 점점 가빠지고, 출연하기 직전에는 얼굴이 양피지처럼 허옇게 돼가지고는 구슬 같은 땀을 줄줄 흘리더구나. 일단 유사시에는 군중의 환호를 선동할 수 있게 곤봉으로 무장한 근위병들이 각 줄마다 배치되어 있다는 사실을 그도 알고 있었지. 사실은 그럴 필요조차 없었는데 말이다. 카르타고의 원숭이 떼들도 거기 모인 야만스러운 무리처럼 그렇게 요란하게 소리를 지르지는 않을 테니까. 마늘 냄새가 무대까지 풍겨왔다는 것도 말해야겠구나. 그런데도 네로는 전혀 개의치 않고 관중에게 절하면서 양손을 가슴에 얹기도 하고 사방에 키스를 던지며 눈물을 흘리더구나. 그러고는 무대 뒤에서 기다리고 있는 우리에게 달려와서 취한 사람처럼 떠들어대는 거야. "어떠냐, 나의 성공이? 이 세상의 그 어떤 승리도 이에 비길 수는 없을 것이다!" 그런데 거기서 끝나지 않고, 군중이 계속해서 악을 쓰며 박수를 치더구나. 박수를 치면 선물과 경품을 얻게 되고, 연회와 함께 어릿광대 황제의 또 다른 공연이 시작된다는 것을 다 알고 하는 수작이었지. 그놈들은 지금껏 그런 구경을 한 적이 없으니 열광적인 박수갈채를 보내는 것도 놀라운 일은 아니란다. 그러나 황제는 "과연 그리스인이로구나! 과연 그리스인이로다!"를 연발하더구나. 로마에 대한 황제의 증오는 이때부터 더욱 심해진 듯하다. 네로는 이 대성공에 관한 소식을 전하는 특사를 로마로 파견했단다. 지금 우리는 원로원으로부터 이 성공에 대한 칭송의 회답이 오기만을 기다리고 있는 중이야.

네로의 첫 번째 공연 직후 매우 이상한 일이 있었다. 극장이 갑자기 무너진 거야. 다행히 관중이 다 나간 다음의 일이었어. 마침 나는 그 현장에 있었는데, 다행히 무너진 흙덩어리와 돌무더기 속에 시체는 한 구도 없었다. 이 사건을 두고 광대놀음으로 신성을 모독했기 때문에 신이 노한 것으로 보는 그리스인들도 많았단다. 하지만 황제는 신의 은총이 내린 것이며, 신께서 분명 자기 노래와 그 노래에 귀를 기울인 사람들을 보호해 주신 것이라고 우기더구나. 그래서 모든 신전에는 예물이 바쳐졌고, 성대한 감사 의식이 행해졌단다. 이 사건으로 자신감이 생긴 네로는 아카이아에 가기로 결심하게 되었단다. 하지만 며칠 전에는 갑자기 로마 사람들이 이 문제에 관해 뭐라고 할지 궁금해하면서, 자기의 오랜 부재로 인해 식량 배급과 경기 개최가 소홀해질 것을 우려한 나머지 민심이 동요하여 폭동이 일어나지나 않을까 걱정이라고 말하더구나.

우리는 곧 베네벤툼으로 가서 바티니우스가 그토록 자랑하는 그곳의 호화판 구둣방에 들렀다가, 헬레네의 귀하신 형제들[3]로부터 보호를 받으며 그리스로 갈 예정이란다. 이번에 나는 한 가지 사실을 깨달았는데, 사람이 미치광이들 틈에 끼어 있으면

3) 주피터와 레다 사이의 딸. 카스토르, 폴룩스, 클리타임네스트라와 남매지간으로 모두 항해의 신들.

자신도 서서히 미쳐갈 뿐 아니라, 자기도 모르는 사이에 미치광이의 광기에 점점 도취된다는 거야. 1000개나 되는 키타라를 가지고 가는 그리스 여행! 도금양과 포도 덩굴, 인동덩굴로 만든 관을 쓴 님프들과 무녀들을 거느린 주신(酒神) 바쿠스의 위풍당당한 행차. 호랑이가 끄는 전차와 꽃, 티르수스[4], 화환, "에보에!"[5] 하는 고함 소리, 그리고 음악과 시, 그리스인들의 박수갈채! 이 모든 것이 더할 나위 없이 완벽하지만, 우리는 한층 더 대담한 계획을 세우고 있단다. 우리가 바라는 것은 환상적인 동양제국(東洋帝國)을 세우는 거야. 야자수와 태양과 시의 나라. 현실이 꿈으로 변하고, 삶이 영원한 환락으로 탈바꿈하는 곳. 로마를 완전히 잊어버리고, 세상의 중심을 그리스와 아시아, 이집트 사이의 어딘가로 옮기는 것, 거기에서 인간의 생활과는 전혀 다른 신과 같은 삶을 영위하면서 구구한 일상의 잔재는 훌훌 털어버리고, 황금빛 갤리선[6]에 몸을 실은 채, 자줏빛 돛을 펼치고 에게 해를 떠다니는 것, 그것이 우리가 꿈꾸는 세상이란다. 아폴로와 오시리스[7], 바알[8]과 한 몸을 이루면서 여명에 장밋빛으로 몸을 물들이고, 햇살에 금빛으로, 달빛에 은빛으로 빛나면서, 통치하고, 노래하고, 꿈을 꾸는 것……. 너는 믿어지지 않겠지만 적어도 일 세스테르티우스 정도의 이성과 일 아스만큼의 판단력은 가지고 있다고 자부하는 내가 그런 허황된 공상에 들떠 있단다. 비록 실현 가능성이 없

4) 포도 덩굴을 감고 꼭대기에 솔방울을 얹은 바쿠스의 지팡이.

5) 바쿠스 신도들이 지르는 고유한 함성. '만세'라는 뜻.

6) 노예들에게 노를 젓게 하는 큰 돛단배.

7) 고대 이집트의 저승을 지배하고 죽은 사람을 심판하는 신.

8) 고대 셈 족의 신. 자연의 생산력을 상징하는 태양신.

다 해도 이러한 상상은 적어도 그 자체만으로도 위대하고 비범하기 때문이지……. 하기야 그런 환상의 제국도 언젠가 몇 세기 후의 인간들이 보면, 한낱 옛사람의 일장춘몽에 지나지 않을 거야. 비너스 여신이 리기아와 같은, 아니면 비록 노예이긴 해도 에우니케와 같은 모습을 하고 나타나서 생을 아름답게 가꾸어주지 않는 한, 아니면 예술이 삶을 풍요롭게 해주지 않는 한, 인생은 그 자체로 공허하고 무의미한 것이 되고 말겠지. 마치 원숭이의 탈을 뒤집어쓴 것처럼 말이야. 그러나 붉은 수염은 결국 자기의 꿈을 실현시키지는 못할 거야. 전설적인 시의 왕국, 동양의 제국에는 배신이나 중상모략, 죽음 따위가 차지할 자리는 없기 때문이지. 또한 시인이긴 하지만 사실은 비천한 희극 배우에 지나지 않으며, 우둔한 전차 몰이꾼에다가 광포한 폭군에 지나지 않는 네로와 같은 자가 들어설 자리는 더더욱 없거든.

요즘도 이곳에서는 황제의 뜻에 장애가 되는 자들을 다양한 방법으로 처치하고들 있다. 가엾은 토르콰투스 실라누스는 며칠 전 스스로 정맥을 끊고 유령이 되고 말았단다. 레카니우스와 리키니우스는 공포에 떨면서도 집정관의 직위를 받았지. 늙은 트라세우스도 강직함을 고집하고 있으니 죽음을 면치 못할 것 같구나. 티겔리누스는 내 정맥을 끊어놓으라는 황제의 명령을 받기 위해 안간힘을 쓰고 있으나, 아직은 성공하지 못하고 있다. 내가 아직까지 황제에게 필요한 것은 '고상한 판관'으로서뿐만 아니라, 내 조언과 식견이 없이는 아카이아에서의 공연이 실패로 끝날지 모른다는 네로의 우려 때문이지. 하지만 나도 머지않아 정맥을 끊어야 할 날이 올 것이다……. 이런 생각을 할 때마다 제일 걱정되는 것이 무엇인지 아니? 언젠가 너도 감탄한 바 있는 저 아름다운 무라[9] 잔을 붉은 수염에게 빼앗기면 어쩌나 하는 거야. 내가 죽을 때 네가 곁에 있어준다면 네게 그것을 물려주겠지만, 만일 네가 먼 곳에 가 있으면, 나는 그 잔을 꼭 깨뜨려버릴 생각이다. 아무튼 내 앞길에는 제화공들의 도시인 베네벤툼과 올림피아[10]가 있는 그리스가 있고, 또한 그 누구도 알지 못하고, 그 누구도 미리 보지 못하는 '파툼'[11]이 도사리고 있단다.

건강을 빈다. 부디 크로톤을 고용해라. 그렇게 하지 않으면 또다시 리기아를 빼앗길지도 모르니. 킬로는, 만일 더 이상 필요 없게 되면, 내가 어디에 있건 간에 그를 내게 보내다오. 어쩌면 나는 그를 '제2의 바티니우스'로 만들 수 있을지도 모르겠구나. 그렇게 되면 지금 그 '구두끈 기사'[12]앞에서 떨고 있는 집정관이나 원로원 의원들이 킬로의 앞에서도 쩔쩔 매게 될지도 모르지. 이 얼마나 멋진 광경이냐. 리기아를 찾거든 즉시 알려주기 바란다. 그러면 너희 두 사람을 위해 이곳 비너스의 둥근 신전에다 백조 한 쌍과 비둘기 한 쌍을 바치겠다. 얼마 전 꿈에서 리기아가 네 무릎에 안겨 네 입술을 갈망하는 장면을 보았단다. 이 꿈이 실현되도록 노력해 보아라. 아무쪼록 너의 하늘에는 구름이 끼지 않기를 바란다. 설사 구름이 낀다 해도 장미의 빛깔과 향기를 가진 그런 구름이기를……. 그럼 이만.

9) 로마인들이 진귀한 술잔을 만들던 무지갯빛 돌. 형석의 일종.
10) 주피터 신전이 있던 고대 그리스 인의 성지. 이곳에서 올림픽이 시작됨.
11) 운명, 숙명, 천수(天壽)나 죽음.
12) 바티니우스를 조롱해서 붙인 별명.

제19장

비니키우스가 막 편지를 읽고 났을 때 킬로가 노예의 안내도 없이 슬며시 서재로 들어왔다. 하인들은 이미 밤낮을 가리지 않고 그를 출입시켜도 좋다는 명령을 받았던 것이다.

"나리, 마이아[1]의 아드님이 제게 은혜를 베푼 것처럼 나리의 존귀하신 조상 에네아스[2]의 어머니께서 나리에게 은총을 내리시길 바랍니다."

"그게 무슨 소리요?" 책상 앞에 앉아 있던 비니키우스가 벌떡 일어서며 물었다.

킬로가 얼굴을 들고 말했다.

"유레카!"[3]

---

1) 전설적인 거인 아틀라스의 딸로 제우스의 사랑을 받아 헤르메스를 낳음.

2) 비너스의 아들로 알려진 트로이의 장군. 로마인들의 건국 시조.

3) '찾았다!', '됐다!'란 의미. 수학자 아르키메데스가 목욕탕 안에서 왕관의 순금도를 알아내는 방법을 발견했을 때 외침.

젊은 귀족은 너무 감격해서 한동안 아무 말도 하지 못했다.

"그럼, 그녀를 보았단 말이오?" 비니키우스가 마침내 입을 열었다.

"나리, 저는 우르수스를 만났습니다. 그와 이야기도 나누었고요."

"그들이 어디 숨어 있는지 알아냈소?"

"아닙니다, 나리. 만일 다른 놈들 같았으면 그럴 때 좋아서 허둥대다가 그 리기 인에게 정체를 알고 있다는 것을 들켰을 것입니다. 또한 다른 놈들 같았으면 리기 족이 어디에 숨어 있는지 알아내려고 조급하게 그 거인을 추궁했을 겁니다. 그러고는 강철 같은 주먹 한 방에 이 세상과 영영 작별하거나, 아니면 거인의 마음속에 경계심을 불러일으켜 아가씨를 한밤중에 다른 곳으로 옮기게 하는 결과를 초래했을 겁니다. 하지만 나리, 저는 그런 서투른 짓은 하지 않았습니다. 대신 우르수스가 일하는 곳을 알아냈지요. 그는 엠포리움 근처에 있는 '데마스'라고 하는, 나리께서 해방시킨 노예와 이름이 똑같은 사람이 운영하는 방앗간에서 일하고 있습니다. 저는 그것으로 충분하다고 생각했습니다. 내일 아침, 믿을 만한 나리의 노예를 시켜 우르수스의 뒤를 밟게 하면 은신처를 금방 알아낼 수 있을 것입니다. 저는 그저 우르수스가 로마에 있으니 리기아 아가씨도 틀림없이 도성 안에 계시다는 사실을 말씀드리려고 온 것입니다. 그리고 또 한 가지 소식이 있는데 리기아 아가씨께서 오늘 밤 오스트리아눔에 나오신다는 겁니다. 이것은 거의 틀림없는 정보로서……."

"오스트리아눔? 그게 어디요?" 비니키우스가 말을 가로막았다. 마치 당장에라도 그곳으로 달려갈 듯한 기세였다.

"살라리아 가도와 노멘타나 가도 중간에 있는 옛 지하 묘지입니다. 예전에 제가 말씀드렸던 그리스도교 신자들 중에서 제일 높은 수장이 예정보다 일찍 로마에 오게 되어, 오늘 밤 그 묘지에서 신자들에게 세례를 주고 설교를 한답니다. 그리스도교인들은 자신들의 종교를 숨기고 있습니다. 물론 공식적인 금지령이 내린 것은 아니지만, 세상 사람들이 미워하고 있으므로 조심하고 있는 거지요. 우르수스가 제게 직접 말하기를, 그리스도교 신자라면 누구든지 그리스도의 첫 번째 제자였던 사람, 그리스도의 대리인이라고 불리는 그 사람의 얼굴을 보고, 그의 설교를 듣고 싶어 한다니, 오늘은 한 사람도 빠짐없이 오스트리아눔에 모일 거랍니다. 그들은 여자들도 남자들과 똑같이 설교를 듣고 가르침을 받는다고 합니다. 그러니 여자들 중에 그곳에 나오지 못할 사람은 폼포니아 정도일 것입니다. 폼포니아는 로마의 전통적인 제신을 숭상하는 아울루스에게 한밤중에 외출하는 이유를 설명할 수 없을 테니까요. 리기아 아가씨는 우르수스와 원로들의 보호를 받고 계시니까 틀림없이 다른 여자들과 함께 나오실 것입니다."

지금껏 열병에 걸린 사람처럼 몽롱한 상태로 하루하루를 보내왔고, 실낱같은 희망으로 겨우 버텨왔던 비니키우스는 막상 자기의 바람이 실현될 순간이 눈앞에 다가오자, 힘겨운 여정에서 막 돌아온 사람처럼 온몸에 힘이 쭉 빠지는 것 같았다. 킬로는 비니키우스의 마음을 재빨리 헤아리고는, 또다시 그것을 이용하려고 약삭빠르게 머리를 썼다.

"나리 댁 노예들이 성문을 지키고 있는 것을 그리스도교들은 틀림없이 알고 있을 것입니다. 그들에게 성문은 아무 의미가 없습니다. 티베리스 강 쪽으로 돌아가면 되니까요. 강에서 건너편 가도까지 가는 길은 매우 멀지만, '대사도'를 보기 위해서라면 먼 길을 돌아가는 것쯤은 아무런 문제도 되지 않을 것입니다. 하기는 그들이 성문을 빠져나가는 길은 그것 말고도 얼마든지 있습니다. 제가 잘 알지요. 하지만 오스트리아눔에 가시면 틀림없이 리기아 아가씨를 만나실 것입니다. 가령 아가씨가 거기에 나오시지 않더라도…… 그럴 리는 없겠지만…… 우르수스는 반드시 올 것입니다. 글라우쿠스를 죽이겠다고 제게 약속했으니까요. 호민관님, 잘 들으십시오. 그곳에 가서 글라우쿠스를 죽이겠다고 그가 분명히 말했어요. 그러니 우르수스의 뒤를 밟으면 리기아 아가씨가 숨어 있는 장소를 찾으실 수 있을 겁니다. 아니면 부하들을 시켜 그를 살인범으로 체포하시고, 아가씨를 숨겨둔 은신처를 자백시킬 수도 있을 겁니다. 저는 제 임무를 완수했습니다. 나리, 다른 사람 같으면 우르수스에게서 비밀을 밝혀내기 위해 최상품 포도주를 열 병이나 마셨다고 할 겁니다. 아니면 그와 '두오데킴 스크립타'[4] 놀이를 해서 일부러 1000세스테르티우스를 잃었다든지, 아니면 이 정보를 2000세스테르티우스를 주고 샀다든지 하는 거짓말을 늘어놓았을 것입니다. 그러나 저는 나리께서 그 몇 배의 보상을 해주시리란 것을 잘 알고 있습니다. 알다마다요! 일생에 단 한 번…… 아니, 그러니까 제 말은 여태껏 늘 그랬다는 뜻입니다만, 아무튼 추호의 거짓도 없이 이렇게 진실을 말씀드리는 것은…… 너그러우신 페트로니우스님께서 말씀하신 것처럼, 나리께서 제가 그동안 들였던 비용이나 제 기대치

4) 주사위를 던져 나온 숫자에 따라 줄을 그어놓은 판에 말을 옮겨가는 놀이. 우리의 윷놀이와 비슷함.

를 훨씬 뛰어넘는 넉넉한 보상을 해주시리라고 굳게 믿고 있기 때문입니다."

비니키우스는 군인인 데다, 자기의 의지대로 사태를 판단하고 행동에 옮기는 사람이었기에, 허탈해진 마음을 금세 추스르고서 이렇게 말했다.

"내 도량이 넓다는 건 믿어도 좋소. 하지만 그전에 나와 함께 오스트리아눔에 가야 하오."

"저보고 오스트리아눔에 같이 가자고요?"

킬로가 반문했다. 그는 그곳에 가고 싶은 생각이 추호도 없었던 것이다.

"고귀하신 호민관님, 저는 리기아 아가씨가 어디 있는지 알려드리겠다는 약속은 했지만, 아가씨를 데려오겠다고 약속한 적은 없습니다. 나리, 생각해 보십시오. 그 곰 같은 리기 족 거인이 글라우쿠스를 찢어 죽인 뒤에 그에게 아무 죄가 없다는 것을 알게 되면, 저는 어찌 되겠습니까? 제가 바로 살인을 교사한 장본인이란 사실을 알게 되면요? 제발 기억해 주십시오, 나리. 위대한 철학자일수록 우매한 질문에는 대답하기 어렵다는 것을 아셔야 합니다. 만일 우르수스가 저에게 왜 글라우쿠스를 죽이라고 했느냐고 추궁하면, 저는 뭐라고 대답하겠습니까? 나리께서 혹시라도 제가 나리를 기만하는 것이 아닌지 아직도 의심되신다면, 돈은 나중에 아가씨의 거처를 확실히 알려드린 뒤에 받기로 하겠습니다. 오늘은 그중의 일부만 주시어 나리의 너그러움을 일깨워 주시는 것으로 만족하겠습니다. 신들이 언제나 나리를 보호하고 계시지만, 혹시 만에 하나라도 나리께서 무슨 불상사라도 당하시게 되면, 저는 한 푼도 받지 못하게 될 테니 말입니다. 나리처럼 인정 많으신 분이 그런 딱한 처지를 도저히 그냥 보고만 계시진 않겠지요."

비니키우스는 대리석 바닥 위에 놓인 아르카[5]에서 돈주머니를 꺼내어 킬로에게 던져주었다.

"당신에게 주는 은화요. 리기아가 내 집에 오게 되면 이 주머니에다 금화를 가득 채워주겠소."

"오, 주피터여!" 킬로가 외쳤다.

비니키우스는 미간을 찌푸리며 말했다.

"우리 집에서 식사를 하고 잠시 쉬도록 하시오. 저녁때까지 단 한 발자국도 움직이면 안 되오. 밤이 되면 나를 오스트리아눔으로 안내하시오."

순간 그리스인의 얼굴에 공포와 망설임의 빛이 떠올랐으나 곧 평정을 되찾고 말했다.

"나리의 명령을 어찌 감히 거역하겠습니까? 제가 한 말들은 옛날 그리스의 위대한 영웅[6]이 암몬[7]의 신전에서 받은 계시처럼, 그렇게 길조로 여겨주십시오. 저는 이 스크리풀룸[8] 덕분에 제 스크루풀루스[9]를 말끔히 해소할 수 있었습니다. 게다가 나리처럼 훌륭한 분께서 저같이 비천한 자를 극진히 대접해 주시니 과분한 영광입니다."

이렇게 말하며 킬로는 돈주머니를 흔들어 보였다.

비니키우스는 마음이 초조해져서 킬로의 말을 가로막고, 우르수스와 나눈 대화의 세밀한 부분까지 꼬치꼬치 캐물었다.

---

5) 돈을 넣어두는 궤짝.
6) 알렉산더 대왕을 일컬음.
7) 주피터와 동일시되었던 이집트의 태양신.
8) 라틴어로 은화—원주.
9) 라틴어로 불안—원주.

그 결과 한 가지 사실이 명백해졌다. 그것은 리기아의 은신처가 오늘 밤 안으로 밝혀지거나, 아니면 오스트리아눔에서 돌아오는 길에 그녀를 납치해 올 수 있다는 사실이었다. 그렇게 생각하자 비니키우스는 기뻐서 어쩔 줄 몰랐다. 이제는 틀림없이 리기아를 찾을 수 있다고 생각하니 그녀에 대한 노여움과 원한은 모조리 사라졌다. 너무 기쁜 나머지 그녀가 저지른 모든 행위를 용서할 수 있을 것 같았다. 그저 그녀가 너무나 그립고 애틋한 대상으로만 여겨졌고, 마치 오랜 여행에서 집으로 돌아오는 사람을 맞이하는 것처럼 설렐 뿐이었다. 비니키우스는 노예들을 불러 온 집안을 화환으로 장식하고 싶어졌다. 우르수스에 대해서도 지금 그 순간에는 아무런 분노도 느껴지지 않았다. 그는 모든 사람을, 모든 잘못을 다 용서하고픈 마음이 들었다. 여러 가지로 애써 준 킬로에 대해서도 지금까지 품고 있던 일종의 혐오감은 사라지고, 지금은 재치 있고, 비범한 인간으로 보였다. 그의 집이 갑자기 밝아졌고, 그의 눈이 생기를 띠기 시작했으며, 그의 얼굴도 환해졌다. 다시금 청춘의 환희와 삶의 기쁨이 되살아나고, 그동안의 우울한 고뇌도 리기아에 대한 사랑의 감정 앞에서 눈 녹듯 사라짐을 느꼈다. 리기아를 소유할 수 있는 길이 눈앞에 펼쳐진 지금, 비니키우스는 모든 것을 새롭게 인식하게 된 것이다. 봄이 되면 대지가 태양의 열기로 따뜻해지고 생명의 싹을 틔우듯이, 리기아를 향한 그의 욕망도 다시금 고개를 들었다. 하지만 그 욕망은 전처럼 거칠고 무모한 것이 아니라 부드럽고, 다정다감한 것이었다. 비니키우스는 자신의 내부에서 무한한 힘이 솟아오르는 것을 느꼈다. 이제 리기아가 자기 눈에 띄기만 하면 온 세상 그리스도교 신자들이 다 몰려온다 해도, 아니 황제조차도 자기에게서 그녀를 빼앗아가지는 못하리라.

킬로는 비니키우스가 기뻐하자 용기를 내어 수다를 떨면서, 여러 가지 충고를 늘어놓았다. 아직 모든 일이 성취된 것이 아니므로 어디까지나 신중을 기해야 한다. 조심 또 조심하지 않으면 만사가 수포로 돌아갈 염려가 있다. 또한 리기아를 오스트리아눔에서 곧바로 데리고 나오는 짓은 삼가는 편이 좋을 것이라는 말도 했다. 오스트리아눔에 갈 때는 두건으로 얼굴을 가려야 하며, 어두운 구석에 자리를 잡고 그곳에 모여 있는 사람들을 몰래 관찰하는 정도로 그쳐야 한다. 만일 리기아를 발견하게 되면 아무도 모르게 뒤따라가서 그녀의 거처를 확인한 뒤에, 다음 날 아침 노예들을 풀어 그 집을 포위하게 하고, 낮에 데려오는 것이 가장 안전할 것이다. 리기아는 황제의 인질이므로 그렇게 한다고 해서 법에 저촉될 염려는 없을 것이다. 만일 오스트리아눔에서 그녀를 보지 못한다면 우르수스의 뒤를 밟으면 된다. 그래도 결과는 마찬가지일 것이다. 단, 묘지에 갈 때는 노예를 너무 많이 데려가서는 안 된다. 사람들의 눈에 쉽게 띌 염려가 있기 때문이다. 그러면 그리스도교인들은 지난번 납치 사건 때 그랬듯이 횃불을 모두 끄고 뿔뿔이 흩어져버리든지, 아니면 어둠 속에서 그들만이 알고 있는 은신처로 숨어버릴 것이 뻔한 노릇이다. 그러나 무기는 가지고 갈 필요가 있으며, 그보다 더 좋은 방법은 믿을 수 있는 힘센 장정을 두 명쯤 데리고 가서 필요한 경우 호위를 부탁하는 것이다.

비니키우스도 그 말이 옳다고 생각했고, 마침 페트로니우스의 충고도 떠올랐기에 노예들을 시켜 크로톤을 불러오게 했다. 로마인이라면 모르는 사람이 없는 킬로는 그 유명한 검투사의 이름을 듣자 비로소 마음을 놓았다. 그 검투사의 초인적인 힘은 이미 검투장에서 여러 번 본 적이 있기에 킬로는 자기도 오스트리아눔에 가겠다고 말했다. 크로톤이 도와준다면 금화가 가득 든 돈주머니도 손쉽게 굴러 들어올 것 같았다.

잠시 후 아트리움을 담당하는 선임 노예가 들어와 식사 준비를 알리자, 킬로는 신이 나서 식탁에 앉았다. 식사하는 동안 킬로는 노예들에게 자기가 이곳에 온 이유는 이 댁 주인에게 세상에 둘도 없는 신기한 고약을 권하기 위해서라며, 그 고약을 말발굽에 바르면, 아무리 형편없는 말도 그 어떤 말보다 빠르게 달릴 수 있다고 떠벌렸다. 고약의 제조법을 자기에게 가르쳐준 사람은 어떤 그리스도교 신자인데, 늙은 그리스도교 신자들은 저 유명한 테살로니카[10] 사람들보다도 훨씬 더 마법이나 비술에 뛰어나다고 말했다. 그리스도교 신자들은 모두 자기를 절대적으로 신용하고 있는데, 그 이유는 물고기의 의미를 알고 있는 자라면 누구나 쉽게 짐작할 수 있을 것이라고 했다. 그렇게 말하면서 노예들의 얼굴을 찬찬히 살펴보았는데, 그 노예들 가운데에 그리스도교 신자가 있을지도 모르고, 만일 그렇다면 비니키우스에게 밀고할 속셈이기 때문이었다. 그러나 킬로의 기대는 충족되지 못했다. 그는 평소보다 훨씬 많이 먹고 마셨다. 요리사에게도 칭찬을 아끼지 않으며, 비니키우스에게 돈을 주어서라도 그를 해방시켜 주겠다고 큰소리를 쳤다. 그렇게 흥겨운 기분 속에서도 마음 한구석이 은근히 켕기는 것은 바로 오늘 밤 오스트리아눔에 가야만 한다는 사실 때문이었다. 하지만 캄캄한 밤에 변장을 하고 가는

10) 마케도니아의 해안 도시.

것이며, 게다가 두 사람이 함께 동행할 예정이므로 다소 안심이 되었다. 그중 한 사람은 로마의 우상인 천하장사이고, 또 한 사람은 명문 귀족에다 계급이 높은 무관이다. 킬로는 속으로 중얼거렸다.

'만일 비니키우스의 정체가 드러난다 해도 감히 그에게 손댈 자는 없을 거야. 나만 해도 그래. 그놈들 중에 내 얼굴을 알아보는 놈이 있으면, 그놈은 그야말로 영리한 놈이지.'

킬로는 방앗간 일꾼과 주고받은 이야기를 떠올렸다. 그 생각을 하자 그의 가슴에 새로운 용기가 솟아올랐다. 그 일꾼이 바로 우르수스라는 것은 의심의 여지가 없는 사실이었다. 비니키우스의 말이나 궁 안에서 리기아의 시중을 들던 노예들의 이야기를 종합해 볼 때, 우르수스가 굉장한 장사인 것만은 틀림없었다. 킬로가 특별히 힘이 센 사람이 없느냐고 물어보았을 때, 에우리키우스가 바로 우르수스를 추천한 것은 조금도 이상한 일이 아니었다. 또한 킬로가 비니키우스와 리기아의 이름을 들먹이자, 그 일꾼이 별안간 당황해한 것은 그 두 사람과 특별한 관계에 있다는 증거였다. 뿐만 아니라 그 일꾼은 살인을 했기 때문에 참회를 하고 있다고 말했다. 아타키누스를 죽였기 때문이다. 게다가 그 일꾼의 인상착의는 비니키우스가 말한 리기 인과 완전히 일치했다. 이름이 다르다는 것이 꺼림칙했지만, 그리스도교 신자들이 세례를 받으면 새 이름을 얻게 된다는 것을 알고 있었기에 별로 걱정하지 않았던 것이다.

'우르수스가 글라우쿠스를 죽여준다면, 일은 수월해진다. 뭐, 죽이지 않는다 해도 좋은 징조라고 할 수 있지. 그리스도교 신자들은 좀처럼 살인을 하지 않는다는 사실을 입증하는 셈이니까. 나는 글라우쿠스에 대해 이야기하면서 그가 유다의 피를 받은 자손이며, 그리스도교인 전체를 배신한 자라고 했다. 그때 내 웅변의 힘은 바위라도 움직일 만큼 대단했고, 심지어 그 바위가 글라우쿠스의 머리 위로 굴러 떨어지게 하는 것도 가능케 할 정도로 감동적이었지. 그런데 그 곰 같은 리기 녀석은 간신히 글라우쿠스에게 앞발을 덮치겠다는 약속만 할 따름이었다. 그 사내는 망설이면서 좀처럼 결단을 내리지 못하고, 자신의 슬픔과 속죄에 대해서만 말했지. 그러니 그리스도교 패거리들 사이에서는 살인을 금하고 있는 것이 틀림없어. 자기에게 가해진 화(禍)는 무조건 용서해야 하고, 타인이 당한 화도 함부로 복수해서는 안 된다니……. 그러니 킬로야, 잘 생각해 보자. 무서워할 것이 무엇이냐? 글라우쿠스는 내게 앙갚음을 할 수가 없다……. 우루수스도 그리스도교 전체를 배신한 죄인이라고 믿고 있는 글라우쿠스를 죽이지 못하는데, 한 사람의 그리스도교인을 배신한 사소한 죄 때문에 나를 죽일 리가 없지. 아무튼 저 호색한 같은 야생 비둘기에게서 도망친 산비둘기의 둥지를 찾아주고 나면, 이 일에서 완전히 손을 씻고 네아폴리스로 가리라. '손을 씻는다.'는 말은 그리스도교 신자들도 하더군. 내가 손을 씻는다는 것은 아예 그들과의 모든 인연을 다 끊어버리고 완벽하게 헤어진다는 의미이지.

겪어보니 그리스도교 신자들은 모두 좋은 사람들이다. 그런데 세상 사람들은 왜 그런 욕을 할까? 오, 신들이여! 이 세상의 정의라는 것이 고작 이런 거라니. 하지만 난 살인을 허락지 않는 그 종교가 마음에 든단 말이야. 살인을 금하고 있으니 도둑질이나 사기, 위증도 허용하지 않겠지. 그렇다면 교리를 지키며 살기란 쉬운 일이 아니겠군. 그 종교는 스토아학파처럼 올바르게 죽어야 한다는 걸 가르칠 뿐 아니라 올바르게 살라고 가르치고 있다. 나도 재산을 모아 이런 저택에서 이 정도 숫자의 노예들을 부리고 살 수 있게 되면, 경우에 따라서는 그리스도교 신자가 될 수도 있을 것 같군. 부자는 무엇이든지 못할 일이 없으니까. 덕을 쌓고 싶으면 덕도 쌓을 수 있겠지……. 그래! 그렇게 생각하면 그 종교는 부자들을 위한 것인데, 그렇게도 많은 가난뱅이들이 신자가 된 까닭은 무엇일까? 도무지 알 수가 없군. 덕이라는 이름으로 두 손을 묶어 놓는 것이 가난뱅이들한테 대체 무슨 도움이 되겠는가? 언젠가는 꼭 이 점을 깊이 연구해 보아야겠다.

아무튼 헤르메스여, 당신을 찬양하노니, 저 곰 같은 리기인을 찾을 수 있게 도와주심에 감사하나이다. 만일 뿔에다 황금을 입힌 두 마리의 일년생 흰 암송아지가 탐이 나서 도와주신 거라면, 당신답지 못한 처사입니다. 아르고스[11]를 무찌른 신이여, 부끄럽지도 않습니까? 당신처럼 지혜로운 신이 나 같은 사람을 도와주어 봤자 아무런 제물도 받지 못하리란 걸 미리 간파하지 못했다니……. 내 진심 어린 감사의 마음보다 송아지 두 마리가 낫다고 생각한다면, 당신이야말로 신이 아니라 송아지나 소장수에 다름없나이다. 나와 같은 철학자가 사람들 앞에서 당신이 실제로 존재하지 않는다는 것을 증명해 보인다면, 당신에게 제물을 바칠 사람은 하나도 없을 것입니다. 그러니 철학자와는 잘 사귀어두는 편이 좋을 것입니다…….'

킬로는 혼자서 헤르메스와 이런저런 얘기를 하면서 외투를 베개 삼아 머리에 베고 의자에 길게 누웠다. 그러고는 노예들

11) 그리스 신화에서 헤르메스에게 이오를 빼앗기고 죽음당한 거인. 100개의 눈이 달렸다고 함.

이 그릇을 치울 때쯤 되자 그만 잠이 들어버렸다. 크로톤이 왔다는 말을 듣고 킬로는 잠에서 깨어났다. 그는 아트리움으로 가서 방안을 그득하게 채우고 있는 거대한 몸집의 사내를 만족스러운 눈길로 바라보았다. 크로톤은 검투사 출신으로 지금은 사범으로 일하고 있었다. 마침 오늘 밤 보수에 대한 협상이 끝난 모양인지 크로톤이 비니키우스에게 이렇게 말했다.

"헤라클레스의 이름으로 맹세합니다, 나리. 오늘 저를 부르신 건 정말 잘하신 일입니다. 내일 베네벤툼으로 가야 하거든요. 바티니우스 님의 초청으로, 아프리카에서 제일 힘이 세다는 시팍스라는 흑인과 폐하 앞에서 시합이 있습니다. 그 녀석의 척추가 제 손에서 우두둑 부서지는 소리가 들리지 않으십니까? 그놈의 시커먼 턱을 제 주먹으로 부숴버릴 수도 있습니다."

"폴룩스에게 맹세하지!" 비니키우스가 대답했다. "크로톤, 자네 같으면 충분히 그러고도 남을 걸세."

"저도 그렇게 생각합니다요." 킬로가 참견했다. "할 수 있고말고요! 녀석의 턱을 부숴버리겠단 말이죠? 아주 좋은 생각입니다. 당신에게 정말 잘 어울리는 일이군요. 하지만 헤라클레스여, 오늘은 손발에 올리브유를 바르고 허리띠를 단단히 동여매는 것이 좋을 겁니다. 이번에는 상대가 진짜 카쿠스[12]일지도 모르니까요. 비니키우스 나리께서 소중히 여기시는 그 아가씨를 지키고 있는 자는 정말 굉장한 장사입니다."

킬로가 그렇게 말한 것은 크로톤을 자극시키기 위해서였다.

---

12) 불의 신 불카누스의 아들. 불을 뿜어 사람들에게 해를 끼치자 헤라클레스에게 살해됨.

비니키우스도 거들었다.

"그렇다. 내가 직접 본 것은 아니지만, 사람들 말로는 황소 뿔을 잡고, 자유자재로 질질 끌고 다닌다는 거야."

"저런!" 킬로가 소리를 질렀다. 우르수스가 그 정도로 힘이 세리라고는 생각지 못했던 것이다. 하지만 크로톤은 경멸하는 듯한 미소를 머금고 이렇게 말했다.

"나리, 제가 처치하겠습니다. 말씀하신 그놈을 이 손으로 꼼짝 못하게 붙잡고, 또 한 손으론 그런 리기 놈들을 일곱 명쯤 때려눕히고, 로마에 있는 모든 그리스도교인들이 칼라브리아[13]의 늑대처럼 빠르게 저를 쫓아온다 해도 안전하게 아가씨를 나리 댁으로 모셔다 드리겠습니다. 만일 제가 이 약속을 지키지 못하면 저 수반 위에 있는 몽둥이로 저를 두들겨 패주십시오."

"나리, 그렇게 해서는 안 됩니다!" 킬로가 소리쳤다. "그리스도교 신자들이 돌멩이를 던지면 크로톤의 막강한 힘도 아무 소용없을 것입니다. 그러니까 아가씨도 저희들도 그런 위험한 상황에 부딪히지 않도록, 아가씨가 일단 숨어 지내시는 곳으로 돌아갈 때까지 기다린 후에, 모셔오는 편이 좋겠습니다."

"그 말이 맞다, 크로톤." 비니키우스가 말했다.

"나리께서 보수를 주시는 것이니 무엇이든 원하시는 대로 해드리겠습니다. 다만 내일은 베네벤툼으로 가야 한다는 것만 잊지 말아주십시오."

"알았다. 나는 이 로마 시내에만도 500명의 노예를 거느리고 있으니 뒷일은 아무 걱정 없을 것이다." 비니키우스가 말

---

13) 이탈리아의 동남부 지방.

했다.

비니키우스는 킬로와 크로톤을 물러가게 한 다음, 서재로 가서 페트로니우스 앞으로 다음과 같은 편지를 썼다.

킬로가 리기아를 찾아냈습니다. 오늘 밤 그와 크로톤을 데리고 오스트리아눔으로 가서 바로 데려오든지, 아니면 내일 은신처로 찾아가 데려오든지 할 생각입니다. 신들이 삼촌께 은총을 베풀어주시기를. 안녕히 계십시오, 친애하는 삼촌! 너무 기뻐 더 이상 글을 쓸 수가 없습니다.

비니키우스는 펜을 놓고서 부산하게 방 안을 서성거렸다. 그의 마음속에는 단순한 기쁨만이 아니라 뜨거운 열정 같은 것이 끓어오르고 있었다. 내일이면 리기아가 이 집에 온다……. 그는 혼자 중얼거렸다. 그녀를 어떻게 대해야 할지 알 수 없지만, 만일 그녀가 자신의 사랑을 받아주기만 하면, 자신은 그녀의 노예가 되어도 상관없을 것 같았다. 리기아 또한 자기를 사랑하고 있다고 한 악테의 말을 떠올리며 비니키우스는 다시 한 번 감동에 젖었다. 그렇다면 이제 리기아의 마음속에 도사리고 있는 처녀 특유의 수줍음과 그리스도교의 가르침이 명하는 규율만 잘 극복하면 되는 것이다. 리기아도 일단 이 집에 오고 나면 권유와 강압에 못 이겨 굴복할 테고, 결국엔 "제가 지고 말았습니다."라고 말하게 될 날이 오리라. 그런 그녀의 모습은 얼마나 여유롭고, 사랑스러워 보이겠는가.

비니키우스의 행복한 공상은 킬로가 들어오면서 중단되었다.

"나리, 갑자기 생각난 것이 있어 왔습니다. 그리스도교인들이 무슨 암호나 테세라[14] 같은 것을 만들어 놓고, 그것이 없으면 오스트리아눔으로 들어가지 못하게 하면 어떡하지요? 기도소에 들어갈 때마다 항상 그런 식으로 확인을 하곤 해서 저는 항상 에우리키우스에게서 받아오곤 했답니다. 나리께서 허락해 주시면 제가 에우리키우스를 찾아가서 자세하게 알아보고, 필요하다면 그 징표를 얻어가지고 오겠습니다."

"좋습니다, 현자 선생!" 비니키우스가 흔쾌히 대답했다. "당신의 용의주도함에는 찬사를 보내지 않을 수 없군요. 에우리키우스든 누구든 마음대로 만나고 오시오. 하지만 내가 아까 준 돈주머니만은 이 탁자 위에 놓고 가시오."

평소에도 돈을 두고 다니는 것을 꺼리는 킬로는 얼굴을 찌푸렸지만, 차마 거역할 수가 없어서 비니키우스가 시키는 대로 했다. 카리내에서 에우리키우스의 가게가 있는 대경기장까지는 그리 멀지 않았으므로, 킬로는 해가 저물기 훨씬 전에 돌아왔다.

"나리, 이것이 징표입니다. 제가 말씀드렸다시피 이것이 없으면 안으로 들어갈 수가 없습니다. 가는 길도 자세히 물어서 알아두었습니다. 그리고 이 표지가 필요한 것은 내 친구들 때문이며, 나 같은 늙은이에게는 너무 먼 길이라 나는 가지 못한다고 해두었습니다. 그렇지 않아도 나는 내일이면 대사도를 직접 만나게 될 것이고, 그때 그 훌륭한 설교의 요점을 말씀해 달라고 하면 되겠지만, 친구들이 꼭 가고 싶어 하니 표지를 달라고 했습니다."

"당신이 함께 가지 않는다고? 그건 안 될 말이오." 비니키우스가 대답했다.

---

14) 네모난 판자로 된 징표.

"물론 나리를 모시고 가야 한다는 것은 잘 알고 있습니다. 그러나 저는 두건으로 얼굴을 가리고 가겠습니다. 나리께서도 그렇게 하십시오. 그렇게 하지 않으면 그들이 겁먹은 새처럼 멀리 날아가 버릴지도 모르니까요."

이윽고 사방이 어두워지자 그들은 떠날 채비를 하기 시작했다. 모두 모자가 달린 갈리아식 외투를 입고, 횃불을 들고 나섰다. 비니키우스는 날이 구부러진 단검을 차고, 나머지 두 사람에게도 건네주었다. 킬로는 에우리키우스에게서 돌아오는 길에 구한 가발을 썼다. 그들은 노멘타나 문이 닫히기 전에 도착하려고 서둘러 집을 나섰다.

제20장

비니키우스 일행은 파트리키우스 가도에서 비미날리스 언덕을 따라, 옛날 비미날리스 문이 있던 곳까지 걸어갔다. 그곳은 나중에 디오클레티아누스[1]가 호화로운 목욕탕을 건립한 광장이다. 그들은 세르비우스 툴리우스[2]가 축조한 성벽의 폐허를 돌아, 한적한 거리를 지나서 노멘타나 가도로 나섰다. 그곳에서 왼쪽으로 구부러져 살라리아 가도에 이르니 모래 언덕들이 나타났다. 그 언덕과 언덕 사이에는 모래를 채취하는 동굴들이 줄지어 있고, 곳곳에 묘지들이 눈에 띄었다. 사방이 온통 캄캄한데, 아직 달이 뜨지 않아, 만일 모여드는 그리스도교인들이 없었더라면 킬로가 예상한 대로 길 찾기가 몹시

1) AD 284-305년에 재위한 로마 황제. 그리스도교도에게 네로보다 더 잔혹한 박해를 가했음.
2) 왕정 로마 시대의 제6대 왕. BC 579-534년 재위.

힘들었을 것이다. 오른쪽, 왼쪽, 그리고 앞쪽에서도 사람들의 검은 그림자가 모래 골짜기를 향해서 조심스레 걸음을 재촉하고 있었다. 그들 가운데는 등불을 들고 가는 사람도 있었으나, 대부분은 외투로 불빛을 가리고 있었다. 길을 잘 아는 듯한 몇몇 사람들은 어둠 속에서도 신속하게 움직였다. 군인으로서 단련된 비니키우스는 사람들의 거동만 보고도 젊은 사내, 지팡이를 든 늙은이, 긴 겉옷으로 조심스럽게 몸을 감싸고 있는 여자들을 가려낼 수 있었다. 가끔씩 거리를 지나는 행인들이나 도시에서 집으로 귀가하는 농부들은, 그 무리들을 보면서 모래를 채취하러 가는 노동자들 아니면, 한밤중에 열리는 친목의 향연에 참석하러 가는 묘지의 일꾼들이라고 생각했다. 청년 귀족과 그 일행이 앞으로 다가가자, 점점 더 많은 사람과 등불들이 보였다. 어떤 사람들은 작은 목소리로 성가(聖歌)를 부르기도 했는데, 비니키우스의 귀에는 동경으로 가득 찬 우수 어린 선율로 들렸다. 때로 그의 귀에 가사의 한두 구절이 생생하게 들려오기도 했다. '잠든 자여, 깨어나라.' 또는 '죽은 자들 가운데서 부활하리니.'와 같은 가사였다. 이따금 남녀노소 할 것 없이 다 함께 그리스도의 이름을 반복해서 부르는 소리도 들렸다. 비니키우스는 가사의 내용에는 별로 관심이 없었다. 그저 주위의 검은 그림자 중 하나가 리기아일지도 모른다는 생각만이 머릿속을 가득 채우고 있었다. 비니키우스 일행 곁을 지나가면서 "평화가 당신들과 함께하기를." 이라고 말하는 사람도 있었고, "그리스도에게 영광!"이라고 속삭이는 사람도 있었다. 사람들의 소리가 날 때마다 어디선가 리기아의 음성이 들려오는 것만 같아, 비니키우스의 가슴은 설레었다. 리기아와 닮은 자태, 비슷한 몸짓이 어둠 속에서 자꾸만 그를 혼란스럽게 했다. 몇 번이나 착각을 되풀이하고 나서야, 비니키우스는 더 이상 자기의 눈을 믿지 않기로 했다.

길은 너무도 멀었다. 비니키우스는 그 일대를 비교적 잘 알고 있었으나, 어둠 속에서는 아무것도 분간할 수가 없었다. 좁은 샛길과 다 허물어져 가는 성벽, 낡은 건물들은 로마 근교에서 좀처럼 본 적이 없는 광경이었다. 마침내 구름 속에서 달이 고개를 내밀더니 등불보다 환하게 사방을 비추기 시작했다. 이윽고 멀리 전방에서 모닥불이나 횃불 비슷한 불꽃이 깜빡거리는 것이 보였다. 비니키우스는 킬로를 돌아보며 저곳이 오스트리아눔이냐고 물었다.

바야흐로 한밤중인 데다가 시내에서 꽤 멀리 왔고, 또 유령 같은 사람들의 그림자에 깊은 충격을 받은 킬로는 자신 없는 목소리로 대답했다.

"저도 잘 모르겠습니다. 한번도 오스트리아눔에는 와본 적이 없거든요. 시내에서 좀 더 가까운 곳에서도 그리스도를 찬양할 수 있을 텐데 왜 이렇게 굳이 멀리 떨어진 곳에서 모이는지 모르겠네요."

잠시 후 킬로는 용기를 북돋우기 위해 아무 말이라도 해야겠다고 생각했는지 입을 열었다.

"다들 이렇게 도적 떼처럼 비밀스럽게 몰려들고는 있습니다만, 걱정하지 않으셔도 됩니다. 그 리기 인이 제게 거짓말을 한 것이 아니라면, 이 사람들에게 살인은 엄격하게 금지되어 있으니까요."

오로지 리기아만을 생각하고 있는 비니키우스에게는 그녀와 같은 종교를 가진 사람들이 그들의 가장 위대한 사도로부터 설교를 듣기 위해 이처럼 조심스럽고 은밀하게 모여드는 것이 도무지 불가사의하게만 여겨졌다.

"여느 종교와 마찬가지로 이 종교도 로마에 신도를 가지고 있는 모양이군. 하지만 그리스도교는 유대교의 분파가 아니오? 유대인들의 신전은 티베리스 강 건너편에 있고, 거기서는 대낮에도 당당하게 제물을 바칠 수 있다던데, 이 사람들은 왜 한밤중에 이곳에 모여드는 거요?"

"나리, 그게 아닙니다. 유대인들이야말로 그리스도교인들과는 철천지원수 사이입니다. 제가 들은 바로는 지금의 네로 황제께서 재위하시기 전에 그 두 종파 간에 하마터면 전쟁이 벌어질 뻔했답니다. 당시 클라우디우스 황제께서는 그 소동에 질려서 유대인들을 모두 추방하라는 칙령을 내리셨는데, 지금은 그 칙령이 폐지되었습니다. 하지만 그리스도교 신자들은 여전히 유대인들과, 또 자기들을 죄인처럼 여기는 세상 사람들의 눈을 피해 다니고 있지요."

그들은 한동안 묵묵히 걸었다. 성 밖으로 점점 멀어져가면서 두려움을 느낀 킬로가 말했다.

"저는 에우리키우스의 가게에서 돌아오는 길에 이발소에서 가발을 빌려왔습니다. 그리고 콧구멍 속에 콩알을 두 개 넣어 놓았습니다. 이렇게까지 했는데, 설마 저를 알아보는 사람은 없겠지요. 만약 들통이 난다 해도 죽음을 당하지는 않을 겁니다. 원래 그들은 나쁜 사람들이 아니거든요. 오히려 정직한 사람들입니다. 저는 그들을 좋아하고 또 존경하고 있답니다."

"벌써부터 그들을 치켜세울 필요는 없소." 비니키우스가 잘라 말했다.

일행은 좁은 골짜기로 들어섰다. 도랑을 파서 참호처럼 만든 협곡의 위쪽으로 수도교(水道橋)[3]가 지나가고 있었다. 때마침 구름 사이로 환하게 비치는 달빛을 받아 온통 은빛으로 반짝이는 담쟁이덩굴로 뒤덮인 벽이 보였다. 그곳이 바로 오스트리아눔이었다.

비니키우스의 심장은 조금 전보다 더 요란하게 고동치기 시작했다. 문에는 두 명의 무덤지기가 지켜 서서 표지를 확인하고 있었다. 잠시 후 비니키우스 일행은 사방이 벽으로 둘러싸인 넓은 공터로 들어섰다. 군데군데 비석이 서 있고, 그 한가운데 토굴로 들어가는 입구가 보였다. 그 토굴은 지면보다 낮은 곳에 있는 지하 묘지였는데, 그 입구에서는 샘물이 솟아나고 있었다. 그 많은 사람들이 전부 지하 묘지에 들어갈 수는 없을 테니, 이미 수많은 사람들이 모여 있는 노천의 공터로 의식이 행해질 것이라고 비니키우스는 추측했다. 이 공터에는 수없이 많은 신자들이 모여들었다. 시선이 닿는 먼 곳까지 등불의 행렬이 줄을 잇고 있었지만, 일단 도착하면 모두들 불을 껐다. 냉기를 막기 위해서인지, 아니면 자신의 신분이 노출되는 것이 두려워서인지, 전부 모자를 쓰고 있었으며, 얼굴을 내놓고 있는 사람은 몇 명 되지 않았다. 만일 끝까지 이 상태가 지속된다면, 어둠과 군중 속에서 리기아를 찾아내기란 쉬운 일이 아닐 거라는 생각이 들자, 청년 귀족은 애간장이 탔다.

누군가가 토굴 옆에 수북하게 쌓아놓은 송진을 바른 장작더미에 불을 지피자, 주위가 갑자기 훨씬 환해졌다. 군중은 신

3) 로마 시내에 맑은 물을 공급하기 위해 건설한 긴 다리. 보통은 아치 형태의 2층으로 된 구조물인데 맨 위의 물길을 통해 로마 주변의 산에서 솟아나는 물이 흘러 들어오게 되어 있음.

비스러운 노래를 부르기 시작했다. 처음에는 나지막했으나 점차 그 소리가 우렁차게 높아졌다. 비니키우스는 지금까지 이런 노래를 들어본 적이 없었다. 삼삼오오 떼 지어 묘지로 모여드는 사람들이 흥얼대는 성가를 들으며 비니키우스는 그 속에 깃들어 있는 순수한 찬미의 정서에 감동을 받았는데, 지금 더 많은 사람들이 입을 모아 함께 부르는 성가 속에는 신을 향한 흠숭의 감정이 한층 더 또렷하고 강렬하게 나타나 있었다. 마침내 묘지와 언덕, 골짜기, 그리고 주위 일대가 신자들과 더불어 거대하고, 장엄한 찬양의 소리로 가득 차게 되었다. 그 커다란 울림은 한밤을 가르는 애타는 부름, 방랑과 암흑 속에서 구원을 갈구하는 간절한 애원과도 같았다. 하늘을 향해 높이 쳐든 얼굴들은 마치 저 멀리 높은 곳에 있는 누군가를 우러러보는 듯했고, 위로 들어올린 두 손은 누군가의 영접을 갈망하고 있는 듯했다. 성가 소리가 잦아들자 잠시 뭔가를 하는 듯한 정적이 찾아왔다. 비니키우스도, 그의 동행자들도, 어떤 이상한 징조가 나타나서 정말 누군가가 하늘에서 내려오는 것이 아닐까 하는 두려움에 사로잡혀 무의식중에 문득 밤하늘을 올려다보았다. 비니키우스는 소아시아와 이집트, 로마에서 수많은 신전을 보았고, 수많은 영가와 기도를 들어보았지만, 노래를 통해 신을 부르는 사람들, 그것도 어떤 정해진 의식을 행하는 것이 아니라 마치 어린아이가 어버이에게 품고 있는 것 같은 순수한 애정을 가지고 마음을 열어 신을 찾는 사람들을 보는 것은 이번이 처음이었다. 장님이 아닌 이상 그 사람들이 단순히 신을 경배하는 것이 아니라 온몸과 영혼을 바쳐 신을 사랑하고 있다는 것을 인정하지 않을 수 없었다. 비니키우스는 그런 놀라운 광경을 그 어느 나라에서도,

그 어떤 의식에서도, 그 어느 신전에서도 본 적이 없었다. 그리스나 로마에서도 사람들은 여전히 신을 숭상하지만, 그것은 도움을 청할 일이 있거나 아니면 신에 대한 두려움에서 비롯된 것이었다. 진심으로 신을 사랑한다는 것은 꿈에도 생각지 못한 일이었다.

비니키우스는 리기아만 생각하며 군중 속에서 그녀를 찾는 데만 열중하고 있었지만, 그래도 자기 주위에서 일어나고 있는 이 이해할 수 없는 기묘한 광경을 무심히 보아 넘길 수가 없었다. 사람들이 장작을 더 던져 넣자 모닥불이 더욱 환하게 묘지를 비추면서 손에 들고 있는 등불들은 광채를 잃었다. 바로 그때였다. 지하 묘지로부터 모자 달린 외투를 입었지만 머리를 그대로 드러낸 한 노인이 나와 횃불 곁에 있는 반석 위에 올라섰다.

그 모습을 본 군중이 술렁거렸다. 비니키우스의 주위에서 "베드로다! 베드로다!" 하는 속삭임이 들려왔다. 무릎을 꿇는 사람도 있었고, 그를 향해 손을 벌리는 사람도 있었다. 곧이어 사방은 물을 끼얹은 듯이 조용해졌다. 모닥불에서 타다 남은 숯이 떨어지는 소리와 멀리 노멘타나 가도에서 들려오는 수레바퀴의 덜컹대는 소리, 묘지 근처의 소나무 숲을 스쳐가는 바람 소리만 들려올 뿐이었다.

킬로가 비니키우스에게 몸을 기울이며 속삭였다.

"바로 저 사람입니다. 저 사람이 예수 그리스도의 수제자인 어부입니다!"

노인은 손을 들고 성호를 그어 신도들을 축복했다. 그리스도교인들은 일제히 무릎을 꿇었다. 비니키우스 일행도 남의 눈에 드러나지 않도록 함께 무릎을 꿇었다. 청년 귀족은 자신이 받은 인상을 한마디로 정리할 수가 없었다. 그의 눈앞에 나타난 노인은 소박하면서도, 한편으로는 어딘지 모르게 출중해 보였는데, 그 비범함은 바로 예의 그 소박함에서 나오는 것 같았다. 노인은 머리에 관모를 쓰지도 않았고, 관자놀이에 참나무 잎사귀로 만든 화관을 두르지도 않았으며, 손에 종려나뭇가지를 들었거나, 가슴에 황금 패를 부착하지도 않았다. 별무늬를 수놓은 백색 제의를 입지도 않았고, 동방이나 이집트, 그리스의 제사장들이나 로마의 신관이 몸에 부착하는 그 어떤 표지도 달고 있지 않았다.

비니키우스는 그리스도교인들의 노래를 들으며 놀랐던 것처럼, 베드로의 모습을 보며 또 한 번 놀랐다. 그 '어부'에게는 의식에 정통한 대사제다운 풍모는 전혀 없었다. 그저 자기가 깨달은 진리, 직접 체험하여 믿게 된 진리, 그렇게 믿음으로써 사랑하게 된 진리를 이야기해 주기 위해 먼 곳에서 찾아온 소박하고, 나이 많은 노인에 불과했다. 하지만 노인의 모습에는 진리 그 자체가 가지고 있는, 사람을 감화시키는 힘이 담겨 있었기에, 세상에 둘도 없는 고귀한 현자로 보였다. 비니키우스는 회의론자였으므로 그 노인의 불가사의한 위력에 굴복하고 싶지 않았다. 하지만 저 신비스러운 '기름부음을 받은 자'[4]와 동행했었다는 노인의 입에서 무슨 말이 나올 것인지, 그리고 리기아와 폼포니아 그레키나가 신봉하는 교리가 대체 어떤 것인지 알고 싶은 호기심을 억누를 수가 없었다.

드디어 베드로가 입을 열었다. 먼저 그는 아이를 타이르는 인자한 어버이와도 같이 어떻게 살아야 할 것인지 차근차근

---

4) 예수 그리스도를 가리킴.

일러주었다. 사치와 쾌락을 멀리하고, 가난과 순결과 진리를 사랑하라. 학대와 박해를 참을성 있게 견뎌내고, 윗사람과 권위에 복종하라. 배신과 위선과 험담을 삼가고, 교우들끼리는 물론이고, 이교도에게까지 선한 모범을 보여라. 비니키우스는 리기아를 자기 집으로 데려올 수 있는 수단만이 '선(善)'이고, 그것을 방해하는 모든 요소는 전부 '악(惡)'이라고 생각하고 있었기에, 베드로의 가르침 중에서 어떤 대목에는 적개심과 분노가 솟아올랐다. 순결을 지키고, 모든 욕망과 싸우라고 하는 것은 바꾸어 말하면 감히 자신의 사랑을 비난하는 것이 될 뿐 아니라, 리기아더러 자기를 멀리하고, 저항하라고 부추기는 것처럼 들렸기 때문이었다. 리기아가 신자들 틈에서 그의 말에 귀를 기울이고, 그 말을 마음에 새기고 있다면, 자기를 종교의 가르침에 위배되는 나쁜 사람으로 여기게 될 것이 분명하다. 이렇게 생각하자 비니키우스는 갑자기 화가 치밀었다.

'저자의 설교가 뭐가 새롭단 말인가?' 그는 마음속으로 외쳤다. '이것이 새로운 진리란 말인가? 누구나 다 알고, 한번쯤 들어본 적이 있는 내용들뿐인데. 청빈한 생활과 본능의 절제에 대해서는 이미 퀴닉학파도 설파하지 않았던가? 또한 덕으로 말하자면 비록 낡은 개념이긴 해도 바람직한 것이라고 소크라테스가 말하지 않았던가? 초기 스토아학파는 물론이고, 아프리카 산 향나무 책상을 500개나 가지고 있는 세네카조차도 진리와 절제를 강조하면서, 역경 속에서의 인내를 부르짖고, 불행을 참고 견디라고 가르치지 않았는가? 이런 고리타분한 교리는 쥐가 파먹어 곰팡내가 나는 묵은 곡식과 같으니, 어떤 인간이 먹고 싶은 생각이 들겠는가.'

비니키우스는 노여움 외에도 일종의 실망감을 맛보았다. 그는 지금까지 알지 못했던 신비한 비밀이 밝혀질 것을 기대했으며, 적어도 청중을 압도하고 경탄하게 만드는 위대한 웅변가의 연설을 들으리라고 생각했던 것이다. 그런데 그 설교는 아무 수사적 기교도 없는, 극히 소박하고 단순한 것이었다. 오히려 놀라움을 자아내게 한 것은 숨을 죽이고, 조용히 연설에 몰두하는 신자들의 태도였다.

노인은 경건하게 귀 기울이고 있는 청중을 향해 말을 계속했다. 선량하고, 온유하고, 정의로우며, 가난하고, 순결하게 살라. 그것은 이 세상에서 평화를 얻기 위함이 아니라 죽은 뒤에 그리스도와 함께 살기 위함이니, 그곳에서는 지금껏 그 누구도 얻지 못한 환희와 영광, 번영과 기쁨 속에서 영원한 삶을 살게 되리라. 비니키우스는 처음에는 무조건 반감을 가지고 있었지만, 차츰 이야기를 들어보니 노인의 가르침 속에는 퀴닉학파나 스토아학파, 그 밖의 철학자들이 설파했던 내용과는 다른 점이 있다는 사실을 인정하지 않을 수 없었다. 그리스의 철학자들은 선과 덕을 도리에 맞고 현세에서 가치가 있는 것으로 말하고 있지만, 이 노인은 영생에 대한 약속으로서 선과 덕을 논하고 있다. 게다가 그 영생은 고달프고, 공허하며, 빈곤한 이 땅에서의 영생이 아니라 신과 함께할 수 있는 광명에 넘치는 아름다운 삶을 말하는 것이다. 노인은 영생을 확신하고 있다고 했다. 그렇다면 그 신앙을 가진 사람에게 덕은 그 자체로 무한히 가치 있는 것이며, 현세의 불행은 아무것도 아닌 하찮은 것이 되고 만다. 무한한 행복을 누리기 위해 지상에서의 일시적인 고통을 감내하는 것과, 자연의 질서와 숙명에 따르기 위해 무조건 고통을 참아야 하는 것은 전혀 다르다는 것이다.

노인은 계속해서 말을 이어나갔다. 덕과 진리는 그 자체를 사랑해야 한다. 그 이유는 선과 덕의 최고 근원이 바로 하느님이기 때문이다. 따라서 덕과 진리를 사랑하는 것은 곧 하느님을 사랑하는 것이며, 그렇게 함으로써 하느님의 사랑하는 자녀가 될 수 있다는 것이다.

비니키우스는 그 말의 의미가 잘 이해되지 않았다. 단지 폼포니아 그레키나가 페트로니우스에게 한 말에서, 그리스도교 신자들은 하느님을 유일하며 전능하다고 여기고 있음을 알고 있었다. 그런데 지금 그 유일신이 완전한 선이고, 완전한 진리라는 말을 노인에게서 다시 한 번 듣고 보니, 그런 창조주에 비하면 주피터나 사투르누스, 아폴로, 주노, 베스타, 비너스와 같은 신은 서로 자기 이익만을 위해 다투는 쓸모없고, 시끄럽기만 한 무리라는 생각이 슬그머니 고개를 들었다.

청년 귀족의 마음을 사로잡은 것은 노인의 다음과 같은 말이었다. 하느님은 만인에 대한 보편적인 사랑이시다. 그러므로 타인을 사랑하는 것은 하느님의 최고 계명을 지키는 것이 된다. 하지만 자기 민족을 사랑하는 것만으로는 충분하지 않다. 인간의 모습으로 태어난 하느님의 아들은 인류 전체를 위해 피를 흘리셨다. 따라서 이방인 중에서도 백인대장 코르넬리우스[5]와 같은 선택받은 사람들이 나타나게 되었다. 우리에게 친절을 베푼 사람을 사랑하는 것만으로는 충분치 않다. 그리스도께서는 자신을 죽음으로 몰아넣은 유대인들과 십자가에 못 박은 로마의 병사들까지도 용서하고 사랑하셨다. 그러므로

---

5) 유대 지방에 주둔하던 이탈리아인들로 구성된 부대의 백인대장. 베드로에게 세례를 받은 첫 번째 로마인.

우리에게 해를 끼친 사람들도 용서할 뿐만 아니라 사랑해야 하며, 그 악을 선으로써 갚아야 한다. 선한 사람을 사랑하는 것은 쉬운 일이다. 악한 사람들도 사랑해야 한다. 악한 사람들로부터 악을 제거할 수 있는 것은 오직 사랑의 힘에 의해서이다.

이 말을 들은 킬로는 오늘 밤은 물론이고 앞으로도 영원히 우르수스는 글라우쿠스를 죽이지 못할 것이라는 생각과 함께 글라우쿠스를 살해하려는 계획이 수포로 돌아갔음을 깨달았다. 한편으로는 노인의 설교를 통해 설사 글라우쿠스가 자기를 발견하고 알아본다 해도, 죽이지는 못할 것이라는 확신을 얻게 되어 안심이 되기도 했다.

비니키우스는 어느덧 이 노인의 설교가 예사롭지 않다고 생각하게 되었다. 설교 내용이 별반 새롭지 않다고 속단했던 처음과는 달리 비니키우스는 경탄의 마음과 함께 이런 의문을 품게 되었다. 도대체 이 신은 어떤 존재인가? 이 종교는 무엇이란 말인가? 이 사람들은 대체 어떤 사람들인가? 물론 지금까지 들은 모든 이야기를 다 인정하고 받아들일 수 있는 것은 아니었다. 그러나 비니키우스는 지금껏 경험하지 못한 사고의 혼돈을 맛보았다. 그는 만약 자기가 노인의 가르침에 따르려면, 지금까지의 사상, 관습, 성격은 물론이고, 여태껏 지녀온 본성을 모닥불의 장작더미 위에 던져 넣고 재가 될 때까지 태워버린 뒤에, 그 자리를 완전히 새로운 영혼으로 채우지 않으면 안 된다고 생각했다. 파르티아 인, 시칠리아 인, 그리스 인, 이집트 인, 갈리아 인, 브리타니아 인 모두를 사랑해야 하며, 심지어 적까지도 용서해야 하다니……. 게다가 악을 선으로 갚고, 적에게 사랑을 베풀라고 권고하는 교리는 군인 비니키우스에게는 미친 짓으로 보일 수밖에 없었다. 그런데 그 광기 속에는 여태까지 알고 있던 모든 철학을 능가하는 강력한 힘이 담겨 있다는 것을 깨달았다. 광기가 내포되어 있으니 이 교리를 따를 수는 없겠지만, 따를 수 없기 때문에 신성한 것으로 생각되었다. 마음속으로는 반발하고 있었으나 어쩐지 이 교리를 거부하는 것이 마치 향기로운 꽃이 만발한 초원에서 등을 돌리는 것 같은 느낌이 들었다. 누구든지 한번 그 향기를 맡으면 만사를 망각하고 마는 로토스[6]가 피어 있는 나라를 찾아온 사람처럼 모든 것을 잊어버리고, 오직 그 향기만을 그리워하게 될 것만 같았다. 이 교리에는 현실적인 데라곤 전혀 없다. 오히려 현실은 이 교리에 비하면 너무 하찮은 것이어서 고려할 만한 가치조차 없게 여겨졌다. 예전에는 미처 실감하지 못했던 어떤 무한하고, 거대한 기운이 구름처럼 그의 마음을 뒤덮었다. 이 묘지가 미치광이들의 집합소라는 생각이 들면서도, 한편으로는 이곳이 무섭고 은밀한 장소이자, 지금껏 이 세상에는 존재하지 않던 새로운 무엇인가가 막 태어나고 있는 신비스러운 요람이라는 생각이 들기도 했다.

비니키우스는 노인이 들려준 삶, 진리, 사랑, 신에 관한 모든 내용을 처음부터 찬찬히 되새겨 보았다. 영롱하게 반짝이는 눈부신 광채를 쳐다본 사람처럼 그의 사고는 그 찬란한 빛을 받고 혼란에 빠졌다. 삶 전체가 송두리째 한 가지 열정에 얽매여 버린 인간들이 흔히 그렇듯이 오직 리기아에 대한 사랑을 통해서만 모든 것을 판단하던 비니키우스는 이 번갯불과도 같은 빛줄기 속에서 한 가지 사실만은 명확하게 인식하고

6) 『오디세이아』에 나오는, 먹으면 기억을 잃게 된다는 전설의 열매.

있었다. 그것은 만일 리기아가 이 묘지에 와서 노인의 가르침을 배우고 마음에 새긴다면, 영원히 자기의 정부는 되지 않으리라는 사실이었다.

아울루스 집에서 리기아를 만난 이래 처음으로 비니키우스는 비록 리기아를 찾아낸다 해도 그녀를 소유할 수는 없으리란 것을 깨닫게 되었다. 지금껏 이런 생각은 한번도 해본 적이 없었기 때문에 자신도 그 느낌을 어떻게 받아들여야 할지 막막하기만 했다. 그것은 명백한 이해라기보다는 영원히 돌이킬 수 없을 것 같은 상실감, 알 수 없는 불행에 대한 막연한 예감 같은 것이었다. 그는 불안해졌다. 그리고 그 불안감은 곧 그리스도교인 전체, 특히 그 노인에 대한 심한 노여움으로 바뀌었다. 얼핏 보아 순박한 시골 노인으로 보이는 어부가 감히 그의 마음을 공포의 늪에 빠뜨린 것이었다. 그 노인에게는 자신의 운명을 사정없이 비극으로 만들 수 있는 신비한 힘이 있는 것 같았다.

무덤을 지키는 일꾼들이 장작 몇 개를 불 속에 던져 넣었다. 소나무 숲을 스쳐 지나가던 바람 소리가 잦아들면서 불꽃은 가느다란 꼬리를 만들며 맑게 갠 하늘에 떠 있는 별을 향해 솟아올랐다. 노인은 그리스도의 죽음에 대해 이야기를 꺼내며, 주제를 그리스도에 관한 내용으로 옮겼다. 이제 신자들은 숨소리마저 죽이고 있었다. 사방은 더욱 고요해졌고, 사람들의 심장이 고동치는 소리까지 들릴 듯하였다. 이 노인이야말로 부활의 현장을 목격한 사람이 아닌가! 베드로는 눈만 감으면 지금도 그 광경이 또렷하게 떠오르는 듯, 그때 일을 생생하게 들려주었다. 그는 예수가 처형된 십자가 곁에서 돌아와 요한과 함께 주께서 만찬을 베풀었던 그 방에서 자지도,

먹지도 못하고, 고뇌와 비탄, 두려움과 의혹에 빠져, 그리스도의 죽음을 슬퍼하며 머리를 감싸 안은 채 이틀 밤낮을 꼼짝도 하지 못했다. 아아, 이 얼마나 비통한 노릇이란 말인가! 사흘째 되던 날, 먼동이 희미하게 벽을 비추었으나, 두 사람은 희망도 없이 그대로 벽에 기대어 앉아 있었다. 그리스도의 수난 전날 밤부터 한숨도 자지 못했으니 무척 피곤했다. 두 사람은 간신히 기운을 내어 일어났지만, 여전히 눈물이 흘렀다. 아침 해가 막 떠오를 무렵, 막달라 마리아가 머리를 풀어헤친 채 숨을 헐떡이면서 달려와 "누군가 주님을 무덤에서 꺼내갔습니다." 하고 소리쳤다. 그 말을 들은 그와 요한이 벌떡 일어나 무덤으로 달려갔다. 나이 어린 요한이 먼저 도착해서 무덤이 비어 있는 것을 보고, 감히 들어갈 용기를 내지 못한 채 머뭇거리고 있었다. 세 사람이 모두 입구에 다다랐을 때 베드로가 안으로 들어가 보니, 돌 위에 주님이 입고 있던 수의와 머리를 싸맸던 수건만 놓여 있고, 시신은 온데간데없었다.

공포가 그들을 엄습했다. 틀림없이 유대교의 사제들이 그리스도의 주검을 탈취해 간 것으로 생각했기 때문이었다. 그와 요한은 더욱 깊은 슬픔에 빠진 채 집으로 돌아왔다. 그러는 동안 다른 제자들도 찾아와서 하느님의 대리자께서 들으시도록 한목소리로 탄식했다. 다들 주께서 이스라엘을 구원해 주시리라는 희망을 품고 있었는데, 그분이 돌아가신 것이다. 주님께서 세상을 떠나신 지 벌써 사흘이 흘렀는데, 그들은 하느님께서 무엇 때문에 사랑하는 아들을 버리셨는지 이해할 수 없었다. 더 이상 햇빛을 보지 않고, 그대로 죽는 편이 낫다고 여겨질 만큼 그들의 마음은 비통하고 절망적이었다.

당시의 참담했던 기억을 떠올리자 노인의 눈에서 눈물이 흘러내렸다. 눈물방울이 하얀 수염을 따라 떨어지는 것이 모닥불 빛에 똑똑히 보였다. 나이가 많아 머리카락이 듬성듬성 빠진 머리가 덜덜 떨리고 있었고, 슬픔으로 목이 멘 듯했다. 비니키우스는 조용히 생각했다. '저 사람은 진실을 말하고 있다. 그래서 눈물을 흘리고 있는 거야!' 순박한 군중 또한 울음을 터뜨릴 것 같았다. 그들은 그리스도의 수난에 대해서 이미 여러 번 들었고, 슬픔 뒤에 기쁨이 온다는 것도 알고 있었으나, 그 광경을 직접 목격한 사도의 말을 듣자 감동의 눈물을 흘리며, 두 손을 꼭 쥐고서 가슴을 쳤다. 그러나 이야기를 계속해서 들으려고 곧 조용해졌다. 노인은 멀어져간 지난 일들을 더욱 생생히 떠올리려는 듯 두 눈을 지그시 감고 말을 이었다.

"우리가 계속 비탄에 잠겨 있는데, 막달라 마리아가 다시 뛰어오더니 주님을 만나 뵈었다고 외쳤습니다. 마리아는 처음에 강한 빛 때문에 누구인지 알아보지 못하고 묘지기인 줄만 알았는데, 주님께서 '마리아야!' 하고 부르시자 비로소 '라뽀니!'[7] 하고 대답하며 주님의 발밑에 엎드렸다고 했습니다. 주님은 그녀에게 제자들에게 가보라고 이르시고는 자취를 감추셨다고 합니다. 제자들은 그 말을 믿지 않았습니다. 마리아가 기뻐하며 울부짖는 것을 보고, 어떤 이는 마리아를 책망하고, 어떤 이는 마리아가 너무 슬퍼서 머리가 어떻게 되었다고 생각했습니다. 마리아가 무덤에서 천사들을 보았다고 말했기 때문이었습니다. 그 말에 우리는 다시 한 번 무덤으로 달려갔지만, 무덤은 텅 비어 있었습니다. 그런데 저녁때 엠마오에 가

---

7) 히브리어로 '선생님이시여!' 란 뜻.

있던 클레오파[8]가 또 한 사람과 함께 돌아와서는 '주님께서 정말로 부활하셨소!' 라는 말을 남기고 돌아갔습니다. 우리는 유대인들이 무서워서 문을 굳게 닫아걸고 대책을 논의하고 있었습니다. 그런데 바로 그때였습니다. 분명 문소리도 나지 않았는데, 홀연히 주님께서 우리 가운데 모습을 나타내셨습니다. 그러고는 두려움에 떨고 있는 우리에게 '너희에게 평화가 있기를!' 하고 말씀하셨습니다."

"다른 사람들과 함께 저도 주님을 뵈었습니다. 주님께서는 빛이요, 우리 마음의 행복으로 오셨습니다. 우리는 이제 주님께서 부활하셨다는 것, 바다가 마르고, 산이 무너져 먼지가 된다 해도 주님의 영광은 영원히 사라지지 않으리란 걸 믿게 되었습니다."

"여드레 후에 역시 문을 걸어 잠그고 제자들이 방 안에 모여 있었는데, 그 자리에는 그리스도의 부활에 대해 믿지 못하겠다고 하던 토마스 디디무스도 함께 있었습니다. 토마스가 주님의 손에 있는 못 자국에 손가락을 넣어보고 주님의 옆구리를 손으로 만져보았습니다. 그가 주님의 발 앞에 엎드려 '나의 주님, 나의 하느님!' 하고 부르자, 주님께서는 '너는 나를 보고서야 믿느냐? 나를 보지 않고도 믿는 사람은 행복하다.' 고 대답하셨습니다. 우리는 이 말씀을 두 귀로 분명히 들었고, 주님을 두 눈으로 똑똑히 보았습니다. 주님이 우리들과 함께 계셨기 때문입니다."

---

8) 소(小) 야고보와 요셉의 아버지.

이야기를 듣는 동안 비니키우스의 마음속에서 불가사의한 일이 일어났다. 잠깐 동안 그는 자기가 어디에 있는지 잊어버렸던 것이다. 현실 감각과 분별력, 판단력이 모두 마비된 듯했다. 그의 앞에는 서로 완전히 상반되는 두 가지 사실이 놓여 있었다. 노인의 말을 무조건 믿을 수도 없었고, 그렇다고 장님이나 지각없는 사람이 아니고서야 "내가 보았다."고 말하는 그 노인이 거짓말을 하고 있다고도 생각할 수 없었다. 노인의 감동과 눈물, 그의 인품, 그리고 그가 묘사한 사건의 세부적인 부분에 이르기까지 도저히 의심을 품을 수 없게 만드는 무엇인가가 있었다. 비니키우스는 순간 꿈을 꾸고 있는 것 같았다. 주위를 둘러싼 군중은 모두 조용히 입을 다물고 있었다. 등불에서 풍겨 나오는 연기 냄새가 그의 코를 찔렀다. 멀리서 모닥불이 타고 있었고, 묘지에서 가까운 바위 위에 노인이 서서 머리를 흔들며 "나는 보았습니다!"를 되풀이하고 있었다.

사도는 이제 그리스도의 승천에 관한 이야기를 하고 있었다. 가끔씩 노인은 더욱 상세하게 설명하기 위해 숨을 돌리곤 했는데, 그의 기억 속에는 지극히 세세한 일 하나하나가 마치 돌 위에 새긴 것처럼 명확하게 아로새겨져 있음을 알 수 있었다. 군중은 그의 말에 취한 것 같았다. 그들은 더없이 귀중한 노인의 말을 단 한 마디도 놓치지 않고 귀 기울여 듣기 위해 모자를 벗어버렸다. 마치 여기 모인 모든 사람들이 초자연적인 거대한 힘에 의해 갈릴래아로 옮겨져서 거기서 사도들과 함께 호숫가와 숲 속을 거닐고 있는 것 같았다.

오스트리아눔 묘지는 어느덧 테베리아[9]의 호숫가로 변했다.

---

9) 베드로와 요한에게 그리스도께서 나타나신 호수.

호반의 아침 안개 속에 그리스도께서 서 계셨다. 요한이 조각배 안에서 "주님이시다!" 하고 말하자, 베드로가 한시라도 빨리 주님 앞에 엎드리기 위해 물속으로 뛰어 들어갔던 그때와 똑같았다. 모든 신자들의 얼굴에는 형언할 수 없는 감동과 행복, 끝없는 사랑의 빛이 피어나고 있었다. 베드로의 긴 설교가 계속되는 동안 어떤 사람들은 환상에 사로잡힌 듯했다. 베드로가 그리스도 승천의 순간, 구름이 구세주의 발아래 몰려들어 그를 뒤덮고, 마침내 사도들이 보는 앞에서 갑자기 모습을 감추셨다는 이야기를 하자, 모두들 일제히 하늘을 쳐다보았다. 순간 희망과 기대의 물결이 사람들을 휩쓸었다. 그곳에서 주님을 뵈올 수 있기를, 아니면 주님께서 다시 천국에서 강림하시어, 이 노사도가 이끄는 어린 양들에게 축복을 내려주시기를 바라는 듯했다.

지금 이 순간, 그들에게는 로마도 없었고, 미친 황제도 없었으며, 신전도, 제신도, 이교도도 없었다. 그들에겐 오직 땅과 바다, 하늘과 세계를 가득 채우고 계신 그리스도만이 있을 뿐이었다.

멀리 노멘타나 가도를 따라 늘어선 집들에서 자정을 알리는 수탉의 울음소리가 들려왔다. 바로 그때 킬로가 비니키우스의 외투 자락을 잡아당기며 속삭였다.

"나리, 저기 노인이 설교하는 곳에서 그리 멀지 않은 곳에 우르수스가 있습니다. 그리고 그 옆에 웬 아가씨가 한 명 서 있는데요."

비니키우스는 꿈에서 깨어난 듯 정신을 가다듬고 그리스인이 가리키는 쪽을 돌아보았다. 분명 리기아였다.

제21장

리기아를 보자 청년 귀족의 피는 끓기 시작했다. 그는 군중도, 노인도, 방금 들은 불가사의한 일들에 대한 놀라움도 모두 잊은 채 리기아만을 바라보고 있었다. 그가 할 수 있는 모든 노력을 기울이면서 불안과 상심, 고뇌에 찬 나날을 견뎌내고 마침내 리기아를 찾아낸 것이다! 난생 처음 비니키우스는 기쁨이란 감정이 야수처럼 엄습하여 숨을 쉴 수 없을 만큼 가슴을 짓누를 수도 있다는 것을 깨달았다.

지금껏 비니키우스는 운명의 여신은 당연히 자기의 바람을 들어줄 의무를 지니고 있다고 생각해 왔으나, 지금 이 순간만큼은 자기의 눈과 행운을 믿기 어려워 머뭇거렸다. 그렇지 않았다면 성미 급한 그는 당장 분별없는 행동을 저질렀을지도 모르는 일이었다. 비니키우스는 우선 눈앞에 보이는 광경이 지금껏 자기가 그토록 집착하고 열망하던 환상의 연속이 아니라는 것을, 지금 이 순간이 꿈이 아니라는 것을 확인하고 싶었다. 그러나 모든 것이 의심의 여지가 없는 현실임에 틀림없었다. 리기아는 지금 바로 그의 눈앞에 있다. 더구나 불과 수십 발자국 떨어지지 않은 가까운 곳에 있다. 리기아가 서 있는 곳을 모닥불이 환하게 비추고 있었으므로, 비니키우스는 마음껏 그녀의 모습을 볼 수 있었다. 그녀의 모자는 아예 벗겨져 있었고, 머리카락은 자연스럽게 풀어져 흘러내리고 있었다. 입을 약간 벌린 채 두 눈은 사도를 응시하고 있었으며, 얼굴에는 뭔가에 열중하기 위한 긴장감과 환희의 빛이 서려 있었다. 리기아는 평민 처녀들이 입는 검은 모직 외투를 입고 있었지만, 비니키우스의 눈에는 그녀가 오늘처럼 아름답게 보인 적이 없었다. 머릿속이 말할 수 없이 혼란스러운 가운데서도 비니키우스는 노예 복장 같은 허름한 차림새와는 너무나 대조적인, 그녀의 고상하고 귀티 나는 얼굴에 감탄을 금할 수 없었다. 사랑이 불길처럼 격렬하게 그를 덮쳐와서 그리움과 찬양, 존경과 욕망이 뒤섞인 기묘한 감정이 되어 그의 가슴을 불태웠다. 비니키우스는 갈증으로 고통받던 사람이 생명수로 목을 축인 것 같은 환희를 맛보며 리기아의 모습에 더욱 빨려 들어갔다. 리기아는 거인 옆에 서 있어서 그런지 작은 어린아이처럼 보였다. 게다가 다소 야윈 듯했다. 얼굴빛은 너무도 투명하여 속이 다 들여다보일 것 같았고, 자태는 마치 한 송이 꽃이나 요정 같았다. 그 모습을 바라보고 있노라니 비니키우스는 그녀를 점점 더 손에 넣고 싶어졌다. 그녀는 비니키우스가 동방이나 로마에서 만난 어느 여자들과는 달랐다. 리기아를 위해서라면 그 여자들을 다 합친 데다, 로마와 전 세계를 보태어 내어준들 아깝지 않을 것만 같았다.

만일 그 순간 비니키우스가 혹시라도 무슨 위험스러운 짓을 저지르지나 않을까 걱정되어 킬로가 그의 옷소매를 잡아당기며 주의를 주지 않았다면, 비니키우스는 정신없이 그녀만을 응시하고 있었을 것이다. 그리스도교 신자들은 큰 소리로 기도문을 외우며, 노래를 부르기 시작했다. 잠시 후 신자들이 "마라나타!"[1] 하고 외치자 대사도는 장로들이 인도해 온 사람들에게 샘물을 퍼서 세례를 베풀기 시작했다. 비니키우스에게는 이 밤이 영원히 끝나지 않을 것같이 아득하게만 여겨졌다. 그는 한시라도 빨리 리기아의 뒤를 밟아서, 가는 도중에나 아니면 은신처에서 그녀를 붙잡아 오고 싶었다.

이윽고 몇몇 신도들이 묘지를 떠나기 시작했다. 킬로가 속삭였다.

"나리, 문 옆으로 가시죠. 우리만 모자를 벗지 않아서 모두들 이상한 눈으로 쳐다보고 있습니다."

킬로의 말은 사실이었다. 사도가 설교를 하는 동안 신자들은 좀 더 잘 듣기 위해서 다들 모자를 벗었는데, 세 사람만 아직도 모자를 쓰고 있었던 것이다. 킬로의 권유는 현명했다. 문 쪽에 서 있으면 나가는 사람들을 하나하나 볼 수 있을 것이다. 특히 우르수스는 신장과 몸집이 크기 때문에 금방 눈에 띄리라.

"우선 그들을 따라갑시다!" 킬로가 말했다. "어느 집으로 들어가는지 확인한 뒤에 내일…… 아니, 오늘 중으로 종들을 데리고 가서 그 집을 포위한 뒤에 아가씨를 모셔가는 것이 좋겠습니다."

"안 돼!" 비니키우스가 외쳤다.

---

1) '주여 어서 오소서!' 라는 뜻.

"그럼 어떻게 하실 작정입니까?"

"집까지 따라가서 당장 그 여자를 데리고 나오고 싶다. 크로톤, 자네가 도와준다면 말이야."

검투사가 대답했다. "네, 분부대로 하겠습니다. 만일 제가 그 아가씨를 지키고 있는 황소 같은 사내의 등뼈를 부러뜨리지 못한다면 저는 나리의 노예가 되어도 좋습니다."

그러자 킬로는 제신들의 이름을 주워섬기며 그런 방법을 쓰지 말라고 간청했다. 크로톤을 고용한 것은 자기들의 정체가 발각되었을 때 지켜주도록 하기 위해서였지, 여자를 납치하기 위해서는 아니지 않는가. 단 두 명의 힘으로 여자를 붙잡아 오려고 하는 것은 죽음을 무릅쓰는 무모한 짓이었다. 더욱 곤란한 것은 처녀가 놀라서 다른 곳으로 숨어버리거나 아니면 로마를 영영 떠나려 할지도 모른다는 것이다. 그렇게 되면 어떻게 할 것인가? 왜 좀 더 확실한 길을 선택하지 않고 일을 파탄으로 몰고 가려고 하는가? 지금까지 치밀하게 잘 진행시켜 온 계획을 어찌하여 송두리째 불확실한 운명의 손에 맡기려 하는가?

비니키우스는 묘지에서 당장이라도 리기아의 두 팔을 잡고 싶은 것을 억지로 참았다. 킬로의 말이 옳으며, 그의 말에 귀 기울일 필요가 있다고 생각했던 것이다. 그런데 보수에 눈이 어두운 크로톤이 이렇게 말하는 것이었다.

"나리, 부디 저 늙은 바보 녀석의 입을 다물게 해주십시오. 아니면 저자의 머리통을 주먹으로 부숴버리게 해주시든지요……. 언젠가 루키우스 사트루니우스 님의 부르심을 받고 북센툼[2)]으로 시합을 하러 갔을 때, 술집에서 술에 취한 검투사 일곱 놈이 제게 싸움을 걸어왔습니다. 그때 갈빗대가 성해서 돌아간 놈은 하나도 없었습니다. 지금 당장 저 군중 속에서 아가씨를 빼내 오겠다는 것이 아니올시다. 그런 짓을 했다가는 군중으로부터 돌팔매질을 당할지도 모르니까요. 아가씨께서 집에 들어가는 즉시, 거기서 곧바로 아가씨를 납치해서 아무 곳이나 나리가 원하시는 곳으로 데리고 가겠습니다."

비니키우스는 그 말을 듣고 뛸 듯이 기뻐하며 말했다.

"그렇게 하지, 헤라클레스! 내일이면 그녀가 그 집에 없을지도 모르니까. 지금 저 일당들을 놀라게 하면, 당장 그녀를 딴 곳으로 빼돌리고 말 걸세."

"저 리기 인은 굉장히 힘이 셀 텐데." 킬로가 신음하듯이 말했다.

"당신한테 저 녀석 팔을 붙잡고 있으라고는 안 할 테니 안심하쇼." 크로톤이 대꾸했다.

그들은 문에서 한참 동안 기다렸다. 여기저기서 새벽을 알리는 닭 울음소리가 들리기 시작했을 때쯤에야 리기아가 우르수스의 뒤를 따라 문에서 나오는 것이 보였다. 그들 곁에는 다른 몇 사람도 함께 있었다. 그중 한 사람이 대사도일 것이라고 킬로는 생각했다. 그 옆에 유난히 키가 작은 다른 노인 한 명과 나이가 지긋한 여자 두 명, 그리고 등불을 들고 길을 밝히는 한 소년이 걷고 있었다. 그 사람들 뒤로 한 200명쯤 되는 신도들이 따라 나오고 있었다. 비니키우스와 킬로, 크로톤은 그 군중 사이에 끼어들었다.

"나리!" 킬로가 말했다. "아가씨는 엄중한 경호를 받고 있습니다. 같이 걷고 있는 사람이 바로 대사도입니다. 보십시

---

2) 네아폴리스의 남쪽에 위치한 항구 도시.

오, 저 사람이 지나가니까 사람들이 모두 무릎을 꿇지 않습니까?"

정말로 사람들이 사도 앞에서 무릎을 꿇었지만, 비니키우스는 그들을 볼 겨를이 없었다. 그는 잠시도 리기아에게서 눈을 떼지 않고, 어떻게 하면 리기아를 납치해 올 수 있을까만 생각하고 있었다. 전쟁터에서의 경험으로 갖가지 전략을 세우는 데 익숙한 그는, 군인답게 치밀한 납치 계획을 머릿속에 세우고 있었다. 그가 선택한 방법은 매우 대담한 것이었지만, 그런 허를 찌르는 공격이 종종 승리를 이끌어낸다는 것을 그는 잘 알고 있었다.

길은 멀었다. 그 먼 길을 가면서 비니키우스는 리기아가 믿고 있는 그 이해할 수 없는 종교가 자기와 리기아 사이에 파놓은 넘을 수 없는 심연에 대해서 생각해 보았다. 비니키우스는 이제 지난날 일어났던 모든 일과, 그럴 수밖에 없었던 이유를 이해할 수 있을 것 같았다. 그는 이 문제에 예민하게 반응했다. 지금까지는 리기아를 진정으로 이해하지 못했다. 그저 그녀가 다른 여자들보다 외모가 아름답기에, 오직 그것 때문에 자신의 본능이 그녀를 애타게 갈망한다고만 생각했던 것이다. 비니키우스는 이제야 리기아를 다른 여자들과 다르게 보이게 했던 것이 바로 그녀의 종교라는 것을 깨달았다. 동물적 매력과 욕망, 부귀와 쾌락 따위로 그녀의 마음을 사로잡을 수 있다고 기대했던 것이 허황된 망상이었음도 절감하게 되었다. 마침내 비니키우스는 자신과 페트로니우스가 몰랐던 새로운 세상을 보게 되었으니, 그것은 이 새로운 종교가 자기가 속해 있는 세계에서는 절대 접할 수 없는 심오한 진리를 사람들의 영혼에 심어주고 있다는 사실이었다. 비록 리기아가 자기를 사랑하고 있다 하더라도 그녀는 그 사랑 때문에 신앙을 버리지는 않으리라. 리기아가 쾌락을 안다 해도, 그것은 비니키우스나 페트로니우스, 조신들이나 로마 전체가 추구하는 쾌락과는 근본적으로 다를 것이다. 지금까지 비니키우스가 알고 지낸 여자들은 그가 원하면 기꺼이 그의 정부가 되어주었다. 하지만 그리스도교 신자인 이 여자만은 자기의 제물로 만들 수 없었던 것이다.

그런 생각을 하자 그는 심한 불만과 노여움에 사로잡혔다. 하지만 스스로도 그 분노가 무력한 것임을 알고 있었다. 리기아를 강제로 데려오는 것쯤은 아무 일도 아니라고 비니키우스는 확신하고 있었다. 그러나 또 한 가지 확실한 것은 그 교리에 비하면 자신의 무훈과 권력 따위는 아무것도 아니며, 그것들을 죄다 동원한다 해도 그녀를 차지할 수는 없으리라는 사실이었다. 로마의 군사 호민관으로서 지금껏 세계를 정복해 온 칼과 주먹의 힘은 앞으로도 언제까지나 세상을 지배할 것이라고 확신하고 있었으나, 난생 처음으로 이 세상에는 그런 무력과는 또 다른 강력한 힘이 존재하고 있음을 알게 되었다. 그는 놀란 마음으로 자문해 보았다. 도대체 그것이 무엇일까?

자신의 질문에 대답을 얻지 못하고, 머릿속은 더욱 복잡해졌다. 묘지에서 본 광경들, 군중, 세상의 죄를 대속하고, 스틱스 강[3] 건너편의 행복을 약속했던 저 반신반인(半神半人)의 존재, 그의 죽음과 부활을 설교하던 노인의 말에 온 영혼을 다해 귀 기울이던 리기아…… 이런저런 생각에 그는 걷잡을 수 없는 혼란에 빠져들었다.

---

3) 저승의 강.

마침 킬로의 하소연이 비니키우스를 그런 혼란에서 건져내 주었다. 킬로는 자신의 신세를 한탄하기 시작했다. 나는 리기아 아가씨를 찾아준다고 약속했다. 그래서 내 생명을 걸고 그녀를 간신히 찾아내고 어디 있는지도 알려주었다. 그런데 왜 나에게 더 많은 걸 요구한단 말인가? 나보고 리기아를 잡아오라는 말인가? 손가락이 두 개씩이나 없는 불구자에게, 명상과 학문과 덕에 의탁하고 사는 늙은이에게 그런 위험한 일을 바라는 것이 말이나 되는가? 비니키우스처럼 지체 높은 사람이 여자를 납치하려다가 혹시 무슨 사고라도 당하면 어떻게 할 것인가. 신들은 총애하는 사람들을 항상 돌보아 주지만, 가끔은 신들도 장기를 두거나 한눈을 팔다가, 세상일을 잠시 잊어버릴 수도 있지 않은가? 누구나 알고 있는 바와 같이 운명의 여신은 눈을 가리고 있어 한낮에도 볼 수가 없는데, 하물며 이런 밤중에는 더 심할 것이다. 만일 리기 족의 그 커다란 곰이 비니키우스에게 맷돌이나 술통, 하다못해 물통이라도 집어 던진다면 불쌍한 나는 한 푼도 받지 못하고 책임만 떠안게 될 것이다. 나는 가난한 철학자이지만, 아리스토텔레스가 마케도니아의 알렉산드로스 대왕을 사랑했듯이 비니키우스에게 애정을 가지고 있다. 만일 비니키우스가 집에서 나올 때 허리띠에 감춘 돈주머니라도 건네주었다면, 불행한 사태가 발생했을 때 달려가 도움을 청한다든지, 아니면 그리스도교 신자들의 비위를 맞추는데 요긴하게 쓸 수 있었을 것이다. 오, 사려 깊고 경험 많은 이 늙은이의 충고를 왜 받아들이려 하지 않는가?

비니키우스는 그 말을 듣고 허리띠에서 돈주머니를 뽑아 킬로에게 던져주었다.

"이것을 줄 테니 입을 닥쳐라!"

킬로는 돈주머니가 무겁다는 것을 알고, 별안간 기운이 났다.

"저는 다만 오늘의 모험이 헤라클레스나 테세우스[4]가 겪은 모험보다는 수월한 것이기를 바랄 뿐입니다. 제가 가장 사랑하는 친구 크로톤이야말로 헤라클레스, 그 자체입니다. 나리, 저는 이제부터 나리를 '반신(半神)'이라 부르지 않겠습니다. 나리는 진정한 신이시니까요. 아무쪼록 이 가난하고 충실한 종을 잊지 마시고, 어려울 때는 종종 돌보아 주십시오. 저는 한번 책에 몰두하기 시작하면, 다른 모든 것은 다 잊어버리는 위인이니까요. 그저 둘레가 2, 3스타디온[5] 남짓 되는 자그마한 정원과 여름이면 더위를 식힐 수 있는 주랑이 딸린 조그만 집…… 뭐, 그 정도만 베풀어주시면 지체 높으신 나리께서 베푸시는 포상으로 적당하지 않겠습니까. 저는 이제 먼발치에서 두 분의 영웅적인 활약을 보면서 주피터의 가호가 내리기를 빌고, 만일의 경우엔 로마 인구의 절반이 벌떡 일어나 나리를 도우러 달려가도록 고함을 치겠습니다. 그건 그렇고 이 길은 참 형편없군요. 등불의 기름도 다 떨어졌습니다. 크로톤은 힘도 세고 인품도 고상한데, 나를 두 팔에 안고 성문 앞에까지 데려다 주면 좋으련만. 그렇게 해준다면 첫째, 아가씨를 문제없이 안고 올 수 있는지 확인도 되고, 둘째 에네아스처럼 맹활약을 펼칠 수도 있을 것이며, 셋째 선량한 제신들의 은총을 듬뿍 받아 안심하고 계획을 추진할 수 있을 텐데……."

"당신을 안고 가느니 차라리 한 달 전에 종기가 나서 죽은

---

4) 그리스 신화에 나오는 이타카의 영웅. 크레타의 미궁에서 괴수 미노타우로스를 퇴치함.

5) 길이의 단위. 1스타디온은 185미터.

새끼양의 썩은 시체를 안고 가는 편이 낫겠소. 하긴 나리께서 주신 돈주머니를 내게 준다면야 못할 것도 없겠지만."

검투사가 대답했다.

"당신 발에서 엄지발가락이 영원히 빠져버렸으면 좋겠군!" 킬로가 응수했다. "가난과 자비가 최고의 미덕이라고 한 저 노인의 설교를 참 잘도 알아들었나 보군. 아까 남을 사랑하라고 노인이 이르지 않았소? 당신 같은 사람은 반쪽짜리 그리스도교 신자도 될 수 없을 거요. 당신의 그 하마 같은 골통에 진리를 쑤셔 넣는 것보다 차라리 마메르티누스 감옥[6]의 단단한 벽에 햇빛이 들게 하는 편이 훨씬 쉬울 거요."

장사이긴 하지만 인간적인 면은 조금도 가지고 있지 않은 크로톤이 이렇게 응수했다.

"흥, 걱정 마시오! 나는 그리스도교 신자 따위는 될 생각이 추호도 없으니까! 빵도 못 얻어먹는 그런 신세가 되기는 싫단 말이오."

"그럴 테지. 당신이 철학의 걸음마라도 안다면, 돈 따위는 아무 쓸모도 없다는 것을 깨닫게 될 텐데."

"그 철학을 가지고 어디 한번 덤벼보시지? 내가 네놈의 배때기를 머리로 받아칠 테니까. 어디 누가 이기는지 한번 붙어보자고."

"바로 그 말을 아리스토텔레스의 황소가 했다더군." 킬로가 응수했다.

주위가 점차 밝아왔다. 희뿌연 여명에 무너진 성벽의 윤곽이 뚜렷하게 드러났다. 길 양쪽의 나무와 건물들, 여기저기

---

6) 팔라티움 언덕의 동쪽에 있는 오래된 감옥.

흩어져 있는 묘비가 어둠 속에서 차츰 제 모습을 드러내기 시작했다. 길에는 벌써 하나둘씩, 사람들이 나타나기 시작했다. 채소 장수는 야채를 실은 노새와 당나귀를 끌고 성문으로 들어오고, 육류를 운반하는 수레가 삐걱대며 달렸다. 길 위에도, 그 양쪽에도 맑은 날씨를 예고하는 엷은 안개가 끼어 있었다. 멀리서 오가는 사람들은 그 안개 때문에 유령처럼 보였다. 비니키우스는 리기아의 가냘픈 모습에서 줄곧 눈을 떼지 않고 걸었다. 날이 밝아옴에 따라 그 모습은 점점 더 찬란한 은빛으로 빛났다.

"나리." 킬로가 말을 걸었다. "제가 만일 나리의 호의도 언젠가는 끝이 날 거라고 말한다면, 그래서 나리의 심중을 떠보려고 한다면, 나리께서는 아마 노하실지도 모르겠습니다. 그러나 방금 보수를 받았으니 이제 제가 하려는 말을 돈 생각이 나서 그런다고는 오해하지 않으시리라 믿습니다. 제가 감히 다시 한 번 충고의 말씀을 드리자면, 신성한 리기아 아가씨의 집을 먼저 알아놓으신 뒤에, 집으로 돌아가셔서 가마를 가지고 노예들과 함께 데리러 가시는 것이 좋을 듯합니다. 코끼리의 코에 지나지 않는 크로톤 녀석의 말대로 하시면 안 됩니다. 이자가 아가씨를 모셔오겠다고 자청한 것은 오로지 나리의 돈주머니를 치즈 자루처럼 쥐어 짜내겠다는 심보에서 그러는 것입니다."

"이봐, 당신의 어깨뼈를 이 주먹으로 날려버려야 정신을 차리겠어? 한 방이면 당신은 끝장이라고." 크로톤이 으름장을 놓았다.

"당신에게 케팔라니아[7] 산 포도주를 한 통 먹이면, 나는 멀쩡할걸." 킬로가 대꾸했다.

비니키우스는 아무 말도 하지 않았다. 성문에 다가갔을 때 놀라운 일이 일어났기 때문이다. 대사도가 나타나자 두 명의 병사가 달려와서 노인 앞에 무릎을 꿇었던 것이다. 사도는 잠시 그들의 강철 투구 위에 손을 얹고 머리 위에다 성호를 그어 축복을 내려주었다. 로마의 병사들 가운데에도 벌써 그리스도교 신자가 있으리라고는 꿈에도 생각지 못했다. 비니키우스는 깜짝 놀라면서, 마치 불이 한번 붙으면 이 집 저 집으로 계속해서 번져가듯이 이 새로운 종교가 나날이 새로운 영혼을 감화시키며, 인간의 이해를 초월하여 널리 확산되고 있다는 것을 실감했다. 이런 상황이니 만일 리기아가 시내에서 도망치려고 마음만 먹으면, 그녀의 탈출을 비밀리에 적극적으로 도와줄 병사들이 얼마든지 있을 것이다. 그는 정신이 번쩍 들었다. 그리고 그녀가 아직까지 멀리 도주하지 않은 것을 신께 진심으로 감사했다.

성문 밖 공터를 지나자, 그리스도교 신자들은 뿔뿔이 흩어지기 시작했다. 이제부터 그들의 눈에 띄지 않으려면 지금보다 간격을 넓히고 더욱 조심스럽게 뒤따라갈 필요가 있었다. 킬로는 발이 부르터서 아프다고 우는 소리를 하면서 점점 뒤로 처졌다. 비니키우스는 이제 그따위 약해 빠진 그리스인 겁쟁이는 별로 쓸모가 없다고 생각했기에 구태여 잔소리를 하지도 않았다. 만일 킬로가 다른 데로 가겠다고 했어도 그렇게 하라고 했을 것이다. 그러나 사실 이 철학자는 몸을 사리느라고 일부러 뒤처졌던 것이다. 그래도 호기심이 발동해서 꾸준히 뒤따르면서 이따금 옆으로 다가와서 같은 충고를 되풀이했

7) 이오니아 해의 제일 큰 섬.

다. 그러면서 대사도를 따라가고 있는 영감은 키가 좀 작아 보이긴 하지만 의사 글라우쿠스인 것 같다고 말했다.

티베리스 강 건너편까지 가는 데는 꽤 많은 시간이 소요되었다. 해가 솟아올랐을 때 리기아의 일행은 둘로 나누어졌다. 사도와 나이 든 여자, 소년은 강물을 따라 상류 쪽으로 올라갔고, 키가 작은 영감과 우르수스와 리기아는 좁은 길로 접어들어 100걸음쯤 가더니 아래층에 두 개의 가게가 들어서 있는 집으로 들어갔다. 한쪽 가게에서는 올리브유를 팔고, 또 다른 가게에서는 애완용 새들을 팔고 있었다.

킬로는 비니키우스와 크로톤의 뒤에 오십 보쯤 떨어져서 따라가고 있었는데, 별안간 벽에 찰싹 몸을 붙이고는 앞서가는 두 동행을 낮은 목소리로 불렀다.

두 사람은 그와 의논할 것도 있고 해서 되돌아왔다.

"자, 당신은 저쪽으로 가서 이 집에서 다른 길로 나가는 출구가 있는지 알아보고 오시오."

비니키우스가 킬로에게 지시했다.

킬로는 조금 전까지만 해도 발이 아프다고 엄살을 떨었으나 지금은 복사뼈에 메르쿠리우스의 날개라도 돋친 듯이 날쌔게 뛰어갔다가 곧 돌아왔다.

"없습니다. 출구는 하나뿐입니다."

킬로는 두 손을 모아 쥐고 마지막으로 비니키우스를 설득하려 했다.

"주피터, 아폴로, 베스타, 키벨레, 이시스, 오시리스, 미트라[8], 바알, 그리고 동방과 서방의 모든 신들의 이름으로 애원

---

8) 페르시아 신화에서 빛과 진리의 신.

합니다. 나리, 제발 이 계획을 중지해 주십시오……. 부디 제 말씀을 좀 들어주십시오."

킬로는 갑자기 입을 다물었다. 흥분으로 창백해진 얼굴에 늑대처럼 눈을 번뜩이고 있는 비니키우스의 얼굴을 보고는 이 세상 무엇으로도 그의 마음을 되돌릴 수 없다는 것을 깨달았기 때문이었다. 크로톤은 헤라클레스 같은 넓은 가슴으로 깊이 숨을 들이마시며, 마치 우리에 갇힌 곰처럼 미련해 보이는 머리를 좌우로 흔들어댔다. 그의 얼굴에는 공포의 기색이라고는 조금도 없었다.

"제가 앞장서겠습니다!" 크로톤이 말했다.

"아니, 내 뒤를 따르라." 명령조의 말투로 비니키우스가 말했다.

이윽고 두 사람은 캄캄한 입구로 사라졌다.

킬로는 가장 가까운 길모퉁이로 달려가 구석에 몸을 숨기고는, 앞으로 어떻게 될지 조마조마한 마음으로 살펴보고 있었다.

제22장

문 안에 들어선 순간 비니키우스는 일이 생각보다 쉽지 않으리라는 것을 직감했다. 여러 층으로 된 그 큼직한 집은 세를 받기 위해 지은, 로마에 몇 천 개나 있는 집들 가운데 하나였다. 이런 종류의 집들은 대부분 날림으로 엉성하게 지었기 때문에 그중 어떤 곳에서는 일 년도 채 못 되어 세입자의 머리 위로 천장이 무너져 내리는 경우도 있었다. 좁아터진 터에다 무턱대고 높게만 지은 건물에 빈민들이 우글우글 모여 사는 방들이 셀 수 없이 빼곡하게 들어차 있어서 마치 벌집과 같았다. 로마 시내에는 이름 없는 거리도 수두룩한 만큼 이런 허름한 집에 번지 따위가 있을 리 없었다. 집주인은 노예를 시켜 집세를 거둬들이고 있었고, 세든 사람의 이름을 관청에 신고해야 할 의무도 없었으므로, 세입자의 얼굴을 모르는 경우가 허다했다. 그런 집에서, 특히 문지기도 없는 집에서 사람을 찾는다는 것은 쉬운 일이 아니었다.

비니키우스와 크로톤은 기다란 통로를 지나 사방이 건물에 둘러싸인 비좁은 안마당으로 갔다. 그곳은 이 집 전체의 공동 아트리움에 해당하는 곳으로, 한가운데에 분수가 있고, 물은 땅속에 묻혀 있는 돌 수조로 떨어지고 있었다. 그곳은 벽으로 둘러싸여 있는데, 그 벽에는 돌과 나무로 만든 여러 개의 계단이 설치되어 있었고, 그것이 다시 집안의 각 층으로 향하는 복도와 연결되어 있었으며, 그 복도를 통해 각 방으로 들어가게 되어 있었다. 아래층에도 방들이 있었는데, 그중 일부에는 널빤지로 된 문짝이 달려 있었으나 대부분의 방들은 구멍이 나서 너덜너덜해진 양모로 휘장을 만들어 마당과 방 사이를 막아놓고 있었다.

이른 시각이라서 안마당에는 사람이 없었다. 이제 막 오스트리아눔에서 돌아온 사람들 말고는 다들 자고 있는 모양이었다.

"나리, 어떻게 할까요?" 크로톤이 걸음을 멈추고 물었다.

"여기서 기다리자. 누가 나올지도 모르니까. 하지만 우리가 이곳에 있는 것을 들키지 않았으면 좋겠다." 비니키우스가 말했다.

순간 그는 킬로의 충고를 듣는 편이 나았을지도 모른다는 생각을 했다. 노예를 이삼십 명쯤 거느리고 왔더라면, 하나밖에 없는 출구를 단단히 막아놓고, 방을 하나하나 샅샅이 뒤져볼 수 있었을 것이다. 그러나 지금 같은 상황에서는 단번에 리기아의 거처를 알아내지 않으면, 건물 안에 사는 그리스도교 신자들이 리기아에게 누군가가 당신을 찾고 있다고 귀띔해 줄 지도 모른다. 그러니 아무나 붙잡고 리기아의 거처를 물을 수도 없는 노릇이었다. 차라리 돌아가서 노예들을 데려오는 편이 낫지 않을까, 비니키우스는 잠시 망설였다. 바로 그때였다. 멀찌감치 떨어진 어떤 방에서 휘장이 열리더니, 손에 광주리를 든 한 남자가 분수대를 향해 걸어오는 것이었다.

청년 호민관은 바로 그가 우르수스라는 것을 알 수 있었다.

"그 리기 인이다!" 비니키우스가 속삭였다.

"당장 뼈다귀를 분질러놓을까요?"

"잠깐만!"

두 사람은 통로 쪽의 어두운 구석에 숨어 있었으므로, 우르수스는 그들을 보지 못했다. 우르수스는 광주리에 수북이 담긴 야채를 꺼내어 물에 헹구기 시작했다. 묘지에서 밤을 꼬박 새우고 와서 아침 식사를 준비하려는 모양이었다. 채소를 다 씻고 나자 그는 물에 젖은 광주리를 들고, 다시 휘장 너머로 사라졌다. 크로톤과 비니키우스는 금방 리기아의 방으로 들어갈 수 있으리라 생각하고 그의 뒤를 따랐다.

그러나 놀랍게도 휘장의 뒷편에는 방이 아니라 어두컴컴한 복도가 있었다. 그 복도는 다시 사이프러스 나무와 도금양 덤불이 있는 또 다른 정원으로 연결되어 있었고, 그 너머로 조그만 오두막이 보였다. 오두막은 이웃집 건물의 뒤쪽 담에 붙어 있었다.

두 사람은 상황이 유리하다고 판단했다. 안마당이라면 세든 사람들이 우르르 모여들 염려가 있었으나, 이렇게 동떨어진 오두막에서는 행동하기가 훨씬 수월할 것이다. 이곳에서는 리기아를 보호하고 있는 자들, 그중에서도 특히 우르수스를 재빨리 처치하고, 서둘러 리기아를 납치해서 거리로 빠져나갈 수 있으리라. 일단 큰길까지만 나가면 성공이나 다름없다. 아무도 그들을 막지 못할 테고, 만약 붙잡는 자가 있더라도 도망친 황제의 인질을 체포했다고 말하면 그만인 것이다. 최악의 경우는 비니키우스가 순찰병에게 자신의 신분을 밝히고 그들의 협조를 구하면 된다.

우르수스는 오두막으로 들어가려다 살금살금 다가오는 발자국 소리에 멈춰 섰다. 두 사내의 모습을 보자, 우르수스는 광주리를 난간 위에 내려놓고 다가왔다.

"누구를 찾고 계십니까?" 그가 물었다.

"바로 너다!"

비니키우스가 대답했다. 그리고 크로톤을 향해 나지막한 목소리로 재빠르게 덧붙였다.

"해치워!"

크로톤은 우르수스를 향해 호랑이처럼 돌진했다. 그러고는 그 리기 인이 적이 누구인지 생각해 낼 틈도 주지 않고, 강철 같은 두 팔로 그를 붙잡았다.

비니키우스는 크로톤의 초인적인 힘을 믿고 있었기 때문에 승부가 끝나기를 기다리지 않았다. 그는 두 사람 곁을 지나쳐 오두막을 향해 쏜살같이 달려갔다. 문을 밀치고 들어가자, 거기에는 어두컴컴한 작은 방이 있었다. 화덕의 불빛이 사방을 희미하게 비추는 가운데 리기아의 얼굴이 보였다. 그리고 그 옆에는 오스트리아눔에서 함께 돌아온 노인이 있었다.

비니키우스는 리기아가 미처 자기를 알아보기도 전에 재빨리 그녀의 허리를 번쩍 들어, 어깨에 둘러멘 뒤에 문으로 향했다. 깜짝 놀란 노인이 문을 막아서자 비니키우스는 리기아를 안고 있지 않은 다른 손으로 그 영감을 밀쳐버렸다. 바로 그 순간 비니키우스의 모자가 벗겨졌다. 무섭게 변해 버린 낯익은 얼굴을 보자 리기아는 공포로 피가 얼어붙는 것 같았고,

목이 잠겨 아무 말도 할 수가 없었다. 도움을 청하고 싶었으나 목에서는 아무 소리도 나오지 않았다. 문설주를 붙잡고 저항을 하려 했으나 그녀의 손가락은 허공을 휘저을 뿐이었다. 비니키우스에게 안겨 정원으로 나왔을 때, 그곳에서 벌어진 무서운 광경을 보지 않았더라면 아예 정신을 잃고 말았을 것이다.

우르수스가 한 사내를 두 팔에 안고 있었다. 그 사내는 완전히 기진맥진하여 머리를 힘없이 뒤로 늘어뜨린 채 입에서 피를 흘리고 있었다. 우르수스는 리기아와 비니키우스를 보자, 사내의 머리에 다시 한 번 일격을 가하고 그를 내팽개친 뒤, 미친 들짐승처럼 비니키우스에게로 덤벼들었다.

'이제 죽었구나!' 청년 귀족은 생각했다.

잠시 후 비니키우스는 가물가물한 의식 속에서 "죽여서는 안 돼!"라고 말하는 리기아의 목소리를 들었다. 벼락같은 무엇인가가 자기의 팔을 강타하여 꽉 붙잡고 있는 리기아의 허리에서 떼어놓는 것 같았다. 땅이 빙글빙글 돌더니 온 세상이 캄캄해졌다.

킬로는 모퉁이에 있는 집 뒤에 숨어서 일이 어떻게 돌아가는지 동정을 살피고 있었다. 그의 마음속에서는 호기심과 두려움이 팽팽히 대립하고 있었다. 만일 두 사람이 리기아를 납치하는 데 성공한다면, 자기도 비니키우스 곁에서 호사를 누릴 수 있으리라는 생각이 들었다. 이제 우르바누스 따위는 두렵지 않았다. 크로톤이 그를 처치했을 것이라는 확신이 있었기 때문이다. 아직은 개미 새끼 하나 보이지 않지만, 그래도 그리스도교 신자들이나 다른 사람들이 모여들어 비니키우스에게 대항하면 어떻게 할 것인가? 만일 그런 일이 벌어지면 킬로는 자기가 정부 고관이나 황제의 대리인이기라도 한 것처럼 그럴듯하게 연기를 하리라고 결심했다. 최악의 경우에는 순찰병을 불러와 그들의 손에서 청년 귀족을 구해 낼 수도 있으리라. 그러면 새로운 상금을 받게 되겠지. 마음속으로는 비니키우스가 취한 행동이 경솔하다고 여겼으나, 한편으로는 크로톤의 무서운 괴력으로 일이 잘 처리될 것 같은 느낌이 들기도 했다.

'설령 일이 잘 되지 않더라도 크로톤에게 뒷일을 맡겨두고, 호민관은 여자를 안고 나오겠지.' 그러나 시간이 너무 지체되는 것도, 또 입구가 너무 조용한 것도 마음에 걸렸다.

'하긴 그녀의 방을 찾기도 전에 소란을 피우면, 괜히 놓치고 말 염려가 있으니까…….'

이런저런 상상을 하면서 킬로의 기분은 그다지 나쁘지 않았다. 일이 잘 풀리지 않는다면 비니키우스는 또다시 자기의 꾀를 필요로 할 것이며, 또 한 번 그에게서 돈을 뜯어낼 수 있는 절호의 기회를 잡을 수 있기 때문이었다.

'일이 어떻게 되든 간에 내게는 돈이 굴러 들어오게 되어 있군. 뭐, 아무도 내 속셈을 눈치 채지는 못하겠지만. 아아, 신이여! 원컨대 그저 저에게…….'

킬로는 갑자기 혼잣말을 멈추었다. 출입문에서 누군가가 내다보는 것 같았기 때문이다. 킬로는 벽에 바짝 붙어서 숨을 죽이며 지켜보았다.

역시 그의 육감은 옳았다. 입구에서 누군가 머리를 반쯤 내밀고 주위를 살펴보더니 금방 사라졌다.

'비니키우스 아니면 크로톤일 거야.' 킬로가 생각했다. '하지만 리기아를 납치했다면, 그녀가 왜 소리를 지르지 않는 걸까? 무엇 때문에 거리를 그렇게 조심스럽게 살피는 거지? 이제 곧 다들 일어날 시간이라, 어차피 카리내까지 가려면 사람들과 마주치지 않을 수 없는데 말이야. 무슨 일이지? 아, 불사의 신이시여……!'

별안간 몇 개 남지 않은 킬로의 머리카락이 일제히 곤두섰다.

통로 입구에 축 늘어진 크로톤의 시체를 어깨에 멘 우르수스가 모습을 나타낸 것이다. 그는 주위를 이리저리 살펴본 뒤에 강을 향해 인적 없는 거리를 달리기 시작했다.

킬로는 마치 회반죽을 발라놓은 것처럼 벽에 바짝 붙었다.

'저놈에게 들키면 끝장이다!' 그는 생각했다.

우르수스는 재빠른 걸음으로 킬로의 앞을 지나쳐 건물 뒤쪽으로 사라졌다. 킬로는 잠시도 지체하지 않고, 옆 골목으로 빠져 도망가기 시작했다. 그는 두려움으로 이빨을 딱딱 마주치면서도 젊은이도 당해 낼 수 없을 만큼 빠른 속도로 뛰었다.

'만약에 저놈이 돌아오다가 나를 보면, 당장 붙잡아 죽이겠지.' 그리스인아 생각했다. '오, 제우스여, 저를 살려주소서! 오, 아폴론이여, 헤르메스여, 저를 도와주소서! 그리스도교인들의 하느님! 저는 로마를 떠나 메셈브리아로 돌아가겠나이다. 그러니 제발 저를 악마의 손아귀에서 구해 주시옵소서.'

킬로에게는 크로톤과 같은 천하장사를 해치운 그 리기 인이 초인(超人)으로 생각되었다. 부리나케 달리면서도 킬로의 머릿속에는 저 리기 인이야말로 야만족의 모습을 빌려 나타난 신이 아닐까 하는 생각이 스치고 지나갔다. 그 순간 킬로는 평소에 우습게 여겼던 세상의 모든 신들과, 모든 신화를 믿었다. 크로톤을 죽인 것은 그리스도교의 신일지도 모른다. 그런 전능한 힘을 가진 신에게 자기가 지금껏 맞서 왔다는 생각을 하자 또 한 번 머리카락이 곤두섰다.

골목 몇 개를 지나 저 멀리 일꾼들 몇 명이 걸어오는 것을 보고서야 킬로의 마음은 다소 진정되었다. 숨이 턱까지 차오르자 킬로는 어느 집 문간에 앉아 외투 소매로 이마에 맺힌 땀을 닦았다.

"나 같은 늙은이에겐 휴식이 필요하지." 그는 중얼거렸다.

반대편에서 걸어오던 일꾼들이 옆길로 가버리자, 사방은 다시 한적해졌다. 그 근방 사람들은 아직 자고 있다. 부유한 동네에서는 노예들이 해 뜨기 전부터 일어나 일을 해야 하므로 그 시간이면 벌써 소란스러울 것이다. 하지만 하는 일 없이도 나라에서 주는 돈으로 먹고 살 수 있는 자유민들은 대개 늦게 일어났고, 겨울철에는 더 심했다. 잠시 숨을 돌린 킬로는 비니키우스로부터 받은 돈주머니를 빠뜨리지 않았는지 확인한 뒤에 자리에서 일어났다. 바닥의 냉기 때문에 더 이상 앉아 있을 수 없었던 것이다. 그는 완전히 탈진한 채 강을 향해 천천히 걸었다.

'어쩌면 어딘가에서 크로톤의 시체를 찾게 될지도 몰라.' 그는 속으로 중얼거렸다. '만일 그 리기 인이 인간이 맞다면, 일 년에 몇 백만 세스테르티우스라도 벌 수 있을 텐데 말이야. 크로톤 같은 장사를 마치 강아지 다루듯 가볍게 해치웠으니, 감히 그를 상대할 사람은 없을 거야. 검투장에 출전할 때마다, 자기 몸무게만큼 돈을 벌 수 있으련만. 그놈은 저승을 지키는 케르베로스[1]보다 더 충실하게 그 처녀를 보호하고 있

1) 머리가 셋 달린 지옥을 지키는 개.

다……. 그런 놈은 저승으로나 떨어져 버리면 좋으련만! 아아, 다시는 그놈을 만나고 싶지 않다! 게다가 그놈의 뼈는 무쇠처럼 단단하다. 그나저나 이제부터 어떻게 한다? 아무튼 일이 복잡해졌다. 리기 인이 크로톤 같은 장사의 뼈를 부숴버렸다면, 비니키우스의 영혼도 아마 그 저주받은 집에서 장례식이나 기다리고 있겠지. 카스토르를 두고 맹세한다! 비니키우스는 귀족이요, 황제의 친구이고, 페트로니우스의 친척이며, 온 로마 시내에 알려진 명사인 데다가, 호민관이다! 그런 그가 죽었다면, 아무도 처벌받지 않고, 일이 쉽게 마무리되지는 않겠지. 만일 내가 근위대나 순찰대에 가서 이 사실을 고발하면 어떻게 될까?'

킬로는 잠시 멈추고, 골똘히 생각하더니 이렇게 속으로 중얼거렸다.

'아니다, 큰일이구나! 비니키우스를 그 집으로 데려간 것은 바로 내가 아닌가? 비니키우스의 노예나 해방노예들도 내가 그의 저택에 출입한 것을 알고 있고, 그들 중에는 무엇 때문에 드나드는지 알고 있는 자들도 있다. 만일 그들이 내가 일부러 주인을 그 집으로 데려가서 죽게 했다고 고발하면 어쩌지? 법정에서 내가 그의 죽음을 원치 않았다는 것이 판명된다고 해도, 화살은 결국 내게 돌아올 거야. 그는 귀족이니까 어차피 나는 처벌을 면치 못하리라. 만약 로마를 몰래 탈출해서 어디 먼 곳으로 도망친다 해도 혐의는 더욱 커질 뿐이지.'

사면초가였다. 아무리 궁리를 해도 방법은 없었다. 이런 경우 할 수 있는 일은 보다 피해가 적은 쪽을 택하는 것뿐이다. 그 순간 킬로에게는 로마가 좁게만 느껴졌다. 이 거대한 도시 어디에도 자기 몸 하나 숨길 만한 곳이 없을 것만 같았기 때문이다. 보통 사람 같으면, 바로 순찰대장에게 가서 경위를 설명하고 신고한 뒤, 비록 혐의를 받더라도 우선은 침착하게 수사 결과를 기다릴 것이다. 그러나 킬로의 과거는 온통 범죄로 점철되어 있었기에, 상대가 로마의 경찰청장이건, 순찰대장이건 간에, 자세히 조사하면 할수록 혐의만 점점 더 짙어질 뿐이고, 그에게 불리한 결과를 초래할 것이 분명했다.

이대로 도망쳐 버리면, 페트로니우스는 비니키우스가 배신을 당하고, 사기에 휘말려 죽게 되었다고 믿게 될 것이다. 페트로니우스는 막강한 권력을 쥐고 있는 인물이므로 전국의 순찰대에 명령을 내려 방방곡곡까지 수색하여 범인을 찾아내려고 애쓸 것이 뻔하다. 그러자 당장 페트로니우스에게 달려가서 사건의 전말을 솔직하게 털어놓으면 어떨까 하는 생각이 들었다. 그렇다! 그것이 가장 좋은 방법일 것이다. 페트로니우스는 침착한 사람이니 자기 이야기를 끝까지 들어줄 것이다. 게다가 이 사건에 대해 처음부터 알고 있으므로 자신에게 아무 죄가 없다는 것을 관리들보다는 쉽게 믿어줄 것이다.

하지만 페트로니우스에게 가려면, 먼저 비니키우스가 어떻게 되었는가를 확인할 필요가 있었다. 킬로는 리기 인이 크로톤의 시체를 들고 남몰래 강으로 가는 것을 보았을 뿐, 그 이상은 아는 것이 없었다. 비니키우스는 죽었을지도 모르지만, 어쩌면 부상당하거나 감금되었을지도 모른다. 그러자 킬로는 문득 이런 생각을 하게 되었다. 황제의 측근이며 지체 높은 귀족이자 유력한 군인을 함부로 죽였다가는 그리스도교 신자들 전체가 박해를 받게 될 수도 있다. 그런데 설마 그들이 감히 비니키우스를 죽일 수 있으랴. 아마도 리기아를 어딘가 다른 장소에 숨기기 위해 강제로 비니키우스를 감금했는지도 모른다.

이렇게 생각하자 킬로에게는 다소 희망이 생겼다.

'만일 그 리기 족의 거대한 용이 흥분하여 비니키우스를 갈가리 찢어버리지만 않았다면, 그는 아직 살아 있을 것이다. 그리고 만약에 그가 아직 살아 있다면, 내가 배신하지 않았다는 것을 자진해서 밝히리라. 그렇다면 두려워할 게 뭐람. 그래, 새로운 묘안이 떠올랐다! 오, 헤르메스여, 제게 묘책을 마련해 주셨으니 이번에는 꼭 어린 암소 두 마리를 바치겠나이다. 비니키우스의 해방노예 한 놈을 붙잡아서 그놈에게 주인을 찾으려면 어디로 가야 하는지를 귀띔해 놓자. 놈이 경찰을 찾아가서 고발을 하든 안 하든, 그것은 내가 알 바 아니다. 나만 경찰에게 잡혀가지 않으면 되니까……. 그동안 나는 페트로니우스를 찾아가 사건의 전말을 보고하는 거야. 그럼 그는 틀림없이 내게 상금을 줄 테지. 이미 리기아를 찾은 경험이 있으니, 이젠 비니키우스를 찾을 차례다. 그 후에 다시 리기아를 찾아내야지……. 그건 그렇고, 비니키우스가 살아 있는지, 아니면 죽었는지 우선 그것부터 확인해야겠다.'

문득 밤이 될 때까지 기다려 데마스의 방앗간에 가서 우르바누스, 즉 우르수스에 대해 물어보는 것이 좋겠다는 생각이 머리를 스쳤으나, 그는 곧 그러한 생각을 버렸다. 우르수스하고는 더 이상 엮이지 않는 편이 좋을 것 같았기 때문이었다. 우르수스가 글라우쿠스를 죽이지 않은 것은 아마도 그리스도교의 원로들 중 누군가가 훈계를 했기 때문일 것이다. 우르수스가 자기가 하려는 일에 대해 고백을 하자, 그 원로는 그것이 옳지 않은 일이며, 그런 짓을 시킨 자야말로 배신자가 틀림없다고 말해 주었을지도 모른다. 그렇지 않아도 킬로는 우르수스를 떠올리기만 해도 소름이 끼치는 판국이었다. 결국 킬로는 저녁때 에우리키우스를 사건이 일어난 집으로 보내 사정을 알아보리라고 마음을 굳혔다. 그때까지는 무엇을 좀 먹고, 목욕을 하면서 휴식을 취하리라. 밤새도록 한숨도 못 잤고, 오스트리아눔까지 먼 길을 걸었으며, 또한 티베리스 강 건너편에서 죽을힘을 다해 뛰어왔기 때문에 그는 완전히 녹초가 되어 있었다.

오직 하나 킬로에게 위안이 되는 것은 수중에 돈주머니를 둘이나 가지고 있다는 사실이었다. 하나는 비니키우스가 저택에서 준 것, 다른 하나는 묘지에서 돌아올 때 준 것이었다. 돈을 가지고 있다는 행복감과 더불어 자기가 겪은 숱한 정신적 고통을 생각하니 오늘만큼은 평소보다 푸짐하게 먹고, 여느 때보다 값비싼 포도주를 마셔야겠다는 생각이 들었다.

어느덧 술집이 문 여는 시간이 되어 킬로는 목욕하는 것도 잊은 채 게걸스럽게 먹고 마셨다. 피로와 졸음이 한꺼번에 쏟아져 더 이상 견딜 수 없는 지경에 이르자, 킬로는 수부라 거리에 있는 자기 집으로 비틀거리며 돌아왔다. 집에서는 비니키우스에게서 받은 돈으로 사들인 여자 노예 시라가 기다리고 있었다. 여우 굴처럼 컴컴한 침실에 들어가자마자, 킬로는 침대 위에 쓰러져 바로 곯아떨어졌다.

킬로는 저녁때가 되어서야 겨우 눈을 떴다. 그것도 노예가 흔들어 깨워서 간신히 일어난 것이었다. 누가 찾아와서 급한 용무로 꼭 뵙고 싶어 한다는 것이었다.

조심성이 많은 킬로는 순간적으로 정신을 차렸다. 재빨리 모자 달린 외투를 뒤집어쓴 킬로는 노예를 옆으로 비켜서게 하고, 조심스럽게 밖을 내다보았다. 순간 온몸이 얼어붙는 것만 같았다. 침실 앞에 거대한 우르수스가 서 있었기 때문이다.

킬로는 발과 머리가 얼음처럼 차가워지고, 심장의 고동이 멈추는가 하면, 개미 떼가 등을 훑고 지나가는 것처럼 소름이 돋는 것을 느꼈다. 킬로는 한동안 아무 말도 못한 채 넋을 잃고 서 있다가, 부들부들 떨면서 말했다. 그것은 말이라기보다는 신음 소리 같았다.

"시라야! 내가 집에 없다고 해라……. 나는 저런 사람은 누군지도 모른다……."

"하지만 주인님, 제가 안에서 주무신다고 벌써 말씀드렸는걸요." 계집아이가 대답했다. "그랬더니 주인님을 깨워달라고 하셨어요."

"오, 신이시여! 내가 그렇게도……."

바로 그때 우르수스가 더 이상 참을 수 없다는 듯이 침실 문 앞까지 다가와서 안으로 고개를 쑥 내밀었다.

"킬로 킬로니데스!" 그가 불렀다.

"팍스 테쿰(Pax tecum)[2]! 팍스, 팍스!" 킬로가 정신없이 주절거렸다. "그리스도교 신자들 중에서 가장 훌륭하신 나리께! 예, 제가 킬로입니다. 하지만 뭔가 잘못된 것 같은데요……. 나는 당신을 모릅니다."

"킬로 킬로니데스." 우르수스가 되풀이했다. "당신의 주인이신 비니키우스 님이 부르시오. 당신을 데려오라고 하셨소."

---

2) 라틴어로 '당신에게 평화가 있기를.'이란 뜻.

제23장

비니키우스는 찌르는 듯한 아픔에 눈을 떴다. 처음에는 자기가 어디에 있는지, 무슨 일이 일어났는지 통 알 수가 없었다. 머리가 지끈거리고, 두 눈은 안개가 낀 것처럼 흐리멍덩했다. 그러다 서서히 의식이 돌아오면서 마침내 그 뿌연 안개 속에서 세 사람이 자기를 내려다보고 있다는 것을 알게 되었다. 두 사람은 기억에 있었다. 한 사람은 우르수스였고, 다른 한 사람은 리기아를 납치하면서 밀쳐서 넘어뜨렸던 노인이었다. 나머지 한 사람은 전혀 모르는 낯선 얼굴이었는데, 그가 비니키우스의 왼팔을 붙잡고, 팔꿈치에서 어깨뼈, 그리고 쇄골까지 주무르고 있었다. 어찌나 아팠던지 비니키우스는 이 사람이 자기에게 뭔가 복수를 하려나 보다고 오해하고는 "차라리 죽여라!" 하며 이를 악물고 악을 썼다. 그러나 세 사람은 그의 말은 들은 척도 하지 않았다. 부상당한 사람이 흔히 지르는 신음 소리 정도로 생각하는 것이 분명했다. 우르수스는 그 충직한 얼굴에 근심스러운 표정을 짓고, 흰 붕대 뭉치를 들고 있었다. 노인이 비니키우스의 팔을 문지르고 있는 사람에게 물었다.

"글라우쿠스, 머리의 상처가 치명상이 아니라는 게 확실하오?"

"네, 확실합니다, 크리스푸스 님!" 글라우쿠스가 대답했다. "전함에서 노예로 일할 때, 그리고 나중에 네아폴리스에 머물렀을 때, 저는 부상당한 사람들을 많이 고쳐주었답니다. 그때 번 돈으로 저와 제 가족의 자유를 산 것입니다. 머리의 상처는 대수롭지 않은 것입니다." 그러고는 턱으로 우르수스를 가리키면서 말했다. "이 사람이 아가씨를 구해 내려고 이 젊은이를 벽으로 밀어붙였을 때, 쓰러지면서 팔을 뻗어 버티려고 한 것 같습니다. 그래서 팔이 부러졌지만, 다행히 머리는 무사했고……, 생명에도 지장이 없습니다."

"당신은 지금까지 우리 교우들을 수없이 많이 치료해 주셨소." 크리스푸스가 말했다. "당신이 훌륭한 의사라는 것은 세상이 다 알고 있지요……. 그래서 당신을 모셔오라고 우르수스를 보냈던 거요."

"그런데 이리로 오는 도중 우르수스가 어젯밤에 저를 죽이려 했었다고 고백을 하더군요."

"그렇소. 당신에게 말하기 전에 내게 먼저 고백했소. 나는 당신의 인품이나 주님을 사랑하는 마음을 잘 알고 있기에, 배신자는 당신이 아니라 살인을 부추긴 그 정체불명의 노인이라고 타일러 주었지요." 크리스푸스 노인이 말했다.

"저는 그 악마를, 글쎄, 천사로 잘못 생각했습니다." 우르수스가 한숨을 쉬며 말했다.

"그 얘기는 나중에 들려주시오." 글라우쿠스가 말했다. "당장은 부상자를 치료하는 것이 급선무니까요."

이렇게 말하고 글라우쿠스는 비니키우스의 팔을 치료하기 시작했다. 크리스푸스가 얼굴에 냉수를 뿌렸지만, 비니키우스는 고통이 너무 심해 몇 번이나 다시 의식을 잃곤 했다. 그러나 치료를 위해서는 의식이 없는 것이 오히려 나았다. 발의 뼈를 맞출 때에도, 부러진 팔에 붕대를 감을 때에도 통증을 느끼지 않았기 때문이었다. 글라우쿠스는 환자가 부러진 팔을 움직이지 못하도록 양쪽에 판자를 대어 재빠른 손놀림으로 붕대를 감아 단단히 동여매었다.

치료가 끝나자 비니키우스는 다시 눈을 떴다. 자기를 내려다보고 있는 리기아의 얼굴이 보였다.

리기아는 물이 가득 담긴 놋그릇을 들고 있었다. 글라우쿠스는 이따금 해면에 물을 적셔서 환자의 머리를 적셔주곤 했다. 비니키우스는 그런 모습들을 보면서 자신의 눈을 믿을 수가 없었다. 내가 지금 꿈을 꾸고 있는 것일까, 아니면 고열 때문에 헛것이 보이는 걸까. 비니키우스는 한참 후에야 겨우 입을 열었다.

"리기아!"

그 목소리를 듣자 리기아가 들고 있는 놋그릇이 가볍게 흔들렸다. 그녀는 애처로운 눈길로 비니키우스를 보고 있었다.

"당신에게 평화가 있기를!"

리기아가 조용히 말했다. 그녀는 슬픔과 연민이 가득한 얼굴로 거기에 서 있었다.

비니키우스는 그녀의 모습을 자신의 눈동자에 담아두려는 듯 하염없이 그녀를 바라보고만 있었다. 눈을 감아도 그녀의 모습이 생생하게 떠오를 수 있게 하기 위함이었다. 전보다 야위고 창백해진 얼굴, 제대로 손질을 못해 헝클어진 검은 머리카락, 평민 처녀들이 입는 검소한 옷차림이 눈에 들어왔다. 비니키우스가 하도 집요하게 쳐다보는 바람에 눈처럼 새하얀 그녀의 이마가 어느덧 장밋빛으로 물들었다. 순간 비니키우스는 자기가 영원히 그녀를 사랑할 수밖에 없음을 깨달았다. 그녀의 창백한 얼굴도, 초라한 행색도 따지고 보면 모두 내 탓이다. 풍요로운 환경에서 아무 부족함 없이 사랑받으며 살아가던 그녀를 집에서 끌어내어 이렇게 허름한 오두막에 숨어 있게 하고, 시커멓고 초라한 모직 옷을 걸치게 한 장본인이 바로 내가 아니던가.

그는 리기아에게 화려하고 값비싼 비단옷을 입히고, 갖가지 보석으로 치장시켜 주기를 갈망해 왔다. 그렇기에 비니키우스는 놀라움과 불안, 슬픔에 휩싸여, 몸을 움직일 수만 있다면 당장 그녀의 발 앞에 엎드리고 싶었다.

"리기아, 당신이 나를 살려주었소."

리기아가 상냥하게 대답했다.

"하느님께서 당신을 회복시켜 주시도록 기도하겠습니다."

지금까지 리기아에게 많은 괴로움을 끼쳤고, 조금 전에도 같은 잘못을 되풀이하려 했던 것을 절실히 후회하고 있는 비니키우스에게, 리기아의 말은 곧 달콤한 향유처럼 느껴졌다. 그때 비니키우스는 그리스도의 가르침이 리기아의 입을 통해 흘러나오고 있다는 사실을 깨닫지 못하고 있었다. 다만 지금 그 말을 하고 있는 사람이 자기가 사랑하는 여자라는 것, 그 말에는 그의 영혼을 뒤흔드는 특별한 자비심과, 인간의 것이라고는 믿기 힘든 선의가 담겨 있다는 것을 느낄 뿐이었다.

조금 전에는 고통 때문에 의식을 잃었지만 이제는 무한한 감동 때문에 정신을 잃을 것만 같았다. 감미롭고 나른한 무력감이 그를 엄습해 왔다. 그것은 자기도 모르게 어떤 수렁 속으로 빠져드는 듯한 느낌이었으나, 어쩐지 유쾌하고 행복했다. 정신이 점점 혼미해지는 가운데 비니키우스는 신이 자기를 내려다보고 있는 것 같은 환각에 사로잡혔다.

글라우쿠스는 비니키우스의 머리에 난 상처를 소독하고 연고를 발랐다. 리기아는 놋그릇을 우르수스에게 건네주고 나서, 탁자 위에 미리 준비해 놓은 물을 섞은 포도주 잔을 비니키우스의 입에 대주었다. 비니키우스는 허겁지겁 그 물을 마시고는 곧 정신을 차렸다. 뼈를 맞추고 붕대를 감은 후에는 통증이 훨씬 가벼워졌다. 상처와 더불어 절망감도 회복되기 시작했다.

"한 잔만 더 주시오." 비니키우스가 말했다.

리기아가 빈 잔을 들고 옆방으로 사라지자, 크리스푸스가 글라우쿠스와 몇 마디 말을 나누더니, 침대 곁으로 다가와서 말했다.

"비니키우스, 하느님께서는 당신이 나쁜 짓을 저지르는 것을 용서하지 않으셨지만, 당신의 영혼이 회개할 기회를 주시려고 당신의 목숨만은 구해 주셨습니다. 그분 앞에서 우리 인간들은 한낱 티끌에 지나지 않는 보잘것없는 존재입니다. 그분께서 무방비 상태의 당신을 우리 손에 맡기셨습니다. 우리들이 믿고 있는 그리스도께서는 원수까지도 사랑하라고 하셨습니다. 그래서 우리는 당신의 상처를 치료해 주었고, 리기아가 말한 것처럼 하느님께서 당신의 건강을 회복시켜 주시기를 기도할 것입니다. 하지만 더 이상 당신을 돌봐 드리지는 못합니다. 자, 이제 우리는 떠날 터이니 곰곰이 생각해 보십시오. 당신 때문에 의지할 사람과 보금자리를 잃어버린 리기아와, 당신의 악을 선으로 갚은 우리들을 괴롭히는 것이 과연 옳은 일인지를 말입니다."

"그럼, 당신들은 나를 이대로 내버려 두고 가겠다는 말입니까?" 비니키우스가 물었다.

"우리는 이 집을 떠나려고 합니다. 이 집에 있다가는 로마시의 경찰들에게 추적당할 염려가 있으니까요. 당신과 함께 왔던 사내가 살해됐습니다. 그리고 지체 높은 귀족인 당신이 부상을 입고 여기 누워 있습니다. 물론 이렇게 된 것이 우리 탓은 아닙니다만, 법의 심판이 앞으로 우리들의 머리 위로 떨어질 것은 자명한 일이니까요……."

"추적을 걱정한다면, 아무 염려 마십시오. 제가 당신들을 보호해 드리겠습니다."

비니키우스가 대답했다.

크리스푸스는 자기들이 떠나려는 것은 근위병이나 경찰들에 대한 두려움뿐만 아니라, 당장 비니키우스의 손에서 리기아를 보호하기 위해서이며, 비니키우스를 믿지 못해서라는 사실을 차마 말할 수가 없었다. 그는 끝까지 리기아를 지켜주고 싶었던 것이다. 그래서 이렇게 말했다.

"비니키우스, 당신의 오른쪽 팔은 멀쩡하니 여기 이 밀랍판에 편지를 쓰십시오. 당신의 노예들에게 오늘 밤 가마를 가지고 와서 당신을 댁으로 모셔가라고 말입니다. 이런 누추한 곳보다는 댁에 있는 것이 훨씬 편할 것입니다. 우리가 머물고 있는 이곳은 한 가난한 과부의 집인데, 곧 그 여자가 아들과 함께 돌아올 것입니다. 편지는 그 아들 편에 당신 집으로 보내겠습니다. 우리는 우리대로 숨어 있을 다른 곳을 찾아야겠습니다."

비니키우스의 안색이 변했다. 다들 자기를 리기아에게서 떼어놓을 궁리를 하고 있다는 것을 눈치 챘기 때문이다. 만일 이번에 리기아를 놓치면, 앞으로 평생 다시는 만나지 못하게 될지도 모른다. 비니키우스는 자기와 리기아 사이에 거대한 장벽이 가로놓여 있음을 깨달았다. 그녀를 소유하기 위해서는 뭔가 새로운 방법을 강구해야 하는데, 당장은 아무 대책이 없었다. 자기가 지금 무슨 말을 한들, 이를테면 리기아를 폼포니아 그레키나에게 돌려보내 주겠다고 맹세한다 해도, 그들은 결코 믿어주지 않을 것이다. 그것은 조금도 이상한 일이 아니다. 만일 리기아를 폼포니아에게 보낼 생각이 있었다면, 벌써 오래전에 그렇게 했어야 했다. 리기아를 찾아 헤매는 것을 중단하고, 폼포니아에게 가서 이제는 더 이상 그녀를 뒤쫓지 않겠다고 말했어야 했다. 그러면 폼포니아는 알아서 리기아의 거처를 찾아내어 자기 집으로 데려갔을 것이다. 그러나 이제는 너무 늦었다. 무슨 말을 해도 그들의 결심을 되돌릴 수 없을 것이며, 아무리 엄숙한 맹세를 해도 받아주지 않으리라. 게다가 그는 그리스도교 신자도 아니었다. 가령 맹세를 한다면 불사의 신들에게 할 수밖에 없는데, 자신도 그런 신들을 별로 신봉하지 않을 뿐더러, 또한 그리스도교도들은 그런 신들을 악마로 여기고 있으니 아무 소용도 없을 것이다.

비니키우스는 리기아와 그의 보호자들을 어떻게든 설득하고 싶었지만, 그러자면 시간이 필요했다. 그는 단 며칠만이라도 좋으니 그녀와 함께 있고 싶었다. 물에 빠진 사람이 지푸라기라도 잡고 놓지 않듯이, 비니키우스는 며칠만이라도 그녀와 함께 있을 수 있는 기회를 잡기 위해 머리를 짜내며 안간힘을 썼다. 그녀의 곁에 있으면 서로 가까워질 수 있는 좋은 방법이 떠오르거나 적절한 계기가 마련되지 않을까.

비니키우스는 생각을 정리하며 이렇게 말했다.

"그리스도교 신자들이여, 내 말을 들어보십시오. 나는 어제 당신들과 함께 오스트리아눔에서 당신들 신의 가르침을 들었습니다. 설령 설교를 듣지 못했다 해도, 당신들이 베풀어준 호의만 보더라도 여러분 모두가 정직하고 선량한 분들이라는 것은 잘 알고 있습니다. 그러니 집주인 아주머니에게 이야기해서 여러분도 여기 그대로 계시고, 나도 머물게 해주십시오." 비니키우스는 시선을 글라우쿠스에게 돌렸다.

"당신은 의사시죠? 외상에 대해서 잘 아실 테니 대답해 주십시오. 오늘 당장 나를 다른 곳으로 옮겨도 되는지 말입니다. 나는 환자입니다. 팔이 부러졌으니 적어도 며칠 동안은 안정이 필요할 것입니다. 분명히 말씀드립니다만, 나는 당신들이 강제로 끌어내지 않는 한, 절대로 이곳을 떠나지 않겠습니다."

비니키우스는 말을 중단했다. 숨이 차올라 더 이상 말을 계속할 수 없었기 때문이었다.

크리스푸스가 말했다.

"당신에게 폭력을 휘두를 사람은 아무도 없습니다. 우리는 그저 이곳을 떠나 다른 곳으로 가겠다는 것뿐입니다."

그 말을 듣자 지금껏 다른 사람으로부터 거절을 당해 본 적이 없는 젊은이는 미간을 찌푸리면서 말했다. "잠깐 숨 좀 돌리게 해주시오."

그는 잠시 후에 말을 이었다.

"우르수스가 목 졸라 죽인 크로톤에 대해서는 아무도 조사하지 않을 겁니다. 바티니우스의 부름을 받고 베네벤툼으로 갈 예정이었으니, 다들 그가 그곳에 간 줄로 생각할 겁니다. 내가 크로톤을 데리고 이 집에 왔을 때, 우리를 본 사람은 오스트리아눔에 함께 갔던 그리스인 한 사람밖에 없습니다. 어디 사는지 알려드릴 테니, 그를 여기로 데려와 주십시오. 그의 입을 단단히 막아놓겠습니다. 그는 내가 돈을 주고 고용한 사람입니다. 그리고 우리 집에도 서찰을 보내어, 나도 베네벤툼으로 간 것으로 해두겠습니다. 만일 그 그리스인이 경찰에 신고했다면, 크로톤은 내가 죽였다고 하겠습니다. 내 팔뼈를 다치게 했기 때문에 어쩔 수 없었다고 진술하면 아무 일도 없을 것입니다. 돌아가신 내 아버님과 어머님의 그림자에 걸고 맹세하는데, 틀림없이 그렇게 하겠습니다. 그러니까 당신네들은 안심하고 이곳에 있어도 됩니다. 여러분의 머리카락 하나도 건드리지 못하게 하겠습니다. 어서 빨리 그리스인을 데려다 주십시오. 그의 이름은 킬로 킬로니데스입니다."

"그렇다면 글라우쿠스만 여기 남아서 이 댁 주인과 함께 당신을 간호하도록 하겠습니다."

크리스푸스가 말했다.

비니키우스는 아까보다 더 심하게 미간을 찌푸리면서 말했다.

"영감님, 제발 내 말을 좀 들어주십시오. 영감님께는 오직 고마운 마음뿐입니다. 당신은 친절하고 정직한 분으로 보이는데, 정작 속마음은 털어놓지 않으시는군요. 당신은 내가 노예들을 불러다가 리기아를 데려가지나 않을까 걱정하고 있습니다. 내 추측이 어떻습니까?"

"맞습니다." 크리스푸스가 근엄함을 갖추고 대답했다.

"그럼, 우리 이렇게 합시다. 당신들이 지켜보는 가운데 킬로와 상의하고, 당신들의 눈앞에서 베네벤툼으로 출발했다는 편지도 쓰겠습니다. 당신들 말고 다른 사람들과는 일체 접촉하지도 않고, 다른 심부름꾼을 보내지도 않겠습니다. 잘 생각해 보시고, 더 이상 나를 초조하게 만들지 말아주십시오."

비니키우스는 분노와 흥분 때문에 얼굴이 일그러졌다. 그는 열띤 음성으로 말을 계속했다.

"부정하지 않겠습니다. 제가 여기 있고 싶어 하는 것은 솔직히 말해서 리기아 때문입니다. 제가 아무리 숨기려 해도, 제 본심은 바보라도 당장 알아차릴 수 있을 것입니다. 하지만 앞으로는 절대 폭력을 써서 리기아를 빼앗아가는 일은 없을 것입니다. 그러나 한마디만은 덧붙여야겠군요……. 만일 그녀가 이곳을 떠난다면, 저는 부상당하지 않은 이 멀쩡한 손으로 붕대를 갈기갈기 찢어버리겠습니다. 그리고 아무것도 먹지 않고, 아무것도 마시지 않을 겁니다. 만일 내가 죽으면, 그 책임은 모두 당신들에게 돌아갈 겁니다. 도대체 나를 치료한 이유가 뭡니까? 왜 차라리 죽여버리지 않은 겁니까?"

몸이 성치 않은 데다가 격앙된 감정으로 인해 비니키우스의 얼굴은 창백해졌다. 리기아는 옆방에서 듣고 있다가 깜짝 놀랐다. 비니키우스라면 한번 내뱉은 말은 반드시 실행하고야 말리라는 생각이 들었기 때문이었다. 리기아는 무슨 일이 있어도 그를 죽게 하고 싶지는 않았다. 부상을 입고 무기도 없는 그가 더 이상 두렵지 않았고, 오히려 연민이 느껴졌다. 궁에서 도망친 이래 리기아는 종교적인 열정으로 가득 찬 사람들, 오로지 희생과 헌신, 무조건적인 사랑만을 생각하는 사람들 틈에서 살아왔다. 그러면서 리기아는 그 새로운 가치들에 진심으로 감동하게 되었고, 어느덧 그 감동은 가족이나 집, 잃어버린 행복을 대신해 주는 소중한 버팀목이 되어주었던 것이다. 나아가 그녀는 이 세상의 낡은 관념들을 바꿀 수 있는 진정한 그리스도교인이 되고자 했다. 그런데 비니키우스가 그녀의 운명에 불쑥 끼어들어 이렇게 그녀를 괴롭히고 있다. 그녀는 아무리 비니키우스를 잊으려 해도 잊을 수가 없었다. 리기아는 매일같이 그를 생각하며 기도해 왔다. 그의 악에 선으로 응답하고, 그의 괴롭힘을 자비로 보답하며, 그의 마음을 깨우쳐 그리스도 앞으로 인도하여 그의 영혼을 구원할 수 있는 순간을 허락하시어, 주님의 가르침을 몸소 실천할 수 있게 해달라고 리기아는 간청했다. 그런데 바로 지금 그 기회가 온 것이다. 그녀는 하느님이 자신의 기도를 들어주셨다고 생각했다.

리기아는 어떤 영감을 받은 듯 해맑은 얼굴로 크리스푸스에게 다가가서 마치 다른 사람의 목소리가 그녀를 통해 이야기하듯이 또박또박 힘주어 말했다.

"크리스푸스 님, 이분이 우리와 같이 지낼 수 있게 허락해 주세요. 주님께서 상처를 낫게 해주실 때까지 여기에 머물도록 해주세요."

사사건건 하느님의 계시를 구하곤 하는 이 늙은 장로는 붉게 상기된 리기아의 얼굴을 보면서 어떤 초인적인 힘이 그 여자의 입을 통해 계시를 내리고 있다고 생각했다. 크리스푸스는 마음속 깊이 감탄하면서 머리 숙여 대답했다.

"당신이 말한 대로 합시다."

줄곧 리기아만을 바라보고 있던 비니키우스는 크리스푸스가 선뜻 승낙하는 것을 듣고 기묘하면서도 깊은 인상을 받았다.

그는 리기아가 그리스도교 신자들 사이에서 여제사나 시빌라[1]와 같은 권위를 지니고 숭배와 존경을 받는 존재라고 생각했다. 그래서 자기도 모르게 그 권위에 순종하고 싶은 마음이 들었다. 지금까지 품고 있던 사랑의 감정에다 경외심 같은 것이 더해져, 그에게 사랑 그 자체는 차라리 무례하고 주제넘은 감정처럼 생각되었다. 비니키우스는 자기와 리기아의 입장이 이제 완전히 뒤바뀌었다는 사실을 인정하지 않을 수 없었다. 리기아는 이제 더 이상 비니키우스의 의지에 따라 좌우되는 존재가 아니었다. 오히려 비니키우스가 그녀의 의지에 따라 움직이고 있었다. 부상을 당하고 앓아누워 있는 지금, 비니키우스는 더 이상 정복자가 아니라, 단지 여자의 보호를 받고 있는 힘없는 어린아이에 지나지 않았다. 원래 오만한 성품의 그로서는 리기아가 아닌 다른 사람과 이런 식의 관계를 맺었다면 극심한 굴욕감을 느꼈을 것이다. 그러나 지금은 치욕이라고 생각하기는커녕, 마치 너그러운 여주인을 대하듯 리기아에게 감사한 마음마저 품고 있었다. 그것은 비니키우스가 지금까지 한번도 경험한 적이 없고, 용납해 본 일도 없는 그런 새로운 감정이었다. 만일 그 순간 그가 자신의 감정을 명확히 자각할 수 있었다면 틀림없이 크게 놀랐을 것이다. 그는 지금 어쩌다가 이렇게 되었는가를 따져보지도 않고, 그저 아주 당연하고 자연스러운 일로 모든 것을 받아들였다. 단지 그곳에 남아 있게 되어 행복할 따름이었다.

비니키우스는 리기아에게 감사하고 싶었다. 그 감사한 마음에는 처음 느껴보는 뭔가 다른 감정이 섞여 있었는데, 그것을

1) 신탁, 예언을 전하던 처녀 예언자.

딱히 무엇이라고 해야 할지 그 자신도 명확히 알 수가 없었다. 그것은 다름 아닌 겸손의 감정이었다. 그는 조금 전의 흥분 때문에 아무 말도 할 수 없을 만큼 지쳐 있었으므로 그저 눈으로만 감사의 뜻을 나타내 보였다. 그의 눈은 이제 리기아의 곁에 머물 수 있게 되었고, 내일도, 모레도, 어쩌면 계속해서 그녀를 볼 수 있게 되었다는 기쁨에 환히 빛나고 있었다. 그 기쁨에 그림자를 드리우는 것은 단 하나, 가까스로 손에 넣은 소중한 사람을 혹시 잃어버리지나 않을까 하는 불안뿐이었다. 불안한 감정이 너무나 커서 리기아가 두 번째로 물을 먹여주었을 때는 그 손을 꼭 잡고, 입을 맞추고 싶은 것을 억지로 참아야 했다. 비니키우스는 두려워하고 있었다. 두려움 때문에 감히 그녀에게 손을 대지 못했다. 황제의 연회에서는 억지로 그녀에게 입 맞추고, 그녀가 사라진 뒤에는 그녀를 증오하면서 그녀를 찾아내면 머리채를 휘어잡고, 침대 위를 질질 끌고 다니며, 매질을 하리라고 다짐하던 바로 그 비니키우스가!

제24장

비니키우스는 원치도 않는 도움의 손길이 외부에서 나타나 지금 누리고 있는 이 행복을 빼앗아가지는 않을까 사뭇 걱정되었다. 킬로가 경찰청장이나 비니키우스의 집 하인들에게 그가 실종되었다고 떠벌릴지도 모른다. 만일 그렇다면 로마 시의 순찰대가 이 집으로 들이닥치리라. 경찰이 와준다면 리기아를 체포해서 자기 집에 감금시킬 수도 있다는 생각이 비니키우스의 머리를 잠시 스치고 지나갔다. 하지만 그런 짓을 하면 안 되고, 또 그렇게 되어서도 안 된다고 마음을 다잡았다. 비니키우스는 비록 이기적이고, 안하무인인 데다가, 다소 방탕한 면도 있고, 또 필요하다면 잔인해질 수도 있는 사내이기는 했지만, 티겔리누스나 네로와는 달랐다. 오랜 군대 생활을 통해 그의 마음속에는 일종의 정의감과 신념, 그리고 양심이 남아 있었기에, 그런 행동이 비겁하고 치졸하게 여겨졌던 것이다. 게다가 건강한 몸이라면, 화가 단단히 났을 때 앞뒤 가리지 않고 그런 행동을 저지를지도 모르지만, 지금은 마음속에 감동의 물결이 흐르고 있는 데다 몸이 성치 않았으므로, 단지 리기아와 자기 사이에 아무도 끼어들지 않기만을 바랄 뿐이었다.

비니키우스가 한 가지 더 감탄한 것은 리기아의 부탁으로 자기가 이곳에 머물게 된 이후 크리스푸스 노인도, 리기아도 더 이상 그에게 아무것도 요구하지 않는다는 사실이었다. 두 사람은 마치 어떤 초자연적인 힘이 자신들을 지켜주리라고 확신하는 듯 초연한 태도를 유지했다. 오스트리아눔에서 사도의 설교를 들은 이래 비니키우스에게는 가능한 일과 불가능한 일 사이의 구분이 점점 모호해져 가고 있었다. 그리하여 그 자신도 어떤 절대적인 힘이나 특별한 신의 가호가 있을지도 모른다고 막연하게나마 느끼고 있었다. 그러나 사태를 좀 더 냉정하게 판단해 보고는, 그리스인에 대한 이야기를 다시 한 번 두 사람에게 되풀이하면서, 킬로를 데려다 달라고 부탁했다.

크리스푸스는 흔쾌히 승낙하고, 우르수스를 보내기로 했다. 비니키우스는 오스트리아눔으로 떠나기 전까지 여러 차례 킬로를 부르기 위해 그의 집에 시종을 보낸 적이 있었다. 비록 킬로를 데려오지는 못했지만 그의 거처만큼은 정확하게 알고 있었기에 우르수스에게 자세히 일러주었다. 비니키우스는 밀랍판에다 간단하게 편지를 쓰고는 크리스푸스를 돌아보며 이렇게 말했다.

"이 밀랍판을 보내는 것은 그 사내가 의심이 많고, 교활한 데가 있기 때문입니다. 지금껏 몇 번씩 사람을 보내도 집에 없다고 둘러대곤 했거든요. 그 사내는 내게 전할 좋은 소식이 없으면 내가 화낼까 봐 겁을 내며 언제나 그런 거짓말을 한답니다."

"제가 가면 그자가 원하건, 원치 않건 데려올 수 있습니다."

우르수스가 대답하고는 외투를 걸치고 급히 밖으로 나갔다.

정확한 주소를 안다 해도 로마에서 사람 찾는 일은 그리 쉽지 않았다. 그러나 우르수스에게는 숲 속을 돌아다니던 사냥꾼으로서의 본능이 있었고, 또 로마의 지리를 샅샅이 알고 있었으므로 이런 경우에는 대단히 편리했다. 그래서 금세 킬로의 집을 찾아갈 수 있었다.

우르수스는 킬로의 얼굴을 알아보지 못했다. 겨우 한 번 만났을 뿐이고, 그것도 한밤중이었기 때문이다. 게다가 글라우쿠스를 살해하라고 종용할 때의 그 오만하고 자신만만한 늙은이와 지금 벌벌 떨면서 자기에게 굽실거리고 있는 이 그리스인과는 조금도 닮은 데가 없었기 때문에 동일 인물이라고는 생각할 수가 없었던 것이다. 킬로는 우르수스가 자신을 전혀 알아보지 못하는 것을 눈치 채고는 안도의 숨을 내쉬었다. 그는 비니키우스가 직접 쓴 밀랍판의 필체를 보자, 더욱 마음이 놓였다. 적어도 비니키우스 같은 사람이 자기를 함정에 빠뜨리지는 않을 것이라는 생각이 들었기 때문이다. 그리스도교 신자들이 비니키우스를 죽이지 않은 것은 그런 지체 높은 인물에게 감히 손을 댈 용기가 없었기 때문일 것이라고 나름대로 추측했다.

'일단 유사시에는 비니키우스가 당연히 나를 도와주겠지. 설마 나를 죽이려고 부르는 것은 아닐 거야.'

킬로는 다소 기운을 회복했다.

"여보시오, 내 친구 비니키우스란 분이 내게 가마를 보내지 않았나요? 나는 발이 부르터서 도저히 먼 길을 걸어갈 수가 없는데…….”

“가마는 보내지 않으셨습니다. 같이 걸어가도록 합시다.” 우르수스가 대답했다.

“내가 싫다면 어떡하겠소?”

“그러지 마십시오. 꼭 가셔야만 합니다.”

“그럼 가겠소. 하지만 한 가지 분명히 해둘 것은 내 자유의사로 간다는 거요. 어느 누구도 나를 강제로 끌고 갈 수는 없소. 나는 자유인이고, 도시의 경찰청장이 내 친구요. 게다가 나는 현자이므로 폭력에 대처할 수 있는 방법도 잘 알고 있소이다. 인간을 나무나 짐승으로 둔갑시키는 방법도 알고 있소……. 좋소이다! 가겠소, 가고말고! 다만 이 근방 노예들이 알아보면 곤란하니까 더 큼직한 외투를 입고, 모자를 푹 눌러 써야겠소. 그렇지 않으면 노예들이 자꾸만 길을 가로막고 내 손에 입을 맞추려고 하거든.”

이렇게 말한 뒤 그는 평소와는 다른 외투를 입고, 머리에는 갈리아식의 챙이 넓은 모자를 눌러썼다. 그렇게 차린 것은 더 밝은 곳으로 나가도 우르수스가 자기 얼굴을 알아보지 못하게 하기 위해서였다.

“나를 어디로 데려갈 예정이오?” 도중에 킬로가 우르수스에게 물었다.

“티베리스 강 건너편입니다.”

“나는 로마에 온 지 얼마 되지 않아 그곳엔 한번도 가본 적이 없소이다. 틀림없이 거기에도 덕을 사랑하는 사람들이 살고 있을 테지…….”

우르수스는 원래 순진한 사내였지만, 이 그리스인이 비니키우스와 함께 오스트리아눔에 갔었다는 얘기를 들었고, 또한 크로톤과 함께 리기아가 살고 있는 집에까지 온 적이 있다는 얘기도 들었으므로 잠시 걸음을 멈추고 이렇게 말했다.

“거짓말하지 말아요, 영감님. 당신은 비니키우스 님과 함께 오스트리아눔에도 갔었고, 오늘 아침 우리 집 대문 앞에까지 오시지 않았습니까?”

“아, 그랬던가?” 킬로가 대답했다. “그러니까 당신네들 집이 티베리스 강 건너편에 있는 모양이군. 나는 로마에 온 지 얼마 안 되어서 내 집이 있는 곳 말고 다른 구역의 이름은 잘 모른다오. 그래, 당신네들 집 문 앞에까지는 갔었지. 그리고 비니키우스에게 제발 안으로 들어가지 말라고 경고했었소. 오스트리아눔에도 갔었지만, 무엇 때문이었는지 아시오? 얼마 전부터 비니키우스를 그리스도교 신자로 개종시키려고 마음먹고 있었기에, 사도들 중에서도 으뜸가는 분의 설교를 들려줄 작정이었소. 제발 그분의 영혼과 당신의 영혼에 축복이 있기를! 아무튼 당신은 그리스도교 신자니까 진리 앞에 거짓이 무릎 꿇기를 바라고 있을 게 아니오?”

“지당한 말씀입니다.” 우르수스가 공손히 대답했다.

킬로는 기분이 완전히 풀렸다.

“비니키우스는 유력한 분이며, 황제의 친구요. 때로 그분은 악마의 속삭임에 귀 기울인 적도 있었소. 하지만 그분의 머리카락 한 올이라도 건드리는 날엔 황제가 모든 그리스도교 신자들에게 복수하실 거요.”

“그러나 우리는 황제보다도 더 높으신 분의 보호를 받고 있습니다.”

“물론 그렇겠죠! 그렇고말고요! 그런데 당신들은 대체 비니키우스를 어쩔 셈이오?”

킬로는 다시금 불안감을 느끼며 물었다.
"저도 잘 모릅니다. 다만 그리스도께서는 자비를 베풀라고 하셨습니다."
"옳은 말이오. 그 말씀을 늘 명심하시오. 그렇지 않으면 뜨거운 냄비 속에 들어 있는 순대처럼 지옥 불에 푹 삶아질 테니까요."
그 말에 우르수스는 깊은 한숨을 쉬었다. 킬로는 이 사내가 일단 화가 나면 무섭지만, 평상시에는 마음대로 주무를 수 있다고 판단했다. 리기아를 데려오는 과정에서 비니키우스에게 무슨 일이 일어났는지 궁금한 마음에 킬로는 준엄한 재판관 같은 목소리로 물었다.
"당신네들은 크로톤을 어떻게 했소? 사실대로 말해 보시오."
우르수스는 또다시 한숨을 내쉬었다.
"그건 비니키우스 님이 말씀해 주실 겁니다."
"그러니까 당신이 그 사내를 검으로 찔러 죽이거나 아니면 몽둥이로 쳐 죽였단 말이오?"
"저는 무기를 지니고 있지 않았습니다."
그리스인은 이 야만인의 초인적인 힘에 놀라지 않을 수 없었다.
"바라건데 플루토가, 아니 그러니까, 예수 그리스도께서 당신의 죄를 사하여 주시기를!"
두 사람은 말없이 걸었다. 잠시 후 킬로가 입을 열었다.
"내가 당신을 배신해서 밀고하는 일은 없을 거요. 하지만 순찰대는 조심하시오."
"제가 두려운 건 예수님이지, 순찰대가 아닙니다."
"지당한 말이오. 이 세상에 살인보다 더 큰 죄는 없으니까.

나도 당신을 위해 기도하겠소. 그러나 내 기도가 얼마나 효과가 있을지는 모르겠소. 당신이 평생 동안 어느 누구에게도 손가락 하나 대지 않는다고 맹세한다면 모를까."

"지금까지 저는 처음부터 누군가를 죽이려고 일부러 마음먹고 죽인 적은 없었습니다."

킬로는 만일의 경우를 생각하여 어떻게든 신변의 안전을 확보하고 싶었기에 살인이 얼마나 끔찍한 죄악인지를 끊임없이 주입시켰다. 그리고 앞으로는 절대로 살인을 하지 않겠다고 맹세하라고 집요하게 권고했다. 또한 비니키우스에 관해서도 꼬치꼬치 캐물었으나, 이 완고한 리기 인은 내키지 않는 듯 궁금한 내용들은 비니키우스에게 직접 물어보라고 했다. 이런 저런 이야기를 주고받으며 두 사람은 드디어 그리스인의 집에서 티베리스 강 건너에 이르는 먼 길을 걸어 목적지에 도착했다. 킬로의 심장은 다시 두근거렸다. 겁에 질린 킬로는 문득 우르수스가 자기를 예사롭지 않게 쳐다보는 것 같아 불안해졌다.

'이놈이 나를 죽일 생각이 없다 해도, 마음을 놓을 순 없어. 우르수스도, 그와 같은 종족인 리기 사람들도 모두 중풍에 걸려 힘을 못 쓰게 되면 좋으련만. 오, 주피터여! 당신에게 그런 능력이 있다면, 제발 제 소원을 들어주소서.' 그러면서 그는 갈리아식 외투를 더 깊이 뒤집어쓰고는 행여 감기라도 걸릴까 봐 두려워서 그런다고 변명을 늘어놓았다. 두 사람은 현관과 첫 번째 안마당을 지나 문제의 그 오두막 앞 정원으로 통하는 복도에 들어섰다. 킬로는 갑자기 걸음을 멈추고 말했다.

"잠깐 숨 좀 돌리고 갑시다. 이렇게 힘이 없어서야 어디 비니키우스를 만나 이야기도 나누고 충고도 해줄 수 있겠소?"

이렇게 말하며 킬로는 자기에게 닥칠 위험은 없는지 두리번거리며 살피기 시작했다. 이제부터 오스트리아눔에서 본 저 기묘한 사람들과 만나게 되리라고 생각하니 다리가 저절로 떨려왔다.

마침 그때 오두막 안에서 노랫소리가 들려왔다.

"저건 무슨 소리요?"

"당신은 그리스도교 신자라면서 우리들이 늘 식사 후에 구세주를 찬송하는 노래를 부른다는 것을 모르시나요?" 우르수스가 대답했다. "미리암과 그 아들이 돌아온 모양입니다. 사도님도 같이 오셨는지 몰라요. 매일 이곳 주인과 크리스푸스님을 찾아 오시니까요."

"나를 곧장 비니키우스에게 안내해 주시오."

"비니키우스 님도 다른 분들과 함께 저 방에 계십니다. 저 방이 이 집에서 유일하게 큰 방이거든요. 다른 방들은 어둡고 비좁아서 잘 때만 사용합니다. 자, 안에 들어가서 쉬면서 얘기하도록 합시다."

두 사람은 안으로 들어갔다. 방 안은 어두운 편이었다. 날씨가 흐린 겨울 저녁이라 등잔불도 어두움을 쫓아내진 못했다. 비니키우스는 어둠 속에서도 모자를 쓰고 들어온 사람이 킬로라는 것을 즉시 알아보았다. 킬로는 방 한구석에 있는 침대와 그 위에 누워 있는 비니키우스를 보자, 다른 사람들을 쳐다보지도 않고 곧장 그에게 다가갔다. 그저 비니키우스 곁에 있는 것이 가장 안전하다고 판단했기 때문이었다.

"나리! 왜 제 말을 듣지 않으셨습니까?" 킬로는 두 손을 모아 쥐며 외쳤다.

"조용히 하고 내 말이나 들으시오!"

비니키우스는 킬로의 눈을 지그시 응시하며 천천히, 또렷하게 힘주어 말하기 시작했다. 마치 그의 말 한 마디 한 마디를 준엄한 명령으로 받아들여 마음속에 단단히 새겨두라고 킬로에게 다짐하는 듯했다.

"크로톤이 내게 덤벼들어 나를 죽이고 돈을 뺏으려고 했소. 알겠소? 그래서 내가 어쩔 수 없이 그놈을 죽인 거요. 여기 계신 분들이 그놈과 격투하다 입은 나의 상처를 치료해 주었소."

킬로는 비니키우스가 미리 그리스도교 신자들과 담합하고 이런 말을 한다는 것과, 자기가 믿어주기를 원하고 있다는 것을 금방 눈치 챘다. 비니키우스의 표정에서 그런 바람을 읽을 수 있었던 것이다. 그래서 그는 의심하거나 놀라는 기색을 보이지 않고 눈을 치켜뜨면서 외쳤다.

"나리, 그놈은 형편없는 악당이었군요. 그래서 제가 그놈을 믿지 말라고 말씀드렸던 겁니다. 그놈에겐 아무리 훈계를 해도 벽에 던진 콩알처럼 툭툭 튕겨져 나올 뿐, 아무 소용이 없었습니다. 온 지옥을 다 뒤져도 그놈의 죄에 합당한 형벌은 찾지 못할 겁니다. 정직하지 못한 자는 악한이 될 수밖에 없는 법. 자기의 은인에게, 더구나 이렇게 너그러우신 나리께 덤벼들다니 그게 말이나 됩니까……. 오, 신들이여……!"

킬로는 이곳으로 오는 도중 우르수스에게 자기가 그리스도교 신자라고 떠벌린 것을 떠올리고 얼른 입을 다물었다.

비니키우스가 말했다.

"만약 내가 단검을 지니고 있지 않았다면, 그놈에게 꼼짝없이 당했을 거요."

"제가 나리께 최소한 단검이라도 가지고 가시라고 충고해드렸던 그 순간을 축복하고 싶습니다."

비니키우스는 그리스인을 심문하는 듯한 눈으로 뚫어지게 쳐다보며 말을 이었다.

"도대체 당신은 오늘 무엇을 했소?"

"무슨 말씀이십니까? 나리의 건강을 빌고 있었다고 말씀드리지 않았습니까?"

"그 밖에는?"

"마침 나리를 찾아뵈려던 참이었는데, 이 친절한 분이 와서 나리께서 찾으신다고 하더군요."

"여기 밀랍판이 있소. 이걸 가지고 우리 집으로 가서 내 해방노예 가운데 아무에게나 전해 주시오. 여기엔 내가 베네벤툼으로 간다고 적혀 있소. 내 시종인 데마스에게는 페트로니우스에게서 급한 편지가 와서 오늘 아침에 출발했다고 전하시오."

비니키우스는 강한 어조로 다시 한 번 못 박았다.

"나는 베네벤툼으로 떠난 거요. 알겠소?"

"네, 나리께선 벌써 그곳으로 가신 거지요. 오늘 아침 저는 카페나 성문에서 나리께 작별 인사를 드렸으니까요. 나리께서 가시고 난 후 얼마나 쓸쓸하던지, 만일 나리께서 이렇게 제 마음을 위로해 주시지 않았다면, 불쌍한 제토스[1]의 아내 아에돈[2]이 눈물을 멈출 수 없었듯이, 저 또한 울다가 죽어버렸을 것입니다."

비니키우스는 몸이 성치 않았지만, 터져 나오는 웃음을 참

---

1) 주피터의 아들, 쌍둥이 형제 암피온과 함께 테베의 왕.

2) 슬하에 아들 하나밖에 없던 차에 암피온의 아내이자 동서인 니오베에게 자식이 많은 걸 질투하여 그녀의 아들을 죽이려다 잘못하여 자기의 아들 이틸로스를 죽이고 슬퍼서 나이팅게일이 됨.

을 수가 없었다. 그리스인의 말솜씨가 보통이 아니라는 것은 이미 알고 있었지만, 이 정도로 재치가 넘치는 줄은 몰랐기 때문이다. 그는 킬로가 자기의 뜻을 재빨리 헤아려준 것이 여간 기쁘지 않았기에 이렇게 말했다.

"그럼 당신의 눈물이 마르도록 몇 줄 더 쓰겠소. 가서 등잔을 가져오시오."

킬로는 이제 완전히 마음을 놓고, 화덕 쪽으로 몇 발자국 다가가서 벽에 걸려 있는 등잔 하나를 집어 들었다. 바로 그때 모자가 머리에서 흘러내리는 바람에 불빛에 킬로의 얼굴이 환하게 드러났다. 그러자 글라우쿠스가 의자에서 벌떡 일어나 재빨리 킬로에게 다가가서 그의 앞에 버티고 섰다.

"케파스[3]! 내가 누군지 알겠나?"

글라우쿠스의 목소리에는 무서운 위엄이 서려 있었으므로 방 안에 있던 사람들 모두가 소름이 돋았다. 킬로는 소스라치게 놀라며 들고 있던 등잔을 그만 바닥에 떨어뜨리고 말았다. 이어 허리를 구부려 몸을 두 겹으로 접고는 신음하듯 말했다.

"사람 잘못 보셨습니다……. 저는 케파스가 아닙니다……. 자비를 베풀어주십시오."

글라우쿠스는 방 안에 있는 사람들을 둘러보며 말했다.

"나와 내 가족을 팔아넘기고 파멸시킨 자가 바로 이 사람입니다."

글라우쿠스에 관한 이야기는 모든 그리스도교 신자들이 다 알고 있었고, 비니키우스 역시 킬로에게서 들어 알고 있었다. 단지 치료받을 때 고통을 못 이기고 정신을 잃어 그의 이름을

---

3) 킬로는 글라우쿠스에게 본명을 감추고 자신의 이름을 케파스라고 속였음.

듣지 못했으므로 그 의사가 바로 글라우쿠스란 사실을 모르고 있었을 뿐이었다. 우르수스는 글라우쿠스의 말을 듣는 순간, 마치 캄캄한 어둠 속에서 번갯불이 번쩍 하듯 뭔가가 머릿속을 환히 밝혀주는 것을 느꼈다. 킬로의 정체를 알게 된 우르수스는 그에게 와락 덤벼들어 그의 양팔을 뒤로 비틀며 소리쳤다.

"저에게 글라우쿠스 님을 죽이라고 꼬드긴 자도 바로 이 놈입니다."

"살려주십시오……." 킬로는 신음했다. "은혜는 어떻게든 보답하겠나이다!" 비니키우스 쪽을 돌아보며 그는 울부짖었다. "나리, 저 좀 살려주십시오! 제가 믿는 건 나리뿐입니다. 제발 저를 좀 도와주십시오……. 나리의 편지는…… 반드시 전하겠습니다. 나리……! 나리……!"

하지만 비니키우스는 방 안에 있는 모든 사람들 중에서 가장 냉담한 시선으로 킬로를 바라보고 있었다. 이 그리스인의 인간성을 잘 알기 때문이기도 했지만, 원래 군인인 비니키우스에게는 사사로운 정이라는 것이 없었던 것이다.

"그놈을 산 채로 뜰에다 매장하십시오. 편지는 다른 사람을 시켜서 전하겠습니다."

킬로에게는 비니키우스의 이 말이 최후의 사형 선고로 들렸다. 킬로의 양팔은 우르수스의 무지막지한 손에 붙잡혀 우두둑 소리를 내고 있었고, 심한 고통과 두려움으로 눈에는 눈물이 가득 고였다.

"당신네들이 믿는 신의 이름으로 제발 자비를 베풀어주십시오." 그는 외쳤다. "저는 그리스도교 신자입니다. 팍스 보비스쿰! 저는 그리스도교 신자입니다. 만약 제 말을 믿을 수 없다면, 한 번, 두 번, 아니 열 번이라도 좋으니 제게 세례를 받게 해 주십시오! 글라우쿠스 님, 이건 뭔가 잘못된 것입니다! 제게 해명할 기회를 주십시오! 저를 노예로 삼아도 좋으니 목숨만은 살려주십시오! 저를 불쌍히 여겨주십시오! 제발……."

통증 때문에 숨이 가빠오는지 킬로의 목소리가 점점 가늘어졌다. 그때 식탁 건너편에 앉아 있던 베드로 사도가 조용히 일어섰다. 베드로는 눈처럼 하얀 머리를 가슴 언저리까지 푹 숙이고 눈을 감은 채 꼼짝도 하지 않고 서 있었다. 노사도는 잠시 머리를 부르르 떨더니 마침내 고개를 들고 입을 열었다.

"구세주께서 우리에게 이렇게 말씀하신 바 있습니다. 만약에 너희들의 형제가 너희에게 죄를 범하면 타일러라. 하지만 회개하면 용서하라. 가령 하루에 일곱 번 너희에게 죄를 짓고, 일곱 번 용서를 빌며 돌아온다 해도 너희는 일곱 번뿐 아니라 일곱 번씩 일흔 번이라도 그를 용서해 주어라."

방 안은 한결 더 조용해졌다.

글라우쿠스는 오랫동안 두 손으로 얼굴을 가린 채 서 있다가 손을 내리며 말했다.

"케파스여, 내가 그리스도의 이름으로 당신이 저지른 죄를 용서하듯이 하느님께서 당신의 죄를 용서해 주시기 바라오."

그러자 우르수스도 그리스인의 팔을 놓고 이렇게 말했다.

"내가 당신을 용서하듯이 구세주께서도 당신에게 자비를 베풀어주시기 바라오."

순간 킬로는 땅바닥에 쓰러지면서 두 손으로 간신히 몸을 지탱했다. 그는 마치 덫에 걸린 짐승처럼 머리를 휘저으며, 어느 쪽에서 죽음의 그림자가 덮칠까 사방을 이리저리 둘러보았다. 아직도 자기의 눈과 귀를 믿을 수 없었고, 감히 용서를 받는다는 것은 생각조차 할 수 없었다. 차차 제정신으로 돌아왔으나 다만 파랗게 질린 입술은 두려움 때문에 여전히 떨리고 있었다.

"안심하고 돌아가십시오." 사도 베드로가 킬로에게 말했다.

킬로는 억지로 몸을 일으켰으나 아무 말도 할 수가 없었다. 그는 여전히 비니키우스의 보호를 바라며 무의식적으로 비니키우스의 침대 곁으로 다가갔다. 자기를 고용한 사람이자 자기와 같은 편이었던 비니키우스는 자기에게 형벌을 내리라고 했고, 오히려 여태까지 자기가 배반해 온 그리스도교 신자들이 자기를 용서해 주었다는 사실이 도무지 실감나지 않았던 것이다. 생각이 여기에 미치자 킬로는 깜짝 놀랐다. 그는 도저히 믿을 수가 없었다. 용서를 받았다고는 하나, 이 이해할 수 없는 사람들 틈에서 될 수 있는 대로 빨리 빠져나가고 싶은 생각뿐이었다. 그들이 자기에게 호의를 베푸는 것이 자기를 잔인하게 취급하는 것 이상으로 무섭게 느껴졌다. 이곳에 조금이라도 더 머물러 있다가는 무슨 뜻밖의 변을 당할지도 모를 일이었다. 그래서 그는 비니키우스의 머리맡에 서서 더듬더듬 말하기 시작했다.

"나리, 편지를 주십쇼. 편지를요……."

킬로는 비니키우스의 손에서 재빨리 밀랍판을 낚아챘다. 그러고는 먼저 그리스도교 신자들에게, 그 다음에는 누워 있는 비니키우스에게 차례로 절을 한 다음, 벽에 찰싹 달라붙어 기어가듯이 문 밖으로 나왔다.

정원으로 나왔을 때 주위는 이미 캄캄했다. 킬로는 우르수스가 뒤쫓아와서 어둠 속에서 자기를 죽일 것만 같아 또다시 머리끝이 쭈뼛 곤두섰다. 그는 가능한 한 빨리 도망치려 했으나 힘이 빠져 떨 수가 없었다. 마음은 초조했지만 발이 도무지 말을 듣지 않았다. 그러고 있는데 과연 우르수스가 자기 앞에 정말로 우뚝 서 있는 것이 보였다.

킬로는 땅바닥에 엎드려 울부짖기 시작했다.

"우르바누스…… 그리스도의 이름으로……."

우르수스가 부드럽게 말했다.

"염려 마세요. 사도님께서 어둠 속에서 당신이 길을 잃으면 안 되니 성문 앞에까지 바래다주라고 하셨습니다. 기운이 없으시면 댁까지 모셔다 드리겠습니다."

킬로가 얼굴을 번쩍 들었다.

"무슨 말을 하는 거요……? 날 죽이지 않겠다는 거요?"

"별 말씀을 다 하십니다. 제가 왜 사람을 죽이겠습니까? 아까 당신의 팔을 너무 심하게 비틀어 아프실 겁니다. 용서해 주십시오."

"나를 좀 일으켜주시오." 킬로가 되물었다. "그러니까 당신은 나를 죽이지 않는다는 거요? 그렇죠? 그렇다면 한길까지만 데려다 주시오. 거기서부터는 혼자 갈 수 있소."

우르수스는 가벼운 깃털을 들듯이 킬로를 일으켜 세웠다. 그러고는 어둑어둑한 통로를 지나 첫 번째 안마당까지 인도했다. 두 사람은 출입문을 통과하여 거리로 나섰다. 복도에서 킬로는 마음속으로 또다시 '이젠 끝장이다.'를 되풀이했으나, 한길까지 나오자 정신을 가다듬을 수 있었다.

"여기서부터는 혼자 가겠습니다."

"주님의 평화가 함께하시기를."

"당신께도 그러하길 바랍니다……. 자아, 나는 숨 좀 돌려야겠습니다."

우르수스가 돌아간 뒤 킬로는 크게 심호흡을 했다. 자기가 정말 살아 있는지를 확인하려는 듯 허리와 엉덩이 주변을 이리저리 만져보고 나서, 그는 급히 걷기 시작했다.

얼마쯤 걸었을까. 킬로는 그 자리에 멈춰 서서 중얼거렸다.

"도대체 그들은 왜 나를 죽이지 않았을까?"

이미 에우리키우스와 그리스도교의 가르침에 대해서 얘기를 나눈 적이 있고, 우르수스와도 강기슭에서 대화를 나눈 바 있으며, 오스트리아눔에서 설교를 들었음에도 불구하고, 킬로는 이 의문에 대한 해답을 찾을 수가 없었다.

제25장

비니키우스 역시 이 사건을 어떻게 받아들여야 할지 도무지 납득이 가지 않았다. 마음속으로는 킬로와 마찬가지로 놀라움을 금치 못했다. 이 사람들이 자기에게 친절을 베풀고, 자기의 습격에 대해 복수는커녕 오히려 자상하게 간호까지 해준 것은 한편으로는 그들의 신앙 때문이기도 하고, 리기아의 덕택도 있었겠지만, 필경 자기가 지체 높은 귀족이라는 점도 영향을 미쳤을 것이라고 생각했다. 그러나 킬로에 대한 그들의 태도는 지금까지 그가 살아온 방식으로 보면, 인간으로서 남을 용서할 수 있는 한계를 초월한 것이었다. '왜 그들은 그리스인을 죽이지 않았을까?' 하는 의문이 그의 마음을 뒤덮었다. 그들은 처벌 따위는 걱정할 필요 없이 얼마든지 킬로를 죽일 수 있었던 것이다. 우르수스로 하여금 시체를 마당에 묻게 할 수도 있었고, 밤중에 티베리스 강에 던져버릴 수도 있었을 것이다. 황세가 한밤중에 거리에서 조신들의 무리와 함께 포악한 짓거리를 자행하던 시절이었기에, 아침마다 강에서 시신이 떠올라도 어디서 흘러온 것인지 조사하는 사람도 없었다. 더욱이 비니키우스의 판단으로는 그리스도교 신자들은 킬로를 죽여도 무방했고, 또 반드시 그래야만 하는 충분한 이유도 있었다.

하긴 이 청년 귀족이 속한 사회에도 동정심이 전혀 통하지 않는 것은 아니었다. 아테네 사람들은 '연민의 여신'을 위해 제단을 마련하고, 아테네 시에서 검투사들의 시합이 벌어지는 것을 오랫동안 거부하기도 했다. 로마에서도 싸움에 패한 적군에게 자비를 베풀어준 일이 있었다. 예를 들면 브리타니아의 왕 칼리크라투스 같은 사람은 클라우디우스 황제 시대에 포로가 되었으면서도 황제로부터 후한 대접을 받았고, 로마 시내에서는 자유를 누릴 수 있었다. 하지만 개인이 당한 해악에 대해 복수하는 것은, 모든 로마 사람들과 마찬가지로 비니키우스 또한 지극히 정당한 일이라고 생각했다. 복수를 포기하는 것은 비니키우스의 기준으로는 오히려 비겁한 일이었다.

물론 오스트리아눔에 갔을 때 원수까지도 사랑해야 한다는 말을 들었다. 그러나 비니키우스는 그 말이 실생활에서는 아무 소용이 없는 공론(空論)에 지나지 않는다고 생각하고 있었다. 그들이 킬로를 죽이지 않은 것은 아마도 이날이 그리스도교의 축일이든지, 아니면 달의 주기와 관련하여 그리스도교 신자들에게 살인이 금지된 기간이기 때문이리라. 어떤 민족의 경우에는 전쟁을 시작해서는 안 되는 흉일(凶日)을 철저하게 지킨다는 말을 들은 적이 있었다. 그렇다면 그들은 왜 그 그리스 놈을 법의 심판에 넘기지 않은 것일까? 사도는 어째서 "사람이 일곱 번 죄를 범해도 일곱 번 용서해야 한다."고 설교

했을까? 또 글라우쿠스는 왜 "내가 당신을 용서하듯이 하느님께서도 그대를 용서해 주시기를 바란다."라고 했을까? 킬로는 글라우쿠스에게 인간으로서 범할 수 있는 가장 큰 죄를 범했다. 가령 누가 리기아를 죽인다면 나는 어떻게 할 것인가, 이런 생각을 하자 비니키우스의 마음은 용암처럼 부글부글 끓어올랐다. 그녀의 복수를 위해서라면 수단 방법을 가리지 않고, 상대에게 온갖 고통을 맛보게 하리라. 그러나 글라우쿠스는 킬로를 용서했다. 우르수스 또한 킬로를 용서했다. 사실 우르수스 정도의 힘을 가진 사내라면 이 로마에서 후환을 두려워하지 않고, 누구든지 죽일 수 있을 것이다. 그가 마음만 먹으면 '네무스 숲'[1]에서 왕 노릇을 하는 제사장이라도 죽이고 그 자리를 차지할 수 있을 테니까. 검투사 중 최강자의 영예를 안고 있던 크로톤도 상대할 수 없었던 그 사내를 누가 당해낼 수 있겠는가.

이런 모든 의문에 대한 해답은 오직 한 가지밖에 없었다. 그들이 킬로를 죽이지 않은 것은, 지금까지 이 세상에 존재한 적이 없었던 크나큰 선의에 의한 것이며, 자기가 입은 피해나 사사로운 행복과 불행 등의 감정을 모두 잊은 채, 오직 남을 위해 살아가라고 명하는 그들 종교의 교리가 부르짖는 한없는 인간애 때문임이 분명하다. 그렇다면 그렇게 함으로써 그들이 받게 될 보상은 무엇일까, 비니키우스는 이미 오스트리아눔에서 들은 바 있었지만, 도무지 납득이 되지 않았다. 뿐만 아니

1) 로마의 남동쪽에 있는 숲으로 여신 디아나의 신전이 있는 성역. 도망친 노예가 이 숲 속에서 스스로 왕이라 칭하며 제사장 노릇을 했는데, 또 다른 노예가 도망쳐 와서 그를 살해하고 그 자리를 빼앗은 적이 있었음.

라 타인을 위해서 모든 부귀와 쾌락을 단념하지 않으면 안 되는 그 신자들의 삶은 자못 비참할 것이라고 생각했다. 그래서 그는 그리스도교에 대하여 경외감과 더불어, 동정심과 약간의 경멸감마저 느꼈다. 그의 기준으로 볼 때 그리스도교 신자들은 머지않아 늑대에게 잡아먹힐 양의 무리나 다름없었다. 전형적인 로마인의 기질을 타고난 비니키우스로서는 가만히 앉아 잡아먹히기만을 기다리는 그 사람들이 어리석게만 보였다. 그러나 한 가지만은 그를 감동시켰다. 그것은 킬로가 떠난 후, 그들의 얼굴이 충만한 기쁨으로 빛나고 있었다는 사실이다. 사도 베드로는 글라우쿠스 곁으로 가서 그의 머리 위에 손을 얹고 이렇게 말했다.

"그리스도께서 그대의 영혼 안에서 승리하신 거요."

그러자 글라우쿠스는 뜻밖의 큰 행운을 만난 것처럼, 신뢰와 환희에 넘친 얼굴로 하늘을 우러러보았다. 복수를 해치운 뒤에 맛보는 희열밖에 몰랐던 비니키우스는 열에 들뜬 두 눈을 부릅뜨고 마치 미친 사람이라도 보듯이 의아한 눈길로 글라우쿠스를 응시했다. 하지만 노예처럼 보이는 그 사내의 두 손에 리기아가 입 맞추는 것을 보자, 비니키우스는 세상의 질서가 거꾸로 돌아가는 것 같아서 화가 치밀어 올랐다. 그때 마침 우르수스가 돌아와서, 킬로를 한길까지 바래다주면서, 아까 자기가 그의 팔을 비틀 때 아프게 했다면 용서해 달라고 청했다는 이야기를 했다. 그러자 사도는 우르수스에게도 머리에 손을 얹고 강복했다. 오늘은 위대한 승리의 날이라고 크리스푸스가 말했다. '승리'라는 말을 듣는 순간, 비니키우스는 사고의 실마리를 완전히 잃어버리고 혼돈에 빠졌다.

잠시 후 리기아가 가져다준 차가운 음료수를 마시고 정신을 가다듬은 비니키우스는 그녀의 손을 꼭 쥐면서 이렇게 물었다.

"리기아, 당신도 나를 용서해 준단 말입니까?"

"우리는 그리스도교 신자들입니다. 마음속에 원한을 품는 것은 허용되지 않습니다."

"리기아, 당신의 신이 누구든지 간에, 오직 당신이 믿는 신이라는 이유만으로 나는 그 신에게 황소 100마리를 바치겠습니다." 비니키우스가 말했다.

리기아가 대답했다.

"당신이 하느님을 사랑하신다면 마음으로 받들어 주세요."

"오직 당신이 믿는 신이라는 이유로……."

비니키우스는 아까보다 희미한 목소리로 되풀이했다. 그는 피로가 몰려와서 눈을 감았다.

리기아는 밖으로 나갔다가 곧 되돌아왔다. 그녀는 비니키우스가 잠들었는지, 아닌지를 확인하려고 몸을 굽혔다. 비니키우스는 리기아가 곁에 있다는 것을 느끼면서, 가만히 눈을 떴다. 그 눈에는 미소가 담겨 있었다. 하지만 리기아는 그를 재우려는 듯 한 손을 그의 눈 위에 살며시 얹었다. 비니키우스는 더없이 행복했으나 자신의 용태가 훨씬 나빠지고 있음을 느꼈다. 사실 그의 용태는 처음보다 악화되어 있었다. 한밤중이 되자 비니키우스는 고열에 시달리게 되었다. 그는 잠을 이루지 못하고, 계속해서 리기아의 거동만 눈으로 좇고 있었다. 때로는 비몽사몽간에 주위에서 일어나는 모든 일들을 생생하게 보고 들었는데, 그 속에는 고열로 인한 환영과 현실이 뒤섞여 있었다. 어떤 오래되고 한적한 묘지에 탑 모양의 신전이 서 있고, 리기아가 그곳의 여제사가 되어 있는 모습이 보이기도 했다. 그는 리기아로부터 잠시도 시선을 거두지 못했다.

그녀는 손에 류트를 들고 온몸에 달빛을 받으며 탑 꼭대기에 서 있었다. 그 모습은 마치 그가 동방에서 가끔 본, 밤마다 달을 보면서 찬가를 부르는 여제사와 비슷했다. 비니키우스는 안간힘을 쓰며 탑 꼭대기에 있는 리기아를 향해 나선형의 꼬불꼬불한 계단을 오르고 있었다. 그런데 킬로가 뒤쫓아 오는 것이 아닌가. 그는 두려움으로 인해 이를 딱딱 마주치면서 "멈추세요, 나리. 그녀는 제사이니, 나중에 '그분'의 벌을 받게 될 것입니다……." 하고 되풀이하였다. 비니키우스는 '그분'이 누구를 말하는지 알 수 없었으나, 자기가 하고자 하는 일이 신성을 모독하는 행위라는 것을 깨닫고 공포에 사로잡혔다. 탑 꼭대기를 둘러싼 난간에 다다랐을 때, 은빛 수염을 늘어뜨린 사도가 어느 틈에 리기아 곁에 나타나 엄숙히 입을 열었다. "이 여자에게 손대지 말라. 이 여자는 나의 것이다." 그러더니 그는 리기아와 함께 달빛으로 물든 길을 따라 마치 천국으로 향하듯 위로 올라가기 시작했다. 비니키우스는 양손을 내밀며, 자기도 같이 데려가 달라고 애원하였다.

여기서 비니키우스는 환영에서 깨어나 의식을 회복하고 눈앞에 있는 광경을 바라보았다. 화덕에서 타고 있던 불꽃은 이미 약해졌으나, 그리스도교인들이 다 함께 불 가에 앉아 있다는 것은 분간할 수 있었다. 추운 겨울밤, 방 안에도 제법 쌀쌀한 냉기가 감돌고 있었다. 비니키우스는 그들의 입에서 입김이 피어 나오는 것을 보았다. 사도 베드로는 일행의 가운데 앉아 있었고, 그의 무릎 옆에 놓여 있는 낮은 발 받침대 위에는 리기아가, 조금 떨어진 곳에 글라우쿠스, 크리스푸스, 미리암이 앉아 있었다. 한쪽 구석에는 우르수스가, 그 반대편 구석에는 미리암의 아들 나자리우스가 앉아 있었다. 나자리우스는 잘생긴 외모에 검은 머리카락을 어깨까지 치렁치렁 늘어뜨리고 있었다.

리기아는 사도를 바라보며 열심히 귀 기울이고 있었고, 다른 사람들의 얼굴도 모두 사도를 향하고 있었다. 사도는 나지막이 무슨 얘기를 하고 있었다. 비니키우스는 사도를 보며 조금 전 열에 들떠 환영을 보았을 때와 마찬가지로 일종의 미신과도 같은 두려움을 느꼈다. 그 꿈이 정말이었을까, 먼 나라에서 바다를 건너 여기까지 온 저 노인이, 정말 내 품에서 리기아를 빼앗아, 어느 낯선 곳으로 멀리 데려가는 것이 아닐까 하는 생각이 그의 머리를 스쳤다. 저 노인은 틀림없이 내 얘기를 하고 있을 것이다. 어쩌면 나를 리기아로부터 떼어놓기 위한 방법을 논의하고 있는지도 모른다. 사실 지금 저 노인이 할 수 있는 이야기가 그 밖에 또 무엇이 있겠는가. 자신의 추측을 기정사실로 믿어버린 비니키우스는 베드로의 이야기를 하나도 놓치지 않기 위해, 정신을 바짝 차리고 그의 말에 귀를 기울였다.

그런데 그것은 착각이었다. 사도는 그리스도에 대해 얘기하고 있었던 것이다.

비니키우스는 '이 사람들은 오직 그리스도의 이름으로만 살고 있구나.' 하고 생각했다.

노인은 그리스도가 체포되었을 때의 이야기를 하고 있었다.

"많은 병사와 제사장의 종들이 와서 주님을 잡아가려고 했습니다. 누구를 찾느냐고 주님께서 물으시자 그들은 '나사렛의 예수'라고 대답했습니다. 그러자 주님께서는 그들에게 '내가 바로 당신들이 찾는 사람이오.'라고 말씀하셨습니다. 이 말을 듣고 그들은 땅에 엎드려 절하고는 감히 주님의 몸에 손을 대지 못했습니다. 두 번째 여쭈어보고 나서야 비로소 주님을 잡아갈 수 있었습니다.”

여기서 사도는 말을 중단하고, 양손을 불에 쬔 뒤 다시 계속하였다.

“그날 밤은 오늘처럼 추웠지만, 내 가슴은 뜨겁게 불타고 있었습니다. 나는 주님을 지키기 위해 칼을 뽑아 대제사장이 보낸 종의 귀를 내리쳤습니다. 만일 주님께서 ‘칼을 거두어라. 아버지께서 주신 고난의 잔을 내 어찌 받아 마시지 않을 수 있겠느냐?’ 하고 말씀하시지 않았다면, 나는 내 목숨을 바쳐서라도 주님을 지켰을 것입니다. 이윽고 그들은 주님을 묶었습니다…….”

여기까지 말한 뒤 베드로는 이마에 손을 대고 침묵했다. 그때의 참혹한 상황들이 생생하게 되살아나 더 이상 이야기를 계속할 수가 없었던 것이다. 우르수스가 참지 못하고 벌떡 일어나 쇠꼬챙이로 화덕의 불을 쑤셔대자, 불꽃이 황금 빛줄기처럼 사방으로 흩어지면서 한결 기세 좋게 타올랐다. 우르수스가 다시 자리에 앉아 소리쳤다.

“어떻게 되든 알게 뭡니까. 나 같으면 그때 바로…….”

우르수스는 더 이상 말을 잇지 못하고 입을 다물었다. 리기아가 입술에 가만히 손가락을 대었기 때문이다. 우르수스는 길게 한숨을 내쉬었다. 그의 가슴속에선 거대한 폭풍이 휘몰아치고 있었다. 우르수스는 항상 사도의 발에 입을 맞추고 싶을 만큼 그를 존경하고 있었지만, 주님이 잡혀가실 때의 그의 행동은 도무지 받아들일 수가 없었다. 누구든지 내 앞에서 주님께 손을 대는 놈이 있으면, 나는 절대로 용서하지 않았으리라. 만일 그날 밤 내가 주님을 모시고 있었다면, 그래, 만일 내가 그곳에 있었다면, 병사건, 제사장의 종들이건, 관리들이건 간에 모두 내 손에 박살이 났을 것이다. 이런 생각을 하니 우르수스의 마음은 처량해지고 고통스러웠다. 그의 눈에는 어느덧 눈물이 그렁그렁 맺혔다. 만일 그때 내가 그 자리에 있었다면, 주님을 지켜드리기 위해 기꺼이 싸우는 것은 물론이고, 리기 족의 힘센 장사들을 불러 모아 자기를 돕도록 했을 것이다. 그러나 한편 생각해 보면 그런 행위는 구세주의 뜻을 거역하는 것으로, 인류의 구원을 방해하는 결과가 되었으리라……. 이런 이유로 우르수스는 조용히 눈물을 흘렸다.

잠시 후 베드로는 이마에서 손을 떼고 말을 이었다. 비니키우스는 또다시 열이 올라 혼수상태에 빠져들기 시작했다. 그의 머릿속에서는 지금 듣고 있는 내용과 전날 밤 사도가 오스트리아눔에서 말한, 그리스도가 갈릴래아 호수에 처음 나타난 날의 이야기가 뒤섞이고 있었다. 넓은 호수 위에 떠 있는 고기잡이 배 한 척이 보였다. 그 안에는 베드로와 리기아가 타고 있었다. 그는 온 힘을 다해 헤엄쳐 두 사람을 쫓아갔으나, 부러진 팔이 아파서 도저히 그들을 따라잡을 수가 없었다. 폭풍이 일어 파도가 그의 눈을 덮치고, 몸은 차츰 물속으로 가라앉았다. 비니키우스는 악을 쓰며 살려달라고 도움을 청했다. 리기아가 사도에게 무릎 꿇고 간청하자, 사도는 배를 비니키우스 쪽으로 돌리며 그에게 노를 내밀었다. 비니키우스는 그 노를 꽉 붙잡았다. 비니키우스는 두 사람의 부축을 받으며 배 위로 간신히 기어 올라가 그대로 바닥에 푹 쓰러졌다.

환영 속에서 잠시 후 눈을 뜨자 수많은 사람들이 배를 향해 헤엄쳐 오는 것이 보였다. 그들의 머리는 이미 흰 거품에 잠겨 있었고, 물살의 소용돌이 속에서 살려달라며 휘젓는 손들이 보일 뿐이었다. 베드로는 물에 빠진 사람들을 하나둘씩 배로 끌어올리기 시작했다. 그러자 기적이 일어났다. 사람들의 숫자가 늘어나면 늘어날수록 배도 자꾸만 커지는 것이었다. 이윽고 오스트리아눔에 모였던 신자들만큼이나 많은 군중이 배 안에 가득 찼다. 비니키우스는 이렇게 작은 배 안에 어떻게 이처럼 많은 사람들이 타고 있을까 의아하게 여기며, 혹시 배가 가라앉지나 않을까 염려했다. 그러나 그때 리기아가 비니키우스를 안심시키며, 배가 나아가고 있는 먼 기슭 쪽을 손으로 가리켰다. 거기에는 한 줄기 서광이 비치고 있었다. 여기서 비니키우스의 환영은 다시 그가 오스트리아눔에서 사도를 통해 들은 이야기, 즉 그리스도가 호숫가에 나타난 이야기와 뒤섞였다. 저 멀리 호숫가의 빛줄기 속에 누군가가 서 있는 것이 보였다. 베드로는 그 쪽으로 배를 저어갔다. 그들이 가까이 다가감에 따라 폭풍이 가라앉고, 물결은 잔잔해졌으며, 빛은 점점 밝아졌다. 신자들은 기쁨에 넘쳐 아름다운 성가를 부르기 시작했다. 대기는 감미로운 나아드 향기로 가득 찼다. 마치 물속에 장미꽃과 백합이 만발하기라도 한 듯, 수면 위로 무지개가 피어올랐다. 마침내 뱃머리가 소리 없이 모래톱에 닿았다. 그러자 리기아가 비니키우스의 손을 잡으며 "내리세요, 제가 인도할게요."라고 말하는 것이었다. 그리고 그녀는 비니키우스를 광명 속으로 데리고 갔다.

비니키우스는 다시 눈을 떴다. 아직까지 꿈의 여운이 사라지지 않았는지 얼마 동안은 현실감이 없었다. 아직도 자기가 호숫가에서 군중 틈에 둘러싸여 있는 것만 같았다. 그는 군중 속에서 이유도 모르면서 열심히 페트로니우스를 찾고 있었다.

그런데 아무리 애써도 찾을 수가 없어 안타까워하고 있었다. 순간 비니키우스는 화덕에서 비쳐오는 강렬한 불빛을 느끼며 의식을 회복했다. 불 가에는 이제 아무도 없었다. 올리브 가지가 선홍빛 잿더미 속에서 미약한 연기를 피워 올리고 있었다. 그러나 방금 던져 넣은 듯한 소나무 장작은 불꽃을 피우며 훨훨 타고 있었다. 비니키우스는 그 불빛 덕분에 리기아가 자기 침대 가까이에 앉아 있는 것을 볼 수 있었다.

그녀의 모습을 보자 비니키우스는 마음속 깊이 감동을 받았다. 리기아는 전날 밤을 오스트리아눔에서 새웠고, 오늘은 온종일 자기를 간호하느라고 분주하게 보냈다. 그런데도 그녀는 모두 잠자리에 든 지금까지도 혼자 남아 그를 극진히 보살피고 있는 것이다. 꼼짝도 하지 않고 가만히 앉아서 눈을 감고 있는 것을 보니 퍽 피곤한 모양이다. 졸고 있는 것인지, 명상에 잠긴 것인지 비니키우스는 분간할 수가 없었다. 그녀의 옆얼굴, 내리깐 속눈썹, 무릎 위에 가지런히 올려놓은 가냘픈 손을 찬찬히 뜯어보면서 이교도인 비니키우스는 문득 이런 생각을 했다. 그리스나 로마에서 말하는 미(美), 그 자아도취에 빠진, 육감적인 나체의 아름다움 외에 이 세상에는 순결하고 깨끗한 아름다움, 즉 영혼이 깃들어 있는 숭고한 아름다움이 존재하는 것은 아닐까.

비니키우스는 이 아름다움이 그리스도교의 가르침에서 비롯된 것이라고는 생각지 못했으나, 이제 리기아를 그녀가 받들고 있는 종교와 따로 떼어놓고 생각할 수는 없었다. 다른 사람들이 모두 잠들어 있는데도 오직 한 사람, 자기가 그토록 괴롭혔던 리기아만이 홀로 깨어 자기를 보살펴 주는 것은 그녀가 신봉하는 종교의 가르침 덕분이라고 이해하게 되었다.

한편으로는 그 종교의 가르침에 경탄을 금할 수 없었지만, 다른 한편으로는 불만스럽기도 했다. 그는 리기아가 그렇게 한 것이 자기의 얼굴이나 눈, 조각과 같은 육체에 대한 애정에서, 다시 말해 지금껏 그리스나 로마의 여자들이 눈부시게 하얀 팔로 그의 목에 매달린 것 같은 그런 이유에서 비롯된 것이기를 갈망하고 있었던 것이다.

그러나 문득, 그녀가 다른 여자들처럼 평범했다면, 지금 리기아가 지니고 있는 고상한 기품은 그녀에게서 발견할 수 없었을 것이라는 생각이 들었다. 비니키우스는 깜짝 놀랐다. 자신에게 어떤 변화가 일어났는지 정확히 알 수는 없으나, 지금까지 느껴보지 못한 어떤 새로운 감정, 새로운 기쁨이 그의 마음속에서 움트기 시작했던 것이다.

바로 그 순간 리기아가 눈을 떴다. 그녀는 비니키우스가 자기를 쳐다보고 있는 것을 알고 가까이 다가와 속삭였다.

"제가 당신 곁에 있어요."

비니키우스가 대답했다.

"나는 당신의 영혼을 꿈속에서 보았습니다."

제26장

다음 날 아침 비니키우스는 여전히 쇠약한 상태로 잠에서 깨어났다. 그래도 열은 내린 듯했고, 통증도 많이 가라앉았다. 부스럭거리는 소리에 잠을 깼으나, 리기아는 곁에 없었다. 우르수스만이 화덕 앞에서 몸을 구부리고 회색빛 잿더미를 휘저으며 타다 남은 불씨를 찾고 있었다. 두서너 개의 불씨를 찾아내자 입으로 훅훅 불기 시작했는데, 사람의 입이 아니라 대장장이가 풀무로 바람을 일으키는 것 같았다. 비니키우스는 이 사내가 크로톤을 죽인 것을 떠올리고는 검투 시합의 애호가다운 흥미를 가지고 키클로페스[1]의 몸통과도 같은 거대한 등뼈와 원주 같은 허벅지를 바라보았다.

'내 목을 부러뜨리지 않은 것을 메르쿠리우스 신에게 감사해야겠군.' 비니키우스는 안도의 한숨을 쉬었다. '폴룩스의

---

1) 그리스 신화에 나오는 외눈박이 거인.

이름으로 맹세하노니, 다른 리기 족도 저 녀석과 닮았다면 다누비우스 군단[2]은 앞으로 그들을 상대로 고생깨나 하겠는걸.'

그는 큰 소리로 우르수스를 불렀다.

"이봐, 노예!"

우르수스는 화덕에서 고개를 돌려 애교스럽게 미소를 지으며 대답했다.

"하느님께서 나리에게 좋은 하루와 건강을 내려주시기 바랍니다. 그리고 나리, 저는 자유인이지 노예가 아닙니다."

마침 비니키우스는 우르수스에게 리기아의 고향에 대해 이것저것 물어보려고 했는데, 이 말을 듣자 기분이 좋아졌다. 왜냐하면 로마의 법률과 관습이 인간으로 인정하지 않는 노예와 이야기하는 것보다는, 비록 신분은 낮을지언정 자유인과 이야기하는 편이 로마인이자 귀족인 자신의 품위를 덜 손상시킨다고 생각했기 때문이다.

"그럼, 너는 아울루스 가문의 종이 아니란 말이냐?"

"네, 나리. 저는 원래 칼리나 아가씨의 어머님을 모셨는데, 그 인연으로 칼리나 아가씨도 모시게 된 것입니다. 하지만 이건 다 제가 하고 싶어서 하는 일입니다."

우르수스는 또다시 화덕 쪽으로 머리를 숙여 입김을 후후 불면서, 그 위에 장작을 올려놓았다. 일을 다 마친 뒤 그는 머리를 들며 말했다.

"우리 부족에게는 노예라는 것이 없습니다."

"리기아는 어디 있지?" 비니키우스가 물었다.

"방금 이 방에서 나가셨습니다. 제가 나리의 아침 식사를

---

2) 게르마니아의 다뉴브 강에 주둔하고 있던 로마 군단.

준비하게 되었습니다. 리기아 아가씨는 밤새 나리를 간호하셨거든요.”

“왜 네가 대신 하지 않았느냐?”

“리기아 아가씨께서 굳이 몸소 하시겠다고 말씀하셨으니까요. 아가씨의 말씀에 무조건 복종하는 것이 제 의무입니다.”

우르수스는 잠시 우울한 표정을 짓더니 이렇게 덧붙였다.

“제가 만일 아가씨의 분부에 따르지 않았다면, 나리는 지금쯤 이 세상에 안 계셨을 겁니다.”

“나를 죽이지 않은 것이 후회되나 보군?”

“아닙니다, 나리. 그리스도께서는 살인하지 말라고 말씀하셨습니다.”

“그럼 아타키누스와 크로톤은 왜 죽였지?”

“그땐 정말 어쩔 수가 없었습니다.”

우르수스는 원망스러운 듯이 자신의 두 손을 내려다보았다. 그의 영혼은 세례를 받았지만, 그의 손에는 분명히 이교도의 피가 흐르고 있었다. 그는 냄비를 화덕 위에 얹더니 그 앞에 쭈그리고 앉아 생각에 잠긴 채 불꽃을 바라보았다.

“나리, 그것은 나리의 잘못이었습니다. 나리께선 어쩌자고 감히 우리 아가씨, 공주님에게 손을 대셨습니까?” 우르수스가 말했다.

순간 비니키우스는 자존심이 몹시 상했다. 신분이 낮은 데다가 야만족 출신인 사내가 귀족인 자기에게 버릇없이 말을 걸어올 뿐 아니라, 비난까지 하다니 건방지기 짝이 없다고 생각했기 때문이다. 안 그래도 그제 밤부터 상상도 못한 불가사의한 일이 연달아 일어나서 가뜩이나 놀란 판국에 이런 대우를 받다니. 그러나 비니키우스는 몸도 성치 않았고, 곁에 종들도 거느리지 않고 있었기에 자제할 수밖에 없었다. 게다가 리기아의 지난날에 대해 이것저것 소상하게 듣고 싶었으므로 마음을 진정시켰다.

일단 노여움을 가라앉힌 뒤 비니키우스는 반니우스와 수에비 족에 맞서 싸웠던 리기 족의 전쟁에 관해 자세히 묻기 시작했다. 우르수스는 기꺼이 대답해 주었으나, 비니키우스가 아울루스 플라우티우스에게서 들은 것보다 더 상세하거나 새로운 내용은 없었다. 우르수스는 볼모로 아텔리우스 히스테르의 진영에 가 있었기 때문에 전투에는 참가하지 않았다고 했다. 다만 그가 아는 것은 리기 족이 수에비 족과 야지기 족을 토벌했다는 것, 그 과정에서 그들의 사령관이었던 리기 족의 왕이 야지기 인이 쏜 화살에 맞아 죽었다는 사실뿐이었다. 그리고 얼마 후 셈노네스 족[3]이 국경 근처의 숲에다 불을 질렀다는 소식이 전해졌고, 그 전갈을 받자마자 리기 족은 복수를 다짐하며 급히 자기 나라로 돌아갔다. 인질들은 아텔리우스 장군의 손에 맡겨졌다. 아텔리우스는 그 볼모들에 대해 마땅히 왕가의 영예를 지켜주어야 한다고 명령했다. 얼마 안 가서 리기아의 어머니가 세상을 떠났다. 이 로마의 장군은 그녀의 어린 딸을 어떻게 해야 좋을지 몰랐다. 우르수스는 공주를 데리고 고국으로 돌아가려 했으나, 도중에 들짐승과 야만족의 습격을 받을 위험이 있어 망설이고 있었다. 그러던 중 리기 족의 사절이 폼포니우스 장군을 찾아가서 마르코마니 족[4]과의 전투에 지원군을 보내기로 했다는 소식이 들려왔다. 이 얘기

3) 게르만의 한 부족. 수에비 족과 연합하여 세력이 컸음.
4) 게르만의 부족. 본래의 거주지에서 보헤미아로 이주, 로마에 위협이 됨.

를 듣고 아텔리우스는 우르수스로 하여금 리기아를 폼포니우스에게 데리고 가도록 했다. 그러나 우르수스가 막상 폼포니우스에게 가보니 사절 따위는 온 적이 없었음을 알게 되었다. 그리하여 두 사람은 폼포니우스의 진영에 남게 되었다. 폼포니우스는 두 사람을 로마로 데리고 돌아왔고, 개선식을 마치자 어린 공주를 그의 누이인 폼포니아 그레키나에게 주었던 것이다.

우르수스의 이야기 중에서 비니키우스가 모르고 있었던 것은 자질구레한 일들뿐이었다. 그래도 비니키우스는 흐뭇한 마음으로 열심히 귀를 기울였다. 리기아가 왕가 출신이라는 사실이 살아 있는 증인의 입으로 확인되었기에, 자신의 가문에 대한 그의 오만한 자부심을 만족시켜 주었기 때문이다. 왕족의 핏줄을 이어받은 이상 리기아는 궁중에서도 최고의 명문 출신 처녀들과 동등한 위상을 가질 수 있는 것이다. 특히 다행한 일은 그녀의 아버지가 다스리던 부족이 단 한번도 로마와 전쟁을 벌인 적이 없다는 점이다. 게다가 리기 인들은 야만족이기는 하지만, 아텔리우스 히스테르의 증언에 따르면 '수많은 용사'를 보유하고 있어, 필요할 때면 무서운 힘을 발휘할 수 있는 저력을 지닌 부족이 아닌가. 우르수스야말로 히스테르의 말이 사실이라는 것을 증명해 주는 살아 있는 증거였다.

우르수스는 비니키우스가 던진 질문에 이렇게 대답했다.

"우리는 숲 속에 사는 부족입니다. 땅덩어리가 하도 광대해서 숲의 끝을 본 자가 아무도 없고, 얼마나 많은 사람들이 살고 있는지 모를 정도입니다. 숲 속에는 나무로 만든 성채가 있는데, 거기에는 많은 전리품들이 쌓여 있습니다. 셈노네스

족, 마르코마니 족, 반달 족, 쿠아디 족 등이 방방곡곡에서 약탈해 온 것을 우리가 다시 몰수했기 때문입니다. 그들은 우리에게 감히 덤비지 못합니다. 다만 우리가 있는 쪽을 향해 바람이 불 때, 우리의 숲에 불을 지르는 것이 고작입니다. 우리는 그런 부족들이나 로마 황제 따위는 전혀 무섭지 않습니다."

"신들은 로마인에게 세계의 지배권을 주었어."

비니키우스가 엄격한 어조로 말했다.

"다른 신들은 모두 악령입니다. 로마인이 없는 곳에는 로마의 지배권도 통하지 않는 법입니다."

우르수스는 불꽃을 휘젓고 난 뒤, 혼잣말처럼 중얼거리면서 말을 이었다.

"칼리나 아가씨가 황제의 부름을 받고 궁전으로 끌려갔을 때, 어쩌면 봉변을 당하게 될지도 모른다고 생각했습니다. 그래서 숲으로 달려가서 리기 인들을 데려와 공주님을 구출할 생각도 했습니다. 리기 인들은 이교도이기는 하지만 선량한 사람들이므로, 다뉴브 강까지라도 출동해 줄 테니까요. 만일 그랬다면 저는 그들에게 '신앙의 복음'을 들려줄 수 있었을 것입니다. 가령 칼리나 아가씨가 폼포니아 그레키나 마님 댁으로 돌아가시게 되면, 저는 공주님께 간청하여 리기 인들이 사는 곳으로 가시자고 할 생각입니다. 예수 그리스도께서는 너무 먼 곳에서 탄생하셨기에 리기 인들은 아직 그분의 이름조차 들어본 적이 없습니다. 그리스도께서는 물론 자신이 어디에서 태어나는 것이 좋을지 저보다 더 잘 알고 계셨을 것입니다. 하지만 그리스도께서 우리 리기 족의 숲 속에서 태어나셨더라면, 최소한 수난을 당하지는 않으셨을 것입니다. 저희들은 그 거룩한 아기를 잘 키우고, 보호해 드렸을 겁니다. 짐승 고기와 버섯, 비버의 모피나 호박(琥珀) 등 부족한 것이 없도록 해드렸을 겁니다. 우리들이 수에비 인과 마르코마니 인으로부터 빼앗은 것은 무엇이든 그분께 갖다드렸을 겁니다. 풍족하고 편안하게 지내실 수 있도록 말입니다."

우르수스는 비니키우스에게 줄 수프가 든 냄비를 불 가까이 가져다 놓으며 말을 중단했다. 그의 생각은 리기 족이 살고 있는 광활한 숲 속을 맴돌고 있는 듯했다. 우르수스는 국물이 끓자 오목한 대접에 옮겨 담고는 적당히 식을 때까지 기다리면서 말을 이었다.

"나리, 글라우쿠스 님께서는 나리의 성한 손도 될 수 있는 대로 움직이지 않는 것이 좋다고 말씀하셨습니다. 그래서 아가씨께서는 나리에게 수프를 먹여드리라고 제게 분부하셨습니다."

리기아가 분부했다! 그렇다면 할 말이 없다. 비니키우스는 리기아가 황제의 딸이나 여신이라도 되는 것처럼 감히 그녀의 뜻을 거역할 생각은 추호도 없었다. 그는 말없이 순종했다. 우르수스는 침대 곁에 앉아 국물을 조그만 잔에 따르고는 환자가 마실 수 있게 입에 대주었다. 푸른 눈 가득히 친절한 미소를 머금고, 사뭇 조심스럽게 팔을 뻗었다. 비니키우스는 자기의 눈을 믿을 수가 없었다. 이자가 과연 어제 크로톤을 때려눕힌 뒤 태풍처럼 덤벼들어 자기를 갈가리 찢어 죽이려 했던 그 무서운 거인이란 말인가. 만일 리기아가 말리지 않았다면 나는 일찌감치 이 세상 사람이 아니었을 것이다. 젊은 귀족은 난생 처음 신분이 낮은 사람이나 하인, 야만족의 가슴속에는 무슨 생각이 담겨 있을까 진지하게 생각하기 시작했다.

우르수스는 신중을 기했지만, 간병인으로서는 서투르기 짝이 없었다. 대접이 헤라클레스처럼 무지막지한 손에 파묻혀 비니키우스의 입에 닿을 부분이 남아 있지도 않았다. 몇 번이나 시도해 보았으나 잘 되지 않자, 우르수스는 몹시 난처해하면서 이렇게 말했다.

"이런, 야생 들소를 굴에서 끌어내는 편이 훨씬 쉽겠군……."

비니키우스에게는 이 리기 인이 쩔쩔매는 모습이 우스웠고, 그의 말 또한 재미있게 느껴졌다. 비니키우스는 언젠가 검투장에서 북쪽 지방의 원시림에서 잡아온 무서운 야생 들소를 본 적이 있었다. 용맹스런 투사들도 그 들소와 상대하기를 꺼려할 정도였다. 크기로 보나 힘으로 보나 그 들소를 당해 낼 수 있는 것은 오직 코끼리뿐이었다.

"들소의 뿔을 잡아본 적이 있나?" 비니키우스는 놀라며 물었다.

"스무 살 겨울을 넘기기 전에는 좀 무섭다고 생각했죠. 하지만 그 후에는 간혹 들소 사냥을 하곤 했답니다."

우르수스는 다시 비니키우스에게 수프을 먹이려고 했으나, 그 솜씨는 아까보다도 더 서툴렀다.

"미리암이나 나자리우스에게 부탁을 해야겠군요." 우르수스가 말했다.

바로 그때 휘장이 젖히면서 리기아의 파리한 얼굴이 나타났다.

"제가 금방 도와드릴게요."

잠시 후 리기아가 침실에서 나왔다. 옛날부터 '카피티움'이라고 불리던, 앞가슴을 꼭 조이는 몸에 달라붙는 튜닉만을 걸치고, 머리는 풀어 내린 것으로 보아 잘 채비를 하고 있었던 것 같았다. 그 모습을 보자 비니키우스의 가슴이 뛰었다. 그가 왜 여태까지 잠을 자지 않았느냐고 나무라자, 리기아는 명랑한 어조로 말했다.

"막 자려던 참이었어요. 하지만 자기 전에 우르수스와 교대해야겠습니다."

리기아는 그릇을 받아들고 침대 머리에 앉아 비니키우스에게 수프를 떠먹이기 시작했다. 비니키우스는 부끄러움과 행복한 기분을 동시에 맛보았다. 리기아가 몸을 굽히자 그녀의 체온이 고스란히 전해져 왔으며, 그녀의 풍성한 머리카락이 그의 가슴을 부드럽게 스쳤다. 갑자기 흥분이 되어 비니키우스의 얼굴은 창백해졌다. 그러나 욕망과 충동의 혼란스러운 소용돌이 속에서도, 이 여자야말로 그 무엇보다 소중하고 귀한 존재이며, 그녀에 비하면 온 세상은 아무것도 아닌 하찮은 것이라는 생각이 들었다. 예전에 비니키우스는 무조건 리기아를 탐냈지만, 지금은 마음속 깊이 사랑하고 있었다. 과거에 그는 일상생활에 있어서나, 감정을 드러내는 데 있어 누구보다 자기중심적인 이기주의자였다. 그때는 자신의 일 외에는 다른 아무것에도 관심을 두지 않았지만, 지금은 그녀의 입장에서 생각하고, 리기아의 심정을 헤아릴 줄 알게 되었다.

잠시 후 비니키우스는 그만 먹겠다고 했다. 리기아의 얼굴을 바라볼 수 있기에 그녀가 옆에 있어 주는 것만으로도 말할 수 없이 쾌감을 느끼면서도, 행여 그녀가 힘들까 봐 이렇게 말했다.

"자, 이젠 됐습니다. 가서 주무십시오. 나의 여신이여."

"저를 그렇게 부르지 마세요. 그런 호칭은 제게는 어울리지 않아요." 리기아가 말했다. 그러고는 비니키우스에게 다정한 미소를 지으며, 자기는 졸리지도, 고단하지도 않으니 글라우쿠스가 올 때까지 자지 않겠다고 말했다. 비니키우스에게는 그 말이 마치 흥겨운 노랫소리처럼 들렸다. 그의 가슴은 벅찬 희열과 고마움으로 가득 차 더욱 세게 고동쳤으나, 그 심정을 어떻게 표현해야 좋을지 알 수가 없었다.

"리기아!" 잠시 후 그는 겨우 말문을 열었다. "예전에 나는 당신을 잘 몰랐습니다. 이제야 겨우 내가 잘못된 길로 당신에게 다가가려 했다는 것을 깨달았습니다. 당신은 폼포니아 그레키나에게로 돌아가 주십시오. 앞으로는 아무도 당신에게 손끝 하나 대지 못하게 하겠습니다."

그녀의 표정이 갑자기 흐려졌다.

"멀리서라도 어머니의 얼굴을 볼 수 있다면 얼마나 좋겠어요? 하지만 이젠 그 댁에 돌아갈 수 없어요."

"왜 그렇소?" 비니키우스가 깜짝 놀라며 물었다.

"저희 그리스도교 신자들은 악테에게서 팔라티움 궁전에서 일어난 일들을 들어서 다들 알고 있답니다. 황제는 제가 도망친 후, 네아폴리스로 떠나기 전에 아울루스 님과 폼포니아 님을 궁전으로 불러들여서, 그 두 분이 저를 도망시킨 것으로 알고 대단히 화를 내셨다는군요. 다행히도 아울루스님은 '폐하께서도 아시다시피 저는 지금까지 거짓말이라고는 단 한번도 입에 올려본 적이 없습니다. 저는 리기아를 도망가게 한 일도 없고, 지금 그 애가 어디서 무엇을 하고 있는지 폐하와 마찬가지로 전혀 알지 못한다는 사실을 폐하 앞에서 맹세할 수 있습니다.' 하고 말씀하셨답니다. 천만다행으로 황제도 그 말을 믿고, 더 이상 문제 삼지는 않으셨다는군요. 하지만 저는 장로님들의 권고에 따라 어머님께도 제 거처를 알려드리지 않았습니다. 그래야 어머님께서 언제 어디서 추궁을 당하시더라도 제 일에 관해서는 아무것도 모른다고 단호하게 맹세하실 수 있을 테니까요. 비니키우스, 아마 당신은 이해하시기 어렵겠지만, 저희들은 생명이 위태로운 순간이라도 절대로 거짓말을 해서는 안 된답니다. 그것이 신앙의 가르침이고, 저는 그 가르침을 언제까지나 정성껏 따르고 싶어요. 그래서 저는 아울루스 댁에서 나온 후 일부러 아무 소식도 전하지 않았답니다. 어머님께서는 그저 풍문만으로 제가 무사히 살아 있다는 것을 알고 계실 뿐이지요."

리기아는 그리움을 참지 못해 여기서 말을 끊었다. 그녀의 눈은 눈물로 젖어 있었다. 잠시 후 그녀는 마음을 진정시키고 말을 이었다.

"어머님께서도 저를 그리워하신다는 것을 알고는 있어요. 하지만 저희에겐 다른 사람들이 갖지 못한 마음의 위안처가 있습니다."

"그렇겠죠. 당신들의 위안은 예수 그리스도를 말하는 거겠죠. 하지만 나는 잘 이해가 가지 않습니다."

"우리들을 보세요. 우리에게는 이별도 없고, 슬픔이나 괴로움도 없답니다. 만일 그런 것들이 다가와도 곧 환희로 바꿀 수 있지요. 당신들에게는 생명의 끝인 죽음조차도 우리에겐 생명의 시작입니다. 하찮은 행복에서 완벽한 행복으로 나아가게 되고, 불안과 공포를 영원한 평화로 탈바꿈시키는 것이지요. 원수에게도 사랑을 베풀라는 가르침, 거짓말을 금하고, 영혼을 노여움에서 깨끗이 정화시켜 죽은 뒤에도 행복을 약속하는 가르침이 어떤 것일지 한번 생각해 보세요."

"그런 말은 오스트리아눔에서 이미 들었습니다. 나와 킬로에 대해서 당신들이 어떻게 해주었는지도 잘 알고 있고요. 당신들이 베푼 선의를 생각하면 모두가 꿈만 같아서 내 귀나 눈을 의심하게 됩니다. 그러나 한 가지만 당신에게 질문할 테니 대답해 줘요. 당신은 행복합니까?"

"네, 그렇습니다. 제가 그리스도를 믿고 있는 이상, 불행해지지는 않는답니다."

비니키우스는 인간의 이성을 초월한 어려운 이야기를 들은 듯 그녀를 뚫어지게 응시하고 있었다.

"그럼 당신은 폼포니아 댁으로 다시 돌아가고 싶지 않단 말인가요?"

"진심으로 가길 원합니다. 만일 그것이 하느님의 뜻이라면 돌아가겠어요."

"그렇다면 내 말대로 하십시오. 돌아가세요. 우리 집안의 수호신을 걸고 맹세하건대, 나는 앞으로 당신을 절대 괴롭히지 않겠습니다."

리기아는 잠시 생각하더니 이렇게 말했다.

"안 돼요. 그럴 수는 없습니다. 저는 가까운 분들을 위험에 처하게 하고 싶지 않아요. 황제는 아울루스 가문을 미워하고 있어요. 만일 제가 집으로 돌아가면 노예들이 소문을 퍼뜨려 제가 돌아왔다는 사실을 온 로마가 알게 될 것입니다. 황제도 황궁의 노예들로부터 그 소문을 듣게 될 거고요. 그렇게 되면 아버님과 어머님을 처벌하든지, 아니면 또다시 저를 그분들한테서 빼앗으려 들 거예요."

"그렇겠군요." 비니키우스가 미간을 찌푸렸다. "그 말이 맞아요. 황제는 누구라도 자기 뜻에 굴복하지 않으면 안 된다는 것을 보여주기 위해서라도 능히 그렇게 할 것입니다. 요즘 황제가 당신 일을 잊어버린 것은 사실입니다. 아무튼 황제는 당신이 도망친 것이 나에 대한 모욕이지 자기에 대한 모욕이라고는 생각하지 않을 겁니다. 그러나 당신이 돌아왔다는 사실을 알게 되면…… 어쩌면 당신을 아울루스 가에서 데려와…… 내게 보내줄지도 모릅니다. 그렇게 되면 내가 다시 폼포니아에게 당신을 돌려보내겠습니다."

그러자 리기아는 애처롭게 물었다.

"비니키우스, 당신은 제가 또다시 궁전에 들어가기를 원하십니까?"

비니키우스는 이를 악물며 대답했다.

"아니, 그런 뜻이 아니었습니다. 당신 말이 옳습니다. 내가 바보 같은 소리를 했군요."

비니키우스는 갑자기 바닥을 헤아릴 수 없는 거대한 심연이 자기 앞에 펼쳐지는 것 같았다. 그는 귀족에다 호민관이며 로마에서 상당한 세력을 가진 유력한 인물이다. 하지만 그가 속해 있는 세계의 모든 권력 위에는 한 미치광이가 군림하고 있고, 더구나 그 광인의 의지나 잔악함은 아무도 예측할 수가 없다. 그 미치광이를 대수롭지 않게 여기고, 두려워하지 않는 이들은 오직 이 세상의 이별과 고통, 아니 죽음까지도 초연하게 받아들일 수 있는 그리스도교 신자들뿐이다. 그 밖의 다른 모든 사람들은 하나같이 네로 앞에서 벌벌 떨지 않을 수 없다. 비니키우스에게는 자기가 살고 있는 현실의 살벌하고 끔찍한 전모가 생생하게 보였다. 리기아를 아울루스 부부에게 돌려보낼 순 없다. 그렇게 하면 저 흉악한 괴물이 리기아를 기억해 내고 그녀에게 무슨 짓을 할지 모른다. 만일 비니키우스 자신이 리기아를 아내로 삼는다면, 같은 이유로 자기와 리기아, 그리고 아울루스 부부까지 위험에 빠질 염려가 있다.

네로의 순간적인 기분에 따라 여러 사람이 파멸을 맞게 될 수도 있는 것이다. 비니키우스는 난생 처음으로 이 세상이 새롭게 변화되고 개조되지 않는 한 인생이 무의미한 것이 될 수밖에 없음을 느꼈다. 바로 조금 전까지만 해도 알지 못했던 일, 즉 이러한 시대에는 오직 그리스도교 신자들만이 행복할 수 있다는 것을 깨닫게 되었다.

그러나 지금 무엇보다 비니키우스를 슬프게 하는 것은 자기와 리기아의 인생을 이렇게 만든 장본인이 바로 자기 자신이며, 더구나 그 복잡한 문제를 풀어나갈 방법이 전혀 떠오르지 않는다는 사실이었다. 비니키우스는 비통하게 말했다.

"당신이 나보다 행복하다는 것을 알고 있습니까? 당신은 이 비좁은 단칸방에서 보잘것없는 사람들과 가난하게 살고 있지만, 당신에게는 신앙과 그리스도가 있습니다. 그런데 내게는 오직 당신만 있을 따름입니다. 당신을 잃어버렸을 때, 나는 집도 없고, 먹을 것도 없는 불쌍한 거지와 같았습니다. 당신은 내게 있어 온 세상을 다 준다 해도 바꿀 수 없는 소중한 사람입니다. 내가 당신을 찾으려고 한 것은, 당신 없이는 살 수 없었기 때문입니다. 나에게는 연회도, 잠도 필요 없습니다. 당신을 찾아낼 수 있다는 희망이 없었더라면, 나는 벌써 칼로 내 목을 찔러버렸을 겁니다. 그러나 나는 이제 죽음이 두렵습니다. 죽으면 당신을 볼 수 없기 때문입니다……. 당신 없이는 살 수 없고, 오로지 당신을 찾아내고, 당신을 만날 수 있다는 희망으로 지금껏 버텨왔다는 내 말은 조금도 거짓 없는 진실입니다. 아울루스의 집에서 우리가 나눈 얘기를 기억하십니까? 어느 날 당신은 모래 위에 물고기를 그렸죠. 그때 나는 거기에 어떤 의미가 있는지 알지 못했습니다. 둘이서 함께 즐겼던 공놀이를 기억하십니까? 그때 벌써 나는 내 목숨보다 더 당신을 사랑하고 있었고, 당신도 내 사랑을 느끼고 있었을 겁니다……. 그런데 갑자기 아울루스가 나타나 리비티나의 얘기를 꺼내어 우리를 놀라게 했기 때문에 우리들의 대화는 중단되고 말았죠. 폼포니아는 페트로니우스와 작별 인사를 나누면서, 하느님은 유일하시고 전능하시며 자비로우시다고 말했습니다. 하지만 그때까지만 해도 나는 그리스도가 당신들의 신이란 것을 꿈에도 생각지 못했습니다. 신이 당신을 내게 돌려보내 주시기만 한다면, 그 신이 노예나 이방인, 부랑자들의 신일지라도 그분을 사랑하겠습니다. 당신은 내 곁에 앉아 있으면서도 오로지 당신의 신만을 생각하고 있습니다. 제발 내 생각도 좀 해주십시오. 그렇지 않으면 나는 그 신을 증오하겠습니다. 내게 있어서는 오직 당신만이 유일한 신입니다. 당신의 아버지와 어머니에게 축복이 있으시길. 당신이 태어난 땅에도 축복이 있기를 바랍니다. 나는 당신의 다리를 끌어안고 당신에게 기도하고 싶습니다. 당신을 숭배하고, 당신에게 제물을 바치고, 당신을 경배하고 싶습니다. 아아, 당신이야말로 진정한 여신입니다! 당신은 내가 얼마나 당신을 사랑하고 있는지 모르고 있습니다. 알 리가 없겠죠……."

이렇게 말하면서 비니키우스는 창백한 이마에 한 손을 대고 눈을 지그시 감았다. 비니키우스는 원래 노여움이나 사랑에 있어서는 한계를 모르는 사내였다. 일단 자제력을 잃어버리면, 체면도 자존심도 아랑곳하지 않고 필사적으로 밀어붙였다. 그의 말들은 영혼의 밑바닥에서부터 진심으로 우러나온 말이었다. 가슴에 사무친 고통과 도취, 욕망과 찬미의 감정이 마침내 걷잡을 수 없는 말의 홍수가 되어 봇물처럼 터져 나온 것이었다. 그러나 그가 하는 말들은 리기아에게는 하느님을 모독하는 것처럼 느껴졌다. 그럼에도 불구하고, 그녀의 심장은 가슴을 옥죄고 있는 튜닉을 찢어버리고 싶을 만큼 심하게 두근거리기 시작했다. 그녀는 비니키우스의 고통과 괴로움에 연민을 느끼지 않을 수 없었고, 그의 입에서 연달아 쏟아져 나오는 찬미의 말에 감동하지 않을 수 없었다. 그녀는 자기가 한없이 사랑받고, 숭배받고 있다는 것을 실감했고, 이 고집불통에다 물불을 가리지 않는 남자가 그의 몸과 마음을 마치 노예처럼 자기에게 바치려 한다는 것을 알았다. 자신에게 복종하려는 그 남자의 겸손한 태도와 그를 그렇게 만든 자신의 힘을 느끼면서 그녀는 형언할 수 없는 행복에 잠겼다. 온갖 추억이 주마등처럼 스쳐 지나갔다. 이제 그 젊은이는 예전의 멋지고 당당한 비니키우스가 되어, 아울루스의 집에서 사랑을 고백하여 마냥 어리기만 한 자기에게 사랑의 감정을 눈뜨게 해준 남자, 아직도 그 느낌이 생생할 정도로 자신의 입술에 달콤하게 입 맞춰준 남자, 또한 팔라티움 궁전에서 우르수스가 마치 불길 속에서 구출하듯이 품에서 억지로 떼어내야만 할 정도로 자신을 격렬하게 포옹해 준 남자, 그가 다시 리기아의 눈앞에 나타난 것이었다. 지금 그 비니키우스가 바로 자신의 눈앞에서 독수리와 같은 단단한 얼굴에 고통과 경탄의 빛을 띤 채, 애원하는 듯한 눈길로 열렬하게 사랑을 고백하고 있다. 환자의 몸으로 이루지 못할 사랑에 상심하여 애처롭게 자신의 심정을 고백하는 비니키우스를 보고 있자니, 이제는 그가 자기가 소원했던 사람으로 바뀔 수 있을 것 같고, 온 영혼을 기울여 사랑할 수 있는 사내로 보였다. 그전의 비니키우스가 아닌, 그보다 훨씬 더 사모하는 사람으로 느껴진 것이다.

리기아는 갑자기 비니키우스의 사랑이 폭풍처럼 자기를 휘감고 어디론가 데려가려는 것이 아닌가 겁이 났다. 그러자 방금 비니키우스가 그랬던 것처럼, 그녀도 무서운 심연의 가장자리에 서 있는 듯한 느낌이 들었다. 나는 왜 아울루스의 집을 떠나야만 했을까? 무엇 때문에 이렇게 오랫동안 로마의 빈민굴에 숨어 있게 되었을까? 이 남자, 비니키우스는 어떤 사람일까? 그는 귀족이며, 군인이고, 네로의 조신이다. 아직도 기억에 생생한 향연에서 보았듯이 그는 네로와 더불어 광기와 쾌락을 나누는 사람이다. 그는 다른 이들과 함께 신전을 전전하면서 사악한 신들에게 제물을 바쳤다. 더구나 그 신들을 진심으로 믿은 것도 아니고, 단지 형식적으로 숭배하는 데 불과했다. 비니키우스는 나를 노예로 만들고, 정부로 삼고, 그것도 모자라 그리스도를 노하게 할 사치와 향락, 죄악과 방탕이 가득한 세계로 끌어들이기 위해 여기까지 쫓아왔다. 그런 그가 지금은 전혀 다른 사람이 된 것처럼 보인다. 하지만 조금 전까지만 해도 리기아가 그리스도를 자기보다 더 사랑하면, 그리스도를 증오하겠다고 말하지 않았는가! 리기아의 생각으로는, 주님 외에 다른 사람을 사랑하는 것은, 그가 어떤 사람이건 간에, 그리스도와 그의 가르침에 대해 죄악을 저지르는 것이나 다름없었다. 그래서 리기아는 자기 영혼의 밑바닥에 그런 사랑의 감정과 욕망이 싹트고 있다는 사실을 깨닫는 순간, 자신의 장래와 스스로의 믿을 수 없는 감정에 대해 불안을 느끼게 되었다.

이처럼 리기아가 번민하고 있을 때, 글라우쿠스가 들어왔다. 환자를 돌보기 위해 온 것이다. 비니키우스의 얼굴에는 당장 노여움과 함께 짜증스러운 기색이 떠올랐다. 리기아와 더 이상 이야기를 나눌 수 없게 되어 화가 난 것이다. 글라우쿠스가 병세에 대해 묻자, 그는 거의 경멸에 가까운 말투로 퉁명스럽게 대꾸했다. 하지만 잠시 후에 태도를 바꿨다. 오스트리아눔에서 설교를 들은 뒤에 비니키우스의 완고하고 거친 성품이 조금은 부드러워졌을 것이라고 기대한 것은 리기아의 착각이었으며, 그 착각은 금세 드러나고 말았다. 비니키우스가 달라진 것은 오직 리기아를 대할 때뿐이었다. 리기아에 대한 단 하나의 진심을 제외하면 비니키우스에게는 본래의 사납고, 이기적이며, 로마인 특유의 잔인한 기질이 여전히 남아 있어, 그리스도의 온화한 가르침에 젖어들기는커녕, 감사의 마음조차 느끼지 못했던 것이다.

마침내 리기아는 근심과 불안에 휩싸인 채 방에서 나갔다. 오래전부터 그녀는 기도 속에서 눈물처럼 깨끗하고 맑은 마음을 그리스도께 바쳐왔다. 그러나 지금은 그 청아한 마음이 잔뜩 흐려져 있었다. 마음에 핀 꽃 속에 독을 품은 벌레가 들어와 사방을 기어 다니며 소란을 피우는 것 같았다. 이틀 밤을 꼬박 새우고 자리에 누웠으나 깊은 잠을 잘 수가 없었다. 그녀는 꿈을 꾸었다. 오스트리아눔에서 네로가 한 무리의 조신들과 무희들, 광대들과 검투사들을 거느린 채 장미꽃으로 화려하게 장식한 전차를 타고 가며, 그리스도교 신자들을 짓밟았다. 비니키우스가 그녀의 팔을 붙잡아 전차 위로 끌어올리더니, 그녀를 품에 안으며 속삭였다. "자, 이리 오시오. 우리와 함께 갑시다!"

제27장

그 후로 리기아는 다른 사람들이 함께 있는 방에는 좀처럼 모습을 나타내지 않고, 비니키우스의 침대에도 가까이 가지 않았다. 그녀는 좀처럼 마음의 안정을 찾을 수 없었다. 리기아는 비니키우스가 애원하는 듯한 눈길로 자신을 좇고 있고, 자신의 말 한 마디 한 마디를 은총처럼 기다리고 있다는 것을 느끼고 있었다. 행여 그녀의 기분을 상하게 할까 봐 매사에 인내하며 불평 한마디 하지 않는 것을 보자 그에게는 오로지 리기아 자신만이 건강이요, 기쁨이란 사실을 알게 되었다. 리기아의 마음은 갈수록 비니키우스에 대한 연민으로 가득 찼다. 그를 피하려고 애를 쓸수록 더욱더 그가 불쌍하게 느껴졌고, 그래서 그에 대한 감정이 더욱 애틋해지는 것을 느꼈다. 리기아는 평정을 잃고서 때로는 비니키우스의 곁에 있어주는 것이 자신의 의무라는 생각이 들기도 했다. 하느님의 가르침은 악을 선으로 갚으라고 하지 않았는가. 그렇다면 그와 얘기를 나누면서 그를 참다운 신앙으로 인도할 수 있을 것만 같았다. 그러나 리기아의 양심은 자신이 지금 스스로를 기만하고 있으며, 비니키우스에게 끌리는 것은 그의 사랑과 매력 때문이라고 속삭이고 있었다. 그래서 리기아는 점점 깊어가는 고민 속에서 하루하루를 보냈다. 이따금 리기아는 자신이 빠져나오려고 발버둥치면 칠수록, 점점 더 깊이 감겨드는 그물에 걸린 것 같다는 생각을 하곤 했다. 시간이 흐를수록 그의 얼굴을 가까이에서 보고 싶었고, 그의 목소리가 그리워져만 가는 것을 어쩔 수 없었다. 비니키우스가 누워 있는 침대 곁으로 다가가고 싶은 마음을 억누르기 위해 리기아는 온 힘을 다해 자기 자신과 싸워야만 했다. 어쩌다가 자기가 곁에 다가갔을 때 그가 좋아하는 모습을 보면, 그녀의 가슴에도 기쁨이 솟았다. 하루는 비니키우스의 속눈썹이 젖어 있는 것을 보고, 태어나서 처음으로 그 눈물에 입을 맞춰 닦아주고 싶다는 생각을 했다. 그녀는 자신의 그런 생각이 두렵기도 했고, 스스로에 대한 혐오감이 치밀어 오르기도 해서, 그날 밤 울면서 뜬눈으로 새웠다.

한편 비니키우스는 마치 인내를 맹세한 사람처럼 견뎌내고 있었다. 때로는 그의 눈에 안절부절못하는 조급한 마음과 분노, 자만심이 비치기도 했지만, 곧 마음을 가다듬고 용서라도 비는 듯 풀이 죽은 눈빛으로 리기아의 얼굴을 쳐다보곤 했다. 그런 모습이 더욱 그녀의 마음을 끌어당겼다. 지금껏 이런 진지한 사랑을 받아본 적이 한번도 없었다고 생각하자 리기아는 죄책감과 행복감을 동시에 느꼈다. 비니키우스는 완전히 딴 사람이 되었다. 글라우쿠스와 얘기를 나눌 때도 그전처럼 오만하게 굴지 않았다. 그 가엾은 늙은 의사노, 극신하세 사기를 간호해 주는 이방인 노파 미리암도, 늘 기도에만 몰두하고 있는 크리스푸스 노인도 모두 자기와 똑같은 인간이라는 생각이 들었다. 자신의 생각이 스스로도 놀라웠지만 자꾸만 그런 생각이 드는 것은 어쩔 수 없었다. 비니키우스는 우르수스에게도 점차 친밀감을 가지게 되었다. 우르수스와는 리기아의 이야기를 할 수 있었으므로 어떤 때는 둘이서 온종일 대화로 시간을 보내기도 했다. 이 거인은 한번 이야기를 시작하면 그칠 줄을 몰랐다. 환자 곁에서 이것저것 자질구레한 일을 돌봐주는 동안 우르수스 또한 비니키우스와 정이 들었다. 지금까지 비니키우스에게 있어 리기아는 그녀를 둘러싼 주위 사람들과는 다른, 훨씬 더 고결하고 신성한 존재였다. 그러나 이제는 이 가난하고 순박한 사람들에게도 눈길을 주게 되었으며, 그들에게서 지금까지 살아오면서 깨닫지 못했던 새로운 면들, 소중한 미덕들을 발견하게 된 것이다.

비니키우스는 오직 한 사람, 나자리우스에게는 호감을 가질 수 없었다. 혹시라도 이 소년이 리기아를 연모하고 있지나 않을까 하는 우려 때문이었다. 그는 오랫동안 소년에 대해 언짢은 마음을 억누르며 겉으로 내색을 하지 않고 있었다. 그런데 어느 날 나자리우스가 자기가 번 돈으로 시장에서 메추리 한 쌍을 사가지고 와서 리기아에게 선물하는 것을 보고 젊은 귀족은 피가 끓어오르는 듯한 질투를 느꼈다. 사실 비니키우스에게는 아직도 이방인 출신의 떠돌이를 벌레만도 못한 것으로 여기는 타고난 로마인의 자부심이 남아 있었던 것이다. 리기아가 고맙다고 인사하는 것을 듣자 비니키우스의 얼굴은 백짓장처럼 창백해졌다. 나자리우스가 새에게 줄 물을 가지러 간 사이 비니키우스는 리기아에게 이렇게 쏘아붙였다.

"리기아, 당신은 저런 녀석으로부터 선물을 받고도 태연하군요. 그리스인들이 저놈의 족속들을 뭐라고 부르는지 알아요? '유대의 개'라고 부릅니다."

"그리스인들이 뭐라고 하는지는 잘 모릅니다. 다만 나자리우스가 그리스도교인이고, 우리의 형제라는 것만은 알고 있어요."

이렇게 말하면서 리기아는 놀라움과 실망이 어린 눈으로 비니키우스를 바라보았다. 예전의 그 불같은 성질이 비니키우스에게서 이미 사라졌다고 믿고 있었기 때문이다. 비니키우스는 그런 형제는 죽을 때까지 매질을 하거나, 아니면 시칠리아의 자기 영지에 있는 포도밭에 보내어 발에 쇠사슬을 채우고 소처럼 부려야 한다고 호통을 치고 싶었지만, 이를 악물고 참았다. 그는 간신히 분노를 가라앉히고 이렇게 말했다.

"리기아, 용서해 주시오. 당신은 내게 여왕이며, 태양이오."

나자리우스가 방 안에 다시 돌아왔을 때 비니키우스는 완전히 평온을 되찾고, 집으로 돌아가면 정원에 있는 공작새나 홍학 한 쌍을 나자리우스의 집에 갖다주겠다고 약속했다.

리기아는 비니키우스가 자기 자신을 극복하기 위해 얼마나 애쓰는지 충분히 알 수 있었다. 그가 자신의 감정을 자제하면 할수록 그녀의 마음은 점점 더 그에게 기울어졌다. 사실 나자리우스에 대한 비니키우스의 질투와 분노는 리기아가 짐작한 대로 심각한 것은 아니었다. 잠깐 그에게 화가 났을지도 모르지만, 대수롭지 않은 소년을 오랫동안 질투할 까닭이 없었다. 미리암의 아들은 이 오만한 로마 귀족의 눈에는 강아지와 다를 바 없었다. 더군다나 그는 아직 어린아이가 아닌가. 이 아이가 리기아를 좋아한다 해도 그건 하인이 주인에게 바치는 충성에 지나지 않을 것이다. 정작 이 청년 호민관에게 있어 힘든 것은 주변 사람들이 섬기고 있는 그리스도와 그 가르침에 자꾸만 이끌리는 자기 자신과 그것을 거부하려는 의지 사이의 격렬한 갈등이었다.

비니키우스의 마음속에서는 어느덧 놀라운 변화가 일어나고 있었다. 어쨌든 리기아가 믿고 있는 종교였기에, 오직 그 이유만으로 비니키우스는 이미 그것을 받아들일 준비가 되어 있었던 것이다. 점점 건강이 나아짐에 따라, 오스트리아눔에서 밤을 새운 이후 일어났던 일련의 사건들과 그동안 끊임없이 머릿속을 맴돌던 온갖 상념들을 정리하면서, 비니키우스는 인간의 영혼을 근본적으로 변화시키는 이 초인적인 가르침에 다시 한 번 탄복하였다. 그 속에는 어떤 신비스러운 힘, 세상 사람들이 미처 깨닫지 못한 고귀한 무엇인가가 담겨 있었다. 만일 이 가르침이 전 세계로 널리 전파되어 사랑과 자비의 불씨를 퍼뜨릴 수 있다면, 주피터가 아니라 사투르누스가 세상을 지배하던 그런 시절이 다시 돌아올지도 모른다고 생각했다. 비니키우스는 그리스도의 초자연적인 탄생과, 그가 부활했다는 얘기, 그 밖의 온갖 기적에 대해서도 의심하지 않았다. 그런 일을 직접 목격했다고 말하는 증인들은 대부분 신뢰할 만한 사람들이었고, 일어나지도 않은 일을 거짓으로 꾸며댈 만큼 허튼 인간들로 보이지는 않았기 때문이다. 게다가 그는 로마인 특유의 회의론자로서 제신은 믿지 않았지만, 기적만은 믿고 있었다. 비니키우스는 풀 수 없는 불가사의한 수수께끼에 부딪혔다. 그러나 한편으로는 이 종교가 다른 종교와는 달리 기존의 질서나 제도에 상반되는 측면이 있고, 실현 가능성이 없는 허황된 것으로 생각되는 순간도 있었다. 로마나 이 세상에 살고 있는 인간들이 타락한 것이지, 현존하는 질서 그 자체가 무엇이 나쁘단 말인가. 가령 황제가 고매한 인품을 갖춘 인물이고, 원로원 의원들이 저질스러운 난봉꾼들이 아니라 트라세아스와 같은 인격자들이라면 그 이상 더 무엇을 바라겠는가. 사실 로마의 평화와 로마의 권위는 흠잡을 데 없는 위대한 것이며, 인간과 인간 사이에 계급이 있는 것도 당연한 일이다. 그런데 비니키우스가 아는 바에 의하면 이 새로운 종교는 모든 제도와 권력, 차별을 인정하지 않는다. 그렇다면 로마의 지배력과 그 권위는 어떻게 될까. 과연 로마인이 지배를 포기하거나, 정복한 여러 민족을 자기네와 동등하게 대할 수 있을까? 이것은 귀족인 비니키우스로서는 도저히 동의할 수 없는 일이었다. 또한 이 종교는 자신에게 비추어 보더라도, 평소 비니키우스의 사상, 습관, 성격, 인생관 등과 여러모로 상반되는 것이었다. 만약 이 가르침을 받아들일 경우, 앞으로 어떻게 살아야 할지 전혀 종잡을 수 없고 막막하기만 했다. 이처럼 비니키우스는 이 새로운 교리에 대해 두려워하면서도 동시에 경탄을 금할 수 없었다. 막상 이 종교를 신봉하려고 하면 그의 천성이 가로막고 반발심을 느끼게 했다. 그는 결국 자기와 리기아를 갈라놓고 있는 원흉은 바로 이 종교라고 결론지었다. 그런 생각이 들자 그는 마음속 깊이 그리스도교를 증오했다.

그러나 이 종교야말로 비니키우스로 하여금 리기아를 이 세상의 그 무엇보다 아름답고, 소중한 존재로 볼 수 있게 해준 원천이 아니던가. 이 종교 덕에 리기아를 향한 비니키우스의 마음에는 어느덧 애정보다는 존경이, 욕망보다는 찬미의 마음이 싹트게 되었던 것이다. 그렇게 생각하면 또다시 그리스도를 경애하고 싶은 마음이 불쑥 들기도 했다. 그리스도를 사랑하든지, 아니면 미워하든지, 둘 중 하나만 선택해야 하는 기로에서 비니키우스의 이성과 감정은 갈팡질팡하고 있었다. 그는 어찌할 바를 몰랐다. 그저 도저히 이해할 수 없는 불가사의한 신 앞에 머리를 숙이고, 리기아의 신이라는 이유만으로 묵묵히 따를 수밖에 없다는 생각이 들었다.

리기아는 비니키우스의 마음속을 꿰뚫어 보고 있었다. 비니키우스가 자신을 억제하기 위해 무던히 애쓰고 있다는 것, 더구나 그의 천성이 이 종교에 반발하고 있다는 것도 잘 알고 있었다. 그 때문에 리기아는 죽고 싶을 만큼 괴로웠지만, 한편으로는 비니키우스가 그리스도에게 바치고 있는 그 침묵의 경배에 대해 감사한 마음과 한없는 동정심이 솟아올라, 더욱 그에게 마음이 기우는 것은 어쩔 수 없었다. 그녀는 폼포니아와 아울루스를 떠올렸다. 죽은 후 천국에서 아울루스와 만나지 못하리라는 걱정 때문에 폼포니아는 항상 슬픔에 잠겼고, 눈물이 마를 날이 없었다. 리기아는 이제야 비로소 폼포니아의 괴로움과 슬픔을 이해할 수 있을 것 같았다. 자기도 마침내 사랑하는 사람을 찾았지만, 언젠가는 그 사람과 영원히 이별해야만 한다. 이따금 비니키우스의 영혼이 그리스도의 진리를 향해 열려 있을지도 모른다는 환상을 품기도 했으나, 그 환상이 오래 지속되지는 않았다. 그녀는 비니키우스를 너무도 잘 알고, 또 이해하고 있었기 때문이다. 비니키우스…… 그리고 그리스도교 신자! 이 두 가지 관념이, 아직 어린애처럼 미숙한 그녀의 머릿속에서도 조화롭게 어우러지지 않았다. 어질고 현숙한 폼포니아로부터 감화를 받고 있는 사려 깊고 현명한 아울루스조차도 아직까지 그리스도교 신자가 되지 못했는데, 어찌 감히 내가 비니키우스를 그리스도교 신자로 만들 수 있단 말인가? 이에 대한 해답은 없다. 아니, 오히려 단 하나밖에 없다고 해야 할 것이다. 그것은 바로 비니키우스에게는 희망이나 구원의 길이 없다는 것이다.

리기아는 비니키우스에 대한 절망적인 결론을 떠올리며 그가 싫어지기는커녕 오히려 불쌍하다고 생각했다. 그럴수록 그에 대한 사모의 정은 점점 더 깊어만 갔다. 가끔씩 리기아는 비니키우스의 어두운 미래에 관해 둘이서 허심탄회하게 얘기를 나누고 싶은 충동이 일었다. 어느 날 리기아가 비니키우스의 곁에 앉아, 그리스도의 가르침이야말로 참 생명이라고 이야기하자, 몸이 제법 회복된 비니키우스가 성한 쪽 팔을 짚고 벌떡 일어나더니 느닷없이 그녀의 무릎에 머리를 얹으며 "당신은 나의 생명이오!"라고 말하는 것이었다. 그 순간 리기아는 숨이 막히는 것 같았고, 거의 이성을 잃고 머리에서 발끝까지 희열로 온몸이 떨리는 것을 어찌할 수 없었다. 그녀는 두 손으로 비니키우스의 관자놀이를 잡고 그를 일으키려 했다. 몸을 아래로 굽힌 순간, 리기아의 입술이 비니키우스의 머리에 닿았다. 두 사람은 잠깐 동안 서로 강렬히 이끌리는 사랑의 감정에 도취되어 아무 말도 하지 못하고 감정을 억제하기 위해 자기 자신들과 싸워야만 했다.

마침내 리기아가 몸을 일으켜 자리를 피했다. 혈관의 피가 뜨겁게 끓어올랐고, 머리가 어지러웠다. 하지만 그것은 이미 넘칠 만큼 가득 차 있던 술잔에 몇 방울의 술이 더 떨어진 것에 지나지 않았다. 비니키우스는 이 행복한 순간의 대가로 장차 그가 어떤 값비싼 희생을 치르게 되는지 짐작조차 하지 못했다. 마침내 리기아는 구원을 필요로 하는 사람은 바로 자기 자신이라는 것을 뼈저리게 느꼈다. 그날 밤 그녀는 뜬눈으로 밤을 지새우면서 눈물로 기도했다. 하지만 자신은 이미 기도할 자격을 상실했으므로 하느님께서 귀 기울여 주시지 않을 것만 같았다. 이른 아침 리기아는 담쟁이와 포도 덩굴로 뒤덮인 정자로 크리스푸스를 불러내 모든 사실을 털어놓았다. 이미 자기는 자신을 믿을 수 없고, 비니키우스를 향한 사랑의 열정을 도저히 이겨낼 수 없으니 미리암의 집을 떠나게 해달라고 간청했다.

항상 종교에 심취해 있는 엄격한 크리스푸스 노인은 리기아가 그 집을 떠나겠다고 하자 찬성했다. 그러나 그녀가 고백한 사랑의 감정에 대해서는 죄악으로 받아들이며 용서한다는 말을 하지 않았다. 도망쳐 왔을 때부터 각별히 보살펴 주고, 귀엽게 여겼으며, 믿음을 가르쳤던 리기아, 세파에 물들지 않고, 주님의 가르침이 일궈놓은 토양에서 피어난 한 송이 백합꽃 같은 리기아, 그녀가 이제 그 영혼 속에 주님에 대한 사랑 외에 또 다른 애정을 품고 있다는 말을 듣고 크리스푸스는 화가 치밀었다. 그는 지금까지 주님의 영광을 찬양함에 있어 리기아보다 더 순수하고 깨끗한 영혼은 없다고 생각해 왔다. 그리하여 그는 리기아를 자기 손으로 정성껏 갈고 다듬은 귀중한 보석처럼 애지중지하면서, 언젠가 주님께 바치게 될 날을 꿈꿔 왔던 것이다. 크리스푸스의 절망 속에는 놀라움과 비애가 뒤섞여 있었다.

"가서 하느님께 용서를 비시오!" 크리스푸스 노인이 매우 실망스러운 어조로 말했다. "당신을 함정에 빠뜨린 악마가 당신을 완전히 타락시키기 전에, 그리고 당신이 주님의 뜻을 거스르기 전에 빨리 도망가십시오. 주님께서 십자가에 매달려

돌아가신 것은 자신의 피로 당신의 영혼을 구원하시기 위해서입니다. 그러나 당신은 자신을 정부로 삼으려는 사내에게 마음을 주었습니다. 하느님께서는 기적을 일으키셔서 당신을 그자로부터 구해 주셨는데, 당신은 그 더러운 욕망에 눈을 뜨고, 어둠의 자식을 사랑하게 되었습니다. 그자가 도대체 어떤 사람이요? 그리스도를 반대하는 자들의 벗이고, 그들의 하수인이며, 방탕하고, 부도덕한 죄인이 아니오? 그 사람은 당신을 자기가 살고 있는 악의 구렁텅이, 그 지옥 같은 소돔[1]으로 끌고 가려 하고 있소. 하느님께서는 언젠가 분노의 화염으로 그곳을 태워버리실 거요. 감히 말하겠습니다. 저 사악한 뱀이 당신 마음속에 기어 들어가 죄악의 독으로 오염시키기 전에, 차라리 이 집 벽이 무너져 내려 당신이 죽어버리는 편이 낫겠소."

크리스푸스는 점점 더 흥분했다. 비단 리기아의 행위에 대해서 분노했을 뿐만 아니라, 모든 인간, 특히 여자의 나약한 본성에 대해 혐오와 경멸의 감정이 솟구쳐 올랐기 때문이다. 그리스도의 진리조차도 이브의 치명적인 약점에서 여성을 구할 수는 없구나. 이 처녀가 아직 순결하다는 것도, 사랑의 감정에서 도피하려고 애쓰고 있다는 것도, 양심의 가책과 회개로써 자신의 진심을 털어놓았다는 사실도 그에게는 무의미하기만 했다. 자신은 리기아를 그리스도에 대한 거룩한 사랑으로 가득 찬 천사로 만들어 천상의 세계로 보내야겠다는 바람을 가지고 있었는데, 철없는 이 여인은 네로의 졸개와 사랑에

1) 창세기에 나오는 사해 근처의 옛 도시. 주민의 죄악 때문에 하늘에서 내린 불로 멸망함.

빠져버렸다니! 그런 생각을 하면서 그는 환멸과 상실감, 그리고 이루 말할 수 없는 좌절감에 빠졌다. 아니다! 안 된다! 도저히 이 여자를 용서할 수 없다! 이글이글 타오르는 숯불처럼 험악하기 짝이 없는 말들이 그의 입술을 태웠다. 그는 쏟아져 나오려는 그 말들을 입 밖에 내지 않으려고 부단히 자신과 싸웠으나, 자기도 모르는 사이에 공포에 떨고 있는 소녀의 머리 위에서 깡마른 두 손을 휘두르며 준열하게 힐책하고 있었다. 리기아는 자기에게 죄가 있다고는 생각했지만, 이 정도까지 심한 질책을 받을 줄은 몰랐다. 미리암의 집을 떠나면 유혹도 극복할 수 있을 테고, 죄도 가벼워지리라고 믿고 있었던 것이다. 크리스푸스는 리기아를 호되게 나무라면서 그녀의 영혼이 지금 얼마나 비천한 상태에 있는지 조목조목 지적했다. 그녀는 크리스푸스 노인의 입에서 이런 말을 들으리라고는 꿈에도 생각지 못했다. 팔라티움 궁전에서 도망쳐 온 이후, 아버지처럼 자신을 보살펴 주었던 이 나이 많은 장로가 자상하게 타일러 주고, 위로해 주고, 격려해 주리라고 기대했던 것이다.

"나는 이 실망과 고통을 하느님께 바치겠습니다." 그가 말했다. "당신은 추악한 늪에 빠져서 악의 기운으로 스스로의 영혼을 더럽혔으니 주님을 기만한 것이나 다름없습니다. 당신의 영혼을 진귀한 그릇처럼 하느님께 봉헌하고, '주님, 이 그릇에 은총을 가득 채워주소서.' 하고 기도할 수도 있었는데, 그것을 악마의 종에게 바치려고 했습니다. 부디 하느님께서 당신을 불쌍히 여기시어 용서해 주시기를 빌겠소. 나는 당신이 뱀의 유혹에 넘어가기 전까지는 하느님의 선택을 받은 사람이라고 생각하고 있었는데……."

갑자기 크리스푸스는 말을 끊었다. 그곳에 자기네 두 사람

외에 누군가 딴 사람이 있는 것 같은 기척을 느꼈기 때문이었다.

여름이나 겨울이나 한결같이 푸르른 담쟁이덩굴과 시든 나팔꽃 잎 사이로 두 사람이 걸어오는 모습이 크리스푸스의 눈에 띄었다. 한 사람은 사도 베드로였으나, 다른 한 사람은 금방 알아볼 수가 없었다. '킬리키움'이라고 불리는 거친 양모 외투로 얼굴 한쪽을 가리고 있었기 때문이다. 처음에 크리스푸스는 그가 킬로인 줄 알았다.

두 사람은 흥분해서 높아진 크리스푸스의 목소리를 듣고 정자 안으로 들어와, 돌 의자에 앉았다. 베드로를 따라온 사람이 비로소 여윈 얼굴을 드러냈는데, 대머리에다가 양쪽 귀 옆에만 고수머리가 수북이 덮여 있었다. 붉은 눈시울에 매부리코…… 못생기기는 했지만, 영감으로 번뜩이는 그 얼굴을 보고 크리스푸스는 그가 타르수스에서 온 바오로라는 걸 알았다.

리기아는 무릎을 꿇고 절망에 싸여 베드로의 다리를 두 팔로 안았다. 그리고 그의 옷자락에 괴로움으로 가득한 머리를 묻은 채 꼼짝도 하지 않고 엎드려 있었다.

베드로가 말했다.

"그대들의 영혼에 평화가 깃들기를."

사도는 자기 발밑에 엎드려 있는 처녀를 내려다보며 왜 그러느냐고 물었다. 그러자 크리스푸스는 리기아가 자기에게 고백한 모든 일들을 낱낱이 이야기했다. 리기아의 그릇된 사랑과 그로 인해 미리암의 집을 떠나기로 한 경위, 주님께 봉헌하려고 했던 눈물처럼 맑은 리기아의 영혼이 세속적인 감정에 눈뜨게 되었다는 것, 그리고 그녀가 사랑하는 자는 하느님으로부터 천벌을 받아 마땅한 온갖 죄악을 저지른 이교도라는 사실, 그로 인해 리기아의 영혼이 더럽혀지게 되었고, 자기는 그 사실이 너무나도 애통하다는 이야기를 죽 늘어놓았다.

크리스푸스가 말하는 동안 리기아는 자비를 베풀어달라고 애원하듯 어딘가 숨을 곳을 필사적으로 찾는 사람처럼 더욱더 세게 사도의 다리를 부둥켜안았다.

사도는 끝까지 듣고 나서 허리를 굽혀 야윈 손을 리기아의 머리 위에 올려놓으며, 늙은 장로를 향해 말문을 열었다.

"크리스푸스, 당신은 사랑하는 주님께서 가나의 혼인 잔치에 참석하셔서 신랑 신부의 사랑을 축복하셨다는 말을 들어본 적이 없습니까?"

크리스푸스의 두 손이 힘없이 축 늘어졌다. 그는 무색해져서 한 마디도 하지 못하고 사도를 쳐다보기만 했다.

잠시 침묵이 흐른 뒤 베드로가 물었다.

"크리스푸스, 당신은 엎드려 회개하는 막달라 마리아를 용서해 주시고, 누가 봐도 명백한 죄를 저지른 죄인들을 용서하신 주님께서 한 송이 들 백합처럼 깨끗한 이 처녀를 벌하시리라고 생각하십니까?"

리기아는 베드로 사도의 곁에서 피난처를 찾은 것이 허사가 아니었음을 깨닫고는 애처롭게 흐느껴 울면서 점점 더 강하게 사도의 다리를 껴안았다. 베드로는 리기아의 눈물 젖은 얼굴을 보고 말했다.

"당신이 사랑하는 사람이 진리의 빛에 눈뜨기 전에는 당신을 죄악으로 끌어들일 염려가 있으니 될 수 있으면 그 사람을 멀리하도록 하십시오. 그러나 그 사람을 위해 기도하십시오. 당신의 사랑에는 죄가 없습니다. 아니, 당신은 유혹을 이겨내려고 노력했으니 오히려 칭찬할 만한 일입니다. 괴로워하거나 울지 마십시오. 나는 분명히 말합니다. 구세주께서는 결코 당신을 저버리지 않을 것입니다. 당신의 기도는 반드시 이루어질 터이니, 슬픔 뒤에 반드시 기쁨의 날이 찾아올 겁니다."

이렇게 말하며 베드로는 그녀의 머리 위에 두 손을 올려놓았다. 그리고 하늘을 우러러보며 그녀를 축복했다. 그의 얼굴에서는 이 지상에서는 찾아보기 힘든 자비가 빛나고 있었다.

크리스푸스도 잘못을 뉘우친 듯 겸손하게 용서를 빌었다.

"저는 주님의 자비에 어긋나는 죄를 지었습니다. 왜냐하면 저는 이 여인이 세속적인 사랑을 받아들여 그리스도를 배신한 것으로 잘못 생각했습니다……."

베드로가 대답했다.

"나는 세 번씩이나 주님을 부인한 일이 있습니다. 그러나 그리스도께서는 나를 용서해 주시고, 자신의 어린 양들을 돌보라는 사명을 내리셨습니다."

"그렇지만…… 비니키우스는 네로의 신하가 아닙니까?"

크리스푸스가 다시 한 번 물었다.

"그리스도께서는 비니키우스보다 더 완고하고, 더 굳은 마음도 녹이셨습니다."

베드로가 대답했다. 그러자 이제까지 잠자코 있던 바오로가 자신의 가슴에다 손을 대고, 자기를 가리키면서 말했다.

"나는 그리스도의 종들을 박해하여 죽음으로 몰아넣은 사람입니다. 스테파누스가 돌에 맞아 죽었을 때, 그에게 돌을 던진 자들의 겉옷을 지키던 사람이 바로 나입니다. 인간이 살고 있는 이 땅의 모든 곳에서 진리를 뿌리째 뽑으려던 사람이 바로 나입니다. 그런데 주님께서는…… 그런 나에게 온 세계에 진리를 전파하라고 명하셨습니다. 그래서 나는 유대인의 땅과 그리스, 여러 섬나라들, 심지어는 내가 처음으로 죄인이 되어 감옥에 갇혔던 이곳, 감히 신의 존재를 부정하는 이 도시에서도 주님의 말씀을 전했습니다. 오늘도 나는 내 스승이신 베드로 사도의 부름을 받아 저 버릇없는 젊은이로 하여금 주님 앞에 무릎 꿇게 하고, 돌밭에 씨앗을 뿌리기 위해 이 집에 오게 된 것입니다. 그리스도께서는 풍성한 수확을 위해 이 토지를 비옥하게 해주실 것입니다."

이렇게 말하며 바오로는 일어섰다. 그 순간 크리스푸스는 등이 구부정한 이 조그만 사내의 참모습을 발견할 수 있었다. 훗날 온 세상을 변화시키고, 수많은 나라와 민족을 이끌게 될 거인의 모습을.

제28장

페트로니우스로부터 비니키우스에게—

정다운 나의 친구여, 제발 부탁이니 편지를 쓸 때 라케데모니아[1] 인이나 율리우스 케사르의 흉내는 내지 말아다오. 물론 그의 흉내를 내어 '왔노라, 보았노라, 이겼노라!' 라고 쓴다면 나도 그런 간결체 문장은 이해할 수 있을 것이다. 그런데 네 편지를 보면 결국 '왔노라, 보았노라, 도망쳤노라!' 라는 내용밖에는 아무것도 없지 않느냐? 일의 결말이 네 본성과는 전혀 어울리지 않는 듯하구나. 더구나 부상까지 입고 신변에 이상한 일들이 일어나고 있다니, 좀 더 자세하게 알려주었으면 좋겠다. 그 리기 족의 거인이 크로톤을, 칼레도니아[2]의 개가 히베

1) 고대 스파르타를 가리킴.
2) 스코틀랜드의 고원 지대.

르니아[3] 산골짜기에서 늑대를 물어 죽인 것처럼 손쉽게 목 졸라 죽였다는 구절을 읽으면서, 나는 도저히 내 눈을 믿을 수가 없었단다. 그 리기 인은 틀림없이 자기 몸무게만큼의 황금과 같은 값어치가 있겠구나. 본인이 원한다면 황제의 눈에도 들 수 있을 게다. 로마로 돌아가면 그 사내와 가까이 지내면서, 그의 청동상을 하나 만들게 해야겠구나. 그 조상이 실물을 본떠 만든 것이라고 하면, 붉은 수염은 틀림없이 엄청난 관심을 보일 것이다. 요즘 들어 제대로 단련된 늠름한 체격을 가진 장정들이 이탈리아나 그리스에서 점점 줄고 있고, 동방에서는 말할 것도 없으니 말이다. 게르마니아 사람들은 몸집은 크지만 근육에 지방이 많아 보기와는 달리 힘이 세지 못하지. 그 리기 인에게 그만 유별난 것인지, 아니면 그 나라 사람들이 모두 그렇게 건장한지 한번 알아보려무나. 혹시 너나 내가 언젠가는 검투 시합 개최 임무를 맡게 될지도 모르니까 어디 가면 뛰어난 장사를 구할 수 있는지 알아두는 것도 나쁘지 않을 듯싶다.

아무튼 그런 무서운 장사의 손에 걸리고도 목숨을 부지했다니 동서의 신들이 함께 은총을 베풀었다고 볼 수밖에 없겠구나. 물론 죽지 않고 살아날 수 있었던 것은 네가 귀족이고, 집정관의 아들이기 때문이겠지만, 어쨌든 이번에 네가 겪은 일들은 정말 나를 놀라게 했단다. 그리스도교 신자들에 휩쓸려 갔다는 묘지, 너에 대한 그 그리스도교 신자들의 태도, 또다시 도망갔다는 리기아, 게다가 네 짧은 편지에서 느껴지는 일종의 비애와 불안감……. 도무지 이해할 수 없는 일들뿐이니 다음 편지에는 좀 더 자세히 설명해 다오. 솔직하게 말하자면, 그

3) 지금의 아일랜드.

그리스도교 신자들도, 너도, 리기아도, 도무지 이해할 수가 없구나. 나 자신의 문제 외에는 세상 어떤 일에도 관심을 가지지 않는 내가 이처럼 열심히 캐묻는 것을 이상하게 생각지 말아다오. 지금까지 네게 일어난 모든 일에는 나도 연관이 있으니, 어떤 의미에서는 내 일이나 마찬가지라고 생각한다. 즉시 답장을 보내다오. 우리가 언제 다시 만나게 될지 현재로서는 알 수 없으니 말이다. 붉은 수염의 의향은 봄바람처럼 수시로 변하니까 말이다. 그는 지금 베네벤툼에 있는데, 로마로 돌아갈 생각은 하지 않고, 곧장 그리스로 가고 싶다고 하더구나. 그러나 티겔리누스는 백성들이 황제를 몹시 기다리고 있다고 진언하고 있다. 사실 백성들이 기다리는 것은 '검투 시합'과 '빵'이지만, 어쨌든 그들이 황제를 그리워한 나머지 폭동을 일으킬지도 모르니, 일단 로마로 돌아가는 편이 좋겠다고 권하더구나. 나로서는 앞으로 어떻게 될지 알 수가 없다. 황제는 아카이아에 가면 이번에는 이집트를 구경하고 싶다고 할 수도 있다. 나는 네게 꼭 한 번 이곳에 와보라고 권하고 싶구나. 지금 네가 처한 상황에서 잠시라도 벗어나 이곳에 와서 바람도 쐬고, 우리와 함께 즐기는 것이 좋은 약이 될 듯싶다. 하긴 네가 도착할 무렵에는 우리가 이미 떠난 후가 될지도 모르겠구나. 그래도 로마에 머물러 있는 것보다는 시칠리아에 있는 네 영지에서 휴양이라도 하는 편이 좋을 것 같다. 아무튼 네 신변에 대해 자세히 알려다오. 지금으로서는 네 팔이 속히 낫기만을 바랄 뿐이다. 폴룩스 신에게 맹세하건대, 너를 위해 무엇을 기원하는 게 좋을지 잘 모르겠으니 말이다.

비니키우스는 이 편지를 받고 처음에는 답장을 쓰고 싶지 않았다. 편지를 써봤자 무슨 뾰족한 수가 생길 것 같지도 않고, 자신의 입장을 알아듣게 설명할 수 없을 뿐더러, 결국 아무 해결책도 얻지 못하는 소용없는 짓이라는 생각이 들었기 때문이다. 그의 마음은 인생에 대한 허무감과 회한으로 가득 찼다. 페트로니우스는 결코 자기를 이해할 수 없을 것이다. 이제 두 사람 사이에는 넘을 수 없는 거대한 장벽이 생겨버렸다. 자기 자신도 마음을 추스르기가 힘든 상황이었다.

티베리스 강 건너편에서 카리내에 있는 호화로운 자신의 저택으로 돌아왔을 때, 심신이 쇠약해진 비니키우스는 처음 며칠 동안은 휴식과 안락한 생활, 풍요로움 속에서 어느 정도 만족했다. 그러나 그 만족감도 오래 지속되지는 못했다. 얼마 지나지 않아 그는 자기의 삶이 더없이 공허하게 느껴졌다. 지금껏 인생에서 흥미로웠던 모든 것들이 모조리 사라져버렸든지, 아니면 있는지 없는지 알 수 없을 정도로 그 자취가 움츠러든 것만 같았다. 지금까지 자신을 삶에 연결시켜 주던 영혼 속의 끈이 갑자기 툭 끊어져 버리고, 그것을 대신할 수 있는 새로운 끈을 아직 찾아내지 못한 그런 느낌이었다. 베네벤툼이나 아카이아로 가서 미친 듯이 쾌락에 탐닉하고, 사치를 누린다 한들, 그게 무슨 소용이란 말인가? 허망하고 덧없는 노릇일 뿐인데……. '무엇 때문에 그런 짓을 해야 하는가? 그렇게 해서 무엇을 얻을 수 있단 말인가?' 이것이 제일 먼저 떠오른 의문이었다. 만일 그곳에 간다 해도 지금으로서는 페트로니우스의 기지와 재치, 세련된 화술, 모든 사상에 두루 적용되곤 하는 기막힌 어휘 선택 따위에 넌더리가 날 것 같았다. 비니키우스가 이런 생각을 하는 것은 생전 처음이었다.

한편 비니키우스는 외로워서 도저히 견딜 수가 없었다. 그가 아는 사람들은 모두 네로를 따라 베네벤툼에 갔으므로 그는 이것저것 우울한 생각에 짓눌려 갈피를 잡을 수 없는 혼란스러운 감정들로 가득 찬 답답한 가슴을 안고, 혼자 집에 있을 수밖에 없었다. 그러자 문득 이런 생각이 들었다. 자기 마음속에서 일어나고 있는 이 모든 일들을 누군가에게 털어놓으면, 상황을 좀 더 정확하게 이해할 수 있고, 생각도 정리할 수 있지 않을까. 그런 희망이 생기자 비니키우스는 며칠을 망설인 끝에 페트로니우스에게 편지를 썼다. 답장이 올지 안 올지는 모르지만, 그래도 편지를 써보기로 결심한 것이다.

삼촌께서 저에게 상세한 편지를 보내라고 당부하셨기에, 분부대로 합니다. 제 능력으로는 이 복잡한 문제들을 도저히 풀 수가 없으므로, 과연 명확하게 사정을 설명할 수 있을지 자신이 없군요.

제가 그리스도교 신자들 틈에서 지냈다는 것, 삼촌께서도 이미 아시겠지만 그들에게는 적이라고 할 수밖에 없는 저와 킬로를 대하는 그들의 관대한 태도, 게다가 선의로써 저를 친절하게 간호해 주었고, 리기아가 또다시 사라졌다는 이야기는 지난번 편지로 이미 알려드렸으니 더 이상 쓰지 않겠습니다. 하지만 제가 관대한 대접을 받은 것은 집정관의 아들이기 때문은 결코 아닙니다. 제가 킬로의 실체를 알게 되어 화를 참지 못하고 마당에다 산 채로 그를 파묻으라고 했을 때도 그리스도교 신자들은 킬로를 용서했습니다. 그들은 제가 지금까지 이 세상에서 보지 못한 색다른 종류의 사람들이며, 그들의 가르침은 전혀 들어본 적이 없는 독특한 것입니다. 제가 할 수 있는 말은 이 말밖에 없습니다. 우리들의 기준으로 그들을 평가하려

한다면 그것은 이미 과오를 범하는 것입니다. 솔직히 말씀드리겠습니다. 제가 제 집에서 부러진 팔을 치료하고, 제 시종들과 가족들로부터 간호를 받았다면 몸은 좀 더 편했을지 모르겠습니다. 하지만 그리스도교 신자들에게서 받은 정성 어린 보살핌에는 반도 미치지 못했을 것입니다.

리기아도 그랬습니다. 저의 친누이나 아내인들 어찌 그보다 더 성심껏 간호를 해줄 수 있었겠습니까. 저는 몇 번이나 나에 대한 사랑이 아니면 그녀가 그런 지극한 간병은 할 수 없으리라고 생각하고 가슴이 뿌듯해지곤 했습니다. 사실 저는 이따금 그녀의 표정이나 눈길에서 사랑을 읽을 수 있었습니다. 삼촌께서 믿지 못하실지도 모르겠지만, 부엌과 식당을 겸한 초라한 방에서 신분 낮은 사람들과 함께 어울리면서도 저는 예전에 미처 느껴보지 못한 행복을 맛보았습니다. 리기아는 분명 제게 무관심하지 않았습니다. 저는 지금까지도 그렇게 믿고 있습니다. 그런데 그 리기아가 저 몰래 미리암의 집을 떠난 것입니다. 그녀가 왜 그런 짓을 했는지 알 수 없어서 저는 며칠 동안이나 머리를 움켜쥐고 곰곰이 생각해 보는 중입니다. 제가 그녀에게 아울루스의 집으로 돌려보내 주겠다고 한 것은 지난번에 말씀드렸죠? 그때 그녀는 아울루스와 폼포니아가 이미 시칠리아로 이사를 했을 뿐만 아니라, 자기가 집으로 돌아왔다는 소문이 노예들의 입을 통해 퍼져 팔라티움 궁전에까지 들어가게 되면, 황제가 자기를 아울루스에게서 빼앗으려 할 테니 장군의 집으로는 갈 수 없다고 했습니다. 그 말은 맞습니다. 그러나 그녀는 알고 있었습니다. 제가 더 이상 그녀를 쫓아다니지 않으리라는 것, 앞으로는 절대 폭력을 쓰지 않으리라는 것, 그녀에 대한 사랑을 도저히 억누를 수 없다는 것, 그녀 없이는 제가 살아갈 수 없으리라는 것, 화환으로 장식한 대문으로 그녀를 맞아들이고, 화롯가에 양탄자를 깔아 그 위에 고이 앉힐 날만을 꿈꾸고 있다는 것……. 그녀는 이 모든 것을 다 알고 있었습니다. 그런데도 그녀는 사라졌습니다. 왜 그랬을까요? 그녀에게는 이미 도망쳐야 할 아무런 위험도 없었습니다. 만약 저를 사랑하지 않는다면 거절할 수도 있었습니다.

한 가지 꼭 말씀드리고 싶은 일이 있습니다. 그녀가 사라지기 전날, 저는 타르수스에서 온 바오로라는 이상한 사람과 만났습니다. 우리는 그리스도와 그의 가르침에 대해 이야기를 나누었습니다. 그의 말 한 마디 한 마디가 어찌나 힘차고 열정적이던지, 본인이 그럴 생각이 있건 없건 간에, 이 세상을 송두리째 불태워 재로 만들 것만 같았습니다.

그 사람이 리기아가 행적을 감춘 뒤에 저를 찾아와 이렇게 말했습니다.

"하느님께서 당신의 눈으로 광명을 보게 하시고, 내게 그렇게 하셨듯이 당신의 눈을 가리고 있는 비늘을 벗겨내 주신다면, 그때 당신은 리기아의 행동이 옳았다는 것을 깨닫게 될 것이며, 틀림없이 리기아를 다시 만날 수 있을 겁니다."

제가 이 말을 듣고 얼마나 고민하고 있는지 모르실 겁니다. 그의 말은 마치 델포이[4]의 피티아[5]의 입술에서 흘러나오는 것만 같았습니다. 그 말의 의미를 조금은 알 것 같기도 합니다. 그리스도교 신자들은 모든 인간을 사랑하지만, 우리 로마인의 삶, 우리가 믿는 신들…… 그리고 우리가 저지른 죄만큼은 미

---

4) 아폴로 신전이 있는 그리스의 작은 도시.

5) 신탁으로 유명한 그 신전의 여제사장.

워하고 있습니다. 제가 그 안에 속한 사람이기 때문에, 제 곁에 있으면 그리스도교 신자들이 죄악으로 여기는 생활을 함께 할 수밖에 없으므로 제게서 달아난 것이 아닐까요? 물론 리기아는 저를 거절할 수도 있었으므로 구태여 달아날 필요는 없지 않았느냐고 말씀하실지도 모르겠습니다. 하지만 그녀도 저를 사랑하고 있다면 어떨까요? 그런 경우라면 어떻게든 그 사랑을 피하려고 하지 않았을까요? 이런 생각이 들어 저는 로마의 모든 거리에 노예들을 보내어 집집마다 다니며 "리기아여, 돌아와 주오!" 하고 외치게 하고 싶었습니다. 아무튼 그녀가 무슨 이유로 제 곁을 떠났는지, 저도 정확한 영문은 모르겠습니다.

저는 그녀에게 그리스도를 믿지 말라고 할 생각은 추호도 없습니다. 아니, 저의 집 아트리움에다 그리스도를 위한 제단을 만들어도 좋다고 생각하고 있습니다. 새로운 신이 하나 더 늘어난다고 해서 무슨 손해를 보겠습니까? 지금까지도 오래된 제신들을 제대로 섬기지도 않았는데, 리기아의 신을 믿지 못할 이유가 어디 있겠습니까? 그리스도교 신자들은 절대로 거짓말을 하지 않습니다. 이것만은 확실히 단언할 수 있습니다. 그들은 자신들의 신이 죽었다가 다시 살아났다고 이야기합니다. 사람이라면 죽음에서 살아날 수가 없습니다. 타르수스에서 온 바오로라는 사람은 로마 시민입니다만, 유대 출신입니다. 그는 고대 히브리 문헌에 통달한 사람인데, 벌써 수천 년 전부터 그리스도가 이 세상에 오신다는 것을 선지자들이 예언했다고 제게 알려주었습니다. 이것은 분명 보통 일이 아닙니다만, 우리 주변에도 가끔씩 신기한 일들이 일어나지 않습니까? 예를 들어 티아나의 아폴로니우스에 대한 얘기는 아직도 꾸준히 사람들의 입에 오르내리고 있으니까요. 바오로의 설명에 의하면 우주에는 오직 유일한 신만 있을 뿐이지, 신들의 무리가 있는 것이 아니라는데, 저도 그 말에는 동의합니다. 세네카도 비슷한 의견을 가지고 있고, 그전에도 그런 견해를 가진 사람이 꽤 많았었습니다. 그리스도는 실제로 존재했고, 이 세상을 구원하기 위해 십자가에 못 박혔으며, 그 후에 죽음에서 부활했습니다. 그것은 모두 사실이며, 굳이 그 사실에 반대할 특별한 이유나 근거가 제게는 없습니다. 따라서 그 신을 위해 제단을 만들면 안 될 까닭도 없습니다. 그렇지 않아도 세라피스를 위한 제단을 하나 만들려던 참이었으니까요. 이성이 있는 사람이라면 도저히 믿을 수 없는 오래된 신들을 저버리는 것은 어쩌면 당연한 일이 아니겠습니까. 그러나 그리스도교 신자들에게는 그것만으로는 부족한 듯합니다. 그리스도를 숭배하는 것만으로는 충분하지 않으며, 그의 가르침대로 살아가지 않으면 안 된다는 것입니다. 그것은 마치 바닷가에 서 있는 사람에게 물 위를 걸어가라고 하는 것이나 다름없다고 여겨집니다. 따라서 제가 그들에게 그렇게 하겠다고 약속을 한다 해도 그들은 제 말을 허황된 것으로밖에 여기지 않을 것입니다. 바오로는 분명히 제게 그렇게 말했습니다.

삼촌께서는 제가 리기아를 사랑하고, 그녀를 위해서라면 못 할 일이 없다는 것을 아실 겁니다. 하지만 아무리 리기아의 소원이라 해도 소락테 산이나 베수비우스 산[6]을 어깨에 짊어지거나, 트라시메누스 호수[7]를 손바닥 위에 올려놓을 수는 없습니다. 제 검은 눈동자를 리기 족과 같이 푸른색으로 바꿀 수도

6) 캄파니아 지방의 화산.

7) 이탈리아 동북부에 있는 큰 호수.

없는 노릇이고요. 리기아가 원한다면 뭐든지 다 해주고 싶지만, 제 능력을 벗어나는 일이니 어떻게 실행하겠습니까. 저는 철학자는 못 되지만, 외삼촌께서 가끔 지적하시는 것과 같은 멍청한 인간은 아닙니다. 그러니 제 말을 잘 들어주시기 바랍니다. 저는 그리스도교 신자들이 어떻게 살아가는지 전부는 모릅니다만, 아무튼 그들의 종교가 세상에 널리 퍼지면 로마의 지배권은 무너지고 말 것이라는 것만은 확실합니다. 로마는 망할 것이고, 우리가 지금까지 지켜오던 생활 방식도 완전히 바뀌게 될 것입니다. 승리자와 패배자, 부자와 가난한 자들, 주인과 종의 구별이 없어질 것입니다. 모든 권위도 무너지고 황제도, 법률도, 세상의 모든 질서도 다 사라질 것입니다. 이 모든 것들 대신 그리스도가 들어서고, 지금껏 이 세상에 없었던 새로운 자비가 넘쳐흐르고, 로마인들의 본성과는 어울리지 않는 선의와 덕이 널리 퍼지게 될 것입니다.

솔직히 말씀드리면, 제게는 지금 온 로마나 로마의 통치권보다 리기아가 더 소중합니다. 제 집으로 리기아를 맞이해 올 수만 있다면, 지금 당장 세상이 멸망해도 좋습니다. 하지만 중요한 건 그게 아닙니다. 그리스도교 신자들은 입으로 약속하는 것만으로는 만족하지 않습니다. 그들의 진리가 얼마나 좋은지를 느끼고, 몸으로 실천하며, 영혼 속에 절대로 다른 욕망을 품어서는 안 된다고 가르칩니다. 그런데 제신들이 굽어보다시피, 저는 그렇게는 못합니다. 제 말뜻을 아시겠습니까? 제 천성은 그들의 가르침을 자꾸만 거부하려 합니다. 비록 제가 입으로 그 진리를 찬미하고, 그 가르침을 따른다 해도, 제 이성과 영혼은 이렇게 말할 것입니다. "네가 지금 이렇게 하고 있는 건 오직 리기아에 대한 사랑 때문이다. 그녀가 없다면 너는 그리스도교를 이 세상 그 누구보다 반대했을 것이다."라고요. 한 가지 이해할 수 없는 일은 타르수스의 바오로도 이 사실을 알고 있다는 것입니다. 베드로 노인도 알고 있습니다. 그는 비록 비천한 신분이지만 그리스도의 수제자였고, 그리스도교 신자들 사이에서는 가장 훌륭한 사람으로 존경받고 있습니다. 삼촌께서는 그들이 지금 무엇을 하고 있는지 상상도 못하실 겁니다. 그들은 제게 은총이 내리기를 그리스도께 기도하고 있습니다. 그러나 아직까지 저는 리기아에 대해 커져만 가는 그리움과 불안의 감정 외에는 받은 것이 없습니다.

리기아가 남몰래 사라져버렸다는 것은 앞에서도 말씀드렸습니다. 그녀는 떠나면서 저를 위해서 회양목 가지를 엮어서 손수 만든 십자가를 남겨놓고 갔습니다. 제가 잠에서 깨어나 보니 머리맡에 그것이 놓여 있었습니다. 저는 지금 그 십자가를 라라리움[8]에 모셔놓고 있습니다. 이유는 저도 잘 모르겠지만, 그 십자가에는 무엇인지 신성한 의미가 담겨져 있는 것만 같습니다. 그래서 그 십자가에 다가갈 때마다 존경과 두려움을 느끼게 됩니다. 그녀가 손수 만든 것이기에 저는 그 십자가에 각별한 애착을 가지고 있습니다. 그러나 한편으로는 그 십자가가 우리 둘 사이를 갈라놓았다는 생각으로 원망스러운 마음이 들기도 합니다. 어떤 때는 이 모든 일이 어떤 신비한 마법에 의해 일어난 것이 아닌가 하는 생각도 듭니다. 베드로는 자신을 가난한 어부에 불과하다고 하지만, 아폴로니우스나 이전의 그 어떤 사람들보다 더 위대한 사람이 아닐까, 그리하여 그가 리기아나 폼포니아, 그리고 저를 포함한 모든 사람들에게 마법을

8) 가정의 수호신 라레스를 모신 제단.

걸어놓은 것이 아닐까 하고 생각할 때도 있습니다.

삼촌께서는 지난번 제 편지에서 슬픔과 불안이 느껴진다고 쓰셨습니다. 슬픔은 리기아를 또다시 잃었기 때문이고, 불안은 제 안에서 변화가 일어났기 때문에 생긴 것입니다. 정직하게 고백하자면, 그 종교의 가르침만큼 제 본성에 어긋나는 것도 없습니다. 그런데도 저는 그 가르침을 접한 이래 예전과는 완전히 딴 사람이 된 것 같습니다. 마법 때문일까요, 아니면 사랑 때문일까요? 키르케[9]는 손을 대기만 해도 인간의 몸을 동물로 변화시켰다고 하지만, 저는 영혼이 변했습니다. 이런 일을 할 수 있는 것은 리기아밖에 없습니다. 아니, 리기아가 믿고 있는 저 불가사의한 가르침이 저를 그렇게 만들었다고 해야 맞을 겁니다. 제가 그 그리스도교 신자들의 거처에서 집으로 돌아왔을 때 아무도 저를 기다리고 있지 않았습니다. 베네벤툼에 간 줄 알고 있었으니 오래 걸릴 줄 알았겠지요. 와서 보니 집안은 엉망진창이 되어 있었고, 노예들은 제 식당에서 술잔치를 벌이고 흥청망청 취해 있었습니다. 예기치 못한 제 갑작스러운 귀가가 그들에게는 죽음보다 더 무서웠는지, 저를 보자 모두 두려움에 사색이 되었지요. 아시다시피 저는 제 가솔들을 아주 엄격하게 다스리고 있었으므로, 다들 제 앞에 무릎을 꿇었고, 심지어는 공포에 질려 정신을 잃은 자도 있었습니다. 그때 제가 어떻게 했는지 아십니까? 저는 처음에 채찍과 시뻘겋게 달군 인두를 가져오라고 불호령을 내릴 작정이었습니다. 그런데 왠지 모르게 부끄러운 생각이 들었습니다. 삼촌께서 믿으실는지 모르겠지만, 갑자기 그 비천한 무리들이 측은하게 보였던

9) 태양의 신 헬리오스의 딸. 오디세우스의 동료들을 돼지로 변신시켰음.

것입니다. 그중에는 조부님께서 아우구스투스 황제 시절에 라인 강변에서 데려온 늙은 노예도 있었습니다. 저는 서재로 들어가 문을 걸어 잠갔습니다. 그러자 더욱 이상한 생각이 떠오르는 것이었습니다. 그리스도교 신자들 틈에서 보고 듣고 하는 사이에 그들의 교리가 제게 스며들었는지 제 머릿속에는 어느 틈에 노예들도 인간이며, 예전처럼 그들을 대해서는 안 된다는 생각이 들게 되었던 것입니다. 하루 이틀 지나는 동안 노예들은 제가 어떡하면 더 교묘하고 잔혹한 형벌로 다스릴까를 궁리하느라 처벌을 미루고 있다고 생각했는지, 모두들 잔뜩 긴장해서 눈치만 살피고 있었습니다. 그러나 저는 끝내 그들을 벌하지 않았습니다. 아무래도 그들을 벌할 수 없었기 때문입니다. 사흘째 되던 날, 저는 그들을 제 앞에 불러놓고 "너희들을 모두 용서해 주겠다. 대신 열심히 일을 해서 잘못을 만회하도록 해라!" 하고 일렀습니다. 그러자 모두가 눈물 젖은 얼굴로 무릎을 꿇더니, 두 팔을 내밀며 신음하듯이 "주인님" 혹은 "아버지"라고 부르짖는 것이었습니다. 부끄러운 얘기입니다만, 저 역시 그들과 마찬가지로 감동했습니다. 그 순간 리기아의 아름다운 얼굴이 눈앞에 보였습니다. 그녀는 제 이런 행동에 감사하는 듯 눈물을 머금고 있었습니다. 이 프로 푸도르(I pro pudor)![10] 그러자 저도 눈시울이 뜨거워지는 것을 참을 수 없었습니다. 제가 지금 삼촌께 무엇을 고백하려고 하는지 아시겠습니까? 그것은 그녀 없이는 제가 도저히 이 세상을 살아나갈 수 없다는 것입니다. 혼자 있으면 외롭고 우울해서 병이 날 것만 같고, 제 상심은 삼촌이 상상할 수 없을 정도로 크다는 것

10) '오! 사라져라 이 수치심이여!' 라는 뜻.

을 말씀드리고 싶습니다.

그런데 노예들에게서 한 가지 놀라운 사실을 발견하게 되었습니다. 제가 벌을 주지 않았는데도 오만해지거나 규율이 무너지지 않았을 뿐 아니라, 두려움에 떨고 있을 때와는 달리 오히려 전보다 더욱 성심성의껏 일한다는 점이죠. 그들은 다만 열심히 일하는 것에 그치지 않고, 각자 제가 원하는 바를 살피면서 앞 다투어 저를 만족시키려고 애쓰고 있습니다. 제가 이런 사연을 말씀드리는 것은 별다른 뜻이 있어서가 아니라 문득 어떤 일이 머리에 떠올랐기 때문입니다. 그리스도교 신자들과 헤어지기 전날, 저는 바오로에게 이 종교의 가르침이 온 세상에 퍼지게 되면 세계는 테두리가 빠진 나무통처럼 조각나 버릴 것이라고 말한 적이 있습니다. 그랬더니 바오로 사도가 이렇게 대답하더군요. "사랑은 그 어떤 위협보다 강하게 사람들을 결속시키는 테두리입니다."라고요. 지금 저는 어떤 점에서는 그의 말이 옳다는 것을 느낍니다. 제가 돌아왔다는 소식을 듣고 인사하기 위해 찾아온 제 휘하의 클리엔테스[11]에게서도 이 사실을 확인할 수 있었습니다. 아시다시피 저는 원래 그들에게 인색한 편은 아니었습니다. 그러나 아버님께서는 그들을 오만한 태도로 대하셨고, 저에게도 그렇게 하라고 가르치셨습니다. 그런데 지금은 그 해진 외투와 굶주린 모습을 보고 있노라면 딱한 생각이 듭니다. 그래서 그들 모두에게 먹을 것을 주고, 그들과 얘기를 나누며, 어떤 사람에게는 다정하게 이름을 불러주고, 어떤 사람에게는 처자식에 대해 물어보기도 했습니다. 그러자 저는 그들이 눈물을 글썽이는 것을 보았습니다. 만약

11) 로마 귀족들이 세습적으로 보호하는 평민들. 소작인들도 포함됨.

리기아가 그 장면을 보았다면 좋아하면서 칭찬했을 것이라는 상상도 했습니다. 삼촌, 정말 제 머리가 이상해진 것일까요? 아니면 사랑 때문에 제 감각이 마비되어 버렸을까요? 저는 정말 모르겠습니다. 제가 아는 것은 그녀가 항상 멀리서 저를 지켜보고 있으며, 그녀의 마음을 아프게 하거나, 슬프게 해서는 안 된다는 것입니다.

그렇습니다, 삼촌! 그들이 제 영혼을 바꿔놓았습니다. 때로는 행복을 느끼다가도, 때로는 제가 예전의 사나이다운 패기와 불타는 정열을 다 잃어버린 것이 아닌가, 원로원이나 법정, 향연은 말할 것도 없고, 싸움터에서도 쓸모없는 인간이 되어버린 것은 아닌가 하고 고민할 때도 있습니다. 정말 마법에 걸려들고 말았나 봅니다! 제가 얼마나 변해 버렸는지 알려드리기 위해서 부상당해 누워 있을 때 제 머릿속에 떠오른 생각을 말씀드리겠습니다. 그것은 만일 리기아가 니기디아나 포페아, 크리스피닐라, 그리고 우리가 알고 있는 다른 이혼녀들처럼 방탕하고, 사악하고, 경박한 여자였다면, 저는 지금처럼 그녀를 사랑하지는 않았으리라는 것입니다. 우리 두 사람을 갈라놓은 바로 그 원인 때문에 그 여자를 사랑하고 있으니, 제 영혼이 얼마나 혼란스러운지, 제가 어떤 암흑 속에서 헤매고 있는지, 앞날을 예측할 수 없어 어떻게 방황하고 있는지, 어디서부터 시작해야 좋을지 몰라 얼마나 갈팡질팡하고 있는지 삼촌께서는 대충 짐작하시리라 믿습니다. 만일 인생을 샘물에 비유하자면, 제 샘물은 이미 오래전에 메말랐으며, 오직 불안과 근심만 솟아오르고 있다고 할 수 있습니다. 저는 오로지 그녀와 만날 수 있으리라는 희망으로 하루하루 살아가고 있습니다. 때로는 분명히 만날 수 있을 것 같은 확신이 생기기도 합니다……. 그러나 앞으로 일 년, 이 년…… 세월이 흐르면 제가 어떻게 될지, 저 자신도 모르겠습니다. 짐작조차 못하겠습니다.

저는 로마에서 전혀 외출을 하지 않고 있습니다. 이제는 황제의 충복들로 둘러싸인 그 세계가 지긋지긋할 뿐입니다. 슬픔과 불안에 파묻힌 제게 한 가지 위안이 있다면, 리기아와 가까운 곳에 있다는 것, 그리고 이따금씩 제게 들르겠다고 약속한 의사 글라우쿠스나 바오로를 통해 그녀의 소식을 들을 수 있지 않을까 하는 것뿐입니다. 설령 삼촌께서 제게 이집트를 통치하라고 위임하신다 해도 저는 리기아가 있는 로마를 떠날 생각이 없습니다. 한 가지 덧붙이고 싶은 것은, 일전에 홧김에 때려죽인 굴로를 위해 묘석을 하나 세우라고 조각가에게 부탁했다는 것입니다. 저를 품에 안아 키워줬고, 제게 활 쏘는 법을 처음으로 가르쳐준 사람이 굴로였다는 사실을 떠올리며 저의 경솔한 행동을 진심으로 후회했으나, 이미 돌이킬 수 없다는 사실에 마음이 아팠습니다. 만일 이 편지를 보고 놀라시더라도, 저 자신도 많이 놀라고 있으며, 여기 씌어 있는 것은 모두 진실이라는 사실만큼은 믿어주십시오. 그럼 안녕히.

제29장

이 편지에 대해서 비니키우스는 답장을 받지 못했다. 페트로니우스가 답을 하지 않은 것은, 네로가 당장에라도 로마로 돌아가자는 명령을 내릴 것만 같았기 때문이었다. 황제가 돌아올 것이라는 소문은 삽시간에 온 로마 시내에 퍼져, 박진감 넘치는 검투 경기와, 오스티아에 산더미처럼 쌓여 있는 곡식이나 올리브의 배급을 학수고대하던 하층민들을 기쁘게 했다. 마침내 네로의 해방노예인 헬리우스가 원로원에 네로의 귀환을 통고했다. 그러나 네로는 신하들과 함께 미세눔 곶[1]에서 배를 타기도 하고, 연안의 도시들에 상륙하여 휴식을 취하거나, 극장에서 공연을 하며 귀환을 서두르지 않았다. 민투르네에서는 또다시 관중 앞에서 노래를 부르며 십여 일을 지체하다가, 다시 네아폴리스로 돌아가서 다가오는 봄을 맞이하자는

1) 네아폴리스 남쪽에 위치한 휴양지.

제안을 하기도 했다. 실제로 그해 봄은 유난히 빨리 찾아왔고, 또 따뜻했다.

그동안 비니키우스는 혼자 집에 틀어박혀 지내면서, 리기아에 관한 일이나 자기의 영혼을 사로잡고 있는 지금껏 알지 못했던 여러 가지 개념과 느낌들에 대해서 생각하고 또 생각했다. 의사인 글라우쿠스만이 이따금 그를 만나러 와주었다. 그와는 리기아에 관한 이야기를 할 수 있었기에, 그가 찾아올 때마다 비니키우스는 극진하게 대접했다. 글라우쿠스는 자기도 리기아가 어디에 은신하고 있는지는 알 수 없으나, 장로들이 잘 보호하고 있으니 안심하라고 말했다. 한번은 비니키우스가 너무도 애태우며 슬퍼하는 모습에 감동을 받고, 크리스푸스가 리기아의 세속적인 사랑을 나무란 것을 사도 베드로가 오히려 꾸짖었다는 이야기를 들려주었다. 그 말에 감격한 나머지 청년 귀족의 안색이 창백하게 변했다. 리기아가 자기에게 아주 무관심한 건 아니라고 몇 번이나 생각했으나, 그때마다 의혹과 불안에 빠져들곤 했는데, 지금 처음으로 남의 입을 통해, 더구나 그리스도교 신자의 입을 통해 자기의 소망과 기대가 헛된 것이 아님을 확인하게 된 것이다.

비니키우스는 너무나 고마운 마음에 베드로에게 당장이라도 뛰어가고 싶었으나, 베드로가 로마 시내에 있지 않고 근교에서 전도하고 있다는 말을 듣고는 글라우쿠스에게 자기를 그곳으로 데려다 달라고 부탁했다. 빈민들에게 선물을 나누어주겠다는 약속도 했다. 그는 리기아만 자기를 사랑해 주면, 자기는 언제든지 그리스도를 숭배할 마음가짐이 되어 있으므로, 이것으로써 모든 장애가 다 제거되는 것으로 생각하고 있었다. 글라우쿠스는 비니키우스에게 세례를 받으라고 열심히 권고했으나, 세례를 받으면 리기아를 얻을 수 있다는 보증은 하지 않았다. 그는 세례를 받는 것은 세례 그 자체와 그리스도에 대한 사랑을 위해 행해져야 하며, 다른 목적이 있어서는 안 된다고 강조했다. "먼저 그리스도교적인 정신을 갖는 것이 필요합니다." 글라우쿠스가 말했다. 예전의 비니키우스는 자기 뜻에 맞지 않으면 무조건 화를 내고 신경질을 냈지만, 이제는 글라우쿠스가 그리스도교 신자로서 당연히 할 말을 하고 있는 것이라고 이해했다. 하지만 그는 아직도 자기 마음속의 가장 심각한 변화를 제대로 감지하지 못하고 있었다……. 예전에는 자기중심적인 기준으로 사람과 사물을 바라보았는데, 이제는 세상일이 다른 사람 눈에는 다르게 비치고, 다른 사람 마음에는 다르게 느껴질 수도 있다는 사실에 차츰 익숙해져 가고 있었던 것이다. 또한 정의라는 것이 항상 개인의 이익과 일치하는 것은 아니라는 사실도 깨닫게 되었다.

비니키우스는 때때로 바오로를 만나고 싶은 생각이 들었다. 바오로의 설교는 그의 마음에 호기심과 경외심을 동시에 불러일으켰던 것이다. 그러면서도 머릿속으로는 바오로의 가르침에 대한 반론을 세워보려고 안간힘을 썼다. 이처럼 그의 머리는 바오로에 맞서려고 했으나, 가슴은 그를 만나 이야기를 들어보고 싶은 바람으로 가득 차 있었다. 하지만 바오로도 로마를 떠나 아리키아[2]에 가 있었고, 글라우쿠스의 방문도 점점 뜸해지기 시작했으므로 비니키우스는 또다시 외로움에 휩싸였다. 먼발치에서라도 좋으니 한 번이라도 리기아를 보고 싶다는 생각에 수부라 근처 뒷골목과 티베리스 강 건너편의 비좁

2) 로마의 남쪽 아피아 가도 연안의 조그만 도시.

은 거리를 이리저리 쏘다니기도 했다. 그러나 그 소원도 이루어질 수 없다는 걸 알고 그는 점점 지치고 초조해지기 시작했다. 결국 예전의 본성이 다시 고개를 들기 시작했다. 한때 물이 빠졌던 해안에 다시 높은 파도가 밀려 들어오는 것과 같았다. 문득 이런 생각이 들었다. 지금까지는 어리석게도 우울하고 슬픈 생각에만 빠져 시간을 낭비했는데, 이제부터는 인생에 주어진 것은 무엇이든 아낌없이 향유하리라……. 그리하여 비니키우스는 리기아를 깨끗이 잊기로 했다. 그녀와 아무 상관없는 다른 곳에서 기쁨과 즐거움을 찾으리라. 비니키우스는 이것이 마지막 기회처럼 느껴졌다. 급기야 그는 정열적이고 저돌적인 본성이 이끄는 대로, 자유롭고 안락한 쾌락을 추구하는 삶의 소용돌이에 몸을 던졌다. 마치 자신의 삶 자체가 그렇게 하라고 재촉하는 것 같았다.

겨우내 동면이라도 하듯 인적도 뜸하고, 고요하게 얼어붙었던 도시가 황제의 귀환이 가까워지자 활기를 되찾기 시작했다. 황제를 위한 성대한 환영 행사가 착착 준비되고 있었다. 그러는 동안 봄이 되었다. 알바누스 산정에 쌓였던 눈은 아프리카에서 불어오는 따뜻한 봄의 입김에 녹아 내렸다. 정원에는 제비꽃이 만발했다. 공회당에도 마르스 광장에도 따뜻한 봄볕을 쬐기 위해 군중이 몰려들었다. 성 밖으로 나가려는 사람들이 거쳐 가는 아피아 가도에는 아름답게 장식한 마차들이 달리고 있었다. 벌써 알바누스 산으로 소풍을 가는 이들도 있었다. 젊은 여자들은 라누비움[3]에 있는 주노 여신이나 아리쿰[4]

3) 아피아 가도에 있는 도시.

4) 로마 근교의 도시.

에 있는 디아나 여신을 참배한다면서 집에서 뛰쳐나와 시외로 나가 애인과 밀회하거나 갖가지 애정 행각으로 쾌락을 즐겼다.

어느 날 비니키우스는 호화로운 마차들 가운데서 페트로니우스의 애인인 크리소테미스가 타고 있는 눈부시게 화려한 사두마차를 발견하였다. 선두에는 몰로시아[5] 개 두 마리가 달리고 있었고, 주위에는 직무상 로마에 남아 있던 다양한 연령층의 원로원 의원들이 둘러싸고 있었다. 크리소테미스는 황금 채찍을 능숙하게 휘두르면서, 네 마리의 코르시카 말들을 자유자재로 부리며 마차를 몰고 있었다. 그녀는 그러면서도 길가에 서 있는 모든 사람들에게 애교 있는 웃음을 던졌다. 문득 거리에 서 있는 비니키우스의 모습이 크리소테미스의 눈에 띄었다. 그녀는 갑자기 말을 멈춰 세우더니 비니키우스를 태우고 자신의 집으로 데려갔다. 그곳에서 밤새도록 향연이 벌어졌다. 그날 밤 비니키우스는 정신을 잃을 정도로 술에 취해 노예들이 그를 가마에 태워 집에 데려온 것도 기억하지 못했다. 그러나 크리소테미스가 리기아의 이야기를 꺼냈을 때, 불같이 화를 내면서 술잔에 든 포도주를 그녀의 머리에 쏟아 부은 것만은 기억이 났다. 술이 깬 후 그 일을 생각하자 그는 더욱 화가 치밀었다. 다음 날 크리소테미스는 자기가 당한 모욕도 잊은 듯 비니키우스를 찾아와 또다시 아피아 가도로 끌고 나갔다. 그날 저녁 만찬을 함께한 자리에서, 크리소테미스는 페트로니우스도, 자신의 애인이었던 류트 악사도 이미 오래전에 싫어졌으며, 이제 자기 마음을 구속하는 것은 아무것도 없다고 고백했다. 그 후 일주일 동안 두 사람은 함께 붙어 다녔

5) 고대 그리스의 동북부 지방.

으나 그 관계가 오래 지속되지는 않았다. 포도주 사건 이후 리기아의 이름은 두 사람의 입에 한번도 오르내리지 않았지만, 비니키우스는 리기아에 대한 그리움을 떨쳐버릴 수가 없었다. 그는 아직도 리기아의 눈이 항상 자기를 지켜보고 있다는 생각에서 벗어나지 못하고, 불안해하고 있었다. 요즘 들어 자기가 리기아를 배신하고 있다는 자책감과 후회가 밀려와 비니키우스는 자신에게 혐오감을 느끼며 괴로움에 빠졌다. 크리소테미스는 비니키우스가 두 명의 시리아 소녀를 사들인 것에 대해 몹시 질투했다. 이를 빌미로 비니키우스는 지나치다 싶을 정도로 난폭한 행동으로 크리소테미스와의 관계를 완전히 끊어버렸다. 그렇다고 그가 방탕한 생활을 완전히 청산한 것은 아니었다. 오히려 리기아에게 복수라도 하듯이 쾌락을 더욱 가까이했다. 그러나 리기아를 향한 그리움은 아무리 몸부림쳐도 한시도 그의 마음을 떠나지 않았다. 그는 자기가 행하는 선행이나 악행의 원인은 모두 리기아라는 것, 이 세상에서 진정으로 자기의 관심을 끄는 것은 오직 리기아 이외에는 아무것도 없다는 것을 확인하고는 무력감과 권태에 빠져버렸다. 그는 쾌락에도 넌더리가 났는데, 결국 돌아오는 것은 자괴감뿐이라는 걸 뼈저리게 느꼈기 때문이다. 그는 자기 자신이 비참한 인간이라는 생각이 들자 스스로도 소스라칠 만큼 놀라고 말았다. 예전에는 자신의 마음에 흡족하게 여겨지는 일은 무조건 옳은 일이라고 믿고 있었지만 지금은 그렇지 못했다. 이제 그는 자유도, 자존심도 모두 잃고, 세상일에는 완전히 무심하게 되어, 황제가 돌아왔다는 소문에도 별다른 감흥이 일어나지 않았다. 심지어 페트로니우스가 돌아왔다는 걸 알면서도 그가 가마를 보내어 자기 집으로 초대할 때까지 찾아가지도 않았다.

오랫만에 페트로니우스를 만나 각별한 대접을 받으면서도 비니키우스는 여러 가지 질문에 내키지 않는 듯 억지로 대답할 뿐이었다. 그러나 어느 순간 오랫동안 억누르고 있던 감정과 상념이 한꺼번에 비니키우스의 입을 통해 폭포수처럼 쏟아져 나왔다. 리기아를 찾아 헤매던 일, 그리스도교 신자들과 함께했던 생활, 그곳에서 보고 들은 일들, 가슴속에 떠오른 갖가지 생각 등을 상세하게 털어놓았다. 마지막으로 자기는 혼돈에 빠져 마음의 평정을 잃어버렸고, 사물을 구별하는 분별력과 판단력도 마비되고 말았으니 어찌하면 좋겠느냐고 하소연을 했다. 이젠 그 무엇에도 마음이 끌리지 않는다. 어떤 것을 보아도 흥미가 없다. 무엇에 기준을 두고 어떻게 행동하면 좋을지 알 수가 없다. 그리스도를 찬미하고 싶은 동시에 증오하기도 한다. 그의 가르침이 숭고하다는 점은 인정하지만, 동시에 스스로도 어쩔 수 없는 반발심이 일어나기도 했다. 리기아를 손에 넣는다 해도 그리스도와 더불어 공유하지 않으면 안 되는 이상, 그녀가 완전히 내 것이 될 수 없다는 건 자명한 노릇이다. 결국 나는 살아 있어도, 사는 것 같지 않은 무의미한 삶에 허덕이고 있다. 내게는 희망도 없고, 내일도 없고, 행복에 대한 확신도 없다. 나를 둘러싼 이 절망의 암흑 속에서 빠져나가려고 안간힘을 쓰고 있지만, 도저히 출구를 찾을 수 없다.

페트로니우스는 이야기에 귀를 기울이면서 비니키우스의 수척해진 얼굴과, 말하는 동안 정말 어둠 속에서 길을 찾고 있는 것처럼 앞을 휘젓는 그의 두 손을 유심히 바라보면서 깊은 생각에 잠겼다. 페트로니우스는 갑자기 벌떡 일어나더니 비니키우스에게로 다가가서 귓불 위의 머리카락을 쓰다듬으며 말했다.

"이것 좀 봐라. 네 관자놀이에 흰 머리가 생겼구나!"

"그럴지도 모르죠. 아마 얼마 안 가서 아주 백발이 되어버릴 겁니다." 비니키우스가 대답했다.

잠시 침묵이 흘렀다. 페트로니우스는 이성적인 사람이었고, 인간의 영혼과 인생에 대해 깊은 통찰력을 가지고 있었다. 자기와 비니키우스가 살고 있는 이 세계는 외적으로는 행복한 삶과 불행한 삶으로 구분 지어져 있으나, 내적으로는 공평했다. 물론 벼락이 치거나 지진이 일어나 신전을 무너뜨리듯 갑자기 불행이 닥쳐와 삶을 엉망으로 만들 수도 있다. 그러나 현세에서의 삶이란 원래 지극히 단순하면서도 조화로운 직선으로 이루어져 있으며, 그것이 서로 뒤엉키거나 꼬이는 골치 아픈 일은 거의 일어나지 않는다. 그런데 비니키우스의 말 속에는 뭔가 다른 것이 있다. 페트로니우스는 난생 처음 어려운 수수께끼에 부딪혔다. 그것은 여태껏 아무도 풀 수 없었던 정신적으로 뒤엉킨 매듭이었다. 원래 총명한 사람이어서 그 매듭을 푸는 것이 수월하지 않다는 것은 금세 알 수 있었지만, 자기의 온갖 지혜를 다 동원해도 비니키우스가 던진 질문에는 시원한 대답을 해줄 수가 없었다. 오랜 침묵 끝에 그가 마침내 입을 열었다.

"어쩌면 너는 마법에 걸렸는지도 모르겠구나."

"저도 그런 생각을 했습니다." 비니키우스가 대답했다. "아무래도 리기아와 제가 마법에 걸린 것 같다는 생각을 자주 했답니다."

"만일 네가 내킨다면, 글쎄, 세라피스의 제사장을 찾아가

보는 건 어떻겠니. 제사들은 모두가 다 비슷한 사람들이고, 물론 엉터리 사기꾼도 있지만, 개중에는 신묘한 비법을 알고 있는 자도 있으니 말이다." 페트로니우스가 대답했다.

그의 말투는 여간 애매한 것이 아니었고, 목소리에는 자신감이 없었다. 그런 충고를 하면서도 무의미하고 어리석은 짓이라는 생각이 들었기 때문이다.

비니키우스는 이마를 문지르며 이렇게 말했다.

"정말 마법일까요? 저는 개인적으로 돈을 벌기 위해 은밀하게 이상한 힘을 구사하는 마법사를 본 적이 있습니다. 적에게 해를 끼치기 위해 그 힘을 악용하는 자들도 보았고요. 하지만 그 그리스도교 신자들은 빈곤한 생활을 하면서도 자신들의 적을 용서하고, 겸손과 온유와 자비를 설파하고 있었습니다. 그런데 그들이 마법을 이용해서 무슨 이익을 보겠습니까? 도대체 무엇 때문에 그런 짓을 하겠느냔 말입니다."

페트로니우스는 자기의 이성으로는 아무 대답도 할 수가 없었기에 슬그머니 부아가 치밀었다. 그는 비니키우스의 말을 인정하고 싶지 않았다. 그러나 어쨌든 무엇인가 대답을 해야겠기에 이렇게 말했다.

"그것은 새로운 종파다……."

그리고 잠시 후 말을 이었다.

"파포스의 숲에 사는 여신[6]을 두고 맹세하건대, 그런 종파들은 모두 인생을 파멸로 몰아넣는단다. 너는 그들이 선량하고 덕이 높다고 감탄하고 있으나, 내 생각으로는 그들은 못된 인간들이다. 말하자면 그들은 인생의 적이요, 종기나 죽음 그

---

6) 비너스를 가리킴.

자체란 말이다. 그렇지 않아도 지금 우리의 삶엔 적이 얼마나 많은데 거기다 그리스도교 신자들까지 보탤 필요는 없지 않겠니. 자, 한번 생각해 보자꾸나. 질병, 황제, 티겔리누스, 황제의 역겨운 시, 순수한 로마의 혈통을 이어받은 사람들을 좌지우지하는 제화공, 원로원에 의석을 가지고 있는 해방노예들……. 카스토르를 두고 맹세하건대, 이제는 모두 진저리가 나는구나! 거기에 더해서 네가 말하는 그리스도교는 위험하고 상종하지 못할 종파다. 너는 슬픔에서 벗어날 수 있도록 최소한 향락에 취해 보려고 노력은 해보았니?"

"네, 그랬었죠." 비니키우스가 대답했다.

"그랬을 테지. 예끼, 이놈, 이 배신자야! 노예들 사이에 소문이 자자하더구나. 네가 먼저 크리소테미스를 유혹했다고!"

페트로니우스가 웃음을 터뜨리며 말하자, 비니키우스는 어처구니없다는 표정을 지으며 손을 내저었다.

"어쨌든 고맙구나." 페트로니우스가 말했다. "그 여자에게는 진주로 장식된 신발 한 켤레를 보낼 생각이다. 그것은 내가 사용하는 연애 용어로 '떠나라!'는 의미란다. 난 네게 두 가지나 신세를 졌구나. 하나는 네가 에우니케를 받아주지 않았다는 것, 또 하나는 나를 크리소테미스로부터 해방시켜 주었다는 것이다. 내 말 잘 들으렴. 지금 네 눈앞에 서 있는 이 사람은 아침이면 일어나 목욕을 하고, 연회를 즐기고, 크리소테미스를 안고, 풍자시를 쓰고, 가끔은 시를 엮어서 산문을 쓰기도 하는 그런 사람이다. 그러나 황제와 마찬가지로 삶에 싫증을 느끼고, 우울한 생각을 떨쳐버리지 못했다. 왜 그랬는지 아니? 가까이 있는 것을 먼 데서 구하려고 했기 때문이란다. 아름다운 여인은 항상 그 몸무게만큼의 황금과 같은 값어치가 있는 법이다. 그러나 미인인 데다가 남자를 사랑해 주는 여자를 위해서는 베레스[7]의 재물을 몽땅 바쳐도 아깝지 않지. 나는 요즘 이런 생각을 한단다. 인생을 행복으로 가득 채우리니. 마치 이 세상에서 제일 귀한 포도주를 술잔에 가득 부어, 손이 마비되고 입술이 창백해질 때까지 마시는 것처럼, 그렇게 마음껏 즐기자. 나중에 어찌 되든 알 게 뭐냐. 이것이 내 새로운 철학이란다."

"늘 삼촌께서 말씀하시던 것과 마찬가지 아닙니까? 뭐, 별로 새로울 것도 없는걸요."

"지금까지는 내 이론에 알맹이가 없었는데, 비로소 그게 생겼단 말이다."

페트로니우스는 이렇게 말하며 에우니케를 불렀다. 잠시 후 하얀 옷을 입은 금발의 에우니케가 나타났다. 그녀는 이제 예전의 노예가 아니라 사랑과 행복의 여신으로 변해 있었다.

"자아, 이리 오너라!"

그러자 에우니케가 달려와서 페트로니우스의 무릎에 앉아 두 팔로 그의 목을 끌어안으며, 가슴에 머리를 파묻었다. 비니키우스는 그녀의 뺨이 선홍색으로 빛나고, 두 눈은 안개 속을 헤매는 듯 몽롱해지는 것을 보았다. 두 사람은 한데 어우러져 사랑과 행복으로 가득 찬 눈부신 한 쌍의 조상이 되었다. 페트로니우스는 탁자 위에 놓인 나지막한 화병에서 제비꽃을 한 줌 꺼내들고는 에우니케의 머리와 가슴에 뿌렸다. 그리고 그녀의 어깨에서 튜닉을 벗겨 내리며 이렇게 말했다.

---

7) BC 1세기 시칠리아의 지방장관. 부정하게 돈을 착취한 혐의로 키케로의 탄핵을 받음.

"이런 아름다운 육체 속에 감추어진 연정을 발견한 나는 참으로 행운아라고 생각한다. 때로는 우리 두 사람이야말로 한 쌍의 사랑의 신이 아닐까 하는 생각이 들기도 한단다. 자, 보아라. 프락시텔레스도, 미로도, 스코파스도, 그리고 리시푸스도 이처럼 완벽한 조각품을 만들 수 있었겠는지. 파로스[8]나 펜텔리쿠스[9]를 다 뒤져도 이처럼 따뜻한 체온과 아름다운 장밋빛을 머금은 사랑스러운 대리석상은 찾아낼 수 없으리라. 세상에는 꽃병의 가장자리에 입 맞추고 좋아하는 놈들도 있지만, 나는 손에 잡히는 가까운 곳에서 쾌락을 누리고 싶구나."

그는 에우니케의 어깨와 목에 입술을 갖다 댔다. 에우니케는 황홀한 듯 몸을 떨면서 눈을 깜빡였다. 잠시 후 페트로니우스는 행복에 겨운 얼굴을 들더니 비니키우스에게 말을 걸었다.

"자아, 네가 말하는 저 음침한 그리스도교 신자들과 이 여자를 한번 비교해 보렴. 그래도 차이점을 발견할 수 없다면, 얼마든지 그들과 어울려도 좋다. 이런 광경을 보면 네 병도 좀 나아지겠지."

비니키우스가 숨을 들이마시자 방 안에 가득 차 있던 제비꽃 향기가 코로 스며 들어왔다. 저렇게 리기아의 어깨에 입술을 댈 수 있다면, 비록 신에 대해서는 불경스러운 행위일지라도 그 다음에는 세상이 무너져도 좋을 만큼 벅찬 환희를 느낄 것이다. 마음속에 떠오르는 것을 금세 의식하는 버릇이 있는 비니키우스는 지금 이 순간에도 자기가 오로지 리기아만을 생각하고 있다는 것을 깨달았다.

---

8) 에게 해에 있는 섬. 대리석 산지.

9) 아테네 북동쪽에 있는 산. 대리석으로 유명.

페트로니우스가 말했다.

"에우니케, 내 귀여운 여신이여, 하인들에게 우리 두 사람의 머리 위에 얹을 화관을 만들고, 아침 식사를 준비하라고 일러라."

에우니케가 나가자 페트로니우스는 비니키우스를 돌아보며 말했다.

"내가 저 여자를 해방시켜 주겠다고 했더니 그녀가 뭐라고 했는지 아니? '저는 왕비가 되는 것보다 나리의 종으로 있는 편이 좋습니다!' 라며 끝내 사양하더구나. 그래서 그녀에게는 알리지 않고 몰래 자유의 몸으로 해방시켰단다. 법무관에게 부탁해서 그녀가 출두하지 않아도 일이 처리될 수 있게 미리 조치했지. 그녀는 아직도 그 사실을 모르고 있다. 내가 죽으면 네게 줄 예정인 겜마[10]를 제외하고 이 집과 모든 보석을 차지하게 된다는 것도 모른단다."

페트로니우스는 벌떡 일어나 방 안을 서성거리며 말했다.

"사랑은 사람을 변하게 만들지. 물론 사람에 따라 어느 정도 차이는 있지만 말이야. 나도 변했다. 예전에 나는 베르베나 냄새를 좋아했지만, 에우니케가 제비꽃을 좋아하므로 어느새 나도 제비꽃 향기가 좋아졌지. 금년 봄부터 우리 두 사람은 제비꽃 향기만 맡고 있단다."

그는 비니키우스 앞에 멈춰 서서 물었다.

"그래, 너는 어떠니? 지금도 여전히 나아드 향내를 좋아하니?"

"제 이야기는 그만둡시다." 젊은이가 말했다.

"내가 너에게 에우니케를 보여주고, 그녀의 이야기를 한 것

10) 인장으로도 쓰이는 가문의 반지.

은 어쩌면 너도 가까운 곳을 보지 못하고, 구태여 먼 곳에서 찾아 헤매는 것이 아닌가 싶기 때문이다. 아마 네 노예들이 거처하는 방 어딘가에서 너 때문에 가슴 조이고, 너 때문에 고동치고 있는 순진하고 충직한 심장을 발견할 수 있을 거야. 네 상처에는 그런 고약이 제격이지. 리기아가 너를 사랑한다고? 그래, 사실일지도 모르겠다……. 그러나 체념하는 사랑도 사랑이라고 할 수 있을까? 그것은 사랑보다 더 강한 무엇인가가 그녀를 사로잡고 있다는 의미가 아니겠니? 뭐, 아무튼 리기아는 에우니케가 아니니까……."

비니키우스가 대답했다.

"하여튼 저는 모든 것이 괴롭습니다. 삼촌께서 에우니케의 어깨에 입 맞추시는 것을 보면서 만일 리기아가 저에게 그렇게 어깨를 내어준다면, 그 다음에는 이 세상이 몽땅 사라져버린다 해도 상관없을 것 같다는 생각이 들었어요. 그러나 저는 그런 생각을 품은 것만으로도 베스타의 여제사를 범하거나 신성모독죄를 저지른 듯한 죄책감을 느꼈습니다. 물론 리기아는 에우니케와는 다르죠. 그러나 저는 그 차이에 대해서 삼촌과는 다른 견해를 가지고 있어요. 사랑은 삼촌의 후각을 변화시켰고, 그래서 삼촌은 베르베나보다는 제비꽃 향기를 더 좋아하시게 되었습니다. 그러나 제게는 영혼의 변화가 일어났습니다. 그래서 저는 비록 비참하기도 하고, 세속적인 욕망 때문에 애태우기도 할 망정, 그래도 리기아가 다른 여자들과 같은 부류가 되지 않고, 언제까지나 지금과 같았으면 좋겠습니다."

페트로니우스는 어깨를 으쓱했다.

"그렇다면 무엇이 문제냐? 네 마음은 도무지 종잡을 수가 없구나."

비니키우스는 격하게 대답했다.

"그래요, 그렇습니다! 저와 삼촌 사이에는 이제 더 이상 서로를 이해할 수 없는 벽이 생긴 것 같습니다!"

한동안 침묵이 흐른 뒤 페트로니우스가 말했다.

"그따위 그리스도교 신자들은 모두 지옥의 불구덩이에 빠져버리라고 해라! 너를 불안 속으로 몰아넣고, 네 삶을 공허하게 만들어버렸으니 말이다. 지옥의 불길이여, 그들을 모두 집어삼켜라! 그들의 가르침을 '박애'라고 믿는 건 잘못이다. 박애라는 건 인간에게 행복을 주는 것이고, 아름다움과 사랑의 힘을 주는 것이다. 그러나 그리스도교 신자들은 그런 것들을 허망하고 덧없는 것이라고 말한다. 그런 그들을 옳다고 생각하는 건 잘못이야. 만일 우리가 악을 선으로 갚는다면, 선은 무엇으로 보답하겠니? 만일 선에 대해서도, 악에 대해서도 똑같은 보답이 돌아온다면, 사람이 착하게 살아야 할 이유가 없지 않느냐."

"아니, 보답은 결코 같지 않습니다. 그들의 가르침에 의하면, 보상은 현세가 아닌 내세에서 주어진다는 것입니다."

"그 내세 문제는 언급하고 싶지 않구나. 정말 내세에 가보기 전에는 아무도 내세가 어떤 것인지 알 수 없는 법이니까. 눈에 안 보여도 뭔가 확실하다면야 또 모르겠지만. 하여튼 그들은 현세에서는 무능하기 짝이 없다. 우르수스가 크로톤을 목 졸라 죽일 수 있었던 것은 강철 같은 팔 덕분이었지. 어쨌든 그리스도교 신자들은 무기력해. 패기가 없는 자들에게 무슨 미래가 있겠니?"

"그들에게 있어서 참 생명은 죽음과 더불어 시작된다고 합니다."

"그것은 낮이 밤과 더불어 시작되는 것과 마찬가지이지. 도대체 너는 리기아를 빼앗아올 생각이 있기는 한 거냐?"

"아니오. 저는 그녀의 선의를 악으로 갚을 생각은 없습니다. 그런 짓은 하지 않겠다고 맹세했습니다."

"그러면 그리스도교의 교리를 받아들일 생각이냐?"

"그렇게 하고는 싶지만, 제 타고난 성품이 저항하고 있습니다."

"리기아를 잊을 수는 있겠니?"

"아니오. 그럴 수 없습니다."

"그럼 여행을 해보는 것이 좋겠구나."

이때 노예들이 들어와서 식사 준비가 다 되었다고 알려왔다. 식당으로 향하면서 페트로니우스가 별안간 좋은 생각이라도 난 듯 말했다.

"너는 세계 여러 곳을 돌아다녔다. 하지만 그것은 군인으로서 임무를 수행하기 위해 목적지를 향해 서둘러 움직인 것이지, 한가한 여행은 아니었지. 우리와 함께 아카이아로 가자꾸나. 황제는 지금 여행 계획에 들떠 있단다. 그는 여행 도중 여러 곳에 들러 노래 부르고, 꽃다발을 받고, 신전을 약탈하고, 마침내 개선장군처럼 당당하게 이탈리아로 돌아오고 싶은 거야. 네로는 마치 바쿠스와 아폴로가 한 몸뚱이가 된 것같이 행동할 것이다. 남녀 조신들의 무리와 수천 명의 키타라 연주자들이 모두 따라갈 테니 세상에 그렇게 화려한 구경거리는 다시없을걸."

식당에서 페트로니우스는 에우니케를 자기 옆에 앉혔다. 노예가 아네모네 화관을 머리 위에 씌우는 동안에도 페트로니우스는 말을 계속했다.

"너는 코르불로 장군과 함께 다닐 때 어디 좀 둘러본 곳이 있느냐? 하긴 뭘 제대로 보았을 리가 없지. 그리스의 신전들을 두루 살펴본 적은 있니? 나는 여러 차례 안내자를 바꿔가며 이 년 이상이나 돌아다녔다. 크로이소스[11]의 유적이 있는 로도스에는 가본 적 있느냐? 나는 포키스[12]의 파노페[13]에 가서 프로메테우스가 진흙으로 빚어 만든 인간의 조상(彫像)을 보았고, 스파르타에서는 레다[14]가 낳았다는 커다란 알도 보았지. 그리고 아테네에서는 말굽으로 만든 사르마티아[15]풍의 갑옷을 보았고, 에우보이아[16]에서는 아가멤논[17]의 전함과 헬레네의 왼쪽 가슴을 본떠서 만든 둥근 금속 술잔을 구경했다. 너는 알렉산드리아 거리와, 멤피스[18]와, 피라미드와, 이시스가 오시리스의 죽음을 슬퍼하여 잡아 뜯은 머리카락을 본 적이 있느냐? 멤논[19]의 신음 소리는 들어보았니? 세상은 넓다……. 티베리스 강 건너에서 모든 것이 다 끝나는 건 아니야. 나는 황제와 함께 떠나겠지만, 돌아올 때는 일행과 헤어져서 키프루스 섬으로 갈 작정이다. 여기 이 금발의 여신이 파포스에 가서 나와

---

11) 에게 해의 로도스 섬에 있었다는 아폴로의 거대한 상.

12) 남부 그리스의 지방.

13) 포키스에 위치한 도시.

14) 스파르타 왕 틴다레우스의 아내였으나 백조의 모습으로 찾아간 제우스의 사랑을 받아 헬레네를 낳았음.

15) 흑해와 카스피 해 사이에 거주하던 민족.

16) 에게 해의 제일 큰 섬.

17) 미케네의 왕. 트로이 전쟁의 그리스군 총사령관. 귀국 후 아내의 배반으로 살해당함.

18) 중부 이집트의 옛 도시.

19) 에티오피아의 왕으로 트로이 전쟁에서 아킬레스에게 살해됨.

함께 비너스에게 비둘기 한 쌍을 바치고 싶어 하거든. 내 여신의 소원이니 꼭 들어주어야 하지 않겠니?"

"저는 나리의 노예일 뿐이에요." 에우니케가 말했다.

페트로니우스는 화관 쓴 머리를 에우니케의 가슴에 기대며 흐뭇하게 미소를 지었다.

"그렇다면 나는 노예의 종이로구나. 나의 여신이여! 나는 너를 머리부터 발끝까지 찬미하노라." 그러고는 비니키우스에게 말했다.

"우리와 함께 키프루스 섬에 가자. 그러나 그보다 앞서 황제를 알현해야 한다는 걸 잊어서는 안 된다. 황제가 돌아왔는데 아직까지도 찾아가서 문안을 하지 않은 것은 큰 잘못이야. 티겔리누스는 그것을 빌미로 네게 좋지 못한 일을 꾸밀지도 모른다. 너한테야 개인적인 원한이 없겠지만, 네가 내 조카이기 때문에 달갑게 여겨지는 않을 테니까. 아무튼 그동안 네가 병으로 누워 있었다고 말해 두겠다. 참, 황제가 네게 리기아에 대해 물어보면 어떻게 대답할 것인지 미리 생각해 두어야 한다. 가장 좋은 답은 손을 마구 내저으면서, 싫증이 날 때까지 그녀를 데리고 있었다고 말하는 것이다. 그러면 황제는 틀림없이 그대로 믿을 게다. 그러고는 아파서 집에 줄곧 누워 있었다고 말해야 한다. 네아폴리스에 가서 폐하의 노래를 듣지 못했기 때문에 낙담해서 열이 심하게 올랐으나, 다음번에는 꼭 들을 수 있다는 희망이 있기 때문에 지금은 오직 그 열망으로 건강을 유지하고 있다고 말하란 말이다. 뭐, 경우에 따라서는 거짓말도 할 수 있으니 과장하는 것을 두려워할 필요는 없다. 티겔리누스 따위가 황제를 위해 거창하고, 위대한 일을 계획하고 있다고 큰소리치고 있는 판국이니……. 때로는 나도 그놈에게 말려들지나 않을까 걱정이 되지만, 아무튼 네 불같은 성질도 염려가 되는구나."

"삼촌, 아시겠습니까? 세상에는 황제를 두려워하기는커녕, 황제 따위는 안중에도 없이 평화롭고 의연하게 살아가는 사람들도 있다는 사실을요."

"그래, 알겠다. 그리스도교 신자들을 가리켜서 하는 말이겠지."

"맞습니다. 오직 그들뿐입니다! 하지만 우리는 너 나 없이 하루하루를 불안 속에서 살아가고 있지 않습니까?"

"이제 너의 그리스도교 신자들 얘기는 신물이 난다. 그들이 황제를 두려워하지 않는 것은, 황제가 아직 그들의 소문을 듣지 못했기 때문일 게다. 그들에 대해서 아는 게 전혀 없으니, 낙엽을 바라보듯 아무 관심도 없을 수밖에. 조금 전에도 말했지만, 난 그들이 패기가 없다고 생각한다. 그 사실은 아마 너도 느끼고 있으리라고 믿는다. 네 성격이 그들의 가르침과 맞지 않는 것은 너도 그들이 비겁하다고 느끼고 있기 때문이지. 너는 태어날 때부터 그들과는 다른 진흙으로 빚어진 인간이다. 그러니 그들에 대해선 이제 그만 잊어버리고, 내 앞에서 얘기도 꺼내지 마라. 우리는 나름대로 생사의 이치를 잘 알고 있다. 그들이 그 이상의 다른 무엇을 안다고 해도, 그것은 우리가 알 바 아니다."

그 말에 비니키우스는 이상한 충격을 받았다. 그는 집으로 돌아와서 그리스도교 신자들이 선량하고 자비심이 많은 것은 정말로 비겁하기 때문이 아닐까 하고 생각하기 시작했다. 강인하고, 의지가 굳은 사람이 과연 그렇게까지 무조건 남을 용서할 수 있을까. 로마인의 영혼이 그리스도교의 가르침에 반감을 느끼는 진정한 원인은 바로 이 때문이라는 생각이 들었다. "우리는 생사의 이치를 잘 알고 있다."고 페트로니우스는 말했다. 그리스도교 신자들은 어떤가. 그들은 어떤 경우에나 조건 없이 남을 용서할 줄만 알지, 참다운 사랑도, 참다운 증오도 모르고 있는 것이 아닐까.

제30장

황제는 로마로 돌아오자마자, 자기가 돌아왔다는 사실 자체에 대해서 화를 내기 시작했다. 그러더니 며칠도 안 돼 또다시 아카이아에 가고 싶다는 뜻을 내비쳤다. 그는 포고문까지 공포하여, 이번 여행은 오래 걸리지 않을 것이므로 공무에 지장을 초래하지는 않을 것이라고 알렸다. 그는 조신들을 거느리고 카피톨리움 신전에 가서, 신들에게 제물을 바치며 여행의 안전을 기원했는데, 그 일행 가운데 비니키우스도 끼어 있었다. 그런데 다음 날, 베스타의 신전을 방문했을 때 문제가 생기는 바람에 계획이 모두 변경되기에 이르렀다. 평소에 네로는 제신을 신봉하지는 않았지만 그 신들에게 일종의 두려움을 가지고 있었으며, 특히 신비로운 베스타 신을 유난히 두려워했다. 네로는 베스타의 동상과 신전에 타오르는 성화(聖火)를 보자 머리카락이 곤두설 정도로 공포에 질려 이빨을 마주치고 온몸을 떨면서 마침 그의 뒤에 서 있던 비니키우스의 팔

안에 쓰러지고 말았다. 신하들은 황제를 신전에서 데리고 나와 팔라티움 궁전에 모셨다. 황제는 곧 회복되었으나 그날은 하루 종일 침실에서 나오지 않았다. 다음 날 황제는 여신으로부터 서두르지 말라는 은밀한 경고를 받았다면서 여행 계획은 모두 뒤로 미룬다는 뜻밖의 선언을 했다. 그 선언은 모두를 놀라게 했고, 한 시간 후에는 다음과 같은 내용으로 바뀌어 온 로마 시내에 전파되었다.

'황제께서는 폐하에 대한 깊은 애정으로 인해 수심에 잠겨 있는 시민들의 얼굴을 보셨다. 그리하여 어버이가 자식을 대하듯 백성을 사랑하시는 황제께서는 로마에 남아서 시민들과 기쁨도, 슬픔도 함께 나누시겠다는 너그러운 결정을 내리셨다.'

시민들은 검투 경기와 식량 배급이 보장되었다고 확신하면서 기뻐했다. 그들은 떼를 지어 팔라티움 궁전의 문 앞에 몰려가서, 황제를 신이라고 칭송하며 환성을 질렀다. 조신들과 주사위 놀이를 하고 있던 황제는 잠시 손을 멈추고 이렇게 말했다.

"역시 여행을 연기하길 잘한 것 같구나. 예언에 의하면 이집트도 동방의 땅도 모두 내 지배를 벗어날 수 없다고 되어 있다. 따라서 당장 아카이아에 가지 않는다고 그 땅을 잃을 리는 없다. 짐은 코린투스 지협에 운하를 건설할 것을 명령하노라. 또한 이집트에는 피라미드마저도 어린애 장난감처럼 보일 정도의 거대한 기념비를 세우겠다. 멤피스에는 사막을 바라보고 있는 스핑크스보다 일곱 배나 더 큰 스핑크스를 만들어 거기에 짐의 얼굴을 새기도록 하겠다. 그렇게 하면 후대 사람들은 짐과 그 기념물들을 길이길이 기억하게 될 것이다."

"폐하께서는 아름다운 시로써 이미 위대한 기념비를 세우셨으니, 그것은 케오푸스[1]의 피라미드의 일곱 배에다 다시 세 배를 한 것만큼 위대한 것이 아닙니까?" 페트로니우스가 말했다.

"짐의 노래는 어떤가?" 네로가 물었다.

"정말 아쉽습니다. 만일 멤논의 입상처럼 거대한 폐하의 동상을 만들어, 폐하의 낭랑한 목소리로 일출을 고할 수 있는 그런 기념상을 만들 수 있다면 완벽할 텐데요. 그러면 언제까지나 이집트 근처의 바다란 바다는 폐하의 노래를 듣기 위해 전 세계 방방곡곡에서 모여드는 사람들을 태운 배로 가득 찰 것입니다."

"애석하구나. 그런 일을 감히 누가 할 수 있겠느냐?" 네로가 물었다.

"하지만 폐하께서는 진귀한 검은 대리석으로 네 마리 말이 끄는 전차를 몰고 있는 폐하의 위풍당당한 모습을 조각하도록 하실 수는 있습니다."

"그렇다. 그대의 말이 옳다. 그렇게 하도록 하겠다."

"그 조각상이 완성되고 나면 그것은 인류를 위한 귀중한 선물이 될 것입니다."

"이집트에 가게 되면 과부가 된 루나와 혼인식을 치를 예정이다. 그러면 짐도 사실상 신이 되는 것이다."

"그럼 황후 마마께 명하시어 저희 신하들에게 별을 하사하도록 해주시옵소서. 그럼 저희들은 새로운 성좌를 가지게 될 것이고, 후세 사람들은 그것을 '네로의 성좌'라 부를 것입니다. 비텔리우스는 나일 강과 결혼시켜 하마를 많이 낳도록 하

---

1) BC 2800년 경 이집트 왕. 최대의 피라미드를 만들었다고 함.

시고, 티겔리누스에게는 사막을 주시옵소서. 그러면 그는 자칼의 왕이 될 것입니다."

"제게는 무엇을 주시도록 하겠소?" 바티니우스가 페트로니우스에게 물었다.

"당신에겐 아피스[2]의 은총이 내리길 빌겠소! 일전에 당신은 베네벤툼에서 우리에게 대단히 훌륭한 구경거리를 보여준 바 있으니 나쁜 일을 기원하고 싶은 생각은 없소. 다만 스핑크스에게 구두를 한 켤레 만들어주시오. 밤이슬을 맞으면 그 발도 차가워질 테니 말이오. 그러고 난 뒤에는 신전 앞에 나란히 서 있는 저 수많은 거인의 동상들에게도 신발을 만들어주는 것이 어떻겠소? 자, 그러면 모두들 각자 자기에게 알맞은 일을 찾아낸 셈이군요. 도미티우스 아페르는 청렴한 사람이니 회계 일을 맡기는 것이 어떻겠습니까?

폐하! 저는 폐하께서 다시 이집트 여행을 마음에 두고 계시니 기쁘기 그지없습니다. 하지만 이번 행차를 연기하신 것은 참으로 애석합니다."

페트로니우스가 말했다.

"너희 범인(凡人)들의 눈에는 아무것도 보이지 않았겠지. 신은 자기의 뜻에 맞지 않는 자에게는 그 모습을 감추는 법이다. 짐이 베스타의 사원에 들어가니 여신이 친히 '여행을 연기하라!' 고 내 귓가에 속삭였다. 여신이 짐에게 나타나 그처럼 자상하게 주의를 준 데 대해서 감사해야 마땅하지만, 예상치 못한 일이라 나도 모르게 소름이 끼쳤던 것이다." 네로가 대답했다.

---

2) 소의 모양을 본뜬 이집트의 신.

"저희들 모두가 두려움을 느꼈습니다. 베스타의 여제사장인 루브리아도 정신을 잃었습니다."

이번에는 티겔리누스가 말했다.

"루브리아 말이지? 그 여자의 목덜미는 눈처럼 희더구나."

"네, 그 여자는 폐하를 보면서 얼굴을 붉히더군요."

"그래, 짐도 눈치를 챘지. 베스타의 여제사장이 그런 반응을 보이다니 괴이한 일이다! 베스타의 처녀 제사들은 모두 신성하지만, 그중에서 루브리아는 빼어난 미인이더구나!"

네로는 잠시 생각에 잠기더니 다시 입을 열었다.

"모든 사람들이 다른 신들보다 베스타를 겁내는 까닭이 무엇일까? 이상하지? 도대체 왜 그런지 모르겠단 말이야. 짐이 비록 이 나라에서 가장 높은 제사장이지만, 그래도 두려운 생각이 들었어. 쓰러지기 직전의 일은 생생하게 기억이 난다. 아마 누군가가 부축해 주지 않았더라면 땅바닥에 뒹굴었을 거야. 참! 가만있자……. 짐을 부축해 준 자가 누구였더라?"

"저입니다." 비니키우스가 대답했다.

"아, 용감한 아레스[3]의 후손이여! 베네벤툼에는 왜 오지 않았지? 병이 났었다는 말은 들었는데 과연 안색이 좋지 않군. 잠깐! 크로톤이 너를 죽이려고 했다는데 그게 사실이냐?"

"사실입니다. 그 와중에 팔이 부러졌지만 저는 끝까지 저항했습니다."

"부러진 팔로 그에게 맞섰단 말이냐?"

"크로톤보다 힘이 센 야만족 사내가 저를 도와주었습니다."

네로는 놀란 눈으로 비니키우스를 쳐다보았다.

---

3) 로마 신화에서 마르스에 해당하는 그리스의 군신.

"크로톤보다 힘이 세다고? 농담하는 것은 아니겠지? 이 세상에서 크로톤을 당해 낼 자는 없었다. 지금은 크로톤 대신 에티오피아의 시팍스가 그 영예를 차지했지만……."

"폐하, 저는 제 두 눈으로 똑똑히 본 것을 말씀드리는 것입니다."

"그렇다면 그 귀한 진주는 어디에 있단 말이냐? 네무스 숲의 왕이라도 되었단 말이냐?"

"모르겠습니다, 폐하. 그를 그만 놓치고 말았습니다."

"무슨 인종인지도 모른단 말인가?"

"팔이 부러져 통증 때문에 아무것도 묻지 못했습니다."

"짐을 위해 그 사내를 찾아다오."

그러자 티겔리누스가 참견했다.

"제가 그 일을 맡아서 꼭 찾아내도록 하겠습니다."

그러나 네로는 티겔리누스의 말은 들은 척도 하지 않고 비니키우스에게 말했다.

"짐을 부축해 주어서 다시 한 번 감사한다. 바닥에 쓰러졌더라면 머리가 깨어졌을지도 모르지. 너는 전에는 짐의 좋은 벗이었는데, 코르불로 휘하에서 전쟁을 치르고 나더니 어쩐지 짐을 멀리하는 것 같구나. 예전처럼 자주 만날 수도 없고 말이야."

네로는 잠시 말을 끊었다가 생각난 듯 입을 열었다.

"참, 그 처녀는 어찌 되었나? 그 왜…… 엉덩이가 작은…… 네가 몹시 반했다고 하기에 짐이 아울루스 집에서 궁으로 불러들인 그 애 말이다."

비니키우스가 당황해서 우물쭈물하는 사이에 페트로니우스가 얼른 나서서 대답했다.

"폐하, 내기를 해도 좋습니다만, 비니키우스는 벌써 그 처녀를 까맣게 잊은 듯합니다. 그래서 보시다시피 이렇게 어쩔 줄 몰라 하고 있는 것입니다. 그 후에 얼마나 많은 여자를 갈아 치웠는지 헤아릴 수 없을 정도입니다. 비니키우스 집안사람들은 모두 훌륭한 군인들이지만, 또한 수탉과도 같은 자들입니다. 그들에겐 미인을 떼로 안겨줘도 도무지 만족할 줄 모릅니다. 폐하, 그에게 엄벌을 내리십시오. 티겔리누스가 폐하를 위해 아그리파 호수에서 열기로 한 연회에는 초대하지 마십시오."

"아니다, 그러지 않겠노라. 짐은 티겔리누스를 신뢰하고 있다. 그곳에 틀림없이 아름다운 암탉들이 떼로 몰려들 것이다."

"아모르가 있는 곳에 당연히 카리스의 여신들이 모여들지 않겠습니까?"

티겔리누스가 대답했다.

"짐은 심심해서 견딜 수가 없구나. 여신의 뜻에 따라 로마에 머물게 되었지만, 이 도시는 정말 지겹다. 안티움으로 가야겠다! 이곳의 다 쓰러져가는 집들과 지저분한 골목들을 보면 숨이 막힐 것만 같구나. 악취가 여기, 궁궐 안의 내 정원에까지 풍겨오니 말이야. 차라리 큰 지진이라도 일어나 로마가 멸망하든지, 어떤 신이 노해서 로마를 파괴해 버렸으면 좋으련만! 그렇게 되면 누가 봐도 감탄할 만한 세계 제일의 훌륭한 도시를 새로 건설할 수 있겠는데 말이야!"

"폐하, 폐하께서는 신이 노해서 로마를 멸망시키면 좋겠다고 하셨지요?"

티겔리누스가 물었다.

"그래, 그래서 어떻단 말이냐?"

"폐하께서 바로 신이 아니십니까?"

듣기 싫다는 듯이 네로는 손을 내저으며 말했다.

"네가 아그리파 호수에서 어떤 구경거리를 보여줄지 사뭇 기대가 되는구나. 안티움에는 그 다음에 가도록 하자. 너희 같은 소인배들은 짐이 얼마나 위대한 일을 꿈꾸고 있는지 이해할 턱이 없다."

이렇게 말하며 네로는 눈을 감아버렸다. 그것은 이제 그만 쉬고 싶다는 뜻이었다. 황제의 의중을 알아차린 조신들은 조용히 흩어졌다. 페트로니우스 또한 비니키우스를 데리고 물러 나왔다.

"너도 이번 연회에 초대를 받게 되었다. 붉은 수염은 여행을 포기했으니, 전보다 더 심하게 광기를 부릴 것이다. 마지못해 로마에 눌러앉아 자기 집 안방에서 하듯 주색에 빠져 온갖 난잡한 짓을 다 하겠지. 너도 그런 분위기를 적당히 즐기면서 다른 일들은 말끔히 잊어라. 우리는 세계를 정복했다. 그러므로 우리에겐 얼마든지 즐길 권리가 있다. 마르쿠스야, 너는 어느 누구보다 잘생겼어. 내가 너를 특별히 아끼는 이유 중의 하나가 바로 그 점 때문이지. 에페소스[4]의 디아나를 두고 맹세한다! 네 남자다운 얼굴과 서로 맞닿은 짙은 눈썹은 로마인들 중에서도 오랜 명문만이 지닌 순수한 혈통을 여실히 드러내주고 있단다. 너도 알고 있느냐? 궁전의 조신들도 네 옆에 서면 하나같이 해방노예들처럼 추레해 보인다는 것을. 그 괴상한 종교만 아니면, 리기아도 지금쯤 아무 문제없이 네 곁에 있을 텐데. 그리스도교인들이 인류와 인생의 적이 아니

4) 소아시아의 옛 도시 이름.

라는 사실을 더 이상 내 앞에서 설명하려고 하지 마라. 물론 그들이 네게 호의를 베풀었으니, 감사하게 생각하는 것은 네 자유다. 그러나 만일 내가 네 입장이라면, 그런 종교 따위는 말끔히 잊어버리고, 쾌락이 있는 곳에서 기쁨을 찾아 마음껏 즐길 것이다. 다시 한 번 말하지만, 너는 한창 나이에 준수한 외모를 지녔다. 그러니 로마에 널린 이혼녀들을 각별히 조심해야 한다."

"삼촌께서는 아직도 그런 일에 싫증을 느끼지 않으시니 정말 신기하군요."

비니키우스가 대답했다.

"내가 언제 싫증이 안 난다고 했니? 난 이미 그 방면에는 신물이 났다. 더구나 나는 너처럼 젊지도 않잖니. 하지만 내겐 네가 갖지 못한 여러 가지 취미가 있다. 나는 책을 좋아하지만, 너는 그렇지 않다. 나는 시를 좋아하지만, 너는 시 따위에는 귀도 기울이지 않는다. 나는 도자기와 귀한 무라 잔, 그 밖에 여러 가지 애호품이 많지만, 너는 그런 것들은 거들떠보려고도 하지 않는다. 나는 허리에 신경통이 있지만, 너는 그렇지 않다. 나는 에우니케를 찾아냈지만, 너는 그에 견줄 만한 여자를 손에 넣지 못했다……. 나는 내 집에서 훌륭한 예술품에 둘러싸여 있지만, 너는 나이를 먹어도 결코 탐미주의자는 되지 못할 게다. 나는 인생에서 이미 찾아낸 것 외에 더 이상 새로운 것은 없으리라고 생각하지만, 너는 여전히 뭔가를 끊임없이 기대하며 호기심을 가지고 찾아 헤매고 있다. 너는 용기도 있고, 또 나름대로 희로애락도 겪어보았겠지만, 그래도 막상 죽음이 찾아오면 이 세상을 떠나지 않으면 안 된다는 사실을 원통하게 여기며 죽음을 맞이할 것이다. 그러나 나는 이 세상에서 내가 맛보지 않은 과일은 없다는 것을 확신하며 죽음을 필연으로 받아들이고, 편안하고 의연하게 눈을 감을 것이다. 나는 결코 서두르지도 않고, 그렇다고 망설이지도 않을 것이다. 다만 최후의 순간까지 생을 즐길 수 있도록 최선을 다할 생각이다. 이 세상에는 유쾌한 회의론자도 있거든.

내 생각으로 스토아학파는 바보들이지만, 적어도 인간을 단련시킨다는 미덕은 있는 것 같다. 그런데 네 말을 들어보면 그리스도교 신자들은 세상에 슬픔을 퍼뜨리고 있어. 인생에서 슬픔이란 자연계의 비와 같아서 온 세상을 음울하게 만들지. 참, 듣자 하니 티겔리누스가 준비하고 있는 연회는 그런대로 괜찮을 것 같더구나. 아그리파의 호반에다 루파나리움[5]을 만들어 놓고, 로마에서 손꼽히는 명문 집안 여자들을 그곳에 모아들인다는 거야. 그중에는 너의 기분을 풀어줄 수 있는 쓸 만한 미인이 적어도 한 명쯤은 있을 게다. 사교계에 처음 나오는 님프 같은 풋풋한 처녀도 있을 테고……. 이래야 로마 제국이라고 할 수 있지. 날씨도 벌써 따뜻해졌고, 남쪽에서 불어오는 훈훈한 바람에 호수의 냉기는 이미 사라졌을 테니 알몸이 되어도 감기에 걸릴 염려는 없을 거야. 나르시스여, 네 유혹을 뿌리칠 여자는 한 명도 없을 거다. 베스타의 여제사도 마찬가지이지."

비니키우스는 손으로 이마를 만지작거리며 한 가지 생각에 깊이 빠져 있다가 한숨을 섞어가며 말했다.

"아, 그렇지만 이미 바로 그 단 한 명의 여자를 만났으니, 이 무슨 운명의 장난이란 말입니까……."

---

5) 유곽.

"그 그리스도교 여신도 말고 네 뜻을 거절한 여자가 어디 있었느냐? 하긴 십자가 따위를 표상으로 삼는 자들이니……. 내 말 잘 듣거라. 그리스는 아름다움과 지혜를 창조하고, 우리 로마는 힘을 창조했다. 그런데 그 종교는 대체 무엇을 창조할 수 있다고 생각하느냐? 알거든 말해 주렴. 폴룩스를 두고 맹세하는데 내 머릿속에는 아무것도 떠오르질 않는구나."

비니키우스가 어깨를 으쓱하면서 대답했다.

"삼촌은 제가 그리스도교 신자가 될까 봐 걱정하고 계시는군요."

"내가 염려하는 건, 이러다가 네가 자신의 인생을 파멸로 끌고 가지나 않을까 하는 점이다. 그리스인이 될 수 없거든, 로마인이 되란 말이다. 지배하고, 즐겨라! 우리의 광기 속에는 우리의 고유한 사상이 응축된 일종의 기(氣)가 배어 있다. 내가 붉은 수염을 경멸하는 것은 그가 그리스의 광대처럼 굴기 때문이다. 그가 로마인으로서의 긍지를 가졌다면, 아무리 미친 짓을 해도 나는 그의 행동을 받아들일 수 있을 것이다. 자아, 내게 약속해 다오. 집에 돌아갔을 때, 만약 그리스도교 신자가 너를 기다리고 있으면, 그에게 혓바닥을 내밀어 보여라. 마침 그자가 의사 글라우쿠스라면, 뭐, 별로 놀라지도 않겠지만 말이야. 자아, 그럼 잘 가거라. 아그리파 호숫가에서 다시 만나자."

제31장

근위병들은 아그리파 호숫가의 무성한 숲 주변을 삼엄하게 지키고 있었다. 구경꾼들이 너무 많이 몰려들어서 혹시 황제와 손님들이 출입하는 데 지장이 있을까 봐 세심한 배려를 한 것이다. 로마 역사상 전례가 없었던 이 특이한 향연에 당시 로마에서 부와 지성과 미모로 명성을 떨치던 사람들이 모두 모여들었다. 티겔리누스는 황제가 자신의 뜻을 받아들여 아카이아 여행을 연기해 준 것에 보답하고, 자기보다 더 네로를 즐겁게 해줄 수 있는 자는 없다는 것을 입증하기 위해, 황제와 함께 네아폴리스에 가 있을 때에도, 그리고 베네벤툼에 머물러 있는 동안에도 심혈을 기울여 이날을 준비해 왔다. 그는 향연을 돋보이게 하기 위해서 먼 시골과 산간벽지로부터 희귀한 짐승과 새, 물고기와 식물들, 그리고 진기한 그릇들과 옷감 등을 가져오게 했다. 각 지방에서 거둬들이는 조세는 이 광기 어린 계획을 실현하기 위해 모조리 쏟아 부어졌지만, 이 막강한 조신은 그런 것에는 신경 쓰지 않았다. 이래저래 궁전 안에서 티겔리누스의 세력은 날로 증대하고 있었다. 아직까지는 그가 다른 신하들보다 황제에게 특별히 더 많은 신임을 받는 것은 아니었지만, 날이 갈수록 네로에게 없어서는 안 될 인물이 되어가고 있는 것은 틀림없었다.

페트로니우스는 품위나 지성, 기지에 있어서 티겔리누스와는 비교가 안 될 만큼 탁월했고, 재치 있는 화술로 황제를 즐겁게 하는 법을 누구보다 잘 알고 있었다. 그러나 그렇게 여러 방면에서 황제를 능가하여 네로의 시기심을 불러일으키는 것이 페트로니우스에게는 불운이었다. 게다가 그는 다른 조신들처럼 무턱대고 굽실거리는 성격이 아니었기 때문에, 황제는 전문적인 안목이 필요한 취향의 문제가 화제에 오를 때면 늘 그의 의견을 두려워하곤 했다. 그런데 티겔리누스 앞에서는 아무런 부담을 느끼지 않았다. 로마 시민들이 페트로니우스에게 붙인 '고상한 판관'이라는 별명 또한 네로의 자존심을 손상시켰다. 그런 별명으로 불릴 사람은 자기밖엔 없어야 했기 때문이다. 티겔리누스는 자신의 결점을 자각할 정도의 이성은 갖추고 있었다. 그는 페트로니우스나 루카누스, 그 밖에 혈통이나 재능, 지식에 있어서 자기보다 월등한 사람들과 도저히 대등해질 수 없다는 것을 잘 알고 있었다. 그래서 그가 택한 방법은 맹목적인 순종과 헌신이었다. 그리하여 이번만큼은 무슨 수를 쓰더라도 네로의 입이 떡 벌어질 만한 특별한 향연을 준비하여 황제를 놀라게 하고, 다른 신하들을 압도해 보려는 야심을 갖고 있었다.

연회는 금박을 입힌 거대한 뗏목 위에서 벌어졌다. 뗏목의 가상자리는 홍해나 인노양에서 채십한 진줏빛 혹은 무지갯빛으로 반짝이는 형형색색의 조개껍질로 화려하게 장식했고, 뗏목의 바깥쪽은 여러 그루의 야자나무와 연꽃, 활짝 핀 장미꽃으로 빙 둘러쌌다. 그 안쪽에는 은은한 향기를 내뿜는 자그마한 분수와, 온갖 신들의 정교한 조각상, 알록달록한 새들이 들어 있는 금과 은으로 만든 새장을 늘어놓았다. 뗏목 한가운데에는 커다란 천막을 쳤는데, 손님들이 사방의 경치를 마음껏 즐길 수 있도록 옆 부분을 훤히 터놓았다. 시리아에서 가져온 진홍빛 비단으로 만든 지붕은 은으로 된 기둥들이 떠받치고 있었다. 천막 안에는 손님들을 위해 정성껏 마련한 식탁이 차려졌다. 햇살을 받아 눈부시게 빛나는 식탁 위에는 알렉산드리아의 수정 그릇과 이탈리아와 그리스, 소아시아 등지에서 약탈해 온, 그 값어치를 헤아릴 수 없는 온갖 종류의 진기한 식기들이 늘비하게 놓여 있었다. 뗏목은 그 위에 수목이 무성하게 우거져 있는 까닭에 마치 조그만 섬이나 정원처럼 보였다. 뗏목 주위에는 물고기와 백조, 갈매기, 홍학을 본떠 만든 조그만 배들이 떠 있었는데, 그 배들은 황금빛과 자줏빛 끈으로 뗏목에 묶여 있었다.

그 작은 배 안에는 잘생기고 어여쁜 나체의 남녀 사공들이 아름답게 채색한 노를 들고 앉아 있었는데, 그들의 머리는 동양식으로 곱게 빗었거나, 황금빛 그물로 감싸고 있었다. 네로가 포페아와 조신들을 거느리고 제일 큰 뗏목에 올라 진홍빛 지붕 아래 자리를 잡자, 사공들이 일제히 노를 젓기 시작했다. 조그만 배들이 물살을 가르며 움직이기 시작하면서 황금빛 끈이 팽팽하게 당겨졌다. 그러자 네로와 연회의 손님을 태운 중앙의 큰 뗏목이 호수 위에 커다란 원을 그리며 서서히 움직이기 시작했다. 키타라와 하프를 연주하는 여자 악사들을 가득 태운 배들과 또 다른 작은 뗏목들이 그 뒤를 따랐다. 여자들의 장밋빛 육체는 창공과 호수의 푸른빛과 황금빛 악기에서 반사되는 빛을 받아 마치 화사한 꽃송이들처럼 보였다.

호숫가의 수풀 속에서도, 그리고 이날을 위해 특별히 세운 수목 사이의 수상쩍은 건물에서도 풍악과 노랫소리가 흘러나오고 있었다. 피리와 나팔 소리가 마치 메아리처럼 사방으로 울려 퍼졌다. 포페아와 피타고라스를 양팔에 끼고 앉은 황제는 사방을 이리저리 둘러보며 눈이 휘둥그레졌다. 특히 작은 배들 사이에서 비늘 모양으로 만든 초록색 그물만 맨살에 두르고, 인어처럼 분장한 소녀 노예들이 나타나는 것을 보고는 매우 크게 감탄하면서, 티겔리누스를 극구 칭찬했다. 네로는 이에 대해 '판관'의 견해가 궁금해서 여느 때와 마찬가지로 페트로니우스의 눈치를 살폈다. 페트로니우스는 시치미를 떼고 무심한 듯 외면하고 있다가, 황제로부터 직접 질문을 받고서야 마지못해 대답했다.

"폐하, 만 명의 나체보다는 단 한 명의 나체가 더욱 인상 깊은 법이라고 생각하옵니다."

그러나 황제는 이 '물 위의 향연'이라는 새로운 시도가 마음에 들었다. 더구나 식탁 위에 차려진 산해진미는 아피키우스[1]라도 상상할 수 없을 정도였고, 포도주의 종류만 해도 헤아릴 수 없을 만큼 다양해서, 연회 때마다 여든 가지 포도주를 내놓았다는 오토조차 부끄러워서 물 속으로 뛰어들어 가야 할 판이었다. 여인들을 제외하고는 식탁에는 조신들만 앉을 수 있었는데, 그중에서 비니키우스는 다른 사람들을 모두 압

---

1) 아우구스투스 황제 시대의 유명한 식도락가.

도할 만큼 그 용모가 출중했다. 전에는 외모에서 군인 특유의 경직된 면이 너무 두드러졌으나, 지금은 정신적·육체적 고통을 심하게 겪은 탓에 얼굴에 음영이 짙어져 마치 위대한 조각가가 예리한 솜씨로 정교하게 다듬어 놓은 조상(彫像)같이 아름다웠다. 얼굴에서 거무스레한 빛이 사라지고, 누미디아 산 대리석과 같은 황금빛 윤기가 감돌았으며, 큼직한 두 눈은 우수에 잠겨 있었다. 오직 건장한 육체만은 갑옷을 입기 위해 만들어진 것처럼, 전과 같은 늠름한 자태를 유지하고 있었으며, 그 전사다운 육체 위에는 그리스의 신과 같이 보이는 로마 귀족의 고상하면서도 기품 있는 얼굴이 있었다. 페트로니우스는 비니키우스에게 궁전 안의 그 어떤 여인도 비니키우스의 유혹을 뿌리치지 못할 것이라고 했는데, 그것은 과연 그런 쪽으로 경험이 풍부한 사람의 정확한 판단이었다. 사실 그 자리에 앉아 있는 미인들은 하나같이 비니키우스만을 흘끔거리고 있었다. 포페아를 비롯하여, 황제의 초대를 받아 연회에 나와 있는 베스타의 여제사장 루브리아도 예외는 아니었다.

깊은 산속에서 퍼온 눈으로 차게 식힌 포도주는 연회가 무르익음에 따라 손님들의 머리와 가슴을 훈훈하게 데워주었다. 뗏목 가장자리의 무성한 나무들 사이로 메뚜기와 잠자리 모양의 작은 배들이 줄지어 나타나는 것이 보였다. 호수의 푸른 수면은 마치 꽃잎으로 수를 놓은 것 같기도 했고, 수많은 나비들이 내려앉아 팔락거리고 있는 것 같기도 했다. 배 안에서는 인도와 아프리카에서 잡아온 진기한 새들이 은빛과 푸른빛의 줄에 묶여 날갯짓을 하고 있었다. 해는 이미 서쪽으로 상당히 기울었으나, 5월 초순의 따뜻한 봄 날씨는 오히려 무덥게 느껴질 정도로 훈훈했다. 음악 소리에 장단을 맞춰 노가 움직일 때마다 물이 출렁거렸으나, 공중에는 바람 한 점 없었다. 호반을 둘러싼 숲은 마치 물 위에서 벌어지고 있는 일에 눈을 감고 주의 깊게 귀 기울이고 있는 듯 깊은 정적에 휩싸여 있었다. 뗏목 위의 손님들은 잔치가 무르익어 감에 따라 흥에 겨워 점점 소란을 피우기 시작했다. 뗏목은 그 모든 광경에 아랑곳하지 않고, 호수 위에 천천히 원을 그리며 미끄러지듯 움직이고 있었다.

향연은 아직 절반도 진행되지 않았는데 어느새 사람들은 처음에 식탁에 앉았을 때의 질서를 잊고 뒤죽박죽 섞여 있었다. 네로가 본보기를 보이려는 듯이 자리에서 벌떡 일어나 베스타 신전의 루브리아와 나란히 앉아 있는 비니키우스를 밀어내고 루브리아의 곁으로 다가가 자리를 차지하고 앉더니 그녀의 귀에 대고 작은 소리로 무언가를 속삭였다. 비니키우스는 포페아와 나란히 앉게 되었다. 포페아는 비니키우스에게 팔을 내밀며, 팔찌가 흘러내리니 단단히 죄어달라고 했다. 비니키우스가 약간 떨리는 손으로 팔찌를 조이자, 포페아는 수줍은 듯 긴 속눈썹을 살짝 들어 그를 흘끔 쳐다보고는 마치 상념을 털어버리기라도 하듯 금발의 머리를 흔들었다.

해는 점점 커지더니, 더욱 강렬한 붉은색이 되어 숲 뒤편으로 서서히 가라앉았다. 손님들은 대부분 정신없이 취해서 비틀거렸다. 뗏목은 점차 육지를 향해 다가가면서 선회했다. 호숫가의 나무나 꽃밭 사이에는 파우누스나 사티루스로 분장한 한 무리의 소년들이 피리와 나팔, 북을 연주하면서, 님프와 드리아데스[2], 하마드리아데스[3]로 분장한 소녀들과 함께 서 있

2) 숲의 요정.

었다. 드디어 사방이 어둠의 장막으로 뒤덮였다. 천막 안에선 루나의 송가가 들려왔고, 숲 속에는 수천 개의 등불이 켜졌다. 호숫가 기슭에 특별히 마련해 놓은 유곽에도 수많은 등불이 밝혀졌고, 입구에서는 로마의 명문가 부녀자들이 벌거벗은 채로 일행을 기다리고 있었다. 드디어 뗏목이 호숫가에 닿았다. 황제와 조신들은 제각기 숲 속으로 사라졌다. 사람들은 유곽 안으로, 샘과 분수대 사이로, 수풀 사이에 숨겨진 천막 안으로, 인공적으로 파놓은 동굴 속으로 사라졌다. 광란이 모든 것을 지배했다. 아무도 황제가 어디 있는지 알지 못했으며, 누가 원로원 의원이지, 누가 기사인지, 누가 악사인지, 누가 무희인지 분간할 수가 없었다. 사티루스나 파우누스로 분장한 소년들은 괴성을 지르며 님프로 분장한 소녀들의 뒤를 쫓아갔다. 등불을 끄기 위해 나뭇가지를 휘두르는 자도 있었다. 숲 속은 어둠으로 뒤덮였다. 도처에서 비명 소리, 웃음소리, 아우성치는 소리, 속삭이는 소리, 그리고 흥분해서 몰아쉬는 거친 숨소리가 들려왔다. 아직까지 로마에서 한번도 벌어진 적이 없는 그런 광경이었다.

비니키우스는 전에 리기아도 참석했던 그 황궁의 연회 때만큼은 취하지 않았다. 그러나 주위에서 일어나는 여러 가지 음탕한 광경을 보자 자기도 모르게 눈이 어지럽고, 정신이 몽롱해져서, 쾌락에 몸을 맡기고 싶은 욕정을 억누를 수가 없었다. 그는 정신없이 숲 속으로 뛰어 들어가서 다른 사람들 틈에 끼어 숲의 요정으로 분장한 소녀들 가운데 가장 아름다운 소녀를 골라보려 했다. 벌거벗은 처녀들의 무리가 노래를 부

3) 나무의 요정.

르고, 아우성을 치며 연달아 그의 옆을 지나갔다. 파우누스나 사티루스로 분한 남자들, 원로원 의원, 기사들이 음악 소리에 맞춰 그 뒤를 따라갔다. 그는 디아나로 분장한 처녀를 앞세우고, 어디론가 달려가는 처녀들의 행렬을 보았다. 비니키우스는 디아나 여신으로 분장한 처녀를 가까이 보고 싶은 마음에 미친 듯이 달려갔다. 별안간 그의 심장이 고동을 멈췄다. 달 모양의 황금 장식을 이마에 붙인 그 소녀를 보자 리기아가 떠올랐기 때문이다.

소녀들의 무리는 미친 듯이 원무를 추며 비니키우스를 에워쌌다. 그러고는 자꾸만 달아나면서 마치 수놈을 유혹하는 암사슴 떼처럼 그가 쫓아오기를 바라는 듯한 몸짓으로 어디론가 자취를 감추었다. 비니키우스는 가슴이 두근거리고 숨이 차서 정신없이 그 자리에 서 있기만 했다. 그 디아나가 리기아가 아니라는 건 금방 알았고, 자세히 보니 조금도 닮은 데가 없었지만, 너무 깊은 인상을 받았기 때문에 온몸에 힘이 빠져 움직일 수가 없었던 것이다. 순간 비니키우스는 그 어느 때보다 강렬한 리가아에 대한 그리움에 사로잡혔다. 리기아에 대한 사랑이 그의 가슴속에서 파도처럼 솟구쳐 새로운 물결을 일으켰다. 광기와 쾌락으로 뒤덮인 이 숲 속에서 느낀 것처럼, 그녀가 이렇게 소중하고, 맑고, 사랑스럽게 느껴진 적은 일찍이 없었다. 바로 조금 전까지만 해도 그는 이 환락의 술잔을 들이켜고 파렴치한 동물적 욕정을 채워보려 했었지만, 지금은 자신에 대해 극심한 반감과 혐오감이 느껴졌다. 그는 숨이 막힐 정도로 답답해져서 어서 빨리 맑은 공기를 마시고, 이 음침한 숲의 덤불에 가려 보이지 않는 별을 바라보고 싶다는 생각이 들었다. 그는 밖으로 나가야겠다고 생각했다. 그러나 미처 발자국을 옮기기도 전에 얼굴을 베일로 가린 한 여인이 그의 앞을 가로막았다. 여자는 그의 어깨에 두 손을 올려놓고는 얼굴에 뜨거운 입김을 뿜어대며 속삭였다.

"당신에게 반했어요……. 이리 오세요! 아무도 우리를 보지 않아요. 자, 서둘러요!"

비니키우스는 꿈에서 깨어난 듯 정신을 차렸다.

"당신은 누구십니까?"

여자는 그의 가슴에 억지로 안기면서 재촉했다.

"자, 빨리요. 보세요, 여긴 아무도 없잖아요. 나는 당신이 좋아요. 이리 와요."

"누구십니까, 당신은?" 비니키우스가 되풀이했다.

"맞혀보세요."

여자는 그의 얼굴을 자기 쪽으로 끌어당기며 베일 너머로 자기의 입술을 그의 입술에 포갰다. 마침내 숨이 가빠오자 여자는 그에게서 얼굴을 뗐다.

"사랑의 밤이에요……! 추억의 밤이죠! 오늘 밤엔 무슨 짓을 해도 괜찮답니다. 자, 나를 마음껏 안아주세요!" 여자는 숨을 헐떡이며 말했다.

비니키우스는 이 열정적인 입맞춤 때문에 몸이 뜨거워졌다. 그러나 동시에 그의 마음에는 새로운 혐오감이 일었다. 그의 영혼과 마음은 이미 다른 곳에 가 있었던 것이다. 지금 비니키우스에게는 이 세상에 여자라고는 오직 리기아만이 존재할 뿐이었다. 그는 베일을 쓴 여자를 밀어내며 말했다.

"당신이 누구인지는 모르겠지만 나는 다른 여자를 사랑하고 있습니다. 난 당신을 원치 않아요."

그러자 여자는 그를 향해 머리를 숙이며 말했다.

"자, 이 베일을 벗겨주세요……."

마침 그때 가까운 숲 속에서 도금양 잎사귀가 바스락거리며 흔들리는 소리가 들렸다. 그 소리를 듣자 베일을 쓴 여자는 마치 환영처럼 어디론가 사라져버렸다. 멀리서 그녀의 기묘하고 불길한 웃음소리가 들려왔다

비니키우스의 앞에 나타난 것은 페트로니우스였다.

"난 모든 걸 보고 들었다."

비니키우스가 대답했다.

"어서 이곳에서 나갑시다."

두 사람은 불을 밝히고 있는 숲 속의 유곽과, 줄지어 서 있는 근위대 앞을 지나, 가마가 기다리고 있는 곳으로 나왔다.

"네 집에 잠시 들러야겠다." 페트로니우스가 말했다.

두 사람은 함께 가마에 탔다. 집으로 돌아가는 도중 두 사람은 내내 말이 없었다. 비니키우스의 집 아트리움에 들어서자 비로소 페트로니우스가 말문을 열었다.

"그 여자가 누구였는지 알겠니?"

"루브리아인가요?" 루브리아가 베스타의 여제사장이라는 생각만 해도 몸서리를 치면서 비니키우스가 물었다.

"아니다."

"그럼 누구죠?"

페트로니우스는 목소리를 한층 낮추었다.

"베스타의 성스러운 불도 이젠 더럽혀졌다. 루브리아가 황제와 붙어 있었으니 말이다. 네게 말을 걸었던 여자는……."

여기서 페트로니우스는 목소리를 더욱 낮추며 말했다.

"황후였다."

잠시 침묵이 흘렀다.

"황제는 루브리아에 대한 욕정을 황후에게 숨길 수가 없었지. 그래서 황후는 복수를 하고 싶었는지도 모른다. 그러나 내가 일부러 훼방을 놓았다. 혹시라도 네가 황후인 줄 알면서도 거절한다면, 일이 커지게 될 테니까. 너도, 리기아도, 심지어는 나도 구제할 길 없이 완전히 파멸하게 될 수도 있으니 말이다." 페트로니우스가 덧붙였다.

비니키우스가 느닷없이 소리를 질렀다.

"이젠 진절머리가 나요! 로마도, 황제도, 연회도, 황후나, 티겔리누스, 그리고 당신들 모두한테요! 숨이 막히는군요! 이런 생활을 언제까지나 계속할 순 없습니다. 도저히 안 되겠어요. 이해하시겠어요, 제 마음을?"

"비니키우스, 네 머리가 이상해진 것이 틀림없다. 판단력도 자제력도 다 잃어버렸으니!"

"이 세상에서 제가 사랑하는 사람은 오직 리기아뿐입니다."

"그래서 그게 어쨌다는 거냐?"

"그러니까 다른 여자의 사랑은 싫습니다. 나는 저들과 같은 삶은 원치 않아요……. 저들의 연회와 파렴치함, 저들의 광란에 이제는 정말 치가 떨립니다!"

"대체 무슨 일이냐? 네가 그리스도교 신자라도 되었단 말이냐?"

젊은이는 두 손으로 머리를 움켜쥐고 절망적으로 되뇌었다.

"아닙니다. 아직은 아닙니다……. 아직은요!"

제32장

페트로니우스는 기분이 몹시 상해서 어깨를 으쓱거리며 집으로 돌아왔다. 자기와 비니키우스는 이제 영영 서로를 이해할 수 없게 되었으며 아주 등을 돌리게 되었다는 것을 비로소 깨달은 것이다. 전에는 페트로니우스가 이 젊은 군인에게 많은 감화를 주었다. 비니키우스는 모든 일에 페트로니우스를 귀감으로 삼았다. 어떤 경우라도 자기가 한두 마디 조언만 해 주면 비니키우스는 단번에 알아듣고 순종하곤 했다. 그런데 이제는 사정이 달라져서 페트로니우스의 옛날 방식은 더 이상 통하지 않았다. 그가 아무리 기지와 말재주를 동원해도 정체를 알 수 없는 그리스도교를 경험했고, 또 사랑에 정신을 빼앗겨 완전히 다른 사람이 되어버린 비니키우스의 마음은 좀처럼 움직이지 않았다. 경험이 풍부한 이 회의론자는 자기가 조카의 영혼을 열 수 있는 열쇠를 잃어버렸다는 것을 알았다. 그의 마음엔 불만과 함께 은근히 두려운 마음까지 싹텄다. 더구나 지난밤의 사건 때문에 그 두려움은 더욱 커졌다.

'만일 비니키우스에 대한 황후의 애착이 일시적인 기분이 아니라 오래 지속될 욕망이라면…….' 페트로니우스는 생각했다. '어쨌든 결과는 하나이다. 비니키우스가 황후의 청을 받아들인다 해도 결국에는 파멸당할 것이다. 그러나 지금 비니키우스의 상태로 봐서는 틀림없이 황후의 뜻을 거역하려 할 테니, 그렇게 되더라도 역시 파멸은 피할 수 없다. 또한 비니키우스의 친척이란 이유만으로 나 역시 같은 처지가 될 수 있다. 게다가 황후가 우리 가문을 증오하게 되면 궁궐 안의 온갖 세력을 다 모아서 티겔리누스와 합세할 것이다…….'

그야말로 진퇴양난이었다. 어느 쪽을 택해도 기다리는 것은 나쁜 결과뿐이지만, 페트로니우스는 굳건한 의지를 가진 사나이라 죽음을 두려워하지는 않았다. 하지만 한번 죽고 나면 아무것도 기대할 수 없기에 굳이 죽음을 자초할 생각은 없었다.

페트로니우스는 오랫동안 곰곰이 생각한 끝에 비니키우스로 하여금 로마를 떠나 어딘가로 멀리 여행을 가도록 하는 것이 가장 확실하고 안전한 방법이라는 결론을 내렸다. 그래, 리기아와 함께 보낼 수만 있다면 금상첨화일 텐데. 그러나 그럴 수가 없더라도 비니키우스를 설득하기는 그다지 어렵지 않을 것이라고 생각했다. 우선 팔라티움 궁전에다 비니키우스가 다시 병이 들어 앓고 있다는 소문을 퍼뜨려, 그와 자기에게 닥쳐올지도 모르는 위험을 제거해 놓아야만 한다. 황후는 비니키우스에게 자기의 정체가 탄로 나지 않았다고 여기고 있을 것이다. 설마 자기인 줄 눈치 채지는 못했을 것이라고 믿고 있으리라. 그렇다면 그녀의 자존심이 돌이킬 수 없을 정도로 상처를 입은 건 아닐 것이다. 그러나 앞일은 어떻게 될지 장담할 수 없으므로 미리 대책을 마련해 둘 필요가 있다. 우선 시간적인 여유를 확보해야 한다. 네로가 일단 아카이아에 가면 예술에 대해서는 아무런 조예도 없는 티겔리누스는 위축되어 황제의 눈 밖에 나게 될 것이 뻔한 일이다. 그리스에서라면 페트로니우스는 모든 경쟁자들을 물리치고 네로의 총애를 독점할 자신이 있었다.

페트로니우스는 당분간 비니키우스를 주시하면서 여행을 떠나도록 달래기로 마음먹었다. 열흘이 넘도록 궁리를 거듭한 끝에 한 가지 묘안이 떠올랐다. 황제를 설득시켜 그리스도교 신자들을 로마에서 추방한다는 칙령을 내리도록 하면, 리기아 역시 다른 신자들과 함께 로마를 떠날 것이고, 결국 비니키우스도 그녀의 뒤를 따라가리라. 그렇게 되면 비니키우스를 굳이 설득하지 않아도 모든 일이 가능하게 된다. 그리 멀지 않은 과거에도 유대교도들이 그리스도교인들에 대한 증오로 소동을 일으킨 적이 있었는데, 그때 클라우디우스 황제는 양쪽을 제대로 식별하지도 않은 채 많은 유대교도들을 추방하였다. 그러니 네로라고 해서 그리스도교도를 추방하지 못할 이유가 없지 않은가? 그리스도교인들이 없어지면 로마 인구가 줄어들 테니 시민들의 생활이 훨씬 여유롭고 편해질 것이다.

페트로니우스는 '물 위의 향연' 이래 팔라티움 궁전이나 그 밖의 별궁을 부지런히 드나들며 거의 매일 네로와 만나고 있었다. 그래서 네로에게 이런 생각을 주입시키는 것은 조금도 어려운 일이 아니었다. 황제는 누군가를 파멸시키거나 괴롭히는 일은 웬만하면 거절하는 법이 없었기 때문이다. 페트로니우스는 신중하게 생각한 끝에 치밀하게 계획을 세웠다. 자기 집에서 연회를 열고, 그 연회 석상에서 황제를 설득하여 칙령을 내리게 하는 것이다. 어쩌면 황제가 자기에게 그 일을 집행하라고 위임할지도 모른다. 그렇게 되면 리기아를 비니키우스의 애인으로 정중하게 대우해 주면서 바이에 같은 곳으로 보내줄 수도 있다. 두 젊은이는 거기서 서로 마음껏 사랑하며 그리스도교를 믿을 수 있으리라.

그동안 페트로니우스는 비니키우스를 자주 찾아갔다. 페트로니우스가 아무리 로마인 특유의 이기적인 성품을 지녔다고는 해도 조카에 대한 애정을 저버릴 수는 없었기 때문이었다. 두 번째 이유는 비니키우스에게 여행을 권유하기 위해서였다. 비니키우스는 아프다는 핑계로 팔라티움 궁전에는 그림자도 내밀지 않았다. 그러는 동안 궁중에서는 나날이 새로운 계획이 쏟아져 나왔다. 어느 날 페트로니우스는 직접 황제의 입을 통해 사흘 안에 안티움으로 떠나기로 했다는 말을 들었다. 다음 날 아침, 그 소식을 알려주려고 비니키우스를 찾아갔다. 그런데 비니키우스는 그날 아침 황제의 해방노예가 가져온 서찰을 보여주는 것이었다. 거기에는 안티움으로 초대된 사람들의 명단이 들어 있었다.

"자, 보세요. 여기 제 이름이 있어요. 그리고 삼촌의 성함도요. 댁에 돌아가시면 아마 같은 서찰이 와 있을 겁니다." 비니키우스가 말했다.

"만일 이 명단에 내 이름이 빠져 있다면, 그것은 머지않아 그들이 나를 죽이겠다는 뜻이다. 그러나 아카이아로 갈 때까지 그런 일은 일어나지 않을 게다. 그곳에서는 네로에게 내가 꼭 필요한 존재니까 말이야."

명단을 훑어본 뒤에 페트로니우스는 말했다.

"이제 겨우 로마로 돌아왔나 싶었는데 또다시 집을 떠나 안티움으로 끌려가야 하는구나. 그러나 어쩔 수 없지. 이건 초대일 뿐만 아니라 동시에 명령이니까 말이야."

"만일 가지 않는다면 어떻게 되는 겁니까?"

"그러면 그자에게는 훨씬 더 먼 곳, 누구든지 한번 가면 돌아온 적이 없는 그런 곳으로 떠나라는 특별한 분부가 내려질 게다. 글쎄, 네가 내 충고에 귀 기울이지 않고 아직 시간적으로 여유가 있었을 때 로마를 떠나지 않은 것이 유감이로구나. 이렇게 된 이상 너도 안티움으로 가지 않으면 안 된다."

"꼭 안티움에 가야만 한다고요? 제기랄…… 도대체 우리가 살고 있는 지금 이 시대는 어떻게 돌아가고 있는 건가요? 우리 모두가 비참한 노예나 다름없는 신세이니 말입니다."

"이제서야 그걸 깨달았느냐?"

"벌써부터 알긴 알았죠. 하지만 삼촌께서는 지금까지 그리스도의 가르침은 인류의 적이고, 인생에 멍에를 씌우는 것이라고 말씀하셨습니다. 그러나 그 멍에가 과연 지금 우리에게 지워진 멍에보다 더 무거운 것일까요? 삼촌은 일전에 그리스인은 지혜와 미를 창조했고, 로마인은 힘을 창조했다고 말씀하셨는데, 우리가 창조했다는 그 힘은 대체 어디에 있단 말입니까?"

"그런 이야기가 하고 싶거든 킬로를 부르렴. 오늘은 한가하게 철학 이야기를 할 겨를이 없구나. 헤라클레스에게 맹세하는데, 이런 시대를 만든 것은 내가 아니므로, 내가 책임을 질 까닭이 없다. 차라리 안티움 얘기나 하자꾸나. 거기에 가면 무서운 위험이 네게 닥칠 것이다. 어쩌면 거기 가는 것보다는 차라리 크로톤을 목 졸라 죽인 우르수스와 대결하는 편이 나을지도 모른다. 그러나 너는 어차피 가지 않으면 안 되는 운명이다."

비니키우스는 대수롭지 않다는 듯이 손을 내저으며 말했다.

"위험하다고요? 어차피 우리들은 모두 죽음의 어둠 속을 헤매고 있는걸요. 바로 이 순간에도 누군가가 어둠의 구렁텅이 속으로 사라져가고 있습니다."

"약간의 이성을 갖춘 덕분에 티베리우스, 칼리굴라, 클라우디우스, 네로의 시대에도 여든이나 아흔 살까지 무사히 살아남은 자들이 있다. 뭐, 일일이 열거할 필요도 없지. 도미티우스 아페르가 좋은 예다. 그자는 평생을 도둑질과 불한당 노릇을 했으나 지금까지도 잘 먹고 잘 살고 있다."

"그거야 그놈이 바로 그런 놈이니까 여태껏 버텨온 거죠."

이렇게 대답하면서 비니키우스는 다시 한 번 명단을 죽 훑어보았다.

"티겔리누스, 바티니우스, 섹스투스 아프리카누스, 아킬리우스 레굴루스, 실리우스 네룰리누스, 에프리우스 마르케우스 등등…… 정말 인간쓰레기들이 여기 다 모였군 그래! 이런 자들이 세상을 다스리고 있으니! 이놈들은 이집트나 시리아의 신상(神像)을 짊어지고 시스트룸을 울리며 시골 마을을 돌아다니든지, 아니면 점이나 치고 광대노릇 하면서 밥벌이를 하는 편이 더 어울리지 않겠습니까……?"

"그렇지 않으면 재주 부리는 원숭이나, 셈을 가르친 강아지나, 피리 불 수 있는 당나귀라도 끌고 다니며 구경시키는 것도 괜찮겠지……. 그래, 네 말이 다 맞다. 그러나 지금은 더 중요한 얘기를 해야 할 때다. 내 말을 잘 들으려무나. 나는 이미 팔라티움 궁전에다 네가 병이 나서 집을 떠날 수 없다고 말해 두었다. 그런데도 초청장의 명부에 네 이름이 들어 있는 것을 보면, 누군가가 내 말을 믿지 않고 일부러 조치를 취했기 때문이야. 네로는 네가 동행하건 안 하건 전혀 관심이 없다. 너는 시나 음악에 대해서는 아무것도 모르는 군인이니까, 고작해야 전차 경주 얘기밖에 할 수 없을 테니 말이다. 아마도 초대장에 네 이름을 넣으라고 부추긴 사람은 포페아일 것이다. 그렇다면 너에 대한 그녀의 애착은 일시적인 욕망이 아니다. 황후는 너를 소유하고 싶은 거야."

"황후는 정말 대담한 여자로군요!"

"암, 대담하고말고! 어쩌면 그로 인해 스스로 파멸할 수도 있을 만큼 무서운 여자다. 비너스가 한시라도 빨리 딴 남자를 그녀에게 안겨주면 좋으련만. 그러나 그녀가 너를 탐내는 동안만큼은 너도 각별히 조심해야 한다. 붉은 수염은 점차 포페아에게 싫증을 느끼고 요즘엔 루브리아나 피타고라스에게 열중하고 있지만, 그래도 이 사실이 탄로 나면 자존심이 상해서 네게 무서운 복수를 할지도 모른다."

"저는 숲 속에서 말을 걸어온 여자가 황후인 줄은 꿈에도 몰랐어요. 삼촌도 곁에서 분명히 들으셨겠지만, 나는 사랑하는 여자가 있으니 다른 사람은 절대 원치 않는다고 대답했어요."

"지옥의 모든 신들의 이름으로 간구하노니, 아직은 네게 조금이라도 남아 있는 그 이성의 부스러기마저 그리스도교 신자들이 빼앗아가는 일은 없기를! 불확실한 파멸과 확실한 파멸, 둘 중에 하나를 선택해야 하는 이 마당에 도대체 무엇을 망설이느냐? 황후의 자존심에 상처를 입혔으니 너는 살아날 길이 없다고 몇 번이나 말하지 않았느냐? 지옥의 신 하데스에게 맹세한다! 그렇게 죽고 싶으면 차라리 네 손으로 가슴에 칼을 꽂거나 혈관을 끊는 편이 낫다. 포페아의 기분을 상하게 하면 그렇게 편안하게 죽도록 내버려 두지는 않을 테니까.

예전에는 너와 대화하는 것이 내게는 하나의 즐거움이었다. 하지만 지금은 네가 바라는 것이 무엇인지, 앞으로 어떻게 할 작정인지 정말 모르겠구나. 내가 시키는 대로 해도 리기아에 대한 네 사랑에 방해가 되는 것은 아니잖니? 네가 각별히 신경 써야 할 것은 포페아가 팔라티움 궁전에서 리기아를 보았다는 사실이다. 그러니까 네가 황후의 과분한 호의를 받아들이지 않으면, 그것이 리기아 때문이라는 것을 황후는 쉽게 눈치 채고 말 것이다. 그렇게 되면 설령 리기아가 땅속에 숨어 있다 해도 반드시 찾아내고 말 거야……. 결국 너뿐만이 아니라 리기아까지 파멸로 이끌고 마는 거야. 내 말 알아듣겠니?"

비니키우스는 딴 생각을 하는 듯 멍한 표정으로 얘기를 듣고 있다가, 마침내 입을 열었다.

"그녀를 꼭 만나야겠습니다."

"누구? 리기아 말이냐?"

"네. 리기아를 말입니다."

"그녀가 어디에 있는지 알고 있니?"

"모릅니다."

"그럼 또다시 옛날 공동묘지 자리나 티베리스 강 건너편을 찾아 헤매겠단 말이냐?"

"저도 잘 모르겠습니다. 하지만 꼭 만나고 싶습니다."

"좋다. 그녀는 그리스도교 신자이지만, 그래도 너보다야 분별력이 있겠지. 적어도 네 파멸을 바라진 않을 테니까, 정신 차리고 현명하게 행동하리라 믿는다."

비니키우스가 어깨를 으쓱했다.

"그녀는 우르수스의 손에서 저를 구해 주었습니다."

"그럼 어서 서둘러라. 붉은 수염은 이번에는 무슨 일이 있어도 여행을 연기하지 않을 테니 말이다. 더구나 사형 선고는 안티움에서도 얼마든지 내릴 수가 있으니까."

비니키우스의 귀에는 그 말이 들어오지도 않았다. 지금 그의 마음을 온통 차지하고 있는 것은 오직 한 가지, 어떻게 하면 리기아를 만날 수 있을까 하는 생각뿐이었다. 그래서 그는 구체적인 방법에 대해 이리저리 궁리하기 시작했다.

다음 날 뜻하지 않은 일이 일어나, 모든 어려움이 순식간에 풀리게 되었다. 킬로가 갑자기 비니키우스를 찾아온 것이다. 그는 넝마 조각을 걸치고 있었으며, 행색이 초라하기 짝이 없었다. 오랫동안 굶었는지 얼굴이 몹시 수척했다. 하인들은 킬로가 오면 밤낮을 불문하고 언제든지 안으로 들여보내라는 명령을 받고 있었기 때문에, 그가 들어오는 것을 아무도 막지 않았다. 킬로는 곧장 아트리움으로 들어와 비니키우스에게 인사를 했다.

"신들께서 나리께 불멸의 영생을 내려주시고, 나리와 더불어 세계를 통치하게 되시기를 빕니다."

비니키우스는 처음에는 이 늙은이를 집 밖으로 쫓아내라고 명령할까도 생각했으나, 혹시 이 그리스인이 리기아에 대한 소식이라도 가져오지 않았을까 해서 마음을 돌렸다. 기대감이 혐오감을 물리친 것이다.

"당신이군. 그래, 그동안 어떻게 지냈소?"

"주피터의 아드님이시여! 그간의 비참한 생활은…… 말로 다 할 수가 없습니다! 이 세상에서 참다운 덕이란 이제 아무도 관심을 갖지 않는 허섭스레기가 되고 말았나 봅니다. 진정한 현자도 닷새에 한 번씩 푸줏간에서 양의 머리를 사다가 다락방에서 눈물을 삼키며 뜯어 먹는 것에 만족해야 하는 형편입니다. 나리! 나리께서 하사해 주신 돈은 아트락투스의 서점에서 책을 사느라 거의 다 써버린 데다가 도중에 강도를 만나서 몽땅 털리고 말았습니다. 그나마 집에 남겨두었던 돈은 제 학설을 받아 적게 하기 위해 고용한 여자 노예가 훔쳐 달아났습니다. 소인은 정말 불쌍한 놈입니다. 세라피스 님이여, 제가 늘 존경하고, 숭배하고, 제 목숨을 내던져도 아깝지 않을 만큼 극진하게 모시던 나리 말고 누구를 찾아갈 수 있겠습니까?"

"무엇 때문에 온 거요? 무슨 소식이라도 가져왔소?"

"도움을 청하러 왔습니다, 바알 신이여! 그리고 제 가난과 눈물, 존경심…… 그리고 나리를 위하는 충성심으로 피땀 흘려 수집한 귀중한 정보를 드리고자 왔습니다. 나리도 기억하고 계시겠지만, 저는 페트로니우스 나리의 여자 노예에게 파포스 신전에 있는 비너스의 허리띠에서 뽑은 한 가닥의 실오라기[1)]를 준 적이 있습니다. 그런데 그게 얼마나 큰 효험이 있었는지는 누구나 잘 알고 있습니다. 태양의 아드님이시여! 나리께서는 그 댁에서 일어난 일은 모두 알고 계실 테니, 에우니케가 지금 어떤 행복을 누리고 있는지는 저보다 더 잘 아실 겁니다. 제게는 그와 같은 실이 한 가닥 더 있습니다. 나리를 위해 간직해 두었습죠."

여기서 킬로는 비니키우스의 미간에 노여움의 빛이 서린 것을 보고 잠시 말을 멈추었다가 분노의 폭발을 막으려는 듯 서둘러 말했다.

"저는 리기아 아가씨의 거처를 알고 있습니다, 나리. 그 동

---

1) 13장에서는 두 가닥의 실오라기를 주었다고 했음. 거짓말을 밥 먹듯이 하는 킬로의 인간성을 짐작할 수 있게 하는 대목.

네도, 그 집도 모두 다 알려드리겠습니다."

비니키우스는 그 말을 듣자 가까스로 흥분을 억제하며 다그쳤다.

"그곳이 어디요?"

"그리스도교 장로인 리누스의 집입니다. 여전히 우르수스와 함께 살고 있는데, 그 사내는 아직도 그 방앗간에, 그러니까 나리 댁의 해방노예와 이름이 같은…… 뭐더라? 아, 그래요, 데마스…… 그 데마스의 방앗간에서 일하고 있습니다. 우르수스는 밤마다 일을 나가므로 한밤중에 그 집을 포위하면 그 사내는 없을 겁니다. 리누스는 늙은이이고…… 그 집에는 그보다 더 늙은 할망구 두 명이 더 있을 뿐입니다."

"그런 일들은 다 어떻게 알게 되었소?"

"나리께서도 기억하시다시피 그리스도교인들은 저를 붙잡았지만, 용서해 주었습니다. 글라우쿠스는 가엾게도 예나 지금이나 자기가 불행하게 된 원인이 저 때문이라고 착각하고 있습니다! 그런데도 그들은 저를 용서해 준 것입니다. 그러니 나리, 제 마음이 그들에 대한 감사로 가득 차 있다고 해도 놀라지 마십시오. 저는 지금보다는 좋은 시대에 태어났고, 또 나이도 먹을 만큼 먹었기에 이런 생각이 들더군요. 과연 내 친구나 은인을 저버려도 괜찮은 걸까? 그들의 안부도 묻지 않고, 그들이 어떻게 살고 있으며, 어디에 있으며, 건강하게 잘 지내는지조차 모른 척한다면 그건 배은망덕한 짓이 아닐까 하고 말입니다. 페시누스[2]의 키벨레[3] 신께 맹세합니다! 저는 그

2) 소아시아 중부 갈라티아의 도시.

3) 신들의 어머니. 오프스, 마테르와 같음.

런 무정한 짓은 못하겠더군요. 처음에는 그들이 이런 제 순수한 마음을 오해하지 않을까 두려워 망설이기도 했습니다. 그러나 그들에 대한 제 사랑의 감정은 공포심보다 더 강했던 것입니다. 더군다나 그들은 어떤 피해를 당해도 너그럽게 용서하는 사람들이라는 생각에 용기를 낼 수 있었습니다. 그러나 나리, 제가 무엇보다 염두에 두었던 것은 바로 나리의 일이었습니다. 지난번 우리의 시도는 실패로 끝났습니다만, '운명의 여신'으로부터 극진한 사랑을 받고 계신 나리께서, 한 번 실패했다고 단념하셔서야 되겠습니까? 그래서 저는 나리가 성공을 쟁취하실 수 있는 모든 방법을 강구하게 된 것입니다. 그 집은 외딴 곳에 있습니다. 노예들을 동원하시면 쥐새끼 한 마리도 빠져나가지 못하게 에워싸실 수 있을 겁니다. 아아, 나리! 나리께서 결심만 하시면 오늘 밤이라도 당장 그 기품 있는 공주님을 이 댁으로 모셔 오실 수 있습니다. 이 일이 성사되면, 그 행복에 가장 크게 공헌을 한 사람이 바로 이 가난하고 굶주린 킬로라는 사실을 잊지나 말아주십시오."

비니키우스의 머리로 뜨거운 피가 솟구쳐 올랐다. 지금이라도 당장 그녀를 납치하고 싶은 유혹이 또 한 번 그의 마음을 뒤흔들었다. 그렇다. 이 일은 꼭 성공할 수 있다. 더구나 이번에는 방법이 확실하다. 일단 집으로 리기아를 데려오면 아무도 그녀를 빼앗아가지 못할 것이다. 한번 나의 정부가 되고 나면 그 다음에는 아무리 발버둥쳐도 별 수 없을 것이다. 그 여자는 영원히 나의 정부로 지낼 수밖에 없다. 진리나 가르침 따위는 모두 사라져버려라! 그러면 그리스도교 신자들은 그들의 자비심과 우울한 신앙과 함께 나와는 아무 상관도 없게 된다. 지금이야말로 그 모든 것들을 훌훌 털어버릴 때가 온 것이다. 이제 나도 남들과 같은 평범한 삶을 살 수 있게 되리라. 그 후에 리기아가 자신의 운명과 자기가 따르는 종교의 가르침을 어떻게 조화시켜 나가느냐 하는 것은 둘째 문제다. 그런 것은 아무래도 좋다. 무엇보다 중요한 것은 그녀가 반드시 내 것이 되어야 한다는 것이다. 그것도 오늘 안으로.

그런 다음 리기아의 영혼 속에 확고하게 뿌리내린 그 종교가 그녀에게는 전혀 새로운 이 세계를, 그리고 그녀를 기다리고 있는 사치와 향락을 과연 견뎌낼 수 있을까 하는 문제를 고민해도 늦지 않을 것이다. 아무튼 오늘 안으로 모든 일은 결판이 날 것이다. 킬로를 붙들어 두었다가 날이 저물면 명령을 내리기만 하면 된다. 그러면 모든 괴로움이 사라지고 끝없는 기쁨이 찾아올 것이다.

'리기아를 만난 후 지금까지의 내 삶이 어땠는가?' 비니키우스는 생각에 잠겼다. '참을 수 없는 고통과 충족되지 않는 욕망, 풀 수 없는 의문의 연속이 아니었던가? 하지만 이제 내가 결단을 내리기만 하면 모든 혼란이 사라지고 모든 고통을 마감할 수 있게 된다. 물론 앞으로는 결코 손대지 않겠다고 리기아에게 굳게 맹세한 일을 아직도 잊지 않고 있다. 그러나 누구의 이름에 걸고 맹세한 것인가? 로마의 제신들에게 한 것은 아니었다. 이미 그들을 믿지 않게 되었으므로. 그렇다고 그리스도에게 한 것은 더더욱 아니었다. 아직 그리스도를 받아들이지 않았으므로. 만일 리기아가 모욕을 당했다고 여긴다면, 정식으로 결혼을 해주면 될 것이 아닌가? 그렇다. 그녀와의 결혼은 내 의무이다. 리기아야말로 내 생명의 은인이니까.'

여기서 비니키우스는 크로톤과 함께 리기아의 은신처에 침입했던 날을 회상했다. 자기를 막 내리치려고 했던 우르수스의 거대한 주먹과 그곳에서 일어났던 모든 일들이 낱낱이 떠올랐다. 자신의 침대 위로 몸을 굽히고 서 있던 리기아, 초라한 옷을 걸쳤으면서도 여전히 아름답고 고상한 모습을 간직하고 있던 그녀를 눈앞에 생생하게 그려보았다. 그때 그는 그녀를 여신처럼 숭배하고 떠받들고 싶다고 리기아에게 고백했다. 비니키우스는 자기도 모르게 라라리움 쪽으로 눈길을 돌렸는데, 거기에는 리기아가 떠나면서 만들어준 회양목 십자가가 놓여 있었다.

과연 그녀가 베풀어준 그 모든 호의와 친절에 또다시 폭력으로 보답해도 될까? 노예를 다루듯이 그녀의 머리카락을 휘어잡아 침대로 끌어들여도 되는 것일까? 리기아를 차지하고 싶은 욕망을 느낄 뿐만 아니라 그녀를 진심으로 사랑하고 있으면서, 지금 그 모습 그대로의 그녀를 사랑하고 있으면서, 어떻게 그런 몹쓸 짓을 할 수 있단 말인가! 그녀를 강제로 자기 집에 데려다 놓고, 무력으로 그녀를 품에 안는 것만으로는 부족하다는 사실을 비니키우스는 불현듯 깨달았다. 그는 좀더 완벽한 사랑, 즉 리기아의 동의는 물론이고, 그녀의 사랑과 영혼까지도 송두리째 원하고 있었던 것이다. 만일 그녀가 스스로 원해서 비니키우스를 찾아온다면, 이 집은 축복받을 것이다. 그 순간이 축복이고, 그날이 축복이고, 그의 생애 전체가 축복일 것이다! 두 사람의 행복은 끝없는 바다처럼 무궁무진하고, 태양처럼 영원하리라. 하지만 폭력을 써서 그녀를 억지로 빼앗아온다면 그런 행복은 영원히 누리지 못할 것이며, 동시에 난생 처음 사랑하게 된 유일하고 소중한 사람을 파멸시키고, 모욕하고, 능멸하는 것이 되고 말 것이다.

비니키우스는 그런 생각을 하는 것만으로도 온몸에 소름이 끼쳤다. 킬로는 불안스럽게 청년의 눈치를 살피면서 넝마 같은 남루한 옷 속에 손을 집어넣고 온몸을 긁적이고 있었다. 그 순간 비니키우스에겐 소름끼치도록 혐오감이 솟구쳐 올라, 여태까지 자기와 한편이었던 이 사내를 무슨 징그러운 벌레나 독이 오른 뱀처럼 당장에 짓밟아 버리지 않으면 안 될 것만 같은 충동에 사로잡혔다. 잠시 후 비니키우스는 마음을 정했다. 한번 자제력을 잃으면 절도를 지키지 못하는 그는 로마 군인 특유의 잔인한 기질을 억누르지 못하고 킬로에게 이렇게 말했다.

"나는 당신의 권고를 받아들이지 않겠소. 하지만 당신의 노고에 대해서는 그에 상응하는 대가를 지불하지 않을 수 없으니, 지하에 있는 체벌실에 가서 매를 300대만 맞고 가시오."

킬로의 얼굴이 창백해졌다. 비니키우스의 잘생긴 얼굴에는 냉정하고 완고한 표정이 분명하게 나타나 있어서 그가 말한 대가라는 것이 심술궂은 농담으로 끝날지도 모른다는 헛된 기대를 버리지 않을 수 없었다.

킬로는 재빨리 무릎을 꿇고, 더듬거리며 애원하기 시작했다.

"왜 그러십니까, 페르시아의 대왕님……! 무엇 때문입니까? 자비의 피라미드여! 은혜로운 크로이소스여! 도대체 왜 그러시는 겁니까? 저는 다 늙어빠지고 굶주린 불쌍한 인간입니다. 게다가 나리를 위해 힘을 다해 뛰어다녔습니다. 그런데 이것이 그 대가란 말입니까?"

"당신은 그리스도교 신자들에게 어떤 짓을 저질렀소? 자업자득이오."

비니키우스는 그렇게 말하면서 아트리움의 선임 노예를 불렀다.

킬로는 비니키우스의 발 앞에 엎드려 부들부들 떨면서 그의 두 다리를 끌어안고 악을 썼다. 얼굴은 마치 죽은 사람처럼 하얗게 질려 있었다.

"나리, 나리! 저는 늙은이입니다. 50대만 때려주십시오. 300대는 너무합니다……. 50대가 너무 적다면 100대만 때려주십시오……! 제발, 비나이다. 자비를 베풀어주십시오……. 자비를!"

비니키우스는 발로 킬로를 걷어차고는 매질하라고 명령했다. 눈 깜짝할 사이에 선임 노예의 뒤에서 힘센 쿠아디 족 사내 둘이 달려와서, 얼마 남지 않은 킬로의 듬성듬성한 머리카락을 움켜쥐고 남루한 그의 옷으로 머리를 둘둘 싸가지고 체벌실로 끌고 갔다.

"그리스도의 이름으로!"

그리스인은 복도로 향하는 문 앞에서 소리를 질렀다.

비니키우스는 혼자 남았다. 매질을 시키고 나니 조금 흥분되면서 기운이 솟았다. 그는 흩어진 생각들을 하나로 모아 차분하게 정리해 보려고 애썼다. 문득 안도감과 승리감에 가슴이 뻐근하고, 자신을 극복할 수 있었다는 데 대해 자못 만족스러웠다. 왠지 리기아를 향해 성큼 다가선 것 같고, 자신의 이 장한 행위에 마땅히 보상을 받아야 할 것만 같은 기분이 들었다. 처음에는 킬로를 난폭하게 다루었다는 것, 예전 같으면 흔쾌히 상을 주었을 일에 매질을 하라고 한 것에 대해 아무런 거리낌도 없었다. 비니키우스에게는 아직 로마인다운 기질이 남아 있어 타인의 괴로움에 동정한다거나, 불쌍한 그리스인 따위에 신경이 쓰이거나 하지는 않았다. 설사 그에게 킬로를 불쌍히 여기는 마음이 다소 있다 하더라도 악한에게 벌을 준 것은 당연한 일이라고 생각했던 것이다. 그는 리기아를 떠올리면서 마음속으로 이렇게 중얼거렸다.

'나는 당신의 선에 대해 악으로 갚지는 않겠습니다. 당신에게 폭력을 가하라고 권한 자를 내가 과연 어떻게 처리했는지 알게 된다면, 당신도 아마 내게 감사한 마음이 들 것입니다.'

그 순간 비니키우스는 문득 킬로에게 벌을 준 자신의 태도를 리기아가 칭찬해 줄 것인가 하는 의구심에 사로잡혔다. 그녀가 받들고 있는 진리는 모든 것을 용서하라고 하지 않았던가? 그리스도교 신자들은 마땅히 복수를 해야 할 많은 이유가 있음에도 불구하고, 이 악한을 용서해 주었다. 그때 비로소 그의 영혼 속에서 "그리스도의 이름으로!"라고 외치던 킬로의 부르짖음이 들려왔다. 바로 그 외침 때문에 킬로는 절체절명의 위기에서 우르수스의 손아귀를 벗어날 수 있었던 것이다. 비니키우스는 형벌을 중지시켜야겠다고 결심했다.

막 선임 노예를 부르려고 하는데, 때마침 그가 체벌실에서 나오며 말했다.

"주인님, 그 늙은이가 기절했습니다. 어쩌면 죽었는지도 모릅니다. 그래도 매질을 더 할까요?"

"아니다. 정신을 차리게 해서 이곳으로 데려오너라."

아트리움의 선임 노예가 휘장 뒤로 사라졌다. 그러나 정신을 차리게 하는 것이 쉽지 않았던지 비니키우스는 꽤 오랫동안 기다려야만 했다. 더 이상 참을 수 없다고 생각하고 있을 때 노예들이 킬로를 데려왔다. 비니키우스가 눈짓하자 그들은 킬로만 남겨두고 물러났다.

킬로의 얼굴은 흰 이불 홑청처럼 핏기가 없었고, 두 다리에서 피가 흘러 아트리움의 모자이크 바닥에 뚝뚝 떨어졌다. 그러나 의식은 명료했는지 비니키우스의 앞에 무릎을 꿇고 두 손을 내밀며 이렇게 말했다.

"고맙습니다, 나리! 나리께서는 인자하고 위대하신 분이십니다."

"이 개 같은 놈아! 내 생명의 은인인 그리스도를 위해서 너를 용서한다는 것을 잊어서는 안 된다."

"나리, 저는 그리스도와 나리를 함께 섬기겠습니다."

"잠자코 내 말을 들어라. 자, 일어서라! 나를 리기아가 있는 곳으로 안내해라."

킬로는 비틀대며 일어섰으나, 몸을 가누기가 힘들어 보였다. 그는 조금 전보다 더 사색이 되어 입을 열었다.

"나리, 전 무척 배가 고픕니다……. 모시고 가겠습니다. 가고말고요! 하지만 정말 기운이 없으니 어떡합니까……. 나리 댁의 개가 먹다 남은 찌꺼기라도 좀 주십시오. 그러고 나서 가겠습니다."

비니키우스우는 킬로에게 음식과 금화 한 닢, 그리고 외투 한 벌을 주라고 일렀다. 킬로는 매질과 굶주림으로 허약해져 있었다. 그는 자기가 정말 기운이 없어 꼼짝도 못하는 것을 저항하기 위해 일부러 속임수를 쓰는 것으로 비니키우스가 오해하고 또다시 매질하라고 할까 봐, 머리털을 곤두세우고 벌벌 떨었다. 그는 음식을 다 먹은 후에도 제대로 걷지 못했다.

"부탁이니 뜨거운 술이나 조금 주십시오. 그러면 마그나 그레키아[4]까지라도 기꺼이 가겠습니다." 그렇게 말하는 킬로의 이빨이 덜덜 떨렸다.

4) 이탈리아 남부의 그리스 식민지.

잠시 후 킬로가 다소 기운을 차렸으므로 두 사람은 리기아의 집을 향해 떠났다. 길은 꽤 멀었다. 리누스는 대부분의 그리스도교인들과 마찬가지로 티베리스 강 건너편에 살고 있었기 때문이다. 리누스의 집은 미리암의 집에서 별로 떨어져 있지 않았다. 마침내 킬로는 담쟁이덩굴로 뒤덮인 외딴 집 한 채를 가리키며 말했다.

"나리, 이 집입니다."

"알겠다. 그럼 가도 좋다. 그러나 가기 전에 일러둘 말이 있다. 너는 여태까지 내 일을 도와준 것을 다 잊어버려야 한다. 또한 미리암과 베드로, 글라우쿠스가 사는 집도 다 잊어라. 이 집과 그 밖에 다른 그리스도교 신자들에 대해서도 기억에서 말끔히 지워라. 그리고 매달 우리 집에 들러 해방노예 데마스로부터 금화 두 닢씩을 받아가도록 해라. 만약 앞으로 또다시 그리스도교도들을 염탐하면 죽을 때까지 매질을 하거나 로마 시의 총독에게 넘겨버리겠다."

비니키우스가 으름장을 놓았다.

"네, 모조리 다 잊어버리겠습니다." 킬로가 머리를 숙이며 말했다. 하지만 비니키우스가 골목의 모퉁이를 돌아 사라지자, 그는 그쪽을 향해 주먹을 휘두르며 소리를 질렀다.

"아테[5]와 푸리에에게 맹세한다. 나는 결코 잊어버리지 않겠다!"

그 말을 마치고 킬로는 의식을 잃었다.

---

5) 그리스 신화의 복수의 여신. 사람으로 하여금 죄를 저지르게 하여 천벌을 받도록 함.

제33장

비니키우스는 곧장 미리암이 살고 있는 집으로 갔다. 그는 문 앞에서 나자리우스를 만났다. 나자리우스는 비니키우스를 보자 당황했으나, 비니키우스는 정중하게 인사를 건네면서 어머니한테로 안내해 달라고 부탁했다.

집 안에 들어가자 미리암 이외에 베드로, 글라우쿠스, 크리스푸스, 그리고 최근에 프레겔레[1]에서 돌아온 바오로까지 있었다. 젊은 호민관의 모습을 보자 모두들 놀라는 기색이 역력했다. 비니키우스는 사람들의 반응에는 아랑곳하지 않고 침착하게 인사를 했다.

"여러분이 숭배하는 그리스도의 이름으로 인사드립니다."

"그리스도의 이름에 영원한 축복이 있기를!" 좌중이 일제히 대답했다.

---

1) 로마의 동남쪽에 있는 도시.

"여러분이 모두 덕망이 높은 훌륭하신 분들이라는 것은 이 두 눈으로 보았고, 또 여러분의 호의를 직접 체험했으므로 오늘은 친구로서 찾아왔습니다."

"우리도 그대를 친구로서 환영합니다. 앉으십시오. 그리고 손님으로서 우리와 함께 식사합시다." 베드로가 대답했다.

"네, 그렇게 하겠습니다만, 그 전에 제 말을 좀 들어주십시오. 베드로 님이나 바오로 님도 제 진심을 부디 알아주셨으면 합니다. 저는 리기아가 어디에 있는지 알고 있습니다. 이 집 근처에 있는 리누스의 집을 지나 이곳에 오는 길입니다. 황제께서 제게 리기아를 주셨기에, 리기아에 대한 권리는 제게 있습니다. 또한 제가 로마 시내에 소유하고 있는 여러 채의 저택에는 500여 명이나 되는 노예들이 있습니다. 따라서 제가 마음만 먹으면 리기아가 거처하는 곳을 포위하여 그녀를 잡아갈 수도 있습니다. 그러나 저는 그런 짓을 하지 않았고, 또 앞으로도 그럴 생각은 추호도 없습니다."

"주님께서는 그대의 그런 결심을 축복해 주실 것이며, 당신의 마음을 깨끗하게 해주실 겁니다." 베드로가 말했다.

"감사합니다. 그러나 제 말을 좀 더 들어주십시오. 저는 그녀가 그리워 미칠 것 같지만, 그런 짓은 하지 않았습니다. 여러분을 알기 전이었다면 저는 아마 그녀를 억지로 붙잡아 제 집에 가둬놓았을 것입니다. 여러분의 덕망과 가르침은, 비록 제가 온전히 믿지는 않지만, 아무튼 저를 크게 감화시켰고, 제 마음을 바꾸어놓았습니다. 저는 앞으로도 절대 폭력은 쓰지 않을 생각입니다. 어쩌다가 이렇게 되었는지 제 자신도 잘 모르겠습니다만, 사실은 사실입니다. 그래서 이렇게 여러분을 찾아왔습니다. 여러분이야말로 리기아의 어버이를 대신하고 계신다는 것을 잘 알기 때문입니다. 그런 여러분께 정식으로 청합니다. 부디 리기아를 제 아내로 맞이하게 해주십시오. 저는 맹세코 그 사람이 그리스도를 믿는 것을 막지 않겠습니다. 아니 그뿐만 아니라 저도 그리스도의 가르침을 배우겠습니다."

비니키우스는 고개를 쳐들고 단호하게 말했으나, 흥분과 감격으로 인해 허리띠로 조인 외투 자락 밑에서 다리가 후들후들 떨리고 있었다. 좌중은 아무 대꾸도 하지 않았다. 비니키우스는 거부의 뜻을 미리 봉쇄하려는 듯이 서둘러 말을 이었다.

"물론 우리 두 사람의 앞길에는 여러 가지 장애가 있겠지요. 하지만 저는 제 두 눈처럼 그녀를 진심으로 사랑하고 있습니다. 저는 비록 아직은 그리스도교 신자가 아니지만, 그렇다고 여러분의 적도, 그리스도의 적도 아닙니다. 여러분이 제 말을 믿으실 수 있도록 저는 여러분 앞에서 어디까지나 진실해지고 싶습니다. 지금 이 순간이 제게는 목숨보다 중요하다는 걸 잘 알고 있기에, 저는 여러분에게 진솔하게 제 마음을 털어놓고자 합니다. 다른 사람 같으면 '세례를 주십시오.'라고 간청할지도 모르겠지만, 저는 '깨닫게 해주십시오.'라고 말하겠습니다. 저는 그리스도의 부활을 믿습니다. 믿을 수 있는 증인들이 사후의 그리스도를 보았다고 하셨으니까요. 여러분의 가르침이 덕과 정의와 자비를 설파하고, 세상 사람들이 비난하는 것처럼 죄악을 저지르지 않는다는 것도 믿습니다. 그것은 제가 몸소 겪었기 때문입니다. 그러나 제가 알고 있는 것은 극히 일부분에 지나지 않습니다. 그저 여러분과 여러분의 행동을 통해서, 리기아를 통해서, 그리고 여러분과 나누었던 이야기들을 통해서 조금씩 배운 것이 전부입니다.

다시 한 번 말씀드립니다. 이미 그 가르침으로 인해 제게는 어느 정도 변화가 일어났습니다. 예전에 저는 하인들을 매로 다스렸으나 지금은 그럴 수 없게 되었습니다. 예전에 저는 연민이라는 것이 무엇인지 알지 못했으나 지금은 알게 되었습니다. 예전에 저는 환락을 탐했습니다. 그러나 며칠 전 아그리파 호수에서 열린 한밤의 연회에 갔다가 숨이 막힐 듯 답답해져서 도중에 그 자리에서 빠져나왔습니다. 예전에 저는 무력을 높이 평가했는데 지금은 그렇지 않습니다. 왜 이렇게 됐는지 저도 제 마음을 모르겠습니다. 저는 향연과 술, 노래, 악기 연주와 화환에 싫증이 나고, 황제의 궁궐과 나체의 여인들, 그 밖의 모든 죄악에 구역질이 납니다. 리기아가 높은 산봉우리에 쌓인 깨끗한 눈처럼 순결한 존재라는 생각이 들 때마다 더욱더 그녀를 사랑하게 됩니다. 여러분이 믿고 있는 종교의 영향을 받아 그녀가 그처럼 신성한 사람이 되었다는 생각을 하면, 저 또한 그 종교에 마음이 끌리고, 그것을 받아들이고 싶어집니다. 그러나 저는 그 가르침을 아직 충분히 이해하지 못하고 있으며, 제가 그 가르침에 따라 살아갈 수 있을지, 또한 제 본성을 억누를 수 있을지 자신이 없습니다. 그래서 저는 어둠 속을 헤매듯 불안하고 고통스러운 나날을 보내고 있습니다."

여기까지 말하고 비니키우스는 잠시 숨을 돌렸다. 그의 이마에는 괴로운 듯 주름이 잡혔고, 두 뺨은 상기되었다. 그는 더욱 격앙된 목소리로 빠르게 말을 이었다.

"보십시오! 저는 이렇게 사랑의 감정 때문에 어둠 속에서 고통 받고 있습니다. 사람들 말로는 여러분이 믿고 있는 가르침에서는 현세의 삶이나 기쁨, 행복, 법률이나 질서, 권력, 로마의 통치권 따위는 다 부질없는 것이라고 한다더군요. 그 말이 사실입니까? 저는 그리스도교 신자들을 '미친 사람'이라 욕하는 말도 들었습니다. 여러분이 이 세상에 퍼뜨리려는 건 대체 무엇인지 가르쳐주십시오. 사람을 사랑하는 것이 죄가 됩니까? 기쁨을 느끼는 것이 죄악입니까? 행복을 추구하는 것도 잘못인가요? 여러분은 과연 인류의 적입니까? 그리스도교 신자들은 정말 그렇게 가난하게 살아야 합니까? 저는 리기아를 단념해야만 합니까? 여러분이 말하는 진리란 대체 무엇인가요? 여러분의 말과 행동은 투명한 가을 호수처럼 맑은데, 그 호수의 바닥에는 무엇이 있습니까? 보시는 바와 같이 저는 진심으로 말하고 있습니다. 저를 뒤덮고 있는 이 암흑의 장막을 부디 걷어내 주십시오. 언젠가 나는 어떤 사람이 이런 질문을 하는 것을 들었습니다. '그리스는 지혜와 미를, 로마는 힘을 창조했다. 그러면 그리스도교인들은 이 세상에 무엇을 가져올 것인가?' 정말 여러분이 가져오려는 것이 무엇인지 제발 말씀해 주십시오. 여러분의 문 저편에 밝은 빛이 있다면, 제발 그 문을 열어주십시오!"

"우리는 이 세상에 사랑을 가져옵니다." 베드로가 대답했다.

타르수스의 바오로가 덧붙였다.

"우리 모두가 인간의 무수한 언어로 말을 하고, 천사의 말까지 한다 해도 사랑이 없으면 한낱 울리는 징과 요란한 꽹과리와 다를 바 없습니다."

늙은 사도는 조롱에 갇힌 새처럼 넓은 창공과 태양을 갈망하며 괴로워하는 젊은 영혼을 보고 가슴속 깊이 감동했다. 그는 비니키우스에게 두 손을 내밀며 말했다.

"두드려라. 그러면 열리리라. 주님의 은총이 그대 위에 있습니다. 그러므로 나는 온 세상의 구세주이신 그분의 이름으로 그대의 육신과, 그대의 영혼과, 그대의 사랑을 축복합니다."

지금까지 흥분하여 혼신의 힘을 기울여 말하던 비니키우스는 이 축복의 말을 듣자마자 베드로에게 달려들었다. 그러자 이상한 일이 일어났다. 불과 얼마 전까지만 해도 이방인은 인간으로 여기지도 않던 이 토박이 로마인의 후손이 늙은 갈릴래아 사람의 손을 잡고, 감사의 입맞춤을 했던 것이다.

사도 베드로의 가슴에는 기쁨이 넘쳐흘렀다. 그가 뿌린 새로운 씨앗이 새 밭에 떨어져 새싹을 틔웠고, 그가 던진 그물로 또 하나의 영혼을 건졌음을 알았기 때문이다.

비니키우스가 하느님의 사도에 대해 분명한 숭배의 태도를 표현하는 광경을 보면서 곁에 있던 다른 사람들도 모두 기뻐했다. 그들은 입을 모아 외쳤다.

"하늘에 계신 주님께 영광 있으라!"

비니키우스는 환하게 밝아진 얼굴로 벌떡 일어서며 말했다.

"이제 알겠습니다. 제가 지금 이렇게 행복하니 여러분에게도 행복의 기운이 고스란히 전해지나 봅니다. 다른 일에 관해서도 제가 깨달을 수 있게 여러분이 잘 가르쳐주실 것으로 믿습니다. 그런데 한 가지 더 말씀드려야 할 것은 제가 당분간 로마를 떠나야 하므로 이곳에서는 더 이상 가르침을 받을 수 없다는 사실입니다. 황제는 안티움으로 갑니다. 저도 명령을 받았기 때문에 동행하지 않을 수 없습니다. 아시다시피 황제의 명령을 거역하면 누구나 죽음을 당합니다. 그러니 여러분께서 보기에 제가 은총을 받을 자격이 있다면, 어느 분이 저와 함께 그곳에 가셔서 제게 진리를 가르쳐주실 수는 없겠습니까? 안티움에 가셔도 여러분은 저보다 안전할 것입니다. 그곳에는 많은 사람들이 모이니까 여러분의 진리를 황제의 궁전에까지 전할 수 있는 기회를 얻게 될지도 모릅니다. 소문에 의하면 악테는 그리스도교 신자라고 합니다. 게다가 근위대 병사 중에도 그리스도교도가 있습니다. 노멘타나 성문에서 병사들이 베드로 사도님 앞에 무릎 꿇는 것을 제 눈으로 보았습니다. 안티움에는 제 별장이 있으니까 비록 네로의 코앞이긴 하지만, 그곳에 우리끼리 모여 가르침을 주고받을 수 있습니다. 글라우쿠스가 말하기를 여러분은 단 하나의 영혼을 위해 세상의 끝까지라도 가신다고 하더군요. 그렇다면 여러분이 일부러 멀리 유대에서 여기까지 오셔서 인류 구원을 위해 애쓰시는 것처럼, 원컨대 제게도 가르침을 들을 수 있는 기회를 베풀어주십시오. 부디 제 영혼을 버리지 마십시오."

이 말을 듣고 방 안에 있던 그리스도교인들은 기쁨에 넘쳐 상의하기 시작했다. 종교의 승리를 확인하고, 더구나 로마 명문의 후예이며 조신의 한 사람인 비니키우스가 개종을 하게 됐다는 사실이 이교도들의 세계에 얼마나 큰 영향을 끼칠 것인가를 생각하며 보람을 느꼈다. 사실 그들은 비니키우스의 말처럼 단 하나의 영혼을 위해서라도 세상 끝까지 갈 각오가 되어 있었으므로 그의 청을 거절할 이유가 없었다. 주님께서 돌아가신 후 그들이 줄곧 해왔던 일도 바로 그런 일이었던 것이다. 하지만 베드로는 대사도로서 수많은 신자들을 책임지고 있었기에 로마를 떠날 수가 없었다. 다행히 타르수스의 바오로는 막 아리키아와 프레겔레에서 돌아오는 길이었고, 그렇지 않아도 동방의 여러 교회를 방문해 새로운 신앙의 정신을 불어넣겠다는 계획을 가지고 있던 터라, 이 청년 호민관을 따라 안티움에 가는 것을 흔쾌히 승낙했다. 그곳까지 가면 그리스로 가는 배편을 얻기도 훨씬 수월하리라.

비니키우스는 가장 의지하고 싶은 베드로가 동행하지 못하는 것이 섭섭했지만, 그래도 바오로의 호의를 고맙게 생각하여 정중하게 사의를 표했다. 마지막으로 비니키우스는 노사도에게 자신의 바람을 이야기했다.

"저는 리기아가 어디에 살고 있는지 알고 있습니다. 그러므로 직접 그곳에 찾아가서, 만약 제 영혼이 그리스도교를 따르게 되면 저를 남편으로 받아들일 수 있는지 물어볼 수도 있습니다. 하지만 그보다는 사도님께 먼저 부탁드리고 싶습니다. 아무쪼록 저와 리기아를 만날 수 있게 허락해 주시든지, 아니면 사도님께서 저를 그녀에게 직접 데려다 주십시오. 안티움에 가면 언제 돌아오게 될지 알 수가 없습니다. 게다가 황제 곁에 있으면 그 누구도 당장 내일의 운명이 어떻게 될지 장담할 수 없다는 것을 부디 헤아려주셨으면 합니다. 페트로니우스 삼촌께서도 그곳에 가면 제 생명이 결코 안전하지 못하리라고 말씀하셨습니다. 그러니 출발하기 전에 제발 리기아를 만나게 해주십시오. 이 두 눈으로 마음껏 그녀를 바라보고, 제가 저지른 모든 잘못을 잊고, 저와 함께 행복을 나눌 의향이 있는지 물어보고 싶습니다."

사도 베드로가 온화한 미소를 띠우며 말했다.

"내 아들이여, 그대의 정당한 행복을 감히 누가 막을 수 있겠는가?"

비니키우스는 또다시 베드로의 손에 입 맞추려고 몸을 굽혔다. 가슴속에 벅차오르는 기쁨을 도저히 억누를 수 없었던 것이다. 사도는 비니키우스의 머리를 두 손으로 끌어안으며 말했다.

"황제를 두려워하지 말아요. 그대에게 일러두는데, 그는 그대의 머리카락 하나도 건드리지 못할 것이오."

베드로는 미리암을 시켜 리기아를 불러오게 했으나, 처녀의 기쁨을 더욱 크게 하기 위해 비니키우스가 이곳에 와 있다는 말은 하지 말라고 일렀다.

리기아가 있는 곳은 불과 얼마 떨어지지 않은 곳이었으므로 잠시 후 방에 있던 사람들은 정원의 도금양 사이로 미리암이 리기아의 손을 잡고 들어오는 것을 볼 수 있었다.

비니키우스는 당장 그녀를 향해 달려가려 했다. 하지만 사랑하는 사람의 모습을 본 순간, 벅찬 설렘 때문에 온몸의 기운이 빠지고 숨이 막혀, 두 다리로 간신히 몸을 지탱하고 서 있을 뿐이었다. 그는 지금 난생 처음 전쟁터에 나갔을 때 파르티아 족의 화살이 자신의 머리를 스치듯이 지나갔을 때보다 훨씬 더 흥분하고 있었다.

리기아는 무심코 방 안으로 들어서다가 비니키우스를 보자 얼어붙은 듯 그 자리에 우뚝 멈춰서고 말았다. 그녀의 얼굴은 순식간에 붉어지는가 싶더니, 이내 다시 창백해졌다. 그러고는 몹시 놀라고 당황스러운 시선으로 사람들을 이리저리 둘러보았다. 그러나 그녀의 눈에 들어오는 것은 하나같이 환하게 웃으며 흐뭇해하는 얼굴들뿐이었다. 사도 베드로는 리기아의 곁으로 다가가 물었다.

"리기아, 그대는 지금도 이 사람을 사랑하고 있습니까?"

잠시 침묵이 흘렀다. 그녀의 입술은, 자기가 잘못했다는 것을 깨닫고, 그 죄를 고백해야 된다고 생각하는 어린아이처럼, 금방이라도 울음을 터뜨릴 듯이 마구 떨렸다.

"대답하시오." 사도가 다시 한 번 물었다.

리기아는 베드로의 발 앞에 무릎을 꿇으며 순종과 불안이 뒤섞인 음성으로 속삭이듯이 대답했다.

"네……."

비니키우스 또한 그녀의 곁에 함께 무릎을 꿇었다. 베드로는 두 사람의 머리 위에 손을 얹고 말했다.

"주님의 이름으로, 주님의 영광을 위해 서로 사랑하시오. 그대들의 사랑에는 죄가 없소."

제34장

정원을 거닐면서 비니키우스는 리기아에게 조금 전 사도에게 고백한 이야기들, 즉 그동안 자신을 괴롭혔던 영혼의 불안과 자기에게 일어난 여러 가지 변화들, 그리고 미리암의 집을 떠난 이래 자기의 삶에 어두운 그림자를 던진 형언할 수 없는 리기아에 대한 그리움 등에 관해 가슴 깊은 곳에서 우러나오는 진실한 어조로 더듬거리며 털어놓았다. 리기아를 잊으려 몸부림쳤으나 도저히 잊을 수 없었고, 밤낮으로 그리워했다는 것. 그녀가 만들어주고 간 회양목 십자가를 라라리움에 모셔 두고, 어느새 자신도 모르게 그 십자가를 신성한 것으로 여기며 그녀를 떠올리곤 했다는 것. 자신의 힘으로는 도저히 사랑의 감정을 억누를 수 없었기에 그리움은 시시각각 더해만 갔으며, 아울루스 저택에서 처음 만난 순간부터 그의 영혼은 이미 사랑의 포로가 되었다는 것…….

"다른 사람들의 삶은 파르케[1]가 실을 엮어 만들어내지만,

나, 비니키우스의 삶은 사랑과 그리움, 슬픔이 엮어낸 것이나 다름없소. 내가 저지른 모든 잘못도 따지고 보면 당신에 대한 사랑에서 비롯된 것이오. 당신이 아울루스 장군 댁에 있을 때도, 팔리티움 궁전에 있을 때도 나는 한결같이 당신을 사랑했소. 당신이 오스트리아눔에서 베드로의 설교를 듣고 있을 때도, 크로톤의 힘을 빌려 당신을 강제로 빼앗아오려고 했을 때도, 병상에 누워 있는 나를 간호해 주었을 때도, 또 어디론가 자취를 감추었을 때도 나는 한결같이 당신을 사랑하고 있었소. 그래서 킬로가 찾아와 당신이 숨어 있는 곳을 알았으니 다시 한 번 납치하러 가자고 했을 때, 오히려 킬로에게 벌을 주고, 두 사도에게 달려와 나에게 진리와 더불어 당신을 주십사고 부탁하기로 결심한 것이오. 그런 결심이 머릿속을 스치고 지나간 그 순간에 축복이 있으라! 하지만 한 가지 걱정스러운 것은, 예전에 미리암의 집에서 갑자기 도망쳤듯이 당신이 또다시 내 곁에서 달아나지 않을까 하는 점이오."

"저는 당신에게서 도망친 것이 아니랍니다." 리기아가 말했다.

"그럼 왜 그런 짓을 했소?"

리기아는 맑고 푸른 눈으로 비니키우스를 그윽하게 바라보다가 수줍은 듯이 고개를 숙이며 말했다.

"잘 아시면서……."

비니키우스는 너무 기뻐 숨이 막힐 지경이었다. 잠시 후 그는 다시 입을 열어, 이제야 자기의 눈이 뜨여서, 리기아가 로마의 다른 여인들과는 전혀 다르다는 것을 확실하게 알게 되

1) 로마 신화 속 '운명의 세 여신'의 통칭.

었다고 고백했다. 그녀와 닮은 유일한 사람은 폼포니아 정도일 것이다. 그러나 비니키우스는 리기아에게 그럴듯하게 설명할 수가 없었다. 리기아를 만나면서 이제껏 자기 삶의 테두리 안에는 존재하지 않았던 새로운 아름다움에 눈을 뜨게 되었는데, 그것을 명확하게 표현할 수 없었기 때문이다. 그 아름다움은 조각상처럼 무감각한 것이 아니라 영혼이 깃든 살아 있는 것이라고 말하고 싶었으나, 그는 자신의 감정을 전달할 적절한 어휘를 찾지 못했다. 그러나 비니키우스는 리기아가 자기로부터 도망쳤기 때문에 오히려 더 사랑하게 되었으며, 자기는 그녀를 신부로 맞이하여 화롯가에 앉혀놓고 진귀한 보물처럼 아끼고 사랑하리라고 말했다. 그 말에 리기아의 가슴은 환희로 부풀었다.

비니키우스는 리기아의 손을 꼭 쥔 채, 더 이상 아무 말도 하지 않았다. 그저 자기 인생에서 유일한 행복을 간신히 찾은 감격에 젖어 황홀한 시선으로 그녀를 바라보았다. 그녀가 곁에 있다는 것을 확인이라도 하려는 듯 비니키우스는 자꾸만 리기아의 이름을 되풀이해 불렀다.

"오, 리기아! 오, 리기아!"

그는 리기아가 그동안 어떤 생각을 하고 있었는지 일일이 캐묻기 시작했다. 그녀 또한 아울루스 집에서 그를 처음 본 순간부터 사모하게 되었노라고 말했다. 그러므로 만일 팔라티움 궁전에서 자기를 곧장 아울루스 장군의 집으로 돌려보내 주었다면, 자기의 감정을 양친께 말씀드리고, 그분들의 노여움을 풀어드리기 위해 애썼을 것이라고 털어놓았다.

"맹세하건대 나는 아울루스 집에서 당신을 억지로 빼앗아올 생각은 추호도 없었습니다. 언젠가 페트로니우스 삼촌께서 당신에게 분명히 증언해 줄 테지만, 아무튼 그때 나는 이미 당신을 사랑하고 있었고, 당신과 결혼하고 싶어 했습니다. 나는 삼촌에게 '그녀를 맞이하여 문턱에 늑대 기름을 바르게 하고, 화롯가에 앉혀놓고 싶습니다.'라고 분명하게 말했습니다. 그런데 삼촌이 나를 비웃으며, 당신은 인질의 신분이니 궁전으로 데려갔다가, 그 다음에 내게 보내라고 황제를 부추긴 것입니다. 비탄에 젖어서 얼마나 그를 저주했는지! 그러나 어쩌면 그렇게 된 것도 운명이 내게 호의를 가지고 있었기 때문인지도 모르겠습니다. 만일 그렇지 않았다면 나는 영원히 그리스도교인들에 대해 알지 못했을 것이고, 또한 당신도 이해하지 못했을 겁니다." 하고 비니키우스가 말했다.

"마르쿠스, 제 말을 믿어주세요. 바로 그리스도께서 당신을 자신의 품으로 이끌어주신 거랍니다." 리기아가 대답했다.

비니키우스는 다소 놀란 듯한 표정을 지으며 머리를 들었다.

"그렇군요. 모든 일이 참 기묘하게도 엮여서 당신을 찾고 있는 동안 그리스도교인들과 만날 수 있었으니 참으로 놀라운 인연이지요. 오스트리아눔에서는 넋을 잃고 사도님의 얘기를 들었소. 그런 얘기는 여태껏 들어본 적이 없었으니까. 물론 당신이 나를 위해 기도해 주었겠죠?"

"네, 그럼요." 리기아가 대답했다.

두 사람은 담쟁이덩굴로 덮인 정자를 지나 우르수스가 크로톤을 죽인 후 비니키우스에게 덤벼들었던 바로 그 장소에 이르렀다.

"만일 당신이 없었다면 나는 바로 여기서 목숨을 잃었을 것입니다……."

"그런 일은 다 잊어버리세요! 그리고 우르수스에게도 절대로 말하지 마세요."

"당신을 지키고 보호했다는 이유로 그를 벌할 수는 없지 않겠소? 그가 노예였다면 나는 그를 벌써 해방시켜 주었을 거요."

"만일 그가 노예였다면 아울루스 내외분께서 이미 오래전에 해방시키셨을 거예요."

"기억하십니까? 내가 당신을 아울루스 장군의 집으로 돌려보내려 했었지만, 당신은 황제가 그 소문을 들으면 아울루스의 집에 복수를 할지도 모른다고 했었지요. 그러나 이제부터는 당신이 원하는 대로 얼마든지 그분들을 만날 수 있습니다."

"어째서 그렇죠, 마르쿠스?"

"내가 '이제부터'라고 말한 것은 당신이 내 아내가 되어준다면 그때는 안심하고 그분들을 만날 수 있다는 뜻입니다. 정말이오! 만일 황제가 이 사실을 듣고 그 인질 처녀는 어떻게 했느냐고 물으면, 나는 이렇게 대답하겠소. '저는 그 여자와 결혼했습니다. 그녀는 제 허락을 받고 아울루스의 집에 가 있습니다.' 황제는 아카이아에 가고 싶어 하므로 안티움에는 오래 머물지 않을 것이고, 설사 그곳에 오래 있다 해도 나는 매일 황제를 만나러 가지 않아도 됩니다. 타르수스의 바오로께서 당신들의 진리를 내게 가르쳐주시면 나는 곧 세례를 받을 것이오. 그때쯤이면 아울루스와 폼포니아도 로마에 돌아올 터이니, 그분들과 화해하고 잘 지내도록 하겠소. 우리의 앞길에 더 이상 아무런 장애도 없다는 것을 확인한 다음 당신을 아내로 맞아들여 우리 집 화롯가에 앉힐 생각이오. 오, 사랑하는 내 사람이여, 가장 소중한 그대여!"

비니키우스는 이렇게 말하며 하늘을 사랑의 증인으로 삼으려는 듯 두 손을 높이 쳐들었다. 리기아는 생기에 넘쳐 반짝이는 눈으로 그런 비니키우스를 쳐다보았다.

"그땐 저도 '가이우스가 있는 곳에 나 가이아도 있으리라.' 하고 말하겠어요."

"아, 리기아!" 비니키우스가 탄성을 질렀다. "나는 맹세하겠소. 이 세상의 그 어떤 여자도 당신이 내 집에서 받는 그런 사랑과 존경은 받지 못할 것이오."

두 사람은 넘치는 행복을 억누를 길이 없는 듯 잠시 말없이 걸었다. 서로 사랑하는 두 남녀의 모습은 활짝 핀 꽃들과 더불어 마치 화창한 봄날 이 세상에 모습을 드러낸 한 쌍의 신처럼 아름답기 그지없었다. 그들은 대문 근처의 무성하게 우거진 사이프러스 나무 아래에서 잠시 걸음을 멈췄다. 리기아는 나무줄기에 살짝 몸을 기댔다. 비니키우스는 가볍게 떨리는 음성으로 리기아에게 말했다.

"우르수스를 아울루스의 집으로 보내어 당신의 소지품과 어릴 때 가지고 놀던 장난감들을 우리 집으로 가져오게 합시다."

그러자 리기아는 막 동이 틀 때의 장밋빛 여명처럼 얼굴을 발그레하게 물들이며 대답했다.

"하지만…… 관습은 그렇지 않은데요……."

"알고 있소. 보통은 '프로누바'[2]가 그런 물건들을 챙겨오는 법이죠. 그러나 우리 경우에는 예외로 합시다. 나는 그 물건들을 안티움으로 가지고 가서, 그것을 보면서 항상 당신을 생각하겠습니다."

비니키우스는 두 손을 모으고 어린아이처럼 졸라댔다.

"폼포니아는 머지않아 로마로 돌아오실 테죠. 그러니 제발

---

2) 신부를 신랑 집으로 데려다주는 여자 들러리.

그렇게 해주오. 나의 디바, 내 사랑하는 이여!"

"폼포니아께서 좋으실 대로 하게 맡겨두시는 게 좋을 것 같아요……."

'프로누바' 라는 말에 아까보다 더 얼굴을 붉히며 리기아가 대답했다.

두 사람은 다시 아무 말이 없었다……. 가슴속에 사랑의 감정이 용솟음쳐서 숨을 쉴 수조차 없었던 것이다. 리기아는 아직도 사이프러스 나무에 몸을 기대고 있었다. 나무 그늘 속에서 그녀의 한 송이 꽃과 같은 새하얀 얼굴이 더욱 선명하게 보였다. 두 눈은 아래를 향해 살며시 내리뜨고 있었고, 가슴은 흥분을 감추지 못하고 물결치듯 아래위로 들썩이고 있었다. 비니키우스의 얼굴도 창백해졌다. 한낮의 고요한 적막 속에서 두 사람은 행복에 겨워 두근대는 서로의 심장 고동 소리에 가만히 귀 기울이고 있었다. 꿈속을 헤매듯 사랑에 취한 그들에게는 사이프러스 나무들도, 무성한 도금양 관목들도, 정자의 지붕을 휘감은 담쟁이덩굴도 모두 사랑과 행복이 가득한 낙원을 더욱 아름답게 장식해 주는 것만 같았다.

그때 미리암이 문간에서 점심 식사가 준비되었다고 소리쳤다. 연인들은 안으로 들어가서 두 사도와 함께 식탁에 앉았다. 사도들은 자기들 다음 세대에 이 세상에 새로운 진리의 씨앗을 뿌리고 전파하게 될 젊은이들을 흐뭇한 눈길로 바라보았다. 베드로는 빵을 쪼개어 축복했다. 사람들의 얼굴에 평화의 빛이 넘쳐흘렀고, 한없는 행복의 기운이 방 안 가득 서려 있었다. 마침내 바오로가 비니키우스를 쳐다보며 입을 열었다.

"자아, 보십시오. 이제는 확실히 아셨을 겁니다. 우리가 정말 삶과 기쁨의 적인지, 아닌지를 말입니다."

비니키우스가 대답했다.

"네, 이젠 저도 깨달았습니다. 오늘 여러분과 함께 지낸 순간처럼 행복한 시간은 제 인생에서 아직까지 단 한번도 없었다는 사실을."

제35장

그날 저녁 비니키우스는 로마 광장을 지나 집으로 돌아가는 도중 투스쿠스 지구의 입구에서, 금박으로 장식한 페트로니우스의 가마를 여덟 명의 비티니아 인들이 메고 가는 것을 보았다. 비니키우스는 손짓으로 가마꾼들을 멈춰 서게 한 뒤 휘장 앞으로 갔다.

"즐겁고 행복한 꿈을 꾸시길!"

페트로니우스가 졸고 있는 것을 보고 비니키우스가 말했다.

"아아, 너로구나!" 페트로니우스가 눈을 뜨며 말했다. "그래. 팔라티움 궁전에서 어젯밤을 꼬박 새웠더니 졸음이 쏟아지는구나. 지금 나는 안티움으로 가지고 갈 책을 사러 가는 길이다. 그런데 별일은 없느냐?"

"그럼 서점마다 돌아다니시는 중입니까?" 비니키우스가 물었다.

"그래. 내 서재를 어질러놓고 싶지 않아서 안티움에 가서 읽을 책은 새로 사가지고 갈 생각이다. 무소니우스나 세네카의 신작이 나와 있는 모양이더라. 그 밖에 페르세우스의 작품이나 내가 가지고 있지 않은 베르길리우스의 전원시가 수록된 책을 찾고 있다. 그런데 얼마나 피곤한지 모르겠구나. 책을 들고 겉장을 펼쳐서 그 안을 들여다보는 것도 여간 팔이 아픈 게 아니다. 게다가 일단 서점에 들어가면 호기심이 생겨 이것 저것 훑어보고 싶어지지. 아비라누스 서점이나 아르길레툼의 아트락투스 서점에도 갔고, 그 전에는 산달라리우스 거리의 소시우스 형제 서점에도 들렀단다. 카스토르에게 맹세하건대 정말로 졸리고 피곤하구나!"

"팔라티움 궁전에 가셨었다니 별다른 소식은 없는지 오히려 제가 묻고 싶군요. 책과 가마는 노예들을 시켜 댁으로 보내시고, 우리 집으로 가시죠. 안티움에 가는 문제라든지 그 밖의 다른 일들에 관해 삼촌과 의논하고 싶습니다."

"좋아." 페트로니우스는 가마에서 내리면서 말했다.

"우리가 모레 안티움으로 떠난다는 사실을 알고 있겠지?"

"제가 어떻게 알겠습니까?"

"도대체 너는 어떤 세상에서 살고 있는 거냐? 그럼 그 소식은 나한테서 처음 듣는 게로구나. 모레 아침까지 여행 채비를 해두어라. 올리브유에 튀긴 강낭콩을 먹어도, 또 살찐 목에 목도리를 감아도 별 효험이 없이 붉은 수염은 목이 쉬었단다. 그는 한시라도 빨리 바다에 가고 싶어 한다. 그러니 여행을 연기하는 것은 도저히 생각할 수 없는 노릇이지. 그는 로마도, 그리고 자기가 숨쉬고 있는 로마의 공기까지도 모두 저주하고 있다. 아마 누군가가 로마를 파괴하거나 로마에 불을 지르겠다고 하면 황제는 크게 환영할 거야. 비좁고 불결한 거리에서 바람에 실려오는 악취를 맡으면 무덤 속으로 들어가는 심정이라는구나. 오늘도 목소리를 회복하기 위해 로마의 각 신전에 대대적으로 제물을 바쳤단다. 만일 목소리가 빨리 좋아지지 않으면, 로마, 특히 원로원이 곤욕을 치르게 될 게다."

"그렇다면 굳이 아카이아까지 갈 필요가 없겠는데요."

"신과 같은 우리의 황제 폐하에겐 한 가지 재주밖에는 없지 않느냐." 페트로니우스가 비웃으며 말했다. "그는 올림피아 경기에 참가해 「트로이의 대화재(大火災)」를 낭송하는 시인으로서, 전차 경주 선수로서, 음악가로서, 검투사로서, 게다가 놀랍게도 무용가로서 모든 승리의 월계관을 독차지하려는 야심을 품고 있단다. 도대체 그 원숭이가 왜 갑자기 목감기에 걸렸는지 아니? 어제 그는 우리들 앞에서 춤을 추었는데, 파리스[1]에게 지지 않으려고 '레다의 모험' 장면에서 무리하게 기를 쓰다가 땀을 너무 많이 흘렸기 때문이란다. 마치 물에서 금방 건져올린 뱀장어처럼 온몸이 땀으로 흠뻑 젖어 번들거리더구나. 그는 계속 이것저것 가면을 바꿔 쓰면서 마치 물레의 북처럼 빙글빙글 돌다가 술 취한 뱃사람처럼 두 손을 흔들어 댔지. 그 뚱뚱한 배와 가느다란 팔다리를 보면서 속이 메스꺼워지는 것을 간신히 참았단다. 그 춤은 두 주일 전부터 파리스에게서 배운 것인데, 붉은 수염이 레다 또는 백조의 신으로 분장한 꼴을 상상해 보렴. 백조라니, 기가 막히지 않니? 그런데도 그는 막무가내로 대중 앞에서 그 우스꽝스런 무언극을 공연하고 싶어 한단다. 우선 안티움에서, 그 다음에는 로마에

1) 유명한 무용가. 처음에는 네로의 총애를 받다가 나중에는 질투의 대상이 되어 네로에게 암살당함.

서 말이다."

"로마 시민들은 네로가 대중 앞에서 노래를 한다는 사실만으로도 분개하고 있는데, 황제라는 자가 광대 노릇을 하기 위해 무대에 선다니 정말 있을 수 없는 일이군요. 그것만은 로마인들도 참지 못할 겁니다."

"얘야, 로마인은 무엇이든 참고 견딜 게다. 더구나 원로원에서는 '조국의 아버지'에게 감사의 뜻을 표하는 의안을 통과시킬 예정이란다."

잠시 사이를 두었다가 페트로니우스는 말을 계속했다.

"로마 시민들은 얼마 안 가서 아마 자기들의 황제가 광대라는 사실을 자랑스러워 할 게다."

"황제로서 그보다 더 천박한 짓거리가 또 어디에 있겠습니까?"

페트로니우스가 어깨를 으쓱했다.

"집에만 틀어박혀서 리기아와 그리스도교 신자 따위에만 몰두하고 있으니 세상 돌아가는 일에 어두울 수밖에. 며칠 전에 무슨 일이 벌어졌는지 필경 모를 테니 내 알려주마. 네로는 피타고라스와 공식적으로 결혼식을 올렸다. 게다가 신부 차림으로 식장에 나타난 거야. 이쯤 되면 미쳐도 보통 미친 것이 아니지……, 그렇지 않니? 더구나 제사장들까지 모두 불려와서 결혼식을 집전했단다. 물론 나도 참석은 했었다! 나는 비교적 인내심이 강한 편이지만, 솔직히 말해서 만일 신들이 존재한다면, 이제는 마땅히 어떤 경고라도 내려야 할 때가 아닌가 싶구나……. 하긴 황제는 신들을 믿지 않고, 나도 그 점에는 동감이지만 말이다……."

"그럼 황제는 가장 높은 제사장과 신과 무신론자를 한 몸에 모두 겸하고 있는 셈이군요."

비니키우스가 말했다.

페트로니우스는 웃음을 터뜨렸다.

"그래. 옳은 말이다! 나도 거기까지는 미처 생각지 못했는데……. 이제까지 세상에서 볼 수 없었던 절묘한 조화로구나."

그러고는 걸음을 멈추고 말했다.

"한 가지 덧붙이자면, 그 어떤 신도 믿지 않는 가장 높은 제사장, 신들을 비웃는 그 신이, 무신론자로서 신을 두려워하고 있다는 점이지."

"베스타의 신전에서 일어난 사건이 그 증거라고 할 수 있겠죠."

"정말 세상이 어떻게 되려고 이 모양인지!"

"이런 끔찍한 세상에 그런 끔찍한 황제라니……. 그러나 오래가지는 못할 겁니다."

두 사람은 이런저런 얘기를 나누면서 비니키우스의 집으로 들어갔다. 비니키우스는 기분이 좋은 듯 큰 소리로 식사 준비를 시키고는 페트로니우스를 돌아보며 말했다.

"세상은 분명 달라질 것입니다."

"하지만 그렇게 만들 수 있는 것은 우리가 아니다." 페트로니우스가 대답했다. "왜냐하면 네로의 시대에서 인간은 모두 나비와 같은 존재이기 때문이지. 네로의 사랑을 듬뿍 받으면 그 은총의 태양 아래서 훨훨 날 수 있지만, 그의 미움을 받아 차가운 바람을 맞으면 아무리 발버둥쳐도 결국 죽을 수밖에 없는 운명이니까. 마이아의 아들에 대고 맹세한다. 나는 가끔 나 자신에게 묻는단다. 도대체 어떤 기적이 일어났기에 루키우스 사투르니우스와 같은 사내가 티베리우스와 칼리굴라와 클라우디우스의 치세에서도 아흔세 살까지 목숨을 부지할 수 있었을까 하고 말이다. 그러나 그건 아무래도 좋다. 에우니케를 데려오기 위해 네 가마를 우리 집에 보내줄 수 있겠니? 이젠 졸음도 가셨고, 기분도 한결 나아졌다. 식사 때는 키타라 악사를 불러와 다오. 그 후에 안티움 얘기를 하자꾸나. 이 문제만큼은 특히 심사숙고할 필요가 있으니까."

비니키우스는 에우니케를 불러오도록 일렀으나, 안티움 여행에 관해서는 그다지 신경 쓰고 싶지 않다고 분명하게 말했다.

"황제의 총애를 받는 것을 인생 최고의 목적으로 삼고 있는 사람들이나 그런 일에 대해서 고민하라고 하십시오. 분명한 것은 팔라티움 궁전이 이 세상의 전부가 아니라는 것입니다. 특히 가슴속에 다른 것을 품고 있는 사람에게는 그런 것은 문제도 되지 않습니다."

페트로니우스가 깜짝 놀랄 만큼 비니키우스는 활기차고 유쾌해 보였다. 페트로니우스는 어안이 벙벙해서 조카를 잠시 쳐다본 후에 입을 열었다.

"어찌된 일이냐? 마치 목에 불라를 매달고 다니던 어린 시절로 되돌아간 것 같구나."

"저는 지금 무척이나 행복합니다. 그 이야기를 하고 싶어 삼촌을 일부러 제 집에 모신 겁니다."

비니키우스가 대답했다.

"도대체 무슨 일인데 그러느냐?"

"로마 제국을 다 준다 해도 바꿀 수 없는, 그런 놀라운 일입니다."

그렇게 말하며 비니키우스는 자리에 앉았다. 그리고 의자 등에 팔을 올려놓고 그 위에 머리를 얹은 뒤, 희색이 만면해서 눈을 빛내며 말했다.

"저와 함께 아울루스 플라우티스의 저택에 갔을 때, 삼촌께서 '새벽 별', 그리고 '봄의 여신' 같다고 말씀하신 그 신성한 처녀를 처음 보았던 그때 일이 생각나세요? 아름답기로 소문난 로마의 그 어떤 여인도, 그 어떤 여신과도 견줄 수 없던 그 프시케를 기억하고 계신가요?"

페트로니우스는 어이가 없어 상대방이 제정신인지, 아닌지 확인하고 싶은 듯 비니키우스를 뚫어져라 쳐다보았다.

"무슨 말을 하는 거냐? 리기아의 일이라면 물론 기억하고 있지."

비니키우스가 대답했다.

"오늘 저는 그녀와 약혼했습니다."

"뭐…… 뭐라고?"

비니키우스는 의자에서 벌떡 일어나 선임 노예를 불렀다.

"노예들을 모조리 이곳으로 불러들여라. 빨리!"

"네가 그 아가씨와 약혼을 했다고?" 페트로니우스는 되뇌었다.

페트로니우스의 놀라움이 진정되기도 전에 넓은 아트리움은 노예들로 가득 찼다. 숨을 헐떡이는 노인들, 혈기 왕성한 젊은이들, 아리따운 여자들, 소년 소녀들이 헐레벌떡 달려왔다. 복도에서는 여러 나라 말이 들려왔다. 모두가 벽을 따라 원주 사이로 가지런히 정렬했다. 비니키우스는 빗물받이 수조 곁에 서서 해방노예인 데마스에게 말했다.

"이 집에서 이십 년 이상 일한 자는 내일 법무관 앞으로 가면 자유의 몸이 될 수 있다. 아직 이십 년이 채 안 된 자에게는 각각 금화 세 닢씩을 줄 것이고, 또 주당 식사량을 두 배로 늘린다. 시골 노역장에도 명령을 내려 형벌을 중지시키고, 발목에 채운 쇠사슬을 풀고 음식을 충분히 주도록 하겠다. 오늘은 내게 있어서 더없이 기쁜 날이다. 나는 이 기쁨을 내 집에 사는 너희들 모두와 함께 나누고 싶다."

노예들은 믿을 수 없다는 듯 잠시 넋을 잃고 서 있었으나, 이윽고 일제히 두 손을 번쩍 쳐들고 환호성을 질러댔다.

"오, 나리! 오, 나리!"

비니키우스는 손짓으로 그들을 내보냈다. 다들 주인 앞에 무릎이라도 꿇고 감사의 인사를 하려 했으나 주인의 명령에 어쩔 수 없이 물러갔다. 지하실에서 지붕 꼭대기에 이르기까지 온 집안이 행복으로 가득 찼다.

"내일은 그들을 또 한 번 집합시켜 뜰에다 각자 자기가 좋아하는 그림을 그리게 할 작정입니다. 만일 물고기를 그리는 자가 있으면, 리기아로 하여금 해방시키도록 하겠습니다."

무슨 일에나 오래 놀라는 법이 없는 페트로니우스는 이미 냉정을 되찾고 물었다.

"물고기라고? 아아, 언젠가 킬로에게서 들은 그리스도교도의 암호를 말하는 게로구나."

페트로니우스는 비니키우스를 향해 손을 내밀며 말했다.

"행복이란 언제나 사람의 눈에 보이는 곳에 있는 법이다. 바라건대 플로라[2]가 너희 두 사람의 발밑에 오래도록 꽃을 뿌려주기를 빈다. 네가 원하는 일들이 모두 다 이루어질 수 있게 말이다."

"고맙습니다. 사실 저는 삼촌께서 저를 나무라실 줄 알고

---

2) 꽃의 여신.

무척 걱정하고 있었습니다. 하긴 반대하신다 해도 따르지 않았을 테지만……."

"내가 반대한다고? 당치도 않은 소리. 나는 오히려 잘했다고 말해 주고 싶구나."

"하하…… 변덕이 심하시군요." 비니키우스가 명랑하게 대답했다.

"언젠가 폼포니아 댁에서 나올 때 제게 뭐라고 말씀하셨는지 벌써 잊으셨습니까?"

페트로니우스가 태연하고 차분하게 말했다.

"잊을 리가 있겠니? 다만 내 의견이 바뀌었을 뿐이다."

그리고 잠시 후에 이렇게 말했다.

"얘야, 로마에서는 모든 것이 변하고 있다. 남편은 아내를 바꾸고, 아내는 남편을 바꾼다. 그러니 나라고 의견을 바꾸지 못할 이유가 어디 있겠느냐? 네로가 악테와 결혼하려고 했을 때, 다들 네로의 비위를 맞추기 위해 악테를 왕족의 피를 이어받은 여자로 행세하도록 했다. 만일 그 계획이 실현되었다면 네로는 정숙한 배우자를 갖게 되고, 우리 또한 덕망 있는 황후를 모셨을 것이다. 프로테우스[3]와 그의 광활한 바다를 두고 맹세한다! 적절하고, 편리하다고 생각하면 나는 언제라도 내 의견을 바꿀 것이다. 리기아로 말하면 왕족 출신이라고 하니까 페르가몬 왕가의 후손이라는 소문을 만들어냈던 악테와는 달리 믿을 만하겠지. 그건 그렇고, 안티움에 가서는 포페아를 경계해야 한다. 황후는 집요한 여자니까."

"저는 포페아 같은 여자는 안중에도 없습니다. 안티움에 가

3) 바다의 신. 마음대로 그 모습을 바꾸는 재주를 가졌음.

더라도 아무도 제 머리카락 한 올도 건드리지 못할 겁니다."

"다시 한 번 나를 놀라게 하려고 해도 소용없는 짓이다. 그런데 도대체 그런 자신감은 어디서 생긴 거니?"

"베드로 사도께서 그렇게 말씀하셨습니다."

"뭐? 베드로 사도라고? 그렇다면 더 이상 논쟁할 여지도 없겠구나. 만에 하나 사도 베드로를 거짓말쟁이 예언자로 만들지 않기 위해서라도 내가 대책을 마련할 수 있게 해다오. 가령 사도 베드로의 예언이 거짓으로 판명되면 너는 그를 믿지 않게 될 것이 아니냐? 그런데 네가 신뢰하고 있다는 사실이 그 베드로 사도에게는 앞으로 전도하는 데 상당한 도움이 될 게다."

"좋으실 대로 생각하세요. 그러나 저는 끝까지 그분을 믿을 겁니다. 게다가 삼촌께서 아무리 그분의 험담을 하셔도 저는 절대로 그분께 실망하지 않을 것입니다."

"그럼 한 가지만 더 묻겠다. 너는 완전히 그리스도교 신자가 되었느냐?"

"아직은요. 하지만 타르수스의 바오로께서 저와 같이 안티움으로 가서 그리스도교의 교리를 가르쳐주시기로 했습니다. 그 다음에 세례를 받을 겁니다. 그들이 삶과 기쁨의 적이라고 한 삼촌의 말씀은 사실과는 다릅니다."

"그렇다면 너와 리기아에게는 정말 다행한 일이로구나."

페트로니우스가 대답했다. 그리고 어깨를 으쓱하며 혼잣말처럼 중얼거렸다.

"아무튼 놀라운 일이다. 그 종교가 이처럼 놀라운 흡인력으로 신자들을 끌어들이고, 나날이 번창하고 있으니 말이다."

비니키우스는 마치 자기가 벌써 세례를 받기라도 한 듯이 들뜬 어조로 말했다.

"사실 그렇습니다! 로마나 이탈리아의 여러 도시와 그리스, 소아시아에 퍼져 있는 신자의 수는 수천, 수만 명을 헤아린다고 합니다. 군대와 근위병들 가운데는 물론이고, 심지어는 황제의 궁전에까지 파고들어갔습니다. 노예와 자유민, 가난한 자와 부자, 평민과 귀족 할 것 없이 많은 사람들이 그 종교를 받아들였습니다. 삼촌께서도 아실지 모르겠지만, 코르넬리우스 집안의 많은 사람들이 그리스도교 신자이고, 폼포니아 그레키나도 그렇습니다. 아마 옥타비아도 그리스도교도였던 것 같고, 악테도 마찬가지입니다. 앞으로 이 종교는 온 세상을 정복할 것입니다. 세상을 달라지게 하고 소생시킬 수 있는 것은 오직 이 종교밖에 없습니다. 그렇게 어깨를 으쓱거리지 마세요. 삼촌께서도 한 달이나 혹은 일 년 후에 이 종교를 따르게 되실지도 모르니까요."

"내가 그리스도교 신자가 된다고?" 페트로니우스가 말했다. "원, 천부당만부당한 말을 다 하는구나. 레토의 아들[4]을 두고 맹세한다. 나는 절대로 그리스도교인이 되지 않을 것이다. 설령 그 종교에 신과 인간의 모든 진리와 지혜가 다 들어 있다 해도 나는 믿지 않을 것이다. 종교를 가지려면 끈기와 노력이 필요해. 그런데 나는 수고하는 것이 싫다. 게다가 체념과 포기도 필요하다. 그런데 나는 인생에서 무엇 하나도 포기하고 싶지 않다. 성미가 불같은 너는 언제든지 그런 일을 저지를 수 있지만 나는 다르다. 내겐 겜마가 있고, 카메오도, 도자기도, 에우니케도 있다. 나는 올림푸스를 믿지 않으므로, 이 땅

4) 제우스의 애인이자 아폴로와 아르테미스의 어머니.

위에 나만의 올림푸스를 만들어 꽃을 가꾸며 즐겁게 살아갈 것이다. 죽음의 사신이 쏘아 올린 화살이 내 몸을 꿰뚫고 지나가든지, 아니면 황제로부터 혈관을 끊으라는 명령을 받을 때까지는 말이다. 나는 제비꽃 향기나 식탁 앞의 푹신한 의자를 사랑한다. 심지어 로마의 수많은 신들조차 나는 사랑한다. 수사학적 존재로서 말이야……. 그리고 다리가 가느다란 우리의 뚱보, 비할 데 없이 신성한 우리의 황제, 아우구스투스이자 페리오도니케스[5]이며, 동시에 헤라클레스라고도 할 수 있는 네로와 함께 이제부터 가게 될 아카이아도 사랑한다."

페트로니우스는 갈릴래아 어부들의 가르침을 자기가 믿게 될 것이라는 비니키우스의 말을 떠올리며 한바탕 크게 웃었다. 그리고 나지막이 노래를 불렀다.

푸른 도금양 가지로 빛나는 검을 싸고
하르모디우스와 아리스토기톤[6]을 따르리…….

그때 마침 선임 노예가 들어와 에우니케가 도착했다고 알렸으므로, 페트로니우스는 노래를 그쳤다.

에우니케가 들어온 뒤 곧 저녁 식사가 시작되었다. 키타라 악사가 연주하는 노래를 몇 곡 듣고 나서 비니키우스는 그동안 일어난 일을 얘기하기 시작했다. 킬로가 찾아왔었다는 것, 그의 방문이 계기가 되어 킬로를 매질하던 중에 직접 사도를 찾아가야겠다는 생각이 떠올랐다는 것 등을 상세하게 털어놓

5) 올림피아, 피티아, 네메아, 이스트미아 4대 경기의 종합 우승자.
6) BC 514년 아테네의 독재자 히파르쿠스를 이 두 사람이 살해했음.

았다. 하지만 페트로니우스는 또다시 졸음이 오는지 이마에 손을 짚으며 말했다.

"음……. 좋은 결과를 낳았으니 그 생각은 옳았다고 할 수 있다. 그러나 킬로에게 한 짓은 마음에 들지 않는구나. 나 같으면 녀석에게 금화 다섯 닢을 주었을 거다. 그놈에게 매질을 하려면 아예 죽여버리는 편이 나았을 텐데. 원로원 의원들이 지금 제화공 출신의 귀족 바티니우스에게 굽실거리듯이 나중에 혹시라도 우리가 킬로 앞에서 머리를 조아리게 될지도 모르니 말이다. 자, 나는 이제 그만 집으로 갈 테니 편히 쉬도록 해라."

이렇게 말하며 그는 화관을 머리에서 벗어놓고 에우니케와 함께 집으로 돌아갔다. 그들이 간 뒤 비니키우스는 곧장 서재로 들어가서 리기아에게 다음과 같은 편지를 썼다.

오, 여신이여! 당신이 그 아름다운 눈을 떴을 때, 당신 옆에 이 편지가 기다리고 있다가 아침 인사를 전할 것입니다. 내일이면 당신을 만나겠지만, 지금 이렇게 편지를 쓰는 것도 그 때문입니다. 황제가 모레 안티움으로 떠납니다. 그래서 나는…… 유감스럽게도 그와 동행하지 않으면 안 됩니다. 전에도 말했지만 황제의 명을 거역하면 나의 생명이 위태로워집니다. 당신을 찾았기에, 지금 나는 죽고 싶은 마음이 추호도 없습니다. 그러나 만일 당신이 내가 황제를 수행하는 것을 원치 않으면 그저 간단한 편지 한 장만 보내주십시오. 그러면 나는 이곳에 그대로 남아 있겠습니다. 만일 그렇게 된다면 페트로니우스 삼촌께서 온갖 수단과 방법을 동원해서라도 위험을 막아주실 겁니다.

오늘 나는 너무 기뻐서 내 집의 모든 노예에게 상을 주었습니다. 우리 집에서 이십 년 이상 일한 종들은 내일 법무관에게 데려가서 해방시켜 줄 생각입니다. 사랑하는 그대, 내 이런 처사를 부디 칭찬해 주길 바랍니다. 이것은 틀림없이 당신이 믿고 있는 그 자비롭고 달콤한 가르침에 합당한 일일 테니까요. 또한 내 이러한 행동은 모두 당신을 위한 것임을 알아주었으면 합니다. 나는 내일 노예들에게 그들이 자유의 몸이 된 것은 리기아 당신 덕분이라고 말하겠습니다. 그러면 모두들 당신에게 감사하고, 당신의 이름을 찬미할 것입니다. 지금 나는 행복의 노예가 되었으니, 영원히 이런 노예로 살아가고 싶을 따름입니다.

나는 안티움과 붉은 수염의 여행에 저주가 내리기를 바랍니다. 지금은 내가 페트로니우스 삼촌같이 총명하지 않은 것을, 세 배, 네 배나 더 큰 행복으로 여기고 있습니다. 만일 내가 삼촌처럼 명석하다면 아카이아뿐 아니라 어디든지 황제를 따라 다녀야만 할 것입니다.

당신에 대한 그리움을 오히려 감미롭게 해주니, 이별도 즐겁게 여기렵니다. 시간 나는 대로 당신의 모습을 보고 내 눈을 기쁘게 하기 위해, 그리고 당신의 다정한 목소리로 내 귀를 즐겁게 하기 위해, 말을 타고 로마로 달려오겠습니다. 그러지 못할 경우에는 노예를 시켜 자주 안부 편지를 보내겠습니다.

나의 여신이여! 당신의 두 발을 내 품에 꼭 끌어안고 싶습니다. 당신을 여신이라고 부르는 것을 용서해 주십시오. 만일 당신이 원치 않는다면 언제든지 당신 뜻에 따르겠지만, 오늘만은 그렇게 불러야겠습니다. 그럼 부디 건강하기를…….

—미래의 당신 집에서 온 마음을 다 바쳐서 비니키우스

세계문학전집 128

쿠오 바디스 1

1판 1쇄 펴냄 2005년 12월 16일
1판 22쇄 펴냄 2023년 3월 9일

지은이 헨릭 시엔키에비치
옮긴이 최성은
발행인 박근섭, 박상준
펴낸곳 (주)민음사

출판등록 1966. 5. 19. (제 16-490호)
서울특별시 강남구 도산대로1길 62(신사동) 강남출판문화센터 5층 (우편번호 06027)
대표전화 02-515-2000 팩시밀리 02-515-2007
www.minumsa.com

ISBN 978-89-374-6128-6 04800
ISBN 978-89-374-6000-5 (세트)

세계문학전집 목록

45 **젊은 예술가의 초상** 조이스·이상옥 옮김 서울대 권장도서 100선
46 **카탈로니아 찬가** 오웰·정영목 옮김
47 **호밀밭의 파수꾼** 샐린저·정영목 옮김 《타임》 선정 현대 100대 영문소설 | 미국대학위원회 선정 SAT 추천도서 | 《뉴스위크》 선정 100대 명저 | BBC 선정 꼭 읽어야 할 책
48·49 **파르마의 수도원** 스탕달·원윤수, 임미경 옮김
50 **수레바퀴 아래서** 헤세·김이섭 옮김 노벨 문학상 수상 작가 | 국립중앙도서관 선정 청소년 권장도서
51·52 **내 이름은 빨강** 파묵·이난아 옮김 노벨 문학상 수상 작가
53 **오셀로** 셰익스피어·최종철 옮김 서울대 권장도서 100선
54 **조서** 르 클레지오·김윤진 옮김 노벨 문학상 수상 작가
55 **모래의 여자** 아베 코보·김난주 옮김
56·57 **부덴브로크 가의 사람들** 토마스 만·홍성광 옮김 노벨 문학상 수상 작가
58 **싯다르타** 헤세·박병덕 옮김 노벨 문학상 수상 작가
59·60 **아들과 연인** 로렌스·정상준 옮김 《뉴스위크》 선정 100대 명저
61 **설국** 가와바타 야스나리·유숙자 옮김 노벨 문학상 수상 작가 | 서울대 권장도서 100선
62 **벨킨 이야기·스페이드 여왕** 푸슈킨·최선 옮김
63·64 **넙치** 그라스·김재혁 옮김 노벨 문학상 수상 작가
65 **소망 없는 불행** 한트케·윤용호 옮김 노벨 문학상 수상 작가
66 **나르치스와 골드문트** 헤세·임홍배 옮김 노벨 문학상 수상 작가
67 **황야의 이리** 헤세·김누리 옮김 노벨 문학상 수상 작가
68 **페테르부르크 이야기** 고골·조주관 옮김
69 **밤으로의 긴 여로** 오닐·민승남 옮김 노벨 문학상 수상 작가 | 미국대학위원회 선정 SAT 추천도서
70 **체호프 단편선** 체호프·박현섭 옮김
71 **버스 정류장** 가오싱젠·오수경 옮김 노벨 문학상 수상 작가
72 **구운몽** 김만중·송성욱 옮김 서울대 권장도서 100선 | 국립중앙도서관 선정 청소년 권장도서
73 **대머리 여가수** 이오네스코·오세곤 옮김
74 **이솝 우화집** 이솝·유종호 옮김 논술 및 수능에 출제된 책(1998~2005)
75 **위대한 개츠비** 피츠제럴드·김욱동 옮김 《타임》 선정 현대 100대 영문소설
76 **푸른 꽃** 노발리스·김재혁 옮김
77 **1984** 오웰·정회성 옮김 《타임》 선정 현대 100대 영문소설 | 《뉴스위크》 선정 100대 명저
78·79 **영혼의 집** 아옌데·권미선 옮김
80 **첫사랑** 투르게네프·이항재 옮김
81 **내가 죽어 누워 있을 때** 포크너·김명주 옮김 노벨 문학상 수상 작가
82 **런던 스케치** 레싱·서숙 옮김 노벨 문학상 수상 작가
83 **팡세** 파스칼·이환 옮김
84 **질투** 로브그리예·박이문, 박희원 옮김
85·86 **채털리 부인의 연인** 로렌스·이인규 옮김
87 **그 후** 나쓰메 소세키·윤상인 옮김
88 **오만과 편견** 오스틴·윤지관, 전승희 옮김 미국대학위원회 선정 SAT 추천도서
89·90 **부활** 톨스토이·연진희 옮김 논술 및 수능에 출제된 책(1998~2005)
91 **방드르디, 태평양의 끝** 투르니에·김화영 옮김
92 **미겔 스트리트** 나이폴·이상옥 옮김 노벨 문학상 수상 작가
93 **뻬드로 빠라모** 룰포·정창 옮김

94 **차라투스트라는 이렇게 말했다** 니체·장희창 옮김 국립중앙도서관 선정 청소년 권장도서
95·96 **적과 흑** 스탕달·이동렬 옮김 국립중앙도서관 선정 청소년 권장도서
97·98 **콜레라 시대의 사랑** 마르케스·송병선 옮김 노벨 문학상 수상 작가 | BBC 선정 꼭 읽어야 할 책
99 **맥베스** 셰익스피어·최종철 옮김 서울대 권장도서 100선 | 미국대학위원회 선정 SAT 추천도서
100 **춘향전** 작자 미상·송성욱 풀어 옮김 서울대 권장도서 100선
101 **페르디두르케** 곰브로비치·윤진 옮김
102 **포르노그라피아** 곰브로비치·임미경 옮김
103 **인간 실격** 다자이 오사무·김춘미 옮김
104 **네루다의 우편배달부** 스카르메타·우석균 옮김
105·106 **이탈리아 기행** 괴테·박찬기 외 옮김
107 **나무 위의 남작** 칼비노·이현경 옮김
108 **달콤 쌉싸름한 초콜릿** 에스키벨·권미선 옮김
109·110 **제인 에어** C. 브론테·유종호 옮김 BBC 선정 꼭 읽어야 할 책
111 **크눌프** 헤세·이노은 옮김 노벨 문학상 수상 작가
112 **시계태엽 오렌지** 버지스·박시영 옮김 《타임》 선정 현대 100대 영문소설 | 《뉴스위크》 선정 100대 명저
113·114 **파리의 노트르담** 위고·정기수 옮김 미국대학위원회 선정 SAT 추천도서
115 **새로운 인생** 단테·박우수 옮김
116·117 **로드 짐** 콘래드·이상옥 옮김 《뉴스위크》 선정 100대 명저
118 **폭풍의 언덕** E. 브론테·김종길 옮김 미국대학위원회 선정 SAT 추천도서
119 **텔크테에서의 만남** 그라스·안삼환 옮김 노벨 문학상 수상 작가
120 **검찰관** 고골·조주관 옮김
121 **안개** 우나무노·조민현 옮김
122 **나사의 회전** 제임스·최경도 옮김 미국대학위원회 선정 SAT 추천도서
123 **피츠제럴드 단편선 1** 피츠제럴드·김욱동 옮김
124 **목화밭의 고독 속에서** 콜테스·임수현 옮김
125 **돼지꿈** 황석영
126 **라셀라스** 존슨·이인규 옮김
127 **리어 왕** 셰익스피어·최종철 옮김 서울대 권장도서 100선 | 《뉴스위크》 선정 100대 명저
128·129 **쿠오 바디스** 시엔키에비츠·최성은 옮김 노벨 문학상 수상 작가
130 **자기만의 방·3기니** 울프·이미애 옮김
131 **시르트의 바닷가** 그라크·송진석 옮김
132 **이성과 감성** 오스틴·윤지관 옮김
133 **바덴바덴에서의 여름** 치프킨·이장욱 옮김
134 **새로운 인생** 파묵·이난아 옮김 노벨 문학상 수상 작가
135·136 **무지개** 로렌스·김정매 옮김
137 **인생의 베일** 서머싯 몸·황소연 옮김
138 **보이지 않는 도시들** 칼비노·이현경 옮김
139·140·141 **연초 도매상** 바스·이운경 옮김 《타임》 선정 현대 100대 영문소설
142·143 **플로스 강의 물방앗간** 엘리엇·한애경, 이봉지 옮김 미국대학위원회 선정 SAT 추천도서
144 **연인** 뒤라스·김인환 옮김
145·146 **이름 없는 주드** 하디·정종화 옮김
147 **제49호 품목의 경매** 핀천·김성곤 옮김 《타임》 선정 현대 100대 영문소설

148 **성역** 포크너·이진준 옮김 노벨 문학상 수상 작가 | 퓰리처상 수상 작가
149 **무진기행** 김승옥
150·151·152 **신곡(지옥편·연옥편·천국편)** 단테·박상진 옮김 《뉴스위크》 선정 100대 명저
153 **구덩이** 플라토노프·정보라 옮김
154·155·156 **카라마조프가의 형제들** 도스토옙스키·김연경 옮김
157 **지상의 양식** 지드·김화영 옮김 노벨 문학상 수상 작가
158 **밤의 군대들** 메일러·권택영 옮김 퓰리처상 수상 작가
159 **주홍 글자** 호손·김욱동 옮김 서울대 권장도서 100선 | 미국대학위원회 선정 SAT 추천도서
160 **깊은 강** 엔도 슈사쿠·유숙자 옮김
161 **욕망이라는 이름의 전차** 윌리엄스·김소임 옮김
162 **마사 퀘스트** 레싱·나영균 옮김 노벨 문학상 수상 작가
163·164 **운명의 딸** 아옌데·권미선 옮김
165 **모렐의 발명** 비오이 카사레스·송병선 옮김
166 **삼국유사** 일연·김원중 옮김 서울대 권장도서 100선
167 **풀잎은 노래한다** 레싱·이태동 옮김 노벨 문학상 수상 작가
168 **파리의 우울** 보들레르·윤영애 옮김
169 **포스트맨은 벨을 두 번 울린다** 케인·이만식 옮김
170 **썩은 잎** 마르케스·송병선 옮김 노벨 문학상 수상 작가
171 **모든 것이 산산이 부서지다** 아체베·조규형 옮김 《타임》 선정 현대 100대 영문소설
172 **한여름 밤의 꿈** 셰익스피어·최종철 옮김 미국대학위원회 선정 SAT 추천도서
173 **로미오와 줄리엣** 셰익스피어·최종철 옮김 미국대학위원회 선정 SAT 추천도서
174·175 **분노의 포도** 스타인벡·김승욱 옮김 노벨 문학상 수상 작가 | 《타임》 선정 현대 100대 영문소설
176·177 **괴테와의 대화** 에커만·장희창 옮김
178 **그물을 헤치고** 머독·유종호 옮김 《타임》 선정 현대 100대 영문소설
179 **브람스를 좋아하세요...** 사강·김남주 옮김
180 **카타리나 블룸의 잃어버린 명예** 하인리히 뵐·김연수 옮김 노벨 문학상 수상 작가
181·182 **에덴의 동쪽** 스타인벡·정회성 옮김 노벨 문학상 수상 작가
183 **순수의 시대** 워튼·송은주 옮김 《뉴스위크》 선정 100대 명저 | 퓰리처상 수상작
184 **도둑 일기** 주네·박형섭 옮김
185 **나자** 브르통·오생근 옮김
186·187 **캐치-22** 헬러·안정효 옮김 《타임》 선정 현대 100대 영문소설 | 《뉴스위크》 선정 100대 명저 | BBC 선정 꼭 읽어야 할 책
188 **숄로호프 단편선** 숄로호프·이항재 옮김 노벨 문학상 수상 작가
189 **말** 사르트르·정명환 옮김
190·191 **보이지 않는 인간** 엘리슨·조영환 옮김 《타임》 선정 현대 100대 영문소설
192 **왑샷 가문 연대기** 치버·김승욱 옮김 퓰리처상 수상 작가
193 **왑샷 가문 몰락기** 치버·김승욱 옮김 퓰리처상 수상 작가
194 **필립과 다른 사람들** 노터봄·지명숙 옮김
195·196 **하드리아누스 황제의 회상록** 유르스나르·곽광수 옮김
197·198 **소피의 선택** 스타이런·한정아 옮김 퓰리처상 수상 작가
199 **피츠제럴드 단편선 2** 피츠제럴드·한은경 옮김
200 **홍길동전** 허균·김탁환 옮김

201 **요술 부지깽이** 쿠버 · 양윤희 옮김
202 **북호텔** 다비 · 원윤수 옮김
203 **톰 소여의 모험** 트웨인 · 김욱동 옮김
204 **금오신화** 김시습 · 이지하 옮김
205·206 **테스** 하디 · 정종화 옮김 미국대학위원회 선정 SAT 추천도서 | BBC 선정 꼭 읽어야 할 책
207 **브루스터플레이스의 여자들** 네일러 · 이소영 옮김
208 **더 이상 평안은 없다** 아체베 · 이소영 옮김
209 **그레인지 코플랜드의 세 번째 인생** 워커 · 김시현 옮김 퓰리처상 수상 작가
210 **어느 시골 신부의 일기** 베르나노스 · 정영란 옮김
211 **타라스 불바** 고골 · 조주관 옮김
212·213 **위대한 유산** 디킨스 · 이인규 옮김 서울대 권장도서 100선 | BBC 선정 꼭 읽어야 할 책
214 **면도날** 서머싯 몸 · 안진환 옮김
215·216 **성채** 크로닌 · 이은정 옮김
217 **오이디푸스 왕** 소포클레스 · 강대진 옮김 서울대 권장도서 100선
218 **세일즈맨의 죽음** 밀러 · 강유나 옮김
219·220·221 **안나 카레니나** 톨스토이 · 연진희 옮김 서울대 권장도서 100선
222 **오스카 와일드 작품선** 와일드 · 정영목 옮김
223 **벨아미** 모파상 · 송덕호 옮김
224 **파스쿠알 두아르테 가족** 호세 셀라 · 정동섭 옮김 노벨 문학상 수상 작가
225 **시칠리아에서의 대화** 비토리니 · 김운찬 옮김
226·227 **길 위에서** 케루악 · 이만식 옮김 《타임》 선정 현대 100대 영문소설 | 《뉴스위크》 선정 100대 명저
228 **우리 시대의 영웅** 레르몬토프 · 오정미 옮김
229 **아우라** 푸엔테스 · 송상기 옮김
230 **클링조어의 마지막 여름** 헤세 · 황승환 옮김 노벨 문학상 수상 작가
231 **리스본의 겨울** 무뇨스 몰리나 · 나송주 옮김
232 **뻐꾸기 둥지 위로 날아간 새** 키지 · 정회성 옮김 《타임》 선정 현대 100대 영문소설
233 **페널티킥 앞에 선 골키퍼의 불안** 한트케 · 윤용호 옮김 노벨 문학상 수상 작가
234 **참을 수 없는 존재의 가벼움** 쿤데라 · 이재룡 옮김
235·236 **바다여, 바다여** 머독 · 최옥영 옮김
237 **한 줌의 먼지** 에벌린 워 · 안진환 옮김 《타임》 선정 현대 100대 영문소설
238 **뜨거운 양철 지붕 위의 고양이 · 유리 동물원** 윌리엄스 · 김소임 옮김 퓰리처상 수상작
239 **지하로부터의 수기** 도스토옙스키 · 김연경 옮김
240 **키메라** 바스 · 이운경 옮김
241 **반쪼가리 자작** 칼비노 · 이현경 옮김
242 **벌집** 호세 셀라 · 남진희 옮김 노벨 문학상 수상 작가
243 **불멸** 쿤데라 · 김병욱 옮김
244·245 **파우스트 박사** 토마스 만 · 임홍배, 박병덕 옮김 노벨 문학상 수상 작가
246 **사랑할 때와 죽을 때** 레마르크 · 장희창 옮김
247 **누가 버지니아 울프를 두려워하랴?** 올비 · 강유나 옮김
248 **인형의 집** 입센 · 안미란 옮김
249 **위폐범들** 지드 · 원윤수 옮김 노벨 문학상 수상 작가
250 **무정** 이광수 · 정영훈 책임 편집 서울대 권장도서 100선

251·252 **의지와 운명** 푸엔테스·김현철 옮김
253 **폭력적인 삶** 파솔리니·이승수 옮김
254 **거장과 마르가리타** 불가코프·정보라 옮김
255·256 **경이로운 도시** 멘도사·김현철 옮김
257 **야콥을 둘러싼 추측들** 욘존·손대영 옮김
258 **왕자와 거지** 트웨인·김욱동 옮김
259 **존재하지 않는 기사** 칼비노·이현경 옮김
260·261 **눈먼 암살자** 애트우드·차은정 옮김 《타임》 선정 현대 100대 영문소설
262 **베니스의 상인** 셰익스피어·최종철 옮김
263 **말리나** 바흐만·남정애 옮김
264 **사볼타 사건의 진실** 멘도사·권미선 옮김
265 **뒤렌마트 희곡선** 뒤렌마트·김혜숙 옮김
266 **이방인** 카뮈·김화영 옮김 노벨 문학상 수상 작가 | 미국대학위원회 선정 SAT 추천도서
267 **페스트** 카뮈·김화영 옮김 노벨 문학상 수상 작가 | 국립중앙도서관 선정 청소년 권장도서
268 **검은 튤립** 뒤마·송진석 옮김
269·270 **베를린 알렉산더 광장** 되블린·김재혁 옮김
271 **하얀 성** 파묵·이난아 옮김 노벨 문학상 수상 작가
272 **푸슈킨 선집** 푸슈킨·최선 옮김
273·274 **유리알 유희** 헤세·이영임 옮김 노벨 문학상 수상 작가
275 **픽션들** 보르헤스·송병선 옮김 서울대 권장도서 100선
276 **신의 화살** 아체베·이소영 옮김
277 **빌헬름 텔·간계와 사랑** 실러·홍성광 옮김
278 **노인과 바다** 헤밍웨이·김욱동 옮김 노벨 문학상 수상 작가 | 퓰리처상 수상작
279 **무기여 잘 있어라** 헤밍웨이·김욱동 옮김 미국대학위원회 선정 SAT 추천도서
280 **태양은 다시 떠오른다** 헤밍웨이·김욱동 옮김 《타임》 선정 현대 100대 영문 소설
281 **알레프** 보르헤스·송병선 옮김
282 **일곱 박공의 집** 호손·정소영 옮김
283 **에마** 오스틴·윤지관, 김영희 옮김
284·285 **죄와 벌** 도스토옙스키·김연경 옮김 미국대학위원회 선정 SAT 추천도서
286 **시련** 밀러·최영 옮김
287 **모두가 나의 아들** 밀러·최영 옮김
288·289 **누구를 위하여 종은 울리나** 헤밍웨이·김욱동 옮김 노벨 문학상 수상 작가
290 **구르브 연락 없다** 멘도사·정창 옮김
291·292·293 **데카메론** 보카치오·박상진 옮김
294 **나누어진 하늘** 볼프·전영애 옮김
295·296 **제브데트 씨와 아들들** 파묵·이난아 옮김 노벨 문학상 수상 작가
297·298 **여인의 초상** 제임스·최경도 옮김 미국대학위원회 선정 SAT 추천도서
299 **압살롬, 압살롬!** 포크너·이태동 옮김 노벨 문학상 수상 작가
300 **이상 소설 전집** 이상·권영민 책임 편집
301·302·303·304·305 **레 미제라블** 위고·정기수 옮김
306 **관객모독** 한트케·윤용호 옮김 노벨 문학상 수상 작가
307 **더블린 사람들** 조이스·이종일 옮김

361·362 **닥터 지바고** 파스테르나크 · 김연경 옮김 노벨 문학상 수상 작가
363 **노생거 사원** 오스틴 · 윤지관 옮김
364 **개구리** 모옌 · 심규호, 유소영 옮김 노벨 문학상 수상 작가
365 **마왕** 투르니에 · 이원복 옮김 공쿠르상 수상 작가
366 **맨스필드 파크** 오스틴 · 김영희 옮김
367 **이선 프롬** 이디스 워튼 · 김욱동 옮김 퓰리처상 수상 작가
368 **여름** 이디스 워튼 · 김욱동 옮김 퓰리처상 수상 작가
369·370·371 **나는 고백한다** 자우메 카브레 · 권가람 옮김
372·373·374 **태엽 감는 새 연대기** 무라카미 하루키 · 김연경 옮김
375·376 **대사들** 제임스 · 정소영 옮김
377 **족장의 가을** 마르케스 · 송병선 옮김 노벨 문학상 수상 작가
378 **핏빛 자오선** 매카시 · 김시현 옮김
379 **모두 다 예쁜 말들** 매카시 · 김시현 옮김
380 **국경을 넘어** 매카시 · 김시현 옮김
381 **평원의 도시들** 매카시 · 김시현 옮김
382 **만년** 다자이 오사무 · 유숙자 옮김
383 **반항하는 인간** 카뮈 · 김화영 옮김 노벨 문학상 수상 작가
384·385·386 **악령** 도스토옙스키 · 김연경 옮김
387 **태평양을 막는 제방** 뒤라스 · 윤진 옮김
388 **남아 있는 나날** 가즈오 이시구로 · 송은경 옮김
389 **앙리 브륄라르의 생애** 스탕달 · 원윤수 옮김
390 **찻집** 라오서 · 오수경 옮김
391 **태어나지 않은 아이를 위한 기도** 케르테스 · 이상동 옮김 노벨 문학상 수상 작가
392·393 **서머싯 몸 단편선** 서머싯 몸 · 황소연 옮김
394 **케이크와 맥주** 서머싯 몸 · 황소연 옮김
395 **월든** 소로 · 정회성 옮김
396 **모래 사나이** E. T. A. 호프만 · 신동화 옮김
397·398 **검은 책** 오르한 파묵 · 이난아 옮김 노벨 문학상 수상 작가
399 **방랑자들** 올가 토카르추크 · 최성은 옮김 노벨 문학상 수상 작가
400 **시여, 침을 뱉어라** 김수영 · 이영준 엮음
401·402 **환락의 집** 이디스 워튼 · 전승희 옮김
403 **달려라 메로스** 다자이 오사무 · 유숙자 옮김
404 **아버지와 자식** 투르게네프 · 연진희 옮김
405 **청부 살인자의 성모** 바예호 · 송병선 옮김
406 **세피아빛 초상** 아옌데 · 조영실 옮김
407·408·409·410 **사기 열전** 사마천 · 김원중 옮김 서울대 권장도서 100선
411 **이상 시 전집** 이상 · 권영민 책임 편집
412 **어둠 속의 사건** 발자크 · 이동렬 옮김
413 **태평천하** 채만식 · 권영민 책임 편집
414·415 **노스트로모** 콘래드 · 이미애 옮김
416·417 **제르미날** 졸라 · 강충권 옮김
418 **명인** 가와바타 야스나리 · 유숙자 옮김 노벨 문학상 수상 작가
419 **핀처 마틴** 골딩 · 백지민 옮김 노벨 문학상 수상 작가

세계문학전집은 계속 간행됩니다.